dtv

Bresekow, Vorpommern. Die alte Anna Hanske stirbt, und ihre Tochter Ingrid hat »eine Pflicht«. Sie hat auch eine Schuld und einen Grund, der sie vor mehr als zwanzig Jahren aus dem Dorf trieb, aus der Vergangenheit eines halben Landes und eines halben Lebens. Beides kehrt mit ihr zurück und hat sich noch immer nicht und für niemanden zu einem Ganzen gefügt, auch wenn das Gras darüber inzwischen so hoch gewachsen ist wie auf der Elpe, der leeren Dorfmitte, Brennpunkt einer haltlosen Jugend. Romy und Ella suchen lieber das Weite, stolpern auf Abwegen. Aber die Grasnarbe bricht auf, und zum Vorschein kommt Paul, der alles mit links in Schwung bringt und sogar die Luftgitarre richtig herum spielt, hervor muss auch Hartmut, eingerichtet in klammer Heimlichkeit und plötzlich bis zum Hals in der Modder, und Mutter Maria geht noch mal mit Anna Klopse essen. Bresekow, eine Sickergrube für Träume und GOLDKRONE, eine Fundgrube randvoll mit Freundschaft und Verrat, Schweigen und Dingen, die mal gesagt werden mussten.

Judith Zander wurde 1980 in Anklam geboren und lebt heute in Berlin. Sie studierte Germanistik, Anglistik sowie Mittlere und Neuere Geschichte in Greifswald, anschließend am Deutschen Literaturinstitut in Leipzig. Neben dem Schreiben von Lyrik und Prosa übersetzt sie aus dem Englischen. Für ihre Arbeit erhielt Judith Zander mehrere Auszeichnungen, u. a. den Lyrikpreis beim open mike 2007 und den Wolfgang-Weyrauch-Förderpreis 2009. ›Dinge, die wir heute sagten‹ wurde 2010 für den Deutschen Buchpreis nominiert. 2011 erschien der Gedichtband ›oder tau‹.

Judith Zander

DINGE, DIE WIR HEUTE SAGTEN

Roman

Deutscher Taschenbuch Verlag

Von Judith Zander
ist im Deutschen Taschenbuch Verlag erschienen:
oder tau (24862)

Die Arbeit an diesem Buch wurde vom Edith-Stein-Haus in Worclaw, durch die Kulturstiftung des Freistaates Sachsen sowie vom Künstlerhaus Lukas in Ahrenshoop gefördert.

Ausführliche Informationen
über unsere Autoren und Bücher
finden Sie auf unserer Website
www.dtv.de

FSC www.fsc.org
MIX
Papier aus verantwortungsvollen Quellen
FSC® C019821

2012 Deutscher Taschenbuch Verlag GmbH & Co. KG,
München

Lektorat: Christian Döring
Umschlagkonzept: Balk & Brumshagen
Umschlaggestaltung: Lisa Rost
Satz: Greiner & Reichel, Köln
Druck und Bindung: Druckerei C.H. Beck, Nördlingen
Gedruckt auf säurefreiem, chlorfrei gebleichtem Papier
Printed in Germany · ISBN 978-3-423-14118-5

Meinen Eltern

JOHN & PAUL

IRGENDWANN WENN ICH EINSAM BIN
WÜNSCHEND DU WÄRST NICHT SO WEIT WEG
WERDE ICH MICH ERINNERN AN
DINGE DIE WIR HEUTE SAGTEN

ROMY

So glotzen sie vom Regal: die bröckligen Leiber im spitzen Winkel, die Scheren die Schenkel, leichte Schlagseite beide. Zwielicht. John und Paul. Mehr gibts nicht zu sagen? Achso, Paul fehlt ein Auge. Nicht so schlimm, PAUL IS DEAD. Das ist kein Rätsel, das ist offensichtlich. Wie auch immer. However. Was für ein Wort. Es ist großzügig, niemand hier kennt es, aber es klingt wie die Wellen, wenn sie gemächlich sich dem Strand überlassen, die ganze Ostsee singt beständig however, however. Es klingt beinah wie ein Name.

Was weiß das Dorf schon davon, das kleine Kaff im Hinterland. Mamas dusslige Heimat, »Sammelstelle für Bekloppte«, wie Papa zu sagen pflegte, bevor wir herkamen vor einem Jahr, aus der Stadt, na ja Stadt. Und sechs Kilometer machen noch keinen Unterschied. Nur döst jetzt vor der Haustür der Acker, das geschorene Feld mit den blonden, harten Stoppeln, moddrig und mürrisch, vom gleichen Schlag. Hinterm Rücken, auf der Lauer, die sogenannte Gemeinde, dort klatscht und tratscht und meckert und schuftet und lungert es wie ehedem. Und es guckt Fernsehen, hauptsächlich. Darüber der brösige Himmel, die käsige Käseglocke. Es stinkt im Dorf. »Alles Inzest«, sagt Papa.

Mittendrin der Eingang zur Hölle. Es ist nicht die Kneipe, wo bekanntlich »der Teufel Alkohol« haust. Es gibt keine Kneipe in Bresekow. Es gibt überhaupt nichts. Es ist das Zentrum des Nichts, das sich kurz hinter Berlin auftut und bis Rostock nicht aufhört. Hier liegen die verschwiegenen Orte, nachlässig verschüttet in einer Landschaft zum Übersehen, flach. Ein hässliches Endlein der Welt, über das man besser den Mund hält. Das Dorf kennt keine Aufregung, es regt sich nur gern auf. Über ein Geheimnis, das nicht verheimlicht wird. Das wird nicht gehütet, das wird sorgsam sich selbst überlassen, das wird genannt: die Elpe. Es ist kein Fluss oder so, keine tüdlige alte Verwandte der Elbe. Man muss es sehen. Man will aber nicht.

Auf der Elpe treffen sie sich, allabendlich. Auf der Elpe bauen sie Scheiße, auf der Elpe machen sie sonstwas. Auf der Elpe saufen sie. Auf der Elpe kiffen sie. Auf der Elpe drücken sie sich in muffigen Ecken rum und zeigen sich ihre Solariumsbäuche und hängen unerschütterlich dem Glauben an, ihre Zungen seien dazu da, sie sich gegenseitig in den Rachen zu stopfen. Es kreischen die Mädchen auf der Elpe, die Jungs teilen gerne aus. Auf der Elpe gibts Sauren Appel und Kloppe. Auf die Elpe geh ich nicht. Nein, meine Suppe ess ich nicht. Das ist nicht mein Bier, was da passiert, was da verschüttet wird. Die Bomberjacken, die Woche für Woche speckiger werden. Die dröhnenden Witze, die immer noch dreckiger werden können anscheinend. Die Auswüchse, spillrigen Ranken, Mädchengesichter überwuchert von Schminke, was gehn sie mich an. Die Wurzeln der Hölle.

INGRID

Die Heimat, na wenn schon.

»Da fahren wir also in deine Heimat«, sagt Michael, auf Deutsch, und grinst.

Du sagst: »Das ist nicht meine Heimat«, und da lacht er dich aus. »It's not my heimat, you know, und sei froh, dass du so ein Wort in deiner einfachen Sprache nicht hast!«

Dann versucht er, dich in den Arm zu nehmen, du glaubst, ihretwegen, aber du willst nicht, du rennst raus in den Garten. Manchmal kann man dort das Meer hören, wie diesen Abend. Dass es hier noch ›Kanal‹ heißt, stört dich nicht, und ein Georg ist dir doch nicht bekannt, von früher, zumindest kein heiliger. Die Luft schmeckt kalt und salzig, und du denkst, das ist der Herbst, früh dieses Jahr, und du wirst seinen Einzug verpassen. Dann fällt dir ein, dass drüben ja auch Herbst ist. Nur anders. Zwar auch, aber anders, da bestehst du drauf, stures Kind, weißt aber nicht, was du meinst damit. Verseucht, in- und auswendig, heillos. So was. Du hast die neuen Strumpfhosen zum Schulbeginn im Kopf und den Zuckerrübengeruch in der Nase, im Nacken ein Brennen wie von Hagebutten, die lästigen Bengels.

Trotzdem, der Herbst tat stets gut. Die Langeweile hörte auf. Man kam sich wieder brauchbar vor. Überhaupt anwesend. Im Sommer warst du nirgendwo, nicht im Bikini am See, nicht in der Eisdiele in der Stadt. Nicht im Heu mit irgendwem. Im Sommer hatte ständig einer Geburtstag. Im Herbst hast du kaum an irgendetwas denken müssen, außer träge an den Republiksgeburtstag, deinen eigenen hast du versucht zu vergessen. Alle anderen konnten das ja auch. Aber nun ist sie gestorben, die deine Mutter war, wer hätte das gedacht, hat einen Todestag und du eine Pflicht.

Frisch weht der Wind/der Heimat zu/mein irisch Kind/wo weilest du? Jetzt tu nicht so, das ist nicht neu. Das ging dir alle paar Wochen im Kopf rum, seit Michael es dir damals vorgelesen hatte. »Das steht doch nicht so da«, hattest du gesagt und gemeint: so auf Deutsch. Er hat dir das Buch hingehalten. Es war bloß ein Zitat.

Als du ins Haus zurückgehst, sagst du zu dir: nein. Was dich daran denn jetzt noch anbindet: nichts. Nein. Du fängst an zu weinen. Michael versteht das natürlich falsch. Er weiß nichts, nein. Es wird gut sein für seine Arbeit, sagt er.

Oed und leer das Meer.

DIE GEMEINDE

Na wat seggst dootau nu isse doot
Joo nu isse doot ick heww dat
De Olsch
Ick hab dat erst gestern inne Zeitung
Wer hat denn
Na Peter
Nee ick mein wer hatse denn
Na Wietmann
De Paster? Wieso
Gehste hin wir gehn hin wolln doch ma hörn
Wulln'w doch eis hüürn wat hei
Montach um dreie
Öwwer ick heww joo goor nix taun Antrecken
Wier sei denn krank
Nee
Ach weißt wat ick zieh die dunkelblaue
Dei Popelinjack
Ick hab sie ja noch na letzte Woche
Weckern kümmt denn doo vun ehr ick mein
Na Peter
Wat wird denn nu mit dat Haus dat hat doch gar nich

Peter mit seine Familie
Ach der is is der verheirat ick dacht
Dat hemm'w em joo goor nich
Un de Dochter?

PASTOR WIETMANN

Am liebsten hätten Sie sie ja wohl selbst unter die Erde gebracht, mein werter Herr Seelsorger, nicht? Aber dazu muss ich Ihnen leider mitteilen, dass dies denn doch Ihre schmalen Befugnisse überschritten hätte, halte mich aber in der Annahme, dass diese Tatsache Sie nicht weiter inkommodiert haben würde, wo es Ihnen doch schon seit vielen Jahren gelingt, sie tapfer zu ignorieren. Chapeau! Was ich aber meine, ist: Sie konnten die alte Hanske nicht verknusen. Um ihre Seele fiel Ihnen nicht ein sich zu sorgen, Sie wussten ja bereits, welchen locus inamoenus sie nach dem Entfleuchen aus dem welken Körper sich schleunigst aufzusuchen genötigt sehen würde, ja? Nun, wenn der großmächtige Fürst Rosshuf, den Sie oft so plastisch an die protestantisch nackte Wand modellieren, dass man wahrlich glauben möchte, Sie seien bereits in den Genuss einer näheren Bekanntschaft mit ihm gekommen wie weiland unser Sprachverbesserer, wenn er sich also als existent erweisen sollte und der rauhen Verschwendung von Tinte würdig, dann können Sie sicherlich, nachdem Sie das Pfarrhaus dereinst schließlich doch werden geräumt haben, sich artig vor ihm verbeugen und schöne Grüße von Frau Hanske verehren, sie war leider nicht abkömmlich.

Ach Gott. Danke für diese Pfarrstelle in der Ödnis und für den festen Glauben der Leute. Daran, dass ein Pastor zwar mehr als hinreichend, aber nicht unbedingt notwendig sei. So kann ich ihnen stets mehr geben, als sie erwarten. Ihre Erwartungen aber sind geringe. Sie haben nicht einmal erwartet, dass ich ihrer Sprache kundig sei.

Sprach der Bauer Bölschow zu seinem Weibe, als der Pastor vorüberschritt an ihrem rostigen Zaune und beide Eheleute ihm einen guten Tag entboten hatten, es heißet in ihrer Sprache aber: ›Tach‹ und wird für Personen gehobenen Standes ehrerheischend in die Länge gezogen zu: ›Ta-ach‹, sprach also Bölschow laut und vernehmlich: »Dän Lackoopen warn'w all stutzen, de sull sick man bloot nich upspääln, dän warn'w noch grugen mooken, Arndt ward em all denn Marsch bloosen!«

Der Pastor verfügte sich darauf seines Weges und kommenden Sonntages in seine Kirche, allwo er von der Kanzel herab gewahrte das Ehepaar Bölschow, einträchtig beieinander sitzend in der zweiten Reihe rechter Hand, denn es war die Einsegnung ihrer Enkelin. Ein gar liebliches Mädchen und so klug, dass es allezeit Nutzen aus seinem Liebreiz zu ziehen weiß, allein doch wieder nicht gar so klug, als den Nutzen nicht teils mit dem Schaden zu verwechseln. Und nur der Güte unseres Herrn ist es zu verdanken, dass diesem Schaden noch kein sichtbares Zeugnis ward.

Und als nun die Reihe an dem Lied mit der Nummer 341 des Evangelischen Kirchengesangbuches war, siehe, da ward zur Feier des Tages dem Hirten des Herrn gegeben zu reden in Zungen, und er sprach: »Nu wulln'w ma eis dieset Leid singen un dän Lackoopen vun Düüwel dän Marsch bloosen, dei sull sick man bloot nich upspääln. Ji mööten juch nich grugen mooken looten vun dääm, wi künn'n em tiedig nauch stutzen!«

Und die Gemeinde hob an zu singen, denn es war ein leidlich bekanntes Lied, jedoch des Pastors Blick fiel auch auf jene, die untereinander aufgebrachte Worte flüsterten, er aber betrachtete sie wohlgefällig. GAR HEIMLICH FÜHRT ER SEIN GEWALT,/ ER GING IN MEINER ARMEN G'STALT,/DEN TEUFEL WOLLT ER FANGEN.

An die Tür der kleinen Kirche begab nach dem Gottesdienste

der Pastor sich, um zu verabschieden seine Schäfchen. Unter all ihnen aber konnte er nicht mehr finden die Eheleute Bölschow, und auch die nachfolgenden Sonntage musste er ihrer vergeblich harren. Bei sich aber dachte er: das Wort des Herrn, durch ihn verkündet, habe sie so sehr erbauet, dass sie fürderhin keiner weiteren Stärkung bedürften. Und er dankte Gott für alles, was Er an ihm getan hatte.

In der Wirklichkeit war es anders. Ich bin nicht spazierengegangen, und die Gemeinde hat nicht gesungen. Gesungen habe ich, und ich bin gelaufen, gejoggt, wozu sie hier nicht anders als ›geschockt‹ sagen mögen, was mich ihren kreativen Umgang mit der Sprache nur neuerlich bewundern lässt, schaffen sie es doch damit, Ursache und Wirkung in einem Worte zu vereinigen.

Vergib mir, mein Gott, ich kann nicht anders. Meine Nächstenliebe ist mein Urteil, und umgekehrt. Und auch den sachten Ärger über Anna Hanskes Ableben sieh mir nach, der aus dem eigennützigen Trachten nach meinem Vorteil erwuchs, denn sehr zu meinem Vorteil wäre es gewesen, hätte ich noch ein wenig länger am Beispiel ihres Lebens lernen dürfen. UND HÜT DICH VOR DER MENSCHEN SATZ,/DAVON VERDIRBT DER EDLE SCHATZ:/ DAS LASS ICH DIR ZUR LETZE.

Doch dann gab sie keine Antwort, an dem Morgen, sie lag noch in ihrem hohen, kurzen, schon lang wohl nur noch einseitig beschlafenen Bett, und ihr Tod war die letzte Lektion für mich. Sie hatte wie immer die Tür nicht verschlossen, der Tisch in der Küche war für das Frühstück gedeckt, als wollte sie sagen, halb so wild, komm rein und iss erst mal einen Haps. Niemand hat ihr wohl den Tod zugetraut, aber ich glaube, sie hat gewusst, mit wem sie es da zu tun hat, und dass es nicht lohnt, seinetwegen einen Aufwand zu betreiben. Mitnehmen wollen hatte ich sie zum Arzt in die Stadt, sie hatte über diesen Termin gelacht und mit dem Kopf geschüttelt und endlich recht behalten. Nun nahm sie mich mit. Die Sonne schien auf ihre Schulter, so dass man, als man sie anfasste und nicht weckte, nicht einmal erschrecken musste ob der Kälte des letzten Schlafes. Hoffährtig mag es sein, aber glauben muss ich es doch, dass ich der Einzige wohl war, der ein wenig um sie weinte. Ach, verzeih, Peter Hanske, wovon aber war dein Gesicht so rot und bildete einen so hehren Kontrast zum fernen Weiß deiner Schwester?

HARTMUT

Die war da. Die war wirklich da. Hat Britta erzählt, die mit Mutter hingegangen ist, komisch eigentlich, weil ja beide anscheinend gar nicht hinwollten, Britta hat immerzu rumgestöhnt, dass sie nichts zum Anziehen hat, und denn die ganzen Leute, sieht ja aus, als ob man auch nur gaffen will, und außerdem, ne, was denn die alte Hanske sie angeht, und Mutter hat nur gesagt: »Na, doo mööten wi woohl.«

Als ich gesagt hab: »Na, sie war ja wohl deine Freundin, oder nich, ihr wart doch früher und so«, hat sie mich bloß so von oben herab angeguckt und gesagt: »Jou-o, Hartmut, du weitst dat nu wedder allet bääder, nä.« Gnatzig war sie, hab ich genau gemerkt, weil sie da nu hinmuss, und dann trau ich mich auch noch, ich, der verlorene Sohn, sie da an was zu erinnern.

Sie spricht immer Platt mit mir, wenn sie schlechte Laune hat, also so gut wie nur. Hab ich schon rausgekriegt, dass das so eine Art Trotz bei ihr ist, ne, sone Macke. Die denkt nämlich, wenn sie mit nem Lehrer Plattdeutsch redet, fühlt der sich irgendwie dadurch beleidigt, weil Platt ja nur für kleine Leute ist. Weshalb sie das auch sprechen darf, weil sie ja zu den kleinen Leuten gehört, »klein, aber nich doof«, und deshalb kann sie auch »sääh gut«, wie sie sagt, Hochdeutsch, aber das hebt sie sich für die etwas Besseren auf, und für sich selber. Echt wahr, die spricht Hochdeutsch mit sich selber; ich hab sie mal belauscht, da hat sie so komische Sachen gesagt wie: »Warum hast du das bloß gemacht?«, und ich war erst nicht sicher, ob sie da mit irgendwem quatscht oder was, aber dann hab ich gemerkt, dass sie da hinten alleine ist in ihrer Bude und da irgendwie mit sich selber zu Gange. Na ja, was heißt Bude, war vielleicht früher mal bloß die Veranda, aber wir haben das alles umgebaut, die Haustür ist ja jetzt auf der andern Seite, und kein Mensch braucht heute noch ne Veranda, und da haben wir schön Wärmedämmung und neue Fenster und Tapeten und alles gemacht, nicht dass du denkst. Die hats schon gut jetzt, die Mutter Wachlowski.

Montag Mittag ging das Theater dann los. Ich war grad aus der Schule da und den Kopf noch voll von diesen Itschies, ich könnt die alle. Alle zusammen in nen Sack stecken und ma ordentlich draufhaun. Manchmal bin ich ja dafür, dass die Prügelstrafe wieder eingeführt wird, du kriegst denen ja nix mehr rein in ihren Kopp. Achte Klasse, Mann, und vom kleinen Einmaleins noch nie was gehört! Und denn sollen die auch noch ne Gleichung lösen, das is aber nu zu viel verlangt, Herr Lehrer. Und kaum hab ich einen Fuß in mein trautes Heim gesetzt, und mit ordentlich Knast inne Röhren, sagt doch Britta, sagt die doch zu mir: »Hartmut, du musst noch ma los, Blumen besorgen, wir brauchen doch noch Blumen für die Beerdigung.«

»Was denn für Blumen«, sag ich, »is doch keine Hochzeit«. Aber weißt ja, wie die ist, die lässt einem keine Ruhe, die kann einem vielleicht aufn Nerven rumtrampeln. Ein ganz tückisches Stück Weib ist das, weil, man sieht ihr das ja nicht an, ich hab ihr das ja auch nicht angesehen, damals, du siehst die ja nur so von außen, und denn denkste, Mannomann, was Bessres kann dir gar nicht passieren. Denken doch alle, oder, dass der Hartmut da aber nen Sechser im Lotto gemacht hat, wa? Na ja, stimmt schon, sieht immer noch zehn Jahre jünger aus, als sie ist, Britta, ne, sagen doch immer alle. Aber manchmal, echt.

War aber zum Schießen, weil ich genau gemerkt hab, dass Mutter nu nicht weiß, ob sie mit ihrer vermaledeiten Schwiegertochter in eine Kerbe hauen soll oder nicht, aber da war wohl mal wieder ich dran, und Mutter fängt auch noch an: »Du hoolst jetz sofort paar weiße Chrisantem ausse Stadt!«

Hatse nu nämlich auch vor Schreck nicht gewusst, ob sie Hoch oder Platt sprechen soll, wahrscheinlich wegen Britta, die meckert sie zwar auch immer auf Platt an, und Britta immer: »Zum Glück versteh ich dich ja nicht«, aber gleichzeitig will Mutter nu vor ihr ja auch nicht als »un-ge-bil-det« dastehn. Und nu hat Britta Oberwasser und sagt: »Los, nu mach schon, wir haben nich ewig Zeit«, und ich also los, was willst denn machen.

Aber dann denk ich auf einmal, wieso ist die denn schon so früh zu Hause, ist doch Montag, und ich frag sie, warum, und sie sagt: »Ich hab die in der letzten Stunde ne Klassenarbeit schreiben lassen, die junge Tetzke, die Referendarin, die hat das beaufsichtigt, da konnt ich schon nach Hause, wir müssen doch nachher gleich los.«

»Und wie bist du ohne Auto nach Hause gekommen?«, frag ich, weil der Opel ja in der Werkstatt ist, und da sagt sie doch glatt: »Rolf hat mich mitgenommen.«

»Ach, der hatte wohl auch schon Feierabend oder was«, sag ich, und sie: »Ja, die Fünfte hatte Wandertag, da musst er heut ›keinen auf sportlich machen‹, wie er sagt, und konnte schon los.«

»Und dich gleich mitnehmen, oder wie?« ›Sportlich‹!

»Ja, war doch praktisch.«

»Na so was von praktisch, wa!« Ich glaub, ich spinn. »Na, is ja nix Neues!«

»Jetzt hör aber ma auf, Hartmut«, sagt sie, »ich glaub, du spinnst, und das is nu wirklich nix Neues! Jetzt mach ma hinter!«

Ich also los in die Stadt und diese beschissenen Blumen gekauft von meinem beschissenen Geld, und wie ich zurückkomm, seh ich Ella, die grad vom Bus kommt, und ich hupe, aber die geht einfach weiter, also fahr ich auch weiter. Als sie reinkommt, sag ich: »Na, wie war die Schule, nich so doll, wa?«, aber glaubste, du kriegst ne Antwort?

Mutter und Britta sitzen da immer noch rum und schlürfen

Kaffee, zur Stärkung, sagt Britta, als ob irgendeine von denen wegsacken könnte, glauben die doch selber nicht, am allerwenigsten Mutter. Klucken da in ihren unbequemen schwarzen Klamotten, wie zwei fette schwarze Krähen, und Ella sagt doch glatt: »Wie seht ihr denn aus?«

Ich hätt ja fast gelacht. Aber das sagt nu grade die Richtige. »Und wie siehst du aus?«, sag ich, »guck dich doch ma an, in dei'm ewigen schwarzen Pullover, der stinkt doch bestimmt schon!«

»Hartmut!«, sagt Britta.

»Brauchst mir ja nich zu nahe zu kommen!«, sagt Ella, und mir wär wieder fast die Hand ausgerutscht.

»Elisabeth!«, sagt Britta.

»Fällt dir nix andres ein?«, sag ich. »Die weiß ja wohl, wie se heißt, und ich auch.«

»Wir gehn jetz zur Beerdigung von Frau Hanske, willst du mitkommen?«

»Nee!«, sagt Ella.

Und dann kommen sie nachher zurück, und Britta sagt: »Gab guten Kuchen«, und dann sagt sie: »Weißt du, wer da war?«

Ich sag: »Nee, will ich auch gar nich wissen«, und sie: »Na, die Tochter! Ingrid, so heißt die doch, oder? Mitsamt Familie!«

ELLA

Was ist das nun wieder für einer? Guckt mich an und dann weg und dann wieder an. Stand schon da, als ich angekommen bin, hat mir zugenickt. Mach mich bloß nicht an, hab ich gedacht, aber ich glaub, der ist harmlos. Ziemlich blass, ziemliche Schlafzimmeraugen, keiner von der Elpe. Zu fein dafür, sagen wir mal: gepflegt. Das ist ja echt ne Ausnahme hier, ne Seltenheit, na ja, ungefähr so, als würd einer wie Ecki sich bei einem entschuldigen, was der überhaupt nie machen würde. Einmal hat er lieber Pferdeäppel runtergewürgt. Hat ihm nicht grade geschadet. Hat ihm sofort den grenzenlosen Respekt aller Elpe-Typen eingebracht, sogar ein paar von den Älteren haben ihm wie blöd auf die Schulter gekloppt, als es rum war im Dorf. Nur die Weiber wollten nicht mehr mit ihm knutschen, hat anscheinend keine lange durchgehalten. Jetzt ist er der Boss. Arschloch.

»Sorry?« Das kommt aus dem Mund von dem geschniegelten Typen, er sagt auch: »Ich mein, wie bitte?«

Wie bitte? Ach Scheiße, hab ich wohl wieder laut gedacht. Doofe Angewohnheit, passiert mir auch in der Schule ständig, ich merk das gar nicht so, immer erst, wenn die andern schon komisch gucken oder kichern. Ich glaub, ich hab das von Oma, aber die redet inzwischen richtig mit sich selber, was die alle natürlich unmöglich finden, »jetzt verkalkt se«, sagt Mutti immer, aber Vati sagt, »nee, vergiss es, die is zäh wie n oller Truthahn, die überlebt uns noch alle.« Und dann lacht er ganz kurz, vielleicht weil es nicht so aussehen soll, als wenn er das ernst meint, oder weil er sich seine eigene Mutter als Truthahn vorstellt, oder was weiß ich. Manchmal muss ich da mitlachen, weil Omas Hals ja wirklich so truthahnmäßig runterhängt, und ich hasse das, echt, weil Vati einen immer zum Lachen bringt, wenn man grad nicht lachen will, sonst nie. Und deshalb denk ich manchmal, dass es wahrscheinlich gar nicht so verkehrt wär, wenn der olle Truthahn ihn überlebt. Außerdem, wenn seine Mutter so was ist, was ist er denn dann eigentlich?

»Schon gut«, sag ich zu dem Sorry-Typen, dass die neuerdings alle immer ›sorry‹ sagen, wenn denn doch mal ne Entschuldigung fällig ist, oder nur so, aber wie meint der das jetzt eigentlich, ich hör das jedenfalls ständig, sogar von Mutti. Kommt mir zwar ganz schön bescheuert vor, aber ist ja anscheinend cool. Das ist auch so ein Wort. Vati kriegt Ausschlag, sagt er, wenn er das hört. Ich auch, braucht er aber nicht zu wissen. Mutti sagt das trotzdem, sie sagt, es rutscht ihr so raus, weil ihre Schüler das sagen. Glaub ich aber nicht, ich mein, dass es ihr rausrutscht. Die kommt sich nämlich selber ganz schön cool dabei vor.

»Oh«, sagt er, er streckt mir die Hand hin, das soll wohl jetzt sone offizielle Vorstellung werden oder was, kaum macht man den Mund auf, rücken sie einem gleich auf die Pelle. Seine Hand ist ganz warm und weich, fühlt sich unglaublich gut an. Als würde man die eigene noch mal schnell unter die Bettdecke stecken, kurz nach dem Aufstehen.

»Ich heiße Paul, Paul Ishley.«

Krass! Und das morgens um halb sieben an der Bushaltestelle. Eindeutig englischer Akzent, na logisch, der Name, Mann! Ein echter Engländer oder Ami oder was. Ich merk, wie ich ihn anstarr, und wie immer auch noch schön den Mund offen, beweist ja wieder mal herrlich meine Dorftrotteligkeit. Ich guck schnell runter, da sagt er: »Ich komme aus Irland.«

Irland? Wie jetzt? Achso. Er guckt mich an, und wie, der hat ein Talent dafür. »Und du?«

Ich? Oh Gott. »Ich heiße Ella, also Elisabeth – Wachlowski, und ich komme – äh, na aus dem Dorf hier.« Na toll. Ist ja wie im Film. Der Bus, na endlich.

SONJA

»Ja, Renate, ja, mach ich, ne, tschü-üß!«

Mach ich, mach ich, ja, na klar, Sonja macht ja immer, Sonja bäckt einen Kuchen, Sonja bastelt mit den Kindern. »Du kannst doch so gut mit Kindern.« Ja, ja. Ach die Kinder, was können die dafür, und wenn ich es nicht mach … Die denkt sich, ich hab ja Zeit, ich bin ja zu Hause, ich komm ja sonst um vor Langeweile, wenn sie mich nicht anruft und mir Aufgaben zuteilt. Und als braver Christenmensch sagt man ja nicht nein. Nein, Renate, mach ich nicht, du kannst mich mal am Tüffel tuten. Such dir einen andern, die müssen sich nämlich auch nicht alle den lieben langen Tag ihre Ärsche vorm Fernseher plattsitzen.

Jaa, ich guck auch mal ne Talkshow. Aber nicht die blöden, wo es nur um große Busen, kleine Busen geht. Die tun ja alle, als müssten sie gleich sterben, bloß weil die entsprechende Oberweite fehlt, na. Ich hab nun immerhin auch schon vierzig Jahre damit überlebt, oder na ja, also, jetzt nicht vierzig, aber. Manchmal kommt aber auch was Interessantes, zum Beispiel, wenn sich Leute nach soundsoviel Jahren wiedertreffen, und manche keifen sich dann immer noch an. Meistens hab ich das beim Mittagmachen an, und dann kommt Romy von der Schule und sieht mich da auf der Lehne vom Sessel sitzen, wenns grad spannend ist, aber ich setz mich nie richtig hin, muss ja immer mal nach dem Essen gucken. Dann kommt sie rein und trampelt mir den Flur voll und rollt mit den Augen, Mama, was guckst du denn schon wieder für einen Scheiß. Ich glaub, sie hat Angst, dass ihre Mutter dabei langsam, aber sicher verblödet. Sie hat mich mal gefragt, wie ich das aushalte, ob mir da gar nicht komisch wird, wenn diese – Friedhelm würd sagen: »Knallkörper«, wenn die ihr doofes Zeug von sich geben. Nö, hab ich gesagt, ich hab gar nicht genau gewusst, was sie meint. Na, ob mir das nicht irgendwie peinlich wär.

»Peinlich, wieso«, hab ich gesagt, »nu übertreib ma nich. Andre Leute gucken sich noch ganz andre Sachen an.«

»Ach, Mama, du verstehst nich, was ich mein«, sagt sie da, sagt sie neuerdings ständig, und ich weiß nicht, ob aus Prinzip oder weil sie mich wirklich für schwer von Kapee hält oder bloß zu faul ist, mir was zu erklären. Ich hab manchmal Angst, dass sie ein bisschen überheblich wird, die Leute denken wahrscheinlich sowieso, was ich da bloß fürne arrogante Tochter hab, weil sie den Mund ja nicht aufkriegt, die grüßt auch nicht. Ich weiß ja, dass ich sie nerve, wenn ich immer sag, grüß die Leute im Dorf, und sie macht das dann erst recht nicht. Sie sagt: »Warum soll ich die grüßen, ich kenn die doch gar nicht.« Ich weiß nicht, was ich dazu sagen soll. Aber die kennen mich alle, und auf dem Dorf ist das nun mal so?

Friedhelm kann solche Sätze gar nicht ab. »Romy!«, sagt er dann, »du kannst doch nicht ...«, oder: »du musst doch mal ...« Der nimmt das alles immer gleich so ernst, irgendwie erschüttert das sein Weltbild, das passt dann nicht in sein Konzept. Er liebt Romy über alles, manchmal denk ich, viel mehr als mich, aber er will nicht, dass sie so ist, und ich glaub, ich weiß auch, warum, das ist aber schwer in Worte zu fassen. Romy könnte das besser. Ich sag mal: weil sie ihn zu sehr an ihn selber erinnert. Er grüßt doch die Leute auch bloß, weil sich das eben so gehört. Im Grunde hat er mehr Schiss vor den Leuten als ich und Romy zusammen. Nur eben alle auf ne andere Art. Friedhelm ist ja nach außen hin der beste, liebste, höflichste Mann, den man sich überhaupt vorstellen kann, und ich wünschte, er würd diese Schokoladenseite mal öfter mit nach Hause bringen. Ich – wie bin ich eigentlich? Na doch auch höflich, hilfsbereit, freundlich, das haben sie mir ja schon in der Schule immer auf mein Zeugnis geschrieben, und bei Romy steht zwanzig Jahre später das gleiche, auch noch mit den gleichen Floskeln, die machen sich da überhaupt keinen Kopp. Als Lehrer verblödet man wahrscheinlich auch. Dabei war ich oft auch n ganz schöner Querkopp, ich hatt zwar immer Schiss, und das Herz wummerte mir bis zum Hals, besonders in Stabü, da konnten sie einen ja gleich richtig drankriegen, aber ich hab schon den Mund aufgemacht, wenn mir was partout nicht gepasst hat. Romy würd da jetzt wahrscheinlich lachen. Wenn du das doch bloß mal machen würdest, Mama, na.

Aber die weiß, dass ihre Mutter kämpfen kann. Dass ich für sie immer in die Bresche springen würd. Wie damals mit diesem Drachen von Schwimmlehrerin, diese Spleißrieter. Kommt die doch zu mir in'n Laden und behauptet, mein Kind hat den Entschuldigungszettel gefälscht. »Das ist doch eine Kinderschrift!«, hat die zu mir gesagt. Und außerdem hätte Romy ja ihr Schwimmzeug mitgehabt. War natürlich doof von mir gewesen, und Romy hält mir das heute noch vor, wieso ich ihr überhaupt das Schwimmzeug mitgegeben hab, »das ist typisch«, sagt sie, »immer deine Übervorsichtigkeit: ›falls du doch noch schwimmen musst.‹« War aber wirklich meine Schrift, ich hab nun mal so eine Erste-Klasse-Schrift, wollte die aber natürlich nicht glauben. Da hab ich ihr mal ordentlich die Meinung gesagt, und dann hab ich sie so halb rausgeschmissen, na ja. Aber dann hab ich Angst gehabt, dass sie Romy nun erst recht schikaniert. Die konnten doch machen, was sie wollten, kam man ja nicht gegen an. Und Romy war eben schon immer schüchtern, deswegen will sie ja mit Leuten am liebsten gar nix zu tun haben. War das immer ein Akt, wenn sie bloß mal um die Ecke laufen und Brot holen sollte! Manchmal denk ich, ich hab da was falsch gemacht. Geschwister wären wahrscheinlich gut gewesen, und ausgerechnet ich hab nur ein Kind, aber ging ja nun mal nicht. Was die da damals mit einem gemacht haben – ich möcht nicht wissen, wie ich von innen ausseh. Die hatten mich ja schon aufgegeben. »Frau Plötz«, haben sie hinterher gesagt, »wir haben nicht mehr an Sie geglaubt.«

ROMY

Zum Glück nimmt Papa mich morgens mit, obwohl das auch nicht ideal ist. Er muss um sieben auf Arbeit sein, ich aber erst um fünf nach sieben in der Schule, da klingelt es zum ersten Mal, zum Reingehen, und eine frühere Anwesenheit ist ja wohl kaum erforderlich. Keiner, der einigermaßen normal tickt, stellt sich vor sieben auf den Schulhof, schon gar keiner aus der Zwölften, außer Anita vielleicht, und eben die armen Schweine namens Fahrschüler, die bei tiefster Nacht aufstehen müssen, damit der Schulbus sie dann eine halbe Ewigkeit zur Schule zuckelt und noch mal eine andere halbe Ewigkeit vor Unterrichtsbeginn dort ausspuckt. Bei Regen, oder falls es wirklich mal überaus kalt ist, dürfen sie sich in den Essenraum setzen, und man versuche mal, sich was Trostloseres vorzustellen, als morgens um kurz nach halb sieben in einem grell mit Neonröhren illuminierten und olfaktorisch nicht sonderlich ansprechenden Keller die Zeit abzusitzen, noch dazu mit der jeden Lebenssinn vernichtenden Frage, worauf man hier eigentlich wartet. Auf die Matheklausur in der ersten Stunde. Überhaupt, wer hat sich das bloß ausgedacht, wir sind die einzige Schule weit und breit, an der noch die sozialistische Zeitdiktatur des Proletariats herrscht, dabei ist es wissenschaftlich erwiesen, dass vor halb neun kein Mensch zu irgendwelchen höheren Leistungen in der Lage ist.

Andererseits hat man dann wenigstens nachmittags seine Ruhe und kann meistens schon um eins entkommen. Das heißt, nicht gerade mit dem Fluchtfahrzeug meiner Wahl, da muss ich dann doch in die Niederungen der Fahrschülerkaste hinabsteigen, da bleibt mir nichts erspart. Der Schulbus fährt den geballten Lärm übers Land. Er ist nichts anderes als ein Stahltopf, in dem konzentrierte Lärmsuppe schwappt, und jedes Dorf, jedes erbärmliche Kacknest kriegt seine lärmdampfende Ration zugeteilt, eine Kelle voll an den Straßenrand. Und man selbst mitten drin in der brodelnden Brühe. Verbleibende Garzeit: ein Schuljahr. Man kann nicht sitzen, man kann nicht denken, man weiß nicht, was man zu Ella Wachlowski sagen soll.

Die hat sich direkt neben mich gestellt, ich habe so was wie ein Lächeln zustande gebracht. Wir kommen ja jetzt aus demselben Dorf sozusagen. Ich seh sie da nie. Komisches Mädchen. Ich meine, ich weiß, die anderen denken auch, dass *ich* komisch bin, keine Ahnung, was Ella denkt, ob sie überhaupt manchmal was denkt, aber sie ist es jedenfalls wirklich, ich meine, wirklich komisch, seltsam. Wenn ich vielleicht auch *strange* bin – ein Wort, das mir übrigens gar nicht mal missfällt, ganz im Gegenteil, weil es ja gleichzeitig auch ›fremd‹ bedeutet, und ich glaube, das bin ich hier eindeutig – Ella ist *weird*. Macht zum Beispiel den Mund nur auf, wenn sie was gefragt wird. Sie sagt oft, »weiß ich nich«, oder: »keine Ahnung«. Sie hat so eine Art, mit den Schultern zu zucken, man hält das nicht für möglich manchmal, diese Teilnahmslosigkeit, oder was es ist. Wäre sie ein Junge, würde ich sie für einen angehenden Psychopathen halten. Aber den gibts ja noch zusätzlich. Dieser Sven, der sitzt in Chemie schräg vor mir, und ab und zu dreht der sich ganz langsam so halb zu mir um, mit einem engen iltisartigen Blick, zumindest muss ich bei ihm immer an einen Iltis denken, und ich habe absolut keine Vorstellung, was das soll. Ich grüble jedes Mal darüber nach, es ist einerseits beängstigend, andererseits hochinteressant, da undefinierbar, ich bin sogar schon auf den Gedanken verfallen, ob das seine verdrehte Art ist, Interesse zu bekunden, also an mir, womit er dann weit und breit der Einzige wäre, ausgerechnet.

Manchmal denke ich, die beiden würden ein hübsches Pärchen abgeben, also Ella und er. Sie sitzt wiederum in Chemie vor ihm, sitzt dort dösend und weiß nichts. Frau Pufesiels Redefluss, in dem es von sächsisch kolorierten »Pyrametschen«, »Löckmuspapierschen«, »Örlen-Mäyer-Kölbschen« und anderen Verniedlichungen wie von possierlichen Tierchen wimmelt, muss in Ellas Ohren wie das Rauschen eines fremden Meeres klingen, auf dessen Weiten sie schläfrig dahindümpelt. Und dann, plötzlich, überspült sie unerwartet und gefährlich zischend eine Welle in Form ihres eigenen Namens, »Elisabeth!«, und sie schnappt nach Luft.

Jetzt weiß sie aber wohl doch mal was, sie kommt ziemlich dicht zu mir ran, der Bus schubst sie mir noch entgegen. Ich rieche ihren Pausenbrotatem, als sie flüstert: »Hast du den Iren schon gesehn?«

»Was?«, frage ich. Ich bin mir nicht sicher, sie überhaupt richtig verstanden zu haben. Ich überlege kurz, ob auch sonst irgendwas nicht stimmt mit ihr, ob sie Aussetzer hat oder so.

»Na ja«, sagt sie bloß. Und dann wieder in diesem Flüsterton: »Er sitzt da vorne.« Sie zuckt mit dem Kopf. Was soll das? Ich kann es nicht ausstehen, wenn Leute flüstern, Mama macht das auch ständig, entweder man sagt, was man will, oder man lässt es.

»Wer?«, frage ich.

»Ich weiß nich«, sagt sie, jetzt fast normal, als hätte sie bereits gemerkt, dass sie mich krank macht und ich drauf und dran bin, das Gespräch abrupt und kommentarlos zu beenden. Als ob das eine meiner leichtesten Übungen wäre.

»Er hat bloß gesagt, dass er aus Irland is.«

Aus Irland! Das klingt wie vom Himmel gefallen hier. Mein Blick rastet auf einem dunklen Hinterkopf ein, den meint sie wohl. Ich traue mich kaum, ihr weitere Fragen zu stellen. Irgendwie glaube ich ihr auch nicht so richtig. Ich mustere sie von der Seite. »Wie heißt er denn?«

»Ach, weiß ich nich. Hab ich vergessen.« Sie lächelt und guckt mich ein bisschen kleinlaut an.

»Na ja«, sage ich.

Als der Bus an der letzten Bresekower Haltestelle bremst, steigt der sogenannte Ire tatsächlich mit uns aus. Nur wir drei, was aber immerhin schon eine Zuwachsrate von fünfzig Prozent ausmacht. Er geht auf Ella zu und sagt wirklich »Hallo« zu ihr. Und mich trifft der Schlag.

»Du wohnst auch hier?«, fragt er mich.

»Ja«, sage ich, ich bin total verdattert. Ella guckt mich an. Wohl weil nichts weiter von mir kommt, sagt sie: »Das ist Romy. Sie ist auch vom Gymnasium.«

Ich finde das ganz schön dreist, kann aber nicht weiter darüber nachdenken. Mich beschäftigt nur eins. Dieser Mensch sieht aus wie Paul. Paul McCartney. Wie Paul McCartney mit dreiundzwanzig wohlbemerkt.

Er gibt mir die Hand, er lächelt.

»Ich bin Paul«, sagt er.

JOHN & PAUL

Glaubst du an eine Liebe auf den ersten Blick
Ja ich bin sicher dass es ständig passiert
Was siehst du wenn du das Licht ausmachst
Ich kann es dir nicht sagen aber ich weiss dass es meins ist

Brauchst du irgendjemanden
Ich brauche nur jemanden zum Lieben
Könnte es irgendjemand sein
Ich will jemanden zum Lieben

HENRY

Warum sie mit dem Brief angekommen sind, weiß er genau. Sie haben vorher kein Wort gesagt, sie haben ihm sein Mittagessen gegeben, und er hat alles aufgegessen, weil sie das gerne sehen, aber manchmal sagen sie auch, »schling nicht so«, manchmal sagen sie auch, »der frisst wie ein Schwein«. Dann hat er seinen Mittagsschlaf gemacht. Am Anfang wollte er nie Mittagsschlaf machen, zu Hause hat er nie Mittagsschlaf gemacht. Hier hat er sich dran gewöhnt, wie sie es ihm gesagt haben, »du gewöhnst dich schon dran«. Bestimmt hat er geschnarcht, sie sagen dann immer, »du hast wieder ganze Wälder abgesägt«, und das hört er gerne und lacht dann, er lacht immer laut darüber, wenn sie wieder sagen, du hast ganze Wälder abgesägt. Sie machen ja bloß Spaß, aber ihm gefällt das, dass er Wälder absägt und dass es auch noch lustig ist. Dass er beim Schlafen eine Säge hat. Ich hab doch keine Säge, hat er mal gesagt, und da haben sie alle gelacht. Er macht gerne Spaß, aber manchmal sagen sie, »jetzt reichts«, »jetzt hör aber ma auf«, und wenn er mit den anderen Spaß macht, verpetzen die ihn, und dann sagen sie zu ihm, »das macht man nicht« und immer solche Sachen, und dann hört er nicht mehr hin, dann hört er nämlich weg. Das kann er gut, das haben sie früher schon zu ihm gesagt, ja, das kann er, und manchmal haben sie gesagt, das ist das Einzige, was er kann, aber das stimmt nicht, aber das hat er ihnen nicht gesagt, dass er auch noch ganz andere Sachen kann, und auch nicht, dass er in Wirklichkeit das gar nicht so gut kann, weghören, in Wirklichkeit weiß er nämlich gar nicht, wie das geht, er weiß nur, wie man so tut, als wenn man weghört. Ha ha, hätte er hinterher am liebsten immer gesagt, ich hab gar nicht weggehört, ich hab alles gehört, was ihr gequatscht habt, aber dann hätten sie das ja gemerkt.

Und dann sind sie angekommen und haben gesagt: »Wir müssen dir was sagen, Henry«, und er hat erst mal wieder gelacht, weil sie so komisch ausgesehen haben, weil sie so ausgesehen haben, als wenn man nicht lachen darf. Sie haben gesagt: »Henry, deine Großmutter ist leider gestorben«, und dann haben sie ihm den Brief hingehalten, und er hat gelacht, weil er doch gar keine Großmutter hat, er hat doch gar keine Mutter. Und weil er doch gar keine Wörter lesen kann, schon gar nicht so viele Wörter auf einmal, so viele schwarze kleine Wörter, so viel Fliegenschiss, hat sie immer gesagt, »das ist doch nur Fliegenschiss«. »Da muss man sich nicht drüber aufregen.« Außerdem wollten sie bloß sehen, was er macht, wenn sie ihm den Brief zeigen, das machen die nämlich öfter, die zeigen ihm Sachen oder sagen Sachen zu ihm und wollen sehen, was er dann macht. Dann lacht er meistens, und dann sagen sie, er soll nicht immer bloß lachen, er soll mal was sagen, aber er sagt nichts, er nicht, er ist nicht so doof wie die andern, die sind doch alle doof. »Lass die doch alle«, hat sie immer gesagt, die sind doch alle doof, »die wissen das nicht besser.« »Du weißt das doch besser.« Er ist hin- und hergelaufen, er ist immer um den Stuhl drumrum und hat gesagt, »ich sag nichts, ich sag nichts, ich weiß das besser, ich sag nichts«. Sie haben gesagt, »Henry!«, und dann hat er gesagt: »Is Oma tot?«

Sie haben gesagt, ja, deine Oma ist tot, sie ist vorgestern gestorben, das steht in dem Brief hier, und dann haben sie wieder auf den Brief gezeigt.

»Das glaub ich nich«, hat er gesagt, »ich bin doch nich doof. Kommt Oma jetz aufn Friedhof, jetz gleich? Kommt sie jetz gleich in Himmel oder sonstwas?« Sie haben »Beerdigung« gesagt, und dass er da nicht hinkann, weil das nämlich nicht gut für ihn ist, weil das nämlich zu viel Stress ist und Ärger, weil das nicht gut ist.

»Ich war das nich«, hat er gesagt, ganz laut, »ich war das nich«, sie haben gesagt, beruhig dich, du kriegst gleich was, was zur Beruhigung, gleich, er hat ganz laut gelacht und gesagt, »ich war das nich, ich war das nich, ich war das nich«, sie haben ihn festgehalten.

MARIA

Tja, und unsereins muss nu noch immer noch weitermachen mit dem Leben. Du hast das ja immer besser gehabt, Anna, nich, wie oft hab ich zu dir gesagt, du hast das gut. Aber neidisch war ich nich, das kannst du nich sagen, na, manchmal hab ich schon geguckt auf deine Kleider, besonders das blaue mit die Rüschen, dabei hab ich ja gewusst, dass Blau mich gar nich kleidet, und du hattst so schöne blonde Haare, aber das is ja nu lange her, ach Gott, das is ja nu schon gar nich mehr wahr. Aber ich hab das alles noch im Kopf, ich, und du hast das vielleicht alles schon vergessen gehabt, du hast ja bloß noch gesagt, »na, Maria«, wenn wir uns mal übern Weg gelaufen sind, und dabei hast du immer son bisschen traurig geguckt, das hab ich genau gesehn, und da hab ich immer gedacht, na, du hast ja auch allen Grund zum Traurigsein, aber denk man nich, dass du da nich auch selber dran schuld bist. Denn wenn da nu einer neidisch sein konnte auf einen, denn du auf mich, wenigstens so von außen, aber ich sag dir, ich wär nich neidisch auf mich gewesen, mir ging das auch nich so gut, wie das vielleicht aussah, du brauchst dir nu nich einzubilden, dass nur dir das dreckig ging, bloß dass das bei dir nu alle gesehn haben, und bei mir haben sie bloß Simon gesehn und haben gesagt, was ich fürn guten Mann hab, und dass Maria Behn da aber ein unverschämtes Glück gehabt hat, und später haben sie denn Hartmut gesehn, und dass Maria Wachlowski da aber nu stolz drauf sein kann, dass ihr Sohn so gut war in der Schule und nu denn noch Lehrer geworden is, aber ich sag dir, mit Hartmut fings an.

Aber wenigstens is mir so was wie deine Ingrid erspart geblieben, das hätt ich auch nich ausgehalten, ich hab mich immer gefragt, wie du das aushältst, na, du bist da ganz anders als ich, na, gewesen, immer, wenn ich wegen was die Hände überm Kopf zusammenschlagen wollt, hast du nur gelacht und gesagt, »is doch nich so schlimm«. Manchmal hab ich gedacht, dass du kein Herz hast, oder nich ganz gescheit bist, dabei warst du viel heller als ich, hast mich ja abschreiben lassen in der Schule und dann mit mir gemeckert, »Abschreiben is keine Lösung«, hast du gesagt und mir versucht was einzupauken, und das mit den Gefühlen hast du gut versteckt, ich hab dich nie heulen sehen. Das hat mir als Erstes imponiert, dass du keine Heulsuse warst und die Jungs dich nich ausgelacht haben, ich glaub, nur deswegen wollt ich deine Freundin sein. Ich hab gedacht, dass du meinen Eltern gut gefallen würdst, weil die das Heulen ja nu auch überhaupt nich leiden konnten, aber dann konnten sie dich auch nich leiden und haben mich ausgemeckert, weil ich nu eine mitgebracht hatte, die sich wohl für was Bessres hält, »verstooht dei denn keen Platt?«.

Ich weiß nich, ob du dich nu wirklich für was Bessres gehalten hast, aber wenn, dann hattst du keinen Grund dazu, sag ich dir, Anna Hanske, du am allerwenigsten. Das hab ich nich verstanden, wie du bei dem ganzen Dreck vor deine eigene Tür immer noch so tun konntst, als wär da nix. Vielleicht konntst du nich für alles was, das mag ja nu sein, aber wenn einem so was alles passiert, kann man da nich noch stolz tun. Ich weiß ja, dass du die alle für bisschen beschränkt gehalten hast, wir haben da ja oft genug drüber gelacht, über Else und Martha und über Sieglinde, die, bloß weil sie Fritz Boohn geküsst hatte, nu Angst hatte, dass sie ein Kind kriegt, aber da hab ich nur dir zuliebe gelacht, ganz wohl war mir nich dabei, ich hab gedacht, wenn die nu wirklich ein Kind kriegt. Das is mir wieder eingefallen, als ich denn das erste Mal schwanger war, und da musst ich denn erst richtig dadrüber lachen, na wenns so einfach gehn würd, mit Küssen, hab ich gedacht, da hätt ich das aber lieber auch so gemacht, aber dann hab ich ja das Kind verlorn, und bloß paar Tage vorher hatt ich so über Sieglinde gelacht, weil die da ja auch schon eine Zeit verheiratet war, aber immer noch nich schwanger, vielleicht wartet die immer noch dadrauf, dass das mit Küssen was wird, hab ich gedacht, und da hab ich denn allen Ernstes angenommen, so, das is nu die Strafe dafür. Hochmut kommt vor dem Fall, das kam mir gleich in'n Kopf, das war mit das Erste, was die uns eingebläut hatten im Kommunionsunterricht, und ich Dummlack hab gedacht, dass das nu wirklich was mit Hinfallen zu tun hat, und hab immer penibel dadrauf aufgepasst, nich zu stolpern und lang hinzuschlagen, damit die nich denken sollen, dass ich vielleicht hochmütig war. Ich dacht, denn lassen die mich nich zur Kommunion und ich krieg nich so ein schönes Kleid, bis dahin muss ich aufpassen, hab ich gedacht, danach is egal, da können sie es denn ja nich mehr rückgängig machen.

Später hab ich nich mehr gewusst, ob du mich da nu dazuzählst, zu die, wo du immer gesagt hast, die haben doch keine Ahnung. Das haben die doch auch mitgekriegt, was du von die denkst, und da hab ich das beinah verstehen gekonnt, dass die denn ein bisschen, na, schadenfroh waren, als das mit Ingrid passiert is. Vorher hab ich das nich gedacht, als dein Theo nich mehr wiedergekommen is, ich hab gedacht, es is vielleicht wirklich wegen dem lütten Peter, was soll er denn nu von so ein fremdes Kind halten, aber da hast du mir leid getan, und ich hab auch gedacht, dass du vielleicht zu gut für Theo bist. Und später konnt ich auch nich verstehn, wie die da nu noch schadenfroh sein können, als Henry, das war doch wirklich schlimm, und die haben doch alle gesehn, dass du nu nix dafür kannst, da kann man doch nich mehr schadenfroh sein, vor allem schon wegen Erna nich. Da hab ich das verstanden, warum du auf die alle runtergeguckt hast, aber richtig war das trotzdem nich die ganze Zeit, und danach denn auch nich mehr, man muss wissen, wann Schluss is, wann man dat Muul hulln mööt.

DIE GEMEINDE

Hest ehr all seihn
Dei seiht doch noch so ut as wie doomols
As wenn sei goor nich öller
Dei is joo nu goor nich öller worden dat blonde Hoor
Ick kann mich ja nur n bisschen erinnern als sie mit ihrm
Aber die hat dat doch nich
Nie het sei dat seggt wer denn nu
Dei het ehr Mudder quäält un denn noch dat mit dän Henry
Nee nee
Und nu kricht se dat Haus oder wat dat Haus von Anna Hanske
Na is doch ehr Mudder öwwer Peter wat is mit em denn nu
Wat will die denn mit dat Haus wenn se da in England nu wohnt
Ach in Irland
Is denn nu ihr Mann uch n Irischer
Na der sieht doch schon so aus wie n so sieht doch nu kein Deutscher
Öwwer is dat nu ehr Soohn oder vun em der Soohn
Na dat is doch tau seihn dat is doch n Hanske durch un

Der sieht ihr nu aber gar nich
Wie der olle Hanske dei wier noch
Nu kricht se wohl dat ganze Geld noch als Belohnung dafür dat se
Und unsereins
Dei wulln doch nu nich hierbliewn
Na denn gut Nacht Marie

INGRID

Du hast keinen weiter angeguckt. Es wäre nicht möglich gewesen, ohne sofort einen Blick aufzugabeln, sie hätten alle gar nicht gewusst, wohin so schnell mit ihren Augen, hättest du aufgesehen, und du wolltest sie nicht noch mehr in Verlegenheit bringen, nicht wahr. Die meisten hast du erkannt, schon am Gang, an den verschämten Flüsterstimmen, als sie in die Kirche gestolpert kamen, an den Händen und den gehegten Beerdigungsjacken, als sie wie kopflose Puppen auf einem altersschwachen Fließband an dir vorbeiruckten und kurz ihre rauhe Hand in deine kalte legten, um dann eine Winzigkeit länger bei Peter zu verweilen. Er stand lang und sprachlos neben dir, für einen Augenblick wusstest du, dass er nicht dein Bruder ist. Aber umgekehrt, nämlich, dass er sehr wohl der Sohn von Anna Hanske ist. Du bist die rechtmäßige Erbin, wie lächerlich. Wie lächerlich du da rumgestanden hast, mit Peter an vorderster Front, und dem Feind nicht ins Angesicht zu blicken wagtest und nur an deine Rückendeckung dachtest. Du wusstest, dass Michael und Paul direkt hinter dir stehen, du hast dich an ihre Anwesenheit geklammert, ohne sie zu spüren, dein Rücken war kalt, als träten deine Hacken bereits auf freies Feld, als wären da nichts als Stoppeln, deine Familie abgemäht. Du hast dich nicht getraut, hinter dich zu greifen.

Der Pastor war dein Misstrauen nicht wert; als er dir die Hand gab, hast du in den graublauen Augen etwas gesehen, wofür du dir keine Entsprechung denken konntest hier und was dich an der Information, er habe den sogenannten Leichenschmaus befürwortet und organisiert, zweifeln ließ. Und warum hatte Peter das zugelassen? Das fragst du doch nicht ernsthaft. Aber du hast eine Weile gebraucht, um dahinter nicht nur die Wehrlosigkeit Peters zu sehen, sondern auch die Klugheit des Pastors.

Der Kuchen kam dir widerlich süß und schwer vor, er hat dich an die steifen, gerüschten Kindergeburtstagskaffeetrinken erinnert, bei denen es Muckefuck gab und man nicht krümeln durfte. Beim Anblick der Sahnetorte wurde dir stets übel, und du lehntest sie rundheraus ab, worauf man dir sowohl Undankbarkeit als auch Hochnäsigkeit vorwarf, »bei euch gibs wohl wat Bessres, wa«, und dir den Mund mit trockenem Sandkuchen stopfte, den man weder kauen noch schlucken konnte. Und so saßt du da, mit einem Klumpen im Mund, der dich stumm machte und dir den Atem nahm, der den Gaumen bedrängte und ein schmerzendes Gewölbe sein ließ und dir Tränen abpresste. Du wolltest keine Heulsuse sein. Du warst auch keine. Du hast nicht geweint, als Süwerts Hund dich gebissen hat und du die Tollwutspritze in den Bauch bekamst; du hast vor ihnen nicht geweint, als das Blut dir aus der Schulter spritzte, an der das neue Messer stolz ausprobiert worden war; du hast nicht geweint vor ihm, damals, nachdem. Wieso hättest du das ausgerechnet jetzt ändern sollen.

Aber du hast auf einmal gewusst, als du den Kuchen mit dem sauren Kaffee runtergespült hast, dass es gut war, dass sie ihn gebacken hatten, für Anna Hanske. Dass es gut war, dass sie alle hier herumsaßen und an Anna Hanske denken und auf Anna Hanske trinken mussten, dass der Pastor es verstanden hatte, sie in ihren eigenen Bräuchen zu fangen. Anna Hanske war unter der Erde. Aber hatte es dort bequemer als die hier, wie verspätete Gäste, an ihrem Tisch, wo man sich ja immerhin anständig, immerhin benehmen musste, und Anna Hanske konnte endgültig kein gutes Benehmen mehr abverlangt werden.

Dieses Haus ist dir fremd. Hier hast du nicht gewohnt, zwischen diesen wurmstichigen Schränken, unter diesem schweren Dach hast du keinen Schlaf gefunden, hast du sowieso nicht. Welcher von den Balken hat einen Hauch deines trostlosen Atems, eins deiner Moleküle gespeichert? Es muss alles gelöscht worden sein, als du begonnen hast, dieses Haus aus dir Schicht für Schicht zu löschen, bis es nur noch wie ein Abziehbild auf einem durchsichtigen Hintergrund klebte, wie die zarten, knittrigen Blumenbilder auf dem Spiegel in deinem Mädchenzimmer, bunter getrockneter Schneckenschleim, unberührbar, es muss begonnen haben, bevor du das Haus verlassen hast. Vielleicht war das der Grund dafür, und wieder verwirren sich Ursache und Folge, und wieder versuchst du vergeblich, in diesen schlingernden Kreisen einen Anfang zu erhaschen. Lass das. Verkauf es, so schnell wie möglich. Es ist deines Bleibens hier nicht länger. Als nötig.

Als sie weg waren, bist du gedankenlos zu der Ecke gegangen, in der immer der Besen stand, und du hast ihn dort, nicht verwundert, gefunden und die Krümel von den Dielen gefegt, »ein Teppich kommt mir nicht ins Haus, so ein Dreckfänger«, hatte Anna Hanske, ja, deine Mutter, auch öffentlich, gesagt und gelacht über die Putzteufelinnen, die nicht ahnten, was in ihren Persern hauste. Dass die sie ihrerseits auslachten, wenn auch ohne Lust und nur mit Häme, wegen ihrer nackten Dielen, tat ihrer Heiterkeit keinen Abbruch, im Gegenteil. »Die Nachbarn machen immer die beste Komödie«, sagte sie. Ja, hast du gedacht, besonders wenn wir die Nachbarn sind.

Peter war sofort und entschieden gegen eine Schenkung, das Wort erschien dir selber maßlos übertrieben, du hast versucht, es nüchtern, deutlich, rechtlich auszusprechen bei diesem Telefonat, das dir nach mehr als zwanzig Jahren wieder die Stimme deines Bruders an dein, in deinem Ohr, wie soll dieser Satz zu

Ende gehen? Er hat dich gefragt, ob du inzwischen mit Akzent sprichst. Du musstest dir eingestehen, dass du die Stimme nicht sofort und selbstverständlich als die deines Bruders erkannt hättest. Auch nicht, wenn da noch Spuren des einstigen Stotterns gewesen wären, mehr, als diese kaum merkliche Achtsamkeit. Du könntest sagen: Er ist nicht dein Bruder. Und dass du nur deshalb das Wort ›Schenkung‹ in den Mund nehmen musstest wie ein Fremdwort, das einem dann peinlich ist, weil der andere es nicht versteht, weil man das vorher wusste. Dass du nur deshalb sagen musstest: »Ich dachte, du könntest es vielleicht brauchen.«

Du hast nicht einen Moment angenommen, Peter könnte das Haus bewohnen wollen, so ein Wille wäre dir abwegig vorgekommen, dir. Peter sagte, er brauche nichts, er sei zufrieden mit seiner Wohnung in Neubrandenburg, es gehe ihm gut. Du hast versucht, dir vorzustellen, wie gut es ihm geht mit seiner Neubrandenburger Wohnung, in der er mit seiner Neubrandenburger Frau lebt, von der dir aber nie eine Vorstellung geglückt ist, und erst recht nicht von seinen zwei Kindern, es waren doch zwei, oder.

»Ich dachte, du könntest es verkaufen«, sagtest du. Peter lachte, und du hast dich durchaus geärgert, durchaus wie früher, wenn er sich freundlich, überlegen über die abwegigen Ideen der kleinen Schwester mokiert hatte. Du hattest durchaus den Eindruck, in seiner brüderlichen Stimme liege eine Zufriedenheit, und zwar darüber, dass etwas, worauf er lange gewartet hatte, endlich eingetreten sei, als er sagte: »Nein. Verkaufen kannst nur du es.«

Er stand allein, ernst und in Schwarz, im Ankunftsbereich in Tegel, du warst erleichtert, ihn gleich erkannt zu haben, »it's him«, hast du zu Michael und Paul gesagt und in Richtung des unbeweglichen Mannes jenseits der Scheibe geblickt, der in deine Richtung sah und kein Zeichen des Erkennens gab. Dir fiel das Wort ›unverwandt‹ ein. Du hattest kein schlechtes Gewissen, du fühltest dich mit deinem Unbehagen im Recht, denn du hattest nachgerechnet, dass die Zeit, die ihr verwandt miteinander, zum Miteinander verwandt habt, bereits von der Zeit, in der ganze fünf Briefe als seidene Fäden zwischen euch hin- und hergegangen waren und versucht hatten, das KÜNSTLICHE GESTRICKE zusammenzuhalten, um ein wenig, aber doch unsagbar deutlich geschlagen worden war. Michael fragte dich, ob er auch etwas Schwarzes hätte anziehen sollen. »Maybe«, hast du gesagt, und er murmelte einen Vorwurf. Paul war seltsamerweise völlig in Schwarz, was dir gar nicht aufgefallen war, weil er oft dunkle Sachen trägt, und du hattest es aufgegeben, ihm zu sagen, wie blass es ihn mache. Es war nur dumm, weil es nun aussah, als trüge er es zur stummen Zurechtweisung seiner respektlosen Eltern, es wirkte, wenn auch unbeabsichtigt, so aufgesetzt, dass du ärgerlich dachtest: Er kannte sie doch gar nicht. Und wie gesagt, du hattest kein schlechtes Gewissen.

Als du auf Peter zugingst, hast du dich dicht an Michaels Seite gehalten; der Gepäckwagen, den er vor sich herschob, war dir wie ein Schutzschild. Du hast Peter nicht angesehen, bis du vor ihm standest, du hast während des kurzen Weges auf das Geräusch deiner Absätze gelauscht und sinnlose kleine Dinge zu deinem Mann, deinem Sohn gesagt, auf die sie nicht geantwortet haben. Und dann habt ihr, Peter und du, im gleichen Moment Hallo gesagt, eure Stimmen gingen eine in der anderen unter, du hättest nicht sagen können, ob es tatsächlich Peter war, der dich begrüßte, ob tatsächlich du es warst, aus deren Mund ein »Hallo« kam. Und so warst du erschrocken, als du dein folgendes »Na« zwischen all den Stimmen um euch herum deutlich, überlaut hörtest, als wäre dir etwas Persönliches, ein Medikament, ein Tampon, durch Ungeschicklichkeit aus der Handtasche gefallen, auf das sich nun ausgerechnet die Aufmerksamkeit richtete, obschon sich niemand traute, es aufzuheben. Dann umarmte dich Peter. Durch sein schlechtes Aftershave hindurch, für das du sofort seine unbekannte Frau verantwortlich machtest, konntest du jenen Geruch wahrnehmen, der dich mit schmerzvollen, groben Stichen wieder an einen verblichenen Fetzen anheftete, du dir vor langer Zeit mit einem Ruck abgerissen hattest, und er war erschreckend viel größer als damals. Peter gab Michael und Paul, die beide nicht wussten, ob sie lächeln sollten, die Hand, er sagte, ein wenig zu leise: »Na, denn wollen wir mal.«

ELLA

Ich habs ja gesagt. Aber immer erst mit den Augen rollen, hab ich übrigens genau gesehen, weißte, immer erst so tun wie, immer erst denken, sie ist ja Romy Plötz, aus der Stadt, und was geht denn sie das an, was hier passiert. Lass die man reden, die Dorftrottel. Und dann hat sie ihn doch angestarrt, angestarrt, jawoll, genau wie ich heut morgen. Ich hab erst gedacht, was is nu los, weil die erst gar nichts gesagt hat zu ihm. Vielleicht hat sie n Schreck gekriegt, dass ich nun doch keinen Scheiß erzählt hab, dass das stimmt mit dem, Paul heißt er ja, hat er dann auch noch mal gesagt, wie heut Morgen, aber da hab ich das gar nicht so mitgeschnitten. Kann nicht wahr sein, hab ich gedacht, die sagt ihm nicht mal, wer sie ist, also hab ichs ihm gesagt, und da hat sie erst komisch geguckt. Aber ist doch scheiße, nur so rumzustehn, was soll der denn denken, dass wir hier nicht mal sprechen können oder was. Aber na ja, da ist nun mal einer gekommen zum Anstarren, und zwar nach Bresekow, und nicht nach Anklam. Da kommt nämlich auch keiner hin, normalerweise. Das machen sie doch auch bald dicht, da braucht sie sich gar nichts einbilden drauf. Hier ist sowieso Feierabend. Kein Schwein zieht hierher, freiwillig, die hauen doch alle ab, sobald sie können. Ich will nach Berlin, wie Thorsten. Oder in die Schweiz, später. Wie ist es eigentlich in Irland so? Er hat sich jedenfalls hergetraut.

Den ganzen Nachhauseweg musste ich ihn angucken, er kam mir ein bisschen vor wie ein fremdes Tier, also irgendwie artfremd oder wie man das nennt, wie n ausgebüxter Wellensittich oder so was. Da hatt ich beinah n bisschen Angst um ihn. Das sieht man doch gleich, dass der nicht hierher gehört, hab ich gedacht. Die machen ihn fertig. Wenn die von der Elpe ihn erst mal zu sehen kriegen, ist es aus, da soll er bloß einen Bogen rum machen. Wenn, na zum Beispiel, wenn Ecki das spitzkriegt, dann stachelt der doch gleich die andern Idioten auf, und wenn Paul denn vielleicht noch was Falsches sagt … Als ob man bei denen überhaupt was sagen könnte, was nicht falsch wär. Die halten das doch nicht aus, wenn einer anders aussieht als sie, nämlich besser, besser riecht vor allem, und auch sonst, das sind doch nichts als feige Ratten. Die haben doch …

»Jaa, verdammt noch mal!«

Mann! Hat sich grade erst zum Mittagsschlaf hingelegt und schreit schon wieder nach mir, das geht jetzt den ganzen Nachmittag so. »El-la«, immer diese »El-la«-Jammerei, und dann sagt sie am Ende wieder, dass sie schon ganz heiser ist, und guckt mich an, als wär das auch noch meine Schuld. Ich weiß ja, sie meint das nicht so, nicht so wie Mutti oder Vati, und sie kommt auch nicht wie die mit solchen doofen Aufgaben an, irgendwelcher Haushaltskram, bloß weil sie selber zu faul sind dazu. Wenn die dann immer sagen, sie haben keine Zeit, Lehrer haben eben nachmittags auch nicht frei, nicht so wie ich, ich weiß, und das sagen sie auch, »wir haben nicht so viel Freizeit wie du«, wenn ich das hör, dann weiß ich schon Bescheid. »Das kann ja Ella machen«, da haben die sich richtig dran gewöhnt. Vor allem, seit Oma nicht mehr so kann und Thorsten weg ist, obwohl, den haben sie nie mit so was belästigt. »Nu tu ma nich so, als ob du dich hier überanstrengen musst«, das ist so Vatis Spruch, »Arbeit hat noch keinem geschadet.«

»Keine Arbeit auch nicht«, hat Thorsten mir da mal zugeflüstert, »obwohl, vielleicht bei ihm!« Ich musste kichern, und da hats gleich ne Ohrfeige von Vati gegeben, zum Glück wusste der nicht, worums eigentlich geht. Aber ich muss da jetzt immer dran denken, wenn er diesen bescheuerten Satz wieder bringt, und lach so in mich rein. Bloß mir fällt so was nie ein oder immer erst hinterher, manchmal möchte ich sone Antwort geben, wo denen einfach die Spucke wegbleibt, wo sie so von den Socken sind, dass sie nicht mal an ne Ohrfeige denken, und dann dreh ich mich einfach aufm Hacken um und gehe und bin weg. Was bleibt mir denn andres übrig, als auch einfach wegzugehen, ohne Thorsten ist das doch hier gar nicht mehr auszuhalten. Und dann sollen sie mal sehen, wo sie bleiben, und dann kann Oma rufen, so viel sie will, Ella ist nicht mehr da.

Aber das kann ich ihr ja nun auch nicht antun, dann ist sie mit den beiden Nervensägen alleine hier. Und die kann sie nicht so scheuchen: »Mook mi eis den Bloosentee, öwwer ohne Zucker.« »Wie spät is dat?« »Lääs mi noch eis de Dodesantiegen vür.« »Hest nu all...« Und denn noch das Amen-in-der-Kirche: »Joo, joo, Undank is de Welten Loohn!«

Mit mir spricht sie meistens hochdeutsch, und ich sag, Oma, brauchst du nicht, ich versteh das schon, das Platt, aber sie schüttelt bloß mitm Kopf. Einmal hat sie gesagt: »Mit dir brauch ich doch nich Platt sprechen!«, aber ich hab nicht genau gewusst, was sie meint damit. Vielleicht verkalkt sie wirklich. Manchmal ruft sie mich, und wenn ich denn in ihrem Zimmer steh, weiß sie nicht mehr, was sie wollte. Zuerst war ich erschrocken, aber dann hab ich mich geärgert. Nicht, weil ich doppelt laufen muss. Sondern weil ich gemerkt hab, dass sie das bloß so sagt. Bloß, damit ich zu ihr komm, oder bloß, damit sie mich noch mal rufen kann. Jetzt ärger ich mich nicht mehr, oder nur noch dadrüber, dass ich wieder mal so blöd war und das nicht eher gemerkt hab. Sie macht das ja auch nicht, um mich zu schikanieren. Die will ja bloß Gesellschaft, bloß, dass mal einer nach ihr guckt. Und dann fragt sie mich auch jedesmal nach der Schule und nach den »Schularbeiten«, und ich denk immer bloß, ach, Oma. Ich kann ihr doch nicht sagen, dass mich der ganze Mist nicht die Bohne interessiert, dass ich die Hausaufgaben meistens nicht mach, oder nur so die Sachen, die sich in ner viertel Stunde abreißen lassen. Zu Mutti sag ich, wenn sie fragt: »Oma hat mich ja abgehalten.« Und dann geht das Gemecker los, jeder mit jedem, jeden Tag. Manchmal weiß ich echt nicht, ob ich lieber, in Anführungszeichen, in der Schule oder zu Hause bin.

Ein Baby wollten sie nicht mehr, aber dafür Oma. Dabei hätt ich gern noch ne kleine Schwester gehabt und die dann im Kinderwagen durchs Dorf geschoben, und kein blöder Arsch hätt sich an mich rangetraut. Ich hätt mir glatt eingebildet, dass das mein eigenes ist und ich das jetzt vor allem beschütze. Aber nu wird n Rollstuhl angeschafft, für Oma, und rat mal, wer den dann schieben darf.

ROMY

Jeden Abend zu Hause ist auch nicht das Wahre. Aber was will man denn machen, hier. Wenigstens hat man jetzt was zum drüber Nachdenken. Was aber auch nicht geht, weil jetzt Mama schon wieder in der Tür steht, rumguckt, guckt, was ich mache also, und schließlich sagt: »Räum doch endlich mal die Viecher weg!«

Sie hat aus ihrem Standardsatzrepertoire gewählt. Erst hab ich gedacht, sie würde sagen: »Komm doch zu uns, Fernsehn gucken.« Sie erträgt das nämlich nicht, dass ich, ihre einzige Tochter, abends – allein – in meinem Zimmer sitze. Und immer – nur – lese. Dabei stimmt das gar nicht.

Ich habe nur meistens tatsächlich ein Buch in der Hand, wenn sie reinkommt, ich muss nur aufpassen, dass ich es nicht wie in einem albernen Film verkehrtrum halte und dann versuchen müsste, ihr weiszumachen, ich übte, für Notfälle, das Entziffern auf dem Kopf stehender Zeilen, so wie ich manchmal als Kind versucht hatte, mir das Schreiben mit der linken Hand beizubringen, da es ja immerhin passieren könnte, dass ich mir den rechten Arm breche. Ich habe mir nie irgendwas gebrochen. Wahrscheinlich hat es mich deshalb so beschäftigt, so wie einen eben Dinge beschäftigen, von denen man glaubt, dass sie sowieso immer bloß andere erleben und man selbst eine ewig Unwissende bleiben wird. Das ist natürlich erst mal frustrierend; andererseits, aber da bin ich erst später drauf gekommen, gibt es einem auch so ein Gefühl von – man kann es nicht anders als Erhabenheit nennen, die erregende Erkenntnis, dass man anders ist als die anderen. Und zu solcherart Erkenntnissen würde ich ja nie gelangen, wenn ich nicht ab und zu auch mal das Buch aus der Hand legte und mir einige Dinge durch den Kopf gehen ließe, was natürlich meist damit verbunden ist, dass man rumsitzt und aussieht, als sei man in die gefährlichen Sphären des Nichtstuns und der Sinniererei entfleucht. »Was grübelst du?« Als ob man so hirnverbrannt wäre, solche Fragen irgendjemandem außer sich selbst zu beantworten, und schon das ist heikel. Sprich: Tagebuch. Das geht ja nun überhaupt nicht. Ich meine, sich dabei »überraschen« zu lassen. Was unweigerlich zu schwersten Bedenken Anlass gäbe, und da hab ich nun wirklich keinen Bock drauf. Es gehört eindeutig zu den Dingen, die man heimlich tun muss, obwohl ja doch jeder Bescheid weiß. Ich glaube schon, dass Mama zumindest ahnt, dass ich Tagebuch führe, aber indem ich nichts davon sage und sie mich nicht überraschen lasse, schaffe ich ihr die Möglichkeit, sich nicht mit dieser Perversion beschäftigen, und mir die Freiheit, mich nicht dazu erklären zu müssen. Natürlich geht sie das ja auch gar nichts an, aber das sag mal einer Mutter. Sie würde wahrscheinlich »trotzdem gerne« mit mir »darüber reden«.

Dabei war ja ausgerechnet sie es, die mich darauf gebracht hat. Ich war elf, als wir beim Einkaufen im Supermarkt in einem dieser Aktionskörbe ein rosarotes Büchlein mit Mickey- und Minnie-Maus auf dem Einband entdeckten, die in Gala-Garderobe irgendeinen Tanz auf ihr imaginäres Parkett legten;

erst auf den zweiten Blick sah ich das winzige Schloss und den verheißungensvollen Schriftzug: *Diary*. Kurz zuvor hatten wir in Englisch einen Text durchgenommen, in dem dieses Wort vorkam, und ich hatte mich darüber ziemlich gewundert, ich meine, dass ganz schulunterrichtsöffentlich eine Sache zur Sprache, ja tatsächlich zur übenden Aussprache kam, von der ich durch meine Kinderbibliothekslektüre wusste, dass es normalerweise eine streng geheime ist. Und Mama fragte mich doch wirklich, ob ich es haben wolle, dieses Ding. Ich wusste sofort, dass ich es haben will, und das, ohne vorher jemals den Wunsch nach so was gehabt zu haben; ein blitzartiges Verlangen nach diesem nur aus leeren Seiten bestehenden Buch war plötzlich in mir, und zwar nicht weil, sondern obwohl es rosa und mit Mickey-Maus drauf war, und hätte mich jemand nach irgendeinem anderen, langgehegten, innigeren Wunsch gefragt in diesem Augenblick, wäre mir garantiert rein gar nichts eingefallen. Aber ich merkte genau, auf wie wackligen Füßen diese Wunscherfüllung stand, weil uns nämlich beiden anscheinend nicht ganz wohl war bei der Sache, weil Mama offenbar eine ähnliche Peinlichkeit wie ich verspürte, als sie fragte: »Oder nicht?«

Wahrscheinlich wäre sie doch einigermaßen erleichtert gewesen, wenn ich gesagt hätte, ach nee, lass mal, und sie somit von ihrem etwas voreiligen Vorschlag entbunden, aber damit hätte ich ja irgendwie *meine* Peinlichkeit zugegeben. Dass ich das nicht tat, bewies mir auch, dass es eine andere Peinlichkeit als sonst war, wenn ich gefragt wurde, ob ich etwas haben wolle, und ich dann meistens ablehnte, weil mir das gegen meine sogenannte Bescheidenheit ging. »Das Kind ist ja so bescheiden«, hieß es immer. Es ist mir auch heute noch schlichtweg unangenehm, Wünsche zu äußern, ich weiß auch nicht, wieso. Aber bei diesem ersten Tagebuch gab es nun kein Zurück mehr, da musste ich durch, und so sagte ich einfach: »Doch.«

»Na gut«, meinte Mama darauf, was ich wieder mal unmöglich fand. Als hätte ich sie darum gebeten oder so. Ich sagte dann schnell, dass ich dringend aufs Klo müsse, damit wir uns beeilten und ihr nicht noch irgendwas zu diesem Thema einfiele.

Zu Hause nahm ich das Buch unauffällig aus der Tüte, es war ganz kalt von dem ganzen Gefrierzeug drumrum. Sein Einband bestand aus weichem Plastik, wie diese Babybilderbücher, nur dass es eben nicht für Babys war, ganz im Gegenteil. Babys haben keine Geheimnisse, aber ich hatte welche, oh ja, und dieses Buch gab mir die Möglichkeit, sie in Worte zu fassen. Ich kam mir bis heute nie wieder so erwachsen vor wie in diesem Moment. Ich versteckte es sofort in meinem Zimmer, und Mama hat es nie wiedergesehen.

Aber zu Weihnachten im Jahr darauf packte ich zu meiner großen Freude und Bestürzung ein weiteres Tagebuch aus. Das erste war fast voll, und so kam es mir gerade recht, aber ich wusste nicht, was mich daran peinlicher berührte: dass ich ein Tagebuch – von meinen Eltern – geschenkt bekam, was mir wohl irgendwie ein Widerspruch in sich zu sein schien, oder die Abbildung darauf. Dagegen waren jedenfalls Mickey und Minnie verzeihlicher Kinderkram gewesen. Es handelte sich um ein Foto, das einen sogenannten gut gebauten Mann in weißem Unterhemd und Latzhose mit einem Saxophon zeigte, daneben saß ein kleiner Junge in ebensolcher Latzhose, auch bei ihm lässig nur über einer Schulter gehalten, auf der Motorhaube eines Oldtimers. Sonnenuntergangsstimmung. Auf der Rückseite fand sich derselbe Mann noch mal ohne Junge und Saxophon, dafür aber mit einer Rose, die er verträumt an seine Lippen hielt, in eine weite amerikanische Prärielandschaft gestellt.

Ich war entsetzt. Vor allem über die offenbar zugrunde liegende Annahme Mamas, dass ich so was gut finden könnte. Dabei konnte ich mir denken, warum sie ausgerechnet dieses gekauft hatte, und das machte es nur noch unerträglicher: Sie war wohl der Meinung, dass ein »romantisches« Motiv wie dieses meinem pubertären Alter mit seinen romantisierenden Schwärmereien entspräche oder, und da lag der Kern des Pudels begraben, eigentlich entsprechen müsste, denn da ich in diesen Dingen sehr zurückhaltend, und, wie Mama wohl befürchtete, zurückgeblieben war, meinte sie anscheinend, mir etwas auf die Sprünge helfen zu müssen, so nach dem Motto, dass sie jedenfalls keine von diesen irgendwie verklemmten oder altmodischen Müttern sei, sondern das genaue Gegenteil: offen, verständnisvoll, hilfs- und gesprächsbereit. Was man von mir nicht gerade behaupten kann. Das ist sowieso unser ständiger Streitpunkt. Dass sie irgendwelche Dinge für mich aussucht, besonders Klamotten, die sie »jugendlich« und »flott« findet, und dann nicht einsehen kann, dass ich mich zum Gespött der ganzen Schule damit machen werde.

Ich weiß beim besten Willen nicht mehr, was ich zu diesem Tagebuch gesagt habe; ich habe es sorgfältig hinter die anderen Geschenke unter dem Weihnachtsbaum geschoben, denn einer Schmach wie der, dass irgendein Besuch, irgendeiner von meinen furchtbaren Verwandten es zu Gesicht bekommen könnte, fühlte ich mich nicht gewachsen, nicht mal ich selbst wollte es angucken. Nach Weihnachten ist es mir dann wohl irgendwie gelungen, sein Äußeres zu ignorieren und mich dafür eifrig der Aufgabe zu widmen, ihm ein Innenleben zu verpassen, was bei so viel täglicher Peinlichkeit auch kein Problem darstellte, jedenfalls brauchte ich, noch bevor das Jahr wieder rum war, ein neues, und für dieses und auch alle weiteren kratzte ich mein klägliches, unregelmäßiges Taschengeld zusammen.

Was Mama auch nicht erträgt, sind John und Paul. Wie sie so rumguckte, war mir klar, dass der Satz mit den »Viechern« käme. Sie findet sie eklig. Tote Tiere im Regal, das ginge nun wirklich zu weit. Ich weiß nicht, was an zwei knochentrockenen Flusskrebsen, der eine hell, der andere dunkel, eklig sein soll. Sie sind nicht mehr die Frischesten, deshalb sollten sie ja auch weg. Da lagen sie, übereinandergehäuft in einer Pappkiste wie in einem späten Massengrab, damals im Biologieraum. Gratis, zum Mitnehmen. Ich hab mir einen elfenbeinfarbenen ausgesucht, und einen cognacbraunen dazu. Und musste über Namen für die beiden nicht lange nachdenken. Jetzt spiele ich ihnen manchmal ihre Lieder vor, zur Erinnerung. Das rote Album, das blaue Album. Auch, um mich selbst daran zu erinnern, dass es vielleicht an und für sich und überhaupt gar keinen Grund gibt, sich dafür, »so was« zu mögen, nun in Grund und Boden zu schämen. Ich weiß auch nicht, aber zuerst war ich überzeugt davon, es müsse mir vor meinen Eltern wieder mal irgendwie peinlich sein. Keine Ahnung, wieso. Weil ich auf einmal die Musik *ihrer* Jugend gut fand? Dabei kenne ich die inzwischen besser als sie, trällere SHE LOVES YOU genauso mit wie ACROSS THE UNIVERSE, natürlich nur, wenn wirklich keiner da ist, und wenn ich Glück habe, kann ich einen Blick auf zwei Krebse in Rückwärtsbewegung erhaschen, John und Paul, wie sie mir gerade zuzwinkern. Ich hätte vier nehmen sollen, natürlich, für die FAB FOUR, aber ich wollte nicht unverschämt sein. Ausverschämt, wie sie hier sagen.

Das Telefon klingelt. Ich sitze wahrscheinlich am dichtesten dran, aber ich gehe nicht ran, ich denke gar nicht daran, und das ist auch nicht nötig. Es hat sich inzwischen so eingeschliffen, dass immer Mama rangeht; sofern sie da ist, geht sie auf jeden Fall ran, falls sie gerade nicht kann, ruft sie vom Klo oder aus der Badewanne laut und panisch: »Nu geh doch mal einer ran!«, was dann immer einen mit Zögern und Stöhnen verbundenen Ausnahmezustand hervorruft. Ist sie nicht da, geht niemand ran mitunter, oder Papa und ich sagen so lange: »Geh du ran!« zueinander, bis es aufgehört hat zu klingeln. Keiner von uns beiden hat Lust, Anrufe entgegenzunehmen, die in neunzig Prozent aller Fälle für Mama sind und oft lästiger Art obendrein. Ich lasse mich aber nicht gerne von mir wildfremden Leuten belatschern, denen ich zuallermeist auch noch erst zu der Erkenntnis verhelfen muss, dass ich nicht Frau Plötz bin und auch nicht Sonja, sondern »die Tochter«. Die Tochter! Die Tochter scheut sich, ans Telefon zu gehen, um nicht »die Tochter« sein zu müssen. Es ist nicht weniger nervig, als zuerst für die Mutter gehalten zu werden: »Du hörst dich ja genau wie deine Mutter an!« Ich hasse das, echt. Meine Mutter spricht zu Leuten über mich und nennt mich dabei »die Tochter«! Die Gardine, die Waschmaschine. Ich habe sie mal gefragt, ob sie nicht wenigstens ›meine Tochter‹ sagen könnte. Sie hat sich sofort einsichtig gezeigt, nur, beim übernächsten Mal musste ich wieder »die Tochter« sein.

Nun kommt zu der Tochter abermals die Mutter und spricht: »Für dich!«

Sie klingt beinah ein bisschen schadenfroh, vielleicht auch nur froh, schwer zu sagen, allerdings nicht verwundert. Ich bins jedenfalls. Zumindest kann ich mir nicht vorstellen, wer mich anruft, noch nicht mal recht, dass mich jemand anruft. Ich bequeme mich zum Telefon, das mit dem danebengelegten Hörer irgendwie verletzt wirkt, verrenkt, seiner ursprünglichen Einheit schauerlich entfremdet, und nur eine spiralige Sehne hält die beiden Teile noch zusammen. Wie eine abgerissene Extremität hebe ich vorsichtig den Hörer auf, er ist noch warm, und etwas Lebendiges rauscht in ihm, dazwischen plötzlich eine undeutliche Stimme: »Willst du rüberkommen?«

Es dauert einen Moment, bis mir klar wird, dass es Ellas Stimme ist, die mich da zu ich weiß nicht was einlädt, zu sich jedenfalls, und ich war noch nie bei ihr. Irgendwie ist mir nicht ganz wohl dabei, was denkt die sich eigentlich: da redet man einmal mit ihr, und schon belästigt sie einen – durchs Telefon kommen im Grunde nur Belästigungen –, und offenbar mit dem höchst zweifelhaften Ansinnen, sich mit mir – anzufreunden, oder was? Von ihrer Erklärung, so was soll es wohl sein, kriege ich nur noch mit: »... und da haben wir eben gedacht, du könntest doch auch, also, na ja, rüberkommen«, sie kichert ein bisschen. Ich komm da nicht ganz mit. »Wer ist denn ›wir‹?«

»Na ich und – Paul.«

»Okay, Ella, bis gleich!«, höre ich mich nur noch sagen und lege auf. Wo sind meine Schuhe? »Mama! Wo sind meine Schuhe?« Natürlich, im Schuhschrank. So ein Blödsinn, diese blödsinnige

Ordnung, ich merke, wie mich das sinnlos wütend macht, aber dazu hab ich jetzt keine Zeit.

»Wo willst du denn hin?«, fragt Mama.

»Zu Ella«, sage ich und kann das selbst nicht glauben. Mama freut sich. Ich bin schon halb aus der Tür, muss mir aber noch anhören: »Immer muss erst ein andrer auf dich zukommen! Nu freunde dich aber mal mit ihr an!«

Augenrollend trete ich auf die sparsam beleuchtete Dorfstraße. Es zieht sich ein Pflastersteindamm durchs Dorf, geht abschnittsweise in rissigen Beton über, holperige Platten, aufgeweichte Lehmwege mit Schlaglöchern, die nach einem Herbstregen unauslotbar werden und nur für die Eingeborenen halbwegs berechenbar sind, und alles heißt Dorfstraße. Die Fremden werden identifiziert anhand der Schlammspritzer an den Seitenscheiben ihrer untauglichen Autos. Die sich seltsamerweise auf den ersten Blick in nichts von den Autos der Einheimischen unterscheiden, kein Mensch fährt hier einen Geländewagen oder so, aber insgeheim scheinen alle von der Robustheit und Kampferprobtheit ihres Gefährts überzeugt, natürlich ihres Gefährts allein weit und breit. Die Einzigen, die das wirklich für sich verbuchen könnten, sind meiner Meinung nach die Hass-Brüder, die wahrhaftig so heißen und schon seit mindestens hundert Jahren in ihrem grauen Haus mit den grünen Fensterrahmen und schiefen Gardinen direkt an der Landstraße geheimnisvoll vor sich hin leben, kauzig, »anners«, und die immer noch mit ihrem Pferdewagen auf dieser Landstraße zum Einkaufen in die Stadt fahren. Stets zu zweit, wahrscheinlich muss einer auf die Gäule, die das Alter ihrer Besitzer nicht wesentlich unterschreiten dürften, aufpassen, oder sie können nach so langer Doppelpack-Existenz einfach nicht mehr ohne den anderen.

»Dei hemm'n n annern Gloubn«, soll die stets wiederholte, aber einzige Auskunft meiner Uroma Hilda zu dem merkwürdigen Gespann gewesen sein, und als ich Mama mal fragte, um was für einen anderen Glauben es sich dabei denn handelte, stellte sich heraus, dass bis jetzt keiner jemals das Bedürfnis gehabt hatte, das wissen zu wollen. Aber auch auf ihren Briefen, falls sie welche kriegen, steht Dorfstr., Nummer sowieso, denn vor der Post sind alle Bresekower gleich.

Überm Acker hängt gelb und wie aufgepumpt der Mond, ein schwerer Ballon, der die Sterne aus seiner Bahn drängt. Sie haben sich alle am restlichen Himmel zusammengeschoben, und das ganze Funkeln macht einen ein bißchen taumelig, wenn man nach oben guckt. Früher hab ich mir vorgestellt, wie das wohl wäre, auf dem Mond zu wohnen, und zwar genau auf der Grenze, ein Bein im Hellen und ein Bein im Dunkeln sozusagen. Ob dann wohl eine Hälfte von mir immer schlafen könnte, während die andere die ganze Zeit wach sein muss. Bis ich gemerkt habe, dass es hier nicht viel anders ist. Hinterm Mond.

Ein Geruch nach Kompost und Gully, in einem Garten plumpst ein Apfel ins feuchte Gras. Zwei Hunde wechseln sich beim Kläffen ab, sonst nichts. Fast nichts, außer meinen eiligen, leisen Schritten. Sommer ist, wenn man nicht mehr weiß, was Frieren ist; also ist der Sommer hiermit vorbei. Meine Schultern streben schon wieder Richtung Hals, die Hände stecken tief in den Taschen, sowieso finde ich, dass Taschen an einem Kleidungsstück das Entscheidende sind.

Noch bevor wir gestern bei Ellas Vorgartentor angelangt waren, hatte ich alles erfahren, die näheren Umstände, wie man so sagt. Vor drei Tagen haben die Glocken geläutet, nachmittags um zwei, ein Montag. Die alte Anna Hanske war gestorben, war tot seit letztem Dienstag, was alle ziemlich überrascht hatte, noch am Wochenende davor war sie auf ihrem schwarzen Nachkriegsfahrrad durchs Dorf gehuckelt. Ich mochte sie irgendwie, obwohl ich nie ein Wort mit ihr gewechselt hatte, höchstens mal »Tach« gesagt, sie war die Einzige, bei der mir das nicht schwerfiel, sie war anders. Schweigsam, ja eigentlich nichts Besonderes hier, wenn damit ›maulfaul‹ gemeint ist, aber sie war es auf eine andere Art, die jenseits dieser Verdruckstheit lag, die den Klatsch hervorbringt. Eine Krankheit sah man ihr nicht an. Sonst weiß ich nichts über sie, außer dass keiner sie so richtig leiden konnte, anscheinend wegen der Sache mit diesem Henry damals, der bei ihr gewohnt hat und wohl über irgendwelche Ecken mit ihr verwandt war, dabei konnte sie dafür ja nun nichts. Sie hat dann bis zum Schluss allein gelebt, in einem ziemlich großen Backsteinhaus, schräg gegenüber vom Friedhof. Nun musste sie die Straße überqueren, und ihre Tochter war weit weg. Ich hatte das auch nicht gewusst. Die lebte seit Jahren in Irland, hatte einen Iren geheiratet und hat einen Sohn. Paul. Und jetzt sind sie hergekommen, am Sonntag, zur Beerdigung, und weil das Haus verkauft werden muss. Sie wollen ja nicht hierbleiben, logisch. Nur so lange, wie es eben dauert. Paul sagte, er hätte nur unter der Bedingung mitgedurft, dass er hier gastweise die Schule besuche, also das Gymnasium, sein Vater hatte das so gewollt, wegen der »nutzvollen Erfahrung«, wie Paul sagte, und zur praktischen Verbesserung und Anwendung seines Deutsch, das er natürlich von seiner Mutter gelernt hat und meiner Meinung nach schon ziemlich perfekt spricht, bis auf den leichten Akzent, klingt übrigens sehr süß. Sein Vater schreibt gerade an einem Buch über Uwe Johnson und ist schon allein deshalb mitgekommen. Ich nehme mal an, er wird nicht viel finden. Frag doch mal einen hier nach Uwe Johnson, die gucken dich bloß blöd an. Dabei hat er ihnen was Großes geschenkt, das haben sie bloß nicht angenommen. Das hat hier einfach keiner mitgekriegt. Seit Uwe Johnson kann man einen der häufigsten Laute des Plattdeutschen richtig schreiben, ich meine, dass er auch von Leuten, die des Plattdeutschen nicht mächtig sind, richtig plattdeutsch ausgesprochen werden kann, und zwar das lange offene O, das gibts nämlich eigentlich gar nicht. Går nich, nach Johnson. Fast so wie in ›Paul‹. Und die hier quälen sich immer noch mit Doppel-O und solchem Quatsch rum. Aber Eleganz war wohl noch nie unsere Stärke.

Jedenfalls, das ist also Paul. Der Enkel von Anna Hanske, wer hätte das gedacht, dass die so einen Enkel hat, einen, der aussieht wie Paul McCartney himself und obendrein noch so heißt, aber der war eigentlich alles zuzutrauen. Manchmal schockiert mich das, also, die Wirklichkeit, aber positiv. Ich meine, das gehört ja wohl wieder eindeutig zu den Dingen, die man zum Beispiel in einem Roman oder so niemals bringen könnte, weil sie einfach – na ja, zu romanhaft wirken …

Ein Pfiff, ein Klirren, ich zucke zusammen. Scheiße, daran hab ich nicht gedacht. Doch, natürlich, ich hab dran gedacht, die ganze Zeit hab ich dran gedacht und nur versucht, mich abzulenken, aber die Elpe lässt sich nicht einfach übergehen, im wahrsten Sinne. Ich dachte, ich bin mal mutig, ich dachte, ich nehme die Abkürzung, über die Elpe eben, vorbei an den alten Silos und Kuhställen, aber natürlich haben sie mich bemerkt, wer weiß denn, in was für Dreckecken die überall hocken, und jetzt johlen sie und rufen irgendwas, ich will gar nicht wissen, was. Die tun mir ja nichts, das trauen die sich nicht, ich bin ja Romy, ich bin die Tochter der Jugendclubleiterin, aber trotzdem, leg mal einen Schritt zu, Romy. Sie schaffen es immerhin, dass ich ins Schwitzen komme, und das wissen die, das wittern die wie Hunde, dreckige Köter.

Bei Ella brennt kein Licht auf dem Hof, und ich falle fast in die Rabatten. Und wo ist verdammt noch mal die Klingel? Was ist denn das für ein Empfang!

ECKI

»Wer war'n dat, die Plötz, oder wat?«, hab ick bloß gefragt, und da sagt doch der Hoschi von Börner: »Eh, Ecki, willste wat von der?«, wat natürlich wieder alle gleich mitgekriegt haben, und dat vor Sabrina, eh! Mann!

»Ecki is scharf uff die Plötz!«

»Ecki will die Gymmi-Tussi bumsen!«

»Eh, Ecki, frag doch ma Frau Plötz nächstes Ma, ob du ma mit ihre Tochter …«

»… ob du ma mit ihre Tochter ne Nummer schieben kannst, eh!«

»Schnauze!«, sag ick, »Schnauze, Mann! Fick dich doch, Börner! Glaubste, ick will wat von der flachen Fotze, eh, an der is doch gar nix dran. Gib ma dein Bier her, Toffi!«

»Flache Fotze, eh! Der is gut, Ecki!«

»Halt die Klappe, Gniedeck, ick brauch kein Papagei!«

Hat die jetzt gelacht, Sabrina? Über mich, oder wat, oder wegen dem Papagei? Ick glaub, wegen dem Papagei, die is die Einzigste vonne Weiber, die über so wat lachen kann, war ja auch lustig, oder.

»Na, Sabrina, haste gute Laune heute? Eh, weißte, Börner, wie die Mathe-Maier immer sagt, ne, ›mit Lust und gute Laune‹, weißte, und wie denn Thomas neulich gesagt hat: ›ick hab aber keine Lust, Frau Maier, na jedenfalls nich dadruff!‹, eh, und die ganze Klasse hat gegrölt, uch die Weiber, und die Maier is puterrot geworden und hat denn bloß gesagt: ›Schluss mit lustig!‹, eh, weißte, ›Schluss mit lustig‹! Ick hätt mich wegschmeißen können hätt ick mich! Die Alte, eh! Die merkt uch gar nix mehr! Eh, Sabrina, haste Lust heute? Kannst nachher mit zu mir komm'!«

»Nee, danke.«

»Eh, wieso denn nich, Sabrina. War doch geil letztes Ma, weißt noch?«

»Halt deine verlogene Fresse, Ecki!«

»›Verlogen‹, eh! Wo haste dat denn her? Von meine Mudder, wa? Hat die nämlich uch immer gesagt. Einma hatse zu mein Vadder und mein Onkel gesagt: ›Ihr verlogenen Schweinehunde!‹, da hatse denn gleich n Veilchen von mein Vadder für gekriegt, der hat ja uch immer gesagt: ›Meine Alte is genügsam. Wenn ick se frag, ob ick ihr ma wieder Blumen schenken soll, schüttelt se schnell mitm Kopp – sind nämlich immer bloß

Veilchen!‹ Mein Vadder, eh! – Sabrina, ick weiß wat, du kommst nachher mit zu mir!«

»Nee, danke. Kann ick drauf verzichten. Ick geh doch nich freiwillig in dat Dreckloch von dein Vadder!«

»Wat?« Hat die noch alle, die Schlampe? Die spinnt ja wohl! Wer sagt denn, dat wir in nem Dreckloch wohnen, wir ham n Riesen-Haus, Mann, so wat hat die doch noch gar nich gesehn, die in ihrer pupsigen Neubaubuchte! »Eh, Sabrina, sag dat nich noch ma! Kannst nachher mitkommen, und denn zeig ick dir ma unser Haus!«

»Bloß dat Haus, Ecki?«

»Halt endlich deine dreckige Schnauze, Börner, du Missgeburt! – Wat is jetz, Sabrina?«

»Nee, danke. Hab ick doch nu schon tausendma gesagt!«

Ja, du blöde Fotze. Ick habt kapiert. »Weißt ja gar nich, watte verpasst!«

»Eh, Sabrina, wieso sagste eigentlich immer ›danke‹ zu Ecki, ick glaub, du bist verknallt in den! Na, der is jedenfalls in dir – eh, sag ma, spinnst du? Wat soll'n dat, Ecki! Und uff die Jacke, eh, die is neu, Mann, du Arsch …«

Schade um dat Bier. Nu hat Börner't uffn Kopp. Aber dat ging nu echt zu weit. Aber nu lacht se wieder, Sabrina!

SONJA

Ich will ja bloß, dass sie nicht vereinsamt. Sie ist nun mal ein Einzelkind, und vielleicht werden die dann so, das kann unsereins sich ja gar nicht vorstellen, mit vier Geschwistern, na, und Friedhelm erst als einer von elf. Als ich ihn kennengelernt hab oder kurz danach, als wir erst ganz frisch zusammen waren, hab ich ihn gefragt, ob er Geschwister hat, und er hat bloß ja gesagt und nix weiter, da hab ich gemerkt, dass er da eigentlich nicht drüber reden will, aber natürlich, wie ich nun mal so bin, hab ich gleich wissen wollen, wie viele, und da hat er mich gar nicht angeguckt, als er gesagt hat: »Na, zehn.«

Ich hab gelacht, ich dachte, der will mich veräppeln, ach, du spinnst. Dabei hab ich aber gedacht, wenn der nun wirklich zehn Geschwister hat, was hab ich denn da für einen erwischt, und er hat gesagt: »Ja, meine Mudder, ick weiß uch nich …«

»Ihr seid wirklich elf Kinder zu Hause?«, hab ich gefragt, ich glaub, ich bin sogar stehen geblieben, das war nämlich auf einem unserer berühmten Spaziergänge, wir sind ja immer spazieren gegangen, weil wir sonst gar nicht wussten, wohin; zu mir ging nicht, ich hatte kein eigenes Zimmer, und die ganze Bande war ja immer zu Hause, na, und zu ihm erst recht nicht, das war mir nun auch klar, er hatte mich auch nie mitgenommen, und er hat dann bloß noch gesagt: »Na, die sind ja nich immer alle da.«

Die Ältesten waren schon aus dem Haus, als die Jüngsten geboren wurden, aber ich konnt mir das trotzdem gar nicht vorstellen. Gleichzeitig hatte ich auch Respekt vor seiner Mutter, dass die es eben so genommen hat, wies kommt, dass die alle Kinder ausgetragen hat, und ich hab gedacht, das muss ja ne große Liebe gewesen sein zwischen seinen Eltern.

Von meiner Mudder haben sie ja gemunkelt, dass die welche abgetrieben hat, selber, wie die das damals so gemacht haben, mit ner Stricknadel oder was weiß ich, das ist son Bild, was ich mir als Kind oder als Halbwüchsige schon immer mit Entsetzen ausgemalt hab. Ich dachte, das ist dann, wie wenn sie zu Ostern mit ner Nadel die Eier durchstoßen, zum Auspusten, und dann das ganze Gegatter unten rauskommt, ich konnt da nie hingucken, und als ich dann später für Romy Eier ausgepustet hab, hatte ich dieses Bild immer noch im Kopf, da wurd mir immer noch ganz anders, wenn ich dadran dachte.

Später hab ich dann gehört, dass sie wohl schon mich gar nicht mehr haben wollte, nach den beiden Jungs, sie soll geheult haben, als sie gemerkt hat, dass sie schon wieder schwanger ist, meine Oma hat mir das alles erzählt, auch, dass mein Vadder mal zu meiner Mudder gesagt hat, dass ich wohl gar nicht sein Kind wär, und meine Mudder hat nix dazu gesagt. Sie hat nix dazu gesagt. Ich weiß nicht, ob sie nun wirklich was mit dem Beschke gehabt hat, wie die immer gesagt haben, der war ja unser Nachbar, und als ich das dann erst gehört hatte, hab ich den, glaub ich, immer ganz komisch angeguckt und versucht, mir vorzustellen, dass das mein Vadder ist.

Fakt ist, dass ich wirklich anders war als die andern, anders als meine Brüder sowieso, und auch mit Elke und Marlies, die sie dann nach mir auch noch bekommen hat, hatte ich fast gar nix zu tun, die waren mir total schnurz, obwohl ich die auch niedlich fand als Babys, und besonders Marlies haben die ja betüdert, na und Elke war ja Vadders Liebling. Ich war auch drei Jahre älter, und die beiden waren nur ein Jahr auseinander, genau wie die beiden Jungs, und ich musste bloß immer auf die aufpassen, das weiß ich noch. Wie ich das gehasst hab. Da wollt ich nachmittags zu meiner Freundin, sonnabends, wenn endlich Wochenende war, und dann hieß das, »nee, du bliwwst hier, eener mööt up de Lütten uppassen«, und »eener« war natürlich wieder ich.

Und da hab ich mir denn immer vorgestellt, dass das gar nicht wirklich meine Geschwister sind, dass ich gar nicht zu dieser Familie gehör und die mich nur ausnutzen und ich bloß ihre Magd bin – ich hab mir das immer vorgestellt wie in den Märchenfilmen –, aber eines Tages würden die noch alle zu mir aufschauen, und dann würd ich denen entweder die kalte Schulter zeigen – das hab ich natürlich immer gedacht, wenn ich schon geheult hab, vor Wut –, oder ich wär die Großzügigkeit in Person und würd nur abwinken und sagen, ach, schon gut. Oder ich würde sterben. Den Gedanken hatte ich oft. Ich hab mich hinter unserm Haus zwischen den Büschen versteckt und mir die Augen ausgeheult und mir dann ausgesponnen, ich würde sterben, und wie sie denn alle an meinem Grab stehen und um *mich* heulen würden. Was mich nur noch mehr zum Heulen gebracht hat, und da hockte ich denn zwischen den Stachelbeeren, und die dicken Fliegen schwirrten um mich rum. Eklige Biester, aber die waren überall, auch drinnen, besonders in der Küche, gleich gegenüber war ja der Bullenstall, und deswegen haben die denn immer diese Fliegenfänger aufgehängt, diese klebrigen Dinger, die aussahen wie Wurstpelle, die baumelten überall von der Decke, keine zwei Tage, da waren die schwarz. Ich mocht im Sommer nie meine Freundinnen bei uns reinlassen. Später gabs dann dieses Insektenspray, Mux, davon war ja meine Oma so begeistert; wenn meine Mutter in die Stadt gefahren ist, hat sie ausm Fenster gerufen, »bring mi noch eis Mux mit«, und abends, bevor wir beide da oben in unserer Dachkammer zu Bett gegangen sind: »Ick glööw, wi mööten noch eis muxen.« Romy wollt sich kaputtlachen, als ich ihr das erzählt hab. Dabei mochte die als Baby auch überhaupt keine Fliegen, sie hat dann immer so schreckhaft mit dem Kopf gezuckt, und später, als sie sprechen konnte, mich besorgt angeguckt und: »Mama, Fiege!« gesagt und dabei so die Stirn ganz kraus gemacht, und Mama hat die »Fiege« weggescheucht.

Wenn meine Mudder dann nach mir gerufen hat, »Sonja! Sonja!«, hab ich immer Angst gehabt, dass sie mich findet, und ich wusste nicht, was dann schlimmer gewesen wär, das Gemecker, weil ich mich nicht gemeldet hab, oder die Frage, warum ich denn geheult hab. Das hätt ja keiner verstanden, verstehen wollt mich da sowieso nie einer, außer meine Oma vielleicht, der hab ich fast alles erzählt, besonders abends, wenn wir da beide im Bett lagen und ihr Kofferradio noch son bisschen vor sich hindudelte, manchmal kam sogar was Modernes, altmodisch war sie eigentlich nicht, meine Oma. Sie hat auch mit mir Fernsehn geguckt, auch meine Sendungen, und wenn denn da sone langhaarige Gruppe auftrat, hat sie gefragt: »Sün dat de Büdels?« Mit so was hat sie mich immer zum Lachen gebracht, ich glaub, sie wusste das auch. »De Büdels«, das war ja sozusagen n Schimpfwort: »Wie süühst du denn ut, wien Büdel!« Herbert mit seiner toupierten Matte hat das öfter zu hören gekriegt, das war eigentlich der Befehl, schleunigst zum Frisör zu gehen. Meiner Oma war das egal, »loot em doch«. Sie war da nicht so, obwohl sie ja da schon alt war, und dann war sie später auch noch die Oma Hilda für Romy, wenn man sich das mal überlegt, sie war ja die einzige Oma, die sie hatte. Ich glaub, an meine Mudder erinnert Romy sich gar nicht mehr, ich weiß gar nicht, ob sie ›Oma‹ zu der gesagt hat. Mit meiner Mudder konnt ich nicht reden. Ich hab sie lieb gehabt, sie war schließlich meine Mutter, aber mal drücken oder so, das konnt die mich nicht. Da stand sie immer ganz steif, wenn ich, wie ich noch lütter war, ihr in die Schürze kriechen wollt, wenn ich geheult hab, »nu is ja wedder gaut«, hat sie denn bloß gesagt. Später hab ich mich denn woanders verkrochen, alleine.

Aber einmal, das weiß ich noch, och, das war schlimm. Das war, als ich sie mit dem Messer geschnitten hab. Ich weiß gar nicht mehr, ich sollte irgendwas durchschneiden, ich glaub, ein Stück Wäscheleine, und meine Mutter hielt mir das so mit beiden Händen stramm hin, »schnied eis dörch«, und das ging schwer, und denn hab ichs auch durchgeschnitten, aber bin irgendwie abgerutscht mit dem Messer, und das war ausnahmsweise mal scharf, sonst gabs bei Stöwsands ja immer nur stumpfe Gniewen, das war gleich mit das Erste, wodrüber Friedhelm sich mokiert hat, na jedenfalls: rutsch ab und schneid ihr doch in'n Arm, und das Blut spritzte gleich. Ich das Messer fallen lassen und nix wie weg, ich bin gerannt, gerannt, sone Schiss hatt ich. Wovor eigentlich? Die Mutter verletzen, was Schlimmres konnt ich mir gar nicht vorstellen, ich dacht, die reißen mir den Kopf ab, das war nicht bloß Angst vor der Strafe, ich fand mich entsetzlich, ich glaub, ich wollt am liebsten vor mir selber weglaufen.

Ich hab mich dann den ganzen Nachmittag irgendwo versteckt und mich erst abends wieder nach Hause getraut, und da stand meine Mutter in der Küche, mitm dicken Pflaster überm Arm, und die hat dann gesagt: »Kümm eis hier. Dat wier doch nich so schlimm!«, und dann hat sie mich kurz in den Arm genommen, aber ich stand da wie bedäppert.

Aber selber konnte sie auch überhaupt nicht mit so was umgehen, ich glaub, wir können alle kein Blut sehen, zum Beispiel Elke ist dann ja immer gleich blau angelaufen und hat nach Luft geschnappt und ist umgekippt. Einmal mitten im Kornfeld, und weg warse! Ich weiß gar nicht, wie die das beim Schlachten gemacht haben, ich hab mir mitm Kopfkissen die Ohren zugehalten, wenn das losging, wenn ich die Schweine quieken hörte. Und dann kam der besoffne Trichinenbeschauer, und wir Gören haben immer »Maschinenbeschauer« gesagt, weil wir gar nix damit anfangen konnten, na, war vielleicht auch besser so. Der linste dann kurz durch sein Mikroskop und sagte immer: »Alles in Ordnung«, und schon stand der Schnaps aufm Tisch. Und abends gabs Schwarzsauer, da haben die sich alle zehn Finger nach geleckt, besonders meine Mudder. Mir wurd schon vom Geruch ganz anders. Und meine Oma! Da war die ja gar nicht zach: die Gänse mit der Schere in'n Kopp gebohrt, nee! Und meine Mudder hat die Schüssel drunter gehalten. Das darf man ja heut gar keinem mehr erzählen.

Aber wie ich da vom Schlittschuhlaufen mit dem Loch im Kopp nach Hause kam, wusst meine Mudder gar nicht, was sie machen soll, und hat mich bloß entgeistert angeguckt und gesagt: »Sonja! Wat hest du denn mookt?«

Ich weiß gar nicht mehr, wie alt ich da war, vielleicht zweite oder dritte Klasse, und wir haben ja im Winter auf dem Teich beim Kulturhaus immer Eiskunstlaufen gespielt, erst haben wir uns Gaby Seyfert und Sonja Morgenstern und die andern im Fernsehn angeguckt, und dann sind wir selber los, und das waren noch so Schlittschuhe, eigentlich bloß Kufen, die man an die Schuhe schrauben musste, wovon dann die Schuhe mit der Zeit auch kaputtgegangen sind und weshalb unsere Eltern das gar nicht so gerne gesehen haben, da hieß das bloß immer: »Glööw nich, dat ick di n poor nieje kööp!« Aber wenigstens waren wir draußen, in der Bude hocken, das gabs ja nicht.

Ich weiß noch, dass ich an dem Tag Gaby Seyfert war, das wollte jede immer sein, und ich war ja sonst auf Sonja Morgenstern abonniert, Sonja musste logischerweise Sonja sein, wodrauf ich auch ein bisschen stolz war, trotzdem mocht ich meinen Namen nie. Vor allem wegen der Margarine. Das war wirklich kurios, aber das konnte ja keiner ahnen, dass die sich so was ausdenken. Meine Freundin hieß Marina, wir sind bloß drei Tage auseinander, und kurz nach unserer Geburt kamen dann diese beide Margarinesorten auf den Markt: Sonja und Marina. Unmöglich!

Aber an dem Tag jedenfalls durfte ich Gaby Seyfert sein und ich war stolz auf meine Pirouetten, also wenn man sich zweimal rumdrehen konnte, das war schon was, das gab dann schon mindestens ne fünf komma acht. Bloß dann bin ich auf einmal hintenüber gefallen und mit dem Hinterkopf auf ein Stück von soner Eisenstange, die da im Eis steckte, in dem Tümpel lag ja alles Mögliche rum, vom Krieg noch oder was weiß ich, ich glaub, die haben auch alle ihren Müll da reingekippt, aber ich bin dann wieder aufgestanden, mit brummendem Schädel, und sag noch, »ach, nich so schlimm«. Aber denn merkte ich schon, wie das ganz warm wurde an der Stelle, die wehtat, und als ich meine Mütze abgenommen hab, war da ein großer Fleck drauf. Das war so helle Wolle gewesen, meine Oma hatte mir die gestrickt, und die saßen immer ganz eng, diese Mützen, ich mocht die eigentlich nicht, und ich dacht bloß, dass das aber Mecker gibt, wenn die das sehen, »dat geiht doch nich miehr ruut«. Ich hab bloß auf diesen Fleck gestarrt, es wurd schon dunkel, und das Blut sah ganz schwarz aus. Ich hab mich gar nicht getraut, meinen Kopf anzufassen, meine Freundinnen haben mich bloß ganz erschrocken angeguckt und gesagt, »du musst nach Hause, Sonja, los, ihr müsst zum Arzt«, und dann bin ich nach Hause gerannt, ich stand so unter Schock, ich hab nicht mal geheult. Und meine Mudder sagte denn bloß: »Du möötst tau de Schwester, du möötst tau Schwester Ruthchen goohn!«

»Kommst du nich mit?«, hab ich sie gefragt, und da hat sie angefangen zu heulen und bloß wieder gesagt: »Gooh tau Schwester Ruthchen! Ick künn dat nich. Nu gooh!«, und dann musst ich los. Sie hat mich wirklich alleine gehen lassen, ich mein, da hätt ja sonstwas passieren können, ich hätt umkippen können unterwegs.

Aber ich kam dann mit einem großen Verband um Kopp zurück, und da hat sie immer noch in der Küche gesessen mit verheulten Augen und Kartoffeln geschält. »Allet gaut?«, hat sie mit einer ganz komischen Stimme gefragt. »Wat het sei denn seggt?«

Und ich hab gesagt: »Die hat bloß gefragt: ›Wo is denn deine Mudder?‹ – Aber is kein großes Loch.«

Und dann hat meine Mudder noch mal angefangen zu heulen, und ich hab überhaupt nix mehr kapiert. »Wat is denn los, Mutti?«

Ich war auch wütend. Aber sie tat mir auch leid. Genau wie später. Wie später, als ich dann genau gesehen hab, was mit ihr los ist, als sie angefangen hatte zu saufen, zu saufen genau wie der Olle, wir Kinder haben ihn ja auch bloß noch den »Ollen« genannt, und da ist mir denn auch nix anderes mehr eingefallen, als zu sagen: »Mensch, Mutti, hör uff!«

JOHN

Meine Mama ist tot
Ich kriegs nicht in meinen Kopf
Obwohl es so viele Jahre her ist
Meine Mama ist tot
Es ist schwer zu erklären
So viel Schmerz
Ich konnte ihn niemals zeigen
Meine Mama ist tot

Michael geht dir auf den Geist. Paul geht dir auf den Geist. Was soll diese ganze Fragerei. Stop getting on my nerves. Michael fragt dich Dinge, die er dich vor zwanzig Jahren hätte fragen sollen, er fragt die Leute Dinge, die er besser in Büchern nachlesen kann. Die nicht stattgefundene Lautverschiebung im Niederdeutschen und ihre Auswirkung auf die mentale und soziale Verfasstheit der Sprecher. Eine Studie an Lebendmaterial. Was hat er rumzulaufen und den Leuten auf den Geist zu gehen, was hat er sie zu fragen nach Wörtern, die sie längst vergessen haben. Und du, du treibst zurück in ihre Wortlosigkeit, entfällst allen angelernten Wörtern, knallst hin auf dieser spiegelglatten Stummheit, aber du weinst nicht, Knie, Hände, alles taub. Du rutschst zurück in die Augensprache deiner Kindheit, deiner Jugend, deiner sogenannten Vergangenheit, die nicht vergessen ist und nicht vergeben, aber die fernab von Worten liegt und zu der kein Hohlwort führt. Die Leute umkreisen sie auf Schleichworten, senden pfeilschnelle Blicke, aber sie kommen nicht heran, es ist ein namenloses Land, über das sie sich abends dunkle Geschichten erzählen, das sie in wilden Farben malen und über ihre Kaffeetafel hängen, aber dem, der behauptet, jemals dort gewesen zu sein, wird eifersüchtig das Wort abgeschnitten. Und du kannst darüber nur grimmig lachen, denn du weißt, dass niemand auch nur jemals über die Grenzen deines Landes geblickt hat, dass die Furcht vor der Stille sie allesamt fernhält.

Und es ist endgültig still geworden in Anna Hanskes Haus, aber du könntest nicht sagen, ob es jemals geräuschvoller zuging, ob du als Kind den typischen Kinderlärm, der in alle Ecken eines Hauses purzelt, um dich herum verbreitet hast, ob du wie das oberste Bauklötzchen warst, das den mühsam errichteten krummen Turm stets zum Einsturz brachte. Warst du nicht, sei ehrlich, denn das hätte vielleicht anderes vorausgesetzt. Eine andere Zeit? Ach nein. Das war es nicht. Jüngere Geschwister? Du hättest sie verabscheut. Einen Vater? Kann sein. Eine Mutter? War sie es nicht? Hat sie nicht immer das ger ihr gerade gefiel? Oder nur das, was sie für richtig hiel das nicht das Gleiche, bei ihr?

Du jedenfalls hast dich sofort und entschieden, entschieden auch ohne Wahl, an Peter angeschlossen, schon im Kinderwagen, oh ja, *ihr* hattet einen, und Peter schob dich durch die Gegend, über die aufgerissenen Wege, du hast selten geweint, nie geschrien, sagte er, er könne sich nicht erinnern, und das Schaukeln des alten Wagens, eine schwankende Höhle aus sich auflösendem Korbgeflecht, muss einen Stoff zwischen euch gewebt haben. Und er ist mit euch mitgewachsen, und ihr habt euch darin eingewickelt, und er war dehnbar. Er war eine Tarnkappe und ein fliegender Teppich, denn an Peters Seite konntest du immer ebenso unsichtbar und auf und davon sein wie er, wie der Junge, den es nicht geben durfte, hier, und den deshalb niemand beachtete, wie Peter Malius aus Köslin, dann Koszalin, Hinterpommern. Der Stotter-Peter. An ihn klammertest du dich in deinen Fluchtträumen als an einen lebenden Beweis, dass es ein Jenseits gab, etwas, das hinausging über deine Schulmilch, die Übelkeit und Ärger verursachende sozialistische Errungenschaft, über deine Stöckchenspiele, die in verbissene, stumme Kämpfe ausarteten, wenn die anderen schließlich die Stöckchen nach dir warfen, über die verspannten Blicke deiner Mutter, sobald sie auf dich fielen, denn Peter kam aus diesem Jenseits. Und du weißt noch, dass du lange Zeit glaubtest, dass er in Wirklichkeit eine andere Sprache spreche, eine, die er hinter seinen zerhackten Wörtern verbarg oder beim Sprechen als Blaupause mitlaufen ließ, und du wolltest Worte dieser Sprache aus ihm herauskitzeln, du betteltest ihn an und warst maßlos enttäuscht, als er ganz ernst zu dir sagte: »W-w-wirklich nicht, Ingrid!«

Du warst vielleicht auch nur darauf gekommen, weil er sowieso viel mehr Wörter kannte als du, ständig las er irgendein Buch, er hatte bald die ganze Dorfbibliothek durch, bis er dann nicht mehr hingehen durfte, weil immer mehr Bücher abhanden gekommen waren, und natürlich war er es gewesen, wer sonst. Wer sonst als Peter Hanske.

Er hatte sie auch tatsächlich alle, die vermissten Bücher, sie schliefen in den Staubflocken unter seinem Bett, und manchmal verirrte sich nachts eine Maus zwischen sie und rieb ihr Fell an den Leinenrücken, ein Geräusch, das du umstandslos wiedererkennen würdest, dazu das zarte Getrippel ihrer rosigen Krallenfüßchen und Rufe, die fast ein Zirpen waren. Sämtliche tote Mäuse, derer du habhaft werden konntest, sammeltest du ein, du zogst sie vorsichtig aus den Fallen und legtest sie vor dich hin, mitunter waren es vier oder fünf auf einmal. Du studiertest sie genau, du konntest halbe Stunden reglos vor ihnen hocken, sie hatten fünf Finger und Zehen wie du. Und obwohl deine Mutter nicht mit dir schimpfte, wenn sie dich bei dieser Andacht überraschte, obwohl sie vielleicht sogar lächelte oder nur sagte, »ach, Ingrid«, und: »Wasch dir nachher die Finger«, war dir ihr Hinzutreten höchst unangenehm, es kam dir wie eine falsche Entschuldigung vor.

Du löstest alle von deiner Mutter in eurem Zimmer aufgestellten Mäusefallen mit Bleistiften aus, die dabei zu deinem Erschrecken oft durchbrachen, was dich jedesmal zu einer Erklärung über einen leider schon wieder abhanden gekommenen, wahrscheinlich in der Schule geklauten Bleistift zwang und einer Bitte um einen neuen. Deine Mutter fragte dich etwas Unbeantwortbares, nämlich, wo du bloß deine Schlusigkeit herhättest, und gab dir einen Bleistift, der noch gar keiner war und erst mittels eines stumpfen Anspitzers mühsam mit einer Spitze versehen werden musste, und der Anspitzer war nicht von ungefähr so stumpf, sondern von den Stöckern, die du ebenfalls damit bearbeitetest, um Pfeile aus ihnen herzustellen, denn Peter hatte dir einen Bogen versprochen, einen extra für Linkshänder. In den folgenden Schuljahren drehtest du den eigentlich schon unbrauchbaren Anspitzer aus alter Anhänglichkeit immer noch zwischen deinen Fingern hin und her und fragtest dich, ob wohl der kleine Finger von Christa in das Loch passen würde.

Was aus den Büchern geworden ist, weißt du nicht, jedenfalls hat die Bibliothek sie wohl nie zurückgekriegt, und sie müssen die Existenz dieser zu gut gemeinten Dorfkultureinrichtung überlebt haben, denn deren Verschwinden hast du noch mitbekommen, es war kurz vor deinem Verschwinden und erschien dir fast wie ein Symbol: dafür, dass alles Gutgemeinte irgendwann doch nicht mehr gegen die realen Verhältnisse ankann. Und das kam dir richtig vor, traurig und triumphal.

Als Peters Bücher schließlich vermisst wurden, lagen sie bereits so lange unter seinem Bett, dass er sie wirklich schon ganz als seine eigenen betrachtete, und das Verwunderliche, das ihm das Ableugnen jeder Schuld auch so leicht und überzeugend machte, denn sein Stottern lief dabei keineswegs ins Schlimme, Unverständliche, wie sonst, wenn eine Aufregung ihn ergriff, das Verwunderliche und kaum noch mit dorfrechten Dingen Zugehende war nur, dass ihr Fehlen überhaupt bemerkt worden war. Er hatte es geschickt, um nicht zu sagen raffiniert angestellt, was dich damals mit unbändigem Stolz erfüllte: Du bewundertest ihn dafür, dass er nur die Bücher ausgesucht hatte, die aller Wahrscheinlichkeit nach niemand außer ihm auslieh. An den Schnittkanten mit schwarzen Punkten wie mit Altersflecken übersäte Romane; ein halb zerfallenes Schmetterlingsbestimmungsbuch, in dem dich vor allem die Abbildungen der Raupen in ihren Bann schlugen, solche hattest du hier noch nie gesehen; Liederbücher in Fraktur, deren Noten er auf einer selbstgeschnitzten Flöte zu spielen versuchte, ohne dass er sie lesen konnte, er orientierte sich lediglich an Höhen und Längen und bastelte daraus eine Melodie zurecht, die ihm tauglich erschien. Er brachte dir den Text dazu bei, und du sangst ihn mit deiner kleinen Reibeisenstimme. Manchmal sang Peter auch selber, und die Wörter liefen ihm ohne Stolpern dahin, wurden ein einziges Wort. Dein Kopf war voll von diesen wunderlichen

Zeilen, deren Sinn sich dir nur in kleinen Bröckchen erschloss, die du nichtsdestoweniger gierig schlucktest. Vielleicht war das ja Peters Sprache.

Außerdem hatte er die Bücher nicht einfach nicht zurückgegeben. Sondern sie zuerst ausgeliehen und rechtzeitig, oft sogar weit vor Ende der Ausleihfrist, zurückgebracht, um sie dann erst bei einem weiteren Besuch, von der dösenden oder jäckchenstrickenden Bibliothekarin unbemerkt, in seine Tasche gleiten oder aus dem vorsichtig geöffneten Fenster ins weiche Gras fallen zu lassen. Diese Methode schlug zwei Fliegen mit einer Klappe: Er konnte so beim ersten Mal den Inhalt des Buches auf lohnenswert oder nicht prüfen, und später, sollte das Buch tatsächlich vermisst werden, würde der Verdacht nicht auf ihn fallen, denn er hatte es ja zurückgegeben, woran sich Fräulein Kunatsch doch bestimmt noch erinnerte, er hätte doch noch gesagt, wie »l-l-langweilig« er es gefunden hätte.

Wie sie dann trotzdem auf ihn gekommen sind, wer weiß, vielleicht der untrügliche Instinkt der Gemeinschaft gegenüber jedem Element des Fremden, fest stand jedenfalls, dass es niemand anders als Peter Hanske gewesen sei, auch wenn man ihm nichts beweisen konnte, was ihm zusätzlich ungünstig ausgelegt wurde und worauf Peter Hanske auf immer der Dorfbibliothek fernzubleiben hatte. Aber Anna Hanske hatte niemanden in ihr Haus gelassen, Fräulein Kunatsch nicht und nicht Bürgermeister Möllrich, sie kenne schließlich ihr Haus vom Keller bis unters Dach und auch das Zimmer ihres Sohnes, und ein Stapel Bücher wäre ihr da nicht unverborgen geblieben, und niemals hätte sie ihrem Sohn eine solche Tat gegen das Wohl der Gemeinde durchgehen lassen, aber falls etwa Zweifel an der Wahrhaftigkeit ihrer Worte bestehen sollten, möge man doch bitte die Volkspolizei alarmieren. Das mochte man denn aber doch nicht. Und Anna Hanske sagte zu ihrem Sohn Peter: »Wenn du nich willst, dass ich unter deinem Bett aufräum, dann mach du das und bau dir dafür ein Regal. Und wenn einer kommt und sagt, er will was zum Lesen, und dich nach einem Buch fragt, das dir bekannt vorkommt, weils auf deinem Regal steht, dann hol das da runter und drücks ihm in die Hand und sag nich, wann ers wiederbringen soll.«

Du hast doch viel gelernt damals. Und abends im Dunkeln, wenn ihr im Bett lagt, das Licht schon längst aus war, breitete Peter seine neuesten Schätze vor dir aus, er fragte immer: »K-kennst du d-d-das Wort …«, und dann kam irgendwas, was du noch nie gehört hattest, und er erklärte dir, was es bedeutet, und wenn er sich erst eingeredet hatte, dann war das Stottern auf einmal weg, und manchmal ließ er dich vorher auch raten und hörte deine Mutmaßungen sehr ernsthaft an und lachte nur ein bisschen. Und das vermischte sich mit den Mäusegeräuschen, du lauschtest auf ihr entzücktes Quieksen und wie sie sich die winzigen eingetrockneten Käse- oder Speckstückchen aus den entschärften Fallen holten.

Einmal sagte Peter: »W-w-weißt du, was ›Jenseits‹ ha-ha-heißt?«, und du wusstest es nicht, aber du konntest an seiner Stimme hören, dass es kein neues Wort war, dass es eines war, das er längst kannte und das er sich aufgespart hatte, weil es ein besonderes sein musste.

»Was heißt denn das, Peter?«, hast du geflüstert, automatisch, fast gänsehäutig, denn es schien eins von den Dingen zu sein, die man wissen und nicht wissen will zugleich, oder ganz kurz wissen und wieder vergessen, dieses aber vergaßt du nie mehr.

»Na, z-zum Beispiel könnte ich sagen: m-m-m- m-m-meine M-mutter, du weißt schon, meine rr-richtige, sie ist im Jenseits.«

»Wirklich?«, fragtest du, denn du hattest gedacht, diese wirkliche Mutter sei tot, irgendwie wegen des Krieges, von dem sie dir erzählt hatten, jedenfalls hatten sie dich dann wohl angelogen, wie immer, als sie gesagt hatten, Peters Mutter sei tot.

»Ja«, sagte Peter, »das w-weißt du doch.«

Und du sagtest nichts mehr und nicktest bloß, obwohl Peter das im Dunkeln ja gar nicht sehen konnte. Er sollte ja nun nicht denken, dass du jemals daran geglaubt hattest, was sie dir so erzählt hatten. Peters Mutter war im Jenseits, im Jenseits, das war ja mal eine gute Nachricht. Vor Aufregung und Geheimnisschwere konntest du zuerst gar nicht in den Schlaf finden, seltsam milchige Bilder flimmerten in deinem Kopf. Vergeblich versuchtest du drüberzuwischen, wie über die beschlagenen Küchenfenster, und das war dir Bestätigung genug, dass dahinter mehr zu sehen sein müsste als euer Hof und das hellgraue Stückchen Dorfstraße und der abgebrannte schwarze Dachstuhl der Schnitterkaserne neben dem Friedhof, und immerzu dachtest du nur: da würdest du hinfahren, irgendwann, bald.

Und du seufztest, weil du ahntest, dass es für dich noch lange dauern würde, bis man dich dorthin ließe, so lang wie die Schule mindestens, und du hattest kaum angefangen, und vielleicht würdest du ausreißen müssen, wovon du keine andere Vorstellung hattest als das Beispiel des armen Georg, und den hatten sie nach fünf Tagen »fast ganz nackig« und an einen Baum gebunden im Wald gefunden, und dabei war er schon vierzehn Jahre. Und sein Fahrrad war weg und sein Tornister und seine Jacke und seine Hose, und das hatten die Soldaten mitgenommen, die er nicht verstanden hatte, weil sie russisch gesprochen hatten, aber das durfte man nicht sagen, aber auch ›Sowjetmenschen‹ durfte man in diesem Fall nicht sagen, denn in Wirklichkeit waren es ja »verbrecherisch als Soldaten der Roten Armee verkleidete« ganz normale »asoziale Elemente« gewesen.

»D-das heißt ›Räuber‹«, hatte Peter zu dir gesagt und dabei gegrinst, aber du wusstest nicht, was es dabei zu grinsen gab. Georg musste dann nicht zurück zu seinem Prügel-Onkel, er musste dann in ein Kinderheim. Und danach sagten sie, dass sowieso alle Kinder, die ausreißen, ins Heim gesteckt werden, ob Prügel-Onkel oder nicht.

Doch vielleicht dürfte Peter eher dorthin, nach Jenseits, zweifellos hatte ihn seine Mutter nur nicht mitgenommen, weil er noch nicht alt genug dafür war, aber er war immerhin neun Jahre älter als du, und er würde dich vielleicht mitnehmen, er würde dich doch nicht alleine hier lassen, nicht Peter. Oder war es am Ende genauso unwahrscheinlich und geradezu entsetzlich unmöglich, dass Peter zu seiner Mutter fuhr, wie dass man dich zu deinem Vater reisen ließe?

»Das schlag dir man ausm Kopf«, hatte deine Mutter gesagt und mehr nicht. Und etwas in der Art, wie sie sich von dir wegdrehte, wie sie hastig den Deckel vom Kochtopf nahm, ihn scheppernd danebenwarf und sich auf die heißen Finger pustete, wie sie die Kelle schnappte und den Wrukeneintopf durchwühlte, hielt dich davon ab, auch nur eine weitere Frage zu stellen, schon gar keine mit ›warum‹. Das hattest du dir sowieso bald abgewöhnt, zumindest bei deiner Mutter, und zwar gerade weil sie dir jedesmal Antworten darauf gab. Sie sagte: »Was soll ich dir was vorschwindeln«, und dann kam eine lange komplizierte Antwort, und du glaubtest, du müsstest immer so tun, als ob du alles verstündest. Sie prüfte dich aber nie. Oder sie sagte gleich, dass sie das auch nicht wüsste, was aber so selten vorkam, dass du fast darauf zu hoffen begannst. Es war eine Abkürzung, auch eine zu deiner Mutter, sie zog dich damit an sich heran, oder war es umgekehrt, sie wusste es also auch nicht. Sie wusste es also auch nicht, warum dein Vater im Westen war und was er dort so machte. Aber sie sagte dir, dass das kein Anlass sei, herumzulaufen und damit anzugeben, worauf du natürlich auch nie gekommen wärst. Ihr kämt ja auch ganz gut ohne ihn aus. Du konntest dir ohnehin nicht vorstellen, wie ein Noch-besser-Auskommen hätte aussehen sollen, du wusstest, dass ihr besser dran wart als die meisten im Dorf, sonst würden sie dich ja nicht ständig ärgern, denn die waren ja bloß neidisch. Aber du warst nicht neidisch, schon gar nicht auf ihre Väter, du hattest ja auch einen, und zwar im Westen, und er konnte dir gar nichts, er konnte dich nicht zum Kartoffelstoppeln schicken oder nach Karnickelfutter, und deine Mutter sagte, ihr hättet selber genug Kartoffeln, und ihr hattet keine Karnickel, »wer soll die denn schlachten«.

Nur dass man ihn nicht mal besuchen konnte. »Das soll man

nich«, sagte deine Mutter, »das soll man nich, weil die Deutsche Demokratische Republik Angst hat. Nämlich Angst um ihre Bürger, aber die heißen jetzt glaub ich auch anders, dass nämlich ihren armen Bürgern im Westen was passiert, denn das ist ja gefährlich, so alleine in der Weltgeschichte rumzuspaziern, und dann verlaufen die sich da vielleicht, weil die sich ja da nich auskennen, und da steht auch kein Schild, wo sie langmüssen, und dann kommen sie nich mehr wieder. Und dann wär sie traurig, unsere Republik. So wie Georgs Onkel, davon hast du doch gehört, wie der traurig war, als Georg ausgerissen ist.« Du hattest aber bloß gehört, dass Georgs Onkel gesagt hatte: »Dän Mistbengel, den schloog'k dot, wenn dei mi noch eis unner de Ogen kümmt!«, aber dann hatten sie ihn ja ins Heim gesteckt.

Am nächsten Morgen fragtest du Peter, ob Jenseits so etwas Ähnliches sei wie der Westen. Peter lachte auf und sagte: »Tja, k-k-kann man wohl so sagen. J-jedenfalls weiß k-keiner was G-genaues drüber.« Das kam dir auch so vor.

Wo Peters Vater war, wusste auch keiner. »Vielleicht hast du gar keinen«, sagtest du zu ihm, und weil er dich dann so anguckte, versuchtest du es mit deinem Trost, der eigentlich nur für dich war und dich zu der Zeit wie ein kleiner fester Panzer umgab: »Macht doch nix!« Machte doch nix, als du auf die Betonplatte fielst und dir das Knie aufschlugst, machte doch nix, dass Klaus Börner dich hingeschubst hatte, machte doch nix, dass deine Mutter dich rausgescheucht hatte, nachdem du den ganzen Vormittag in deinem Zimmer eingeschlossen gewesen warst und es doch nicht aufgeräumt hattest. War doch alles nicht so schlimm, Peter. Aber Peter belehrte dich gleich, dass jeder einen Vater habe, auch wenn er ihn nie zu Gesicht bekomme, das stünde nun mal fest. Fest stünde aber auch, dass sein Vater »g-garantiert nicht« im Westen wäre, er hätte es ja nicht mal bis hierher mit seiner Mutter und ihm geschafft, also wäre er höchstens ganz im Osten, wahrscheinlich aber wirklich tot. Zumindest hoffe er das, ja genau. Als Peters Blick in deine weiten Augen fiel, sagte er: »Oder w-willst du etwa, dass hier e-e-irgendwann a-a-einer ankommt und sagt, er ist mein V-vater und will mich m-m-mitnehmen?«

Und dein Pferdeschwanz sauste wie eine Peitsche ganz schnell zwischen deinen Ohren hin und her, und dein »Nein-nein« und die Tränen flogen um dich herum.

Zum ersten Mal empfandest du so etwas wie Dankbarkeit gegenüber deiner Mutter. Jedenfalls war es eine ihrer guten Ideen gewesen, Peter einfach zu behalten. Du wusstest zwar nicht, was sie bewogen hatte, dann auch noch dich zu kriegen, aber vielleicht fasstest du die Sache falsch auf. Vielleicht hatte gar nicht sie ausgerechnet dich gewollt, sondern mehr etwas für Peter, und nun war sie enttäuscht, weil es andersherum gekommen war, weil du Peter bekommen hattest. Das konnte sie nun natürlich schlecht zugeben, weil du ja ihr richtiges Kind warst, aber hintenrum versuchte sie anscheinend, es wieder gutzumachen, und schenkte Peter einen Tuschkasten mit zwölf Farben und sagte zu dir: »Du bist doch noch zu lütt dazu, nich«, und holte einen Drops für dich aus ihrer Schürzentasche und merkte gar nicht, dass du nicht danke sagtest. Oder? Das hätte doch immerhin sein können.

Stop it. Was kramst du denn hier herum wie in einer plötzlich entdeckten Truhe, von deren Existenz du ja gar nichts ahntest, welch Überraschung. Blödsinn. Die echte Truhe aus Kirschholz, wurmstichig, fandest du an ihrem alten Platz unter der Treppe, und außer ein paar leeren Keksdosen und einem Kinderfotoapparat war nichts darin. Anna Hanske hielt nichts vom Aufheben, hielt nichts vom Horten nicht mehr oder noch nicht benutzter Dinge für spätere, schlechtere Zeiten. Sie hing diesem Aberglauben nicht an. Was sie nicht sofort gebrauchen konnte, kam weg, wurde verschenkt, und die Leute nahmen gerne und sagten, »na, dei hemm's joo!«.

Und so stießest du in der Truhe nicht auf abgelegte Kleider, Fotoalben, Spielsachen, Teekessel. Weißwäsche für deine Aussteuer. Daran hatte sie wohl auch nicht geglaubt, sie hatte auch keinen Grund dazu gehabt. Die Truhe enthielt keinen Hinweis auf Peter und keinen Hinweis auf dich, ihre Übersichtlichkeit erleichterte dich; kein Hinweis auf die Zeiten, in denen der dunkle hölzerne Leib dich verborgen gehalten hatte und die Rufe Peters oder deiner Mutter nur gedämpft zu dir gedrungen waren, keine Spur deines heißen Atems, deiner schwitzigen Finger und der aufregenden Vorstellung, dass du diesmal den schweren Deckel vielleicht nicht mehr aufbekämst.

Und auch von dem, was du damals zurückgelassen hast, ist alles verschwunden. Tatsächlich, alles. Und das wusstest du vorher, denn sonst wärst du nicht hierher gekommen, nicht wahr. Denn tatsächlich hast du alles damals zurückgelassen, nicht wahr, das war es doch, was du dir sagtest, dass du alles zurücklassen müsstest, nicht wahr, und du sagtest dir, dass du es deiner Mutter dalassen würdest, denn besser bei ihr als bei dir, nicht wahr, und besser das als du. Nicht wahr, gar nicht wahr, denkst du, nein. Und doch geschah alles nach deinem Willen, aber geschehen konnte es doch nur mit ihrer Hilfe. Und du merktest das nicht mal, noch nicht mal, als du jenseits der Grenze warst und ihr Satz in deinem Kopf zitterte: »Das Beste ist nich immer das Bequemste.«

Und von da an hast du ihn dir immer wieder vorgesagt, so oft, dass er fast zu deinem eigenen Satz wurde, und du hast gar nicht gemerkt, wie er sich mit den Jahren langsam umgedreht hat, bis du dich nicht mehr weiter an seinem Schwanzende festklammern konntest, bis er dir sein Maul mit den Reihen kleiner spitziger Zähne gezeigt hat und du ihn endlich richtig herum zu lesen glaubtest. »Das Bequemste ...« Aber es stimmte doch nicht. Du kannst ihn jetzt zurückhaben, deinen Satz, Anna Hanske, denn er stimmt hinten und vorne nicht. Aber sollte mich wundern, wenn du das nicht gewusst hättest.

Der kleine Fotoapparat war nicht deiner gewesen, schon gar nicht Peters, so was gab es doch damals noch gar nicht, so ein Ding mit gelber Plastikverblendung, für Kassettenfilme, und heute nicht mehr. Es lag kein Film darin, nur die leere Kassette, zum Glück. Ein nutzloses, putziges Objekt, das du beinah zwischen deinen Händen verschwinden lassen kannst, wie in einem rückwärts ablaufenden Film, eine harte gelbe Nuss, die nach und nach die Bruchstücke ihrer Schale wieder umschließen. Dann hältst du ihn vor deinen Bauch und drückst auf den Auslöser, wieder und wieder und immer rascher, dazwischen drehst du das Rädchen für den Filmtransport weiter, immer weiter, klick und ratsch und klick und ratsch, es stellt sich ein Rhythmus ein, der dir fast Spaß macht, dreißig Aufnahmen der dunklen Dielen, die vielleicht etwas über das unmerkliche Vergehen der Zeit aussagen könnten. Das Nichtvergehen.

»What's that?«, fragt Paul, und du zeigst ihm dein nasses Gesicht und sagst: »Nothing.«

Beim Abendbrot sagst du nichts. Dir rutscht das Glas aus der Hand, du hebst es nicht auf, die Tischdecke sieht aus wie ein vollgepinkeltes Laken, Michael und Paul sehen dich an.

»Stop getting on my mind, my alarm clock, my cookie, my balls!« Michael und Paul sehen dich an.

JOHN

MUTTER DU HATTEST MICH ABER ICH HATTE NIEMALS DICH
ICH WOLLTE DICH ABER DU WOLLTEST MICH NICHT
ALSO MUSS ICH DIR SAGEN
LEB WOHL LEB WOHL

VATER DU VERLIESST MICH ABER ICH VERLIESS NIEMALS DICH
ICH BRAUCHTE DICH ABER DU BRAUCHTEST MICH NICHT
ALSO MUSS ICH DIR SAGEN
LEB WOHL LEB WOHL

Kinder macht nicht was ich gemacht habe
ich konnte nicht gehen und ich versuchte zu laufen
also muss ich euch sagen
lebt wohl lebt wohl

Mama geh nicht
Papa komm nach Hause

ELLA

»Das ist bestimmt deine Freundin«, sagt Paul, er hat das Klopfen auch gehört.

»Sie ist nicht meine Freundin!« Ist mir jetzt wieder so rausgerutscht.

Paul grinst. »Aber bald.«

Was soll das denn heißen? Ist er Hellseher oder was. Ganz geheuer ist er mir sowieso nicht, da war die Idee, Romy anzurufen, gar nicht mal so übel.

Sie ist das übrigens wirklich. Wieso klingelt die nicht wie jeder normale Mensch. Braucht wieder mal ne Extrawurst. Ich mach die Tür auf, und Romy lächelt, als wenn sie sich nun gleich entschuldigen will. Ich muss auch lächeln auf einmal, und Paul guckt mit genausonem Lächeln erst Romy an und dann mich und dann wieder Romy.

»Komm rein«, sage ich schlussendlich, damit hier heut noch was passiert. Aber kaum hab ich die Tür zu, bleibt die schon wieder stehen, die Jacke halb an, halb aus, und starrt die alten Platten an.

Vati hat die vorhin auf den Flur gestellt, für den An- und Verkauf. Seit sie sowieso alles auf CD hätten und der Plattenspieler ja nun endgültig übern Jordan wär, na ja. Was sich fast so anhörte, als wenn er froh dadrüber wär, als wenn er nun endlich einen

Grund hat, und ich hatte ziemlich Lust, ihm das ins Gesicht zu sagen. Wie beknackt ich das finde, und dass ichs schon immer beknackt gefunden hab, und dass er nun sieht, was er davon hat, dass er nun nämlich dasitzt mit dem ganzen Krempel und nicht weiß, wohin damit. Das mit dem An-und-Ver passt ihm ja in Wirklichkeit auch nicht, weiß ich genau, und bloß weil Mutti das gesagt hat und ihm nix Bessres eingefallen ist.

Aber den Mund aufgemacht hab ich natürlich doch nicht, muss ja nicht sein, der wär doch gleich wieder auf Hundertachtzig gewesen. Ich hab mir nur innerlich eins gegrinst, jedenfalls so lange, bis er mich gefragt hat, ob ich etwa eine Platte zur Erinnerung behalten will, an die guten alten Zeiten, und dann hat er gegrinst. Damit ich später noch weiß, dass es so was auch mal gegeben hat, weil wir, also ich und seine Schüler und die ganze blöde Jugend von heute, solche Sachen ja viel zu schnell vergessen, und so weiter. Die Oberlehrer-Tour. »Keine Angst, ich vergess das schon nich«, hab ich gesagt. Wie denn auch, hab ich gedacht.

Jetzt bückt Romy sich und zieht eine Platte raus. Und sagt: »Wow!«

Ich glaub, mir wird gleich schlecht. Von ihr hätte ich das nun echt nicht gedacht. Dass die solche Wörter benutzt, solche von der ›cool‹- und ›sorry‹-Sorte. Ich dachte, na ja, ich weiß auch nicht. War vielleicht doch keine so gute Idee. Sie glotzt auf die Platte und ihr Gesicht ist die helle Begeisterung. »Das ist ja das White Album!«

»Ja«, sag ich bloß und hoffe, dass sie jetzt nicht auch noch ›cool!‹ sagt. Das White Album, na und! Ich wünschte, wir würden uns langsam mal in mein Zimmer bewegen, ich hab schließlich nicht extra aufgeräumt, damit wir hier auf den kalten Fliesen von einem Bein aufs andre treten und den alten Mist angucken. Aber da sagt Paul, und seine Augen fangen an, so ähnlich wie die von Romy zu glänzen, was zwar jetzt kitschig klingt, aber wie soll man das sonst nennen, und ich kenn dieses Glänzen, es ist gefährlich, Paul sagt: »Du magst die Beatles?«

Da ist es, dieses Wort, vor dem ich Schiss hatte. Aber ließ sich wohl nicht vermeiden, schon als Romy so auf die Kiste geguckt hat, hab ichs geahnt, dieser alberne Name, was soll das überhaupt bedeuten? DieBeatlesdieBeatlesdieBeatles. Das wollt ich doch nie mehr hören. Ich hätte das Zeug eigenhändig auf dem Flohmarkt verkauft dafür, verscherbelt hätt ichs, je seltener, desto billiger. Ich hätte Mutti und Vati zwingen sollen, das nur noch über Kopfhörer zu hören, ich hätte sagen können, Oma verträgt das nicht, ich muss noch was für die Schule lernen. Zum Glück kommen sie ja selber kaum noch auf die Idee, überhaupt irgendwas anzuhören. Jetzt heißt es nur immer, »Ella, mach diesen Mist leiser, das hält ja kein Mensch aus!« Wie oft hab ich mir gewünscht, ich hätte das einmal, nur einmal zu ihnen gesagt. Hätt ich ne Backpfeife für gefangen, mindestens, egal. Aber unsereins hat immer bloß gekuscht, sogar Thorsten. Na ja, nicht immer, hätte sonst wohl kaum so viel Katzenköppe und Stubenarrest und Ohne-Abendbrot-ins-Bett gegeben. Die halten nix von antiautoritär oder wie das heißt. Aber all die Jahre ALL YOU NEED IS LOVE!

Und dann das vorhin schon wieder, immer dieses Misstrauen. Dass ihre Tochter Elisabeth was anstellen könnte, was ausfressen, und wat solln denn bloß die Leute sagen! Dann würds ja gleich wieder heißen, siehste, Lehrerkinder sind auch nicht besser, im Gegenteil, die sind schlimmer als alle andern. Sind sie ja auch, schlimmer dran nämlich.

»Heut abend kommt n Junge vorbei«, hab ich gesagt, »er heißt Paul, er kommt aus Irland.«

»Achso?«, hat Mutti gesagt, das wär doch dann wohl der Enkel von der alten Hanske, der Sohn von ihrer Tochter, die da damals abgehauen ist, von der Ingrid Hanske, na ja, jetzt würd sie ja wohl anders heißen.

»Ishley«, hab ich gesagt.

»Wie?«, hat sie gefragt, und dann gleich: »Ella, mach keine Dummheiten! Von vorher fragen hältste ja wohl nich mehr viel ...« Und ob sonst noch jemand kommen würd.

Als ob jemals einer zu mir kommen würde! »Ich ruf Romy Plötz an«, hab ich gesagt.

Hab mich dann fast gefreut, auf Paul, und auf Romy, und dann haben die nichts Bessres zu tun, als von den Beatles zu quatschen. Verdammt, eh! Aber wer rechnet denn mit so was! Ja ja, wahrscheinlich muss einer wie ich mit so was rechnen, das ist wie ein verdammter Fluch oder so was, von den verdammten Beatles verfolgt, könnte nen guten Filmtitel abgeben. Oder HELP! Vielleicht würd ich sie ja auch mögen. So wie Romy. So wie Paul. Sie haben jetzt sämtliche Beatles-Alben aus dem Karton gekramt und über den Boden verteilt und sich dazwischen hingepflanzt, auf den »nackten Boden«. Da wurdste doch immer gleich angefurzt, »Ella, steh auf!«. »Verköll juch nich den Mors!« Oma. Und die hier meckert keiner an, die verkühlen sich einfach ihren Hintern und holen sich ne Blasenentzündung und Hämorrhoiden und plappern sich die Titel der Alben vor. Ich bin gar nicht mehr da. Wieder mal.

Doch, ich bin da, das ist es ja grade. Ich kann nichts dafür! Vielleicht würd ich sie auch mögen, ich kann mir das vorstellen, ja, kann ich. Aber nicht mit diesen Alten! Waren die größten Beatles-Fans im ganzen Bezirk Neubrandenburg, und da auch noch stolz drauf. Weiß der Fuchs, wie die an das Zeug gekommen sind, ohne Westverwandtschaft, jedenfalls offiziell. Schön bescheuert, mit sonem Hobby dann Lehrer zu werden, und noch gleich beide! Westpakete gabs nicht. Aber einmal gabs Besuch, das muss kurz vor der Wende gewesen sein, ich kann mich noch ganz gut dadran erinnern, und da wärn die beide ja fast in Ohnmacht gefallen.

Mutti hatte nämlich sone Art Großcousine in Hamburg, und die hat wohl irgendwann rausgekriegt, dass sie Verwandtschaft im Osten hat, und auch irgendwie die Adresse von Onkel Helmut, und dann hat die dem einfach nen Brief geschrieben. Da hatte sie natürlich auch gleich den Richtigen am Wickel. Weil, der hat sich in seiner schmierigen Art nun gedacht, dass aus dieser Tante bestimmt irgendwas rauszuholen ist, so geldmäßig, und hat die doch glatt eingeladen. Und dabei hat er ihr dann auch gleich noch von uns erzählt und hat sich gar nichts dabei gedacht, das hat er dann hinterher zumindest gesagt, und das wundert mich gar nicht, denn das wär ja mal ne Überraschung, wenn Onkel Helmut mal was denken würd. Und prompt kriegen wir auch nen Brief von ihr, dass sie uns dann auch besuchen kommen will, wenn sie da ist, und wie sie sich da schon drauf freut, und so weiter.

Ich seh noch, wie Mutti da geguckt hat, und Vati ist total ausgerastet und hat sie angeschrien, was er vorher noch nie gemacht hatte, war sonst eher umgekehrt. »Dein dämlicher Bruder, son dämlichen Bruder kannst auch bloß du haben, hetzt uns deine vermaledeite Tante aufn Leib, was will die denn hier, die hat doch keine Ahnung, die stürzt uns noch alle ins Verderben stürzt die uns doch«, so was. Und blöderweise hab ich gedacht, dass er recht hat, auch wenn ich gar nicht genau wusste, wieso, aber wie er das so gesagt hat, das ging mir gar nicht mehr ausm Kopp, ich hab wirklich Schiss gehabt und hab mir die ganz horrormäßig vorgestellt, diese Tante von Mutti, und dann war mir Mutti auf einmal auch ganz unheimlich, dass die so eine Tante hat. Und dass sie uns das nie gesagt hat, wer weiß, wieso.

Das hat dann noch ne ganze Zeit gedauert, und wir dachten schon, da passiert gar nichts mehr, die kommt nie, und wir haben schon gar nicht mehr die ganze Zeit dadran gedacht, und Onkel Helmut haben wir nicht mehr besucht, weil der jedesmal bloß davon gequatscht hat und immer gesagt hat: »Die kommt!«, und gegrinst hat.

Aber dann war sie doch auf einmal da. Onkel Helmut hat uns angerufen. Mutti hat zu ihm gesagt: »Spinnst du, das geht nicht«, und so, aber Onkel Helmut konnt es der Tante ja schlecht verbieten, was er zu Mutti auch gesagt hat und weshalb sie dann den Hörer aufgeknallt hat und gesagt, dass Helmut für sie ein für allemal gestorben wär. Und kurz danach ist die auch tatsächlich bei uns angerückt und hat gesagt, wir sollen »Tante Rosalind« zu ihr sagen, da musst ich lachen, aber sie hat nicht gemeckert. Sondern mir was zum Naschen geschenkt und ein dunkelblaues Kleid, das mir eigentlich schon zu klein war, aber ich hab das trotzdem immer angezogen, solang es ging, obwohl ich sonst Kleider gehasst hab, aber das hab ich mir immer angepellt, nur zu Hause natürlich, »damit kannst du doch nicht rausgehn«, hat Mutti gesagt, bis der Reißverschluss geplatzt ist, und dann kams aber auch sofort weg. Noch mehr hab ich Thorsten um seine Mütze beneidet, so eine karierte, aber der war nun erst beschissen dran, weil draußen durfte er die auch nicht aufsetzen, und drinnen mit Mütze, na ja. Zum Glück kam dann die Wende. Aber das hat ja da noch keiner geahnt, und dann saß da diese Westtante bei uns in der Wohnstube, und das ganze Dorf wusste schon Bescheid.

Aber wo sie nun schon mal da war, haben Mutti und Vati sich wohl so gedacht, können sie ihr auch ihre Schätze zeigen, schließlich war sie die einzige Gelegenheit weit und breit. Das wurde uns ja auch jeden Tag eingeschärft, dass wir das ja keinem erzählen sollen, was wir für Musik zu Hause haben, weil sonst Mutti und Vati vielleicht nicht mehr arbeiten dürfen und vielleicht ins Gefängnis müssen und Thorsten und ich ins Heim. Zum Glück brauch ich das keinem zu erzählen, hab ich gedacht. Aber manchmal hab ich mir versucht vorzustellen, wie es wohl so wär im Heim.

Jedenfalls haben sie dann Tante Rosalind ihre ganzen Beatles-Platten unter die Nase gehalten und waren mächtig stolz dadrauf, die wollte aber, glaub ich, gar keine davon hören. »Über das Alter bin ich ja nu schon raus, nech«, hat sie gesagt. Oma hat sich gut mit ihr verstanden, »das is ne feine Frau«, hat sie zu mir gesagt, mit der würde sie endlich mal ordentliches Deutsch reden können, und die würde das gar nicht komisch finden. Ich hab mich bloß gewundert, woher Oma die Westsprache kennt.

Ich glaub, die ist gar nicht so lange geblieben, höchstens zwei Tage oder so, aber jetzt im Nachhinein kommt mir das wie ein endlos langer Besuch vor, weil wir alle die ganze Zeit nicht wussten, was wir eigentlich machen sollen, wir konnten ja nun auch nicht mit ihr die Dorfstraße rauf und runter. Thorsten und ich haben MENSCH-ÄRGER-DICH-NICHT mit ihr gespielt und sie hat uns gefragt, wann wir Geburtstag haben und Mutti und Vati. Mutti hat dann zum Schluss zu ihr gesagt, dass sie uns auf keinen Fall Pakete schicken soll, aber die hat das wohl irgendwie falsch verstanden.

Und so war dann das Ende vom Lied, dass kurz vor Muttis Geburtstag ein ganz flaches Paket ankam, von Tante Rosalind, und dadrin war eine Beatles-Platte, ich glaub, HELP!. Da war das Theater erst groß! Aber was wollten sie machen. Das Dilemma war nur, als Mutti die Platte ganz vorsichtig aus der Hülle genommen hat, ist sie auf einmal in zwei Teile auseinandergefallen. War ja klar, was passiert war, wahrscheinlich hatten die bei der Post irgendein schweres Paket da draufplumpsen lassen, nur dass Mutti jetzt dachte, dass die das extra und mit Absicht und »aus purer Missgunst« gemacht hätten. Die hat total verrückt gespielt, die ganze Zeit rumgeheult, dass mir am Ende auch ganz komisch wurd und ich beinah mitgeheult hätt, dabei war ich ja eigentlich froh, sozusagen. Sie hat sogar versucht, die wieder zusammenzukleben, aber ging natürlich nicht, schon gar nicht mit KITTIFIX. Aber ich seh sie da noch sitzen, ganz steif, mit den Ellbogen schräg nach außen, und die beiden Plattenteile aneinandergepresst, und man durfte nichts sagen. Ich musste mir so das Lachen verkneifen, besonders als nach einer Stunde Rumsitzen und Zusammenpressen das Ding dann wieder auseinandergeklappt ist, als sie losgelassen hat! Hat die geheult, vor Wut!

Ansonsten wahrscheinlich Schwarzmarkt. Aber die mögen da bis heute nicht drüber reden, zumindest nicht mit mir, »das is ja nu vorbei, Gott sei Dank«, sagen die maximal dazu, als wenn die Schiss haben, dass da jetzt noch einer kommen und sie irgendwie dafür belangen könnte, oder als wenn ich das nun immer noch rumerzählen könnte, »aus purer Missgunst«! Sieht ja jetzt fast so aus, als ob sie Beweisstücke aus dem Haus schaffen. Ich versteh das nicht. Ich mein, wozu denn erst der ganze Aufwand. Und ein Akt war das immer, wenn Vati wieder mal sonnabends nachmittags noch nach der Schule nach Berlin gefahren ist, was man denn auch wieder keinem erzählen durfte. Und dann kam er mitten in der Nacht zurück, ich konnte nie einschlafen, bis er nicht zurück war, obwohl er ja doch nie was andres mitgebracht hat als eben irgendeine neue Beatles-Platte, und manchmal nicht mal das. Die haben sie dann immer gleich noch nachts gehört, und ich hab das auch gehört, und auch, was sie da nebenbei gemacht haben, und morgens gabs Frühstückseier und Kuchen und die Beatles und ich hab auf mein Ei und meinen Kuchen geheult, vor Wut, weil ich mir nun für die nächste Zeit sämtliche Wünsche, die ich so hatte, gleich »abschminken« konnte.

Für was andres hatten die nie Geld übrig. Die andern kriegten ein Monchichi aus dem Intershop, und SAROTTI-Schokolade, bei uns gabs zu Weihnachten Unterwäsche, Garnituren. »Na, gefällt dir die neue Garnitur?« Ich krieg Ausschlag bei dem Wort! Und Strumpfhosen! Und die Beatles, sogar unterm Tannenbaum. Ich wollte WEIHNACHTEN IN FAMILIE von Frank Schöbel, den mochte ich. Aber das war nur für die andern, für uns gabs was Besondres, das hat nicht jeder, YEAH, YEAH, YEAH. Mutti hat versucht, mit mir zu tanzen danach. Ich bin weggerannt. Dieses Glänzen auf ihrem Gesicht, und wie sie Vati dann angeguckt hat. Ich hab mich geekelt vor diesen Typen, vor ihren doofen Frisuren. Mir war das irgendwie peinlich, ich hab mich richtig geschämt. Für Mutti und Vati, aber eigentlich noch mehr für mich selber, ich hab gedacht, wie bekloppt muss man sein, um so bekloppte Eltern zu haben, oder so ähnlich. Manchmal hab ich ja gedacht, das sind gar nicht meine Eltern, und das war sogar noch, bevor Vati das damals zu Mutti gesagt hat, und da hab ich noch gedacht, sie haben mich aus irgendeinem Heim geholt, und Thorsten erst recht.

Ich wusste nie die Titel der Songs, ich war die ganze Zeit bloß damit beschäftigt, ihre klebrigen Melodien aus dem Kopf zu kriegen, diese Texte, die ich auswendig konnte, bevor ich sie überhaupt kapiert hab, da wars dann eh schon zu spät. Ich versuch ja immer noch, morgens aufzuwachen und sie nicht singen zu hören in meinem Kopf, die haben ihre verdammte Band da reingebeamt oder was weiß ich.

PASTOR WIETMANN

Da habe ich mich also entschieden, den Vorstellungen der Leute vom Leben eines Pastors doch noch Genüge zu tun. Allzu leicht aber wollten sie es mir nicht machen und haben mir Steine aufgehäuft auf dem Wege der Rechtschaffenheit, der erste Stein aber heißt Misstrauen, denn sie trauen dem Worte Gottes nicht aus dem Munde eines städtischen Studierten, der zweite Stein aber heißt Missgunst, denn sie vergönnen dem Pfarrer nicht das Pfarrhaus, alldieweil es schon anderweitig behaust ist, der dritte Stein schließlich heißt Missbilligung, denn sie billigen nicht die Wandelhaftigkeit ihres Hirten, der zunächst Mutter und Vater verließ, um einem Hirtenweibe anzuhangen, und dann das Hirtenweib verließ, um seine Schafe alleine zu weiden, so dass man der Vermutung anheimfallen könnte, dass auch seine Schafe einst eine verlassene Herde sein würden.

Über diese Steine aber setze ich mit Gelenkigkeit meine Beine, und wenn sie zuerst auch nur aus Neugier mir Gehör zu schenken begannen, so hörten sie doch, und wenn die Wohnung, die sie mir gaben, auch nur ein zweizimmriges Gehäuse ist, so ist es doch genug und leicht zu reinigen, und wenn sie auch ihre Münder kräuseln und Mutmaßungen vielfältigen Ausdruck verleihen und der Gedanke an des Pastors mögliche, immerhin mögliche Verkehrtheit, die eine geschlechtliche sein könnte, sie um ihre Seelenruhe bringt, so wissen sie damit doch nicht mehr über mich, als die Gemeinde von ihrem Pastor wissen soll, und wissen damit nichts über mich und nichts über Kathrin und nichts über Elena.

Und so sitze ich hier in meiner nur durch ein Uhrticken getakteten Stubenstille bei dünnem Kaffee und einem selbstgezogenen Rübengemüse und warte demütig auf die Eingebungen des Geistes für die Niederschrift der Predigt, welche erbaulich zu hören sein soll am fünfzehnten Sonntage nach Trinitatis. Und auch etliche Gedanken zur Vorbereitung des Erntedankfestes sind schon in meinem Kopfe hin und her gegangen. Und Herr Seelsorger Arndt musste gar wohlgefällig nicken dazu.

So hatte sich also damals Bernhard Wietmann, zwanzig Jahre, entschlossen, einer von den Guten zu werden, und dies unterschrieben mit seinem Namen auf dem Antrag auf Immatrikulation für die Theologie, evangelische, anno neunzehnhundertundsiebzig zu Greifswald. Und das Gute und der Mut gingen zu jenen Zeiten noch Hand in Hand, aber das Gute durfte das Gute nicht sein, denn das war einer anderen Sache Prädikat nun, und das alte Gute war nur noch ein Aberglauben, und der Mut ward eine Gutmütigkeit bei den einen, und bei den anderen ein Übermut. B. Wietmann, Erstsemester, aber war guten Mutes. Und täglich prüfte er sich, ob er das Gute auch könne und wolle und solle.

Wie aber war es bestellt um den kategorischen Imperativ? Nun wohl nicht gar so burgenfest, als dass er bis zu seiner Vikarszeit es einmal gewagt hätte, in sich zu horchen, ob er es denn auch zur Ausführung bringe, das Gute, da aber konnte er es mit einem Ja beantworten. Denn war es nicht recht und gut, dass er Kathrin gewonnen hatte, und nicht nur ihr Herz für sich allein, sondern auch für die gute Sache, die gute alte, und abgezogen von der schimpflichen neuen, die Sozialismus geheißen ward und sich trefflich vergleichen ließ mit dem MEHRZWECKGELÄNDE, an dem ihn in zartem Alter so oft sein Weg vorbeigeführt hatte und das, bei genauerer Betrachtung, gar keinem offenen Gelände ähnlich war, sondern einer lose und windschief überdachten Halle, was indes keine weiter überraschende Enttäuschung darbot, nachdem man ihm schon den Gedanken abspenstig gemacht hatte, es ließe sich darauf der März wecken, und auch diente es gar nicht mehreren Zwecken, sondern nur einem. Denn sorgsam und demütig hatte er seine Rollschuhe wieder verpacken und einen stillen Rückzug antreten müssen, als die Vertreter beider Mannschaften eines Handballspieles sich als rauh und absolutistisch erwiesen hatten und dies auch fürderhin blieben und er sonach nimmermehr das Rollschuhlaufen erlernte.

Erlernt aber habe ich den Zweifel, und zwar als eine seltene und selten verlangte Fähigkeit, und sie erschien mir unnütz und bewahrenswert zu gleichen Teilen, wie ein altes Handwerk. Und wie auch die alten Handwerke als dem Fortschritte der menschlichen Gesellschaft entgegenstehend angesehen waren, so war auch der Zweifel ein Rückstand, den es, wo nicht zu entfernen, zu verdrängen galt. Und wir wurden gelehrt, Gebete zu widmen denen, die um ihres Glaubens willen verfolgt werden, und ich fühlte mich eingeschlossen in die Gebete, denn dies, der Zweifel, war mein Glauben. Und etliche Jahre darauf erst wagte ich, meinem Verfolger ins Angesicht zu blicken, und siehe, es war kein anderer als der Zweifel. Seit dieser Zeit aber legt er täglich Fragen mir vor, wie Felsen gewaltige, geringe wie Sandkörnchen, und sie alle gehen auf den Reim, was es denn wohl auf sich habe mit dem Guten im Menschen. Und zum Exempel bin ich geneigt, allemal mich selbst zu wählen, denn das Wort: RICHTET NICHT, AUF DASS IHR NICHT GERICHTET WERDET war mir das Schwerste stets, und so nahm ich zur Sühne meiner Schwäche mich selbst zum Ankläger sowohl wie auch Angeklagten. Und im gewichtigen Buche des Zweifels, den ich gleichwohl nicht Gewissen zu nennen pflege, denn ebendieses setzte wohl die Anwesenheit des guten Kernes in der menschlichen Schale voraus, die ob der Zähigkeit und Faserigkeit selbiger einstweilen noch ungewiss bleiben muss, in diesem Buche also finde ich, sooft ich es aufschlage in meinem

Geiste, die verblichenen, zu Teilen unleserlichen, zu Teilen noch gut zu gewahrenden Fragen meiner längst vergangenen Erdentage, als auch ebenso die mit schwarzer Tinte spitzig gestochenen meiner jüngst hinter mir gelassenen.

Sprich: die letzte Woche. Und solcherart nichtsnutzige Gedanken kommen mir stets freitags, wenn ich über der Predigt brüte wie ein altes Huhn, närrisch hoffend, es möge doch einmal etwas anderes herauskommen als gelbe Küken; der Sonnabend beschäftigt mich mit haushälterischen Erledigungen und kleinen Arbeiten, und Sonntag – ist eben der Sonntag. Der Freitag ist ein erbärmlicher Tag. Unser Herr starb an einem Freitag, und zur Erinnerung daran ist Karfreitag immer Mistwetter, immer schon gewesen, darauf würden sie hier alle einen Schwur ablegen. Und der da starb am Kreuze hatte sich noch nicht mal etwas vorzuwerfen. Er brauchte keiner von den Guten sein. Da steh'k doch drüber, hätte er locker sagen können, sagte er aber nicht, eben darum, quod erat demonstrandum.

Und unsereins muss sich selber martern. War es denn gut, in der im gar trockenen Munde geführten Rede zu Anna Hanskes Grablegung gar Etliches zu bezeugen von ihrem Leben, das mir nur aus Peter Hanskes Bericht bekannt geworden war, aber still zu schweigen von dem, was zwischen seinen Worten klar wie Tränen hervorgeglitzert hatte und hervorgelockt worden war vom scharfen beständigen Winde der gemeindlichen Rede? War es denn gut, mich darob zu besänftigen damit, dies im Sinne Ingrid Hanskes vollzogen zu haben, und mich alsdann dem Verständnis, mit etwas anderem ihr Gutes getan zu haben, widersetzte, als sie mir, während ich ihr ein Stück vom Kuchen reichte, zuraunte: »Das war man eine gute Idee, Herr Pastor«, und ich nur milde lächelte wie einer, der getan hat, was sich nun einmal geziemte?

War es denn gut, dass ich wiederholten Males mit meinen Schritten einen Bogen beschrieb um Hartmut Wachlowskis Ehegattin, als ich ihrer ansichtig wurde von ferne auf ihrem Hofe und also den Umweg an der Straße entlang nahm und mir in nämlicher feiger Weise zuredete, dies geschähe, sie nicht zu beschämen mit einer im Grunde wohl entbehrlichen Erinnerung? Und hatte ich nicht obendrein am Anfang den Versuch unternommen, mir vorzuführen, dass dies Weib womöglich gar nicht selbiges sei, dass ich vor langen Jahren in den Gemächern meines Onkels selig einmal mit erschreckten, wiewohl ungenierten Augen angetroffen?

Und schließlich, war es denn gut, dass ich nach meinem Mittagsmahle am vergangenen Sonntage aus dem Fenster sah und meinen alten Nachbarn Gniedeck gewahrte, wie er mit seinen schwachen Händen die Axt schwang in seinem Garten mit großer Mühe und einen Haufen Holz spaltete und ich nicht herauseilte, ihm zu helfen, und bei mir dachte, es wäre der Tag des Herrn, an dem wir unsere Arbeit sollen ruhen lassen und stattdessen nach Greifswald fahren zu Elena?

Und diese sonntäglichen Ausflüge wären ein Quell gar vieler neuer Fragen, die meiner Tüchtigkeit und dem Vorhaben, dem kommenden Sonntage eine erbaulich zu hörende Predigt zu geben, nun sehr entgegenstünden. Was aber ist so Tüchtiges daran, der Gemeinde mit wohlgesetzten Worten über erhabene Dinge in den Ohren zu liegen und nicht allein die geistigen, auch die Kräfte des Körpers zu sammeln, wenn ich später am Tage mich im Laufschritt werde ertüchtigen, solang dies alles nur zu meinem eigenen Wohlbehagen geschieht?

Auch mir ist bekannt die junge Legende von der Rechtschaffenheit und Tüchtigkeit eines Pastors im Dorfe Bresekow, der sich nicht zu schade war, helfend mit kräftigen Armen und gewichtigen Worten und starkem Glauben anzupacken, als der große Bullenstall lichterloh brannte, und sich den Flammen entgegenwarf und Tier um Tier heraustrieb aus dem Inferno. Und nachher gab man meinem Vorgänger Schnaps und viel Klopfen auf die verräucherte Jacke über der Schulter, und nie, sooft ich seiner gedenke, kann ich anders, als mir diese Jacke als einen im Feuerwinde wehenden Talar vorzustellen, und man nahm ihn endgültig auf als einen Ebenbürtigen und Vorbildlichen, einen Primus inter Pares, in die Gemeinde. Und später ist er fortgegangen und seine Spuren verloren sich in Bresekow und in der Welt, und wenn er nicht gestorben ist, so tut er Gutes noch heute.

Und darauf wurde für das Dorf Bresekow in Ermangelung regelrechter Amtsträger ein Seelsorger mit Namen Arndt angeschafft und samt den Seinen ins Pfarrhaus gesetzt, und siehe, er fand Zulauf unter den verirrten Schäfchen mit nach ihrem Geschmacke gewürzten saftigen Reden, und die Gemeinde blieb unbehelligt von der kirchlichen Autorität, bis man diesem Zustande meinte abhelfen zu müssen, und dann kam ich, ausgerechnet.

ROMY

Sogar das einzige Live-Album hatten sie! Eigentlich bin ich ja froh, nicht zu der Zeit gelebt zu haben, auch wenn ich mir das manchmal ausmale. Die Beatlemania. Ich wäre verrückt geworden. Ich hätte mir einen karierten Minirock über meine zu schmalen Hüften gezogen und mit der Meute gekreischt. Ich hätte mich haltlos in John verliebt, vielleicht sogar in Paul. Ich wäre genauso gewesen wie alle anderen. Oder eben gerade nicht, so wie jetzt, aber auch so wie jetzt nur heimlich. Was für eine Vorstellung: Ich wäre aus Prinzip kein Beatles-Fan geworden! Das wäre sogar noch verrückter gewesen. Manchmal habe ich Angst, für immer unansehnlich und siebzehn zu bleiben.

Und dann das: Letztes Jahr, am Ende der Zehnten, sollten wir in Musik ausnahmsweise mal nicht vorsingen, diese ewige Blamage auf Zensur, bei der es den meisten ja nicht um die Zensur geht, sondern darum, sich möglichst wenig zu blamieren; einige Jungs machten ja, sobald sie irgendwie die Pubertät erreicht hatten, deshalb gleich auf ganz cool, blieben stur auf ihrem Platz hocken und erklärten, lieber die Sechs in Kauf zu nehmen als zu singen, was mich an Polizeiverhöre denken ließ. Nur dass es hier eigentlich kein Geheimnis zu wahren gab, wir wussten ohnehin alle, von früheren Versuchen, denn die meisten waren nicht gleich so konsequent gewesen, was da verheimlicht werden sollte. Somit erntete diese Art von Renitenz auch nicht den vielleicht erhofften Beifall, denn ausgerechnet die jeweils eigenen Kumpels sahen sich um ihr Vergnügen gebracht und setzten dem Singeverweigerer so lange zu – »eh, sing doch, nu sing doch, Ronny/Martin/Christian« –, bis Herr Stiehl sagte, »sing doch selber, Christian/Martin/Ronny«.

Herr Stiehl ist unleugbar nicht gerade der Größte und nebenbei auch nicht der Hellste, generell wird er seit mehreren Generationen, und es sollte mich nicht wundern, wenn sogar einige Lehrer darunter wären, nur entweder »Stengel« oder »Rumpelstiehlzchen« genannt. Ein Kuriosum, an das sich aber alle bereits bis zum Überdruss gewöhnt haben, ist, dass er stets »Schtiel« sagt, wenn er von ›Stil‹ spricht, entweder merkt er es einfach nicht, oder er macht es extra, weil er das am Ende überaus witzig findet, beides ist ihm zuzutrauen. Tatsächlich scheint er aber auch eine besondere Vorliebe für das Wort zu haben; wenn ihn zum Beispiel der Tonfall eines Schülers den nötigen Respekt vermissen lässt, sagt er: »Nicht in dem Schtiel, mein Freund!« Es geht die Legende, dass ein Schüler mal in einer Arbeit das Wort ›Stil‹ konsequent durch das Wort ›Stengel‹ ersetzt haben soll: Der Stengel dieser Sinfonie …

Unser Rumpelstiehlzchen nun hatte ein bisschen gebraucht, dann aber erkannt, dass sich mit dieser einfachen Replik, »sing doch selber«, die Disziplin in der Klasse schlagartig wiederherstellen ließ. Seitdem setzte er dieses erstaunlicherweise immer wieder effektive Mittel ständig und völlig unvariiert ein, denn auch die Jungs wichen kein bisschen von ihrem Verhaltensmuster ab, aber sie sind bekanntlich auch nicht die Hellsten, und schon gar nicht die Größten, noch nicht mal für ihre mühsam ergatterten Freundinnen, die sich nervös nach jedem Autotürklappen auf dem Schulparkplatz umdrehen, weil eine andere vielleicht einen besseren Fang gemacht hat und also jetzt einem Auto entsteigen kann, mit dem sie von einem Typen-mit-Auto vorgefahren wurde. Nur ein weiteres Muster. Bis dann mal einer, Ronny, als er von Herrn Stiehl wieder mal zum Vorsingen aufgefordert wurde, zu eben Herrn Stiehl sagte: »SDS!«, worauf Herr Stiehl, nicht der Hellste, ihn verständnislos anguckte, worauf Ronny sich zur ausführlicheren Variante aufschwang: »Sing doch selber!«

Da sage noch einer, interdisziplinäres Lernen fände an der Schule nicht statt. Ich nahm es als anschauliches Beispiel für das, was uns in Biologie als Evolution nahegebracht worden war. Damit war Herrn Stiehls Unterricht eigentlich dem Untergang geweiht. Aber auch er entschied sich, wahrscheinlich instinktiv, für eine Anpassung an die neuen Umstände und unterbreitete uns zum Ende der Zehnten, dass die letzte Singekontrolle zugunsten eines Vortrags mit selbst zu wählendem Thema wegfallen würde. Wahrscheinlich glaubte er sogar, damit einige wankelmütige Seelen in seinen Kurs für die Elfte und Zwölfte hinüberretten zu können. Mehr Willensfreiheit, weniger Prädestination. Ich habe Musik abgewählt. Ich will nicht behaupten, dass es mit diesem Vortrag zusammenhing, ich hatte mich sowieso schon für Kunst entschieden. Das ist nicht so von vornherein zum Scheitern verurteilt, da kann man immer irgendwas zusammenschmieren und es dann als originell beurteilen lassen. Das haben sich die meisten Jungs übrigens auch gedacht. Womit ich natürlich nicht sagen will, dass ich irgendwas zusammenschmiere.

Jedenfalls, Herr Stiehl postulierte, er wolle uns alle Freiheiten lassen, als Übung für selbständiges Arbeiten in Vorbereitung auf die Abiturstufe und blabla, als großes Thema gebe er lediglich vor: »Revolutionen in der Musik«. Wenn überhaupt an irgendwas, dachten wahrscheinlich alle zuerst an die Französische Revolution und so was wie: nicht schon wieder! Aber dann dämmerte uns, dass es vielleicht mehr um musikalische Revolutionen ging, Herr Stiehl in seltener Verschlagenheit enthielt sich jeglichen Kommentars. Ich hatte keine Ahnung von Musikgeschichte, was hauptsächlich daran lag, dass es das erste Mal in all den Jahren nicht enden wollender Musikstunden war, dass die überhaupt »aufs Trapez« kam, wie Mama manchmal sagt. Sie lächelt dann, weil sie ja weiß, dass es nicht so heißt, aber nicht genau, wie es denn heißt. Zuerst wusste ich es auch nicht, dann wusste ich es irgendwann und hab sie berichtigt, sie hat es sich aber nicht gemerkt, dann habe ich gemerkt, dass sie das offenbar auch gar nicht will, dann habe ich aufgehört, sie zu verbessern, zuerst aus Trotz und so einem Na-ich-weiß-jedenfalls-wie-es-richtig-heißt-Überlegenheitsgefühl, inzwischen aber auch, weil ich es eigentlich ganz gerne höre, wenn sie es sagt. Ich glaube, das ist der einzige Fall. In dem die Toleranz über das Verlangen siegt, die hochgekrempelten Zehnägel mit Gegengewalt wieder geradezubiegen. Zum Beispiel Tante Elke und Tante Marlies mit ihrer Mir-und-mich-Verwechselkrankheit. Die verwenden Dativ und Akkusativ im Prinzip synonym, jedenfalls ist es mir noch nicht gelungen, da irgendeine Regel abzuleiten, außer der, dass sie es regelmäßig falsch machen. Ich kann nicht anders, als sie ständig zu verbessern. Sie lachen, rollen mit den Augen, winken ab. »Ach, Romy, du schon wieder!« Die Nachsicht, die ich ihnen nicht gönne, lassen sie mir angedeihen. Ich weiß, dass ich furchtbar bin. Aber es ist fast schon ein Spiel. Wenn sie anrufen und ich ausnahmsweise doch mal ans Telefon gehe, wenn Mama nicht da ist, sagen sie zum Schluss etwas, das ungefähr die gleiche Funktion hat wie ›Amen‹: »Denn grüß ihr ma schön!« Das ist zwischen uns zum Zitat geworden. Ich sage zu Mama: »›Grüß-ihr-ma-schön‹ hat angerufen«, und sie fragt dann höchstens noch: »Welche?«

Also, die Musikgeschichte, damit wars nicht weit her, das Einzige, was ich zum Beispiel von einem wie Beethoven wusste, war, dass er taub gewesen war, was mir zugleich auch als das Interessanteste erschien. Das ist sowieso so ein Ding bei mir, dass ich mir mit Vorliebe, geradezu automatisch, die nutzlosen Details merke, während das große Ganze, die Sachen, die in Klausuren abgefragt werden, mich eher langweilt. Wahrscheinlich hat mich das auch zu meinem Vortragsthema verleitet, in Kombination mit meiner maßlosen Arroganz, denn das ist es doch, was sie von mir denken, nicht zuletzt meine eigene Mutter: dass ich arrogant bin. Wie das mit meiner ebenso allgemein bekannten Schüchternheit zusammenpassen soll, haben sie sich dabei offenbar noch nicht überlegt.

Aber ich. Ich glaube, dass Ersteres eine natürliche Folge von Letzterem ist, eine Schutzmaßnahme. Man nehme nur einmal John Lennon. Er galt Zeit seines Lebens als schrecklicher Arrogantling. Von sich selbst sagte er, er sei lediglich schrecklich schüchtern. Natürlich hat auch die Schüchternheit zu meiner Vortragswahl beigetragen. Für einen kurzen Augenblick hatte ich an die Beatles gedacht, ungefähr im selben Augenblick aber auch: Das geht nicht. Wieso, warum, keine Ahnung, nur dieses Gefühl, das geht nicht, was mir heute zugegebenermaßen lächerlich vorkommt. Manchmal frage ich mich, ob das das ganze Leben so gehen soll: dass alles, was man macht, einem nach spätestens drei Monaten oder so lächerlich vorkommt. Ich habe das jedenfalls ständig, meine Tagebücher – wie das allein schon klingt!, à la die Memoiren einer Siebzehnjährigen, völlig lächerlich – sind ein lückenloser Beweis dafür. Trotzdem lese ich gerne darin, sie geben mir ein Gefühl von, na ja, Überwindung. Oft muss ich lachen.

Die Beatles gingen also nicht, das stand fest, irgendetwas daran war mir wieder mal peinlich. Jedenfalls konnte ich mir keinen denken, der diese gerade erst beginnende Leidenschaft, deren Ursprung mir merkwürdig unklar ist, ich weiß nur, dass ich irgendwann eine uralte Kassette mit Beatles-Hits aus der Stadtbibliothek ausgeliehen und zu Hause sorgfältig vor meinen Eltern versteckt hatte, mit mir teilen oder auch nur nachvollziehen könnte. Das war ungefähr so wie eine heimliche Verliebtheit, und wenn ich auf irgendeinem Gebiet überhaupt Erfahrungen vorweisen kann, dann auf diesem.

Ich kenne alle Zustände heimlicher, einseitiger und gemeinhin unglücklich genannter Verliebtheit, und weiß daher auch, dass sie eben nicht unglücklich macht, jedenfalls nicht die ganze Zeit. Sondern nur zu schätzungsweise fünfundzwanzig Prozent. Wenn man bedenkt, wie viele Leute mit sogenannten glücklichen, gegenseitigen und öffentlichen Verliebtheiten unglücklich werden, ist das eine vertretbare Lebensform, denke ich. Zumindest vorübergehend. Und irgendwie geht es ja immer vorüber. Zurzeit ist es Tobias Schneider, er ist ein Jahr älter als ich, und ich glaube, es liegt in den letzten Zügen. Seit er im Sommer sein Abi gemacht hat, sehe ich ihn kaum noch, und das ist ein Problem. Denn auf das *Sehen* kommt es an. Und auf das *Grüßen*, oh Gott, was für ein ewiges kitzliges Martyrium! Wir kennen uns flüchtig, von irgendwelchen Junge-Gemeinde-Nachmittagen und Projektwochen her, und haben insgesamt vielleicht drei unvollständige Sätze miteinander gewechselt, und manchmal, wenn wir uns mehr oder weniger zufällig trafen, eher weniger, denn im Laufe der Zeit hatte ich, was Schulweg und Schulgebäude betrifft, einen raffinierten Laufwegeplan entwickelt, der auf wochenlanger Beobachtung all seiner beobachtbaren Bewegungen beruhte, grüßte er mich manchmal und manchmal nicht. Wie ein schöner oder schlechter Traum hatte das Einfluss auf den ganzen restlichen Tag, natürlich auch die Tatsache, ihn gar nicht zu sehen, so dass ich behaupten konnte, eigentlich die ganze Zeit unter Tobias-Einfluss zu stehen, was in mir eine Art von Gefühlen auslöste, die andere Leute vielleicht für ihre Heimat aufbringen. Es beruhigte mich. Zumindest war das bis vor kurzem noch so, jetzt hab ich gerade so was wie Fernweh.

Übrigens begann diese ganze Tobias-Schneider-Geschichte auch verrückterweise mit einem Traum, völlig aus dem Nichts heraus träumte ich eines Nachts von ihm, eigentlich was total Belangloses: Ich fand seine Brieftasche, die merkwürdigerweise aus gelbem Leder war – wochenlang beschäftigte mich dann hauptsächlich diese Frage: warum gelb? (ich interessierte mich auch gerade für Traumdeutung, natürlich auf etwas gehobenerem Niveau als gelb gleich Neid und Eifersucht, obwohl ich zeitweise auch für solche platten Schemen nicht ganz unempfänglich war und sie wohl bloß verwarf, weil ich mir auch damit keinen Reim auf die Sache machen konnte) – jedenfalls, nach dem Aufwachen wusste ich: der oder keiner. Weshalb ich auch mit einer gewissen irrationalen Hartnäckigkeit seit mehr als zwei Jahren an diesem Tobias-und-ich-Traum hänge, Vorherbestimmung und all das. Dabei könnte ich ihn zum Beispiel sowieso nicht heiraten, schon allein wegen seines Nachnamens. Mamas an diesem bestimmten Idol orientierte Namenswahl für mich muss nicht auch noch auf solch explizite Weise Genüge getan werden. Nicht, dass ich überhaupt jemanden heiraten wollte. Und ich weiß ohnehin, dass es aussichtslos ist, ich meine, das mit Tobias und mir. Das scheint geradezu eine Regel heimlicher Verliebtheit zu sein. Vielleicht hängt sie mit der anderen zusammen, der obersten und ersten: Eine heimliche Verliebtheit muss in jedem Fall und unter allen Umständen geheim bleiben. Sternchen, Fußnote: Diese Regel bedarf keiner Begründung. Man könnte aber eine anführen: Auf Verständnis zu hoffen ist sinnlos. Die Beatles gingen also nicht. YOU'VE GOT TO HIDE YOUR LOVE AWAY.

Um es kurz zu machen: ich entschied mich für Arnold Schönberg. Das war hochnäsig, kurzsichtig und brav. Ich hielt mir was auf meine Lektüre zugute, denn gerade hatte ich DER TOD IN ROM von Wolfgang Koeppen gelesen, und zwar außerhalb des Deutschunterrichts und völlig freiwillig. Die Figur des Siegfried, der, wie ich als ambitionierte und vor dem Nachwort nicht zurückschreckende Leserin herausgefunden hatte, Arnold Schönberg darstellen sollte, erschien mir nicht sonderlich sympathisch, aber interessant genug, um mir die Idee einzuimpfen, dass dieser Vortrag mir gerade recht käme, um mein Wissen über Schönberg zu erweitern. Vielleicht war es auch so, dass mir niemand Besseres einfiel, ich zu faul war, musikalische Lexika zu wälzen, und mir das Buch gerade recht kam. In jedem Fall hatten mich natürlich die dramatischen und anrüchigen Stellen gereizt, die mir hauptsächlich im Gedächtnis geblieben waren, diese Sache mit den römischen Strichjungen und der Konflikt mit seinem Nazi-Vater und so. Unter Zwölftonmusik konnte ich mir gar nichts vorstellen, und das hat sich auch nicht wesentlich geändert, was auch nicht zu erwarten war bei einer, für die schon der Quintenzirkel, der im Jahr davor von Herrn Stiehl noch pflichtschuldigst in sein Programm gequetscht worden war, eine hoffnungslose Überforderung darstellte. Herr Stiehl, als ich ihm meine Schönberg-Wahl kundtat, zog die Augenbrauen hoch und und seufzte: »Na, da hast du dir ja was vorgenommen!«

»Ich weiß«, sagte ich mit einem Anflug von Triumph in der Stimme. Dabei wusste ich nicht mehr, als dass ich nun Gott sei Dank ein gutes Vortragsthema hatte: Herrn Stiehls musiklehrerhafte Kritikpfeilchen würden sich so wirkungslos gegen die massive, auf hohen Felsen thronende Burg ausnehmen, dass er gar nicht erst versuchen würde, sie zu verschießen. Leider – oder zum Glück – hatte ich noch nicht bemerkt, dass auch ich nicht von der Zinne hinunterschaute, sondern hinauf, aus wackliger Lage auf bestenfalls halber Höhe.

Ein Problem waren zum Beispiel schon allein die sogenannten Tondokumente, die wir in unseren Vortrag einbauen sollten. In der Stadtbibliothek hatten sie natürlich nichts, geschweige denn in der mickrigen Schulbibliothek. Also blieb mir nichts anderes übrig, als Herrn Stiehl selber zu fragen. Er grinste, glubschte mich durch seine dicke Hornbrille an, sagte: »Na, hast wohl nix gefunden, wa?«, obwohl ich ihm genau das ungefähr fünf Sekunden vorher mitgeteilt hatte, und bestellte mich für nach der sechsten Stunde in seinen Musikraum.

Mir war den ganzen Tag nicht wohl bei dem Gedanken. Mit einem mulmigen Gefühl stieg ich um eins die dunklen Treppen rauf; der Musikraum liegt in einem efeubewachsenen Seitenflügel, in dem nur noch ein weiterer Raum für Unterricht genutzt wird, früher diente er, glaube ich, als Internat. Eigentlich schön, besonders der große Balkon, zu dem vom Musikraum eine Tür führt, fasziniert mich, wir dürfen aber nicht rauf, aus irgendeinem willkürlichen Schulverbotsgrund, den wir hinnehmen wie alles Schulisch-Unbegreifliche, die Schule wäre ja nicht mehr die Schule, würde sie plötzlich dem Rechtfertigungszwang des wahren Lebens unterliegen. Wir würden uns ganz schön verloren vorkommen, glaube ich.

Es war heiß an dem Tag, alle schienen nach dem Schlussklingeln so schnell es ging geflohen, denn das ganze Gebäude und der Schulhof waren plötzlich menschenleer, kein Blatt regte sich in der staubtrockenen Luft, und bloß ich schlich noch umher und irgendwo – hoffentlich, hoffentlich nicht – Herr Stiehl. Ich hatte Durst, seit Stunden. Und das kam bloß daher, weil Katharina in ihrer üblichen Dreistigkeit mich gefragt hatte, ob ich was zu trinken hätte, »Ey, Romy, haste was zu trinken?«, und ich in meiner üblichen Schüchternheit, die die Lehrer für Höflichkeit und Hilfsbereitschaft halten, mich nicht getraut hatte, Katharina den Inhalt meiner Flasche vorzuenthalten, und Katharina mit Hilfe ihrer Dreistigkeit diese bis auf den letzten Tropfen ausgeschlürft hatte, nicht ohne zwischendurch angewidert zu bemerken: »Das is ja Pfefferminztee!« Wahrscheinlich war das ein hinreichender Grund für sie, mich weiterhin mit Verachtung zu strafen, nach dem Motto: Wer Pfefferminztee trinkt, kriegt doch nie einen ab. Und wahrscheinlich wäre es aussichtslos, Katharina den Unterschied zwischen Kausalität und Koinzidenz erklären zu wollen.

Das kühle, kellerdunkle Treppenhaus hätte ich als Erleichterung empfunden, wäre ich nicht mit jedem Schritt einem kleinen, bebrillten Monstrum nähergekommen. Als ich vorsichtig den Musikraum betrat, war er leer. Das Sonnenlicht fiel grünlich durch die alten Fenster, es war stickig, obwohl die Tür zum Balkon offen stand. Offen stand wie eine einzige Versuchung. Das ist die Gelegenheit, dachte ich. So geräuschlos wie möglich ging ich darauf zu. Ich weiß auch nicht, was ich mir eigentlich davon versprach, davon, endlich diesen Balkon zu betreten. Er würde ja nun nicht gerade unter meinem unwesentlichen Gewicht zusammenbrechen. Was ich allerdings nie erfahren sollte. Denn kaum hatte ich die Balkontür erreicht, beinahe schon berührt, erscholl Herrn Stiehls Stimme vom anderen Ende des Raumes her: »Na, da bist du ja endlich!«

Ich fuhr wirklich ein bisschen zusammen, wie ertappt, aber Herr Stiehl interessierte sich gar nicht für mein verbrecherisches Vorhaben, sondern nur für meine nicht existente Verspätung, anscheinend wollte auch er so schnell wie möglich hier raus. Gut, dachte ich, in spätestens fünf Minuten hast dus überstanden.

»Komm ma mit«, sagte Herr Stiehl, und während ich noch kurz und instinktiv zögerte, ihm zu folgen, wurde er auch schon wieder ungeduldig: »Na los, nu komm schon!«

Übrigens fällt es Herrn Stiehl nie ein, uns etwa zu siezen, was anscheinend auch keinem von uns komisch vorkommt, würde er es tun, wäre die Irritation größer. Er verschwand durch eine kleine, ins Dunkel führende Tür neben der Tafel, und ich trabte ihm wohl oder übel hinterher. Mir schossen sämtliche Gerüchte, die ich jemals über Herrn Stiehl gehört hatte, durch den Kopf, die allesamt darin kulminieren, dass er »mal was mit einer Schülerin gehabt« haben soll, vor ewigen Zeiten, als sogar Mama noch zur Schule ging, die ihm mal bei einem Ausflug verschiedener Chöre begegnet war und daher meine Vorbehalte gut verstehen kann; als ich ihr erzählte, dass wir Herrn Stiehl in Musik kriegen, war sie geradezu entsetzt, was mir zu denken gab. Auf diesem Ausflug mussten sie in einer Scheune im Stroh schlafen, und ausgerechnet Herr Stiehl hatte sich neben Mama gelegt, »mit Absicht«, wie sie anmerkte, ohne näher zu erklären, worin genau diese Absicht ihr gegenüber bestanden hätte. »Na ja!«, sagte sie bloß, als ich sie fragte, und er habe sich bis auf den Schlüpfer ausgezogen und fürchterlich geschnarcht, und sie selbst habe die Nacht über kein Auge zugetan und sich trotz der Hitze fest in ihre muffige Decke gewickelt. Diese im Prinzip dürftige Episode erzeugte, vielleicht gerade aufgrund ihrer Dürftigkeit, hinter der ich wohl sonstwas vermutete, ein heilloses Assoziationenwirrwarr in mir, und ich sagte zu Mama, und, wie ich heute denke, auch, um mich selbst zu beruhigen: »Aber es ist doch gar nichts passiert, oder?«

»Nein – das nicht«, gab sie gedehnt zu, »aber die andern haben ja auch immer gesagt, pass auf, der macht Stiehl-Augen. Wenn du weißt, was ich mein!«

So genau wollte ich es aber gar nicht wissen, immerhin hatte ich noch mindestens drei Schuljahre mit Herrn Stiehl vor mir.

Ich weiß nicht, ob diese Geschichte mit der Schülerin dann vor oder nach Mamas Erlebnis passiert ist, jedenfalls soll er die auf eben solch einem Ausflug »verführt« haben, und die Munkelei hatte sich hochgeschaukelt bis zu Schwangerschaft und Abtreibung und vorzeitigem Schulabgang des Mädchens. Ich konnte mir das Ganze eigentlich nicht so richtig vorstellen, ich meine: Herr Stiehl! Womit sollte er sie denn becirct haben? Etwa durch eine Fahrt in seinem senfersatzfarbenen Wartburg? In dem er immer noch mit stolzgeschwellter Brust und quietschenden Reifen um die Schulecke und über den Hof feuert, ohne Rücksicht darauf, ob sich die Schülerschaft noch rechtzeitig durch eine Hechtrolle in Sicherheit bringen kann, um ihn dann nicht wie alle anderen auf dem Schulparkplatz, sondern direkt vor dem Eingang zu seinem Reich, besagtem Seitenflügel, abzustellen. Allerdings wird immer wieder behauptet, in dieser bunten Welt sei alles möglich, woran ich manchmal auch geneigt bin zu glauben, mal mehr, mal weniger gern.

Dieses Hinterzimmer, in das ich Herrn Stiehl gefolgt war, entpuppte sich als eine Art Musikalienlager, verschiedene Instrumente lagen teils in Regalen, teils auf Stühlen herum, darunter sogar ein Saxophon, und ich fragte mich, ob Herr Stiehl wohl darauf spielen könnte, und stellte es mir vor. Ich konnte mir plötzlich kein passenderes Instrument für ihn denken. Jedenfalls ging mir die allgemeine Saxophonbegeisterung und alles, was subkulturmäßig oder wie man es nennen soll damit zusammenhängt, schon zu dem Zeitpunkt gehörig auf die Nerven, und der Gipfel ist jetzt erreicht, seitdem Melissa, schon der Name!, sich aufschwingt, das coolste aller sich irgendwie als cool empfindenden Individuen an unserer Schule zu werden, sich die Haare mit Henna rot färbt und angefangen hat, bei jeder noch so blöden Veranstaltung in der Aula uns mit den Ergebnissen ihres Saxophonunterrichts zu belästigen, und komischerweise kommt niemand auf die Idee, das nicht toll zu finden. Das Saxophon jedenfalls ist für mich der Inbegriff der Schmierigkeit. Vielleicht bin ich nur langzeitgeschädigt durch dieses geschmacklose Tagebuch, das ich damals zu Weihnachten bekam, aber dafür vermutlich auch lebenslang immun gegen das Gift dieses fast schon obszönen Getrötes, bei dem sich doch automatisch das Bild von rötlich beleuchteten, verrauchten Bars einstellt und wahrscheinlich auch einstellen soll, in denen sich gestrauchelte Existenzen einen Whiskey nach dem anderen in die Kehle gießen und dabei lediglich einen einzigen Gedanken in ihrem whiskeyerweichten Hirn am Glimmen zu halten vermögen, nämlich wie sie jetzt schnell noch jemanden in die Kiste kriegen. Oder, noch schlimmer, der Möchtegern-Casanova, der die gerade erst aufgegabelte Neue zu sich nach Hause einlädt, um ihr seine Kochkünste angedeihen zu lassen; züchtig bekleidet, er im neuerdings rosa Hemd, sie im adretten Kostümchen, sitzen sie sich gegenüber; wenn sich ihre Blicke wie zufällig treffen, schauen sie schnell auf ihren Teller, auf dem sie die Ordnung der präzise angerichteten Seezunge in Champagner an Rucola-Gorgonzola-Salat durch Hin- und Herschieben der Bestandteile zerstören, sozusagen als Sinnbild für den nun kurz bevorstehenden Einbruch der Lotterhaftigkeit, denn spätestens nach dem zweiten Glas Rotwein legt Casanova eine CD mit Saxophoninstrumentals ein und wartet nun, unter Einsatz seiner erfahrenen Hände, sekündlich darauf, dass das abgefütterte und abgefüllte Weibchen endlich seine Beine breitmacht.

Herr Stiehl schloss verschiedene Schränke auf, deren Türen sich wie von allein knarrend und sperrangelweit vor ihrem Herrn und Meister öffneten, und wühlte geräuschvoll darin herum, es klang fast wie ein Schmatzen, wenn die durchgeblätterten CDs aneinanderklatschten. Mein Eindruck, hier quasi in seine Privatgemächer eingelassen worden zu sein, bestätigte sich, als mein Blick auf ein schmutzigweißes Unterhemd fiel, das schlaff über einer Stuhllehne hing. In diesem Halblicht konnte ich es nicht erkennen, aber ich vermutete, dass Herrn Stiehls beigefarbenes Hemd ausufernde Schweißflecken unter seinen Achseln aufwies, der ganze Odor dieses engen Kabinetts sprach jedenfalls dafür. Es dauerte eine Weile, bis Herr Stiehl fand, was er suchte, und ich hegte schon die Befürchtung, dass er gar nicht genau wüsste, ob er überhaupt etwas für mich hätte, und ich am Ende umsonst hergekommen wäre. Dann drehte er sich plötzlich um und ließ mir seinen kurzen Arm entgegenschnellen, »Da!«, von dessen knorpeligem Ende ich eine CD pflückte.

Es waren Klavierwerke von Schönberg, mehr hätte er nicht. »Danke«, sagte ich. Ob ich damit was anfangen könne, fragte er. Ich wusste nicht genau, was er meinte: Ob mir Schönbergs Musik gefalle, so im Allgemeinen? Oder ob ich es für den Vortrag gebrauchen könne? »Ich hoffe es«, sagte ich und hoffte, dass ich mich für die richtige Interpretation seiner Frage entschieden hatte und sie keine weiteren nach sich zöge.

»Vielen Dank«, schabte ich mir noch mal wie Belag von meiner klebenden Zunge und betrachtete das schon als Einleitungsworte zu meinem Abgang, als er sagte: »Wart ma. Ich hab noch was für dich.«

Oh nein, dachte ich, nicht das. Ich hatte schon von seiner Angewohnheit gehört, Schülerinnen manchmal Süßigkeiten zu schenken, irgendwelche backsigen Bonbons und Schokoladenostereier kurz vor Weihnachten, die er hier offenbar hortete, und fast erwartete ich, dass er in seine Hosentasche greifen und etwas daraus hervorziehen würde. Schon allein der Gedanke daran verschärfte meinen Durst gleich noch mal um mindestens fünfzig Prozent. Aber er verschwand um die Ecke und kam wieder mit zwei Büchern, das eine sei für mich, »und das andre gib ma Anita!«.

Damit war ich entlassen. Meine innere Verfasstheit besserte sich entsprechend meinem Rückweg in Stufen: Zunächst, als ich wieder in den Musikraum trat, wurde es heller und mir damit schon wesentlich lichter zumute, danach, auf der kühlen Treppe, verlor sich die drückende Luft und ein wenig die Unerträglichkeit meines Durstes, draußen endlich umfing mich die Frühsommerluft, die Geräusche der Wirklichkeit drangen an mein Ohr, und froh schwang ich mich auf mein Fahrrad und fuhr nach Hause.

Ach, jetzt hör auf, Romy. Das taugt ja doch nicht für eine Geschichte.

Und ganz wahr ist es auch nicht. Denn noch bevor ich aus dem Musikraum raus war, hatte ich natürlich einen Blick auf die beiden Bücher geworfen. Das eine trug den Titel KOMPONISTEN DES ZWANZIGSTEN JAHRHUNDERTS. Das andere diesen: YESTERDAY. WIE DIE BEATLES DIE WELT VERÄNDERTEN. Begossener Pudel ist gar kein Ausdruck, so wie ich die Treppe runterschlich. In mir sofort das starke, gerechte, ohnmächtige Gefühl, dass hier ein Irrtum vorliegen müsse. Wie im Märchen, dachte ich, oder wars in der Bibel, in irgendwelchen Sagen, gab es nicht solche Geschichten, in denen der Held, die Heldin einer schrecklichen Verwechslung unterliegt, und erst am Ende wird die wahre Natur aller Beteiligten offenbar? Aber mir fiel kein einziges Beispiel ein, nur an Allerleirauh musste ich plötzlich denken, das Mäusepelzchen. Aber es wollte nicht auf Anita passen, hinter deren Trampelhaftigkeit sich – ja, was verbarg? Doch nicht etwa eine Vorliebe für die Beatles. Das konnte einfach nicht sein.

Ich hatte sofort Herrn Stiehl im Verdacht. Anita war fast zwei

Wochen krank gewesen und fiel bei ihrer Rückkehr aus allen Wolken, als sie von dem anstehenden Vortrag erfuhr, denn keiner hatte auch nur einen Gedanken daran verschwendet, dass man ihr diesen Umstand vielleicht mitteilen müsste. Zwar wurde irgendwer abbeordert, ihr die Hausaufgaben zu bringen, und zum Glück hatte es nicht mich getroffen, sondern Linda, die auf die Schnelle nun nichts daran zu ändern vermochte, in der geringsten Entfernung zu Anita zu wohnen, nämlich im selben Aufgang, aber auch Linda verschlampte Herrn Stiehls »Übung zur Selbständigkeit« komplett, was man ihr nicht verübeln konnte, da Musik in unser aller Bewusstsein den denkbar niedrigsten Stellenwert einnahm, immer hart an der Grenze zur Verdrängung. Und so hatte Herr Stiehl wohl Erbarmen mit Anita gehabt und ihr kurzerhand das noch von niemandem besetzte Thema ›Beatles‹ aufs Auge gedrückt, was nur meine Vermutung zur allgemeinen Haltung den Beatles gegenüber bestätigte.

Nein, das Mäusepelzchen war ich. Versteckte mein edles, stolzes, sternenschimmerndes Wesen unter einem grauen Mantel, der aus Versatzstücken von Zurückhaltung, Pflichtbewusstsein, Menschenscheu, Harmlosigkeit und Blässe zusammengeflickt war, und wagte es nicht mal, den goldenen Ring in die Suppe zu werfen, war noch ängstlicher als die Prinzessin. Weil sich wohl der Verdacht aufdrängte, wirklich keine zu sein. Ich würde nie mit dem Prinzen tanzen.

Beide Bücher nahm ich vorläufig mit nach Hause. Die Komponisten des zwanzigsten Jahrhunderts hätte ich am liebsten in die Ecke gefeuert. Ich legte es auf den Schreibtisch und ließ meine schlechte Laune beim Mittagessen an Mama aus. Den Grund erfuhr sie natürlich nicht. Mein Interesse an Arnold Schönberg war unter null gesunken, dafür verschlang ich das Beatles-Buch, obwohl es mir nicht viel Neues mitzuteilen hatte, denn aus der Stadtbibliothek hatte ich längst sämtliches verfügbare Material ausgeliehen und mir einverleibt. Ich hätte einen Vortrag aus dem Stegreif, nicht schleppend vom Blatt, sondern frisch von der Leber weg halten können. Ich hätte schon allein dafür eine Eins bekommen. Ich hätte mit meiner Sachkenntnis und farbig erzählten Anekdoten beeindruckt, mit meiner Begeisterung die ganze Klasse samt Herrn Stiehl angesteckt, ach was, hingerissen. Ich hätte mich in den Arsch beißen können.

Nun sollte ich dieses Thema, dieses Buch, wenn auch nicht diesen Triumph, Anita überlassen? Für kurze, aber immer wiederkehrende Momente erwog ich, es einfach einzubehalten. Es erschien mir ungefährlich – schließlich wusste Anita nichts von diesem Buch und Herrn Stiehl würde bei ihrem mittelmäßigen Vortrag nicht auffallen, ob sie es nun benutzt hatte oder nicht – und nicht direkt ungerecht, eher im Gegenteil. Das war meine erste Erfahrung auf diesem Gebiet, von dem ich schon gehört, na wohl eher gelesen hatte, dass es nämlich Bücher gebe, als deren natürlicher Eigentümer man sich betrachte, ob sie einem nun gehören oder nicht, und meistens gehören sie einem nicht. Ich habe nie ein Buch geklaut oder so, war aber öfter nahe dran, wobei mir dann aber immer der Aufwand, die Unannehmlichkeiten in keinem gesunden Verhältnis zum Gewinn zu stehen schienen. Ja, ich bin ein Schisser, ängstlich, bequem und feige. Auch bei diesem Buch fiel mir ein Grund ein, es nicht tun zu müssen, denn schließlich würde Herr Stiehl es irgendwann von Anita zurückfordern, jedenfalls war das wahrscheinlicher, als dass er es vergessen würde, obwohl das bei ihm nicht ganz außerhalb des Möglichen lag, aber ich wollte es nicht drauf ankommen lassen, Anita würde also wieder mal aus allen Wolken fallen, und was dann? Ich bin nicht gut im Lügen. Genaugenommen bin ich beinahe fast gänzlich unfähig dazu.

Ungefähr drei Tage vor dem Vortrag nahm ich YESTERDAY mit in die Schule und gab es der überraschten Anita. Sie sagte, dass sie nun eigentlich schon fertig sei mit der Ausarbeitung ihres Vortrags, was wiederum mich überraschte, oder eigentlich auch nicht, bei Anita. Ich meine, wer eine halbe Stunde vor Unterrichtsbeginn schon auf dem Schulhof steht und Lehrern

Gespräche aufdrängelt. Ich selbst hatte gerade mit der Arbeit angefangen, nach meiner üblichen Methode, mit dem geringstmöglichen Aufwand ein optimales Ergebnis zu erreichen. Diese Methode wird in neunundneunzig Prozent der Fälle bestätigt. Jedenfalls bei mir. Denn dazu gehört, wie manche irrtümlich glauben, nicht nur natürliche Faulheit. Sondern auch – muss ich es eigentlich aussprechen? – natürliche Intelligenz. Die bei den meisten – nun ja.

Überrascht war ich dann trotzdem. Nicht von Anitas Vortrag, der war ungefähr so, wie ich mir das gedacht hatte, und eine einzige Marter für meine Seele. Und dann ließ sie als Beispiel ausgerechnet ROLL OVER BEETHOVEN ertönen, was sie anscheinend besonders originell im Hinblick auf das Thema fand, nur dass es kein Original der Beatles ist, wusste sie leider nicht und Herr Stiehl offenbar auch nicht. Die nachträgliche Bemerkung, dass der Song auf das Konto von Chuck Berry ginge, erschien mir dann aber doch zu oberschlau, um sie wirklich loszulassen, und auch irgendwie sinnlos. Die Beatles gehörten nicht hierher, eindeutig.

Überrascht war ich nur von mir selber, dass ich es trotz ungewöhnlich schlechter Vorbereitung, nur mit Hilfe der mageren Informationen aus Herrn Stiehls Buch, im Prinzip nicht vorhandenem musikalischen Verständnis und dazu noch absoluter Unlust schaffte, einen ganz passablen Vortrag aus dem Hut zu zaubern. Vielleicht haben es die eingebauten Zitate aus dem TOD IN ROM rausgerissen, die vornehmlich der Streckung der ohnehin schon dünnen Wissenssuppe dienen sollten, aber so was zieht anscheinend immer. Herr Stiehl gab mir eine Eins. Ich war erleichtert. Darüber, dass dieses schmähliche Kapitel nun endlich abgeschlossen war.

Ich hab gedacht, die Sache wär ein für allemal gegessen. Als sie denn damals weg war, dachte ich, na, da isses nun wenigstens vorbei, ne. Da brauch ich mir nun keinen Kopp mehr machen, weg ist weg, war mir auch egal. Und jetzt bin ich schon die ganze Woche nicht im Dorf gewesen, hab mich nicht blicken lassen, nicht mal zum Fußball, und Hansi kommt nachher an und sagt, Mensch, wo warst du denn.

»Wir ham die fertiggemacht, die Ducherower, richtig rund gemacht ham unsre die, die haben den'n paar Dinger ringeknallt, Mann, da haste wat verpasst, sag ick dir, wieso warste denn nich, du wolltst doch komm'!«

»Ja, wollt ich«, hab ich gesagt, »ging nich.«

»Wieso?«, fragt der da.

Wieso kann der nu nicht einfach sein Maul halten. Ich sag gar nix, bloß noch: »Na, Mann!«, und guck ihn so an wie: Nu hör ma auf mit der Nerverei.

Da sagt er: »Achso.«

Ich sag: »Wie: ›achso‹?«

Und er: »Na, wegen Britta, oder wat? Hat die n Zappen oder wat?«

»Ach«, sag ich, »das nu nich grade.«

Da guckt der mich erst an wien Auto und fängt denn auf einmal an zu grienen, über sein ganzes breites Bauerntölpelgesicht, ne, weißt ja, wie der grienen kann, hat der ja schon früher immer gemacht, wenn er nicht weiterwusste, in der Schule oder wo, hat der angefangen zu grienen, so richtig doof, die haben den deswegen ja auch alle immer für bekloppt gehalten, die Lehrer und so. Aber so doof ist der nu auch wieder nicht. Sagt der doch: »Achso, jetz versteh ick ... Na! Da wär ick ja uch lieber zu Hause gebliebn. Bei deine Britta!«

Und grinst mich mit seinem Schweinegrinsen immer weiter an. Ich hätt ihm ja am liebsten eins aufs Maul gehaun. Aber ist ja nun mein Kumpel Hansi, nich, Hansi, bist doch mein bester Kumpel, denkst du doch, ne.

»Ja ja«, sag ich bloß, und er lacht. Soll der doch denken, was er will, ist mir doch egal. Wird der natürlich gleich rumerzählen, ist nämlich son richtiges olles Klatschweib, Hansi, der kann nicht anders. Ich sag immer, der braucht auch keine Frau, macht der schon alles selber. Und nun spinnt der sich was zusammen über Britta und mich, als ob ich nu mitten am Sonnabendnachmittag nix Bessres zu tun hätt als ... Zum Piepen, eh! Dabei hat Britta ja nun am allerwenigsten damit zu tun, ich muss bloß aufpassen, dass die nun nicht noch Wind davon kriegt. Ich weiß nicht, was die eigentlich weiß dadrüber und was nicht, ich glaub, ich hab ihr im Suff da mal was erzählt. Ich dachte, das hätte die längst vergessen, aber wie sie dann nach der Beerdigung anstolziert kam und sagte, dass ich ja nie drauf kommen würde, wer, oder nee, wie hat sie noch gesagt – na, jedenfalls, dass »die Tochter« von der ollen Hanske dagewesen wär, weißt, da tut die noch so, als ob sie nicht genau wüsste, dass die Ingrid heißt, dass das Ingrid war.

Und dann, Donnerstag, komm ich so mit dem Auto von der Schule und bin grad aus der letzten Kurve raus, will ich also noch mal ordentlich Gas geben, da seh ich auf einmal, wie sie da auf der andern Straßenseite langläuft, Ingrid, wie sie mir quasi entgegenkommt. Und ich merk erst, als ich vorbei bin, dass ich ganz langsam geworden bin, nur noch knappe fuffzig, aber jetzt hab ich auch keine Lust mehr, schnell zu fahren, muss eh gleich abbiegen. Aber ich dachte, was läuft die da so auf der Landstraße rum, was soll das werden, wenns fertig ist, so alleine, macht die da n Spaziergang oder was, und denn noch auf der falschen Seite, wenn da nu irgendein Idiot angerast kommt und die Kurve nicht kriegt, na, son Scheiß hab ich gedacht.

Keine Ahnung, ob sie mich gesehn hat, na, ich mein, erkannt, erkannt hat sie mich wohl nicht, so schnell, die kennt ja auch mein Auto nicht, die denkt ja nicht, dass der kleine Hartmut nun mit so einem Schlitten durch die Gegend fährt, ne. Britta sagt ja auch immer, dass das übertrieben ist, wozu braucht ein Dorfschullehrer sonen Riesen-Audi, aber wenns irgendwo hingehn soll, ne, zu Eberts oder ins Theater oder was, da will sie auch immer, dass wir mit dem Audi fahren, wozu haben wir den denn, sagt sie denn. Und ob sie sich nu mit ihrem feinen Anputz in den ollen Opel quetschen soll, oder was. Hat sie ja recht. Aber ich denk bloß, wo hat sie den Fummel nu schon wieder her, und denn guckt die mich so an, als hätt sie da nur drauf gewartet, und ich sag auch noch: »Sieht gut aus.«

Weils ja stimmt, sieht ja alles gut aus an ihr, die kann anziehn, was sie will. Hab mich nicht umsonst in sie verguckt damals, und da war ich ja nicht grade der Einzige. Aber da hab ich natürlich nicht dran gedacht, dass ne schöne Frau nu auch lauter schönes Zeug braucht, zwei Kleiderschränke voll und n ganzes Haus voll und aufm Hof nicht bloß irgendeine Karre, sondern eine, die auch zu sehen ist, und das bisschen Urlaub braucht man nun auch nicht im eigenen Garten zu verplempern, das hatten wir ja lange genug, und man soll doch auch was sehen von der Erholung, man will doch auch n bisschen braun werden, und die Zeiten, als man den ganzen Winter so totenblass rumlaufen musste, sind ja nun Gott sei dank auch vorbei. Gibt doch jetzt alles. »Wir hams ja«, sag ich dann manchmal so, das nimmt die aber voll ernst.

»Ja genau, Hartmut«, sagt sie dann, »ich gehör jedenfalls nicht zu den Knauserheinis, die alles auf die hohe Kante legen und den Kitt aus den Fenstern fressen.«

War schon klar, auf wen das gemünzt war, auf Mutter nämlich. Aber die hats ihr dann mal gesagt, sagt die doch: »Na, viel anners sieht dat nu auch nich aus, deine Joghurtplürre und diese Toffuus.«

Na und Ella, die hat vielleicht gelacht, manchmal kann die ja lachen! Wurd denn natürlich auch gleich angeschnauzt von Britta: »Ja ja, ihr lacht man, ihr könnt bloß dumm quatschen und fett werden. Wer im Glashaus sitzt, ne … Was denkst du denn, wie du in zehn Jahren aussiehst, guckt dich doch jetzt schon keiner an!«

Mann, war die fuchtig. Aber Ella zuckt bloß mit den Schultern und sagt: »Wenn das hier so weitergeht, leb ich in zehn Jahren sowieso nich mehr.«

Und da fängt doch Britta mit einmal an zu heulen und sagt zu Ella, wie sie denn so was sagen kann, und wieso denn immer alle auf ihr rumhacken, also auf Britta, und dass sie niemals einen wie mich hätte heiraten dürfen, wo man ja schon an der Mutter sehen kann, was mit dem los ist, na, die ganze selbstmitleidige Tour – obwohl ich ja nun gar nichts dafür kann, hab ich ihr auch gesagt, dass ich nun wirklich nichts dafür kann, und dann war ich noch so doof und wollt sie in'n Arm nehmen, da kriegt die doch n Anfall und schubst mich weg und schreit mich an, dass ich bloß zusehn soll, ich Schlappschwanz – hat die wirklich gesagt –, wie sie bloß son Trottel nehmen konnte und ach, was weiß ich nicht noch alles, na, war wieder mal schlimm jedenfalls, aber so hab ich die echt noch nie erlebt. Na, ich hab mich denn erst mal verpisst, bis die sich wieder einkriegt.

Wie ich wiederkomm, sagt sie zu mir, dass wir nun erst mal neues Geschirr kaufen müssen.

»Zieh dich an«, sagt sie, »wir fahrn gleich mal los«, und ich denk, ich guck nicht richtig, als ich in die Küche komm. Da liegt der ganze Mist da rum, alles voller Scherben. Ich konnt mir grade noch verkneifen zu fragen, ob sie nicht mehr alle Tassen im Schrank hat.

»Sag ma, spinnst du?«, sag ich. »Wir sind hier nich im Film, Britta!«

Sagt sie: »Na und. Die bringen doch Glück!«

Und da musste ich nun wieder dran denken, als ich Ingrid gesehen hab. Ob das mit ihr genauso … Ist ja affig, ich weiß, aber ich hab mir vorgestellt, dass ich sie, na, dass sie nun meine Frau wär, ist ja Quatsch, aber … Ich konnt mir das nicht vorstellen.

Ich konnt mir nicht mal vorstellen, dass sie überhaupt heult oder so. Ich hab mich nicht getraut, Britta zu fragen, ob Ingrid bei der Beerdigung und so, war doch ihre Mutter, na ja, ist ja auch egal.

MARIA

Neuerdings sind die alle so komisch, so fuchtig, als ob ich da nu was für kann, und dann denken die noch, ich merk das nich. Da kommt doch Martha Haase an, wie ich neulich aufm Kirchhof war und son bisschen um Simons Grab rumgeharkt hab, man muss ja nu auch ma n bisschen vor die Tür, nich, und sah nu auch nich nach Regen aus, das regnet ja sonst hier in einer Tour, hab ich manchmal so das Gefühl, und denn zieht das auch immer so inne Beine, dass ich denn gar nich kriechen kann und andauernd Ella rufen muss, und wenn ich denn da so sitz in meine Stube, die haben sie ja fein gemacht, und ich hab ja auch danke gesagt, danke, Hartmut, hast fein gemacht, dabei mocht ich die alte Stube lieber, und nu denk ich manchmal, dass das gar nich mehr mein Haus is, und wenn ich da so sitz, denk ich manchmal an meinen Simon, nich, Simon, und dass ich nu bald wieder bei dir bin, du warst ja immer gut zu mir, auch wenn ich immer mal gedacht hab, na ja, ich bin vielleicht nich ganz die Richtige für dich, aber du warst der Richtige für mich, und du warst immer gut zu mir, und das war doch zehnmal besser als mit Anna und ihrem Theo, auch wenn die das nich wahrhaben wollt.

Und wie ich sie so grüß, Martha, zeigt die doch so mitm Kopp nach Annas frisches Grab hin und sagt: »Na, da möötst du dir jetz woohl drum kümmern, wa!«

Ich wusst gar nich, was ich dadrauf nu sagen soll. Ich weiß schon, wie die das gemeint hat, so aufn Kopp gefallen bin ich ja nu auch nich. Und da hab ich mich nu wirklich zum hundertsten Mal gefragt, Anna Hanske, was mich da damals bloß geritten hat. Dass nu ausgerechnet du meine Freundin wurdst. Von alle Mädchen in Bresekow und Putlitz und Damitz und wer da noch alles mit uns in die Schule ging, warst du doch nu die, die ich am wenigsten brauchen konnt, und meine Eltern und Karl und Heini haben das auch gleich gesehn, und ich Sturkopp dachte aber nun Anna und sonst keine. Und das stimmte ja auch, sonst war da ja auch keiner, der nu ausgerechnet mit mir sich anfreunden wollt, mit das mickrige Katholenmädchen aus Putlitz. Und das kriegt man nu heut immer noch aufs Brot geschmiert und is im Prinzip nich besser dran wie als lüttes Kind.

Und Martha hatte groß posaunt, die Zeit, wo wir da beide in der LPG-Küche gearbeitet haben, dass sie ja nu meine beste Freundin wär, »nich, Maria«, hat sie gesagt, »wir sind doch jetz gute Freundinnen geworden«, und dass sie das ja schon immer wollt, nämlich meine Freundin sein, und sich aber wegen Anna, weil ich ja »immer so dicke mit Anna« war, gar nich getraut hätt, aber jetz, wo ich mich nu auch mal öfter blicken lass im Dorf und mich nich mehr so in mein Haus und bei mein Simon verkriech, hat sie gesagt. Und da war mir das erst peinlich, dass ich mal »so dicke« mit dir war, Anna, aber ob du das nu glauben würdst oder nich, das hat mir später leidgetan, dass ich denn so über dich geredet hab, und das tut mir heut noch ehrlich leid, aber das hätte ja nu auch nich so weitergehn können mit uns, wo wär ich denn da sonst hingekommen. Aber das mit Martha Haase, das hab ich da schon nich gewollt, und hab bei mir gedacht, na, nu spuck mal nich so große Töne, Martha, das wolln wir erst mal sehn. Aber bisschen gefreut hab ich mich auch.

Aber dass ich auch n bisschen misstrauisch war, wie sie nu alle auf einmal um mich rumscharwenzelt sind, das war schon richtig, denk ich, und so bin ich nunmal, so war ich schon immer, schon als kleines Mädchen. Ich konnt das nich glauben, wenn unser Pfarrer mir was geschenkt hat, einen roten Apfel aus seinem Garten oder einen Keks, dass der das einfach so macht, ich dacht immer, das reicht nich, wenn ich denn danke sag, der will noch irgendwas andres von mir, dass ich jetzt ganz artig sein muss oder in der Messe ganz stillsitzen muss. Und meine Mutter hat »danke, Herr Pfarrer« gesagt und mit dem Kopf genickt, und wenn er dann um die Ecke war, hat sie mir den Apfel aus der Hand genommen und gesagt, »so, nich dat du nu glööwst, dat dat allet för di is, do kricht nu jeder wat von aww«, und denn hat sie den Apfel in Viertel geschnitten und bloß grad so das Kerngehäuse raus, dass die Schlusen vonne Kerne da noch drin waren, und die mussten mitgegessen werden und wehe, man hat die ausgespuckt. Und denn kriegte Karl ein Stück und ich ein Stück und Heini ein Stück, Lisbeth war ja noch ein Säugling und Reni noch gar nich auf der Welt, und wenn mein Vater sein Stück nich wollte, dann hat Karl das gekriegt, weil meine Mutter denn immer gesagt hat, sie macht sich nich so viel aus Äpfel. Und ich hab mir auch nich viel aus Äpfel gemacht, aber essen musst ich mein Stück trotzdem.

Bei dir, Anna, bei dir musst ich nie was essen, was ich nich mocht, und das hat mir gleich gefallen. Gleich am ersten Tag, wie du das erste Mal nach der Schule meine Hand genommen und gesagt hast, »So!«, da hast du mich gleich mit zu dir nach Hause zum Mittagessen genommen, und ich hab da gar nich groß drüber nachgedacht und bin dir einfach hinterher in eure gute Stube, denn bei euch wurd gar nich in der Küche gegessen. Und wie deine Mutter da so stand in ihrem schönen Kleid, so ein schönes Kleid, obwohl sie schwanger war, und ich kannte das ja bloß von meiner Mutter, dass sie denn immer die ollen Kittel angezogen hat, wenn der Bauch in ihre Kleider nich mehr reinging, und die waren nu lange nich so schön wie dieses gelbe Umstandskleid von deine Mutter, also, das vergess ich mein Lebtag nich, und wie sie sich auch gar nich gewundert hat, dass ich da nu dabei war. »Na, denn kommt mal rein«, hat sie bloß gesagt, und da hab ich gemerkt, dass ihr auch zu Hause »ordentlich« sprecht, wie unser Lehrer Herr Pittelkow uns das beibringen wollt, und da dacht ich so, kein Wunder, dass du das so gut kannst, Anna, dass unsereiner da nich mithalten kann. Aber ab da wollt ich das dann lernen, so richtig, und das ganze Mittagessen über hab ich überlegt, wie ich dich das nu fragen kann, ob du mir das beibringst, das ordentliche Sprechen.

Und es gab Königsberger Klopse, das weiß ich noch, als wär das gestern gewesen, und das war an einem Freitag, und das durft ich meinen Eltern nich erzählen, weil die ja dachten, dass man freitags kein Fleisch essen darf, dabei gabs bei uns sowieso höchstens Sonntag mal ein Huhn oder ein Karnickel, meistens Karnickel, und das mocht ich nich, weil das immer wie eine Katze aussah, wie das da so lag aufm Tisch. Und ich hab gesehn, wie du die Kapern rausgepükert und mit der Gabel an den Rand geschoben hast, und so hab ich das denn auch gemacht und keiner hat was gesagt, aber wie ich da so auf dem Klops rumkaute, hab ich mir gedacht, dass ich das mit dem Hochdeutsch, wie Herr Pittelkow das nannte, dass ich das auch nich zu Hause erzähl.

Und denn gab das noch Nachtisch, Anna, ich wurd ja nich wieder, und den hab ich mir denn auch noch hintergeschoben, obwohl ich schon nich mehr konnt, aber das hat alles so gut geschmeckt bei euch, und ich kannt das ja sonst nich so. Und denn bin ich nach Hause, immer die Landstraße lang nach Putlitz, und mir war, als müsst ich das nu alles gleich wieder ausspucken, so stramm war mir der Magen, aber ich dacht, das darfst du nich, Maria Behn, das darfst du nich, behalt das bloß alles schön drinne.

Und wir wohnten gleich an der Straße, gleich da, wo das reingeht nach Putlitz, und ich sah meine Mutter schon von weitem ausm Fenster hängen, und da musst ich nu immer drauf zu. »Wo kümmst du denn nu all her? Weitst du nich, wo du tohus büst?« Na, da wusst ichs denn wieder. Und wie ich reinkomm, sagt sie, dass es nu zur Strafe kein Mittag mehr gibt, dass sie das nu schon Karl gegeben hätt. Und da wollt ich ja erst nich so richtig raus mit der Sprache, aber wie sie mich denn noch mal fragt, wo ich gewesen bin, hab ich denn gesagt, dass ich bei Anna Hanske war, weil sie mich mitgenommen hat, und außerdem, dass ich da schon gegessen hab.

»Möötst du di nu all bi anner Lüü dörchfuttern? Krist hier nich nauch?«, so was hab ich mir denn alles von meine Mutter anhören können, weil sie das nu wohl auch gewurmt hat, dass das nu gar keine Strafe für mich war, dass ich kein Mittag mehr krieg, gab aber Weiße-Bohnen-Eintopf und war ja schon schlimm genug, dass denn Karl und Heini wieder die ganze Stube mit ihre – na, Blähungen verpesten, und ich musst da ja noch mit Heini in ein Bett schlafen, und nur eine Decke, und er hatte so spitzige Kniee, und was hab ich immer gefroren am Rücken, weil die Decke so knapp war.

Denn hat sie sich aber wohl gedacht, meine Mutter, dass das nu gar nich so verkehrt is, und hat gesagt: »Öwwer denn bedank di nächstens gefällichst uch un segg de Fru Hanske n schönen Gruß, ick bring ehr denn ma eis wat vörbi.« Aber das konnt ich mir nu gar nich vorstellen, dass meine Mutter in ihre Kittelschürze da bei euch auf euer Gehöft marschiert, und ich hab nächstes Mal auch nix gesagt, und meine Mutter is auch nie zu euch hin.

Na, und irgendwann war das denn ja so weit, dass ich gar nich mehr mittags nach Hause bin, sondern immer bei dir gegessen hab, und wenn schlechtes Wetter war, durften wir sogar bei euch in der Stube bleiben oder bei dir in dein Zimmer, aber sonst sind wir immer raus und immer im Dorf umher und überall rumgestrolcht, und da kam das denn, dass die Leute »Annamaria« zu uns gesagt haben, zusammen, »kiek eis, doo kümmt Annamaria allwedder«, wenn sie uns gesehn haben. Und denn war das auch meistens schon abends, wenn ich gesagt hab, »so, nu muss ich aber, Anna«, und du hast mich denn immer noch den halben Weg gebracht, und mit dem Hochdeutsch ging das auch immer besser.

»Na Frollein«, hat mein Vater zu Hause gesagt, »du müchst di woohl goor nich mihr schuppen, wat? Nu kümm eis mit und help mi mitte Heuhners«, und denn musst ich noch den Hühnerstall mit meinem Vater ausmisten, und die Schulaufgaben waren auch noch nich fertig, und meistens wurden die das auch nich mehr, und denn bin ich morgens so früh los, wies nur ging, und hab dich abgeholt und ruckzuck alles von dir abgeschrieben, und du hast gesagt, dass ich das nich nur so abschreiben kann, weil Herr Pittelkow das sonst doch merkt, aber ich war so flusig, ich hab sogar noch beim Abschreiben Fehler gemacht, und Herr Pittelkow hat das nich gemerkt. Du warst sowieso besser als ich, aber bei Herrn Pittelkow hatten wir das beide nich einfach, der war ja son ganz Forscher, und wie denn das erst mit die Hitlerei losging, da war der ja obenauf.

Und denn bin ich einen Nachmittag zu dir hin, das war ein Sonnabend, und ich hab mich so gefreut, weil ich sonnabends sonst immer zu Hause bleiben musst und meine Mutter beim Waschen helfen, ich musst immer aufn Hocker klettern und dann mit so eine Holzlatte die Wäsche in dem großen Kessel umrühren, und das war schwer, und immer der heiße Dampf mir ins Gesicht. Ich weiß nich mehr, wieso ich an dem Tag keine Wäsche machen musst, aber dass ich gleich nach dem Mittag zu dir bin durch den hohen Schnee, das weiß ich noch. Das war nich lang nach Weihnachten, ich hatte noch Nüsse übrig vom bunten Teller und zwei Plätzchen, und die wollt ich dir mitbringen, aber eins hab ich schon unterwegs gegessen. Und wie ich denn endlich bei euch war, war ich ganz nassgeschwitzt von dem langen Weg, und wie ich da immer so durch die Schneewehen durch musst die ganze Zeit, und meine Mutter hat noch gesagt: »Du büst woohl nich gescheit! Bi dat Wääder!«, aber ich bin trotzdem los. Und ich weiß nich, wieso, Anna, aber ich hatt gleich son komisches Gefühl, wie ich da an eure Tür gekloppt hab, und denn kam erst keiner, aber ich hab ja Licht gesehn bei euch, und ich hab gekloppt und gekloppt und war schon bald am Heulen, weil mir ja auch so kalt war, und der nasse Rücken und die kratzige Wolle, und denn hast du endlich die Tür aufgemacht mit ein ganz verweintes Gesicht. Und ich hab dir die Nüsse und das eine

Plätzchen hingehalten, aber du hast das gar nich angeguckt, bloß mir so ganz grade ins Gesicht, und hast gesagt: »Meine Mutter stirbt.«

Ich hab dich angestarrt und war nu ganz vonne Socken und hab bloß gefragt: »Warum denn, Anna, woher weißt du denn das?«, weil ich das gar nich glauben konnt, die schöne Frau Hanske, und was wird denn da bloß mit dem Baby in ihrem Bauch? Aber das Baby war auch schon gestorben, am Abend vorher wars losgegangen, mehr als ein Monat zu früh, und wie es rauskam, war das schon ganz blau gewesen und hat keine halbe Stunde gelebt. Und das war ein Junge gewesen, und du wolltst doch immer so gerne einen Bruder. Und deine Mutter hat so geblutet, das ganze Bett voll, hast du gesagt, und ich konnt mir das gar nich vorstellen, ich wusst ja gar nich, wo sie denn nu rausblutet, und dachte wirklich, sie wär vielleicht geplatzt von der Anstrengung, weil meine Mutter denn ja auch immer so geschrien hat dabei. Und deine Mutter war gleich nach Anklam gekommen, ins Krankenhaus, und ich hab zu dir gesagt, dass du doch so was nich sagen darfst, dass sie nu stirbt.

»Wir können heute nich spielen, Maria«, hast du bloß noch gesagt, und ich hab genickt und bin wieder los.

Den ganzen Weg über hab ich gedacht, ich muss beten, ich muss für deine Mutter beten, dass die nich stirbt, aber das hat so geschneit, das wurd immer schlimmer, und mir war schon angst und bange, dass ich nu gar nich mehr nach Hause komm, dass ich nu auch sterben muss, und ich hab gebetet, »lieber Gott, lass mich nach Hause kommen, dann werd ich auch ein ganz langes Gebet für Frau Hanske sprechen, aber lass mich man erst nach Hause kommen«, und ich dacht, damit der liebe Gott auch sieht, dass ich das ernst mein, hab ich immerzu gesagt, »lass Frau Hanske nich sterben, lass Frau Hanske nich sterben«, und wie ich denn doch endlich bei unserm Haus war, da war mein Schal ganz gefroren vom Weinen und vom Schnee, der is mir ja nur so ins Gesicht. Und was hat meine Mutter geschimpft mit mir, aber ich konnt gar nix mehr sagen, weil meine Lippen ganz steif waren, und der Frost brannte in den Backen.

Und denn kamen auch noch Heini und Karl von oben runtergepoltert, und mein Vater kam vom Stall rein und denn ging mir alles durcheinander, ich hab gar nich mehr gehört, was die nu alle zu sagen hatten, bloß dass Heini geweint hat, das hab ich noch gesehn, und da hab ich ihm das Plätzchen gegeben, das war schon ganz durchgeweicht. Und mein Vater hat mich hochgetragen, und meine Mutter hat mir die nassen Sachen ausgepellt und mich gleich ins Bett gesteckt und mir noch die Wärmflasche gebracht, aber half alles nix. Nächsten Tag war ich krank. Und ich hatte so hohes Fieber, dass sie schon dachten, das wär eine Lungenentzündung, und schon fast den Doktor holen wollten, aber denn haben sie mich doch wieder alleine hingekriegt mit Wadenwickel und Hühnersuppe, und damit ich nich erst anfang, mich dadran zu gewöhnen, an das »Faulenzen«, musst ich eine Woche später wieder in die Schule, und ich konnt mich kaum auffe Beine halten und bin ganz komisch nach Bresekow getorkelt. Aber ich hab immer an dich denken müssen, Anna, wie ich da so lag, und was denn nu mit deine Mutter wär, und dass dir das viel schlechter geht. Und als ich in die Schulstube komm, warst du schon da und hattest ein schwarzes Kleid an und hast gesagt: »Maria! Wo warst du denn bloß?«

Und da hab ich gesehn, dass du recht gehabt hattest, mit deine Mutter. Aber da drüber hast du gar nix mehr gesagt, außer einmal, viel später, wo du mich gefragt hast, ob ich mir das Grab angucken will. Ich wollte gar nich so richtig, bin denn aber trotzdem mit dir mit aufn Friedhof, und da hatten sie schon alles schön bepflanzt und geharkt, und die Sonne schien so schön auf die Blumen, und ich hab mir vorgestellt, wie sie deine Mutter in ihrem schönen gelben Kleid begraben haben, und einen Grabstein hat sie auch schon gehabt, den gibts nu schon lange nich mehr, aber ich weiß noch genau, was da draufstand, den hab ich mir immer wieder angeguckt, bis ich das auswendig konnte:

Dorothea Hanske geborene Wilders Achtzehnter Neunter achtzehnhundertneunundneunzig bis Neunter Erster neunzehnhundertdreiunddreißig, und dann noch so ein Schnörkel da drunter.

Und ihre Mutter, was ja deine Oma gewesen war, die war eine geborene Finckelmann gewesen, von den reichen Finckelmanns aus Anklam, die das große Modengeschäft für Damen und Herren gleich neben Karstadt hatten und die dann auf dem Judenfriedhof begraben worden war und nich neben ihrem Mann auf dem Alten Friedhof, weil ihre Schwester das so wollte. Das hast du mir alles erzählt, und siehst du, ich weiß das noch. Und deine Mutter is da manchmal hin mit Blumen zum Judenfriedhof, aber nich oft, weil sie sich mit ihrer Mutter verzankt hatte, als sie den Hanske, deinen Vater, geheiratet hat, obwohl ihre Mutter selber von zu Hause ausgerissen war mit deinem Opa, und lieber is sie zu ihrem Vater auf den Alten Friedhof. Und nu konnt sie sein Grab nich mehr pflegen und konnt nich mehr zu ihre Mutters Grab, na, und das war ja vielleicht auch besser so. Und dass da denn nie einer nach gefragt hat, Anna, da hattest du ganz schön Glück.

Na, das heißt, gefragt hat wohl schon einer, das war ja noch im selben Jahr, glaub ich, wie da einer ankam, so ein Offizieller, und durchs ganze Dorf is und bei jedem an die Tür gekloppt hat und gesagt hat, das wär nu wegen der Volkszählung, und denn wurd für jeden so ein Zettel ausgefüllt, wann man geboren is und was von Beruf und welchen Glauben, und später hat denn mein Vater auch so einen Ausweis gekriegt, wo alles über ihn drinstand, sogar seine Fingerabdrücke warn da drin, das hat er uns gezeigt, aber nur so auf Abstand, anfassen durft den keiner, den Ausweis. Und ich hab dich gefragt, ob dein Vater auch so einen gekriegt hat, und du hast gesagt, nein. Ich hab mich erst nich getraut zu fragen, wieso nich, ich dacht, vielleicht hätt er was ausgefressen, und da war ich stolz, dass mein Vater aber nu so einen Ausweis gekriegt hat, wenn den nich jeder kriegt. Aber da hast du gesagt, dass es wegen seinem Auge is, weil er ja vom Krieg her auf einem

Auge blind war, und denn hast du noch gesagt, dass er gesagt hat, dass er da auch ganz froh drüber wär, dass er keine von diese Kennkarten, so hieß das ja nämlich, dass er die nich gekriegt hat, weil mit den Fingerabdrücken, das wär wie bei einem Verbrecher, und er wär ja schließlich kein Verbrecher, auch wenn er im Krieg Leute totgeschossen hätt, aber das würd ja wohl nich zählen. Da hab ichs aber mit der Angst gekriegt und ganz laut gesagt: »Mein Vater is aber auch kein Verbrecher, und der war auch gar nich im Krieg«, und da hast du bloß gesagt: »Na, weil er noch zu lütt war, und da muss er jetzt vielleicht«, denn dafür wär der Ausweis, hat dein Vater gesagt. Das konnt ich gar nich verstehn, weil ja gar kein Krieg war, und wie du gesagt hast, »zu lütt«, konnt ich mir das auch gar nich vorstellen, weil mein Vater son Spacker und Langer war und es mir nu gar nich in'n Kopp wollt, dass er ja auch mal ein lütter Bengel gewesen war. Und da musst ich auf einmal lachen, weil ich mir meinen Vater vorgestellt hab, so wie er da war, nur kleiner, und wie denn einer zu ihm gesagt hat: »Dootau büst noch tau lütt«, wie er das zu mir gesagt hat, als ich einmal mit seinem Fahrrad fahren wollt, und da hatt ich auch eine Woche für gebraucht, bis ich mich getraut hatte, ihn das zu fragen, aber bloß Karl durft das manchmal.

Und denn kamen die ja nachher noch mal. Und da hatten sie grad mit dem Krieg angefangen, und wie das dann an unsere Tür kloppt, och, das weiß ich noch wie heut, wie meine Mutter und wir Kinder da Angst hatten, dass sie uns nu den Vater wegnehmen, für ihren Krieg, dass er nu losmuss in'n Krieg. Aber die wollten bloß wieder so ein Zettel ausfüllen, und meine Eltern mussten da sogar ihre Heirats- und Geburtsurkunden und die von ihre Eltern vorzeigen, und das hatten die alles gar nich so parat, das gab vielleicht ein Kuddelmuddel, kann ich dir sagen. Und denn hat auch Karl seinen Ausweis bekommen, und er war ja noch n bisschen jung, da haben sie ihn nich gleich eingezogen, und meine Mutter hat immer gesagt, Gott sei Dank, nämlich dass sie nich gleich ihren ersten Verehrer geheiratet hatte mit siebzehn, sondern meinen Vater, denn sonst wär ihr Sohn vielleicht heut schon tot, so hat sie immer gesagt, aber denn musste Karl ja nachher doch los und Vater auch, und der is ja nich wiedergekommen und Karl auch nich.

Und fünfundvierzig haben sie denn auch noch Heini geholt. Und er war grad drei Wochen weg, als der Brief kam. Und denn bin ich meine Mutter nich mehr vonne Seite, weil sie immer gesagt hat: »Wenn ick man bloß nich katholisch wier!«, denn würd sie sich nämlich was antun, hab ich gedacht, und sie war ja da bloß noch Haut und Knochen. Und Simon war auch noch nich wieder da, und ich schon schwanger mit das zweite Kind, das wurd ja denn auch nix.

Und wie das nu mit dir war zu der Zeit, dadran kann ich mich gar nich mehr so genau erinnern, nich, wie du das nu eigentlich gemacht hast. Da haben wir uns nich oft gesehen, zu der Zeit, weil ich dir das wohl auch n bisschen krummgenommen hab, dass du dich nich gefreut hast, als ich gesagt hab, ich heirat jetz den Simon Wachlowski, da hast du ja bloß gelacht und gesagt: »Na, weißt das auch genau?«, und ich hab gesagt: »Natürlich, was denkst du denn, denkst, ich erzähl Leuschen, Anna? Er hat doch meinen Vater gefragt!«

Und wie du das denn gemeint hast, das will mir bis heut nich in Kopp, wie du gesagt hast: »Na das mein ich ja.« Aber ich glaub, du warst da wohl bloß n bisschen neidisch, was, Anna, dass du mir das nich gegönnt hast, das will ich ja nu nich sagen, aber bisschen neidisch warst du. Dass nu ich mal die Erste war, du hattst da ja auch schon dein kleines Techtelmechtel mit Theo, den hattst du dir ja in Anklam angelacht, wie er mal auf Urlaub war, aber nu war er wieder an der Front, und ob der nu jemals zurückkommen würd und dir denn auch noch n Antrag machen, das wusst ja nu keiner, ob er denn nich längst ne andre hätt, da hast du ja auch dran gedacht, kann ich mir denken. Und Simon musst ja auch gleich los, aber da war das doch nu besser, noch fix zu heiraten, als denn so inner Luft zu hängen, und dass ich da nu zu jung gewesen wär für, das stimmt ja nich, die andern hätten auch mit siebzehn geheiratet, wenn sie einen gehabt hätten, und ich hatt kurz vorher das erste Mal meinen Trödel bekommen, und worauf hätt ich denn nu noch warten sollen, meine Mutter hatte gesagt, »nu büst erwachsen«, und da hat sie ja recht gehabt, mit zweiundzwanzig wär das auch nix andres gewesen, außer, dass ich denn vielleicht Simon nich mehr gekriegt hätt.

Und du warst denn ja auf einmal auch ganz alleine bei euch, als dein Vater mit seinem einen Auge am Ende denn auch noch in'n Krieg musst, und da warst du denn ganz alleine mit deine neunzehn Lenze in dem großen Haus. Da bin ich denn manchmal hin zu dir, aber helfen durft ich dir nich, das hast du nich erlaubt, du hast dir um mich immer mehr Sorgen gemacht als um dich, »Maria, du musst dich n bisschen schonen«, hast du gesagt und mir einen Stuhl hingestellt und einen Teller mit Essen, mit so Sachen, die wir bei uns schon lange nich mehr zu sehen gekriegt hatten, wo ihr das bloß noch alles herhattet. »Ausm Keller«, hast du gesagt, »iss man, is gut für dein Kind«. Hat aber auch nix mehr genutzt.

»Wenn bloß Vater heil wiederkommt!« Du hast nich gejammert, aber das hast du immer gesagt, und ich hab mich dabei immer n bisschen gewundert, weil er ja nu doch auch schon längst nich mehr heil war, als er losmusst, aber du hast wohl gedacht, dass er sich bloß nich noch das zweite Auge ausschießen lässt.

»Na, und dein Theo?«, hab ich denn mal gefragt, weil du über den nie was gesagt hast.

»Na, der auch!«, hast du gesagt, mehr nich. Mehr war da nich rauszukriegen aus dir, aber ich weiß noch, als du das gesagt hast, hast du dich gleich umgedreht und dir denn kurz mit dem Schürzenzippel übers Gesicht gewischt, aber das war das einzige Mal, wo ich so was bei dir gesehn hab. Wo du vielleicht bisschen geweint hast.

Aber du hast doch Glück gehabt, Anna Hanske, siehst du, dein Vater is wiedergekommen und sogar dein Theo, und keinen

Ärger hast du gehabt wegen deine Großmutter, und wenns nu vielleicht doch Gott gibt, denn würd ich sagen, dass ers aber gut mit dir gemeint hat, dass er dich ja in Ruhe gelassen hat, und da könntst du vor ihm auffe Kniee fallen und für danken, wenn du nu noch leben würdst.

HENRY

Wenn er erst mal hier raus ist, kauft er sich vielleicht eins, genau so eins wie Stefan, das ist ja klar, und dann können sie gar nichts mehr machen. Weil er dann weg ist von hier, weil er dann nämlich wieder in Bresekow ist, und dann können sie nicht mehr sagen, dass das nicht gut für ihn ist, und Oma kann das auch nicht mehr sagen, weil sie schon tot ist, und Erna. Nein, nein, nein, Erna auch nicht, sie ist weg, sie ist weg. Und dann wohnt er ganz alleine in Omas Haus, weil Oma ja weg ist, und Onkel Peter ist auch weg, und keiner darf da einziehen, bloß er, und auch nicht seine Mutter, wenn sie auf einmal kommt. Wenn sie auf einmal vorbeikommt und sagt, ich wollt doch mal sehen, was Henry macht. Und dann sagt er, dass er jetzt hier wohnt, weil Oma tot ist, und weil einer auf das Haus aufpassen muss, und wenn sie fragt, ob sie jetzt auch hier wohnen darf, dann sagt er, nein, dann sagt er, dass sie bleiben soll, wo der Pfeffer wächst. Wo der Pfeffer wächst, ha ha, wo der Pfeffer wächst, er hat immer gelacht, wenn Oma das gesagt hat. Wenn er gefragt hat, wo seine Mutter ist und wann sie denn mal kommt und wie sie denn aussieht und warum sie denn nicht da ist und wo sie denn überhaupt ist. Dann hat sie gesagt, dass er aufhören soll zu fragen, dass seine Mutter eben nicht mehr da ist und dass seine Mutter jedenfalls nicht so viel gefragt hat wie er. Was sie denn gefragt hat, seine Mutter. »Henry, jetz is gut. Geh ein bisschen nach draußen.«

Er wollte aber gar nicht nach draußen, weil die andern immer gesagt haben, wenn er ankam: »Guck ma, da kommt Haha«, und dann haben sie gesagt, na Haha wie gehts na Haha willste heut wieder Steffi hinterher willst ihr ma untern Rock gucken wa die hat aber heute Hosen an eh komm ma her Steffi sag ihm ma dat er dir heut nich untern Rock gucken kann dat er sich verpissen soll na los oder nee nee ick weiß wat sag ihm ma dat er dir denn ma erst sein Ding zeigen soll na los Haha zeig ihr ma dein Ding vielleicht lässt se dich denn ma unter ihren Rock gucken die is ganz scharf dadrauf dat du ihr ma dein Ding zeigst los zeig ihr ma deinen kleinen Pimmel oder genierste dich nu uff einma brauchst dich doch nich zu genieren den hat doch nu sowieso schon dat halbe Dorf gesehn oder weißt dat nich mehr Haha bloß Steffi nich die hat dat ja leider verpasst wa Steffi da is dir aber wat entgangen kann ick dir sagen aber sag ma bittebitte zu Haha denn zeigt ern dir vielleicht noch ma nu hab dich ma nich so wir sind doch deine Freunde oder wir sind doch alle Hahas Freunde oder dat willst du doch immer dat wir deine Freunde sind. Und dann haben sie gelacht, und er hat auch gelacht, und dann haben sie noch mehr gelacht, und er hat »ha ha« gemacht, »ha ha, ha ha«.

Er wollte aber gar nicht Steffi sein Ding zeigen, und Steffi wollte auch gar nicht seine Freundin sein, als er sie gefragt hatte, »Willst du meine Freundin sein?«, weil sie doch so schöne Haare hatte, so schöne lange Haare, aber er hatte sich nicht getraut zu fragen, ob er ihre langen Haare mal anfassen darf, und er hatte gedacht, wenn sie vielleicht seine Freundin sein will, dass er ihre Haare dann mal anfassen darf, da hatte sie gesagt: »Hau ab, such dir eine ausse Klapse!«, und jetzt stand sie da und sagte: »Eh, da kommt Stefan«, und sagte: »Hau ab, Hanske!«

Aber dann kam Stefan an mit seinem neuen Moped, und er wollte gar nicht abhauen. Er wollte Stefan auf seinem Moped fotografieren mit seinem Fotoapparat, er hat immer gesagt, ich fotografier euch, mit meinem Fotoapparat, den hat er immer in seiner Jackentasche gehabt, so klein war der. Aber da war kein Film mehr drin, aber er hat trotzdem fotografiert. Und Stefan hat angehalten und hat seinen Helm abgenommen, und da hat man erst gesehen, dass das wirklich Stefan war, und dann haben sie gefragt, wo er das denn herhat, das Moped, und da hat Stefan gesagt: »Hat mir mein Alter spendiert«, und dann hat Mirko gefragt, ob er mal damit ne Runde drehen könnte, und dann hat Stefan gesagt: »Du spinnst wohl!« Und er hat auch gesagt: »Du spinnst wohl!«

»Musst du grad sagen, Wichser!«, hat Mirko da zu ihm gesagt und ihn weggeschubst, aber Steffi hat gesagt: »Lass den doch!«

»Na geh ihm doch gleich ein'n blasen!«, hat Mirko da zu Steffi gesagt und hat gelacht, und einer hat gesagt: »Na los, Steffi, kannste doch!«, und alle haben gelacht, und er hat auch gelacht.

Aber Stefan hat gesagt: »Eh, Steffi, willste ma mitfahrn?«, und Steffi hat »klar doch« gesagt, und er hat gesagt: »Ich auch, ich will auch ma mitfahrn, Stefan!«, aber Stefan hat gesagt: »Ick bin doch nich schwul!« Und alle haben gelacht, und Steffi hat auch gelacht und hat sich auf das Moped gesetzt hinter Stefan, und dann ist er losgefahren mit Steffi, und er hat Steffis lange Haare gesehn, wie sie hinter ihr hergeweht sind, und das sah aus wie das Korn, wenn die Mähdrescher das ernten und auf den Hänger pusten.

Wenn er doch bloß mal wieder den Mähdreschern zugucken könnte. Im Sommer hat er immer nix Bessres zu tun gehabt, als den Mähdreschern zuzugucken. »Du hast wohl nix Bessres zu tun«, haben sie dann gesagt. Mitfahren durfte er ja nicht, »dat geht nich«, haben sie gesagt. Werner Meier hat gesagt, »dat geht nich, Henry«, und die andern haben ihn gar nicht angeguckt, wenn er gefragt hat. Ich fotografier euch auch, hat er gesagt, aber sie haben ihn nicht mitfahren lassen. Dabei wussten sie gar nicht, dass er gar keinen Film mehr hat. Aber einmal hat er gesehen, wie Werner Meier mit seinem Mähdrescher übers Feld ist, und er hat gedacht, du bist aber heut langsam, Werner Meier, nu gib mal Gas, Werner Meier, gib doch Gas, was kriechst du denn so langsam wie ne Schnecke, du lahme Schnecke, Werner Meier, lass mal lieber mich fahrn, dann kannst du sehn, wie ich Gas geb.

Aber dann hat er gesehen, dass da einer neben Werner Meier sitzt in seinem Mähdrescher, und das sah ein bisschen aus wie Nadja Klier, und die war genauso alt wie er, und nun saß Nadja Klier in Werner Meiers Mähdrescher und fuhr mit ihm übers Feld. Und er stand am Rand und guckte Werner Meiers Mähdrescher hinterher bis zum Ende der Reihe, und als er gewendet hatte und nun direkt auf ihn zukam, sah er, dass das wirklich Nadja war, die neben Werner Meier sitzt, und Werner Meier hat gar nicht geradeaus geguckt. Und er hat ihnen zugewinkt, aber Werner Meier hat nicht zurückgewinkt und Nadja auch nicht. Und er stand noch eine Stunde da oder zwei Stunden, bis sie fertig waren, bis sie das ganze Feld abgemäht hatten, und als Werner Meier angehalten hat, ist Nadja Klier aus dem Mähdrescher gehopst und hat Werner Meier zugewinkt und nach rechts und links geguckt, und da stand er, aber Nadja hat ihn nicht angeguckt. Und Werner Meier hat ihn auch nicht angeguckt, sondern ist bloß weggefahren mit seinem Mähdrescher.

»Eh, Hanske, verpiss dich, du schwule Sau«, hat dann noch Mirko oder irgendeiner gesagt. Und dann ist er nach Hause.

Als sie ihn gefragt haben, warum er das gemacht hat, hat er mit dem Kopf geschüttelt. Als sie ihn gefragt haben, ob er nicht weiß, warum er das gemacht hat, hat er gelacht und gesagt, dass sie das nicht wissen, »ihr wisst das nicht«, sie wussten das nicht, gar nicht, und Erna wusste das auch nicht, weil er das nicht gesagt hat, weil das keiner wissen braucht. Sie haben gefragt, ob es wegen dem Geld gewesen ist, ob er Ernas Geld haben wollte, und da hat er mit dem Kopf geschüttelt. Was er denn dann wollte, haben sie gefragt, und er hat nichts gesagt, und sie haben gesagt, dass er überlegen soll, und er hat sich was überlegt, und dann hat er gesagt, dass es wegen dem Moped gewesen ist, weil er doch so ein Moped haben will, so eins wie Stefan. Dann haben sie gesagt, dass er dann also doch das Geld wollte, und er hat gesagt, nein, und sie haben gefragt, warum er denn das Geld nicht mitgenommen hat, und er hat gesagt, wegen Erna.

»Weil Erna plötzlich reingekommen ist?«, haben sie gefragt, und er hat gesagt: »Nein.« Weil Erna das doch nicht wissen sollte.

»Was?«, haben sie gefragt. Er hat nichts gesagt. »Dass du ein Moped wolltest?« Er hat nichts gesagt. Er hat überlegt.

»Henry«, haben sie gesagt.

»Ja«, hat er gesagt.

»Aber sie war doch dann tot«, haben sie gesagt.

»Alles Quatsch«, hat er gesagt, »alles Quatsch mit Soße, alles Quatsch«, aber keiner hat gelacht.

DIE GEMEINDE

Na nu kümmt dat woohl alls ma wech
Meinst dat se dat nu
Nee doo sün doch so Lüü doowäást dei hemm
Öwwer wat wulln dei denn mit
Der olle Mist dat is doch alles
Dat fällt doch alles schon zusamm fällt dat doch da kannst doch nix mehr
Na so Investoorn glaub ick oder oder so Künstler die wolln da wat weiß ick
Dei wiern sich noch ümkieken
Hier in Brääskow dei hemm woohl nich miehr
Dat fäählt nu grad noch
Solche mitn Piepmatz untern Pony
Öwwer denn het dat wenigst ma n Ende mit dat jungsche Volk doo dei mooken doch
Nur Mess mooken dei doch doo dei hemm doch nix anners miehr in Kopp as
Doo passiert noch eis wat
Dat segg ick di
Bis da ma wat passiert

Na weitst noch wie der Olle ma eis vunne Trepp
Na dat wier ja noch doo heww ick ja doo noch arbeit
In Bullenstall musst ick
Un wenn er denn ümmer ankoomen is mit sein Trecker denn wier hei doch allwedder
Dei wiern doch ümmer all besoopen
Öwwer wat hemm wi doo nich alls fieert diene Hochtiet dat weit ick noch dat wier
Doo wier dat alls noch in Ordnung
Und einma ham wir ne Auszeichnung
Joo
För unsre Brääskower Elpege
Un nuu
Nu kümmt dat woohl alls wech
Dat stell di eis vör

ECKI

»Eh, Ecki, ick glaub, Stefan kommt dieset Wochenende.«

»Wodrich?«

»Na, wer'n sonst. Gibt doch bloß ein Stefan hier, oder wat?«

»Wieso?« Toffi wieder, eh!

Sagt Börner: »Na, du bist doch bloß Toffi! Wa, Toffi!« Börner, eh! Ick könnt mich ja manchma wegwerfen. Wenn der schon sein Maul aufmacht. Da kannste entweder nur rinschlagen, oder du schmeißt dich weg, eh!

»Na, oder willste jetz, dat wir dich uch Stefan nenn'?«, sag ick denn noch. »Dat könnt ja zu Verwechslung'n führn, wat? Am Ende noch. Wa, Toffi!«

»Am Ende fängste denn uch noch an, von deine ›Kameradschaft‹ zu quatschen!« Da gackern se, die Weiber, und Toffi uch. Hat ma wieder die große Klappe, Jacqueline. Na, recht hat se.

»Dat lass ma bloß nich Stefan hörn!«

»Na und, ick hab keine Schiss vor dem, Börner! Nich so wie andre.«

»Schnauze, du Schlampe! Von dir lass ick mir doch gar nix sagen! Kann ick ja ma Stefan erzähln, wat du so von ihm denkst, kann ick ihm ja allet ma erzähln! Sost ma sehn, wat denn passiert, wat der denn mit dir macht, so schnell kannste gar nich gucken!«

»Ach, halt die Fresse, Börner!«

»Wat, Ecki, wat wist du denn jetz? Halt du ma die Fresse! Hat se doch verdient, die olle Schlampe, dat Stefan se sich ma vornimmt. Da will ick denn aber dabei sein, wenn er'n ihr von hinten reinschiebt, ick glaub, die muss ma orntlich durchgebumst werden!«

»Musst du grad sagen, Börner, du altes Schwein! Hast wohl doll nötig, wa? Kann ick ja nur drüber lachen. Kannste lange warten, bis ma eine die Beine breit macht für dir. Guck dich doch ma an! Oder habt ihr kein Spiegel zu Hause? Kannste dir doch abschmatzen, Wichser! Du bist doch nix andret als n alter Wichser! N alter Arschkriecher, kriechst doch Wodrich bald in Arsch, wenn er kommt, Stefan hinten, Stefan vorne. Biste schwul, oder wat? Dat kann ick ja ma Wodrich erzähln, datte ne schwule Sau bist, ma sehn, wat er dazu sagt! Ob er dich denn immer noch in seine tolle Kameradschaft ham will, du Arsch. Oder ob de ihm denn gleich ma den Arsch hinhalten kannst, vleicht sind die da ja auch alle andersrum!«

»Eh, Jacqueline, pass uff ...«

»Wat is?«

Scheiße, Mann, dat hätt int Auge gehn könn'n! Wo hat'n der uff einma dat Messer hergehabt? Börner, eh, dieser Hoschi, wollt jetz Tatsache uff Jacqueline los, oder wat? Ick glaub, der is wirklich n bisschen psycho, wär ick jetz nich dazwischen – Mann! Aber recht hat se! Hätt sich sonst uch keiner getraut, Börner dat ma zu sagen, bis uff mir vielleicht. Einer muss ja ma wat sagen.

Aber nu fängt der schon wieder an. »Eh, Ecki, wat sollte'n dat eben? Glaub nich, dat ick dat vergess, dat glaub ma nich!«

»Komm, reicht jetz, Börner!«

»Nee, dat reicht noch lange nich! Wat sollte'n dat eben, hä? Warum nimmste denn nu die Fotze in Schutz? Haste nich gehört, wat die gesagt hat? Dat wir alle schwul sind, und so, dat hat se gesagt!«

»Kann mich nich erinnern. Jeenfalls hat se nich gesagt, dat ick schwul bin. Hat se uch kein Grund dazu, wa, Jacqueline!«

»Ach so is dat! Die willste jetz uch noch bumsen, oder wat? Na, die Schlampe macht ja uch für jeden die Beine breit, die würd sogar für ihrn Köter die Beine breit machen, macht se bestimmt uch. Aber wat sagt'n Sabrina dazu, Ecki, datte nu die Nutte bumsen wist, hä, Ecki? Wat sagst'n du dazu, Sabrina?«

»Halt die Klappe, Börner!«

»Oder macht ihrt denn zu dritt? Na klar, wat, alle dreie, und die ihr Köter uch noch dazwischen, klar, Mann! Die Säue! Ha!«

Börner, eh, die olle Arschnase, der hat doch voll n Platten, da hör ick doch gar nich mehr hin, dat juckt mich doch gar nich, wenn der wieder ma austickt, die sind doch alle nich ganz knusper bei die, seine Schwester, eh! Die is ma ne Zeitlang immer mit ohne Schlüpper rumgerannt, und die hat dat uch jedem gesagt oder manchma uch gezeigt, wir ham ja immer gesagt, »zeig doch ma, Moni, nu zeig doch ma«, und erst wollt se ja nich so richtig, aber denn is se einma bei mir angekommen und hat gesagt, »wist ma sehn«, und denn hatse't mir gezeigt, die kleine geile Sau, eh, und wie se denn noch gesagt hat, »darfst uch ma anfassen, wist ma«, und wie ick denn gesagt hab, »nee, lass ma«, ick hätt die doch nich angefasst, die Drecksau, und wie se denn noch ma gesagt hat, »nu fass doch ma an, los, ick lass dir, na los, darfst mir uch ficken«, da musst ick denn vielleicht lachen, Mann! Ick mein, da war ick zwölf oder so, na, nich, dat ick da noch nich an so wat gedacht hätt, aber doch nu nich mit Börner seine bekloppte Schwester! Und denn hatte die uch noch so fette Pickel uffn Arsch, ääh, und gestunken hat die, Mann! Aber dat Komische war, dat ick denn uch noch paarma von ihr geträumt habt nachts, dat ick mit ihr und so, dat war vielleicht n Scheiß!

Und denn uch noch Klausi, wat Börner sein Bruder is, der hat uch voll n Schuss weggehabt, der is immer mitte Schubkarre durcht Dorf und hat allet Mögliche eingesammelt, na, wat so rumlag, Steine und Stöcker und uch manchma Müll und so, und wenn den einer gefragt hat, wieso, hat er immer bloß gesagt, »na, guck doch ma, wie dat hier aussieht, so geht dat doch nich!«. Dat war Klausi, aber da war ick noch ganz lütt, den ham se denn irgendwann abgeholt. Und nu is bloß noch Börner übrig, den ham wir nu anne Hacken. »Eh, Gniedeck, jetz hör ma uff mit der Scheiß-Kokelei da!«

»Wieso? Bist du jetz hier der Uffpasser, oder wat, Ecki?«

»Nu hör uff, Gniedeck, oder merkste dat nich? Hast dir schon dein ganzet Spatzenhirn weggeräuchert, wa? Dat hält doch kein Mensch aus, Mann, wa Ecki, sag ihm dat doch ma, dat dat hier keiner aushält!«

»Hab ick doch grad gesagt!«

»Ick kokel hier so lange, wie ick will, Mann!«

»Dat kannste vielleicht bei deine Alten in euerm Runkelrübengarten machen, aber nich hier, kapiert? Mann, dat is allet morschet Holz hier, wenn die dat mitkriegen!«

»Mir doch egal. Haste Schiss, oder wat, Ecki?«

»Schnauze, Mann, verpiss dich!«

»Verpiss dich doch selber! Würd gern ma wissen, wat Stefan dazu sagen würd, dat du dich hier so uffspielst. Der hätt dat nich gemacht!«

»Na und! Wiste denn ne Sondergenehmigung von Wodrich, datte hier kokeln darfst, oder wat?«

»›Sondergenehmigung‹, Ecki, dat is gut, ›Sondergenehmigung von Wodrich‹, eh!«

»Ja, nu is gut, Toffi!«

»Der macht dat doch sowieso bloß, um seine Fürze zu übertünchen!« Jacqueline, eh!

Was soll ich mit denen denn machen? Manchmal denk ich, das ist alles sinnlos. Was wollen die eigentlich, was wollen die eigentlich von mir? Die lachen sich doch bloß kaputt über mich, die Alte, na. Aber wenn die Alte denn mal nicht da ist, wenn kein Club ist, dann kommen sie an: Frau Plötz, wieso war denn gestern kein Club, wieso ist denn bloß Mittwoch und Donnerstag, wieso müssen Sie denn zu den Hoschis nach Grewenthin, wieso denn nach Schmalditz, diese Flachköppe, die brauchen doch keinen Club. Ja, wieso, wieso? Mir passt das doch auch nicht. Aber das wurd nun mal so festgelegt, weil eine Gemeinde alleine sich keine Jugendclubleiterin leisten kann oder will, und das haben sie auch gleich gesagt, als sie mir die ABM angeboten haben, dass ich da aber drei Clubs zu betreuen hab, immer zwei Tage hintemander, Montag bis Sonnabend. Tja, was sollt ich denn machen, sollt ich nee sagen, das konnt ich ja wohl schlecht.

Meine Vorgängerin, die Nielich, die hatte das ja gut im Prinzip, die hatte bloß den Club hier in Bresekow, und das mit den drei Clubs, das wollte die dann nicht machen, konnte sie ja auch gar nicht, ohne Auto, aber n bisschen stinkig war die denn doch, als sie gehört hat, dass ich nun die Stelle krieg, ausgerechnet ich, die noch kein Jahr hier wohnt, und andre hätten das ja wohl viel nötiger, die würden da schon viel länger drauf warten. Tja, da frag ich mich aber doch, wieso sich denn keiner weiter drum beworben hat, so dass die letztendlich mich gefragt haben. Die Nielich, die ist ja wohl anscheinend davon ausgegangen, dass sie das nun bis in alle Ewigkeit machen kann, und da ist die denn natürlich aus allen Wolken gefallen. Und seitdem ist die komisch zu mir. Die tut zwar immer so, »na, Sonja, wie geht dir dat«, aber gönnen tut die mir das nicht. »Ick hab dat ja damals immer« so und so gemacht, mit so was kommt die jedesmal. Die tut grade so, als ob sie da nun Wunder was veranstaltet hätte, dabei hat die sich doch da n Bunten gemacht, die hat sich doch bloß ihr Hinterteil da plattgesessen und Kaffee geschlürft, ich war ja mal da, als sie noch in Amt und Würden war und ich aber schon gehört hatte, dass ich die Stelle jetzt krieg, und ich wollte mal gucken, was die so machen. Und da saß die und hat gestrickt! Ich hab gefragt, »sag ma, Gisela, was machst du denn so mit denen«, und da hat sie denn paar Sachen aufgezählt, »na, ma ins Kino, ma zum Baggersee, und denn ham wir uch ma gegrillt letztens«. Und da hat sie noch zu mir gesagt: »Du, Sonja, ick muss mir hier nich den Arsch uffreißen, die wolln doch sowieso nix, und denn musste dir noch blöd kommen lassen, weißt, da mach ick mir doch hier nich krumm für, und für die paar Piepen!«

Und dann, wo sie raus war und ich nun ihre Nachfolgerin wurde, sagt die doch glatt zu mir: »Na, da zieh dir ma schon warm an, da lass dir ma immer wat einfalln für die Bagage! Die sind sonst nur am Rumnörgeln! Ach, und denn musst du ja nu uch noch immer fahren, wa? Na viel Spaß denn!«

Und was soll ich dir sagen? Die hatte recht, die Nielich. Und zwar mit beidem.

Ich glaub, das ist, weil die gar nix mehr anfangen können mit sich. Die sind so leer, »das kannst du dir gar nicht vorstellen«, sag ich immer zu Romy.

»Doch, kann ich«, sagt sie, ich glaub, ich geh ihr manchmal ganz schön auf die Nerven mit meinen Club-Geschichten. Aber ich bin dann immer so froh, dass mein Kind nicht so ist, dass Romy ganz anders ist, weil hätt ja sein können, dass sie auch so wär, dass sie auch mit denen rumhängt und Scheiße baut, und dann? Hätt doch sein können. Ich mein, wir kommen doch auch nirgendwo anders her, Friedhelm und ich, wir sind doch auch bloß vom Dorf, wir haben doch auch nie groß was andres zu sehen gekriegt. Wir habens ja auch grade mal bis Anklam geschafft, und da war man damals schon stolz drauf, da hab ich schon gedacht, jetzt bin ich da raus. Wie ich dann mein kleines Zimmer in Anklam hatte, und das war mir ganz egal, dass das ohne richtige Küche und Bad war, bloß so abgeschlagen mit nem

Vorhang, und das Klo eine Etage tiefer aufm Hausflur, und dass ich immer die Kohlen ausm Keller bis ganz da hoch schleppen musste, wenn Friedhelm nicht da war, der war ja die Woche über in Berlin. Aber ach, das war schön, wenn er dann am Wochenende kam, meistens schon Freitagabend, und ich war dann auch nicht traurig, wenn er Sonntag wieder losfuhr, wir hatten beide unsre Arbeit, und so ne Woche ging immer schnell rum. Und ich hab ja gemerkt, dass er gerne in Berlin ist, dass ihm das Spaß macht da, mit seinen Kollegen und auf der großen Baustelle.

Heute kann er sich so was gar nicht mehr vorstellen. Wenn das nun noch mal heißen würd, los, auf Montage, das würd der nicht machen. Der weiß gar nicht, wie gut er das hat. Muss bloß bis nach Anklam, war noch nie arbeitslos, höchstens mal im Winter paar Wochen zu Hause, und da fällt ihm dann gleich immer die Decke aufn Kopp. Da bin ich immer heilfroh, wenn er wieder anfangen kann und nicht mehr jeden Tag auf der Couch rumliegt, der gewöhnt sich das dann nämlich so richtig an, so ne Stinkenfaulheit, grad mal, dass er n bisschen Mittag macht, da muss ich ihm aber auch vorher genau sagen was und am besten schon alles hinstellen. Dabei hat er sonst auch nur Langeweile. Deshalb sag ich immer, er soll nicht so auf seine Arbeit schimpfen, auf seine blöden Kollegen, und wie ihn das alles ankotzt, der flucht so viel in letzter Zeit. Das kann immer schneller vorbei sein, als man denkt, hab ich ja bei mir gesehn, na, und was sollte denn dann erst werden. Ihm sind ja schon die paar Stunden zu viel, die er alleine ist, bis ich vom Club komm, und wehe, das wird mal später als achte. »Maann, wo bleibst du denn, wat klaarst du denn da so lange rum?« Der weiß nämlich auch nix mit sich anzufangen. Und nun haben wir schon n zweites Auto angeschafft, obwohl das eigentlich überhaupt nicht drin ist, aber ich muss fahren, er muss fahren, und wie das zuerst war, so ging das ja auch nicht, dass ich dann immer mal mitm Bus gefahren bin, der ist aber schon über eine Stunde eher da, und dann musste Friedhelm mich abends abholen. Oder ich hab ihn morgens um halb sieben zur Arbeit gefahren, und er musste dann nachmittags mitm Bus zurück, na, und das fand er ja erst mal doof, er sagt, er kam sich vor wie der letzte Trottel. Da musst er nämlich erst noch ne halbe Stunde in Arbeitsklamotten in Anklam rumlaufen, bis der Bus fuhr, er sagt, wo sollt er denn da hin, manchmal ist er durchn Park, »wie n Penner«, sagt er. Und dann das Busfahren an sich, wie früher, nur dass früher eben keiner n Auto hatte, da war das normal, »und heute gucken se dich blöd an«, sagt er. Ist ja auch doof.

Ich fahr gerne Fahrrad, aber glaubst, ich mag mitm Fahrrad nach Anklam fahren, oder zu einem von meinen Clubs? Weißt, wie blöd ich mir dabei vorkomm, wenn die denn mitm Auto an mir vorbeifahren, »kiek, dat is doch Sonja«. Ja, so wie früher, als ich immer mitm Fahrrad von Anklam nach Bresekow und zurück gejachtet bin, in der Mittagspause, erst, als ich das Zimmer noch nicht hatte, weil ich da auch nicht wusste, wohin in Anklam, das waren ja zwei Stunden, und alle Geschäfte zu bis auf Konsum, und später, weil ich dann mal schnell meine Oma besuchen wollte, die hatte doch da nun keinen mehr zum Reden, und die Alten haben da ja schon gesoffen. Und dann wollt sie mich immer am liebsten gar nicht wieder los lassen, und ich hab gesagt, »Oma, ich muss, ich muss doch wieder«.

Und nun haben wir zwei Autos und sind immer noch nicht zufrieden. Weil Friedhelm nun immer mit dem kleinen ollen Fiat zur Arbeit fahren muss, weil ich mit dem nicht klarkomm, ich bin eben so an den Opel gewöhnt, und dann lauert er, dass ich endlich komme und er mit dem Opel noch mal los kann, meistens bloß so durch die Gegend, zu seinem Kanal, noch mal die Angel reinwerfen oder was weiß ich, weil er mit dem kleinen nicht rumfahren mag, »wie seh ick denn aus dadrin«, sagt er. Na ja, wirklich n bisschen reingequetscht. Aber nun ist das auch wieder fast wie vorher, wo er zu Hause Achten gelaufen ist, bloß weil das Auto nicht da war. Dabei muss er nirgendwo hin. Aber das Auto muss vor der Tür stehen.

Ich weiß auch nicht. Wenn wir vielleicht mal in Urlaub fahren würden. All die Jahre waren wir ganze drei Mal weg, zuletzt vor vier Jahren, glaub ich, Lüneburger Heide. Da wollten wir nun auch endlich mal was sehen vom goldenen Westen, na. Außerdem war das noch halbwegs erschwinglich. Romy wollte partout nicht mit und hat uns so lange angebettelt oder vielmehr mit Argumenten bombardiert, nach dem Motto, dass wir uns zu dritt sowieso bloß die ganze Zeit streiten würden – das war ja grad unsere Streitzeit – und dass ich ruhig auch mal mit Friedhelm alleine sein könnte und sie doch nichts anstellen würde, wir kennen sie doch und so weiter, bis wir sie dann wirklich zu Hause gelassen haben, ganz wohl war mir ja nicht dabei. Und dann war ich eben mit Friedhelm alleine, und das ging ungefähr drei Tage, dann hab ich gemerkt, dass er am liebsten schon wieder zu Hause wär. Das kann vielleicht anstrengend sein mit ihm! Vogelpark, Heidepark Soltau, alles schön und gut, aber am besten is doch in lütt Anklam. Romy war bester Laune, als wir wiederkamen, sie hatte sogar einen Kuchen gebacken. Ich glaub, sie hatte mehr Urlaub gehabt als wir.

Die Male davor, das war ja noch zu DDR-Zeiten, und wie hat man sich da gefreut, wenn man da mal einen Ferienplatz ergattert hatte. Das erste Mal sind wir nach Eisenach. Da hats eigentlich die ganze Zeit nur geregnet. Und Romy hatte da ihre erste Bockphase, ich hab mein liebes Kind ja kaum wiedererkannt. Und Friedhelm musste für sie den Esel spielen, bis zur Wartburg hoch, weils an der Eselstation gar keine Esel gab.

Paar Jahre später, als Romy schon zur Schule ging, dann Alt Töplitz bei Potsdam. So ein Bungalow gleich am See, und in dem neben uns hat eine tschechische Lehrerin mit ihrer Tochter gewohnt, die war so alt wie Romy, und die haben sich auch angefreundet, obwohl die ja gar nichts miteinander reden konnten. Žužanka hieß die. Einmal kommt Romy an und sagt, sie braucht das Federballspiel, Žužanka will mit ihr Federball spielen. Ich guck sie groß an. Wie sie ihr das denn gesagt hat. Aber so sind eben Kinder. Ach, das war ne schöne Zeit da. Und wie Friedhelm denn einmal mit Teewurst angekommen ist, obwohl er Mettwurst wollte, »ja, ick weiß auch nich«, hat er gesagt, »ick hab Mettwurst gesagt, und die hat mir Teewurst gegeben«. Und da hat er sich denn wohl nicht mehr getraut, was zu sagen. Und die Brötchen hießen Schrippen.

Wenn ich jetzt sag, »Friedhelm, lass uns doch ma in Urlaub fahren«, ist seine erste Frage: »Wovon?« Wer soll das bezahlen, das ist immer so sein Satz. »Sieh du erst ma zu, dat du n bisschen Geld nach Hause bringst.« Ja ja. »Du bist doch so blöd und trägst noch alles zu deim Club hin.«

Aber was soll ich denn machen. Wenn die mich angucken und sagen, »Frau Plötz, ick bezahl nächstes Mal, ehrlich«. Und denn haben sie nächstes Mal wieder nicht die dreißig Pfennig fürn Kaffe. Aber Kaffe muss immer da sein. Und Saft. Und dann wollen sie auch mal Kuchen oder Sandwiches, und da muss ja alles eingekauft werden dafür. Und bezahlen muss ich das erst mal und dann sehen, wie ich mein Geld wieder reinkrieg. Natürlich könnt ich mich hinstellen und sagen, pah, gibts nicht mehr, ihr könnt zu Hause essen und trinken. Aber das ist doch dann auch nix. Dann kommt ja auch keiner mehr, und sie hängen woanders rum und kippen Bier, Bier gibts ja bei mir nicht, und machen Mist, oder ich sitz da mit zwei Hanseln oder ganz alleine rum, denn da sein muss ich ja sowieso. Dann haben sie plötzlich alle was andres vor, aber was, sagen sie mir auch nicht, wenn ich dann beim nächsten Mal frag, na ja, wieso auch. Und dann ist es wieder rappelvoll, und alle wollen sie gleichzeitig was von mir, das ist wie im Kindergarten, das finden die einfach herrlich, wenn sich einer was für sie ausdenkt und sie nicht selber ihren Kopf anstrengen müssen, wie sie ihre stinkende Langeweile loswerden.

Ich wollt ja mal Kindergärtnerin werden. Ich hatte deshalb sogar Konfirmation *und* Jugendweihe gemacht, weil sie mir eingeredet hatten, ohne Jugendweihe würd das nicht gehen, wär ja auch nicht gegangen, nur dass es dann auch so nichts wurd.

Wegen meinem angeblichen Sprachfehler, ich könnte die Zischlaute nicht richtig aussprechen. Komisch, dass das sonst nie einer gemerkt hat. Zwar sagten sie, ich könnte zum Logopäden gehen damit, aber große Hoffnungen haben sie mir nicht gemacht. Die wollten mich einfach nicht. Das Arbeiterkind, und dann noch in der Kirche. Tja, damit waren erst mal alle meine schönen Hoffnungen futsch.

Pastor Maltzahn war dann so nett und hat sich richtig um mich bemüht und was mit einer kirchlichen Einrichtung vermittelt, aber wie ich die Zusage bekam, wollt ich plötzlich nicht mehr. Da kriegte ich richtig Schiss auf einmal. Ich hatte Angst, dass ich dann irgendwie so nonnenhaftig werden müsste, und das wollte ich auf keinen Fall, das war mir dann zu viel. So viel hatte ich da mit Glauben und so ja auch noch nicht am Hut. Ich mein, man war ja jung, viel zu jung eigentlich, um irgendwelche richtigen Entscheidungen treffen zu können, aber trotzdem haben die alle schon mit achtzehn, neunzehn geheiratet und Kinder gekriegt, und wenn du mit zwanzig noch nicht unter der Haube warst, so wie ich, da wurdste doch schon komisch angeguckt, dann haben die schon gedacht, mit einem stimmt was nicht.

Manchmal denk ich, dass ich bloß deshalb Friedhelm dann so schnell geheiratet hab, dass ich zu ihm gesagt hab: »Eigentlich könnten wir auch heiraten«, und er: »Meinst du?«, von ihm wär da nie was gekommen, und einer musste es ja mal in die Hand nehmen. Aber ich war mir auch total sicher, dass er der Richtige ist, ich hab gedacht, ich hab den besten Mann der Welt. Da hatte ich dann auch gerade angefangen zu arbeiten, und nun konnts losgehen mit dem eigenen Leben. Da war ich ja nun Verkäuferin geworden, ausgerechnet das, was ich nie machen wollte. Aber für was anderes hätte ich noch ein Jahr warten müssen, und meinen Eltern noch weiter auf der Tasche liegen oder gar noch zwei Jahre EOS in Anklam – das wollten die Lehrer ja unbedingt, dass ich zur ERWEITERTEN OBERSCHULE geh, wie das hieß – das ging ja nun überhaupt nicht, da hätt ich mir aber was anhören können.

»Du möötst joo nu irgendwat mooken«, hat meine Mutter bloß gesagt, aber ich war ja viel zu spät dran in dem Jahr, ich hatte mich ja auf den Kindergarten verlassen und ewig nicht entschieden, weil ich auch nicht wusste, wie ich Pastor Maltzahn das nun beibringen soll. Kein Arsch in der Hose. Und dann war die Kacke am Dampfen, dann gabs bloß noch Planstellen für Verkäuferinnen und Friseusinnen, und Friseuse ging auch nicht, denn das wurden ja nun wirklich bloß die allerletzten Sitzenbleiber, und ich mit meinem guten Zeugnis! Das wollte auch meine Mutter eigentlich nicht, aber die hätt das nicht so schlimm gefunden, Hauptsache, ich wurd überhaupt irgendwas. Aber dann sagten sie, dass sie dieses Jahr sowieso bloß Achte-Klasse-Schüler nehmen, ich war also sozusagen überqualifiziert, wie sie das heut so nennen. Tja, und da blieb bloß noch Verkäuferin. »Aber ick verkauf keine Wurst!«, hab ich gesagt.

Gelernt hab ich dann bei Foto-Optik, und das hat mich erst mal angekotzt, weil mich das erst nicht die Bohne interessierte, und ich hatte auch kein bisschen Ahnung davon, Kameras und Uhren und so. Außerdem hatte meine Chefin mir gleich gesagt, dass sie mich nach der Lehre nicht übernehmen kann, dass ich dann woanders hinmuss. Da hab ich erst recht nicht eingesehn, wozu. Aber irgendwie musst ich die drei Jahre ja rumkriegen, und mit der Zeit hab ich mich da ganz wohl gefühlt. Son kleiner, dunkler Laden, nicht viel los, so dass ich Zeit hatte, das ganze Sortiment zu studieren und mir erklären zu lassen. Wenn die Chefin nicht da war, die ist oft zum Friseur oder einkaufen, das hat die richtig ausgenutzt, dass sie nun einen hatte für den Laden, die hatte auch gleich großes Vertrauen in mich, konnt sie ja auch haben, also wenn sie weg war, hab ich oft nur aus dem Fenster geguckt. War ja mitten in der Stadt, und Leute hab ich ja schon immer gern beobachtet, schon als meine Mutter mich als Kind mit in die Stadt genommen hat, das fand ich immer toll. Die ganzen Menschen, und keinen kannte man, nicht so wie aufm Dorf, wo man schon von weitem sehen konnte, da kommt Beschke oder da torkelt Karlchen Kröwer lang. Einmal, als ich bei unsern Verwandten in Petershagen bei Berlin über die Ferien war, sind die mit mir auch in den Berliner Tierpark gegangen und dachten, das wär nun aber was für mich. Wars auch, bloß dass ich die ganze Zeit nicht die Tiere, sondern die Menschen angeguckt hab, die vielen, vielen Menschen. »Nu kiek dir ma nich fest, dat gehört sich doch nich, kiek doch ma lieber hier die schönen Tiere …« Aber ich konnt mich nicht von den Menschen losreißen. Das hat meine Tante noch Jahre später jedem erzählt, das konnte die gar nicht fassen, wie man so stur sein kann.

Und dann stand ich da hinterm Schaufenster und hab wieder bloß die Menschen angeguckt, wie in nem Stummfilm, und um mich rum die ganzen Uhren, tick tack tick tack, das hab ich bald gar nicht mehr gehört, nur wenn sie dann alle gleichzeitig anfingen zu schlagen, da hat die Chefin ja penibel drauf geachtet, dass die alle richtig gingen, wenn das dann ding dong ding dong in den verschiedensten Tönen ging, dann wusst ich, dass wieder eine Stunde rum war. »Mensch, die Zeit vergeht!«, hat meine Chefin dann immer gesagt, aber ich hab das damals gar nicht so empfunden. Und heute sagt man das selber, und dabei hab ich dann manchmal die ganzen Uhren in dem Laden vor Augen, tick tack tick tack.

Kunden kamen gar nicht so viele, jedenfalls nicht im Vergleich zu SCHUHE oder KURZWAREN später, wo sie einem ja fast die Bude eingerannt sind manchmal. Wenn in der Ladentür das Schild hing WEGEN WARENANNAHME GESCHLOSSEN, dann haben sich manche schon mal vorsichtshalber davorgestellt, um ja die Ersten zu sein, auch wenn das dann noch zwei Stunden dauerte. Das waren immer aufreibende Tage. Einerseits hat man sich ja gefreut über die ganze neue Ware, und das Beste konnte man sich gleich selber einheimsen, das haben wir dann erst mal nach hinten gelegt. Aber dann musste das alles gezählt werden, dieser ganze Kleinkram, Garnrollen und Knöpfe und alles, und oft stimmte das nicht, die hatten uns oft weniger geschickt.

Und draußen standen schon die Leute und murrten, wie lange dauert das denn noch. Manchmal waren wir dreist und haben die Uhr auf dem Schild zwischendurch noch eine halbe Stunde weitergedreht und uns hinten erst mal nen Kaffe gekocht. Da wollten die ja draußen fast verrückt werden und haben an die Scheiben gekloppt, aber das hat uns gar nicht gejuckt. Aber irgendwann mussten wir ja aufmachen, und dann ging das los, das Gedrängel, die haben sich da bald in die Haare gekriegt, und die Schlange bis zum nächsten Haus, wegen Wolle! Das glaubt doch heut keiner mehr.

Einmal hab ich richtig Mist gemacht, aber das musst ich dann auch selber ausbaden. Eine Frau war einfach ohne zu bezahlen gegangen, ich hab das gar nicht mitgekriegt. Ich geb ihr den Beutel rüber und wünsch ihr noch ein schönes Wochenende, ich kannte die sogar, und ich hab das nicht gemerkt, weil schon die Nächste drängelte und bedient werden wollte. Erst abends, bei der Abrechnung, ist mir das aufgefallen, und ich wusste auch sofort, wer. Und ich hab geheult, weil ich das ja dann aus meiner eigenen Tasche bezahlen musste, und die hatte nicht wenig mitgenommen. Aber wohl mehr noch, weil ich das nicht verstehen konnte: wie man so dickdreist sein kann. Die kam dann auch eine ganze Weile nicht, aber irgendwann doch wieder, und wer ist rot geworden? Ich!

Bei Foto-Optik war das nie so stressig, das war ja auch alles relativ teuer, das meiste, was wegging, waren Kassettenfilme, schwarzweiß, die Technik gibts heute gar nicht mehr. Das war eigentlich ein gutes System, und erschwinglich. Ich hab Romy später auch so eine kleine Kinderkamera geschenkt, die war vorne aus so rosa Plaste, gabs auch noch in gelb und blau, aber ich dachte rosa, für ein Mädchen, und die hat da viel mit fotografiert.

Oft kamen so ältere Herren, und die waren immer sehr nett zu mir, »na, Mädchen«, haben sie gesagt, oder: »na, Fräulein«, haben Sie denn auch das und das heute. Die wollten dann ganz bestimmte Sachen, Filter oder Entwickler oder Fotopapier, da musste man schon Ahnung haben. Und da kam dann mein Ehrgeiz wieder durch. Ich hab mir die Bedienungsanleitungen mit nach Hause genommen und studiert, und je mehr ich mir angelesen hatte und über die verschiedenen Kameras wusste, desto interessanter fand ich das, ich konnte die Kunden dann auch richtig beraten, so dass mich sogar meine maulige Chefin gelobt hat, »Mensch, Sonja, wie du dat so machst!«.

Unser Fotograf, der die Filme für die Kunden entwickelt hat, hat einmal mit einer angeblich kaputten Mittelformatkamera, die ein Kunde zurückgebracht hatte, auch Fotos von mir gemacht und mich dann zu sich ins Labor gerufen, als er den Film entwickeln wollte. Dabei hat er mich dann auch ein paar Sachen alleine machen lassen, das fand ich faszinierend, da wär ich dann am liebsten auch Fotografin geworden. »Schön schwenken, immer schön sachte schwenken!« Und da schwamm dann plötzlich mein Gesicht im Entwicklerbad, und ich guckte ganz ernst, auf dem Bild und auch so, glaub ich, ich war ja hochkonzentriert, und ich schwenkte und schwenkte, und ich wurde immer deutlicher und deutlicher, und schwupp, genau im richtigen Moment, ohne dass Herr Holle was gesagt hatte, zog ichs raus und ab ins Fixierbad. Der Holle hat mir ganz anerkennend zugenickt, »Mensch, Fräulein Stöwsand«, und mir die Fotos geschenkt. Und alles während der Arbeitszeit.

Einmal hab ich mich getraut, ihn zu fragen, ob er verheiratet ist, wegen dem Namen, weil ich das ja lustig gefunden hätte.

»Nein«, hat er gesagt, und dann: »Frau Holle ist schon im Himmel.«

Da musst ich später immer dran denken, wenn ich ihn getroffen hab, und er ist stehen geblieben und hat sich gefreut, mich zu sehen, und mich gefragt, wies mir geht. Ich hab ihn das nie gefragt, ich musste immer an seine Frau Holle denken.

Wenn Romy sich diese Fotos anguckt, sagt sie: »Mama, da siehst du am schönsten aus.« Ich weiß nicht. Damals fand ich die viel zu ernst. Da hatte ich eigentlich gar keinen Grund dafür.

Der Ernst des Lebens, na, der war noch gar nicht da. Da gings ja noch hauptsächlich dadrum, sonnabends schwofen zu gehen und einen abzukriegen und ansonsten bis nächsten Sonnabend die Arbeit oder, noch schlimmer, die öde Berufsschule zu überstehen. Da hatte man schon immer sonntags abends schlechte Laune, wenn man an die erste Stunde montags gedacht hat, Warenkunde oder so was. Oder da hatten wir auch so komische Sachen wie Elektronische Datenverarbeitung, und hat ja damals kein Mensch gewusst, wozu, die Technik dafür hatten wir noch nie in echt gesehen, Computer, das konnte sich gar keiner vorstellen, das hat man stur auswendig gelernt. Und weil da keiner dran denken mochte, hat auch keiner sonntags abends noch die restlichen Hausaufgaben gemacht, sondern da wurde sich erst mal in den Gemeinschaftsraum gehockt und der Krimi geguckt, und das mit dem morgens dann früher Aufstehen, das wurd natürlich nie was. Bloß ich bin meistens früher hoch, oder zumindest gleich wenn der Wecker geklingelt hatte und die andern ihre fetten Ärsche noch mal rumdrehten im Bett. Bloß weil ich nicht wollte, dass die mich beim Waschen sehen, und da hatte ich den Waschraum dann noch für mich alleine. Zwar haben die sich dann auch dadrüber mokiert, dass ichs wohl gar nicht erwarten könnt, aber wenigstens nicht über meine Figur, dass da ja nun gar nix dran wär, das ging ja schon zu Schulzeiten immer so, »kein Arsch und kein Tittchen, sieht aus wie Schneewittchen«, haben die Jungs gerufen. War ja auch so, und ich sah ja wirklich n bisschen wie Schneewittchen aus, mit den dunkelbraunen Haaren bis zum Hintern und die blasse Haut. Und die andern, besonders dann die in der Berufsschule, waren so richtig dicke Dorfplautschen, mit achtzig Doppel-D und nem Arsch wien Drei-Taler-Pferd, da haste schon genau gesehen, wo das mal hinführt, die würden mal nicht anders aussehen als ihre Mütter, bei denen die bunte Kittelschürze überm Bauch schneerte, und die dicken Fleischerarme passten grad mal so durch die Ärmellöcher.

Und nun guck dir heute die dicke Roswitha Rohalla an, wie ihre Mutter, die blaart auch genauso mit ihren Gören rum. Und versauert in ihrem Neubau. Aber damals, da war sie dicke da, im wahrsten Sinne. Da war sie ja so was wie unsere Obermackerin, das hat sie sich nicht nehmen lassen, da das Zepter zu schwingen. Sieht man schon auf den Bildern, wie sie da mit ihrem dreisten Grinsen über uns thront.

»Wer ist das denn?«, hat Romy gefragt. »Ist die etwa auch Verkäuferin geworden?« Ich glaub, das wär für sie der blanke Horror gewesen, sich von der was verkaufen lassen zu müssen. Aber ist sie ja geworden, Verkäuferin, wenn auch man grade so, und die haben sie dann in den EISENWAREN gesteckt, und das wollt nun wirklich keiner machen, das war noch schlimmer als KURZWAREN, die ganzen Schrauben zählen. Da tat sie mir dann fast leid, und ich hab sie paarmal besucht, obwohl ich sonst eigentlich auch Schiss vor ihr hatte, aber ich glaub, die mochte mich ganz gerne, gerne geärgert hat sie mich natürlich auch. »Na, Sonja.« Wenn sie so schon ankam mit ihrem breiten Grienen. Dann hatte sies meistens auf mich abgesehen. Besonders einfallsreich war sie aber nicht. Ging immer bloß darum, dass ich ja n bisschen mickrig aussehe und n bisschen blass bin und ob ich denn nun schon nen Freund hab und so, da hat sie bei allem natürlich immer sich als Maßstab genommen. Und gleich hinterher die Frage, ob ich sie die Hausaufgaben abschreiben lass, da hat die sich gar keinen Kopp gemacht. Die wusste ja auch, ich lass sie abschreiben, öfter hat sie denn bloß noch gesagt, »eh, gib ma deine Hausaufgaben her«, und ich hab sie ihr gegeben, hätt ich nee sagen sollen? Na, dann hätt ich aber für den Rest der Lehrzeit nix mehr zu lachen gehabt. Das konnte die überhaupt nicht ab, wenn einer mal nicht so wollte wie sie, wenn sich mal einer widersetzt hat. Sogar die Lehrer hatten teilweise Manschetten vor der. Die ist immer irgendwie durchgerutscht, obwohl die faul war wie nur was, ich hab die nie was lernen sehen. Aber jede Woche n andern Kerl. Weshalb die sich dann letztendlich auch gar nicht so unwohl gefühlt hat da im EISENWAREN, da hatte sie ja hauptsächlich mit Männern zu tun.

Einmal, wie ich sie besucht hab und schon anfing mit »Mensch, Roswitha«, und sie bedauern wollte, grient die mich an und sagt: »Weißte, ick hab hier einen uffgegabelt, aber picobello, sag ick dir!«

Und dass das was Festes wär und sie den vielleicht sogar heiraten würd. »Mensch, Roswitha«, sag ich.

Und wie ich dann paar Wochen später wieder hinkomm, da wollt ich nämlich sogar was kaufen, ich glaub, nen Hammer, weil ich da grade mein Zimmer gekriegt hatte, sagt sie: »Soll ick dir wat sagen, Sonja? Ick hab mir hier einen angelacht, aber ganz picobello, sag ick dir!«

Und ich denk, na, das ist dann wohl wirklich mal was Festes, wenn sie immer noch so von dem schwärmt, und sag bloß so, »na, haste mir ja letztens schon erzählt«, und da sagt die doch: »Ach, Quatsch, Sonja, der doch nich mehr! Dat war doch nix. Aber der hier, der sagt, der liebt mir wirklich. Aber davor hatt ick noch n andern, der war uch nich verkehrt, bis uff dat er immerzu mit mir int Bett wollt, dat wurd mir denn zu viel, ick mein, man is ja uch kaputt von dat Rumstehn hier den ganzen Tach ...«

Solche Sorgen hatte ich ja nun nicht. Eigentlich wollte ich gar nichts »Festes«, oder na doch, schon, aber ich hatte auch immer Angst um meine sogenannte Freiheit, ich wollte mich nicht einengen lassen, jedenfalls nicht so früh. Eigentlich fand ich das klasse, alleine zu sein. Die Jungs, die ich hatte, die man so kennenlernte auf Disco, das hielt ja immer alles bloß von zwölf bis Mittag, wirklich gewollt hab ich keinen von denen, und mehr als Händchenhalten und n bisschen rumknutschen war da ja auch nicht. Und das war mir dann schon zu viel, wenn die dann ständig ankamen bei mir zu Hause oder später manche auch im Laden, da fand ich die alle doof.

Einmal hatt ich einen kennengelernt, in Anklam, in der MELODIE, der hatte nen weißen Anzug an, und meine Freundin wurd vor Neid grün und gelb, als der mich dann zum Tanzen aufforderte. »Mensch, Sonja, du kannst ein Glück haben«, sagte die nachher. Ich glaub, bloß deswegen hab ich dem dann gesagt, wo ich arbeite, ich dachte doch nicht, dass ich den noch mal wiederseh. Aber der ist dann tatsächlich zu mir in den Laden gekommen, ich war grade hinten und hörte bloß, wie einer fragte: »Ist Fräulein Sonja da?«

Fräulein Sonja!, ich dacht, ich werd nicht wieder, und meine Chefin rief denn auch, »Sonja!«, und da stand er dann in seinem weißen Anzug und fragte, ob wir mal ins Kino gehen wollen. Da wollt ich schon nicht mehr, aber ich hab ja gesagt. Und meine Chefin hat sich richtig für mich gefreut. Und dann kam der Tag mit dem Kino und ich also hin, und ich sah ihn schon von weitem davor warten, und wieder in diesem unmöglichen weißen Anzug, und mir wurd heiß und kalt zugleich, und jeder Schritt fiel mir schwerer, meine Füße das reinste Blei, als wenn ich zum Schafott müsste. Plötzlich war mir alles egal. Ich drehte mich aufm Hacken um und bin weggerannt, war mir scheißegal, was der von mir dachte. Aber der kam mir ja noch hinterher.

»Sonja«, hat er gerufen, »bleib doch mal stehen!«

Aber ich blieb nicht stehen, hab mich bloß umgedreht und geschrien: »Geh weg!« Ich war wütend, richtig fuchtig war ich. Was die Leute wohl gedacht haben!

Aber das war immer so: Sobald ich einen hatte, wollt ich den auch wieder loswerden. Wenn ich Romy das erzähl, findet die das unmöglich, wie ich denn bloß so herzlos sein konnte. Besonders, als ich meinen beiden Freundinnen hinternander die Freunde ausgespannt hab, obwohl mir gar nix an denen lag, der eine war sogar richtig häßlich. Aber ich hatte gemerkt, dass ich Schlag bei denen hab, und das hab ich dann einfach ausgenutzt, ich hätt ja selber nicht gedacht, dass das so leicht geht. Ich hatte dann auch kein schlechtes Gewissen, ich hab gedacht, wenn die sich so schnell ablenken lassen, dann taugen die sowieso nix. Ich glaub, ich kam mir noch geradezu edel dabei vor, dass ich den beiden nun gezeigt hätte, was ihre Dämlacks von Freunde wert sind. Aber das gab natürlich Knatsch. Da war denn erst mal Funkstille zwischen uns, ziemlich lange, das war meine Strafe, und da hab ich erst mal überlegt, ob ich da nun vielleicht doch n bisschen zu weit gegangen war.

Das renkte sich dann zwar wieder ein nach ner Weile, aber die halten mir das heute noch vor, besonders Rosi, ich glaub, die hat den wirklich geliebt, den Häßlichen, ich wusste gar nicht mehr, wie der hieß, bis sie mal gesagt hat: »Aber dat mit Detlef damals, nee, Sonja, dat war nich schön ...«

Detlef! Genau. Das ganze Gesicht voller Pickel, und dann noch diese dicke Brille, ich glaub, der hat auch geschielt. Der war dann richtig traurig, als ich ihm gesagt hab, »du, ich glaub, das geht doch nicht so mit uns«.

»Wieso nicht?«, hat er gefragt, »wieso denn nicht?«, immer wieder, und ich sollt ihm doch den Grund sagen. Aber das konnte ich ihm doch nun auch nicht antun. Da hab ich dann gesagt, ich hab n andern.

»Wen denn?«, hat er dann noch wissen wollen, das war vielleicht ne Klette.

»Kennst du nicht«, hab ich gesagt.

Kurz dadrauf hab ich dann wirklich Friedhelm kennengelernt, und das war gleich was ganz andres. Der war der Erste, der saubere Fingernägel hatte, das ist mir gleich aufgefallen. Bei den andern waren die ja öfter so schwarz, als hätten sie Mutters Garten damit umgewühlt, nee, das konnt ich überhaupt nicht ab. Wenn einer dreckige Fingernägel hatte, den hab ich gleich wieder abgestoßen.

Und jetzt: Kommen diese jungen Mädchen zu mir und erzählen mir von ihren Jungs-Erlebnissen. »Frau Plötz, wir müssen Ihnen ma wat erzählen ...« Und dann kommt irgendeine Kleinigkeit, der hat mich angeguckt, mit dem war ick drei Tage zusammen, mit dem davor aber fast zwei Wochen, und zu Anfang hab ich immer drauf gewartet, dass die mal zum Punkt kommen, ich dachte, das muss ja nun wunder was Wichtiges sein, wenn sie dir das schon erzählen. Bloß da kam nix weiter, das wars. Aber war man nicht früher genauso? Ich hab meiner Oma das alles erzählt, die war immer auf dem Laufenden mit meinen ganzen Liebesgeschichten, na, so viele waren das ja nicht. Die hat auch richtig mitgefiebert und blieb so lange wach, bis ich von der Disco kam, und dann musst ich ihr alles brühwarm erzählen. Ich glaub, ich hätt sonst gar nicht gewusst, wohin. Meine Freundinnen hatten mit sich selber zu tun.

Ich glaub auch, die Mädchen, die erwarten gar nicht, dass ich da großartig was zu sag, nur zuerst hab ich mir da immer n Kopp drum gemacht und gedacht, dass die mir vielleicht was ganz andres sagen wollen, wirkliche Probleme, und sich nun bloß nicht trauen, und dann hab ich mir Vorwürfe gemacht, dass ich die nicht versteh und so, und hab das alles Romy vorgekaut, bis die gesagt hat: »Mensch, Mama, das sind doch nicht deine Kinder!«

Na, da hatte sie ja was gesagt! Da hatte ich denn ja erst n schlechtes Gewissen. Ich hab gedacht, wenn Romy nun was hat, und ich merk das nicht, weil ich bloß noch mit meinen Jugendlichen zu tun hab.

»Romy, du sagst mir doch, wenn was is, ne?«, hab ich da schnell gesagt, und sie: »Was denn?«

Und dabei hat sie mich so misstrauisch angeguckt, dass ich gedacht hab, mein Kind hat wirklich ein Problem und sagt mir das bloß nicht.

»Romy, du weißt doch, dass du mit mir über alles reden kannst, oder?«

Da hat sie denn bloß mit den Augen gerollt, aber ich hab nicht lockergelassen. »Romy!«

»Ja doch!« Und dann ist sie einfach aufgestanden und in ihr Zimmer, das war ja nicht zum Aushalten.

»Romy, bitte!«, hab ich ihr hinterhergerufen, und dann ist sie tatsächlich zurückgekommen, hat mich ganz ernst angeguckt und gesagt: »Sag ma, Mama, hast du irgendein Problem heute?«

Einmal gabs aber wirklich ne schwierige Situation, da kam Jacqueline Bölschow zu mir und fragte, ob sie nachher, wenn die andern weg sind, mal mit mir reden könnte. Da war ich erst mal schon von den Socken, weil die doch sonst immer die große Klappe hatte und sich von mir gar nix sagen ließ. Sie hat sich dann auch bis zum Schluss da rumgedrückt, und ich hab gefragt: »Na, Jacqueline, worum gehts denn?«, und sie hat gesagt: »Um meine Freundin.«

»Welche denn?«, wollt ich wissen, aber da sagt sie, das darf sie nicht sagen. Das kam mir schon komisch vor. Aber bis ich ihr dann alles aus der Nase gezogen hatte, das dauerte noch ne Weile, so hatte ich die noch nie erlebt. Jedenfalls, ihre Freundin hätte das erste Mal mit einem Jungen geschlafen und nun panische Angst, dass sie schwanger sein könnte.

»Haben die denn nich, na – verhütet?«, frag ich, und sie: »Weiß ick nich – nein.«

Mir schwante schon was. Aber ich konnte ihr doch nun nicht ins Gesicht sagen, dass ich glaub, dass sie selbst diese Freundin ist.

»Wat würden Sie denn jetz machen?«, fragt sie mich, und ich merk schon, dass sie dem Heulen näher als dem Lachen ist.

»Abwarten«, sag ich. Da guckt sie mich an, als wär ich verrückt geworden.

»Du kannst da jetzt erst mal sowieso nix machen«, sag ich, und dann fällt mir ein, dass es ja um die Freundin geht und sag dann noch schnell: »Und deine Freundin auch nicht.«

Und dass man erst gucken muss, ob man seine Regel bekommt oder nicht, aber dass sie das ja selber weiß und so weiter, und dann guckt sie mich wieder so an und nickt dann bloß und sagt: »Danke.«

Ich kam mir vielleicht belämmert vor. Das Blödeste war, so blöd ist man ja manchmal, dass ich denn auch noch stolz auf mich war, dass die so ein Vertrauen zu mir hatte, im Ernst. Aber was ich da nun eigentlich machen sollte ... Ich meine, das Mädel war erst vierzehn, und ich hab mir vorgestellt, wenn nun Romy mit so was ankäme, was würd ich denn da machen? Hatte ich sie überhaupt richtig aufgeklärt? Ich konnte mich gar nicht erinnern. Mit vierzehn waren wir damals noch halbe Kinder.

Sind die ja heute auch noch, aber manchmal denk ich, die sind gar nicht richtig jung. Das Schlimme ist, dass du bei denen heute schon siehst, die werden wie ihre Alten. Und nicht bloß, weil sie nix andres können, die wollen auch gar nix andres. Neulich kommt Berndi zu mir und sagt: »Wissen Sie wat, Frau Plötz, ick hab jetz ne neue Freundin.«

Und ich freu mich für ihn, weil er ja nun so lange seiner Verflossenen nachgetrauert hatte, und seine Mutter hatte ihm auch die ganze Zeit damit in den Ohren gelegen, warum er die denn nicht behalten hätte, die war doch son nettes Mädchen und hat auch immer geholfen und alles, und wie ich denn mal Berndi fragte, warum er sie dann nicht behalten hätt, sagte er, dass eine von der Sorte ihm reicht, nämlich seine Mutter.

»Dat ging nich, Frau Plötz, ick hab die geliebt, aber die hat mir sogar gesagt, wat ick anziehn soll und dat meine Schuhe dreckig sind und son Scheiß, da konnt die sich drüber uffregen, den ganzen Tach lang!«

Und wie er mir dann das von seiner Neuen erzählte, sag ich so: »Na, Berndi, dann biste ja jetz glücklich, wat?«, aber da sagt er: »Nee, Frau Plötz, ick glaub, meine Mutter mag die nich, und denn geht dat ja uch wieder nich. Die lässt sich bloß bedienen, sagt meine Mutter, und dat stimmt uch. Dat is jetz bloß ma so zwischendurch, glaub ick, dat is nix Richtiges. Sagt meine Mutter ja auch.«

Ich wusst gar nicht, was ich dazu sagen soll. Tja, wenn Mutti das sagt ... Genauso mit der Musik. Die ist ja so von der Sorte, wo Romy sagen würde, dass sich einem da die Zehnägel hochkrempeln. Das ist ja manchmal selbst mir zu viel, und dabei hör ich gerne mal n satten Schlager. Aber das geht bei denen in einer Tour mit Wolfgang Petry und wie die alle heißen, ich dacht, ich spinn, wie die da mal so ne CD mit Schlager rauf und runter reingelegt haben.

»Sagt mal, das is doch nich euer Ernst, oder?«, hab ich gefragt, ich dachte, die wollen mich verarschen. Da haben sie mich ganz groß angeguckt und gefragt: »Wieso?«

»Na, dat hört sich ja an, als wenn ihr euch an der Plattenkiste von euern Eltern vergriffen habt!«, sag ich, und dadrauf Sabrina: »Joo, meine Mutter hört dat uch gerne.«

Na lass sie, dacht ich, immer noch besser, als wenn sie hier mit ihrem rechten Zeug ankommen. Das hatten sie ja erst auch versucht. Da gabs aber keine Diskussion.

»Gibts nich«, hab ich gesagt, »pack gleich wieder ein!« Mir wird wirklich schlecht bei so was, manchmal kann ich das schon nicht hören, wenn die nur ›Deutschland‹ oder ›deutsch‹ sagen.

»Außerdem ist es verboten, und ich will mich hier nich strafbar machen«, das fiel mir zum Glück noch dazu ein, als sie aufmucken wollten.

»Nu hörn Sie sich das doch erst ma an ...« Und dann hielten sie mir so die CD hin, aber ich mochte die nicht mal anfassen. »Pack weg«, hab ich gesagt, »bei mir landet das sonst gleich im Müll.«

»Dat dürfen Sie gar nich, dat is ja mein Eigentum.«

Da hats mir gereicht. »Ich kann ja ma die Polizei herbestelln, und denen kannst du denn mal was über dein sogenanntes Eigentum erzählen!« War natürlich n bisschen hart von mir, und ich dacht, jetzt springt er mir gleich an die Gurgel, Maik Börner war das, mit dem ist öfter nicht gut Kirschen essen.

»Wenn Sie dat machen ...«

»Ja, was dann?« Bisschen Schiss hatt ich schon, aber da musst ich jetzt durch. Einmal konsequent sein, Sonja, hab ich gedacht. Wenn du das schon bei deinem eigenen Kind nicht konntest, dann wenigstens jetzt, und die hier habens auch nötiger. Er hat dann aber gar nix weiter gesagt, Maik Börner, sondern ist bloß raus und hat die Tür hinter sich zugeknallt.

Im Nachhinein denk ich, dass das vielleicht nicht so clever war von mir. Ich mein, das einfach zu verbieten. Aber wie ich das hörte, hab ich rotgesehen, ich dachte bloß, nicht bei mir, weil bei der Nielich durften sie das ja anscheinend alles, die hat sich doch gar nicht dadrum geschert. Hauptsache, die hatte ihre Ruhe. Und nun komm ich auf einmal und sag, das geht nicht, ist ja klar, dass denen das nicht in Kram passt. Aber ich glaub, die wollten auch einfach mal sehen, wie weit sie gehen können bei mir. Trotzdem hätt ich vielleicht erst mal mit denen reden sollen. Aber bringt das was, das ganze Reden? Das geht doch hier rein, da raus. Und was hätt ich denn sagen sollen? Dass Hitler ein Schwein und der größte Verbrecher war, dass sie doch mal an die ganzen Juden denken sollen in den KZs und ob sie sich denn nicht schämen? Da lachen die sich doch tot. Da kommen sie dann nur wieder mit ihren Ausländer-Parolen, dass die Ausländer sich hier breitmachen, dass die Ausländer ihren Eltern die Arbeitsplätze wegnehmen und so weiter.

»Sagt mal, glaubt ihr das wirklich?«, hab ich da mal ganz entgeistert gefragt, und ob sie denn überhaupt schon mal einem direkt begegnet wären, aber da haben sie bloß gesagt: »Na ja, gehn Se doch mal durch Anklam, nur noch Kanacken!« Was der reinste Blödsinn ist. Da sieht man höchstens mal einen ausm Asylbewerberheim, die aus Togo, und die nehmen nun wirklich keinem was weg, im Gegenteil, die können einem leidtun. Die langweilen sich hier doch zu Tode. Einer spielt jetzt bei Lok Anklam, und der ist gut, sagt sogar Friedhelm. Aber der hat kein bisschen Akzeptanz, wenn der spielt, brüllen die eigenen Fans: »Wir brauchen keine Affen!« Fragt sich bloß, wer hier die Affen sind. So viel Borniertheit, das hält man nicht aus. Aber du kriegst das nicht raus aus die ihren Köpfen, das seh ich ja schon bei meinen eigenen Brüdern, und wie sollen denn da die Kinder sein. Meine Jugendlichen hier, die haben das doch auch nicht von ungefähr, die können einem eigentlich auch bloß leidtun. Und ob ich da nun was sage oder nicht.

Ach, manchmal denk ich, ein bisschen hilft es doch. Bild ich mir vielleicht auch bloß ein. Aber wenn mal einer nicht in die gleiche Kerbe haut wie alle andern um sie rum, wenn einer mal sagt: stopp, vielleicht macht das schon was aus. Denn die mögen mich ja auch, die haben mir sogar Rommé beigebracht, da mussten die ganz schön Geduld mit mir haben, aber die wollten unbedingt, dass ich mitspiel. Vielleicht, damit sie einen haben, der immer verliert. Und die fragen mich ja auch ständig nach meiner Meinung über alles Mögliche. Vielleicht auch bloß, damit sie sich dadrüber kugeln können, was die Alte so von sich gibt. Aber wenn dann nur mal einer von denen für zwei Sekunden drüber nachdenkt, da hätt ich schon was gewonnen. Aber dann gehen sie nach Hause und hören sich ihre Scheiß-Musik an und nächstes Mal steh ich wieder vor dem gleichen Berg von Dummheit, vor dem gleichen Misthaufen, und such vielleicht die Nadel dadrin, das letzte bisschen Verstand.

Aber den saufen sie sich auch noch weg. Was die so konsumieren, schon bloß allein das Bier, da wundert man sich, dass da noch keiner an Alkoholvergiftung eingegangen ist. Aber das ist ihr ganzer Stolz, wie viel sie am Wochenende wieder in sich reingekippt haben und was sie dabei dann für Scheiße gebaut haben. Einmal grient Toffi mich an und sagt: »Mann, Frau Plötz, ick hab Sonnabendnacht zu Hause den ganzen Perserteppich von meine Eltern vollgekotzt!«

Und ich, naiv, wie ich bin, frag noch ganz erschrocken: »Mensch, Toffi, wat hattest du denn?«

»Ach, gar nix, bloß fast ne ganze Flasche Sauern Appel gebechert!«

Als ich das Romy erzähl, sagt die bloß: »Na, da siehste doch schon, dass die nich ganz rund laufen!«

»Ach Mann, Romy«, sag ich, »die können einem doch leid tun. Keiner besäuft sich ohne Grund.«

»Das mein ich ja«, sie dadrauf. »Keiner besäuft sich ohne Grund mit Saurem Appel.«

Hat sie vielleicht auch wieder recht. Und jetzt fiebern sie schon Halloween entgegen, obwohl das noch über einen Monat hin ist. Da brauchen sie sich aber gar nicht drauf spitzen. Das gibts bei mir sowieso nicht, Halloween. Was soll das überhaupt sein, da gehts doch bloß um Leute Erschrecken und böse Geister, das ist doch schon bald Okkultismus, und das soll man nun auch noch feiern. Und ausgerechnet am Reformationstag. Horrorfilme wollten sie da gucken, und Anne sagte zu mir: »Da kann ick denn wieder gar nich einschlafen nach«, und ich frag sie, warum sie sich denn dann so was anguckt, und da zuckt sie bloß mit den Schultern. »Na ja, die andern gucken doch auch.«

»Also, das kommt gar nich in Frage«, hab ich gesagt. Ich kann doch nicht jeden zweiten Mittwoch zu meinem Bibelgesprächskreis rennen und dann mit der Jugend Halloween feiern. Ich wollt aber nun nicht lang und breit mit denen dadrüber debattieren, ich hab einfach gesagt: »Wir machen ein Herbstfest.« Und zwar eher, wenn das Wetter noch einigermaßen ist, dann brauchen sie sich nicht mehr so lange langweilen, vielleicht können wir sogar noch grillen. Ach, ich versteh sie ja auch. Ist ja sonst nix los hier. Das Dorffest übernächstes Wochenende wird ja wohl auch eher ne lahme Veranstaltung werden, da mag auch keiner einen Finger für krumm machen, Hauptsache gibt Bier und Braunen. Na ja, Besäufnis war das schon immer, erst recht zu unsrer Zeit damals, aber wenigstens waren das noch richtige Feste, da ist das ganze Dorf hingekommen, und meine Mutter hat sich in Schale geworfen und ist mit ihren dünnen Trittchen durch die Modder.

Einmal haben sie Pastor Maltzahn besoffen gemacht, da war ich aber noch ziemlich jung und hab das hinterher nur so durch meine Alten mitgekriegt, wie die sich dadrüber aufgehalten haben. Und die hattens grade nötig. Das muss in dem Jahr mit dem großen Brand gewesen sein, als der Bullenstall brannte. Meine

Mutter hat mich wachgerüttelt und gesagt: »Stooh up, stooh up, de Bullenstall brennt!«

Weil wir wohnten ja gleich gegenüber, und die hatten Angst, dass das Feuer auf unser Haus übergreift, und dann musste ich bloß schnell die Stiefel anziehen und meinen Anorak über und dann nix wie raus, das war schlimmer als Gewitter, wo sie einen auch immer geweckt haben und alle Papiere zusammengesucht.

Frühmorgens war das, stockduster und eine eisige Kälte, mir blieb fast die Luft weg, auch wegen dem Rauch, der zu uns rüberzog. Das war mitten im Winter und an die minus zwanzig Grad oder so, die Schläuche von den Feuerwehren waren teilweise eingefroren, die kamen ja von überallher an mit Tatü-Tata, und dann konnten sie fast gar nix machen.

Wir dann im Galopp durch den Schnee an dem brennenden Stall vorbei, paar Häuser weiter zu einer Freundin von meiner Mutter, zu der Kahl, und ich seh noch die großen Flammen, das war wie im Traum, wenn man wegläuft und nicht von der Stelle kommt, der Stall wurd immer länger, und dann das Brüllen von den Tieren, und ich hatte grad zu der Zeit immer so einen Alptraum von einer Kuh, vor der ich weglaufen wollte und nicht konnte, und die kam immer näher mit ihrem großen Maul, das kam mir nun alles in Kopp und ich war wie gelähmt, meine Mutter musst mich ziehen, und ich dachte, wenn nun unser Haus abbrennt, dann ist der Aufsatz weg, den ich noch abends bis halb in die Nacht für Deutsch geschrieben hatte, dann war die ganze Arbeit umsonst, und ich krieg ne Fünf. Das war mein einziger Gedanke, und ich hab geheult.

Und dann seh ich, wie uns Pastor Maltzahn auf der Dorfstraße entgegengerannt kommt mit ner Mistforke, und schon ganz rot im Gesicht, und die Haare standen ihm noch vom Schlafen in alle Richtungen ab, und denn hielt der die Forke auch noch so, als ob er damit nun auf einen loswollte, und ich hab gedacht, das darfst du nicht denken, aber gedacht hab ichs doch, nämlich dass er einen ganz guten Teufel abgeben könnte, zum Fasching, aber er war doch der Pastor, und dann dacht ich, wenn jetzt unser Haus abbrennt, dann bin ich schuld, weil ich das über Pastor Maltzahn gedacht hab.

Das haben wir dann alles von der Kahl ihrem Haus aus beobachtet, wie die versucht haben, das Feuer zu löschen und die Tiere rauszutreiben, und unser Pastor ist immer wieder rein, mitten ins Feuer, und hat die Viecher mit seiner Mistgabel rausbugsiert, die sind ja bei so was nicht zu bewegen, die rennen ja direkt in die Flammen. Die haben sie dann alle rüber in die KfL-Werkstätten getrieben, wegen der Kälte. Aber richtig gewütet hat er da, Richard Maltzahn, und die andern Männer angetrieben und rumkommandiert, und die haben vor Schreck pariert. Das hätt dem keiner zugetraut von denen, die haben den ja vorher ganz misstrauisch beäugt, weil er nun ja auch noch von woanders war und Hochdeutsch sprach, na, und nen Pastor hat doch da sowieso keiner ernst genommen, höchstens die Alten. Aber danach hat ihm mein Vadder auf die Schulter gekloppt und n Schnaps gegeben. Da hat er denn dazugehört auf einmal.

Und dann haben sie ihn beim Dorffest noch mal hochleben lassen und ordentlich abgefüllt, dass er nicht mehr alleine nach Hause konnte. Vielleicht hat das da angefangen. Denn aufzuhören, das hat er nachher nicht mehr geschafft, und er war doch der Pastor, auch für die, die dann Richard zu ihm sagten. Und seine Tochter, die hieß Gerda und wurde meine beste Freundin. Die haben sie immer gepiesackt, die hatte ganz rote Haare und alles voller Sommersprossen, und die Bengels haben gerufen: »Rotes Haar und Sommersprossen sind des Teufels Artgenossen!«

Aber das hat ihr gar nix gemacht, oder zumindest hat sie sich nix anmerken lassen, denn gelitten hat sie, glaub ich, schon, aber das wurd mir erst viel später klar. Einmal haben sie mich in der Pause ins Lehrerzimmer bestellt. Was ich denn mit Gerda Maltzahn will. Ich hab erst gar nicht gewusst, was die meinen. Na, ich wär doch so ne gute Schülerin und so vorbildlich und will doch bestimmt mal in die Partei eintreten, da hätten sie gar keine

Bedenken, aber dann könnte ich doch nicht mit einer Pastorentochter befreundet sein, das würde ich doch bestimmt einsehen. Ich hab die bloß angestarrt.

»Sonja, wir möchten, dass du deine Freundschaft mit Gerda aufgibst.«

Ich weiß nicht, wie ich aus diesem Lehrerzimmer wieder rausgekommen bin. Aber seitdem hatte ich jedenfalls keine Bedenken mehr, wenn mein Vadder am Abendbrotstisch auf den Staat geschimpft hat, auf die »rote Saubande«. Seitdem war Gerda meine beste Freundin, und ich dachte, dass keiner uns jemals auseinanderbringt. Und ihr Vater hat mir das Schwimmen beigebracht, und sie haben mich mitgenommen zum Zelten am Kummerower See und an ihrem Geburtstag in die Operette nach Greifswald. Das war die Extraüberraschung von ihrem Vater, »jetzt fahren wir alle Mann nach Greifswald«, hat er gesagt, und sie hat sich so gefreut. Ich hab erst gedacht, ööhh, Operette, und dann war das so schön, das war das Schönste, was ich je erlebt hatte, und ich konnt gar nicht schlafen danach und war wie aufgezogen und hab das alles haarklein meiner Oma erzählt. Aber das war ihr irgendwie nix, sie hat dann bloß gesagt: »Na, nich dat du nuööwerkandidelst!« Und auf dem Rückweg vom Theater, das weiß ich noch, sind wir in ein Gewitter reingekommen, und da hatt ich immer Schiss vor. Son Auto hat doch keinen Blitzableiter, hab ich gedacht, wenn da nu der Blitz einhaut, aber ich hab nix gesagt und war ganz still. Und Gerdas Vater hat das wohl gemerkt und gesagt, dass wir keine Angst zu haben brauchen, und dann hat er uns das erklärt, warum der Blitz nicht ins Auto einhaut, nämlich dass das wie so ein Metallkäfig oder so ist, und dass wir ganz sicher sind, und wie er das so gesagt hat, da hatte ich auf einmal überhaupt keine Angst mehr. Erst später, weil die ja immer gesagt haben, dass der Trabi bloß aus Pappe ist, ist mir das noch mal eingefallen, und da dacht ich, wenn er nu nicht recht gehabt hätt, Pastor Maltzahn.

Gerda hat einmal ein Bild von mir gemalt, das sah richtig echt aus, da hab ich fast nen Schreck gekriegt, dass ich so ausseh, aber das stimmte. Sie konnte ja so gut zeichnen, da hat sie allen was vorgemacht, aber die dicke Mennig hat ihr trotzdem bloß immer ne Zwei gegeben. Da hab ich mich drüber aufgeregt, viel mehr als Gerda, die hat bloß gesagt, »lass doch«. Wenn wir zusammen was gezeichnet haben, war ich immer n bisschen neidisch, aber dann hab ich wieder gedacht, na egal, nützt ihr ja doch nix, in der Schule. Ging ja ständig alles bloß um die Schule. Aber nachmittags, wenn ich nicht grade alleine war oder Kaninchenfutter holen musste, dann war ich mit Gerda unterwegs, mit dem Fahrrad über die Dörfer, über alle Berge bis zum Dunkelwerden.

Als sie dann weggezogen sind, hatte ich schon andere Dinge im Kopf. Da bin ich mit Rosi und Marina los zur Disco, und Gerda durfte meistens nicht, und wir hatten sie eigentlich auch nicht so gerne dabei, weil sie immer früher als wir nach Hause musste, und einer musste sie bringen, und getanzt hat auch nie einer mit ihr, außer ich, und da tat sie mir immer bloß leid, da hatte ich irgendwie immer n schlechtes Gewissen, wieso eigentlich.

Wir haben uns noch länger geschrieben, und auch in den Briefen war sie gnadenlos ehrlich wie immer, und das war mir manchmal fast zu viel. Wie sie von ihrem Vater schrieb, dass er zu viel trinkt, dass er manchmal angetrunken in den Gottesdienst geht, dass er an zwei Sonntagen hinternander die gleiche Predigt gehalten hat. Dass sie nicht weiß, was sie machen soll.

Und was hab ich ihr geschrieben? Dass es mir gut geht, was nicht stimmte, dass ich oft an sie denke, was auch nicht stimmte, dass die Lehre mir Spaß macht, was erst recht nicht die Wahrheit war, und was die Wahrheit war, hab ich nicht geschrieben. Dass ich meistens alleine bin. Dass mir oft langweilig ist. Dass ich eigentlich keine Freundin mehr hab. Dass mein Vadder säuft, dass meine Mudder auch angefangen hat, dass mein Vadder meine Mudder grün und blau schlägt, dass ich zur LPG muss und sie krank melden. Dass ich nicht weiß, was ich machen soll.

Na ja, Gerda hat dann aufgehört, mir zu schreiben, aber auch nicht einfach so. Ihr letzter Brief war kaum ne halbe Seite lang, und sie hat sonst sechs oder acht geschrieben, das war für sie n Klacks, während ich mich immer mehr rumgequält hab, überhaupt zwei oder drei vollzukriegen. Sie hat da nix weiter geschrieben, als dass ihr Vater gestorben ist. Aber ›gestorben‹ hat sie nicht geschrieben. Sondern so, wie es war. Und er war Pastor. »Mein Vater hat sich letzten Mittwoch aufgehängt. Meine Mutter hat ihn gefunden, aber er war schon tot.« Und dass sie mir jetzt nicht mehr schreiben könnte, und ich soll nicht fragen, warum, und ihr auch nicht mehr schreiben.

JOHN & PAUL

UND WENN ALL DIE UNGLÜCKLICHEN MENSCHEN AUF DER WELT SICH VERSTÄNDIGEN
WIRD ES EINE ANTWORT GEBEN: LASS ES SEIN
AUCH WENN SIE GETRENNT SEIN MÖGEN GIBT ES IMMER NOCH EINE MÖGLICHKEIT
DIE SIE SEHEN WERDEN
ES WIRD EINE ANTWORT GEBEN: LASS ES SEIN

ROMY

Das werd ich nie kapieren, wo die ihre Klingel haben, vielleicht ist das die Wachlowski'sche Art, sich vor ungebetenen Besuchern zu schützen. Ich aber wurde wieder mal gebeten, was gar nicht nötig gewesen wäre, ein Wort hätte genügt, also: ein Name. Und während ich noch überlege, ob ich ihn vor mir selber aussprechen soll, geht die Tür auf.

»Ich hab dich gesehen, vom Fenster aus«, sagt Ella und lächelt ein bisschen verlegen. »Ich hab Kuchen gebacken. Muss bloß noch Guss rauf.«

Sie lässt mich vorgehen in ihr Zimmer, ich suche mir den roten Sessel aus, der, in dem Paul das letzte Mal gesessen hat, weshalb mir mein Hintern darin jetzt fast als unrechtmäßiger, na ja, Besitzer vorkommt, aber noch ist wohl nichts endgültig festgelegt.

»Der ist toll«, sage ich, Ella lächelt wieder, eigentlich ist sie ganz hübsch, man sieht das sonst gar nicht so. Zumindest hat sie das, was immer mein Wunschtraum war: lange dunkle Haare. Meine eigenen sind ja bloß undefinierbar gelb und irgendwie nicht der Rede wert.

Ich stelle mir Ella in einem mongolischen Epos vor, wie sie unter bleischweren Wolken mit wehender schwarzer Mähne auf einem Steppenpferd mit ebenso wehender Mähne über die Steppe reitet, ihr Haar die Todesflagge des dräuenden Krieges: Wird sie den kühnsten aller Krieger, ihren herrlichen Geliebten, noch erreichen in seiner Jurte, noch verkünden können ihm die schreckliche Botschaft, bevor das feindliche Heer gleich einem donnernden, vernichtenden Ungewitter über die unbewehrte Siedlung hereinbricht?

»Paul ist noch nicht da«, sagt Ella, was ich ja sehe. »Ich hoffe, er kommt noch«, fügt sie plötzlich hinzu, und dann, fast entschuldigend: »Es ist ziemlich viel Kuchen. – Ich mach den mal fertig.«

Die Treppe gibt bei jedem ihrer Schritte ein knarzendes Geräusch von sich, obwohl man genau hören kann, dass Ella versucht, sacht aufzutreten, nicht nilpferdmäßig hinunterzupoltern, und damit wahrscheinlich das erste Mal die wahrscheinliche Ermahnung ihrer Eltern befolgt: Polter nicht so die Treppe runter. Und alles wegen mir? Paul ist ja noch nicht da. Vielleicht auch bloß, weil frisch gebohnert ist, dieser altertümliche, wie aus einem versunkenen Jahrhundert wieder aufgestiegene Bohnerwachsgeruch dringt bis in Ellas Zimmer. Ich hatte ihn völlig vergessen. Er muss quasi mit der DDR verschwunden sein, die ich kaum kennengelernt habe, kaum hatte ich ihren Namen schreiben gelernt, war sie schon wieder weg. Im Moment fällt mein Leben in zwei Hälften auseinander, wie ein geteilter Apfel, und genau wie ein Apfel auch nicht in zwei gleich große: Die eine Hälfte bekommt den Stiel, mehr vom Kerngehäuse und auch mehr Fruchtfleisch, bei mir heißt sie wiedervereinigtes Deutschland, und die kleinere, unkompliziertere DDR, und sie ist es deshalb, weil ich ein achtjähriges Kind war, als mein Leben zwei Hälften bekam. Die mit der Zeit so antrockneten und verschrumpelten, dass sie beim Gegeneinanderhalten nicht mehr zusammenpassen. Und merkt der Apfel die Teilung? Ich merke nichts. Oder nur so kleine Sachen, Unterschiede im Aroma, Bohnerwachs.

Unsere Hosenboden waren nachher immer voll von rotbraunen Schmierstreifen, wenn wir in unserem alten, aber ehrenwerten Mietshaus wieder mal die Treppe runtergerutscht waren, runtergehopst von Stufe zu Stufe auf unseren kleinen Hinterteilen, so schnell, dass man wirklich schon fast von Rutschen sprechen konnte, nahe an vierundzwanzig Stufen pro Sekunde. Das gab Mecker, das ging nicht mehr raus, und unsere Hintern wurden grün und blau, ganz ohne Schläge. Und einmal bin ich tatsächlich drauf ausgerutscht, und der Schock war größer als der Schmerz, denn ich hätte doch nie gedacht, dass das wirklich passieren würde, wie ja auch nie einer wirklich auf einer Bananenschale ausrutscht, obwohl ich diesen Slapstick da noch gar nicht kannte, weil sich ja, wie allgemein bekannt und bewitzelt, Bananen bei uns derart an der Grenze des Möglichen und Erringbaren bewegten, dass man die meiste Zeit vergaß, dass es sie überhaupt gab, und das war auch besser so, denn es gab sie ja nicht. Mein Hintern tat mir mindestens eine Woche lang weh, trotzdem konnte ich es nicht glauben, dass alle Warnungen und Prophezeiungen meiner Mutter aufs Genaueste und also Demütigendste eingetroffen waren. Ich glaube so was immer noch nicht, ich habe das fast körperliche Gefühl, ich darf nicht, ich darf gar nicht erst damit anfangen.

Und es ist derselbe Hintern, der sich jetzt in Paul McCartneys Sessel schmiegt, der ja Ellas Sessel ist, und beinahe warte ich drauf, dass es poltert, dass Ella ausrutscht mit ihren ausgeleierten Plüschlatschen auf der gebohnerten Treppe.

Mein Blick wandert durch ihr Zimmer. Es ist erstaunlich normal. Erstaunlich gemütlich. Na was hast du denn erwartet, Romy? Eine Bierdosensammlung? Schwarzgestrichene Wände, eine Grufti-Höhle? Das Einzige, was mich ein wenig befremdet, sind die Augen von Kurt Cobain, die mich von der Wand gegenüber anstarren, sehr weiß. So was gibts also noch, hab ich länger nicht gesehen. Aber auf den Schulfesten kramen sie auch noch jedesmal SMELLS LIKE TEEN SPIRIT raus, und, ich gebe es zu, auch zu meiner Freude, denn es ist ja wenigstens was, wonach man mal tanzen kann, nachdem man vorher ungefähr zweieinhalb Stunden rumgesessen und auf »was Gescheites« gewartet hat. Es ist immer ein Elend. Man fragt sich, warum man überhaupt noch hingeht, zu diesen Herbstbällen, Schneebällen, Faschings- und Sommerfesten. Weil Nichthingehen noch unerträglicher wäre, weil man dann zu Hause sitzen und sich ärgern würde, die einzige Chance, sich vielleicht mal irgendwo zu »amüsieren«, gerade durch eigene Schuld zu verpassen, während sich alle anderen vielleicht, vermutlich, höchstwahrscheinlich gerade »köstlich amüsieren«, und man am nächsten Tag in der Schule wie der letzte langweilige Trottel dastünde, weil man wieder mal nichts mitgekriegt hätte und sowieso überhaupt keine Ahnung, worüber gerade getuschelt wird? Ja.

Außerdem natürlich: Tobias. Um ihm über den Weg zu laufen, einen Blick, ein Lächeln, Moleküle seines Duftes zu erhaschen, womöglich sogar: ein Grüßen. Es bleibt mir gar nichts anderes übrig, als hinzugehen. Weil ich in einer ständigen Panik vor den Geschossen des Schicksals lebe, die allesamt aus einer Kanone mit der Aufschrift ›Verpasste Gelegenheit‹ abgefeuert werden. Ich habe das längst durchschaut, aber aus irgendeinem Grunde komme ich nicht aus der Schusslinie.

Und dann sitzt man doch nur wieder rum und betrachtet mit einer Mischung aus Verständnislosigkeit und Abscheu die bizarren Pärchen, die sich im Eins-Zwei-Tip-Schritt zu Eins-Zwei-Tip-Musik übers Parkett schieben, beobachtet seine eigene Laune beim Absacken in tiefste Kellergewölbe, und wenn man einen Blick von ebenso trostlos rumsitzenden Leuten auffängt, rollt man mit den Augen, beteuert sich gegenseitig, wie öde man es fände, und äußert in Variationen die Meinung, dass sie doch endlich mal »was Gescheites« spielen könnten. Komischerweise herrscht da eine seltene Einigkeit zwischen mir und Leuten, mit denen ich sonst gar nichts oder nicht mehr sehr viel zu tun habe, also zwischen mir und den Coolen. Was idiotischerweise eine Selbstbenennung ist. Ich hätte das nicht für möglich gehalten, bis mich Susanne – und sie war wirklich mal meine Freundin – einmal nach einer Faschingsfeier, bei denen die meisten »von uns« nicht dabei waren, weil sie anscheinend schon was Besseres vorhatten, und Susanne selber krank gewesen war, fragte, wer denn alles da gewesen sei und ob sie was verpasst habe. Ich sagte, dass zumindest ich da gewesen sei, und zählte dann noch ein paar andere auf, worauf sie befriedigt feststellte: »Also die ganzen coolen Leute waren nicht da.«

Das war kein Witz, und ich lachte auch nicht.

»Nein«, sagte ich, »nur die uncoolen.«

Da ist ihr das berühmte ironische Susanne-Grinsen für einen kurzen Augenblick abhanden gekommen. Sie fing dann schnell irgendwas Belangloses an, aber ich hatte keine Lust zu antworten und sagte, ich hätte jetzt keine Zeit mehr. Ich glaube nicht, dass die Anzahl der Fälle, in denen jemand wirklich unter Zeitdruck steht, wenn er dies äußert, die Fünf-Prozent-Marke übersteigt. ›Keine Zeit‹ ist wahrscheinlich schon seit Menschengedenken ein Synonym für ›keine Lust‹, vermutlich ist dieser Prototyp aller

Notlügen bereits vom erlernten ins angeborene Verhalten übergegangen, und so dürfte auch Susanne die Botschaft instinktiv erfasst haben. Allerdings nur die halbe. Denn für das Eigentliche, das ich sagen wollte oder hätte sagen wollen müssen, das, was beim Anblick dieser ganzen coolen Clique in mir wie Magensäure in der Speiseröhre hochsteigt, brennt und mich ständig aufstoßen lässt, fehlen mir nach wie vor nicht nur der Mumm, sondern auch die Worte. Und das verursacht mir neben diesem unbeschreiblichen Ekelgefühl die größte Übelkeit.

Vielleicht liegt es bloß daran, dass es sich bei der Hälfte davon um Leute handelt, mit denen ich mich mal angefreundet hatte, als sie uns alle in der sechsten Klasse auf dem Gymnasium zusammengewürfelt hatten und die alten Freunde teils in der Realschule geblieben, teils sowieso schon nicht mehr das waren, was man als Kind ganz selbstverständlich so bezeichnet hatte. Da kamen mit den neuen Fächern und den neuen Lehrern auch diese neuen Freundschaften über einen, oder was man so Freundschaften nannte, wenn man den einen oder anderen Nachmittag zusammen verbrachte, gemeinsam über Lehrer und Mitschüler herzog und sich gegenseitig zum Geburtstag einlud. Aber an meine legendären Kindergeburtstage, bei denen Mama der Zeremonienmeister war, die tollsten Spiele mit uns veranstaltete und wir oft nicht mehr konnten vor Gackern oder auch heulend in der Ecke saßen, weil jemand anderes den Preis bekommen hatte, an diese Geburtstagsfeierlichkeiten, die einen derartigen Höhepunkt in meinem Jahresablauf darstellten, dass ich bereits Wochen vorher kunstvolle Einladungskarten fertigte und nicht mehr durchschlafen konnte, kamen diese späteren Feiern schon nicht mehr heran.

Und wie lächerlich mir das jetzt vorkommt, wie ich jedes Jahr aufs Neue bei dieser Überfahrt, mit geringfügig wechselnder Besatzung, versucht habe, auf einem fatalen Kurs abzubremsen, vielleicht gar, eine Schubumkehr einzuleiten, und First Officer Mama gab sich nach wie vor alle Mühe. Niemand guckt gern zu, wenn sein Schiff durch Aufprall auf einen Eisberg auseinanderzubrechen droht, und so machte ich einfach die Augen zu. Es muss das Vorgefühl dieses Ekels gewesen sein, das ich nicht wahrnehmen wollte, auch nicht, als Susanne und Anja sich zu vertraulichen Gesprächen für eine halbe Stunde im Bad einschlossen, nicht, als Nadine und Beate gleich nach dem Kaffeetrinken zu einem Spaziergang aufbrachen und erst kurz vor dem Abendbrot wieder eintrudelten, und als keiner mehr zu irgendetwas anderem als Rumsitzen-und-über-Leute-Lästern zu bewegen war, ebenfalls nicht. Bis ichs kapiert hatte, mir gar nichts anderes übrig blieb, als endlich mal was zu kapieren. Und das muss eigentlich schon vor meinem siebzehnten Geburtstag eingetreten sein, der zweifellos die Krönung darstellte. Jedenfalls konnte ich mir hinterher keinen einzigen vernünftigen Grund mehr nennen, der mich dazu veranlasst hatte, meine Freundinnen noch einmal einzuladen.

Wir steckten gerade mitten im Umzug nach Bresekow, die Wohnung war schon halb ausgeräumt, und über allem hing vermischt mit dem Melassegeruch der Zuckerfabrik etwas, das ich als zähflüssige Hektik bezeichnen würde, was mir in einem Aufsatz nicht mal als Oxymoron durchginge, denn die gleichen Dinge, die wir in hochliterarischen Texten als sogenannte sprachliche Mittel wie abgerichtete Trüffelschweine aufstöbern sollen, werden uns in eigenen ja als sogenannte Ausdrucksfehler angestrichen. Aber es war diese Art von Stimmung, in der man die ganze Zeit nervös ist, weil sich etwas verändert, aber auch gerade deswegen wie halbseitig gelähmt. Es ging etwas definitiv zu Ende, und zwar mehr als nur die siebzehn Jahre, die ich in dieser pupsigen Heimatstadt zugebracht hatte. Ich kann nicht sagen, dass das Gefühl inzwischen aufgehört hätte. Aber ich habe mich dran gewöhnt. Es hat fast etwas Erregendes bekommen, dieses Atmen in letzten Zügen. So, als könnte gleich morgen irgendwas Tolles oder so passieren. Irgendwas eben. Paul zum Beispiel, vielleicht. Andererseits muss man immer noch zur Schule, und solange das nicht aufhört, wird gar nichts wirklich aufhören, und gar nichts wirklich anfangen.

Dieser Geburtstag sollte nun gleichzeitig die Funktion einer Art Abschiedsparty erfüllen, was eigentlich albern war, ich meine, wir zogen von Anklam in ein sechs Kilometer entferntes Dorf und ließen damit nicht gerade die Grenzen der bekannten Welt hinter uns, nur dass sich das für meine allesamt in Anklam wohnenden Freundinnen anscheinend anders darstellte, denn sie waren es, die es so nannten: »Du machst also ne Abschiedsparty!« Es klang, als freuten sie sich drauf. Und ich fühlte mich zu irgendwas verpflichtet.

Fragte erstens mal unseren Pastor, den wir inzwischen duzten und mit seinem Vornamen, Konrad, ansprachen, was auch so eine Idee der anderen und mir selber einigermaßen unangenehm war, auf eine ähnliche Art wie seine übergroßen Ohrläppchen, ob ich für meinen Geburtstagsabend den Kellerraum im Gemeindehaus bekommen könnte. Konny, wie wir ihn unter uns nennen, hatte erwartungsgemäß nichts dagegen, seine Antwort war wie üblich luftgepolstert mit Ausdrücken der Sorte »selbstverständlich«, »na meinetwegen gerne«, »aber klar doch«, er hatte »Verständnis« für meine »Situation«. Ich war kurz irritiert und überlegte, welche »Situation« in aller Welt er bloß meinte, ich fühlte mich durchschaut, ohne zu wissen, in welcher Hinsicht. Was wusste er über mich? Na ja, bloß dass wir gerade aufs Dorf zogen.

»Ihr wollt wohl nicht zwischen Umzugskartons feiern, was?«, sagte er mit einem Ausmaß an Verständnis, das weit über meins ging, und ließ darauf sein hohes, kurzes Kichern ab, bei dem er keine Miene verzieht.

»Nicht so gerne«, sagte ich bloß, denn jetzt ging es darum, einem dreistündigen Gespräch mit ihm zu entkommen, das heißt einem seiner gefürchteten Monologe, die sich zu neunzig Prozent um seine Zeit in Namibia drehen, wo er jahrelang mit seiner Familie gelebt und einer deutschsprachigen Gemeinde vorgestanden hatte, bevor er nach Anklam sozusagen versetzt worden war, und für die er überall Gesprächsanknüpfungspunkte sucht und unglücklicherweise auch findet.

»Na ja, ich weiß noch, wie wir damals mit Sack und Pack nach Namibia sind, und Ruth, also meine Frau, hochschwanger …« Worauf er eine seiner nicht minder gefürchteten Kunstpausen einlegte, mit denen er, wenn sie in seinen Predigten auftreten, der ganzen Gemeinde regelmäßig ein schlechtes Gewissen verursacht, zunächst nur, weil die andächtigen Zuhörer sich fragten, ob sie Anlass für dieses plötzliche Verstummen gegeben hatten, weil einer unter ihnen vielleicht nicht andächtig genug zugehört hatte, jetzt, weil sie in dieser Pause der beschämenden Tatsache inne werden, dass sie allesamt den Worten des Pastors nicht genügend Aufmerksamkeit geschenkt haben, da sie sich beim besten Willen nicht an seinen letzten Satz, nämlich nicht an den Grund für die Pause erinnern können und überdies sich zusammenreißen müssen, in ebendieser Pause nicht einzunicken. Man muss also leider sagen: Konny und seine Diktion erfreuen sich keiner sonderlichen Beliebtheit.

Zu Unrecht, wie ich in diesem Augenblick fand, warum wollte denn niemand das Gute daran sehen? Das Gute daran ist, dass man diese Lücke in seinem Sprech- und vermutlich auch Denkprozess dazu nutzen kann, sich zu verabschieden, was ich also tat.

»Ach ja, Romy, na dann … Vielleicht schau ich am Samstag mal vorbei, aber ich kann nichts versprechen.« Ich hatte keine Ahnung, was ich dazu sagen sollte, und nickte nur vorsichtig. Beinahe verständnisvoll.

Punkt zwei war die Bowlingbahn. Die ist relativ neu und nimmt unter unseren spärlichen Freizeitaktivitäten einen gewissen Stellenwert ein. Das heißt, zuerst war mir das ja wie ein etwas zweifelhaftes Vergnügen vorgekommen, einfach deshalb, weil ich seit jeher eine starke, wenn auch, zumindest meinen Eltern, unerklärliche Abneigung gegen populäre Vergnügungen aller Art empfinde. Und ich kann gar nicht sagen, wie glücklich

ich mich schätze, dass die Zeit, als man noch veranlasst wurde, mit Mama und Papa Sonntags- und Ferienausflüge zu irgendwelchen Stadt- und Strandfesten, historischen Spektakeln und Töpfermärkten zu unternehmen, mittlerweile ein für allemal ausgestanden scheint. Wobei, wohlgemerkt, nicht die Umstände dieser Veranstaltungsbesuche – mit Mama und Papa – in erster Linie so peinigend auf mich wirkten, sondern die Veranstaltungen an sich. Schon als Kind waren mir, obwohl ich wie alle anderen auch hindallerte und Zuckerwatte zu meinen erklärten Leibgerichten zählte, zum Beispiel Rummelplätze ziemlich zuwider. Es ging etwas Anrüchiges, Rohes und Dreistes von ihnen aus, das bis heute seine einschüchternde Wirkung auf mich nicht verloren hat. Der Gedanke daran, dass Tante Marlies immer mal was mit sogenannten Rummelfritzen gehabt haben, ja, regelrecht verrückt nach ihnen gewesen sein soll, diesen kleinen, muskulösen, speckigen Typen, die gefährlich grinsten, wenn sie die Wagen der Berg-und-Tal-Bahn herumschleuderten, drehte mir schon damals den Magen um, war allerdings auch so faszinierend – eine Faszination von der Sorte, die sich beim Anblick von Monstrositäten einstellt –, dass er sich nie ganz verdrängen ließ.

Die Bowlingbahn ist harmloser, das hatte ich gleich gesehen, als einmal unsere Klasse einen Nachmittag dort verbracht und sich bei mir sogar ein kleines unvermutetes Talent herausgestellt hatte. Zwar gibt es die üblichen ihrem Bierbauch Nach- und Vorschub leistenden Männer mittleren Alters, aber genauso Frauengruppen, an denen das Nervigste nur ihr häufiges Juchzen ist, und sogar regelrecht seriös wirkende Leute, darüber hinaus eine resolute Chefin, unter deren Regiment es vermutlich nicht mal zu Ansätzen von Ausschweifungen kommen würde. Zu meiner Überraschung sammelt sich dort also nicht eine Querschnittsmenge aller dubiosen Bevölkerungsgruppen Anklams und Umgebung, was vielleicht daran liegt, dass sich DER CLUB als altbewährte Sammelstelle gleich nebenan befindet. Wahrscheinlich hat man bei der Namenswahl dieser einzigen Disco Anklams erst gar keine Zweifel aufkommen lassen wollen, allerdings ist die Bestrebung, falls es eine gibt, dem Ziel der Coolness, das mit dieser Namensgebung gesteckt ist, auch nur ein Stückchen näherzukommen, über all die Jahre vergeblich und Der Club ein erbärmliches Bumslokal geblieben. Wo sich unfehlbar jedes Wochenende eine Klientel trifft und betrinkt, der man schon im nüchternen Zustand eigentlich nicht begegnen möchte. Typen wie die von der Elpe. Von uns verirrt sich kaum mal einer da hin, und wenn, dann ist er meistens bemüht, diese Verirrung nicht publik werden zu lassen. Mutmaßliche Ursache für sie ist eben die Alternativlosigkeit, die besagten Schulfesten nur eine umso unverhältnismäßigere Wichtigkeit verleiht. Ich war ein einziges Mal da, zum Geburtstag einer früheren Freundin, und seitdem ist mir klar, dass Der Club für meine eigenen Geburtstagsfeiern und überhaupt auf keinen Fall in Frage kommt. Ich mietete für meine Party eine Bowlingbahn von acht bis zehn.

Außerdem wollte ich meine bescheidenen Kochkünste auf ihren individuellen Zenit treiben und selbständig sowohl unsere berühmte Käsesuppe als auch einen dreischichtigen Kuchen, wobei es sich um ein beinahe schon Torte zu nennendes Gebilde aus Pudding und Sahne handelte, fabrizieren. Dazu: Bowle. Beliebtestes Gesöff nicht nur auf Omageburtstagen, sondern auch auf denen der Jugend, da es bei diesen wie bei jenen vornehmlich als Lösungsmittel zur Tarnung von drei Vierteln eines Dreiviertelliters dient und folglich auch genauso schmeckt. Müßig zu sagen, dass meine Bowle dieser billigen Mode nicht folgen, sondern mit ihrer feinen Martini-Note auch höherentwickelten Geschmacksknospen Genüge tun sollte. Nun ja, der Konjunktiv: Bis mir das mit dem Martini nämlich einfiel, war es bereits Sonnabend nachmittag, und das Angebot des einzigen noch offenen Supermarktes in Anklam ging, neben den üblichen Abartigkeiten wie Goldkrone, der hiesigen Schattenwährung, über Gin nicht hinaus, und ich muss an dieser Stelle mal Folgendes loswerden: Gin ist, abgesehen von Goldkrone, das allerwiderlichste alkoholische Erzeugnis, das die Menschheit je ersonnen hat, besonders in Form von Gin Tonic! Zwar hält sich meine Erfahrung auf diesem, ja, und nicht nur auf diesem, Gebiet in ziemlich überschaubaren Grenzen, aber etwas noch Gaumenmissbrauchenderes ist einfach nicht vorstellbar. Ich weiß, dass ich mit dieser Aversion wieder mal allein dastehe, ungefähr so allein wie mit meiner Aversion gegen Volleyball, aber das ist ein anderes Thema. Beides genießt übrigens unter meinen früheren Freunden größtes Ansehen, und der Wind, der mich über die dürre Ebene zunehmender Distanz von ihnen beständig anweht, trägt mitunter den Brechreizgeruch von Gin Tonic in meine Nase, legt mir die staubige Unbarmherzigkeit von Volleyball auf die Zunge.

Zum Geburtstag an sich gibt es eigentlich nicht viel zu sagen. Irgendwie ist mir das auch alles ein bisschen peinlich. Als ob es *mir* peinlich sein müsste! Das ist so wie mit diesen Talkshows, das halte ich auch nicht aus, wie die Leute sich da zum Klops machen. Aber hier liegt die Sache noch ein bisschen anders, immerhin ging es ja um *mich*. Und das Peinliche daran war vielleicht nur, dass es überhaupt nicht um mich ging.

Da saß das Geburtstagskind dann allein im ockergetünchten Gemeindehauskeller zwischen Tellern und Torte und wartete eine geschlagene Stunde auf seine Geburtstagsgäste und fragte sich, ob es sich im Datum geirrt hatte. Doch siehe, um kurz vor acht tat sich die Tür auf, und der erste Gast trat ein. Es war Susanne. Ihre Begrüßung: »Hallo! Wo sind denn die anderen?«

Ich sagte, dass sich das leider auch meiner Kenntnis entzöge, aber vielleicht sei das alles ein Missverständnis. Vielleicht warteten inzwischen alle anderen schon an der Bowlingbahn auf mich, wäre doch möglich, oder? Ich glaube, für einen Augenblick war ich wirklich überzeugt davon. Aber als wir dann an der Bowlingbahn ankamen und kein Schwein da war, wunderte mich das eigentlich schon nicht mehr, und nur Susanne versuchte noch notdürftig, ein bisschen Verblüfftheit aufrechtzuerhalten. »Aber du hast doch gesagt, um acht, oder nicht?«

»Ich habe um sieben gesagt, um sieben im Gemeindehaus.«

Susanne zuckte mit den Schultern. »Tja.«

Sie setzte sich zu mir auf die flache Mauer, sprang aber gleich wieder auf und fing an, vor mir hin- und herzulaufen, ihre Arme im Takt ihrer Schritte zu schwingen und in gewissen Abständen tief Luft zu holen, um sie mit Nachdruck wieder auszustoßen. Ihr Atem hing für Momente weiß und formlos wie ein beständig wiederholter Vorwurf in der frostigen Luft. Insgesamt sah es so aus, als warte nicht ich, sondern sie auf etwas. Insgesamt sah es so aus, als warte sie darauf, dass ich sage: Du kannst gehen.

Es war weit nach halb neun, als schließlich Anja eintraf, die Susanne umarmte, als hätten sie sich mindestens elf Monate nicht gesehen, und behauptete, sie wäre schon mal da gewesen, was mich zwar in meiner Missverständnis-Annahme bestätigte, leider aber auch in der, wie diese Missverständnisse zustande kommen: weil mir offenbar nie jemand richtig zuhört.

Anja überreichte mir ihr Geschenk, der Form nach zu urteilen ein Kalender, auf dessen Erscheinen man sowieso todsichere Wetten abschließen kann, wenn man gegen Ende des Jahres Geburtstag hat, und weshalb auch zu Neujahr immer wenigstens drei Exemplare Obdach in meinem Zimmer beanspruchen. Und ich weiß nicht, ob diese Kalenderüberversorgung seit meiner frühesten Jugend die Ursache meiner Besessenheit von allem, was mit Zeit und ihrem Vergehen zu tun hat, darstellt oder ob erst diese zwanghafte Passion mich dazu veranlasste, tatsächlich allen Kalendern Platz sowohl an meinen vier Wänden sowie auch in meinem Tagesablauf einzuräumen. Denn es vergeht eigentlich kein Tag, an dem ich nicht in einem von ihnen und meistens sogar allen blättere – als wollte ich überprüfen, ob die Zeit auf allen gleich vergeht, beziehungsweise eine absurde kleine Hoffnung bestätigt finden, dass sie es nicht tut –, um komplizierte Berechnungen zu meiner Jahresplanung anzustellen, vielleicht um mir vorzugaukeln, ich hätte dabei ein Wörtchen mitzureden, nur um sie gleich darauf wieder zu vergessen, was mir die Möglichkeit bietet, am nächsten Tag die gleiche Operation aufs Neue vornehmen zu können. Es ist eine Art von Freizeitbeschäftigung.

Zwischendurch, in der Schule, kommen mir Sätze in den Kopf, die so unwiderlegbar wie panikverursachend sind, Sätze wie: HEUTE IST DER ERSTE TAG VOM REST DEINES LEBENS. Oder: WENN DIE ZEIT DAS KOSTBARSTE IST, WAS WIR HABEN, IST DIE ZEITVERSCHWENDUNG DIE ALLERGRÖSSTE VERSCHWENDUNG. Mit der Zeit destillierte sich daraus in meiner geheimen Brennerei ein Tröpfchen mit dem Namen CARPE DIEM, das je nach Stimmungslage und Genussmenge anregend bis schock- oder ohnmachtsauslösend wirkt, oft in Verbindung mit der Frage: Was tue ich hier eigentlich?

Womit der ganze Geburtstag schon kurz und bündig zusammengefasst wäre, denn womöglich bedeutet es eine doppelte Zeitverschwendung, über eine solche auch noch eingehend nachzudenken. Also sei nur noch Folgendes zum Thema angeführt:

Irgendwann tauchten auch die anderen auf. Das Bowlingspiel entwickelte sich zu einer öden Art von Fiasko. Niemand außer mir zeigte Interesse daran. Als wir um zehn gehen »mussten«, war dies mit einer allgemeinen Erleichterung verbunden. Beate hatte noch eine Freundin von sich samt ihrem Freund und wiederum dessen Freund mitgebracht. Das Essen im Gemeindehauskeller wurde auch von ihnen gut angenommen. Der dadurch hervorgerufene Mangel an Tellern verurteilte mich zum Zugucken und anschließendem hastigen Auslöffeln meiner Käsesuppe, während die ersten schon darauf warteten, sich verabschieden zu können. »Aber iss mal ruhig erst noch auf.« Christine hatte ursprünglich gleich im CLUB bleiben wollen, weil sie dort mit ihrer Freundin zur Oldie-Party verabredet war, ein Ereignis, das ungefähr alle zwei Wochen stattfindet, und ich habe immerhin einmal im Jahr Geburtstag, das ist ja nun schon übertrieben oft. Folglich hatte ich es als große Gnade zu betrachten, dass sie sich doch noch bequemte, sich meiner vorbereiteten

Speisen zu erbarmen. Der Rest der Gratulanten rutschte noch eine halbe Stunde wie unfreiwillige Abgesandte, die die Stellung halten sollen und es nicht schnell genug geschafft hatten, sich zu weigern, auf den beige-braun gemusterten Gemeindehausstühlen hin und her und versuchte, die Unterhaltung zur Aufrechterhaltung der freundschaftlichen Beziehungen mit Austausch über nicht Anwesende zu bestreiten.

Dann bin ich allein. Ich lege die Beatles ein. Ich schiebe den Volume-Regler weit über die Mitte der Skala und singe laut HELP! mit. Und alle folgenden Songs. Ich singe alle Stimmen, ich bin John, Paul, George und Ringo, ich spiele alle Instrumente. AND I FEEL FINE. –

Ich war erst ein paar Schritte vom Haus weg vorsichtig den dunklen Weg zur Straße entlanggetappt, als ich Konny sah. Er kam mit großen, wippenden Schritten und vornübergebeugt direkt auf mich zu und bemerkte mich doch erst, als er fast mit mir zusammenstieß.

»Nanu, Romy! Was machst du denn hier draußen? Ist dir nicht gut? Ich wollte gerade mal vorbeischauen, mal hallo sagen wenigstens, hatte ich ja versprochen, oder?«

Ich guckte auf sein überdimensionales Ohrläppchen. »Du kannst wieder nach Hause gehen«, sagte ich, und das Du kam mir zum ersten Mal nicht komisch vor, mir war, als spräche ich mit einem Kind. »Es ist vorbei.«

Schon an der Straße angelangt, hörte ich Konny rufen: »Herzlichen Glückwunsch übrigens!«

Im orangen Licht der Straßenbeleuchtung schwamm ich nach Hause, und meine ganze Aufmerksamkeit konzentrierte sich auf meinen Schatten, der beim Passieren einer Laterne langgezogen vor mir lag, auf dem Weg zur nächsten stetig schrumpfte und, wenn ich die Hälfte überschritten hatte, plötzlich hinter mich zurücksprang, womit das Spiel in meinem Rücken von neuem begann. Als ich schließlich aufsah, zogen die geheimnisvollen Anlagen der Zuckerfabrik meinen Blick an, die wie von innen heraus blaugrün leuchteten und kurz vor ihrem Start in eine andere Galaxie zu stehen schienen.

Am nächsten Tag ging ich aufräumen, und beim Anblick der sogenannten Geschenke, die noch zwischen den resteverklebten Gläsern und Tellern, den Zerfallsprodukten von Kuchen und Knabberzeug rumlagen, überlegte ich kurz, ob sie den gleichen Weg wie die zerknüllten Servietten und anderen Abfälle gehen sollten. Aber dann beschloss ich, sie mitzunehmen, mit in die Umzugskartons zu packen und sorgsam aufzuheben, als kuriose kleine Mahnmale, denn auf ihre Art waren sie wirklich denkwürdig. Anjas etwas läppischer Kalender nahm sich noch verhältnismäßig gut aus gegen die Kerze in Apfelform mit Apfelduft von Beate, eine Idee, die ihr Gehirn nicht halb so strapaziert haben dürfte wie mein ästhetisches Empfinden. Das Schärfste war eigentlich das gemeinsame Geschenk von Nadine und Christine: ein blaues Teelichtgefäß auf einem blauen Plasteuntersetzer nebst drei blauen Glasperlen, zu einem geschätzten und von Mama bestätigten Preis von zehn Mark. Nicht nur, dass ich jeder von ihnen nicht mehr wert war als ein großes Eis, es ist ja auch so originell, derartig nämlich, dass man dieses edle Objekt ruhig öfter mal als Geschenk zur Anwendung bringen kann, ein Gedanke, der dazu geführt hatte, dass bereits drei dieser Dinger in verschiedenen Farbausführungen bei mir zu Hause Staub fingen. Es hätte der Beginn einer wunderbaren Sammlung werden können. Der Satz bei der Übergabe: »Es ist nicht viel, aber es kommt von Herzen!« brachte mich ziemlich in die Bredouille, denn ich wusste nicht, ob ich erst lachen und mich dann erbrechen sollte oder umgekehrt.

Die größte Ernüchterung bescherte mir allerdings Susanne, von der ich doch immerhin etwas mehr Stil erwartet hätte, wenn schon nicht mehr Ehrlichkeit. Neben einem Paar Socken von Ernsting's Family schenkte sie mir ein Buch von Ingrid Noll, Die Häupter meiner Lieben. Nicht lange vorher war Ingrid Noll Gegenstand einer Pausenunterhaltung zwischen uns gewesen, die eindeutig, aber offenbar einseitig zu der Erkenntnis geführt hatte: Ingrid Noll und ihre Erzeugnisse bilden exemplarisch die Wasserscheide in unserer Freundschaft und ein unüberwindliches Sympathiehindernis für mich. Was aber diesem kaum mehr zu überschauenden Höhenzug zwischen uns noch einen zusätzlichen Kamm aufsetzte, war die Tatsache, dass besagtes Buch zahlreiche Kniffe und Rillen auf seinem Rücken aufwies und somit nicht mehr ganz taufrisch sein konnte, sondern schon eine Weile in Susannes Bücherschrank zugebracht haben musste, und nicht nur das. In dieser späten Vormittagsstunde hatte ich nicht wenig Lust, die Häupter meiner lieben Freundinnen über den verklebten Laminatboden rollen zu sehen.

Kurz vor Susannes achtzehntem Geburtstag dieses Jahr verfestigte sich in mir die Idee, ihr ein neues Buch und ein getragenes Paar Socken zu schenken. Aber dann war sie gar nicht da, sondern mit ihren Eltern nach Venedig gefahren, und später hat sie die Feier auch nicht nachgeholt, und wenn doch, so war ich jedenfalls nicht eingeladen.

Ich habe keine Ahnung, wen ich zu meinem achtzehnten Geburtstag einladen soll.

Auf Ellas Schreibtisch liegen verstreute Blätter, Zeichnungen, stimmt, das kann sie. In der Schule hängen ein paar Bilder von ihr an den Flurwänden, die nie einer anguckt. Und obwohl ihr da keiner das Wasser reichen kann und sich die anderen Exponate aus dem Kunstunterricht wie Kinderkrakeleien ausnehmen, treibt es wohl auch in diesem Fach – man kann ja nicht abschreiben – die anderen nicht gerade zu ihr. Wieso eigentlich, was ist falsch an ihr, ich weiß das selbst nicht mehr so genau. Wie sie jetzt so mit dem Kuchen reinkommt, denk ich, es könnte sie doch einer heiraten, bald. Sie sieht auf einmal sehr erwachsen aus. Wie eine echte Frau.

»Paul ist da«, sagt sie, ich merke, wie sie sich freut. Ich lausche seinen Schritten auf der glatten Treppe, und jeder Schritt löst ein kleines Ziehen in meinem Magen aus, das mir sagt, dass ich kein

Stück von Ellas Kuchen runterkriegen werde. Hast du ihn auch vom Fenster aus gesehen, will ich fragen, verkneife es mir aber und nehme mir ein Stück Kuchen.

Paul kommt rein, wir sagen »hallo« und »na«, ich bin wieder mal von den Socken, er sieht wirklich aus wie … Als wir am Sonntag mit ihm in Anklam waren, ihm die Stadt gezeigt haben, das heißt die paar Ecken, bei denen man zumindest nicht sofort vor Scham im Boden versinken möchte, hatte ich förmlich erwartet, dass uns alle Leute hinterhergucken würden, fassungslos. Aber es war nur wie immer: ausgestorben. Außer ein paar rumlungernden Nazis, dreieinhalb Rentnerpaaren und einem Togolesen auf einem Fahrrad gab es kein sichtbares Leben, und ob es noch irgendwo verborgenes gab, zum Beispiel in den »Arbeiterschließfächern« rund um den Markt, wo es doch auch gar keine Arbeiter mehr gibt, war mehr als zweifelhaft. Wir gingen ins SANSI-BAR, das einzige Café am Ort, Paul guckte das Schild an und grinste. Der Schöpfer dieses Namens gehört wirklich bestraft, mehr aber noch der des EISBECHERS SANSI-BAR, und sollte mich nicht wundern, wenn es sich dabei um denselben handelt. Ich konnte Paul nur dringend von einer Bestellung dieses blauorangenen krokantkontaminierten Ekelpaketes abraten. Und auch noch die drei verbliebenen Möglichkeiten ausführlich diskutieren, denn bis die schlappe Bedienung auftauchte, verging eine gute Viertelstunde. Und ungefähr das Doppelte, bis wir das, was das Servierfräulein mit hochgezogenen Augenbrauen notierte, als erdreisteten wir uns gerade, das Allerausgefallenste aus den antipodischen Gebieten zu ordern, endlich vor uns stehen hatten. Wahrscheinlich können sie nur den EISBECHER SANSI-BAR.

»Probier mal den Kuchen, sehr lecker«, sage ich hastig und übermütig zu Paul. Ich bin es einfach nicht gewohnt, dass mich jemand länger als eine Zehntelsekunde direkt anguckt. Also wie in aller Welt soll ich normal dabei bleiben? Was man in der Schule lernt, lernt man für die Schule.

»Ist ein Rezept von meiner Oma«, sagt Ella und rollt mit den Augen. »Das ist das Gute an ihr. Aber die macht mich verrückt!« Sie lacht. »Großeltern! Komische Erfindung. Sei froh, dass du keine hast.«

Das sagt sie tatsächlich. Ist nun wohl wieder typisch Ella, gedankenlos. Dabei weiß sie Bescheid über meine sogenannten Großeltern, wie alle. Sie kennt die Geschichten. Den Klatsch und die Wahrheit über das Elend, den Suff, und wie sie daran krepierten, erst sie, dann er. Sie war so besoffen, sie hat ihre eigene Tochter nicht erkannt in Anklam auf der Straße. Mama ist an ihr vorbeigegangen und hat sich die Augen ausgeheult. Er hat sie geschlagen, verkloppt, regelmäßig, sie blieb Tage im Bett. Er hat seine Söhne aufeinander gehetzt wie beim Hahnenkampf und lachend zugeguckt und mal den einen, mal den anderen angefeuert. Er war Hermann, Manni, Der Olle, sie Edeltraud, Traudel. Er hatte einen Tumor im Kopf und die Schuld an den Hacken. Die Worte wollten nicht mehr aus seiner Kehle heraus. Das weiß Ella nun vielleicht nicht. Ihr Mundwinkel zuckt ganz unbefangen, tatsächlich, und ich bewundere sie ein bisschen dafür.

Plötzlich fragt Paul, mit Krümeln an seinem McCartney-Mund: »Was für Häuser sind das? Ich meine, die mit die kaputten Fenster, ein paar sehen aus wie … wie für Tiere, Kühe, und die anderen? Sie sind alle verlassen, oder? Aber es gibt immer Geräusche, da sind Leute, abends, Jugendliche, glaube ich. Ihr kennt sie?«

Ella hat sofort aufgehört zu grinsen. Ich seufze. »Das ist die Elpe.«

»Was?«, fragt Paul, natürlich. Ich kann nicht sagen, dass ich es direkt befürchtet hatte. Ich meine, dass er danach fragt, nach der Elpe. Aber jetzt, wo es so weit ist, kommt es mir fast vor, als hätte ich drauf gewartet, auf eine etwas perverse Art. Ich empfinde die Erleichterung derer, die sich letztlich in ihr Schicksal ergeben. Und ich mag dieses Gefühl, ich merke, dass ich es auf eine fatale

Weise suche: mit dem Rücken zur Wand zu stehen. Es wäre so viel sinnloser und ermüdender gewesen, die ganze Zeit darauf zu hoffen, dass sie ihm entginge, die Elpe. Was für ein beknackter Name im Grunde. Ich seufze noch einmal. Wie soll man das erklären? Es ist etwas, das es wohl nur hier geben kann. Wo dei Lüü dat Muul nich upkräägn. Es ist die Abkürzung einer Abkürzung.

»Die Elpe«, sage ich. »Das sagen die hier so, die Jugendlichen, und inzwischen wahrscheinlich das ganze Dorf. Es kommt von ›LPG‹, und das heißt: ›Landwirtschaftliche Produktionsgenossenschaft‹. Das war eine Art staatlicher Landwirtschaftsbetrieb zu DDR-Zeiten, das gabs überall, in jedem Dorf. Erst mussten nach dem Krieg die Großgrundbesitzer und Nazis ihr Land abgeben an die Landarbeiter und kleinen Bauern, das wurde aufgeteilt, und ich glaub, sogar verlost, und das nannte sich Bodenreform, und dann mussten die Bauern ihr Land wieder zusammenlegen, und das nannte sich dann LPG, und es wurde gemeinsam bewirtschaftet, so dass alle das Gleiche davon hatten, nämlich alle nichts. So ungefähr, genauer weiß ich das auch nicht.«

»Und jetzt?«

»Ist es vorbei, und Bauer will nun auch keiner mehr sein, ich glaube, das ist jetzt so ähnlich wie vorm Krieg, mit den Großgrundbesitzern und so.«

»Und mit die Nazis?« Paul lacht.

»Na ja«, sage ich und gucke Ella an, die aber keine Reaktion zeigt. »Könnte man so sagen. Das wollen die da auf der Elpe ja jedenfalls alle ganz gerne sein. Die haben sich da richtig eingenistet. Die Dorfjugend. Aber guck dir die Eltern an: auch alles ›echte Deutsche‹ und nebenbei noch Idioten und Säufer, aber der liebe Nachwuchs hälts zu Hause nicht aus und alleine auch nicht und zusammen erst recht nicht. Weshalb sie sich dann auch ab und zu einfach mal kloppen müssen und sich gegenseitig ihre Springmesser zeigen. Und dazu noch die Mädchen, doof wie Stulle, aber bauchfrei, und im Kopf nichts andres als, na ja.«

Ich glaube, das geht gerade ein bisschen über Pauls Verständnis.

»Und ihr?«, fragt er.

»Wir gehn da nich hin«, platzt Ella hervor und guckt dann, als wäre ihr etwas rausgerutscht, das sie sofort bereut. Dieses ›wir‹ klingt mir im Ohr, und ich glaube, ich sehe sie ebenso überrascht an wie Paul, wenn auch aus einem anderen Grund. Ella blickt irgendwie schuldbewusst zwischen uns hin und her. ›Uns‹!

»Ich weiß auch nich … Mir wird schon schlecht, wenn ich das Wort nur hör – die Elpe!« Sie verzieht das Gesicht.

»Das ist nichts für uns«, sage ich. Aber die Hoffnung, Paul damit abspeisen zu können, verdampft sofort unter seiner nächsten sengenden Frage.

»Warum, was machen sie da, auf die – auf der Elpe?« Er spricht es ein wenig wie ›LP‹ aus. Was mich fast schon wieder in Entzücken versetzt. Ella verdreht nur die Augen.

»Sie saufen.«

»Sie kiffen«, sage ich, ich hätte fast ›ficken‹ gesagt, aber das machen sie wohl doch nicht, jedenfalls, wohl nicht wirklich, wer weiß.

»Was ist so schlimm daran?«, fragt Paul. Ich sehe ihn groß an. Plötzlich steht Ella auf und geht raus. Es sieht beinahe normal aus, so, als ginge sie aufs Klo, und den Impuls, ihr hinterherzulaufen, tue ich als überstürzt ab, und ich bin froh, anscheinend endlich mal halbwegs angemessen zu reagieren, indem ich einfach sitzenbleibe und Paul ansehe, nicht vorwurfsvoll. Aber irgendetwas in mir weiß Bescheid, weiß, dass Ella nicht nur uns und das Zimmer verlassen hätte, sondern auch das Haus, wenn sie nicht zufällig hier wohnen würde, das ganze Dorf, wenn sie könnte.

Paul fragt noch einmal: »Was ist so schlimm daran, ich meine, kiffen, ihr habt doch auch schon bestimmt, I mean, wir könnten doch auch mal, also, vielleicht verkaufen sie uns etwas – wenn ihr wollt, don't you?«

Dieses dunkle Seegrün in meinen Augen auf einmal, alles Grün schwappt von seinen Augen in meine. Einmal ficken mit Paul McCartney, please. Von mir aus auch auf der Elpe.

Um die Zeit ist da wahrscheinlich kein Schwein. Ich bin trotzdem gleich den andern Weg lang, muss man ja nicht drauf ankommen lassen, hab ich gedacht, aber eigentlich erst danach, erst, als ich auf einmal gemerkt hab, dass ich einen Umweg fahr, den blöden Weg mit dem Kopfsteinpflaster, dass ich da also automatisch lang bin, automatisch den Umweg! Mann! Das hältste doch im Kopp nicht aus. Ich muss weg hier. Vielleicht schmeiß ich doch noch die Schule. Und dann einfach weg, bye bye, Mutti und Vati, bye bye, Bresekower Kacknest. Bye bye, ihr … ihr ganzen … Arschlöcher, Wichser, ihr, na ja. Kommt mir vor, als würd ich langsam die ganzen Wörter verlernen. Wird Mutti sich aber freuen. Die Flotte Britta. Die leider eine nicht ganz so flotte Tochter hat, tja, Pech gehabt, liebe Britta. Weiß ich ja, dass die sich für mich schämt.

Aber eins kann sie ja nun nicht, nämlich abstreiten, dass sie wirklich und wahrhaftig mit mir verwandt ist, dass ich von ihr abstamme, stell dir vor. Vati wollte sich da anscheinend mal lieber was andres vorstellen, hatte er ja auch bessere Chancen als Mutti, aber nur theoretisch. Praktisch hat sie ihn wieder ruckzuck plattgemacht, platt wie ne Flunder mit ihrem mordsmäßigen Redeschwall, warn ja beide total besoffen, aber im Gegensatz zu Vati hat Mutti noch halbwegs verständliche Wörter rausgebracht, und davon jede Menge. Und in einer Lautstärke, kein Wunder, dass ich davon wach geworden bin. Ich dachte erst, irgendwas Schlimmes ist passiert und bin aufgestanden und zur Treppe und hab mich dann da hingehockt und die belauscht. Eigentlich hab ich bloß aus Muttis Antworten mitgekriegt, worums geht. Wie die Vati dann abgekanzelt hat, von wegen er würd sie ja wohl nicht mehr alle haben, er sei doch nicht mehr zurechnungsfähig, einen, der solchen hirnrissigen Scheiß erzählt, den müsste man ja von Rechts wegen gleich in Ueckermünde anmelden, und dass sie selber nicht ganz bei Trost gewesen sein muss, als sie ihn geheiratet hat, die Tour. Ob er denn keine Augen im Kopp hat! »Wenn einer Ellas Vater is, dann ja wohl du!« Mehr Ähnlichkeit würd doch schon gar nicht mehr gehen, wir wärn beide so was von schwierig und misstrauisch, das wär ja nicht zum Aushalten. Und dann hat sie angefangen zu heulen und dann war nix mehr zu verstehen, und ich bin wieder ins Bett.

Ist mir im Prinzip auch egal. Ich mein, ob er nun mein richtiger Vater ist oder nicht. Das hätte dann auch nix mehr geändert. Schließlich hatte er die ganze Zeit so getan, als wenn ers wäre, und zwar so echt, dass ers wahrscheinlich auch ist. Außerdem kann ich mir nicht vorstellen, wers sonst sein könnte, hier im Dorf kommt mir keiner so vor, und ansonsten höchstens einer von Muttis Kollegen, und das würd nun auch keinen Unterschied machen, wär ich trotzdem n blödes Lehrerkind.

Ich hab ihm das auch nicht übelgenommen, jedenfalls nicht mehr als die ganzen andern Sachen, und da war ich ja schon dran gewöhnt. Ist ja klar, dass er bei Thorsten nie auf so was gekommen wär, da hätt er sich doch lieber die Zunge abgebissen. Ist ja auch so was von offensichtlich, dass Thorsten sein Sohn ist, oder, bei den guten Schulleistungen, und so vorbildlich und überhaupt, und wo er nun die blonden Haare herhat, na ja, Opa soll ja auch welche gehabt haben. Aber mit Ella, hat er sich gedacht, das wär wohl zu verschmerzen, da hätte er wenigstens endlich einen Grund gehabt. Zwei Fliegen mit einer Klappe: Da hätte seine liebe Frau dann gar nix mehr zu melden, oder zumindest nicht mehr so viel, und an Ella bräuchte man auch keine guten Worte mehr verschwenden, die müsste froh sein, überhaupt einen zu haben, zu dem sie ›Vati‹ sagen darf.

Schöner Blödsinn. Hat jedenfalls nicht funktioniert. Das Verrückte ist, dass ich ihm fast dankbar bin dafür. Ich meine, was, wenn er nun recht hat? Dann muss er froh sein, dass ich überhaupt noch ›Vati‹ zu ihm sage. Und mir überhaupt noch den ganzen Mist anhöre, den er so zu versenden hat. Manchmal, wenns grad wieder schlimm ist, guck ich ihn so an, guck ihm so ganz gradeaus in die Augen und sag gar nichts und denk nur: Du bist ein Fremder. Ich hab nix mit dir zu tun. So was. Das hilft.

Nicht, dass ich nun öfter auf Muttis Seite wär, wenn sie sich streiten. Da ticken die beide immer so derartig aus, das heißt, noch mehr als sonst, dass man, solange man noch nicht auf demselben Beknacktheitslevel ist, logischerweise für gar keinen sein kann. Da will man nur, dass der Lärm aufhört. Deshalb hab ich mir für die Fälle Ohropax besorgt. Und wenn ich dann so an ihnen vorbeigeh und sie rumfuchteln seh und wie unter Wasser alles nur noch so undeutlich und vermischt mit dem Rauschen hör und Mutti dann so anguck, kommt mir das manchmal in Kopp: Wenn sie das wirklich gemacht hat! Und dann find ich sie für ein paar Sekunden ganz gut.

Worüber ich aber erst viel mehr nachgedacht hab, war das mit dem »schwierig« und »misstrauisch«. Stimmt doch gar nicht, hab ich gedacht. So denkt die also über mich. Das war wie ein kleiner Schock, viel mehr, als dass Vati vielleicht nicht mein Vater ist, oder so kam mir das jedenfalls vor, vielleicht hab ich das auch bloß verwechselt. Aber immer, wenn Mutti die nächsten Tage mit mir geredet hat oder mich nur angeguckt, hab ich dadran gedacht. Dass sie denkt, dass ich schwierig und misstrauisch bin und genauso wie Vati. Und da war ich erst wütend auf sie, und dann hatte ich Angst, dass das stimmt. Und vielleicht ist das ja dann alles bloß deshalb passiert, kurz danach, diese Scheiße. Diese Scheiße auf der Elpe. Weil ich nicht so sein wollte.

Und das hat man nun davon. Einmal ums halbe Dorf auf dem Knüppeldamm, man hängt auf dem Sattel wien Affe aufm Schleifstein und stuckert so im Schneckentempo durch die Gegend, die Handgelenke zittern, es kribbelt einem in den Ohren, und man kann sich nicht kratzen, weil man mit beiden Händen den Lenker festhalten muss. Ist das hier eigentlich noch so was wie Zivilisation? Mutti nennt das: »Walachei«, also alles, was nicht zu unserm tollen Haus und unserm tollen Garten gehört, was auf der andern Seite von unserm tollen Zaun liegt. Vati scheint das nicht zu jucken. »Na du kennst ja auch nix andres!«, sagt Mutti zu ihm.

Aber auf die Idee konnte nun wirklich bloß wieder er kommen: mitm Kartoffelkorb! Den er irgendwo im Schuppen ausgegraben hat, wo er selber ganz begeistert von war, »guck ma, Ella, der geht doch, das's noch Vadder seiner, deutsche Wertarbeit«, und dann hat er mir den einfach hinten aufs Fahrrad geschnallt, und so musst ich los damit. Und bei diesem Scheißding von Korb schließt der Deckel nicht mehr richtig, von wegen schön sicher und kann gar nix rausfallen, und ich holper von Schlagloch zu Schlagloch, dass ich jedesmal denk, jetzt kippt er, dass ich denk, jetzt kipp doch endlich! Ich stell mir das vor, wie in Zeitlupe: Das Ding knallt runter, und alle Platten fallen raus, eine nach der andern, alle rutschen aus ihren Hüllen, hopsen vom Weg schnurstracks aufs Feld zu, rollen in einer Staubwolke über den Acker, Angriff der Killer-Lakritzschnecken oder so, und dann ab ins Gebüsch, in den Graben, auf Nimmerwiedersehen. Ich stell mir das schön vor.

Stattdessen lunsch ich vorsichtig um jede Ecke. Wenn die das nämlich erst mitkriegen, Ella fährt Schallplatten spazieren, na danke. Aber die lungern wahrscheinlich im alten Kindergarten rum, was jetzt der Jugendclub ist. Auch total daneben, aber das merken die gar nicht. Da ist noch der ganze Kinderkram drin, Spielzeug, die Tierbilder an den hellblauen und gelben Wänden, Plastetassen, die kleinen Stühle und Toiletten und niedrigen Waschbecken, und dann geht einer wie Ecki da vielleicht aufs Klo und hat echt Probleme, das überhaupt zu treffen, und pinkelt genau wien Kleinkind alles daneben. Obwohl, bei seinen knappen Einsfuffzig … Die meisten von denen sind da wirklich noch zum Kindergarten gegangen, ich ja auch, und dann sind wir nach Schmalditz in die Schule gekommen, und paar Jahre später hat er zugemacht, weils nur noch drei Kinder oder so gab in Bresekow. Aber n paar mehr Jugendliche, und da haben sie sich gedacht, machen wir mal nen Jugendclub auf, dass die Jugend von der Straße wegkommt, weil, das ist ja hier so gefährlich in den Straßen von Bresekow, und jetzt klucken die da alle wieder rum, jetzt sind sie wieder da, die Kinder.

Oder im »Bussi«. Auch son Wort. Morgens um halb sieben sitz ich im »Bussi« zwischen den Kippen und leeren Bierflaschen und warte, und wenn ich die Augen zumach, muss ich aufpassen, nicht wieder einzupennen. Wird bald zu kalt zum Sitzen sein, und dann tritt man von einem Bein aufs andere, als wenn man aufs Klo muss, und genau danach riechts ja manchmal auch, und dann wünscht man sich, dass der Bus schnell kommt, und gleichzeitig, dass er nicht kommt. Nie mehr. Aber dann müsste man für immer hierbleiben.

Neuerdings wartet Romy mit mir. Ich glaub ja, es ist wegen Paul, na von mir aus. Er wird bald wieder weg sein, einfach weg. Also lässt er besser die Finger von uns, seine schmucken, sehr weißen Finger. Ich würd die gern zeichnen. Die sind schöner als alles, alles in diesem Kaff. Scheiße. Er wird weg sein, ohne sich die weißen Finger an Ella dreckig gemacht zu haben. Und so solls auch sein.

Ich hab keine Lust auf diese Scheiße. Einmal hab ich gedacht, ich wär verliebt in einen, und dann hab ich ihn von einer Sekunde auf die andre nur noch gehasst. Und dann dacht ich, ich hab die Schnauze voll, aber geholfen hats nicht, sonst wär ich wohl kaum in Franks Zimmer gelandet auf der Klassenfahrt in der Zehnten, und mit Frank in seinem Bett. Ich war so besoffen wie alle andern, und ich war die Neue und noch nicht wie alle andern schon jahrelang aufm Gymnasium und nun auch bloß, weil Mutti und Vati mich da noch nicht ganz aufgegeben hatten.

»Das is deine Schang-se!«, hatte Vati gesagt.

Da nutz ich die mal besser, hab ich wohl gedacht und mit den andern dieses ungenießbare Gesöff aus den Plasteflaschen getrunken, das die Jungs aus Sprite und Klosterfrau-Melissengeist zusammengemixt hatten. Irgendwann waren bloß noch die Jungs und ich übrig, und einer hat gesagt: »Na los, Frankie!«, und gekichert, und Frank hat gesagt: »Halt die Schnauze!«

Aber am Ende hab ich dann doch auf Franks Bett gelegen, und Frank hat angefangen, mich abzuknutschen, überall, und mir wurd so schlecht dabei, dass ich Angst hatte, ich würd Frank sein Bett vollkotzen, aber Frank hat nix gemerkt und bloß an meinen Sachen rumgezerrt und mich überall abgeknutscht, bis ich gesagt hab: »Okay«, weil ich wollte, dass er endlich aufhört mit dem Gesabbere. Außerdem war ich neugierig, ob ers wirklich machen würde. Er hat gar nix gesagt, ist bloß runter vom Bett und hat seine Hose ausgezogen, und ich meine auch, und dann hat er wie wild in seiner Tasche rumgewühlt und geflucht, und als ein Auto vorbeigefahren ist, hab ich kurz seinen weißen Hintern gesehen, und dann hab ich die Augen zugemacht.

Auf einmal wusst ich, dass das auch Franks erstes Mal ist, und da wär ich am liebsten gleich wieder raus aus seinem Bett, ich hab gedacht, wenn der nun was falsch macht. Aber dann hat ers anscheinend doch richtig gemacht, jedenfalls hab ich geblutet wien Schwein, sein ganzes Laken voll.

»Mann, das hättste aber auch sagen können!«

Wieso, hab ich gedacht. Aber dann war mir plötzlich einiges klar. Was der von mir gedacht hat. Was die alle von mir gedacht haben. Wieso eigentlich?

»Hast du ja auch nich«, hab ich gesagt, und da hat er nix mehr gesagt. Das Laken hat er zusammengeknüllt und ist damit zum Waschraum.

»Das geht eh nich mehr raus«, hab ich gesagt. Aber er wollte es in der Dusche verbrennen, was natürlich nicht funktioniert hat, das hätt ich ihm auch gleich sagen können. Denn damit hatte ich nun wirklich mehr Erfahrung als er. Einmal hatte ich versucht, meine ganzen Klamotten bis auf eine Hose und einen Pullover zu verbrennen, bei uns im Garten, ging aber nicht. Als Vati das mitkriegte, gabs Backpfeifen, ich glaub, mehr für meine Doofheit: »Mensch, dazu nimmt man Spiritus!«

»Hast du noch was von dem Melissengeist-Zeug übrig?«, hab ich Frank gefragt.

»Nee«, hat er gesagt, »haste noch nich genug?«

Ich hatte mehr als genug. Von Frank und von mir selbst und allen andern. Ich hab erst mal ins Waschbecken gekotzt, und dann bin ich aufs Klo und hab mir ne halbe Klopapierrolle in den Schlüpper gepackt, obwohl da auch nix mehr zu retten war, und dann hab ich Frank noch n bisschen zugeguckt, wie er da immer noch vor der Dusche gekniet hat und mit seinem Feuerzeug rumgefummelt und sich die Finger verbrannt und geflucht hat. Wenigstens hat er gut gerochen, hab ich gedacht.

»Stoff brennt nich so leicht.«

»Halt die Klappe!«, hat Frank gesagt. Dann hat er das angekokelte Laken zusammengewurschtelt, und wie er sich das so vor die Brust gehalten hat, sah das aus, als hätt er ein Baby dadrin, und dann ist er damit an mir vorbei und raus auf den Hof, ich glaub, zum Müll.

Am nächsten Tag haben wir uns vorsichtshalber nicht angeguckt. Aber ich glaub, er hat nicht grade Schiss gehabt, dass ich das nun überall rumerzählen würd. Brauchte er auch nicht, ich hab die Klappe gehalten. Und mit keinem mehr geredet. Und nur einmal, als er in irgendsoner Kirche, die wir besichtigt haben, dicht an mir vorbeigegangen ist, hat er genuschelt: »Vergiss es einfach!« Und ich habs vergessen.

NOTHING'S GONNA CHANGE MY WORLD. Aufhörn, aufhörn da oben! Ich schaff euch zu einer, dies nicht anders haben will, der könnt ihr was froträllern.

Bei Plötzens hängen gar keine Gardinen vor den Fenstern, obwohl sie unten wohnen. Wodrüber sich natürlich schon das halbe Dorf aufgeregt hat. »Na ja, wenigstens so halbe hätten sie ja vormachen können«, hat Mutti gesagt. Wie wir. Damit man wenigstens noch einen kleinen Zipfel hat, hinter dem man sich verstecken kann, wenn man Leute draußen beobachtet.

»Vielleicht haben sie nix zu verbergen«, hab ich gesagt. Da war sie gleich wieder auf der Palme.

»Das hat doch damit nix zu tun! Das is doch bloß sone Mode.«

Ich hatte Lust, sie noch ein bisschen zu ärgern: »Pauls Oma hatte auch keine.«

»Wer? Ach, die war doch verrückt!«

Besonders verrückt kommt mir Romys Familie nicht vor. Ich glaub, sie hat ziemlich Glück gehabt mit ihren Eltern. Jedenfalls darf sie alles Mögliche. Ich hab sie neulich mal gefragt, was denn ihre Eltern dazu sagen, dass sie jetzt ständig mit Paul und mir rumhängt und öfter spät nach Hause kommt und so.

»Na ja«, hat sie gesagt. »Mir wär lieber, die würden gar nix sagen.«

»Na mir erst! Machen deine auch immer so doofe Bemerkungen?«

Romy hat genickt und mit den Augen gerollt.

»Gönnen die dir auch nix?«, hab ich sie gefragt. Da hat sie mich ganz perplex angeguckt.

»Na eher im Gegenteil!«

»Wieso?«

»Na ja, die wollen doch ›immer nur das Beste‹ für einen und so!«

»Den Spruch kenn ich!«, hab ich gesagt. »Und die meckern nich rum, wenn du abends erst um elf nach Hause kommst?«

»Nee, sag ich doch. Die freuen sich!«

»Die freuen sich? Wie jetzt?«

Ich hab zugeguckt, wie Romy den Zipfel von ihrer Bluse bis zum untersten Knopfloch aufgerollt hat, und hab wunder gedacht, was da jetzt kommt, und dann hat sie gesagt: »Na – für mich eben, irgendwie.«

»Is doch toll! Oder nich? Dann is doch alles in Ordnung, oder?«

»Na ja, im Prinzip schon«, hat Romy gesagt, aber es hörte sich an, als wenn sie noch was hinterher sagen wollte, so was wie: ›aber‹. Aber hat sie dann doch nicht.

Ich weiß nicht, ob ich mein Fahrrad an die weiße Klinkerwand stellen soll. Steh ich also mal wieder blöd in der Gegend rum. Ich könnte auch einfach wieder abhauen. Aber dann hätte ich immer noch die Beatles am Hals, und wahrscheinlich hat sie mich sowieso schon gesehen. Was soll ich denn eigentlich sagen?

Auf einmal kommt Romy um die Ecke, mit einem leeren Wäschekorb und roten Händen. Sie sieht mich nicht, die guckt wer weiß wohin, ich mach schon den Mund auf, aber es kommt nix raus, was denn auch sagen, so in die Luft, vielleicht könnt ich mich räuspern oder so was, wie die das im Film so machen. Romy zuckt zusammen.

»Mann, hast du mich erschreckt!«

»Hier, von meinen Eltern«, sag ich und dreh mich halb zum Handwagen um. Romy kommt näher und sieht die Platten.

»Ella! Is das dein Ernst?« Sie sieht fast erschrocken aus.

»Ich hab damit nix zu tun«, sag ich, und sie: »Doch, hast du!«

Sie stellt den Wäschekorb ab und umarmt mich, so ein bisschen. Ich weiß nicht, was ich machen soll. Am besten gar nichts.

»Ich weiß gar nich, was ich sagen soll«, sagt Romy.

Na, am besten gar nichts. Sie fragt: »Hast du Lust, zum Kaffe zu bleiben?«

Ich nicke und stelle das Fahrrad an die Hauswand. Romy nimmt die Platten aus dem Korb, die Singles rutschen ihr weg, ich fang sie auf, und wir packen alles in den Wäschekorb. Sie hat ganz schön zu schleppen. Ich halte die Tür für sie auf. Plötzlich dreht sie sich um und sagt ziemlich außer Atem: »Findest du nich auch, dass er aussieht wie Paul McCartney?«

Sie grinst und ist ein bisschen rot, ich glaub, nicht nur von den Platten. Ich weiß auch gleich, wen sie meint.

»Nein, find ich nich!«

Musste das sein? Mann, Romy! Wie soll ich ihn denn jetzt noch angucken, ohne dass …

»Meine Eltern waren auf dem Konzert letztes Jahr, in Hamburg.« Ich weiß auch nicht, wieso ich das jetzt noch sage. »Die sind da extra hingefahren, für einen Tag! Zum Glück waren sie gar nich erst auf die Idee gekommen, mich mitzunehmen. Einer musste bei Oma bleiben, und das war mir auch echt lieber. Das war richtig schön, endlich mal Ruhe! Das war der beste Tag in den ganzen Sommerferien. Aber als sie dann zurück waren, da wurds dafür gleich doppelt schlimm, da haben sie einem dann in einer Tour vorgeschwärmt, wie toll das gewesen wär, aber eigentlich haben sie die ganze Zeit bloß von Hamburg gequatscht, ne echte Großstadt eben, und wie doof das wär, dass man sie da früher nicht hingelassen hat, die Scheiß-DDR, und wir hatten ja sogar Verwandtschaft da, und nicht mal zu seinen eigenen Verwandten konnte man und bla bla bla, und ich würd ja gar nicht wissen, wie gut ich das hab.«

»Ja und«, sagt Romy, »und deine Eltern, die haben doch Paul auch schon gesehen, finden die denn nicht, dass er aussieht wie Paul McCartney, ich mein, früher?«

»Ach, ich glaub, die wissen gar nich mehr, wie der aussah«, sag ich.

Romy packt die Platten auf ihre Liege. Sie nimmt eine nach der andern vom Stapel runter, guckt sie an wie das achte Weltwunder und stellt sie alle nebeneinander gegen die Kissenreihe an der Wand. Sie überlappen sich wie die Kissen, die aussehen, als hätten sie alle nen neuen Bezug gekriegt. Was fürne Vorstellung: Beatles-Kissen! Beatles-Bettwäsche, Beatles-Handtücher, Beatles-Zahnputzbecher. Zum Glück ist da damals noch keiner drauf gekommen. Zumindest meine Eltern nicht, wär ja zu auffällig gewesen.

»Kaffe oder Tee?«, fragt Romy.

Ich weiß nicht, wann ich das letzte Mal Tee getrunken hab. Wahrscheinlich als ich das letzte Mal krank war oder im Ferienlager, das ist beides ewig her. Einmal war ich im Ferienlager krank, und da haben sie mir Kamillentee eingeflößt, was zwar ne Abwechslung zum üblichen Hagebutten-Abwaschwasser war, aber ungefähr so eine wie von Mathe zu Chemie. »Kaffe. Ohne Milch.«

»Warum wolltest du die denn nich?«

»Was?«, frag ich.

»Na, die ganzen Beatles-Platten. Ich mein, du bist doch quasi damit aufgewachsen und so.«

»Erinner mich nich dadran!«

Romy lacht. »So schlimm? Aber du hättest sie ja auch verkaufen können, ich mein, so ne vollständige Beatles-Platten-Sammlung ist doch bestimmt was wert.«

»Na ja«, sag ich bloß. Mann! Da macht man mal was Nettes! Hätt ich das gewusst. Ist ja schlimmer, als wenn man was ausgefressen hat. Und wieso guckt die mich jetzt so komisch an?

»Achso«, sagt sie. »Da hab ich jetzt wohl was falsch verstanden.« Sie wird richtig rot. »Also, tut mir leid, Ella«, sagt sie, »aber ich bekomm bloß ab und zu mal Taschengeld und nich so viel, also, da müsst ich jetzt erst mal mit meinen Eltern reden, vielleicht als Geburtstagsgeschenk, brauchten die sich nich mal selber was ausdenken, wär doch praktisch.« Sie lächelt.

»Was?« Ich seh grade gar nicht mehr durch.

»Na, ich weiß ja nich, also – na, wieviel du so dafür haben möchtest.«

Ich glaub, ich starr sie an, als hätt sie nicht mehr alle. Oder ich. »Spinnst du? Die sind doch geschenkt, Mann!«

»Echt?« Falls das überhaupt geht, ist sie jetzt noch n bisschen röter geworden. »Also Kaffe.«

Sie geht raus, kommt aber gleich wieder. »Danke, übrigens.«

Kurz danach scheppert irgendwas in der Küche, und ich hör, wie sie »Scheiße!« ruft.

Obwohl ihr Zimmer ganz schön groß ist, kommts einem nicht so vor. Ich glaub, es ist noch größer als bei uns das Schlafzimmer, so quadratmetermäßig, und das kam mir als Kind immer riesig vor, auch jetzt noch manchmal, aber mehr wie ein riesiger Blödsinn. Ich mein, die pennen da bloß! Da steht nix weiter drin als ihr klotziges Bett und ihr klotziger Kleiderschrank und Muttis verschnörkelte Frisierkommode, die sie gleich nach der Wende unbedingt haben musste. Man gönnt sich ja sonst nix. Mit goldnen Blumen auf den drei Spiegeln, wodrin sie sich von allen Seiten angucken und anhimmeln kann, sie sagt dazu: »kontrolliern«. Wenn wir irgendwohin wollen: »Ich muss mich noch mal kurz kontrolliern!« Und dann rennt sie zur Kommode und dreht den Kopf wie ne Eule hin und her und klappt dabei die beiden Außenspiegel immer wieder vor und zurück, als wenn sie ihnen irgendwelche Flugbewegungen beibringen und mit dem ganzen Ding einfach abheben will. Wenn ich dann grinse, sagt sie: »*Dir* würd ein Blick in den Spiegel ab und zu auch mal ganz gut tun!«

Glaub ich allerdings nicht. Als wir die Kommode grade neu hatten, war ich ziemlich fasziniert davon. Zum Beispiel kann man sich ja in einem Außenspiegel, wenn man den so dreht, dass er sich im mittleren spiegelt, so sehen, wie andere einen sehen, also richtig, nicht spiegelverkehrt. Das ist ja erst mal n Schock. Was aber wirklich fies ist: Wenn die Spiegel so stehen, dass der eine Außenspiegel irgendwie noch mal die gegenseitige Spiegelung der andern beiden spiegelt, ich kann mir gar nicht genau vorstellen, wie das funktioniert, aber das ist jedenfalls zu viel, zu viel Spiegelung. Als mir das das erste Mal passiert ist, hätt ich am liebsten sofort mit Muttis Parfumflasche den ganzen Spiegel zerkloppt, aber irgendwie hatte ich Schiss. Nicht wegen Mutti oder so. Als wir neulich bei mir im Zimmer gesessen haben, Paul und Romy und ich, hat Romy ne Spinne an der Wand entdeckt und ist sofort hochgeschossen und hat son ganz kurzen Schrei losgelassen und sich erst wieder halbwegs beruhigt, als Paul die Spinne mit meinem Stiftebecher eingefangen und nach draußen befördert hatte. Ich hätt da einfach den Latschen genommen. Aber Romy hat gesagt, nicht mal das würd sie sich trauen, sie hätte Angst, dass sie »das Vieh« nicht richtig trifft und das ihr dann entgegenspringt oder so. Ich hab gelacht, aber mit dem Spiegel gings mir eigentlich genauso. Und dann stand ich da und hab mich angestarrt wie Romy die Spinne, mich, mich, mich, das hörte nicht auf, wurde nur immer kleiner und undeutlicher, und grade das war das Gruslige, weil ich ja genau wusste, dass da ganz hinten am Ende, auch wenn ichs nicht mehr sehen konnte, immer noch Ella war, und es gab ja gar kein Ende, nur immer weiter Ella, Ella, Ella, und alle guckten sie mich an mit so einem meschuggen Blick. Keine Ahnung, wie Mutti das aushält. Aber wahrscheinlich findet sie das »cool«: Die kriegt ja nie genug von sich.

Romys Zimmer sieht so aus, als obs auch nicht genug kriegen könnte, es sieht so aus, als wenn da nie einer kommt und sagt: Jetzt räum doch endlich mal auf. Es macht einen ganz wuschig. Erst mal die ganzen Bücher. Viel zu viele für meinen Geschmack. Viel zu viele Blumenpötte vor den Fenstern, und die Wand überm Schreibtisch ist mit lauter Postkarten und andern Bildern beklebt, alles quer durcheinander. Und dann liegt überall irgendwas rum, und bei den meisten Sachen weiß ich nicht mal, wofür sie gut sein sollen. Dieser Beutel mit Wolle neben dem Sofa. Die bunt beklebten Schachteln in dem einen Regal, und dadrüber zwei so komische Viecher, Krebse oder so was. Ob die echt sind?

Ich würd mich gerne irgendwohin setzen, aber ich dreh mich nur immer um mich rum, weil ich nicht weiß, wohin. Es gibt die Liege, das Sofa, einen Sessel und zwei Stühle, aber alles ist irgendwie schon besetzt. Von der Liege starren mich die Beatles an, wie irgendwelche blöden Bengels, die sich im Halbkreis vor einen hinstellen und einen einschüchtern wollen. Aber kaum dreh ich mich um, glotzen mir die Leute von den Postkarten entgegen, oder die Kakteen, die mir auch beinah lebendig vorkommen, oder diese drögen Krebse. Ich fühl mich irgendwie – umzingelt.

Romy guckt mich ein bisschen misstrauisch an, als sie mit zwei Kannen wieder reinkommt. »Setz dich doch.«

Ich schieb die Bücher auf dem Sofa ein Stück beiseite und setz mich hin. Es ist so ein Omasofa, mit einer ganz niedrigen Lehne, und man kann sich sowieso nicht anlehnen, weil dann die Beine in der Luft hängen, und dabei waren die Leute doch früher noch kleiner, oder? Auf einmal hab ich son Bild im Kopf, wie meine Oma mit meinem Opa auf sonem Sofa sitzt, und ihre Beine sind nur so lang wie die Sitzfläche breit ist, wie zwei Puppen. Und wie sie dann zusammen in ihr Puppenbett gegangen sind und Vati gemacht haben, der gleich zwei Köpfe größer war, und dann hat er die Flotte Britta, die ja größer ist als er, wenn sie Hackenschuhe anhat, also fast die ganze Zeit, irgendwie dazu überredet, mit ihm ins Bett zu gehen und noch größere Kinder zu machen, und so werden die Leute immer riesiger und klobiger, und nix passt mehr.

Romy hat sich im Schneidersitz neben mich gesetzt, sie wippt ein bisschen auf und ab.

»Ist ein Erbstück von meiner Uroma. Das Ding hat wahnsinnige Sprungfedern, als Kind bin ich dadrauf immer rumgehopst. Aber dann ist meine Oma in den Neubau gezogen, und da warn die Decken zu niedrig. Oder ich auch irgendwann zu groß.«

Sie springt auf, und ich kipp fast zur Seite.

»Die Milch!«

»Ich brauch doch keine Milch«, sag ich.

»Aber ich. Zucker?«

Ich schüttle den Kopf. Romy hat mir pechschwarzen Kaffe eingegossen. Mal was andres als Muttis koffeinfreie Plürre, die sie neuerdings schlürft. Und sogar da sagt sie zu mir: »Aber nur eine Tasse!« Dass ich bloß nicht irgendwie abhängig werde. »Ist doch gar nix drin«, sag ich, und sie: »Alkoholfreies Bier ist auch nicht ganz ohne Alkohol.« Früher durfte ich nicht mal Cola. Ich hab ein Päckchen Kaffe in meiner Schreibtischschublade versteckt. Mutti war natürlich sofort wieder misstrauisch: »Sag mal, hast du irgendwas in deiner Schreibtischschublade, wovon ich besser wissen sollte?« Wahrscheinlich hat sie gleich an Drogen oder so gedacht.

»Nein«, hab ich gesagt.

»Warum schließt du sie denn dann ab?«

»Weil n Schloss dran is.«

»Ella! Ich krieg das sowieso raus! Du bist in letzter Zeit so – apathisch. Irgendwas stimmt doch mit dir nicht!«

Ja, genau. Wenn hier was nicht stimmt, dann natürlich mit Ella. »Wahrscheinlich brauch ich einfach mal stärkeren Kaffe!«

»Das vergiss mal lieber! Du rauchst doch nicht neuerdings, oder?«

»Nei-in!«

»Darf ich dann mal n Blick in deine Schublade werfen?«

»Das vergiss mal lieber!«

Das gab zwei Wochen Taschengeldentzug. Zum Glück hatte ich mir grade vorher neuen Kaffe gekauft. Und mehr brauch ich eigentlich nicht. Bis auf ne Zigarette ab und zu.

»Was is das denn?«, frag ich Romy, als sie sich aus der andern Kanne eingießt.

Sie sagt so was wie: »Öll-gräi«, klingt englisch.

»Was?«, frage ich.

»Schwarzer Tee«, sagt sie, »aromatisiert mit Bergamottöl.«

Mit was? »Mit Milch?«, frag ich.

»Ja«, sagt sie und grinst, »wie die Engländer.«

Wie Paul, denk ich. Aber der ist ja aus Irland. Oder haben sie uns das mal in Englisch erzählt? Als ich gehört hab, dass die Haferschleim zum Frühstück essen, hab ich nicht weiter aufgepasst.

»Magst du Haferbrei?«, frag ich.

Sie guckt mich angeekelt an. »Alles hat seine Grenzen.«

Stimmt, denk ich.

»Willst du mal probiern?«, fragt sie und hält mir ihre Tasse hin. Ich zögre. Sie lacht.

»Keine Angst, ich hab keine Ratten verspeist. Aber ich kann dir auch ne andre Tasse holen.«

»Schon okay«, sag ich. Bloß weil das bei uns son totales Unding ist: aus der Tasse von dem andern zu trinken, die Gabel von dem andern zu nehmen. Als ob sich alle bei uns vornander ekeln.

»Schmeckt gut«, sag ich. Und das ist echt mal nicht gelogen.

»Find ich auch«, sagt Romy.

Ich geb ihr die Tasse zurück, ich weiß nicht, was ich sonst noch sagen soll. Romy sagt auch nix. Wir schlürfen nur so vor uns hin. Als wär das so ein doofes Spiel, bei dems darum geht, wer als Erster was sagt, und der hat dann verloren. Ich verlier.

»Weißt du schon, was du machen willst, ich mein, nach dem Abi?«

Romy zuckt mit den Schultern. »Keine Ahnung. Studiern. Und du?«

»Weiß nich. Jedenfalls nich studiern. Zwölf Jahre reichen. Zwölf Jahre Schule, eh! Überleg dir das mal!«

Sie lacht. »Wieso machst du dann Abitur?«

»Gute Frage«, sag ich. »Wegen meinen Eltern wahrscheinlich.«

Romy sagt: »Ich konnt mir nie vorstellen, was ich mal werden will, nich mal so wie andre, die schon mit sieben Jahren wissen, dass sie Sängerin oder Tierärztin werden wollen. Ich wollt nie irgendwas werden.«

»Ich auch nich!« Das hätt ich nie gedacht. Dass ihr das genauso geht. Auf ihrem Schreibtisch liegt son grünes Buch, ich hab sofort gewusst, dass das ihr Tagebuch ist. Ich hab nicht reingeguckt oder so, ich habs einfach so gewusst. Wahrscheinlich denkt sie die ganze Zeit über irgendwas nach, hab ich gedacht, über sich, und dann schreibt sie das alles auf. Wahrscheinlich weiß sie über sich selbst ganz genau Bescheid, ganz genau, was sie will. Oder wenigstens, was nicht.

»Ich mein, ich kann mir das überhaupt nich vorstellen, son richtiger Job und so, und du gehst da jeden Tag hin und machst da jeden Tag deine Arbeit von morgens bis abends und das vierzig Jahre lang. Wenn du Glück hast. Und wenn du noch mehr Glück hast, interessiert dich das vielleicht sogar n bisschen, was du machst. Aber irgendwie will ich das nich.« Sie grinst. »Meine Eltern sind natürlich immer entsetzt, wenn ich so was sag!«

»Na frag mich mal. Ich sag sowas gar nich erst, und trotzdem liegen die mir ständig in den Ohren, was denn bloß aus mir werden soll und so, und dass ich noch irgendwann in der Gosse lande, wenn das so weitergeht. Aber ich intressier mich einfach für nix.«

Romy guckt mich an. »Für gar nix? Ich mein, in der Schule, interessiern dich da nich n paar Sachen, ich mein, zumindest mehr als andre?«

»Nee. Mir is das alles wurscht. Ich glaub, das war gleich so, schon wie ich in die erste Klasse kam und die mit OMI UND LILO AM ZAUN anfingen. Als ich von meinem ersten Schultag nach Hause kam, hab ich gesagt: ›Da will ich nich mehr hin!‹ Ich hab ja auch öfter geschwänzt und so, und das als Lehrerkind! Da war immer was los! Mit der Zeit hab ich gedacht, is einfacher, doch hinzugehn und bloß drauf zu warten, dass es vorbei is. – Na doch, manchmal hat mich auch was intressiert, aber wenn ich dann die ganze Stunde was dadrüber hörn musste und die ganzen Tafelbilder abmalen und dann zu Hause auch noch auswendig lernen, damit ich das dann inner Klassenarbeit noch mal hinschreiben sollte, da wars dann immer vorbei mit meim Intresse. Das war wie als wär das zehnmal eingewickelt worden, in lauter Plastetüten oder so, dass man gar nich mehr richtig erkennen kann, was es is. Oder wie mit Gummi.« Ich muss lachen. Aber Romy sieht aus, als wenn sie auf was wartet.

»Na, ich mein, also – mit Kondom. Hat Thorsten mal gesagt. Er hat gesagt, Sex mit Kondom is, als würdste n Bonbon mit Einwickelpapier lutschen.« Ich lache.

Romy grinst ein bisschen. »Wer ist Thorsten?«, fragt sie.

»Na, mein Bruder.« Das weiß sie ja gar nicht.

»Achso«, sagt sie. »Wie alt ist er denn?«

»Einundzwanzig. Er studiert in Berlin. Er is schon vor zwei Jahren ausgezogen. Und an ihn komm ich sowieso nich ran.«

»Wie – nich ran?«

Wie soll ich ihr das jetzt wieder erklären? Sie ist ein Einzelkind und hats gut. Obwohl, ohne Thorsten wär auch scheiße gewesen. So scheiße wie jetzt.

»Na ja, er war eben immer besser und so. Er hat immer alles richtig gemacht, jedenfalls fällt mir nix ein, wo er mal richtig was falsch gemacht hätte, mal richtig Scheiße gebaut oder so. Meine Eltern haben fast nie mit ihm gemeckert, im Gegenteil. Und alle mögen ihn immer gleich, egal, wo er hinkommt, er sieht ja auch gut aus und so, er is nett. Und trotzdem kein blöder Schleimscheißer, ich mein, nich so wie die, die den Lehrern in'n Arsch kriechen, die bloß so tun, als ob. Wenn er zu einem nett war, dann hat er das auch so gemeint. Mann, ich red, als ob er tot wär!«

»Und deine Eltern haben ihn echt bevorzugt?«

»Klar. Mein Vater kommt ja immer bald um vor Stolz, wenn er von seinem tollen Sohn erzählt, das musste dir mal anhörn! Aber komischerweise war ich trotzdem nie richtig neidisch. Er is eben mein Bruder, und er war nie irgendwie doof zu mir oder so, er hat zu mir gehalten. Wahrscheinlich is man nich neidisch auf einen, den man mag, oder?«

»Hm«, macht Romy. Sie sieht aus, als müsste sie da erst mal drei Tage drüber nachdenken. »Wahrscheinlich nich«, sagt sie schließlich.

»Hättest du gerne Geschwister?«, frag ich sie, bloß so aus Neugierde.

»Nein!« Das kam wie aus der Pistole geschossen.

»Wieso nich?«

»Ach, ich weiß nich. Ich kanns mir einfach nich vorstellen.«

Ich glaub, sie hat recht. Ich kanns mir auch nicht vorstellen bei ihr.

»Das Schlimmste wär n Zwilling«, sagt sie. »Zwillinge find ich gruselig. Ich mein, eineiige. Allein schon die Vorstellung: Da is einer, der is genauso wie du! Das macht mich ganz krank, wenn ich nur dran denke!«

Meine Eltern wahrscheinlich auch. Ich muss an den Spiegel denken. Ich glaub, ich weiß, was sie meint.

»Ich mein, fühlt man sich da überhaupt noch als Individuum?« Romy guckt mich erschrocken an.

»Keine Ahnung. Aber die leben ja auch irgendwie, und manche finden das ja auch toll«, sag ich.

»Na ja, so toll, wie es eben is, nie alleine zu sein. Also auf die Dauer nich besonders, jedenfalls nich für mich. Ob die Eltern die am Anfang überhaupt auseinanderhalten können?«

»Tja. Aber is da vielleicht auch egal …«

Romy lacht. »… ob nun die eine heute Hanni und die andre Nanni is und morgen umgekehrt?«

Wir lachen beide. »Komische Namen«, sag ich.

»Na ja, weißt doch, Hanni und Nanni, diese Mädchenbücher.« Sie rollt mit den Augen.

»Was?« Da hab ich wohl was verpasst.

Romy grinst. »Da is dir aber ganz schön was entgangen, sag ich dir!«

Tja, vielleicht hätt ich auch lieber solche Bücher lesen sollen. Statt »rumzugammeln« und mich »rumzutreiben«, wie das ja immer hieß. Ich wollt bloß möglichst wenig zu Hause sein. Jetzt bin ich die ganze Zeit da. Für Oma. Sag ich nur so. Ich wär auch da, wenn Oma nicht da wär.

Aber da musst ich erst mal drüber nachdenken. Wieso Romy eigentlich auch gleich so gegen die Elpe war, neulich. Ich mein, ihre Mutter macht ja den Club und so. Zwar kann ich mir auch nicht vorstellen, dass Romy da hingehen und das gut finden würde. Dann würd sie wohl keine Bücher lesen und so und in ihr Tagebuch schreiben und jeden Tag »uff't Gymmi« gehen. Und da liegt bestimmt der Pudel begraben, dacht ich so. Sie hat genau son Hass dadrauf wie ich, vielleicht hat sie genau so ne Schiss vor der Elpe. Aber aus nem andern Grund. Weil sies *nicht* kennt.

»Oh, hallo – du hast ja Besuch!«

Ich fahr zusammen. Mann! Ich hab gar nicht mitgekriegt, wie Romys Mutter reingekommen ist.

»Hallo, Ella! Na das is ja schön.« Sie lächelt. Anscheinend freut sie sich wirklich.

»Guck mal, Ella hat mir die ganzen Platten mitgebracht, also, geschenkt, die ganzen Beatles-Platten!« Romy zeigt auf ihre Liege. Ihre Mutter macht so ein Geräusch, als würd sie sich furchtbar erschrecken, und ich zuck noch mal zusammen.

»Mensch, Ella! Fiel dir das gar nich schwer, dich davon zu trennen?«

»Überhaupt nich«, sag ich.

Frau Plötz lächelt mich an. »Na, Mensch, das nenn ich großzügig!«

»Pass auf, gleich sagt sie, dass ich mir da mal ne Scheibe von abschneiden könnte«, sagt Romy.

Ich guck sie erschrocken an, dann ihre Mutter. Aber die lacht bloß.

»Sagt mal, was is denn mit euerm Paul? Wollt ihr den nich anrufen? Der könnte doch auch herkommen, zum Abendbrot.«

»Ach«, sagt Romy. »Nein. Wir sehn uns ja morgen.«

»Achso.«

Ich glaub, Frau Plötz wollt noch was sagen, aber sie langt bloß nach der Türklinke.

»Na ja, dann lass ich euch jetzt mal alleine.«

Als sie raus ist, frag ich Romy: »Wieso denn nich? Er hätt doch eigentlich herkommen können, oder?«

Romy seufzt. »Ja. Eigentlich. Aber nich, wenn meine Mutter da is.«

Das versteh ich jetzt nicht. Ich mein, so schlimm ist ihre Mutter doch gar nicht. Romy zieht die Augenbrauen hoch.

»Man darf ihr gar nich erst die Gelegenheit für nachträgliche Bemerkungen und Befragungen geben!«

Was für Befragungen? Romys Mutter sieht eigentlich nicht so aus, als würd sie irgendwelche Bemerkungen machen. Jedenfalls nicht solche wie meine. Aber Romy schlürft ihren Tee und guckt mich über die Tasse an, als hätte sie das Logischste von der Welt gesagt.

»Geh mal, Hartmut, nu geh mal!«

Die kann einen scheuchen! Drückt sie einem die Blumen inne Hand, und nu geh ma, Hartmut. Einer muss ja.

»Wieso ich nu wieder?«

»Ach, Hartmut, ich bitte dich! Ich hab zu tun, siehst du doch, und soll nu vielleicht deine Mutter mit ihrem Bein da umherkrauchen? Die kommt doch heute wieder gar nicht hoch.«

»Und Ella?«

»Na, dass ich nicht lache! Ella! Die weiß doch gar nicht, wo der Friedhof *ist*! Oder dass ihr Opa da liegt, geschweige denn, was heut fürn Tag ist. Außerdem ist sie gar nicht da.«

»Wieso? Wieso nich da? Aber ma ganz nebenbei, Britta, ich hätt da auch nich dran gedacht. Sterbetag und so. Na ja, Hauptsache, du hast das immer alles im Kopp.«

»Was soll das nu wieder heißen? Wenn ich mich nicht darum kümmern würd, na, da würd man ja bald ganz genau sehen, von wem Ella das hat. Du kennst doch auch keine Verwandten! Du würdst doch auch am liebsten so tun, als wärst du vom Himmel gefallen, und tot is tot, ne! Keine Achtung! Hast du nicht. Nie gehabt. Was soll denn das erst werden, wenn ich mal unter der Erde bin. Da kannst du denn ja wohl nicht mehr deine Mutter vorschicken!«

»Na, da kannste ja bloß froh sein, dass ich mir eher die Radieschen von unten angucken werd als du, wa! Denn kannste immer schön um mein Grab rum mitte Harke und immer schön Stiefmütterchen ruffpflanzen und dir immer schön vonne Leute bei zugucken lassen. Wie de schön um deinen armen Mann trauerst. Den de schön zu Tode gezetert hast. Nich, Britta?«

»Ach, sei doch still, Hartmut! Du weißt doch nicht, was du redest, weißt du doch schon lange nicht mehr. Schlimmer als deine Mutter. Ich weiß nicht, was mit dir los ist neuerdings. Aber weißt du was: Ich wills auch gar nicht wissen! Intressiert mich nicht.

Nicht die Bohne. Sind vielleicht deine Wechseljahre. Solls ja bei Männern auch geben, hab ich neulich erst gelesen …«

»Kümmer du dich man bloß um deine eigenen ›Wechseljahre‹ und deine ›Tage‹ und deine ›Orangenhaut‹ und was de dir sonst noch alles ranliest. Deine ›Darmflora‹!«

»Hartmut …«

»Wird einem ja übel bei!«

»Ach, leck mich doch am … Allerwertesten!«

»Ha, das hättste wohl gerne, wa, Allerwerteste! Aber echt, Britta, warst auch schon ma origineller. Ich sag bloß: ›verlängerter Rücken‹! Ha! Als ob de nich n Arsch hast wie alle andern auch!«

»Ja genau, Hartmut. Hab ich. N Arsch, der sich nicht traut, seinem Vater n paar Blumen aufs Grab zu stellen!«

»Mann, krieg dich ein! Ich geh ja schon. Herrgott nochmal!«

Sterbetag! Hab ich nie kapiert. Aber Mutter auch immer mit ihrem ewigen Friedhofsbrimborium. »Deine Oma«, »dein Opa«, »meine Mutter«, »meine Schwester«, »deine Tante«, »meine Tante«, »die Cousine von meim Vater« und was weiß ich nicht noch alles für Schwippschwager und Neffcousins! Die ist doch rein besessen davon. Scheint aber auch sone Weiberkrankheit zu sein. Da denkste, du hast mal n ganz normalen Tag, alles erledigt, musst an nix denken, ne, kannst im Prinzip machen, was du willst, machst den Fernseher an, machst dir n Bierchen auf, zack, da steht garantiert Mutter inne Tür: »Hartmut, du denkst doch da an, dat Opa heut …« Dat der olle Schorschki da vor siebenundweißnich Jahren den Geist aufgegeben hat, was ihr Polacken-Schwiegervater gewesen ist. Als ob das nu nix Wichtigeres im Leben gibt, als wann einer gestorben ist. Als ob er damit nu irgendne Leistung oder so vollbracht hätte, wo man ihm zu gratuliert. Wie beim Geburtstag. Genauson Scheiß im Prinzip. Du wirst nu mal irgendwann geboren, kannste dich ja gar nicht gegen wehren, sozusagen, musste auch gar nix für tun. Ich versteh nicht, was dadran nu so Besondres sein soll, an dem Tag, mein ich, dass man den nu permanent feiern muss jedes Jahr.

»Gefeiert wird nich mehr«, hab ich zu Britta gesagt. Da war die auch sofort einverstanden mit.

»Bleibt ja sowieso immer alles an mir hängen«, hat sie gesagt. Bisschen bequem ist sie nämlich auch, mal so unter uns gesagt. Das hatt ich gleich gemerkt damals.

»Wir schenken uns nix mehr.«

Da hat sie denn erst n bisschen blöd geguckt. Weil, da hat sie natürlich gleich an sich gedacht, und dass es nu Ebbe ist mit den kleinen roten Pappschachteln von Uhren – Schmuck – Meyer und den sauteuren Dingern ausm Wäscheladen, wo du dafür bezahlst, dass möglichst wenig dran ist. Na ja, hatt ich ja auch immer selber was von, hab ich ja extra so ausgesucht. Und wenn sie das denn ausgepackt hat … Nie vor den Kindern. »Hartmut!«, hat sie dann gesagt, und ich hab gegrinst. »Da werd ich das wohl gleich mal anprobiern«, hat sie gesagt und ist damit ins Schlafzimmer, und nach ner Weile hat sie immer gerufen: »Hartmut, kommst du mal?«, und dann haben wir erst mal die Tür abgeschlossen.

»Na, ne Blume kriegste schon noch!«, hab ich gesagt. Dann hat sie wahrscheinlich kapiert, dass sie mir nu auch nix mehr schenken muss.

»Na, von mir aus.«

Da war dann endlich mal Schluss mit dem ganzen Getue. Dieser ganze Plunder, wo man noch so tun muss, als wenn man sich dazu freut, und dann stopfste das nachher doch bloß in die hinterste Ecke vom Schrank. Geschenke! Ich weiß gar nicht, was das soll. In dieser Familie hat jedenfalls noch keiner einem irgendwas geschenkt, worüber der sich wirklich gefreut hätte. Hab ich nie erlebt. So was gibts auch gar nicht. Früher gabs nix, und heute willste nix mehr. Das Einzige – na ja, das warn die Platten. Hätt das damals einer geahnt, dass man das alles mal übern Jordan wirft!

Ella hat mir mal n Taschenmesser geschenkt. Hab ich mich gefreut, ehrlich. Als Bengels hatten wir ja immer welche, und wenn nicht, haben wir uns eins gewünscht oder drauf gespart, Taschenmesser musste sein. Keine Ahnung, wieso. Aber als Ella mir das dann schenkte, war das, als wenn du nem Maurer ne Geige schenkst. Erst dacht ich, das ist ja toll, aber dann wusst ich absolut nix damit anzufangen. Die erste Zeit bin ich immer mit dem Messer in der Tasche rumgelaufen und hab geguckt, ob ich nicht an irgendwas damit rumschnippeln könnte, das irgendwie mal benutzen, ne. Aber nix. Vaters Schuppen mit dem ganzen Holz und Krimskrams hatten wir ja auch schon lange abgerissen. Hat doch keiner mehr gebraucht, den alten Mist. Und ich bin ja nu auch nicht grade so der Bastler. Vogelhäuschen und so. Hab ich nie gemacht. Hätt ich ja gleich Werklehrer werden können. Eigentlich auch schön bescheuert. Hat man nu gelernt, jeden einzelnen beschissenen Körper zu zeichnen und auszurechnen, aber nie son Ding gebaut und inner Hand gehabt. Gibt doch alles, gibt doch alles zu kaufen, und billiger, als wenn du dir das ganze Material dafür ranschaffst und das selber zusammenpfuschst.

Mehr als ne Wäscheleine hab ich nie durchgeschnitten mit dem Messer, und das auch bloß, weil wir da noch nicht den Trockner hatten. Aber ich schlepps trotzdem fast immer mit mir rum. Vielleicht kommt man ja doch mal inne Verlegenheit. Hab ich Ella nie gesagt, ich mein, dass ich die ganze Zeit ihr Messer dabei hab. Hat die wahrscheinlich längst vergessen.

Einmal hab ich mich sogar auf nen blöden Wandertag gefreut, weil ich dachte, na, das ist endlich mal die Gelegenheit, dein Taschenmesser auszuprobiern. Ich mein, ging ja durchn Wald und so. Aber als wir dann nach paar Stunden bei unserm Wanderziel angekommen warn und auf den Bus zurück gewartet haben, fass ich so in meine Tasche, und da hab ich das Messer inner Hand, und ich hatte den ganzen Weg über kein einziges Mal dran gedacht. So im Nachhinein wusst ich gar nicht mehr, was ich mir da nu vorgestellt hatte, von wegen das Messer benutzen und so. Was für ne Situation. Ich mein, was man sich manchmal so denkt, ne. So was gibts denn immer gar nicht.

Gleich sieme. Ich wollt eigentlich noch mit den Mathearbeiten vonner Neunten anfangen, wird nu auch nix mehr. Irgendwann muss ja auch mal Feierabend sein. Müssen die eben noch paar Tage länger warten, man ist ja auch bloß n Mensch. Und als ob die da nu drauf warten. Auf ihre sechs von zweiunddreißig Punkte. Trotzdem nörgeln sie immer rum. Hab ich erst gar nicht kapiert. Dann dacht ich, ist vielleicht so, wie wenn unsereins in'n leeren Briefkasten guckt und enttäuscht ist, obwohl sowieso bloß Rechnungen kommen. Bin gespannt, ob ich mal wieder irgendwo ne Zwei drunter schreiben kann. Vielleicht bei der kleinen Finke. Obwohl, die scheint neuerdings auch andre Sachen im Kopp zu haben.

Na wenigstens dürfte ja um die Zeit und mitten inner Woche keiner mehr aufm Friedhof sein. Aber weißte nicht. Manchmal kriegen die das auch im Kopp, die ollen Schlattern, und rennen um neune noch mal los und grugen sich fast zu Tode um so ne »nachtschlafne Zeit«, aber die Stiefmütterchen müssen noch begossen werden. Na, sieht aus, als wär keiner weiter da. Also hingestellt die Blumen und nix wie weg. »Und auch bisschen harken, Hartmut!«

Tja, Vater, da liegste nu und kannst nicht mehr gegen an, was sie hier mit dir veranstalten. Da kannste nu keinen Kommentar mehr zu abgeben. Dass sie dir hier jetzt die Vasen aufn Bauch stellen und n Stein aufn Kopp, wo ausgerechnet die zwei Sachen draufstehen, mit denen du nix zu tun hast, und von dem Ganzen, was dazwischen war, kein Sterbenswörtchen. Wozu reißt man sich da eigentlich so den Arsch auf, wa? Am Ende liegste doch bloß hier rum und wartest auf deine Marie. Wie im echten Leben. Und die kommt einfach nicht. Na, vergeht einem ja auch, wenn man jedesmal beim Harken den eignen Namen liest aufm Grabstein, wo bloß das eine Datum noch fehlt, und grade diese leere Stelle guckt einen ja an. Wie beim Computer, wenn da immerzu dieser schwarze Strich blinkt und einen gradezu drängelt, nu endlich was hinzuschreiben. Macht einen ganz wuschig mit der Zeit.

Aber Britta hat damals gesagt, ist besser. Wenn wir gleich einen Stein für beide nehmen. War auch billiger. Und Mutter hatte nix dagegen. Ich glaub, die ist da sogar stolz drauf. Dass sie da nu ihren Namen in Goldschrift neben dem von ihrem Simon Wachlowski sehen kann. Von ihrem Mann. War sie ja ihr ganzes Leben stolz drauf, dass das ihr Mann war. Der Polen-Wachlowski. Keine Ahnung, wieso. Die hat alles für den gemacht. Für den Kuhdoktor. Manchmal denk ich, könnt Britta sich mal ne Scheibe von abschneiden. Aber sagen tu ich das nicht, bloß nicht, nee! Na ja. Britta hat wahrscheinlich auch nicht grade Angst, ich könnt ihr weglaufen.

»Der Pole«! Den Namen hatt ich weg. Ich glaub, sagen die heut noch, aber nicht, wenn ich dabei bin. So was wirste ja doch nie los. Und eine Schiss haben die, eh. Das kriegen die auch nicht aus den Knochen. Die denken, eines Tages kommt der Pole rüber mit Kind und Kegel und klaut alles weg, was nicht niet- und nagelfest ist, das schöne Westauto und den Fernseher, ogottogott. Das ging doch schon immer so. Wenn das früher immer hieß, »dei sünn woll ut Hinnerpommern!«. War ne schwere Beleidigung. Dabei waren das ja auch alles Deutsche, so von Rechts wegen. Aber da dachten die wohl, das hat schon abgefärbt auf die, das Polackentum, dass die nu auch alle Kleister anne Finger haben.

Und das waren ja nu echte Polen, die Eltern von meim Vater. Aber weißte, selber schuld, sag ich. Wenn die das hier nicht hinkriegen, sich nen eignen Tierarzt zu organisieren. Tja, da kam denn eben der Pole Grzegorz Wachlowski. Kam, sah und siegte, wie man so sagt. Der Schorschki. Auf Schorschki hat keiner was kommen lassen. Erstens mal war er »de Dokter«, und n Polen-Doktor ist immer noch besser als gar keiner, und für die Viecher war das ja wurscht, ob der nu polnisch rückwärts spricht oder ordentliches deutsches Platt. Zweitens war er katholisch, und obwohl den »Katholschen« ja ansonsten nicht übern Weg zu trauen war, warn die sich komischerweise einig, dass grade das Katholischsein ihn davon abhalten würd, den Viechern irgendwas anzuhexen. Nicht so wie der andre Halunke, den sie davongejagt hatten, nachdem der halbe Kuhbestand an Fußfäule oder so was eingegangen war, wodrauf die denn jahrelang ohne Tierarzt rumgewirtschaftet haben, wobei noch mal die andre Hälfte der Viecher fast draufgegangen ist. Zustände!

Aber Schorschki, den haben sie denn richtig eingebürgert. Der hat sich auch einwandfrei angepasst; an der Uni, wo der studiert hatte, da wurde nur Deutsch gesprochen, das konnte der schon fließend, als er herkam, im Gegensatz zu seiner Agata, die hat sich hier ja nie richtig eingelebt. Die hat man fast nie zu sehen gekriegt, sagen sie, und besuchen mocht die auch keiner, man wusst ja nicht, was mit ihr reden. Ich kann mich kaum an die erinnern. Ich weiß bloß noch, dass die mir als Kind immer riesig vorkam und so aussah, als würd sie gleich inner Mitte durchbrechen. Irgendwie kam die mir immer nicht wien echter Mensch vor, wie sie so rumschlenkerte mit ihren langen Armen und durch die Gegend schwankte. Wie so ne Holzpuppe, die du so an Fäden führst, ne Marionette, und denn hat sie ja auch nie was gesagt, und wenn doch, hat mans nicht verstanden. Ich mocht das nicht, wenn die mich anfasste, die hatte immer so kalte Finger.

Aber Schorschki, den mocht ich ganz gerne. Der wollt mir immer alles erklären und hat mich mitgenommen in'n Kuhstall und in'n Schweinestall, obwohl er da auch schon uralt war und eigentlich gar nicht mehr gearbeitet hat, das hat da ja Vater schon gemacht. Ich weiß noch, dass ich da immer n bisschen schissig war, ich dacht immer, dass son Vieh mich beißt oder irgendwas. Mit den Viechern bin ich nie richtig warm geworden. Ich wollt auch nie n Haustier oder so, und wie Thorsten mal ankam und n Hund haben wollt, hab ich gleich gesagt, nee. Und schon gar nicht wollt ich nu Tierarzt werden, auch wenn Vater das gern gesehn hätt. Na, und Mutter erst. »Mensch, Jung, du hast doch dat Zeug dazu!«

»Wozu?«, hab ich gefragt.

»Na, zum Studiern!«

Achso, hab ich gedacht, darum gehts. Dass aus dem Sohnemann nu auch was wird. Wo man stolz drauf sein kann. Wo man n bisschen mit angeben kann. Darum ging das doch nur, all die Jahre, Mann! Und was hab ich mich gequält. Bloß, dass Mutter auch am Ende wieder n schönes Zeugnis zum Vorzeigen hatte. Von ihrem Vorzeigejungen. Dem die Schule so leicht vonne Hand geht. Schwachsinn! Ging nie leicht. Das hab ich aber erst so richtig an Thorsten gesehn. Da hab ich das erst kapiert. Wie das nämlich aussieht, wenn einem das leichtfällt. Der hat nie gesessen und gelernt, kann mich nicht erinnern. Und trotzdem eine Eins nach der andern. Zuerst hab ich ja auch noch gedacht, das hat er von mir. Haben doch alle gedacht, Mutter sowieso, auch wenn ich da schon der große Versager für sie war. Da hatte sie ja nu wieder einen, auf den sie stolz sein kann, auch wenn sie sich wohl immer gewundert hat, wie ihr Versager von Sohn mit seinem Flittchen von Ehefrau so nen Sohn zustandebringen konnte. Tja, ist aber nun mal so. War ich ja selber stolz drauf. Aber ehrlich, manchmal hatt ich auch ne scheiß Wut auf den. Weiß auch nicht, wieso. Aber wenn der mir wieder ne Eins unter die Nase hielt, echt, da hätt ich dem manchmal statt fünf Mark lieber ne Backpfeife gegeben. Ich dachte, irgendwann merken die das. Dass mein eigner Sohn mich zehnmal in die Tasche steckt. Und Thorsten, der hatte das doch schon längst gemerkt. Auch wenn er sich nix anmerken ließ. War der viel zu schlau zu.

Und Ella nu: das genaue Gegenteil. Komischerweise hängt Mutter an ihr bald mehr als an Thorsten. Wahrscheinlich bloß deshalb, weil die in ihrem verqueren Kopp irgendwie denkt, dass Ella nu die gerechte Strafe für mich ist. Dabei ist die ja nicht doof oder so. Bloß faul. Und faul war ich nie, jedenfalls früher nicht. Heut ist mir manchmal alles egal. Manchmal denk ich, an Ella kannste sehen, was aus dir geworden wär, wenn dir das damals auch alles egal gewesen wär. Aber der Fleiß, ich glaub, das war das Einzige, was ich wirklich von Schorschki geerbt hatte. Denn fleißig war der, meine Fresse! Ich hab den nie sitzen sehen. Ich glaub, das war das auch, womit er die schlussendlich alle gekriegt hat. Weshalb denn keiner mehr misstrauisch war. Der war so fleißig, dass er ja gar kein echter Pole mehr war. In Wirklichkeit war der doch fleißiger als die alle zusammen. Aber gesagt haben sie: »Fuul isser nich.« Und denn haben die sich sogar dafür stark gemacht, dass er als alter Mann nicht noch an die Front muss und in seine eigne Heimat einrücken, sondern als einziger Tierarzt für den ganzen Kreis dableiben kann. N Tierarzt brauchte man schließlich.

»Tierarzt wird immer gebraucht«, hat Vater denn auch gesagt. Aber inner DDR wurd auch alles andre gebraucht, oder zumindest so getan. Und da hätten mich nu keine zehn Pferde zu gekriegt. Eigentlich hatt ich die Schnauze voll. Die zehn Jahre haben mir dicke gereicht. Aber ich hatte Empfehlung für die EOS, und Mutter kam fast um vor Stolz.

»Studier ich eben was andres«, hab ich denn gesagt. Und hab brav noch die zwei Jahre in Anklam gemacht, und denn dacht ich wohl, jetzt dreh ich den Spieß mal um, und bin denn brav nach Greifswald und hab Mathe und Physik gemacht, auf Lehramt. War damals auch Mode. Lehrer, Mann, das war was! Tierarzt war Blödsinn. Konntste ja gleich zur LPG gehn!

Und Britta, die hätt doch nie einen genommen, der noch nachm Duschen nach Mist und Jauche stinkt und abends mit den gleichen Fingern an sie ran will, wo er den ganzen Tag an Eutern mit rumgefummelt hat. Aber Mathe und Physik, das hat ihr anscheinend zugesagt, jedenfalls hat das dann ja geklappt mit uns in Greifswald, wo ich eigentlich nie dran geglaubt hätt. Als das damals mit Roli passiert ist, na, da hab ich mich erst recht nicht mehr an sie rangetraut. Ich hab gedacht, nu will sie bestimmt gar keinen mehr von uns sehen. Und erst hat sie sich ja auch n bisschen gehabt. Ich mein, nachdem wir denn das erste Mal, also, nachdem ich sie denn rumgekriegt hatte, sagte sie auch: »Na ja, da hatteste jetzt, was du wolltest, oder?«, und das klang so wie: Jetzt mach dich ma schön vom Acker, und denn haben wir uns wirklich ne Zeit nicht mehr gesehn. Aber denn sind wir uns doch mal wieder übern Weg gelaufen, und da hat sie mich zu sich eingeladen, na ja, und denn bin ich eben zu ihr, immer wieder. Ich konnt nicht anders. Das war n Volltreffer, Mann! Die hat jedenfalls gehalten, was sie versprochen hat, so vom Äußeren her und so. Die hatte echt paar Sachen drauf, da konntste nur dazulernen. Einmal hab ich sie gefragt, ob sie noch an Roli denkt manchmal. Ich kriegte das irgendwie nicht ausm Kopp. »Ach, eigentlich nicht«, hat sie gesagt. »Na ja, war schon schlimm, ne. Aber guck ma, ich war ja noch n halbes Kind. Musste ja weitergehen.« Das stimmt, die war da ja knapp fuffzehn, als das losging mit Roli. Aber »*Kind*«: das kann man ja nu nicht grad sagen. Die hatte da schon ihren Namen weg. Die Flotte Britta. Und ging ja auch ziemlich schnell weiter bei ihr, nach allem, was man so hörte. Wie ich bei der Armee war, war sie grad EOS. Immer, wenn ich auf Urlaub kam, bin ich zur Disco, meistens in die Melodie nach Anklam, das war ja so das EOS-Tanzlokal. Auch wegen Britta, die war oft da, aber ich hab mich immer noch nicht getraut, obwohl ich ja gesehen hab, dass die nix anbrennen lässt. Fast immer mit nem andern Macker. Einmal mit so nem Schnösel, da dacht ich, na, jetzt pass ma auf, Söhnchen, und forder sie zum Tanzen auf. Das war das erste Mal, ich hatt auch schon bisschen was intus. Da pflanzt der sich doch gleich vor mir auf und bietet mir Prügel an! Das halbe Hemd, ich wollt mich ja totlachen, und bloß, weil er größer war als ich. Ich hab mich ja sonst rausgehalten aus Kloppereien, aber da hat mir das gereicht, und ich hätt den fertiggemacht, allein schon durch mehr Willensstärke. Aber Britta ist dazwischen und hat zu ihm gesagt, »nu lass ma, Bertram«. Bertram! Erst war ich ja beleidigt: dass die offenbar dachte, der könnt *mich* fertigmachen. Aber dann war ich doch ganz froh. Erstens, dass ich nicht mitm Veilchen zurück in die Kaserne muss, und zweitens, weil Britta anscheinend wirklich Angst um mich hatte. Das war doch n gutes Zeichen.

Aber musste doch erst Greifswald kommen. Und da sagt sie mir eines Tages so Knall auf Fall: »Hartmut, ich krieg n Kind.«

Na, da war ich baff.

»Von mir?«, frag ich. Hätt ich mir mal klemmen sollen. Da fing sie nämlich gleich an zu heulen: Na ja, von wem denn sonst, und was ich denn eigentlich von ihr denke, und dass ich wohl auch alles glauben würd, was ich so hör, was die alle erzähln, na und so.

»Ach Quatsch«, sag ich. Bloß, damit sie sich beruhigt. Ich mein, klar, wird wohl schon was drangewesen sein. Was die so rumerzählt haben von der Flotten Britta. Aber wie sie mich so anguckte, da hab ich ihr geglaubt. Da hab ich auf einmal gewusst, dass das mein Kind ist. Mann! Ich wär fast in Ohnmacht gefalln.

»Macht doch nix«, hab ich gesagt. »Denn heiraten wir eben.«

»Im Ernst?«

»Klaro!«

»Na gut.«

Und da wär ich bald noch mal hintenübergefallen! Die Flotte Britta wird die Frau vom kleinen Hartmut, vom »Polen«, der sonst nie eine abgekriegt hat oder bloß immer die Hässliche. Mutter hat denn zwei Wochen nicht mit mir gesprochen. Seitdem war ich unten durch bei ihr. Aber war mir wurscht. Und hätt mir da einer erzählt, dass es nu doch so was wie Schicksal gibt, einen, der da oben sitzt und alles lenkt, da hätt ich dem das glatt geglaubt.

Scheiße, wer ist das denn jetzt? Na, ich hau jedenfalls ab. Aber mal gucken, wo der hin will. Könnt einer von den Jugendlichen sein, die treiben sich hier doch abends manchmal rum. Möcht nicht wissen, was die hier anstellen. Einmal warn zwei Grabsteine umgekippt. Na ja, kann auch so passiert sein. Und denn warn mal von paar Blumen die Köppe ab, standen denn bloß noch die Stengel inner Vase. Aber die Hosenscheißer fangen auch schon an. Die eine hier, die Lütte, wie heißt die noch gleich, die von den Schmuhls, na, die sind sowieso nicht ganz richtig. Die hat eine Zeit lang Sonja Plötz immer Blumen geschenkt, die hing der egaleweg am Rockzipfel und kam immer mit so komischen Blumen an, und Sonja hat sich schon gewundert, bis sich denn rausstellte, dass die die hier vom Friedhof hatte. Hat die einfach vonne Gräber runtergemopst. Die hängt auch nur noch hier rum, seit ihr Opa gestorben ist. »Ich geh ma mein Opa besuchen«, sagt die und geht denn hierher.

»Dein Opa is tot«, hab ich mal zu ihr gesagt.

»Ja, der liegt da jetz«, hat sie gesagt und zum Friedhof hingezeigt und mich angegrinst.

Mann, der macht sich da jetzt an dem Grab von der ollen Anna zu schaffen! Ruppt die ganzen Kränze da runter!

»Ey!«

Ha, isser ganz schön zusammengezuckt. Hätt der nicht mit gerechnet.

»'n Abend, Hartmut.«

Scheiße, Mann! Das's ja Ingrid! Hab die gar nicht erkannt, so von hinten, mit der komischen Mütze. Was rennt'n die hier rum?

»Ach, du bist das – Ingrid. Ich dacht … Wird ja schon dunkel. Ich dacht nich, dass noch einer …«

»Dacht ich auch nicht.«

»Achso.«

»Was, achso?«

Die sieht noch aus wie früher. Bisschen besser vielleicht sogar. Na ja, so von Dichtem – sieht man schon, dass sie kein junges Mädchen mehr ist. Aber trotzdem. Wie früher. Die blauen Augen, und wie sie einen anguckt damit. Na ja, damals hat sie mich ja nicht so oft angeguckt.

»Na, du wolltst wohl nich … Wegen den Leuten …«

»Ach, die Leute. Ja.«

Und nu? Da steht sie nu und guckt mich an. Als würd sie auf was warten. Dass ich was sage? Aber was denn? Vielleicht weiß sie längst Bescheid. Nein! Kann sie ja nicht. Dass ich – dass *ich* Bescheid weiß.

»Mein herzliches Beileid, übrigens.«

»Sag mal, Hartmut … Gibts hier irgendwo ein Messer oder ne Schere?«

»Nee. Glaub nich. So was darf hier nich rumliegen. Die Jugendlichen … Ach, Mensch, wart ma! Ich glaub, ich hab n Taschenmesser dabei!«

Das Taschenmesser! Ich fummel das aus meiner Arschtasche raus und gebs ihr.

»Schön warm«, sagt sie. Sie legt da richtig ihre Finger drum, und das Messer ist gar nicht mehr zu sehn in ihrer Faust. »Ich hab immer kalte Hände.«

Sie lächelt! Seh ich auch zum ersten Mal.

»Na dann«, sag ich. »Werd ich mal nach Hause. Hab noch n bisschen … na ja, Arbeit hat man immer.« Was red ich'n hier fürn Stuss, Mann!

»Das Messer.«

»Achso, das Messer. Na ja.«

»Ich gebs dann Paul mit. Er ist doch öfter bei euch, oder?«

»Ja. Jaja. Ella – meine Tochter … Ich glaub, die haben sich n bisschen angefreundet.«

»Schön«, sagt sie. »Danke.«

Danke?

»Für das Messer.«

»Ach, keine Ursache.« Schön? Hat sie »schön« gesagt?

Britta wird sich wundern, wo ich so lange bleib. Na, ich sag nix. Ich sag, Hansi ist mir übern Weg gelaufen, und weißt ja, wenn der erst mal … Wieso eigentlich? Wieso soll ich das eigentlich nicht sagen? Scheiß drauf!

Mensch, Hartmut. Du bist aber auch n Trottel! Ich hätt ihr doch helfen können, Ingrid. Mit den Kränzen. Hätt ich ihr doch helfen können. Wieso fällt mir denn das jetzt erst ein?

JOHN & PAUL

DU SAGST WARUM UND ICH SAG ICH WEISS ES NICHT OH NEIN
DU SAGST TSCHÜSS UND ICH SAG HALLO
HALLO HALLO
ICH WEISS NICHT WARUM DU TSCHÜSS SAGST
ICH SAG HALLO

INGRID

Morgen kommt einer vorbei. Das fällt dir plötzlich ein, als du ins Haus trittst, nein, schon als du die Hand auf die Klinke legst oder sogar noch ein wenig früher, als deine Finger die Klinke, die Tür, das Haus noch nicht berühren. Und du könntest sagen, wie früher, »siedendheiß«, dabei war es stets ein Gefühl, das am ehesten noch einem Frösteln vergleichbar ist, einem Gefrieren, Blitzeis. Wenn dir nach einem sinnlosen, dem expandierenden Reich des Vergessens sofort zufallenden Nachmittag beim Zurücktrotten ins Haus, ein tiergleiches, gewohnheitsmäßiges Trotten, plötzlich, »siedendheiß«, die Klassenarbeit am nächsten Tag einfiel, der Vortrag, das Lied, für die, für den, für das nicht gelernt, nicht geübt worden war, du: unvorbereitet. Ein kurzer Schauer im Nacken, der schnell verging. Du gewöhntest dir ein Improvisieren an, das meistens langte, selten durchschaut wurde, nie bis auf den Grund. Man unterstellte dir Faulheit, bestenfalls Schlusigkeit. Das stimmte nicht. Du warst nicht faul, wenn auch nicht fleißig, du wusstest gar nicht, was das sein soll, du warst ein wenig vergesslich, ja. Aber nicht aus Gedächtnisschwäche oder – wie soll man das nennen, du kennst nur das englische Wort: preoccupation. Andere Dinge. Du hattest keine anderen Dinge. Man könnte es beinah Vorsätzlichkeit nennen, Absicht. Etwas »mit Absicht« machen. Das war das Schlimmste. Das wurde nie begnadigt.

Du hast versucht, das alles, all diese Anforderungen, die ja nichts mit dir zu tun hatten, nicht wahr, die ausgegossen wurden, unterschiedslos, über alle, und was geht einen denn der Platzregentropfen an, der einen trifft, was kann man letztlich für den Jauchespritzer am nackten Bein –, du hast versucht, das alles auf Abstand zu halten, so weit weg, ein Drecklappen zwischen spitzen Fingern am ausgestreckten Arm. Du hast es dir selbst verschwiegen, und Verschweigen war deine zweite Haut.

Und Verschweigen war eine Lüge. Und lügen durfte man nicht, nicht wahr. Also musste man doch erzählen, was man wusste. Also musste man erzählen, wenn man Bärbel war und dabei gewesen, dass die Kornblume von Ingrid, die so schön und akkurat gepresst auf dem weißen Blatt klebte, viel schöner als die eigene, nicht wochenlang sorgfältig zwischen Zeitungspapier gelegt unter schweren Büchern langsam von einem flüchtigen in ein nützliches Dasein übergegangen war, sondern wirklich noch am Tage vorher am Feldrand hinter Bölschows Haus zwischen Mohn und Weizen sich im Juniwind gewiegt hatte, bis Ingrid, in deren Kopf sich wochenlang kein Gedanke an Kornblumen hätte finden lassen, am Abend ein schlagartiges Verlangen nach ebendieser Kornblume gezeigt hatte und sie ausgerupft hatte und im Laufschritt nach Hause getragen.

Und dann musste man, wenn man Ingrid war und vom vergangenen Nachmittag bis zu dieser Heimatkundestunde in der seltsamen Erwartung, Bärbel, mit der man den Nachmittag lang durchs Dorf gelaufen war, würde sich einem als das, was man Freundin nannte, auch in Zukunft anschließen, ein wieder neues Verlangen bekämpfen, nämlich das, Bärbel kräftig vor die Brust zu boxen, auf dass sie rücklings hinklatschte auf das beigegraue Linoleum. Boxen war wirksamer als Ohrfeigen, vor allem bei Mädchen.

Du konzentriertest dich auf das Gesicht der Lehrerin. Sofort war da zu sehen, dass sie Bärbels Worten Glauben schenken wollte. Sofort aber auch, dass ihre Konsequenz Mühe hatte, sich zu der gewohnten, alles überschattenden Breite auszuwachsen, da man ihr in der deutschen demokratischen Lehrerinnenausbildung gründlich beigebracht hatte, den Glauben an Wunder aufzugeben, was sich schlecht mit der Tatsache vertrug, dass ein solches nun zart auf Weiß vor ihr lag. Auch Bärbel hatte nicht für alles eine Erklärung.

Du schwiegst. Dein Blick lag auf der Kornblume, und kurzzeitig versuchtest du dich abzulenken, indem du überschlugst, wie viele Kornblumen wohl im Laufe der Zeit in dieser Schule und in der gesamten Deutschen Demokratischen Republik … Du gabst es schnell auf, es lohnte sich nicht, zu irgendeinem Ergebnis zu kommen. Du sahst, dass die Hände der Lehrerin drauf und dran waren, das Klassenbuch aufzuschlagen und einen Tadel für dich einzutragen, mindestens eine Fünf. Aber sie schickte euch auf eure Plätze, und du vergaßt alles sofort wieder unter der Anstrengung, Buchstaben für Buchstaben mit der falschen, mit der rechten Hand malen zu müssen. Du wusstest das da ja noch nicht: dass als Ursache zwei vertauschte Gehirnsphären anzusehen waren, also quasi eine Krankheit, die dir einen lebenslangen Entschuldigungszettel hätte bescheren können, eine Schreib-, wenn nicht gleich eine Schulbefreiung, die dir zu der Zeit ganz wie eine Befreiung vom sogenannten Da-Sein erschienen wäre. Als ihr die welligen Blätter am nächsten Tag zurückbekamt, stand auf deinem eine Drei. Eine Drei wie auf dem von Holger, dem immerhin zwei Tage früher als dir die Kornblumenhausaufgabe eingefallen war.

Deine Mutter sah dich da stehen, in der dämmrigen Küche, wie dir die Blume lang und leblos an der Hand hing, sie sagte: »Gib her!« Sie machte Feuer im Beistellherd, sie legte die unwahrscheinlich blaue Blume vorsichtig zwischen die Freie Erde, auf den Tisch, auf dem schon das Abendbrot stand, sie schob alles beiseite, und als die Kohlen glühten, zerhackte sie sie mit dem Feuerhaken und füllte die Glut in das schwarze Bügeleisen. Sie bügelte die Zeitung, und daran musstest du denken, als du später, viel später in England davon hörtest, dass diese Tätigkeit eine ganz gewöhnliche ist unter den Aufgaben eines Butlers. Und wäre es nicht eine von diesen, nämlich *deinen* Erinnerungen gewesen, du hättest lächeln müssen über das wohl einzige Beispiel einer fruchtbaren Verbindung von Feudalismus und Sozialismus. Deine Mutter ließ die Zeitung abkühlen und klappte sie langsam auf. Du sahst das Wunder.

Der Tisch steht noch in der Küche, und du bist dir sicher, dass er während all der Jahre hier gestanden hat, und dass du morgen, wenn Peter ihn abholt, die vier Eckpunkte eines Quadrats auf den Dielen finden wirst, kleine, aber deutliche Abdrücke, wie man sie manchmal bei Toten zu beiden Seiten der Nasenwurzel sieht oder an den Fingern. Die Spuren der Dinge, denen stets die Rolle der Überlebenden zufällt. Sie müssen so tun, als würden sie noch gebraucht. Anderweitig.

Die Stühle sind schon weg. Peter hat sie in seinen kleinen Firmentransporter geladen und sie in irgendein Obdachlosen- oder Asylbewerberheim in Neubrandenburg gebracht. Er selber brauche sie nicht, und sie hätten ja nun auch keinen besonderen Wert, und warum nicht anderen damit helfen, nicht wahr. Du bist dir nicht sicher, ob er das Wort ›gemeinnützig‹ gebraucht hat, es kommt dir unwahrscheinlich vor. Du denkst daran, wie dieses Wort früher über seine Zunge geholpert wäre. Du hast genickt. Als er vorgefahren war, hast du auf der Seite des Autos in großer blauer Schrift und Anführungszeichen lesen können: NIX WIE WEG. Darunter, kleiner: SCHÄDLINGSBEKÄMPFUNG, SCHIMMEL- UND SCHWAMMSANIERUNG, PETER HANSKE, Adresse, Telefonnummer. Du glaubtest erst, du hättest dich verlesen, denn was sollte das bedeuten. Natürlich wusstest du, dass Peter diesen Beruf hat: Kammerjäger. Warum, aus welchem vermutlich ganz plausiblen Grunde, interessierte dich gar nicht. Du hattest dich gewundert, ja, aber im Grunde hatte es wohl nie ganz den Tatsachen entsprochen, Peter für unpraktischer zu halten als dich selbst, oder Anna Hanske, die ja immerhin doch auch und vor allem Peters Mutter war. Das wirklich Seltsame war nur dieser Slogan. NIX WIE WEG. Wer hatte sich das ausgedacht? Peter war originell, gewiss. Aber auch genau, besonders mit Worten. Wie hatte er denn nicht merken können, dass dieser Spruch nicht witzig ist, jedenfalls nichts mit der dir bekannten Witzigkeit Peters zu tun hat, dass er nicht, wirklich ganz und gar nicht zu einer Schädlingsbekämpfungsfirma passt, ja, böswillig und richtig verstanden, die ganze Dienstleistung nicht nur dubios erscheinen lässt, sondern ad absurdum führt, und, das fiel dir fast als Erstes und Entscheidendes auf, dass er erst recht nicht zu Peter passt. Peter und NIX WIE WEG! Wenn einer überhaupt anwesend war, die ganze Zeit gewesen war und für jeden, dann er. After all war er ja doch noch ein nützliches, beinah unentbehrliches Mitglied der Gesellschaft geworden, der Stotter-Peter, nachdem er erst mal das Stottern sein gelassen hatte. Und da war noch etwas, das mochtest du aber nicht zugeben. Das andere hast du ärgerlich und lachend Michael erzählt. Das nicht. Na, sags schon: Du fühltest dich enteignet. Beklaut. Lächerlich gemacht und beklaut und genau dadurch lächerlich gemacht. Von deinem eigenen Bruder.

Die Male, die er hier war, dir beim Aufräumen, Ordnen, Ausräumen geholfen hat, machten dich ratlos. Noch immer kennt er sich mit allem besser aus als du. Aber das ist es natürlich nicht. Das ist das Beruhigende. Du weißt nicht, was es ist, nur, dass du wie als Kind keinen Namen für das hast und auch nicht haben willst, was vielleicht noch nicht mal die Bezeichnung ›Gefühl‹ verdient. Du fragst dich, albern, aber eventuell aufschlussreich, ob Peter irgendwo einen Zwillingsbruder aufgetrieben habe. Und er selbst wäre weg, weit weg, vielleicht nicht gerade in »Jenseits«, aber doch weit genug, und nur der Firmenwahlspruch wäre als letzter und schließlich doch noch ganz witziger Hinweis auf ihn geblieben. Und du hättest es jetzt mit diesem Zwillingsbruder zu tun, der, ebenfalls als Flüchtlingskind, aber ganz woanders, aufgewachsen wäre, etwas geordneter, etwas akzeptierter, kein Stotterer, und trotzdem, wie die Zwillingsforschung herausgefunden hat, in wesentlichen Zügen mit Peter übereinstimmen müsste, und wie solltest du, nach mehr als zwanzig Jahren, da überhaupt einen Unterschied merken. Aber du hast ihn bemerkt.

Peter hat zu dir gesagt, wenn dir während der Tage, die du in diesem Haus seist, irgendetwas auffiele, solltest du ihm Bescheid sagen, er würde dann »anrücken«.

»Was denn?«, hast du gefragt.

»Na, Ungeziefer, Schimmel, du weißt schon.« Er hat gelächelt, als wäre ihm irgendetwas peinlich.

»Mutter« habe das ja nie gewollt, dass er mal alles »auf Vordermann« bringe, das könntest du dir ja denken, was sie davon gehalten habe, von »der ganzen Chemie«. Das konntest du. Daneben auch, dass sie ihren Sohn nicht in dem roten Overall hatte sehen wollen, mit der Schutzmaske vorm Gesicht, mit der Giftspritze in der Hand, mit diesem Beruf.

Du hoffst, dass Peter morgen vor »dem« kommt, dass der Tisch dann weg ist. Er passt zu gut hierher, etwas anderes als dieser Tisch ist an der Stelle nicht denkbar, und du hast Angst, das dies auch »der« finden und also nicht nur das Haus, sondern auch noch den Tisch mit kaufen wollen könnte, um ihn genau hier stehen zu lassen, und das willst du nicht. Es ist kompliziert, aber wohl ungefähr so: Du würdest darauf reagieren wie auf den frevelhaften Wunsch von jemandem, in einem Museum wohnen zu wollen. Nur eben umgekehrt. So wenig, wie du es guthießest, wenn einer allein mehr von dem Museum hätte als alle anderen, sowenig behagte es dir, wenn alle anderen, und das sind in diesem Fall alle außer dir, mehr, und anderes, von diesem Museum hätten als du. Damit bist du noch nicht diejenige, die im Museum wohnen will. Du willst es ja gerade nicht. Aber was soll unter diesen Bedingungen dann noch für die anderen bleiben? Vielleicht ist es doch einfacher, als du wahrhaben willst.

Es gibt nichts mehr zu tun, dein Frösteln, der Schreck vorhin waren umsonst. Als ihr letzte Woche ankamt, Peter euch die Tür aufschloss und sofort anbot, Kaffee zu kochen, hättest du gerne gesagt, das sei nicht nötig. Er könne ruhig nach Hause fahren, seine Frau warte doch bestimmt. Du wolltest allein sein, Michael und Paul hättest du am liebsten vor die Tür gejagt, seht euch doch erst mal ein bisschen um. Das ging natürlich nicht. Aber es ging doch auch nicht, dass sie hier alle zusammensaßen, in einer Art Überlappung von Mengen, von Parallelwelten, mit dir als beiden gleichermaßen zugehörigem Element, und beide schienen dir aufzulauern, eine deutbare Reaktion zu verlangen, waren gespannt, wie du deine zwiefache Zugehörigkeit – na: welchen Eiertanz du zwischen den Welten aufführen würdest. Und was das für Eier waren, die es nicht zu zerbrechen galt.

Du hattest vorher vorsichtig mit Peter darüber gesprochen, am Telefon, und niemand außer euch hätte dieses abgehackte, nur aus Anläufen, Rückziehern, Andeutungen bestehende Gespräch interpretieren können, kein interpreter es verdolmetschen, trotzdem hattest du das Gefühl, plötzlich, wie in einem Moment übergroßer Erschöpfung, alles zu gestehen. Paradox, denn Peter war der Einzige, außer deiner nunmehr endgültig schweigsamen Mutter, der ja bereits alles wusste. Aber es scheint beinah die größere Befriedigung darin zu liegen, demjenigen eine Schuld zu offenbaren, der um diese Schuld schon weiß und für den sie keine Offenbarung darstellt. Man muss nicht erst diese lästige Fremdheit überwinden. Die, die ein Informationsgefälle zwischen zwei Menschen notwendigerweise hervorruft und die im Aufklärungsmoment und den überraschten Augen des anderen zu einer unerträglichen Konzentration ansteigt. Nur durch sie sind eigentliche Geständnisse so schwer, und so selten.

Du hattest Peter also gebeten, ein Schweigen zu bewahren, und warum, hat er sich denken können, nicht mal das musstest du gestehen. Trotzdem legte sich schon auf der Autofahrt von Berlin nach Bresekow eine klamme Furcht um dich, und als ihr dann zusammen in der Küche saßt, hatte sie dich fest eingehüllt und war dir zuwider wie kaltnasse Wadenwickel um den fiebernden, wehrlosen Körper. Du brachtest zunächst kein Wort heraus, aus Angst, genau dieses könnte das falsche sein, der Stein zu viel auf dem mühsam errichteten Turm. Was wolltest du in dieser Höhe? Jeder Blick hinunter machte dich schwindeln, also vermiedst du ihn, aber jetzt stand unten Peter und wusste nicht, ob er rufen durfte, und blickte beständig hinauf und du hinunter. Und ihr hattet Schwierigkeiten, euch überhaupt zu erkennen.

Peter füllte einen alten Pfeifkessel mit Wasser und stellte ihn auf den Gasherd. Du hättest behaupten können, den Kessel wiederzuerkennen, aber es war wohl doch nicht mehr derselbe, wenn er auch nicht viel jüngeren Datums sein konnte. Du starrtest in die blaue Flamme, die ganz anders blau war als die Flammen der Herde in Berlin, in Norwich, in Dublin, auch in Kinsale, wärmer würdest du sagen, wenn man dir nicht beigebracht hätte, dass Blau eine kalte Farbe sei. Propangasblau. Die Flamme machte dir klar, dass du zu Hause bist. Sie behauptete es nicht nur, wie alles andere. ›Zu Hause‹ hatte hier aber nichts mit Nestwärme, mit Heimat und Gemütlichkeit zu tun. Es war nur ein Fakt, wie der, dass ein Gegenstand an einem gespannten Gummiband mit desto mehr Wucht an seinen Ausgangspunkt zurückschnellt, je stärker man es ausgedehnt hat, und du konntest nur hoffen, dass du nicht noch über diesen Ausgangspunkt hinausschießen würdest, in eine Art negativen Bereich. Falls das nicht ohnehin unvermeidlich, längst schon geschehen war.

Es störte dich sofort, wie Peter den Hausverwalter spielte, wie er eifrig, und, wie dir schien, ein wenig zittrig die Schränke auf- und zuklappte, mit den Tassen hantierte, wie er euch fragte, ob ihr erst mal das Haus sehen wolltet. Du konntest dich nicht beherrschen, ihn fragend anzusehen, und es war eine Frage, auf die er offenbar keine Antwort wusste. Die er vielleicht kaum verstand, so wie du ihn kaum verstehen kannst, in dieser Sprache, die er jetzt fließend spricht. Die hattest du nicht gemeint, damals. Aber wie hätte er sich sonst verhalten sollen? Es ließ sich doch nicht so tun als ob, nämlich als ob nichts, es ließ sich doch nicht das Jahr Dreiundsiebzig an das Jahr Neunundneunzig Kante an Kante anlegen, und alles dazwischen verschwände in der Dunkelheit einer überdimensionalen Kellerfalte, eine Kalenderreform sondergleichen. Im Grunde konntest du froh sein, überhaupt so behandelt zu werden: wie unerwarteter, etwas schwieriger Besuch.

Wie zu Besuch spürtest du auch gleich einem zu engen Sonntagsschuh die dumme Verpflichtung drücken, etwas sagen zu müssen, als Peter euch zu den einzelnen Zimmern führte, Worte wie ›schön‹, ›interessant‹, zumindest ›aha‹, aber der Mund war dir wie zugenäht, bis dir aufging, dass dies die Gelegenheit gewesen wäre, diese Worte endlich in ihrer ganzen erpressten Verlogenheit auszustellen, und da warst du beinahe so weit, sie zu sagen. Aber auf einmal tat Peter dir leid. Wie er versuchte zu lächeln, als er sagte, ihr hättet die Auswahl, Betten gebe es in diesem Haus noch immer mehr als genug, und wie das Lächeln dann ins Stottern geriet: du und dein Mann, ihr müsstet nicht in dem Ehebett schlafen, auch das Sofa im Wohnzimmer sei sehr bequem. Nur, falls es euch, falls ihr das nicht wolltet.

»Ist sie darin gestorben?«, hat Michael dich hinterher gefragt.

»Ja«, hast du gesagt. »Nun stell dich nicht so an, was ist denn dabei. Ich nehme ihre Seite.«

Ganz geheuer war dir das zwar auch nicht. Doch das hatte mit etwas anderem zu tun. Viel mehr als die unwiderrufliche Abwesenheit deiner Mutter rief dieses Bett eine andere in dir auf, die so lange, fast Zeit deines Lebens, eine Abwesenheit gewesen war, dass eine Anwesenheit, von der sie ja immerhin mal ausgegangen sein musste, deiner Vorstellung gar nicht mehr gelang. Die deines Vaters. Gleichwohl schien seinem Fortsein nie etwas Definitives innezuwohnen, offenbar nicht einmal für deine Mutter, die sonst alles Überflüssige so schnell wie möglich aus dem Haus zu schaffen trachtete. Das kurze, streng begrenzte Doppelbett blieb, auch nach seinem Tod. Jene Nachricht hatte keine Konsequenzen, sollte das Leben mit seiner Abwesenheit nicht wesentlich verändern. Nicht ihres.

Und dieser Egoismus ließ einen Groll in dir wachsen. Obwohl du schon damals eingesehen hättest, wäre dir Zeit zum Nachdenken geblieben, dass das Bett bleiben musste, und du hättest dich geschämt, wäre es da plötzlich fortgeschafft worden. Es wäre ja ein einziges Eingeständnis gewesen. Das Eingeständnis einer zwei Jahrzehnte währenden Hoffnung. Und wahrscheinlich hattest du dir die auch bloß eingebildet.

Du wusstest, dass Michael und du nicht recht hineinpassen würdet. Und als du in der ersten Nacht mit angezogenen Beinen dalagst und nicht einschlafen konntest und die Dunkelheit eine lange vergessene Vollkommenheit erreicht hatte, dachtest du darüber nach, dass dein unsichtbarer Vater wie ein Gott, wenn auch einer, an den du nicht glaubtest, über dein Leben gewaltet hatte. Du warst der Beweis für seine fast zur Sage gewordene kurze Anwesenheit. Ohne sie wärst du nicht hier gewesen. Und ohne seine nicht minder entscheidende, dir im Grunde wichtiger erscheinende Abwesenheit wärst du jetzt nicht wieder hier. Sondern immer noch.

Du wurdest nicht warm unter dem schweren, klammen Deckbett. Uralte Federklumpen drückten dich in das Laken, dass du dich kaum zu bewegen wagtest. Du hättest dich gern an Michaels Rücken gedrängt. Aber du warst froh, dass er überhaupt schlief. Auf einmal konntest du dir vorstellen, dass Anna Hanske in diesem Bett, eng wie ein Sarg, kühl wie der Herbst, gestorben war, auf genau diesem Platz. Es machte dir nichts aus. Du konntest das Etepetete der Leute in diesen Angelegenheiten nicht verstehen. Als ob der Tod etwas Ansteckendes wäre. Als ob er einem nicht ohnehin das ganze Leben lang in den Knochen steckte.

Du warst überrascht, aber erleichtert, das Haus von Erna Mehling wieder bewohnt zu finden, Gardinen vor den Fenstern, Astern im Vorgarten, offensichtliche, vielleicht offensive Normalität. Es war ja auch normal. Doch du weißt genau, dass die Leute dort mit einem gewohnheitsmäßigen Schauern vorbeigehen, sich flüsternd darauf hinweisen, heimliche Fingerzeige. Und sie zeigen in eine Richtung, in der recht deutlich du wahrzunehmen bist, entfernt, aber unverkennbar. Du selbst siehst dich natürlich dort nicht. Was bilden die sich denn ein? Was hast denn du damit, sie können doch dich nicht. Du warst doch gar nicht da.

Nicht hier, in diesem kaum hundert Meter entfernten, viel zu nahen Haus. Es war von einer Aufgeräumtheit, die dich befremdete, und beruhigte. Diese Ordnung hatte nichts mit der Klarheit Anna Hanskes gemein, sie ähnelte ihr nur auf eine dilettantische, durchsichtige Weise, doch Peter dahinter zu vermuten, erschien dir ebenso abwegig. Vielleicht sahst du alles falsch. Jedenfalls gab es kaum etwas zu tun. Kein großes Ausmisten. Das musst du dann doch von ihr haben. Diese fanatische Lust an der Entrümpelung, von einem Augenblick auf den anderen Dinge anders anzusehen, nämlich als Müll und Mühlstein, lästig und unbrauchbar, und weg damit. Aus den Augen und so weiter. Und trotz der vordergründigen Nützlichkeit und vorgeblichen Schaffenskraft liegt eine destruktive Energie darin, die dir die eigentliche Lust beschert und die dir geholfen hat, den Kuhstall zu überstehen. Das Ausmisten war die einzige Arbeit, die dir Spaß machte, du hast sie zum Erstaunen und Gelächter aller freiwillig übernommen, sie haben sich halb totgelacht, als du die Forke schwangst, und sind in Deckung gegangen. Vielleicht ist ein Derivat dieser Energie auf Peter übergegangen. Aber du hast es mehr geerbt als gelernt, denn einer Anerziehung hättest du dich widersetzt. Sie hat das gewusst und es gar nicht erst versucht. Aber nicht aus etwaiger Furcht vor dir. Eher aus – Respekt. Im Übrigen war sie gegen dieses Formen nach dem eigenen Bilde. Und vielleicht war sie stolz darauf, dass sie dir auch das nicht beibringen musste. Denn das wuchs dir in Fleisch und Blut: Nie wolltest du, dass etwas, einer so sei wie du. Es reichte ja, wenn du so warst. Schon das schien oft zu viel. Du hättest dich oft gern selbst mit ausgemistet. Which didn't work. At all. Das wäre ja etwas wie der sich selbst reinigende Besen gewesen. Und an so eine Erfindung war nicht zu denken.

Später, in Westberlin, hat man aber versucht, dir einen abartigen Ersatz als genau das unterzujubeln. Du hattest den Zettel mit der Adresse von einer Bekannten und zwirbeltest in der Enge deiner Jackentasche kleine Stückchen davon ab, als du die aufgeschriebene Straße in Charlottenburg entlanggingst und den Hausnummern nachschautest wie abgerupften, zur Erde taumelnden Blütenblättern. Und wie früher wolltest du nicht ganz verstehen, warum ausgerechnet das letzte die Wahrheit verkünden sollte; du glaubtest es nicht, du zwangst dich dazu, es erregte dich.

Man müsse der Wahrheit ins Auge sehen, hatte Vicky zu dir gesagt, wenn das so weiterginge, würdest du früher oder später »in der Geschlossenen landen«. Du warst dir nicht ganz sicher, was sie zu diesem Schluss hatte kommen lassen. Sie war Schauspielerin und nebenbei Sängerin oder umgekehrt, du wusstest es nicht genau, dieser Mädchenzukunftstraum, noch dazu in seiner im Grunde noch lächerlicheren Verwirklichung, hatte dich nie interessiert, und sie auch nicht besonders. Aber sie kam oft in diese Kneipe, in der du gearbeitet hast, und mit der Zeit hast du ihr einiges erzählt. Du hattest nicht den Eindruck, sie wolle dich aushorchen. Du schienst sie auch nicht besonders zu interessieren. Ihr war einfach langweilig, und das kanntest du. Neu war dir, dass diese Langeweile etwas Verbindendes sein konnte. Einmal sagte sie: »Glaub bloß nicht, ich bin eine von denen!«, und du hast erst gar nicht gewusst, was sie meint, warst aber sofort ein bisschen enttäuscht. Dann, als du es zu wissen glaubtest, wich die Enttäuschung zunächst einer kleinen Scham: sie auf so einen Satz gebracht zu haben. Sahst du etwa aus wie »eine von denen«? Es war aber etwas anderes: Für Vicky sahst du aus wie eine aus unvorstellbar tiefer Provinz. Vielleicht wusste sie schon, dass ihre provinziellen Vorstellungen vom Großstadtleben kaum zutrafen. Aber du hattest ja noch nicht mal diese Vorstellungen. Dir konnte man viel erzählen. Vermutlich wirktest du beeindruckbar.

Trotzdem kehrte die Enttäuschung wieder, aber als eine strenger, leicht verdorben schmeckende, wie über eine verpasste Gelegenheit, von der man im Nachhinein erfährt, dass man nie die leiseste Chance hatte, sie nicht zu verpassen. Nicht, dass du dir viel davon versprochen hättest. Aber es wäre immerhin mal etwas anderes gewesen als die aus deinem Bett purzelnden Männer; manchmal war dir, als wäre da ein unaufhörliches Purzeln aus deinem Bett, und du warst versucht, dich zu bücken und nachzusehen, dir die Bescherung unter deinem Bett anzusehen und dir eine Schippe zu schnappen und diesen ganzen Haufen aus verstreuten Männerteilen, bestimmten Armen, Schwänzen, Mündern, Haupt- und Schamhaaren aufzuschippen und aus deinem Mansardenfenster auf die Straße zwischen die Hundescheiße zu schütten. Aber am Ende wären sie doch nur in der Dachrinne hängen geblieben wie die tote Taube, die eine Zeitlang alles verstopfte. Dir war aufgefallen, dass sie so gut wie keine Füße mehr hatte, und du fragtest dich, ob sie daran gestorben war.

Dem sogenannten Psychologen erzähltest du einiges, mehr Vicky zuliebe, und nicht mal so viel wie ihr, aber es genügte, um dich in seinem Blick als einen schweren Fall zu erkennen. Ab da fiel es dir leicht. Deine Geschichte erschien dir ganz unterhaltsam, ein bisschen schäbig und zweitklassig, wie irgendeine, die du heimlich gelesen hattest, nicht gerade Schullektüre. Du machtest ein bisschen auf Spannung.

Die Zwischenfragen des Psychologen störten dich zuerst, aber du beantwortetest sie alle geduldig, obwohl du wusstest, dass auch er eine von Vickys Vorstellungen bildete. Aber du warst immer noch weltfremd. Immerhin gab er dir die Möglichkeit, dem Klang von Worten zu lauschen, die du lange nicht, und wenn, dann auch nur selten, ausgesprochen hattest. Diese Worte rührten dich. Du weintest eigentlich nicht zu der Zeit, aber im Zimmer des Psychologen, das dir stets wie freischwebend, umgebungslos vorkam, sobald du eingetreten warst und die Tür hinter dir zugezogen hattest, passierte es dir manchmal. ›Passieren‹ war da schon das falsche Wort, du nahmst die Übergänge kaum wahr. Gesichtshaut, die plötzlich nass ist und wieder abtrocknet. Ein Weinen mehr wie beim Zwiebelschneiden, und ohne das Brennen in den Augen.

»Reden ist der erste Schritt«, hatte der Psychologe gesagt. Und du redetest, bis dir einfiel, dass du diesen Satz kanntest. Den von Einsicht und Besserung, und das eine war auch so ein erster Schritt. Wolltest du Besserung? Vielleicht. Aber keine Einsicht. Und fast mehr in diesem Sinne: Später, als du hörtest, dass man »seine Akten« anfordern könne, um »Einsicht« in sie zu nehmen, fiel dir gar nicht ein, das etwa auch zu tun. Du warst dir sicher, dass es über dich keine Akten gab. Du hörtest auf mit dem Reden.

In deine plötzliche Verdunkelung schoss der Psychologe eine Leuchtrakete: »Sie sind sexuell traumatisiert.«

Du hörtest harte Töne aus dir herauskommen. Es muss ein Lachen gewesen sein. Du sagtest ihm, dass du ihn nicht länger für Unsinn bezahlen wolltest. Nichts fiele dir so leicht, wie mit Männern ins Bett zu gehen.

Da lebtest du knapp zwei Jahre in Berlin und hattest ein wenig den Überblick verloren. Die Pille war wichtig, sonst nichts. Die Namen der Männer merktest du dir nicht, zumindest versuchtest du es.

Du sagtest das unwahrscheinliche Wort ›bumsen‹. Es war eine gute Gelegenheit. Das Bumsen sei ja das Einzige, was dich entspanne, überhaupt normal bleiben ließe. »Normal« sagtest du aus Provokation. Der Psychologe nickte. Du nicktest auch, als fändest auch du alle deine Vermutungen bestätigt. Du fragtest dich, ob er mit dir ins Bett gehen wolle, ficken sozusagen. Ein leichter Ärger überkam dich, als du dir sagen musstest, dass das nicht der Fall sei. Du murmeltest ein »fuck you«, als du die Tür öffnetest und das Zimmer damit wieder in ein Haus in einer Straße einsetztest. »Fuck you« hattest du von Vicky gelernt. Es schien dir ungefähr zu passen. Der Psychologe fragte dich, ob du was gesagt hättest. Du drehtest dich um und lächeltest ihn zum ersten Mal an. Du schütteltest den Kopf.

Kurz darauf kündigtest du in der Kneipe. Es ging dir gut. Jedenfalls nicht schlechter als anderen, und du hattest doch einiges gesehen. Dir konnte man nichts mehr erzählen. Die Männer erzählten dir alles. Einer hat dich im Suff geschlagen, du hast zurückgeschlagen, und da hat er sofort aufgehört. Einer hat dich gefragt, warum du kein Geld nimmst. Er war freundlich. »Wer sagt, dass ich keins nehme?«, hast du gefragt, aber das hat er dir nicht abgenommen. Morgens, als er weg war, hast du fünfundvierzig Mark neben deinem Kopfkissen gefunden. Du warst nicht beleidigt. Du hast dir eine Jacke gekauft.

Der neue Job im Café gefiel dir. Du mochtest die Studenten. An die freien Abende musstest du dich erst wieder gewöhnen. Ab und zu gingst du in den Nachtclub, in dem Vicky mit ihrer Band auftrat. Die Band war furchtbar, so ein Urteil glaubtest du dir inzwischen erlauben zu dürfen, und Vicky war auch furchtbar, aber sie hatte eine gute Stimme. Ihre Stimme war sicher wie eine Stahltür. Warum ließ sie die offen stehen? Im Nachtclub sagtest du nie hallo zu ihr. Ihr traft euch nicht mehr. Einmal sahst du sie im hellen Mittagslicht, wie sie versuchte, eine viel befahrene Straße zu überqueren, und ihre Versuche immer wieder abbrechen musste und schließlich aufgab und weiterging. Du weißt noch, dass du dich fragtest, ob sie es jemals schaffen würde, die Straße zu überqueren, und was, wenn nicht. So sieht eine Frau aus, die sich sagen lässt, dass sie Depressionen hat, zwangst du dich zu denken. Du wolltest dir nichts sagen lassen.

Auf die Idee mit der Abendschule kamst du selbst. Du musstest aber erst drauf kommen, dass nicht die Schule das Unerträgliche gewesen war. Dass diese Abendschule nur entfernt verwandt war mit der Schule in Schmalditz, mit der EOS in Anklam. Dass es diese Orte gar nicht mehr gab. Dass es eigentlich gar keine Schule sein würde.

Es fiel dir nicht leicht. Aus der freiwilligen Beschäftigung wurde eine Anstrengung, die nach den acht Stunden im Café deine Abende ausfüllte. Aber sie füllte sie aus, das war schon etwas. Du dachtest an die Studenten im Café. DU HAST JA EIN ZIEL VOR DEN AUGEN. Das war neu. Das hatten sie all die Jahre nicht geschafft. Du wolltest neu sein.

Und möglichst allein. Du wolltest sogar wieder allein ins Bett gehen können. Nach einem viertel Jahr Abendschule war es so weit. In deiner Klasse gefiel dir keiner, und offenbar gefielst auch du keinem. Das war gut, das musstest du dir nicht mehr sagen. Du spürtest in jeder Faser, dass du sofort alles hinschmeißen würdest, wenn irgendwas dich aus dem Tritt brächte, dem Rhythmus aus hastigen, fettfleckigen, oft unterbrochenen Hausaufgaben während der Stunden im Café und den langwierigen abendlichen Kämpfen mit Zahlen, Begriffen, Vokabeln, die immer aufmüpfigere Verbindungen gegen die Ordnung der Hefte eingingen, je näher du dem Einnicken warst.

Zwei Jahre hattest du nichts. Du fühltest dich absolut trocken, deine Haut kam dir staubig vor. Beim Abschlussfest trankst du mit jedem auf dein Zweikommaeins-Abi. Du gingst mit dem weichen Klaus aufs Klo, später mit Roland. Roland gabst dus richtig. Seine Lippen waren so spröde, dass sie aufrissen, als du mit deinem Nagel drüberfuhrst. Er wollte dich küssen, aber du drücktest ihn weg, und er plumpste auf den Klodeckel. Du starrtest auf seine Hose und er zog sie sofort aus. Roland gehorchte. Seinen Schwanz zwischen den Mahlsteinen deines Gaumens und deiner Zunge keuchte er immer wieder »Ingrid, Mensch, Ingrid!«, aber du machtest unbeirrt weiter, ließt deine Zähne spüren, dass er einen hohen, kehligen Laut von sich gab, und als du merktest, dass er im nächsten Augenblick so weit sein würde, ließt du ab von ihm, entriegeltest die Klotür und gingst rüber zum Waschbecken, um dir den Mund auszuspülen. »Mensch, Ingrid, was …«, rief Roland und fluchte und zog die Klotür wieder zu, und du konntest hören, wie er dein Werk zu Ende brachte. Als er rauskommen wollte, standest du vor der Tür und schubstest ihn zurück in die Kabine, auf den Deckel, öffnetest seine Hose, setztest dich auf ihn und schobst dir seinen noch nicht ganz erschlafften Schwanz rein. Etwas anderes als dein Name fiel ihm auch dieses Mal nicht ein. Erstaunlicherweise wehrte er sich kaum, quiekte nurmehr. Du bereitetest ihm Schmerzen. Schmerzen. Ja. Roland. Es ging leicht, du kamst schnell und zornig und danach versetztest du ihm noch ein paar Stöße und spürtest einen Wurm aus dir herausgleiten, und der Ekel ließ dich flüchten. Er konnte nichts dafür. Aber wenn er nun mal so hieß.

Der Mathelehrer fuhr dich nach Hause. Er fragte, ob du ihm vielleicht einen Kaffee machen könntest. »Fräulein Ingrid.« Nein, sagtest du und fasstest ihm in den Schritt. Sein Mercedes war geräumig genug.

Am nächsten Tag meldetest du dich krank im Café. Man hatte Verständnis. Du bliebst drei Wochen im Bett. Dein Kühlschrank gab nicht viel her, also gingst du einmal in den winzigen Laden an der Ecke, brachtest aber hauptsächlich Kekse mit. Die Wurst war angegammelt, du aßt sie, ohne etwas zu schmecken. Das bisschen Schimmel am Brot würde dich schon nicht umbringen. Und wenn schon. Als du tagsüber nicht mehr schlafen konntest, sahst du nach, wie lange die Schlaftabletten reichen würden. Du schüttetest sie vor dich auf die Matratze und legtest eine weiße Perlenkette daraus. Du hättest sie gern um den Hals gehabt, kühl. Vorsichtig entferntest du eine Perle, stecktest sie dir in den Mund und spültest sie mit der Flüssigkeit hinunter, die sich im Glas auf deinem Nachttisch befand. Es hätte Wodka sein können, aber sicher warst du dir nicht. Die fehlerhafte Kette kam dir unsinnig vor. Du aßt sie auf. Du wusstest, wo der Fehler lag. Sie war nicht lang genug. Aber egal. Nach ungefähr hundert Jahren klingelte das Telefon.

Eine Stimme sprach direkt in deinen Magen hinein, was du angesichts deines Zustandes unhöflich fandest. »Frollein Hanske, ick sag nur, det wart, Sie wissen Bescheid!«

Du versuchtest, noch schnell aufzulegen, bevor du auf das Telefon kotztest. Sowieso, dachtest du. Du warst gestorben, und zwar für jeden. Da sollte der Café-Kröske sich mal nichts einbilden. Du gingst wieder ins Bett. Aber das Bett gehörte zur Wohnung, und die Wohnung gehörte deiner Vermieterin, und die wollte bald vertröstet sein über die bis auf Weiteres ausbleibende Miete. Mehrmals klingelte es, aber du öffnetest nicht. Du fingst an, wieder rauszugehen. Aber nur nachts, und nirgendwohin. Einmal sprach dich ein Mann an, und du nahmst ihn mit, weil du an die Miete dachtest, aber dann sagtest du vor der Haustür zu ihm, es ginge doch nicht. So viel würde er nie rausrücken. »Ick *habe* Geld dabei«, sagte er empört. Aber nicht genug. Und du wolltest nichts einreißen lassen. Was war jetzt mit diesem Ziel.

Du strichst um dein Ziel herum. Du wolltest nichts, gar nichts, aber die Langeweile machte dir zu schaffen. Du last die wildwuchernden Aushänge, aus Langeweile, eine WG wolltest du erst recht nicht. So einen kleinen, durchorganisierten Puff. BOTANISCHER GARTEN, hieß nicht eine Haltestelle so? HILFSARBEITEN. Vermutlich schlecht bezahlt. Aber das Bild von Pflanzen legte dich nicht sofort lahm, also fuhrst du hin. Dort kamst du dir wieder dumm vor; du warst die erste und einzige Bewerberin, schienst aber nicht sonderlich willkommen zu sein. Vielleicht sahen sie dir etwas an. Vielleicht dasselbe, was du sahst, wenn du zufällig in einen Spiegel gucktest.

Man gab dir eine Aufgabe, das war gut, aber du konntest hören, dass es eine war, vor der man sich besser drückte. Es würde nicht gerade der Kuhstall sein. Es war ein Gewächshaus. OPUNTIA stand auf den Schildern dieser platten Kakteen. Du musstest fast weinen, sie rührten dich wie Tiere. Stolz und wehrlos, nur einige hatten lange, einzelne Stacheln, die Handschuhe, die man dir gegeben hatte, erschienen dir übertrieben wie eine Waffe. Opuntia hatte abgeblüht und musste umgepflanzt werden. Ihre matte Oberfläche wirkte wie Haut, nur schöner, blaugrün. Du strichst mit der flachen Hand über die kleinen bräunlichen Samtbüschel. Du sahst deinen Fehler sofort ein. Das war ein richtiger, eindeutiger Fehler, dachtest du. So haben Fehler zu sein. Sie müssen sofort weh tun. Winzige, nicht entfernbare Stachelhärchen. Wiederholung unnötig. So was war Liebe. Du warst ihnen nicht böse. Du liebtest sie schon.

Du warst allein. Die ganze Zeit über hatte der Gedanke, kaum jemanden zu kennen in der ganzen halben Stadt, von kaum jemandem gekannt zu werden, mit keinem hier verwandt zu sein und überhaupt schwer erreichbar in dieser Enklave, Exklave, dir große Befriedigung verschafft. Sie steigerte sich zur Euphorie, als du vor dem Sekretariat der Uni mit wohl hundert anderen Leuten darauf wartetest, zur Einschreibung vorgelassen zu werden. Auf einmal fiel dir dein Vater ein, und der Gedanke kränkte dich. Er zerstörte deine Absolutheit. Dein Vater war tot, ja, aber er war hier.

Er befand sich in einer Urne auf dem Städtischen Friedhof Reinickendorf, so viel wusstest du. Du warst nie dort gewesen, fuhrst auch jetzt nicht hin, obwohl du nur ein paar U-Bahn-Stationen entfernt wohntest. Du fühltest, dass das undankbar sein musste. Aber Dankbarkeit war eben auch etwas, was du endlich loswerden wolltest. Ein besonderes Talent dazu hattest du ohnehin nie gehabt. Und schien in diesen Westberliner Tagen nicht alles eine Frage des Talents? Das ersetzte dir einiges, andere Wörter, ›Veranlagung‹, ›Potential‹, und das Leben war schließlich kein Entwicklungsroman, oder? Ach, hör auf, das Wort kanntest du da noch gar nicht. An der Beisetzung hattest du nicht teilgenommen. Du warst erst am selben Tag angekommen, noch rechtzeitig, aber du konntest den Friedhof nicht finden, verfuhrst dich, sprachst niemanden an, ein Taxi trautest du dich nicht zu nehmen, aus Angst, es verschlänge sofort einen Großteil deiner Ersparnisse. Dann war es dir plötzlich egal. Du standest mitten auf einer Kreuzung, es muss irgendwo in Schöneberg gewesen sein, völlig falsch. Du fragtest dich, was gewesen wäre, wenn dein Vater lieber heilen Leibes unter die Erde gekommen wäre, wenn die Behörden nicht anderthalb Wochen Zeit zum Vertrödeln gehabt hätten. Ständest du dann hier? Diese Frage schien dir so wichtig, dass sie dich paradoxerweise die Wichtigkeit der Beerdigung nicht länger einsehen ließ. Du standest hier, und nur das zählte. Das war nicht so opportunistisch, wie es aussah. Erst da wurde dir nämlich klar, dass dein Vater tot war. Toter als tot. Dass er ja nie gelebt hatte, nicht für dich. Also was solltest du auf dieser Trauerfeier. Schließlich war er nicht für dich gestorben. Du hattest gar nicht gemerkt, wie sich im Laufe der Zeit Gleichungen zwischen euch aufgestellt hatten, ein ganzes Gleichungssystem, und als es dich eines Tages schrecklich wie in einer Mathearbeit anflimmerte, konntest du nicht überblicken, ob es mehr Gleichungen als Unbekannte waren oder umgekehrt. Sicher war nur, dass es entweder keine oder unendlich viele Lösungen gab.

Was deine Mutter betraf, so wagtest du dich nicht mal an eine Ungleichung. Auf welche Seite du dich auch geschrieben hättest, das Zeichen wäre doch immer auf dich gerichtet gewesen. Und so eine Selbstgerechtigkeit untersagtest du dir. Selbstmitleid, meinst du. Du hattest dich entfernt aus diesem System. Es musste doch verschiedene geben, wie in der Musik. Naturgesetze, ja doch, mein Gott. Dann musste es eben verschiedene Naturen geben. Zumindest war euch beiden das Gleiche klar, klargewesen schon, als du ihr sagtest, du würdest den Antrag stellen. Klargewesen auch, als du die Papiere erhieltst: Du durftest fahren zur Beerdigung eines Angehörigen ersten Grades, aber nur du, allein, ohne Angehörige welchen Grades auch immer. Ein Rückholbändchen, das fast sofort riss.

So eine Klarheit. Die wollte dir später nie wieder gelingen, du verzehrtest dich nach diesem Gefühl, das dich an jenem Morgen aufspannte wie ein Segel, als du heraustratest in die tonlose Februardunkelheit. Du hattest niemanden geweckt, aber dann stand Anna Hanske doch in der Tür, du hattest nicht daran gedacht, dich nicht umzudrehen. Und da sahst du es ihr klar und deutlich an: dass du diesen Weg nicht zurückgehen würdest. Vielleicht stimmt es nicht, aber dir war, als wüchse dir erst in diesem Augenblick die letzte Entschlossenheit zu. Deine Tasche war klein, wirkte unverdächtig. Nur zwei oder drei ließen sich nicht täuschen. Du sahst nicht zu dem kleinen Fenster hoch, obwohl du wusstest, dass dort kein Winken sein würde.

Es kam dir wie eine Verabschiedung vor, als der blasse, nicht sehr große Junge, ›Mann‹ konntest du nicht denken, dir über den nun leeren Platz hinweg zuwinkte. Die anderen waren wieder verschwunden, in ihren Betten und Angelegenheiten, wie mit der Nacht zurückgesaugt, abgesaugt von dir, und der sich dort nur dank seiner schwarzen Jacke und seiner fast ebenso schwarzen Haare deutlich von der grauen Fassade hinter ihm abhob, überscharf fast, dessen weißes Gesicht sich in der Milchfarbe des Himmels aufzulösen drohte, der da an seiner flatternden Hand hing wie ein Trauerflor, den der Januarwind gleich abreißen und zusammen mit den über den Platz treibenden schmutzigroten Pappröhrchen davonwehen würde, schien dir auf unbegreifliche Weise über alle Wahrscheinlichkeiten erhaben, als er auf dich zustakste, eine tapfere kleine Elster. Du bliebst einfach schief da stehen. Dir war, als flösse Niederprozentiges durch deine Adern, klebrige Liköre. Als er dich fast erreicht hatte, als du sicher sein konntest, nicht mehr missverstanden zu werden, winktest du zurück, weil dir plötzlich sein Name wieder einfiel.

»Hallo. Ingrid«, sagte ein blaugefrorener Mund. »Wie schön.«

Du begriffst einen Augenblick nicht, dass der Satz schon zu Ende war. Er gab dir nicht die Hand. Er stand direkt vor dir.

»Hallo. Michael.«

Er nickte, als ob du etwas richtig gemacht hättest. Du versuchtest dich zu entscheiden, ob seine Augen braun oder grün waren, denn hinsehen konntest du nicht. Du versuchtest dich zu erinnern, ob du in der Nacht mit ihm geknutscht hattest, in der lauten Nacht, eingekeilt zwischen Mänteln, Haaren, Kotze und Knallern, Herren- und Heimatlosen, Kommilitonen, euren, und ob es noch im alten oder schon im neuen Jahr gewesen war. Das war doch wichtig. Du versuchtest, freundlich zu sein.

Du konntest ihn lange nicht richtig anfassen.

Es kam dir nicht richtig vor. Er war doch ein Fremdling in deiner Sprache. Du glaubtest, er würde alles falsch verstehen. Du würdest alles erklären müssen. Du glaubtest, er könne das nicht lernen: akzentfrei mit dir zu reden. Wenn es schon sonst keiner konnte, nicht wahr. Du fingst an, dein Englisch auszubessern.

Eine Probe: Für dieses Buch hattest du gerade noch genug Geld. Du kauftest es und schenktest es ihm. Du hattest gehört, es solle schwierig sein. Du aßt Michaels Brot und Michaels Suppen und fragtest ihn, warum er es nicht lese. Du hättest deinen »last penny« dafür gespendet. Warum er denn überhaupt so einen Scheiß wie Germanistik studiere. Wo einem doch am Ende nur noch Goethe überall rausläuft, wo man nur noch Goethe sabbert und nach Goethe stinkt, pfui Deibel. Michael tat so, als hätte er nicht alles verstanden. Er sagte, dass WILHELM MEISTER ihn genug beschäftige. Da könne er sich nicht noch MUTMASSUNGEN »about some JAKOB« leisten. Er fragte dich, ob das hier eine Landschaft sei. Eine halbe Stadt mit ein paar »trees at the fringe«. Er fragte, wo du später arbeiten wolltest. Du sagtest, du wolltest keine Ponyfrisur. Er lachte.

Zwei Jahre später standest du heulend zwischen den englischen Baumfransen. Schwanger. Dieses Kind würdest du behalten, so viel war klar. Es war euer Kind. Ingrid war seine Mutter und Michael sein Vater. Ingrid Ishley.

Du stürztest dich in die Gärten. Du dachtest nicht darüber nach, was dir an dieser Inszenierung von Natur lag. Ob das eine Landschaft war. Die Gärten gefielen dir einfach, und das war etwas in dieser Zeit. Ein Gefühl so gut wie neu. Manchmal verreistest du für ein paar Tage. Die Bücher nahmst du mit, dein Notizheft, ein wenig Proviant. Dein Bauch hielt den schweren Rucksack im Gleichgewicht. Wenn du, nicht selten durchnässt, immer hungrig, am Abend in dein B&B-Zimmer kamst oder, wenn du nur in der näheren Umgebung geblieben warst, in den kleinen, halbvergessenen Gärten Norfolks, zu Michael in die Wohnung, fühltest du dich wie ein aus seinen Diensten entlassener Einsiedler. Es schien dir merkwürdig, die Länge deiner Haare und Nägel unverändert zu finden. Nur dein Bauch wuchs. Du dachtest: Er wächst, immer weiter. Du wusstest nicht genau, wen du meinst mit ›er‹.

Einmal rutschtest du in einen Ha-Ha und knicktest dabei mit dem Fuß um. Du kamst nicht mehr raus. Du warst allein weit und breit. Der schlammige Grund schmatzte, als du versuchtest aufzustehen. Du aßt einen Apfel. Eine Weile lehntest du an der steilen Wand dieses ungewöhnlich tiefen, aber ohne Steine angelegten Gartenkunstmittels, bis du wieder zurücksacktest, nachgabst. Du müsstest das Kind eben in instabilen Verhältnissen gebären. Ha ha, dachtest du, und die Frage, woher diese unsichtbaren Gräben ihren Namen haben, beantwortete sich plötzlich von selbst. Als Einsiedler durfte man natürlich kein Kind haben. Jedenfalls nicht offiziell. Du fingst an, nach Michael zu rufen, es klang besser als ›Help!‹.

Nach Minuten oder Stunden sahst du einen Jungen über dir stehen. Er legte sich auf den Boden und hielt dir seinen Ledergürtel hin. Du bandest deinen Rucksack dran. Gern hättest du auch deinen Bauch abgeschnallt. Der Junge war vielleicht zwölf oder dreizehn Jahre alt, aber er schaffte es, dich an dem Gürtel ein Stück hochzuziehen, dass du mit der Hand ein Grasbüschel ergreifen und mit dem unverletzten Fuß einen prekären Halt finden konntest. Du stemmtest dich hoch, der Junge half dir, zerrte an dir mit einer ausdauernden Kraft, zerriss dabei deinen Anorak und entschuldigte sich. Er trug geduldig deinen Rucksack neben dir her, als du in kleinen Schritten zum Ausgang humpeltest. Er wartete mit dir auf den Bus. Du fragtest nach seinem Namen. Er sagte, er heiße Paul William Herrington, »like the fish, you know«. Du gabst ihm, was du noch an Geld bei dir hattest. Die Wehen setzten im Morgengrauen ein, fast einen Monat zu früh. Paul wurde in einem Krankenhaus in Norwich geboren.

In Kinsale, in Irland, in einem Haus, vor das du noch nicht

das Wort ›dein‹ zu setzen wagtest, erreichte dich zehn Jahre und einen Tag später der erste Brief von Peter. Du sahst ihm sofort die zahllosen Anläufe an. Die Handschrift war gleichmäßig, ohne Fehler oder Verbesserungen, und die Absätze – schon allein, dass es welche gab – passten nicht recht zusammen, schienen Konzentrate von im Laufe der Zeit entworfenen und wieder verworfenen Briefen zu sein. »Jetzt, wo es geht«, schrieb Peter. Es gelang dir nicht herauszufinden, worum es ihm ging. Du stelltest dir vor, Peter hätte bis jetzt gebraucht, um deine Adresse herauszufinden, sich deiner Anwesenheit im selben Raum-Zeit-Kontinuum zu versichern. Es erschreckte dich. Dass das immer noch ging. Dass es so etwas wie Peters Anwesenheit gab. Adressen. Die grundsätzliche Erreichbarkeit, sofern in siebzehneinhalb Jahren für dich und ihn in etwa siebzehneinhalb Jahre vergangen waren. Du hattest nicht geschrieben. Damals, als es nicht ging. Du wolltest keine Schwierigkeiten machen. Peters Brief war wie das Nicken von Michael, damals. Du schriebst zurück. Du machtest viele Absätze.

Michael wusste von diesem fernen Bruder. Hinter der Mauer, hinterm Mond, zu fern für dieses Leben. Peter war dein Zugeständnis an Michael gewesen. Es war zu spät, ihm etwas anderes zu erzählen. Als der zweite Brief kam, zwei Jahre darauf, ein hastiger, zugleich scheuender, mit vielen Streichungen zusammengequälter Brief, war es endgültig zu spät, ihm irgendetwas anderes zu erzählen.

MARIA

Das war auch so ein Wetter in dem Jahr, genau so ein malles Wetter. Morgens immer Sonne und keine Wolke zu sehn, und dann regnete das den ganzen Tag. Und kein Mensch auffe Straße, hat sich ja keiner mehr rausgetraut, na, und danach erst recht nich, die alten Weiber, die haben da alle den Schlüssel zweimal rumgedreht. Die alte Hilda Roggelin. Sonja, was ihre Enkelin is, die wollt ihr das erst gar nich sagen, die wollt ihr nu keine Angst machen, aber haben ja nu doch alle davon geredet, die Schwestern und alle, und denn hat Sonja ihr das lieber doch erzählt, bevor sie das so nebenbei mitkriegt. Ich mein, das war ja ihre Freundin, nich, Erna Mehling war ja ihre Freundin, obwohl die n ganzes Stück jünger war. Aber in dem Alter kommt das da nich mehr drauf an. So alt wird unsereins gar nich mehr. Das hat Simon auch immer gesagt. Aber Erna war da auch nur ein Jahr älter als ich jetzt, als das passiert is. Paar Tage später bin ich ganz früh zu Simons Grab hin, ich dacht, bevor das wieder anfängt, und das war ja sein Sterbetag, und dann hab ich das gesehn vom Kirchhof aus, Ernas Tür, dass da was rübergeklebt war, dass keiner mehr raus und rein konnte, und da hab ich das erst geglaubt. Da hab ich das gesehn, das war zu sehn, dass das leer war, das Haus. Und ich wollt mir gar nich vorstelln, wie das gewesen war, was die so erzählt hatten, aber ich hatt das immerzu im Kopp.

Das war so ruhig an dem Morgen, und die Sonne schien in mein Fenster, und kalt war das, ich dacht, na, ich bleib ma noch paar Minuten länger im Bett, und denn ging das auf einmal tatü-tata, und denn kam der Krankenwagen oder die Polizei. Erst dacht ich, das brennt irgendwo. Da bin ich sofort aussem Bett. Da hatt ich immer solche Angst vor, wenn das irgendwo brannte. So wie damals, als deswegen die Schule ausfiel. Da kamen uns die Jungens entgegen und riefen immerzu: »De Schaul brennt, de Schaul brennt!«, aber das stimmte nich. Gebrannt hat das zwei Häuser weiter, da war morgens der Blitz in die große Kornscheune eingeschlagen und gleichzeitig hundert Meter weiter in'n Kuhstall, und das brannte lichterloh, das waren ja beides Reetdächer gewesen. Und da mussten wir Kinder nu mit ran und die Kühe auf die Wiese treiben und aufpassen, dass die nich wegrennen. Und ich weiß noch, wie wir beide stolz waren, Anna, dass wir da helfen durften, denn da wurden bloß die größeren

Kinder für genommen, und wir waren noch gar nich so groß. Und ich hatt eine Heidenangst vor dem Feuer, und ich wollte auch gar nich, dass die Schule mit abbrennt, auch wenn das nich so schön war in der Schule mit Herrn Pittelkow, aber immer zu Hause bleiben wollt ich auch nich, und dann hätt ich dich ja auch nich mehr gesehn.

Und das war so ein Wetter an dem Tag. Wie sie gekommen sind, da schien noch die Sonne. Und wie sie sie denn rausgetragen haben, da hat das gegossen, »immer ruff uff ehr, immer ruff uff dat witte Tüch, wo se drunner lag«, wie Martha gesagt hat, die hat das ja alles gesehn von ihrem Fenster.

Und das hat sie auch gesagt, vorher, dass das nich gut geht, wodrauf Erna sich da bloß eingelassen hat, dass ihr das mal einer sagen muss, dass das nich geht. Aber gesagt hat sie Erna das nich. Und dass das nu so kommen würd, dass das nu so ein Ende nehmen würd, das hat Martha auch nich gewusst, da kann sie noch so schlau tun. Keiner hat das gewusst, auch wenn sie denn alle so getan haben: Dat hett's nu davun.

Was wollt die bloß mit dem Bengel? Aber das war auch so eine, die nich nee sagen konnt. Und siehst du, das war nu der Unterschied zu dir, Anna. Du hättst das nie so weit kommen lassen. Ich will ja nich sagen, dass sie nu was dafür konnte, Erna, dass das passiert is, aber bisschen war sie vielleicht doch schuld dran. Das war vielleicht so wie mit dir, Anna, du konntst vielleicht auch nix dafür, dass dein Theo abgehauen is, und dass deine Tochter auch weg is, und alles, was passiert is, aber vielleicht doch. Ich mein, gewollt hast du das nich. Aber passiert isses ja, und da muss man sich doch fragen, warum. Erna konnt das nu nich mehr. Ach, die war viel zu gut für diese Welt. Die hat gedacht, sie könnt ihm irgendwie helfen damit. Die hatte auch keine Angst. Da war sie genauso wie du. Bloß, dass du auch keine Angst zu haben brauchtest. Dir hätt er ja nix getan. Zuerst, wie das passiert war, hab ich gedacht, wenn er das nu mit dir gemacht hätt, Anna. Aber das konnt ich mir gar nich vorstellen. Du hattst wie so was um dich rum, wie so einen Schutzmantel, an dich kam keiner ran, und Henry hast du schon zur Räson gebracht, wenn er wieder mal durchhaute. Was der auch angestellt hat, du hast dir nix anmerken lassen, er konnt dich nich ärgern damit, und du hast dich auch nich geschämt vor die Leute. »Komm, Henry«, hast du immer gesagt, und denn bist du mit ihm nach Hause, und ich weiß nich, ob du ihn bestraft hast und mit was, aber denn war erst mal wieder eine Zeitlang Ruhe. Anna, nee, ich hätt mich in Grund und Boden geschämt. Wie du das so konntst.

Wie er da mitten auffe Straße, ach nee! Und alles hat zugeguckt, und die Gören immer um ihn rum, und ein Gejohle! Ich dacht wunder, was da los war, und wie ich dichter komm, seh ich das, die ganze Schweinerei. Nee, das war ja nich mitanzugucken. »Ick künn doo goor nich henkieken«, hat Martha gesagt, aber gesehn hat sie denn doch alles hinter ihre Gardine. Wie er da mitten auffe Straße stand und da rumgefummelt hat an sich selber und seine Hose offen und alles hing raus, und keiner is hin zu ihm und hat ihn da weggeholt, vonner Straße. Die Gören haben bloß gelacht. Und ich war noch so dumm zu sagen: »Was gibt das denn da zu lachen, schert euch nach Haus!«, und denn haben sie mich auch ausgelacht. Aber Herrgott, das ging doch nich. »Henry!«, ruf ich, und ich weiß genau, das war das erste Mal, dass ich ihn so angeredet hab, mit seinem Namen, und da war mir ganz komisch dabei, ich hatt auch bisschen Schiss, aber nich vor ihm, da hat das ja noch keiner geahnt. »Henry!«, sag ich. »Was soll denn deine Oma denken. Nu geh du man schön wieder nach Hause.« Aber er hörte ja gar nich, der hatte bloß die Augen stier zum Himmel und machte nu immer weiter, und ich weiß auch nich, ich mein, ich war ja nu kein junges Mädchen mehr, aber ich hab mich so geschämt, ich wär am liebsten weggelaufen, ich konnt das nich sehn. Aber einer musste doch was machen. Ich wollt grade zu ihm hin, ich hätt ihm am liebsten ne Backpfeife gegeben, so ein Schweinigel, nee, und da seh ich mit Mal ein Auto ankommen, aber mit volles Karacho kommt der da angefahrn, und ich nix wie runter vonner Straße und die Gören auch, und ich ruf noch: »Henry!«, aber Henry bleibt stehen, der steht da wie angewurzelt, und er sieht, dass der auf ihn zurast, er starrt den ja richtig an, und rührt sich nich! Ich denk, Mensch, das is doch der Gühlmann mit sein Wartburg, aber da war das auch schon zu spät. Ich dacht, ich werd nich wieder, wie der da so haarscharf an Henry vorbei is, dass Henry das Taumeln kriegt und mit seine Kapuze da am Spiegel hängen bleibt und schreit und schreit, wie er da mitgeschleift wird bis um die Kurve und denn da liegen bleibt mitten auffe Straße. Und der Gühlmann hat nich angehalten. Der is einfach weiter. Und Henry war erst ganz stumm, wie er da lag, und ich dacht wirklich, das wars nu mit ihm. Aber denn fängt der auf einmal an zu bölken und macht ein Geschrei, als ob sie ihn abstechen, wien Schwein, so hat der gebrüllt, und brüllt und brüllt und hört nich auf, und die Gören sind gleich um die nächste Ecke und nix wie weg, und der lütte Sohn von Dietmar Beier is als Einziger zu ihm hin, und den hat er weggeschubst, dass der hingefallen is, und denn is der auch weggerannt, und ich hab mich auch nich hingetraut. Ich dacht, irgendeiner muss dir Bescheid sagen, Anna, irgendeiner muss hin zu dir, aber denn warst du auf einmal schon da. Und hinter dir her kam Marthas Elke mit ihrem Mann, die hatten dir das vielleicht gesagt, und Elke hat sich da hingestellt mit verschränkte Arme und sich das angeguckt, und denn kam auch noch Heini aus seine Tür und sagte: »Ein Theater!«, und meckerte rum mit seine heisere Stimme, und Christel guckte ausm Fenster mit ihrem Helmut und sagte zu ihm: »De Bengel gehüürt doch inne Anstalt!«, und so laut, dass du das auch gehört hast. Und du hast Henry an sein Arm genommen und hochgezogen, und er hat immer noch geschrien, aber du hast ihn hochgekriegt, und denn hat man erst das Blut gesehn an sein Kopp, und seine Jacke war hinten auf.

»Mach die Büx zu, Henry«, hast du gesagt, und: »Nu komm!«, und denn hast du ihn hinter dir hergezogen und hast ganz gradeaus geguckt und keinen angeguckt und mich auch nich. Und ich dacht, ich geh denn mal lieber.

Später ging das denn los mit den Mädchen, dass er den Mädchen hinterher ist wie sie gesagt haben. Ich weiß nich, ob das stimmte, aber als Gühlmanns Tochter damit anfing, Carina, da hat doch keiner gedacht, dass sie nu lügt. Ich mein, ganz ohne war die nich, aber wie denn auch noch ihre Freundin damit ankam und paar andre noch, da musste da ja was dran sein. »Wenn dat Stück Scheiße mir inne Finger kommt«, soll der Gühlmann gesagt haben. Denn wollt er ihn erwürgen, Henry, oder tothauen oder was weiß ich. Aber gemacht hat er nix, da haben ihn schon die andern von abgehalten, weil, er war ja nu schon drangekriegt worden wegen diese Fahrerflucht, und da musst er ordentlich was für bezahlen, und wenn er nu noch mal auf Henry los wär, na, ich weiß ja nich. Da hätten sie ihn am Ende denn doch noch für eingebuchtet, und das wär vielleicht gar nich verkehrt gewesen, aber gesagt hab ich das nich, das hab ich bloß so gedacht da. Auch wenn er vielleicht recht gehabt hat mit Henry, ich mein, dass er da Angst um seine Carina hatte, denn bei Henry konnt man nie wissen. Aber richtig was angestellt hat der nich, ich mein, bis das mit Erna war, der is doch bloß allen aufn Senkel gegangen, aber getan hat er keinem was, der hat doch immer bloß gelacht, deswegen haben sie ja auch »Haha« zu ihm gesagt, zu Henry Hanske. Und wie die Mädchen nu mal so sind in dem Alter, die wollen doch, dass einer denen hinterherguckt und vielleicht auch hinterherläuft, und wenn das nu bloß Henry war. Da hatten sie wenigstens gleich einen, wo sie sich drüber mokieren konnten, und vielleicht wollten die das gar nich, dass die Jungs denn losziehen und ihn sich vorknöpfen. Da hat er schlimm ausgesehen danach. Aber er hat nich gesagt, wers war, und da hat ihn auch keiner gefragt, wer sollte das schon gewesen sein, das konnt sich ja jeder denken. Danach war denn erst mal Ruhe, bis sie denn wieder anfingen, Sachen über Henry zu erzählen, so schmutzige Sachen, dass er das mit Tieren macht und so, weil er ja so an Tiere hing, der wollt ja alles anfassen, Kühe und Schafe und Hühner, und mit Katzen hat er egaleweg rumgekütert, bloß vor Hunde hat er Angst gehabt, weil da wohl auch mal einer seinen Hund auf ihn losgelassen hatte, wie er noch lütt war, aber sonst war der nur hinter die Viecher her, und denn haben sie so was erzählt, aber das hab ich denn nich geglaubt.

Ich weiß, Anna, du hast das nur gut gemeint. Aber das war zu viel für dich, in deinem Alter. Du hast gedacht, wenn schon deine vermaledeite Tochter sich nich drum kümmert und einfach in Westen abhaut und nich mal sagt, von wems nu is, nich mal dir hat sie das gesagt, das is ja nie rausgekommen, ob das nu einer ausm Dorf war und wer oder einer ausse Stadt oder von sonstwoher, die hat sich ja auch ganz schön rumgetrieben, deine Ingrid, und das hatte sie denn davon, bloß dass das denn an dir hängen blieb, du hast gedacht, das wär nu deine Aufgabe, das Balg von deine Tochter großzuziehen. Manchmal hab ich so gedacht, aber das hab ich auch nich richtig gedacht, bloß mal so, wie das einen so manchmal in Kopp kommt, da hab ich gedacht, wenn das nu Hartmut wär, ich mein, der Vater, wenn nu Hartmut damals mit Ingrid, wenn die ihn nu damals – na, verführt hätt, ich weiß ja, dass Hartmut bisschen n Auge auf sie geworfen hatte, auf Ingrid mit ihre blonden Haare, das hab ich schon mitgekriegt, und wenn sie das nu ausgenutzt hätt, denn durchtrieben genug war sie ja anscheinend, auch wenn sie nich den Mund aufkriegte manchmal. Gesagt hat sie nich viel. Aber stille Wasser, nich. Das kennt man ja. Aber wieso hat sie denn nich gesagt, dass er das war, ich mein, er hätt ja zahlen müssen, und dass er nu nich aus eine ganz arme Familie kommt, das hat sie doch wohl gewusst, dass wir bisschen was auffe hohe Kante hatten. Auch wenn sie ihn nu vielleicht nich heiraten wollt, weiß der Düüwel, warum nich, aber das Geld hätt sie gekriegt, und so Sahne gings euch nu auch nich, als dass man da zu stolz zu hätt sein können, wo sich ja rausgestellt hatte, dass ihr gar nich so viel geerbt habt von dem alten Hanske, gar nich so viel, wie alle gedacht hatten. Aber ich kann mir das auch nich vorstellen mit Hartmut, auch wenn er n Dummlack war ab und zu, wie bei Britta, aber ich mein, dass Henry nu von ihm wär, das konnt ich nich glauben, son Bengel, der nich ganz richtig is.

Du wolltst ihn nich ins Heim geben, das wolltst du partout nich. Da hast du bloß gesagt: »Nein«, wie ich dich mal gefragt hab, und das hat mir Überwindung gekostet, das kannst du mir glauben. Das war kurz nachdem Ingrid weg war, nachdem sie nich zurückgekommen war und du da nu gesessen hast mit dem Lütten, und der konnt ja man grad paar Worte sprechen, nich so wie andre in dem Alter, die egaleweg drauflosplappern, und bei ihm hat man auch bloß »Mama« verstanden. Na, ne schöne Mama war das. Und die Zeit hat er erst nur geschrien. Der war ja nich zu bändigen. Und du sahst schlecht aus. Wie ich mal vorbei bin an dein Garten, da warst du draußen, da hab ich dich gesehn, »Tach, Anna«, hab ich gesagt, und du: »Maria, willst nich reinkommen?«

Und das war das erste Mal seit ich weiß nich wie viel Jahrn, dass ich wieder in deine Küche gesessen hab. Ich wusst nich recht, was ich sagen sollt zu dir, ich war bloß verdattert, dass man dir das alles so ansieht auf einmal.

»Is schwer, nich?«, hab ich gesagt.

Du hast gar nix gesagt, vielleich bloß genickt, genau konnt ich das nich sehn, weil du mitm Rücken zu mir standst und Kaffe gekocht hast. Und wie du da so standst, musst ich dran denken, wie wir noch ganz jung waren und ich schon zum zweiten Mal schwanger war mit das zweite Kind, das ich verloren hab, und wie ich dich nach deinem Vater und nach Theo gefragt hab. Wie ich da auf deinen Rücken geguckt hab. Und wie da noch keiner wissen konnte, wie das ausgeht.

Du hast mir den Kaffe hingestellt, und denn haben wir uns bloß so gegenübergesessen, und ich wusst nich, was du nu eigentlich von mir wolltest, wieso du gewollt hattst, dass ich reinkomm.

»Ich weiß ja gar nich, was ich ihm sagen soll«, hast du da gesagt.

Da war ich erschrocken. Ich weiß nich, wieso, aber da hatt ich auf einmal Angst.

Und denn hast du erzählt, dass den Tag vorher die Polizei dagewesen war, und sie hatten gesagt, dass deine Tochter eine Verbrecherin wär, weil sie nu Republikflucht begangen hätte, weil sie nich zurückgekommen wär und nu schon zwei Wochen lang nich, und dass du auch schuldig wärst, weil du das nich gemeldet hattst. Du hast gesagt, du hättst gesagt, dass deine Tochter erwachsen wär. Ob du was von ihre Fluchtpläne gewusst hättst. Nein. Ob du sie angestiftet hättst. Nein. Ob sie sich bei dir gemeldet hätt. Nein, wie denn. Zum Beispiel angerufen. Da hättst du gelacht. »Denn wüssten Sie das doch längst«, hättst du gesagt. Wie du das meinen würdst. Na, wenn hier ein Telefon klingelt, würd man das doch bis Anklam hörn. Wieso. »Weil das so schön ruhig hier is«, hättst du gesagt. Eine Totenstille wär das hier. Hier würd man alles hörn. Und wenn hier ein Telefon klingeln würd, denn wüssten alle auch, bei wem, nämlich entweder beim Bürgermeister von Bresekow oder beim Bürgermeister von Putlitz, mehr Telefone wärn dir hier jedenfalls nich bekannt. Frau Hanske, hätten sie gesagt. Ob du das denn geahnt hättest, dass deine Tochter nicht zurückkommt. Nein.

»Das war gelogen, Maria«, hast du gesagt.

»Du liebe Zeit, Anna, hattst du denn keine Angst nich?«

»Ach Gott, Maria. Sag mir mal einen, der da nich die Büxen bis zum Stehkragen voll hat!«

Und du hast gewusst, dass sie nich zurückkommt? Das hast du doch gesagt, nich? Oder nich? Wie konntst du sie dann bloß fahren lassen, ich mein, wo sie ihren Vater doch gar nich kannte, ich hätt das nich erlaubt, wenn Hartmut solche Flausen im Kopp gehabt hätt, wenn ich das gemerkt hätt, oder bei Rosi oder Bärbel, und wenn die mir noch so viel Sorgen gemacht hätten. Aber anbinden konntst sie ja nu auch nich, ich weiß. Und wenn sie das da nich gemacht hätt, dann n andermal. Ich will nu nich sagen, dass sie weg wollt von ihrem Kind, auch wenn manch einer das nu gedacht hat, so wie manch einer ja auch gedacht hat, dass das ihre Strafe war, so ein Kind. Aber sehr dran gehangen hat sie wohl nich. Und Anna, du könntest nu denken von mir, was du willst, aber … Ach, ich sollt das nich denken. Ich weiß auch nich, ob das stimmt. Nur, wie man ja immer so sagt, dass der Appel nich weit vom Stamm fällt.

Aber wie hättst du das auch aushalten sollen, wenn du nu zu doll an ihr gehangen hättst. Vielleicht wär sie dann trotzdem weg.

Und denn solltest du ihnen sagen, wer der Vater zu dem Kind is. Da hättst du gesagt, dass du das nich weißt. Frau Hanske, hätten sie gesagt. Und ob du sie für dumm verkaufen willst. Du hättst gesagt, dass du nich lügen willst. Ob du denn nich eine Vermutung hättst. Nein. Damit könntst du nu nich dienen. Aber sie sollten man ruhig ins Dorf gehen und danach fragen, da wärn viele, die das gar nich erwarten könnten, ihre Vermutungen loszuwerden, da hätten sie denn bald eine schöne Sammlung.

Jetzt würde das Kind jedenfalls erst mal in ein Heim kommen. Nein. Doch. Das würd immer so gemacht in solche Fälle. Da würd der Staat denn die Vormundschaft übernehmen. Und denn müsste der nächste Angehörige entscheiden, ob er die Vormundschaft vom Staat übertragen bekommen will, wofür er denn einen Antrag stellen müsste. Denn würdst du hiermit mal gleich einen Antrag stellen, hättst du gesagt. Und Henry könnten sie so lange ruhig dalassen, da müsst der Staat gar nix übernehmen. Frau Hanske, hätten sie gesagt. »Wir sprechen vom Vater.«

»Es gibt keinen Vater.«

Da hätten sie dich ausgelacht und hätten dich gefragt, ob du an den Klapperstorch glauben würdst. Da hättst du gefragt, woran sie denn glauben würden. An einen Vater, der nur drauf gewartet hat, dass sie ihm nu nach drei Jahren sagen, dass er einer is, und ihm eine Vormundschaft anbieten? Na, da sollten sie Bescheid sagen, wenn sie so einen aufgetrieben hätten. Du wärst die nächste Angehörige. Nee, du hast gesagt, du hättst gesagt: »Ich bin die einzige Angehörige, hier.«

»Maria, die wollen mir Henry wegnehmen«, hast du gesagt, »die wollen mir auch noch Henry wegnehmen.«

Da hast du mir leid getan. Und da hab ich gesagt, dass sie dir Henry nich wegnehmen wollen. Nur, und da hab ich denn all meinen Mut zusammengenommen, nur, ob das nich vielleicht so besser wär.

»Was?«, hast du gefragt. »Was wär so besser?«

Da hätt ich am liebsten gar nix mehr gesagt, aber nu musst ich ja. »Na, ich mein ja bloß. Ob das im Heim nich besser für ihn wär.«

»Nein«, hast du bloß gesagt. Mehr nich. Aber ich glaub, du warst mir gar nich böse. Du hast nur ganz traurig ausgesehn.

Nee, diese Ingrid!, hab ich gedacht. Dass die ihre eigne Mutter so ein Kummer machen muss! Wenn sie dich nu am Ende noch verhaften. Das hätt ja passieren können, das konnten die doch machen. Aber denn haben sie doch bloß Henry abgeholt. Gleich am nächsten Tag haben sie Henry abgeholt ins Heim.

Ein halbes Jahr später hattst du ihn wieder. Das kann ich mir vorstellen, wie du denen da aufn Senkel gegangen bist. Da hast du nich lockergelassen. Und du hast das wirklich geschafft. Du hast ihn wiedergekriegt. Das hat mich gar nich gewundert. Wenn du was wolltst, denn hast du das auch geschafft. Gewundert hab ich mich bloß, dass du das unbedingt wolltst. Dabei hattest du das doch gar nich so mit Kindern. So gut mit Kindern konntst du nich, das hatt ich bald gemerkt. Ich glaub, du wolltst auch nich unbedingt welche. Ich weiß noch genau, wie du mich angeguckt hast, als ich da damals zu dir gekommen bin und nich wusst, ob ich nu lachen oder weinen soll, und dir das auch erst gar nich sagen wollt, aber irgendeinem musst ichs doch erzähln, und wem denn, wenn nich dir.

»Anna, nu bün'ck schwanger«, hab ich gesagt und da wurd mir

ganz heiß im Gesicht, so wie früher, als hätt ich was angestellt und müsst das nu sagen. Aber das war doch nu mehr was zum Freuen. Aber du hast bloß gesagt: »Jetzt schon?«

Und da hab ich mich irgendwie geniert, obwohl ich dacht, dass ich mich vor dir ja nu nich genieren muss, weil du noch gar nich so genau Bescheid weißt, hab ich gedacht, wenn du das nu erst wüsstst, wie das so is mit der Ehe, wie ich mich denn erst geniert hätt. Aber ich glaub, grad deswegen. Als wär ich nu irgendwie, wie haben sie das immer noch genannt – gefallen, ja. Hochmut kommt vor dem Fall. Und war ich nich ein bisschen hochmütig vielleicht gewesen, wie ich gesagt hab, ich heirat jetz den Simon Wachlowski, wo du Angst um deinen Theo hattst? So dumme Sachen hab ich da gedacht.

»Na, ich bin doch nu verheiratet«, hab ich gesagt, auf Hochdeutsch.

»Das stimmt«, hast du gesagt. Aber ich glaub, du wolltst was andres sagen. Und da hab ich mich geärgert über dich. Wie du nu so hochmütig sein konntst.

»Na, wart, bis du dein Theo heiratst«, hab ich gesagt. Und ich dacht schon, ich hätt was Falsches gesagt, weil du erst gar nix gesagt hast, und dann:

»Damit wird das auch nich anders.«

Ich glaub, da hab ich dich ganz entgeistert angeguckt. »Was? Was wird da nich anders?«

Und du hast bloß gegrient! Bloß gegrient hast du! Und da dacht ich, ich fall vom Stuhl.

»Ach, Maria, das weißt du doch nu genauso gut wie ich!«

Na, das hattst du jedenfalls fein hingekriegt. Wer hier wohl nu Grund hatte, sich zu genieren! Aber das hattst du nu wieder so hingedreht: dass ich nu wieder wie die Dumme dagestanden hab. Nee, Anna, manchmal war das nich zum Auszuhalten mit dir!

Wie ich denn das zweite Mal schwanger war, hab ich mich schon gar nich mehr getraut, dir das zu sagen. Aber du hast mir das sowieso gleich angesehn. Verheimlichen konnt man nix vor dir. Und da warst du denn auch wieder ganz anders. Da hast du mir denn Mut gemacht, weil ich ja nu das erste verloren hatt und nu Angst hatte, dass das wieder so kommt, und da hast du mich gefüttert mit das bisschen, was ihr noch mehr hattet als wir, und das war vierundvierzig, und du hast Sachen für das Kind gestrickt und hast gesagt, wenns so weit wär, denn wär der Krieg schon längst vorbei, das könnt ja nu nich mehr lange so weitergehn.

»Aber Anna, das darfst du doch nich so sagen«, hab ich gesagt. »Was denkst du, was das wird, wenn wir nu verliern!«

»Na, wenn du nich willst, dass dein Kind das hier mitkriegt, denn betst du besser dafür!«

Und siehst du, du hattest ja recht. Das Kind hat gar nix mitgekriegt. Das war noch gar kein Kind. Und der Krieg war denn ja auch vorbei. Und ich dacht, ich krieg nu gar keine Kinder mehr. Dass das nich geht bei mir. Ich wurd auch gar nich mehr schwanger die Zeit. Einerseits war ich ja froh. Und lieber gar keins als so ein fremdes, hab ich gedacht, weil, denn hattst du ja auf einmal diesen lütten Peter von eine aus Hinterpommern. Und mit Peter war das genau dasselbe wie mit Henry, bloß, dass ich das erst recht nich verstehn konnt, wo das nu schon gar nich dein eignes war und du noch nich mal verheiratet, und dein Theo noch nich wieder da, und die Zeit, Anna, die schlimme Zeit, das war ja schlimmer als wie im Krieg. Man hatte doch gar nix zu beißen die Zeit. Aber diesen lütten Wurm, den hast du dir nich ausreden lassen. Was denn sonst aus ihm werden sollt, er hätt doch sonst keinen mehr, hast du gesagt.

Die waren ja nu alle fünfundvierzig hierhergekommen, da wollt ja auch keiner mehr da bleiben, nach dem, was die alles gehört hatten vonne Russen, wie die Russen da gehaust haben inne Ostgebiete, da konnt dir das kalte Grausen kommen, wie die das so erzählt haben, und wie sie überfallen worden waren auffe Flucht und die Hälfte das gar nich geschafft hatte bis hierher. Und was hatten wir für eine Angst, dass uns das nu genauso gehen würd, wenn erst die Russen bis hierher wärn, dass uns das denn genauso dreckig gehen würd, und Anna, da hab ich gedacht, wenn das so kommt, denn bring ich mich um. Bevor mich einer vonne Russen anfasst, bring ich mich lieber um. Ich wollt sowieso nich mehr, die Zeit wollt ich gar nich mehr. Und da hab ich mich immer gefragt, wie du das so machst. Dass du gar keine Angst hattst, wie sie die alle bei euch einquartiert haben, die Flüchtlinge, und erst warst du auch noch ganz alleine mit die, bis denn dein Vater zurückkam. Uns hatten sie ja auch welche zugeteilt, aber bloß eine junge Frau mit ihre Mutter, und die waren anständig, und ich hatt ja da auch meine Schwiegereltern, und Simon war auch bald wieder da, und die haben sich nich gemuckt, und wie sie nu erst mitkriegten, dass Simons Eltern aus Polen waren, da waren sie nu ganz verschüchtert, da wollten sie nu gar nix mehr von uns nehmen, und da mussten wir denen erst sagen, dass wir ihnen nu bestimmt nix tun würden.

Aber die meisten hatten sie ja in die Schnitterkaserne gesteckt, und da sind denn auch paar noch gestorben, in das kalte Loch, und alles voller Wanzen, da hätt ich um nix auffer Welt drin sein wollen, da waren gar keine Scheiben mehr drin, das sah schon damals nich viel anders aus als heute. Und da war auch die Frau dabei, die Mutter zu dem Lütten, und die war so krank. Und du bist da immer hin und hast ihr Brot gebracht oder mal eine Suppe, und das ging aber auf die Dauer nich, weil die andern dich schon böse angeguckt haben, wie du gesagt hast, die hatten ja auch Hunger und sahen nu immer, dass die eine was kriegt und sie nich. Und denn hast du die auch noch in dein Haus geholt, die Frau mit ihrem lütten Kind, aber das war bloß paar Tage, und da is sie denn gestorben. Malius hat sie geheißen, jetzt weiß ich das wieder, Frau Malius, hast du immer gesagt, na, und ihr Lütter, das war ja Peter, und den hast du denn einfach behalten. Und das war auch gar nich so verkehrt zuerst, weil denn ja auch die Russen da warn, wo der Krieg vorbei war, und die hatten denn ja das Sagen, da haben sie auch gleich den Bürgermeister verhaftet, obwohl der nu gar nich son Nazi war, aber zwei Pistolen hat er gehabt, und das hat gereicht, und der is auch nich wieder aufgetaucht, und denn hatten die sich da im Gemeindehaus einquartiert, aber das war ja man nich sehr geräumig. Und denn habt ihr auch noch zwei Soldaten ins Haus gekriegt, das war nu euer Pech, dass ihr so ein schönes großes Haus hattet, das hatten die sich ausgeguckt, und wie die Soldaten nu das Kind bei dir gesehn haben, da haben sie natürlich gedacht, das wär deins, und denn haben sie dich auch in Ruhe gelassen, weil, Frauen mit Kindern haben die eigentlich nix getan. Die haben ihm immer übern Kopp gestreichelt und »schjonn, schjonn« gesagt, hast du gesagt. Und dass das auch noch halbe Kinder warn, vor die man nu keine Angst zu haben brauchte. Hilda Roggelin hat das auch immer erzählt später, wie sie, wenn die Russen vorbeikamen, immer schnell nach ihre Tochter gerufen hat und sie auffen Schoß genommen hat und wie sie ihr denn immer wieder die Zöppe geflochten hat und immer wieder aufgemacht und wieder neu geflochten, bis sie wieder weg waren, die Russen. Na, ich war jedenfalls froh, dass ich meinen Simon hatt. Und nich wie die Rieshöft mit ihrem Polen, wo der Mann nu schon so lange weg war, und keiner wusst, ob er nu tot war oder nich, und denn hatten sie ihr den Polen gegeben, zum Arbeiten, und wie nu die Russen kamen, sollt er weg, und denn haben sie ihn ihr auch weggenommen und wohl wieder nach Polen geschickt, ob er nu wollt oder nich, und der wollt ja gar nich, weil die Rieshöft, wie gesagt wurde, ja nu anscheinend mit ihm, na, weil er ja nu nich grad im Stroh schlafen musst, wie sie gesagt haben.

Und denn hab ich aber auch gedacht, wenn du da mal nu keinen Fehler nich gemacht hast, Anna, mit das Kind, wie das nu erst werden sollt, wenn dein Theo nach Haus kommt, wenn er kommt, wusste ja keiner, wo er abgeblieben war. Und denn kam er. Sommertag sechsundvierzig stand er vor deine Tür. Ach, der war ja bloß noch Haut und Knochen, da konntst du dir nu, wie wir immer so gesagt haben, ja n Splitter dran einreißen. Und da kam er vonne Russen, da hatten sie ihn gehen lassen, da hattst du noch Glück, Anna, dass das so fix ging, und das war vielleicht auch, weil er ja n bisschen n Roter war, nich, oder so getan hat, als wenn er einer wär. Und denn hat er dich ja wirklich auch gleich geheiratet, da war der Sommer noch nich vorbei, wie du da Frau März wurdst, bloß dass dich nie einer so angeredet hat. Und das mit Peter hat ihm anscheinend gar nix ausgemacht, vielleicht hat er erst n bisschen geguckt, aber wenn ihm das nich geschmeckt hätt, denn hätt er dich doch nich geheiratet, weil, da war er ja genauso wie du, wenn ihm was nich passte, denn hat er das nich gemacht. Und vielleicht haben sie deswegen immer alle gesagt, dass das n Sturkopp is, dein Mann, »son richtigen Stiesel«, hat Heini gesagt. »Dei döcht nix«, da waren sie sich gleich einig.

Aber mitgeholfen hat er ja, da konnt nu keiner was sagen, bloß wie, das hat wohl den meisten nich gepasst. Er war ja auch son halber Studierter, und das wollt er nu gerne weitermachen, was er da vorm Krieg gelernt hatte, das technische Zeichnen, aber das ging ja erst mal nich, und vonne Landwirtschaft hat er nu eigentlich überhaupt keine Ahnung gehabt, aber rumkommandieren wollt er. Er war ja auch der Einzigste, der die von sich aus gegrüßt hat, die Russen, das wollten die, dass man die grüßt, aber wenn ich einen gesehen hab von die, bloß von Weitem, denn bin ich gleich auffem Hacken umgedreht und um die nächste Ecke, und so haben das die meisten gemacht, oder manche waren auch ganz dreist und sind einfach so vorbei an die, und das gab denn oft Ärger. Aber dein Theo is denn auch zu sone Schule hin für paar Wochen, da hatten sie ihn hingeschickt, zu so einem Lehrgang, wo das nu bloß um Politik ging, das hatten sie wohl gleich gesehn, dass das einer is, den sie sich son bisschen hinbiegen können. Und denn haben sie ihm paar vonne Bauern zugeteilt, und mit die musst er denn immer los und aufräumen, kaputte Häuser leerräumen und Material, was man noch brauchen konnt, einsammeln und so was.

Und die Zeit hatte das ja auch schon angefangen mit das ganze

Aufteilen, dass nu jeder was kriegte, das war nu gut für die Flüchtlinge und die, die vorher gar nix hatten, sondern bloß für einen geschuftet hatten, der viel Land hatte, aber ganz gerecht war das auch nich. Wie bei dem Kattenburg, dem sie nu das ganze Land weggenommen hatten, und jeder von seine Arbeiter kriegte nu auf einmal ein Stück, da wussten die ja auch erst nich, ob sie sich da nu freuen sollen, und der Kattenburg stand nu da, und der war nich schlecht zu seine Leute gewesen, das konnt man nich sagen. Bei uns mit unser klein bisschen Acker passierte da ja nix weiter, ihr hattet ja auch nich so viel, Anna, bloß dass euch denn die Russen noch das letzte Schwein weggenommen haben, das war vielleicht eine Sauerei, das hatten deine beiden Soldaten ausgeheckt, da wollten sie sich lieb Kind mit machen bei ihre Obersten oder was weiß ich, auf einmal hieß es, das Schwein wird geschlachtet. Na, da wart ihr nich die Einzigsten, wenn die das nämlich in Kopp gekriegt haben, denn musst man was hergeben, ob man wollt oder nich. Uns haben sie in Ruhe gelassen, weil der alte Schorschki ja bisschen russisch sprechen konnt und sich mit die ganz gut vertragen hat, obwohl, leiden konnt er die auch nich. Aber das wurden mit der Zeit immer weniger Hühner und Enten im Dorf. Und denn nu auch noch euer Schwein, und das war ja das letzte, das andre, was noch übrig war, hatte dein Vater noch geschlachtet, bevor er losmusst in Krieg, damit du denn was zu beißen hattst. Tja, aber wer sollt das nu schlachten, dein Vater war nich da und Theo auch noch nich, und der hätt das glaub ich auch nich gekonnt, und n Schlachter war weit und breit nich zu kriegen. Und denn machten die sich selber bei, die beiden Jungschen, und du sagtest, hätten die nich ihr Gewehr im Anschlag gehabt und dich damit vom Hof gescheucht, hättest du denen einfach paar runtergehauen. »Aber siehste, davon hätt der Lütte nu auch nix gehabt, wenn nu seine zweite Mutter auch noch totgeblieben wär.« Aber wütend warst du, da konntst du erst gar nich drüber wegkommen, was die da nu für eine Riesensauerei gemacht haben, wie sie da mit dem Messer auf das arme

Viech los sind, und du wolltst noch schnell Simon holen, weil du dachtest, er wär der Einzigste, der dir helfen würd, wollt sich ja keiner mitte Russen anlegen, aber er war nich da, und wie du zurückkamst, wars schon zu spät, da lag das Schwein schon da in dem ganzen Blut, und deine Flüchtlinge haben dir das denn alles erzählt. Wie sie erst versucht hatten, dem Schwein eins mitm Hammer übern Kopp zu hauen, aber das denn nich liegenblieb, sondern wie wild übern Hof rannte, und wie denn der eine versucht hat, das mit seinem Gewehr zu erschießen, und das durften die eigentlich nich, einfach so schießen, und denn hat er aber auch noch nich richtig getroffen, und das quiekte, das Schwein, und quiekte und rannte und rannte, bis es denn irgendwann das Taumeln kriegte und umgefallen is, und denn is der andre mitm Messer drauflos und hat das irgendwie abgestochen, aber lange hat das wohl gedauert, und wie du wiederkamst, standen sie da nu beide, und der eine mitm Hinkefuß, da war ihm nämlich das Schwein drüber, und denn standen sie da und wussten nich weiter. Und denn musstet ihr die ganze Drecksarbeit machen, bloß abgekriegt habt ihr nix davon, nur den Bregen, das wollten sie nich. Aber danach sind sie dir aussem Weg gegangen, gar nich mehr inne Augen geguckt haben sie dir, hast du gesagt. »Diese Dämlacks!«

Nu hattet ihr bloß noch die Kühe, aber die haben sie euch gelassen, von irgendwas musstet ihr ja leben, obwohl die auch schon alt waren und nich mehr viel gegeben haben. Wir hatten auch noch drei Stück. Und denn fing das wieder mitte Milchkontrollen an. Alle vier Wochen, und das hat sich doch gar nich gelohnt bei unsre paar Viecher. Das bisschen, was wir zur Molkerei bringen konnten, und das hatte denn immer nich genug Fett, und denn haben sie wieder das Soll raufgesetzt, dieser ganze Quatsch. Und die Abendmilch, die blieb ja über Nacht da stehen inne Kannen, na, und wenn denn da morgens die Sahne drauf fehlte, das gab immer ein Theater, da hat denn jeder jeden schief angeguckt. Mit der Zeit haben sie das aber rausgekriegt, wer die

Sahne klaut, und denn haben sie da so eine Leine hingespannt und dadran die Schöppkellen vonne Sahneklauer mit Name und Adresse dran aufgehängt, und der Haase war auch dabei, Martha ihr Fritz, der hatte die Sahne an sone verwöhnte Cousine von Marthas Mutter inne Stadt verhökert.

Aber das war ja noch gar nix gegen die Überfälle, wenn sie die Molkerei ausgeraubt haben, zwei- oder dreimal is das passiert, dass da eingebrochen wurde und morgens am hellichten Tag die Bauern verkloppt wurden, wenn sie grad die Milch brachten, und einem haben sie sogar sein Pferd geklaut, und keiner wusst, wers war, irgendsolche Dahergelaufenen, die waren doch nich aussem Dorf. Und hat sich ja auch erst keiner richtig aufs Feld getraut, besonders die Frauen nich, wegen diese ganzen Rumlungerer und auch wegen die Soldaten. Nich mal du bist alleine gegangen, Anna, du hast dir auch immer paar von deine Flüchtlinge mitgenommen, bis Theo wieder da war und später dein Vater. Der is wiedergekommen, wo nu schon keiner mehr mit gerechnet hatte, das war ja schon bald an Fuffzig ran. Und wie er das überhaupt geschafft hatte, er konnt doch erst gar nich richtig vorwärtskommen mit sein offenes Bein. Aber denn hat er sich doch noch mal aufgerappelt, und das Zähe, Anna, ich glaub, das hattst du von ihm.

Da hätt dein Theo sich nu eine Scheibe von abschneiden können, aber denn hatte er nix Besseres zu tun, als deinem Vater sein Land abzuschwatzen, was er ja aber nich geschafft hat, und das lag ihm schwer im Magen. Wie das anfing mit der LPG, da hat er deinem Vater egaleweg damit inne Ohren gelegen, ob er nu nich auch sein Land abgeben will, aber der wollt nich, dein Vater. Da war er stur, obwohl er sich ja denken konnt, dass das Ärger geben würd, woanders war Mord und Totschlag dadrum, na, was man so gehört hat, da konnt einem angst und bange werden. Wie sie das nu den Leuten beibringen wollten, dass sie ihnen den lütten Zippel vonne Wurst, den sie gekriegt hatten, nu gleich wieder wegnehmen wollten. Ich mein, wir haben das denn ja auch gemacht, was sollten wir mit das Stück Acker, Simon hatte ja auch ein ganz gutes Gehalt als Tierarzt, bloß dem ollen Schorschki wurd das bisschen schwer, dass das nu nich mehr ihm gehörte, da hatte er ja immer viel Wert drauf gelegt, auf sein Eigentum, aber was wollten wir uns da Scherereien machen lassen wegen nix und wieder nix. Aber wie das losging, da wurd uns erst klar, was das für welche waren, die wir da gewählt hatten sechsundvierzig, das konnt ja nachher gar keiner mehr verstehen, dass wir da alle SED gewählt hatten, und ich weiß auch gar nich mehr, wieso. Aber ich glaub, das hing auch damit zusammen, dass die gesagt hatten, sie wollen die Ostgebiete nich abtreten, und da dachten ja nu die Flüchtlinge, sie würden denn wieder zurückkönnen, und wir haben das auch gedacht, dass wir denn wieder unsre Ruhe hätten. Na, Schiete-baubau. Schön behumpst haben sie uns da. Denn durft man ja nich mal mehr ›Pommern‹ sagen oder ›Vorpommern‹, das war richtig verboten. Ich weiß noch, wie ich grad Hartmut gekriegt hatte, dass Simon in die Stube kam und sagte: »So, nu wohnen wir in Mecklenburg, Bezirk Neubrandenburg.«

Ja, aber das war eigentlich ein gutes Jahr, zweiundfünfzig, für uns beide, Anna. Wo wir nu beide mit unsre dicken Bäuche rumgelaufen sind, und oft auch zusammen, und manchmal bloß so, zum Spazieren, da waren wir viel zusammen, da kann ich mich noch gut dran erinnern. Das war noch mal fast wie früher, wenn wir uns anne Hände gefasst hatten und immer die Dorfstraße rauf und runter sind und geschnattert und geschnattert haben. Wo sie uns »Annamaria« genannt haben. Und da hatt ich so das Gefühl, dass nu vielleicht ein schönes Leben losgehen würd, dass wir uns nu irgendwie, na – einiger wären oder so, wo du nu auch bald eine eigne Familie haben würdst, ein eignes Kind, das wurd ja auch Zeit bei dir, fünf Jahre verheiratet und noch kein Kind, da gab das schon Gerede drüber. Und ich wusst bei mir auch irgendwie, irgendwie hab ich das gewusst, dass das nu endlich ein Junge werden würd, dass Simon nu zufrieden wär und vielleicht bisschen Ruhe geben würd, und das klappte denn ja auch. Und bei dir hab ich das auch gedacht, dass du einen Jungen kriegen würdest, und das wär vielleicht auch besser gewesen. Das hätt denn ja ein Spielkamerad für Hartmut werden können, das hatt ich mir so ausgemalt. Denn hätt er später vielleicht nich diesen Roland, was dem Bürgermeister sein Sohn war, so anne Hacken geklebt. Aber wie ich denn mit meinem lütten Hartmut zu dir kam und dein Mädchen sah, hab ich so bei mir gedacht, na, wer weiß, vielleicht kriegen die sich mal. Da bin ich denn aber bald von abgekommen. Kann einer sagen, was er will, aber deine Ingrid, die war schon als Kind komisch. Und immer nur bei Petern an Rockzippel. Kein Wunder, dass die Leute da nachher solche Sachen gemunkelt haben.

Nee, Anna, so war das nachher nie mehr mit dir. Wie denn Anfang dreiundfünfzig dein Vater gestorben is und kurz danach Theo weg is von dir, da war das vorbei. Und du tatst mir auch leid, denn das war ja nu vielleicht doch nich deine Schuld, und ich wollt dir auch gerne helfen, aber ich wusst gar nich, wie, und denn hatt ich ja auch selber genug zu tun mit die drei lütten Kinder. Da kam das denn doch ganz anders, als ich mir das gedacht hätt, denn das war doch so schön gewesen mit uns. Wie wir uns da nachem Krieg Kleider aus alte Gardinen zusammengeschustert hatten, und du hattst sogar zwei Kleider von deine Mutter umgeändert, und das eine davon hattst du mir angepasst, und damit sind wir denn zum Tanz gegangen. Das haben wir uns ja nich nehmen lassen. Wie sie den Dorfkrug wieder einigermaßen hergerichtet hatten und das erste Mal wieder Tanz in den Mai war, da sind wir gleich hingegangen, da warn wir denn immer son Kleeblatt, du mit dein Theo, und ich mit mein Simon. Und die haben sich auch beide gut vertragen, unsre Männer. Was haben wir da geschwoft, und die Blaskapelle spielte, das war schön, das war ja wie wenn wir noch mal ganz jung wärn, das holten wir nu alles nach. Und denn haben wir auch immer mal getauscht, dass denn du mal mit Simon getanzt hast und ich mit Theo, und er war ja son Langer und ich so lütt, das gab nu bestimmt ein drolliges Bild ab, aber tanzen konnt er, da wurd einem ganz schwummrig, wie er einen so rumgeschleudert hat. Da konnt ich das denn manchmal verstehen, dass du dich in ihn verguckt hattst.

Da waren denn auch welche vonne Russen dabei, wenn was los war, und da mussten wir auch immer mal mit die tanzen, und da hatt ich immer Schiss. Das hat nu keiner gerne gesehen vonne Männer, wenn ihre Frauen mit den Russen übers Parkett schoben, aber was wollten wir denn machen, wir konnten doch nich nee sagen. Da hätt so manch einer einem gerne was aufs Maul gehaun, aber ging ja nich. Na, mich haben sie ja meistens in Ruhe gelassen, aber dich haben sie egaleweg aufgefordert, Anna, du hattest ganz schön Schlag bei die mit deine blonden Haare. Und bei Theo hatten sie ja auch nix zu befürchten, der hat ja auch mit die zusammen getrunken, und das konnt nu keiner verstehn. Da hat er denn bald seinen Namen weggehabt: »Russenkuli«. Richtig leiden konnt ihn keiner.

Tja, und da hätt doch nu keiner gedacht, dass ausgerechnet der abhaut. Und das haben sie dir denn in die Schuhe geschoben, und da waren sie auch noch schadenfroh.

Zuerst hat das gar keiner so mitgekriegt, weil, er war ja immer mal weg, da auf seine Schulung, wo er immer nach Berlin für musste. Damit er nu doch noch wieder das machen konnte, wo er ja schon die ganze Zeit drauf gelauert hatte, dass er nu als technischer Zeichner irgendwo eine Anstellung finden könnt, aber da musst er erst mal seine Ausbildung für fertig machen. Und du hast ihn das machen lassen und immer nach Berlin fahren lassen, obwohl ich mir vorstellen kann, dass du da vielleicht auch so deine Sorgen drum hattest, wie dein Vater, bloß dass der das auch laut gesagt hat, das hast du mir öfter erzählt, wie das da Knatsch drum gab bei euch. Und der hatte ja recht, dein Vater: Wer sollt sich denn dann um euer ganzes Anwesen kümmern, das Haus und die Viecher und den Acker, wer sollt den denn dann bestellen, ewig würd er das ja auch nich machen, dein Vater, und Peter war ja noch n bisschen lütt dafür. Und den wolltst du auch länger inne Schule lassen, noch zwei Jahre bis nache Einsegnung, und das war auch noch son Thema, denn das wollten sie ja nich mehr, das mitte Kirche, das gab eine richtige Hetze damals, aber Peter hat seine Einsegnung gekriegt, da hast du dich nich kleinkriegen lassen, und Ingrid später auch noch. Dabei bist du fast gar nich zur Kirche gegangen, da hab ich mich gewundert, dass du da nu so drauf bestehst, wo das ja nur Ärger machte, und Ärger hattest du schon genug. Ich bin denn auch nich mehr so oft zur Messe nach Anklam wie früher mit meine Eltern, wie denn auch hinkommen, von Putlitz aus sind wir mitm Pferdewagen von unsre Nachbarn oder notfalls auch zu Fuß, aber Bresekow war ja nu noch n Ende weiter weg, und Simon war das auch nich mehr so wichtig mitte Zeit, wir hatten auch so genug zu rennen. Zu Weihnachten, ja, da sind wir immer hin, aber bloß, wenn nich so hoch Schnee lag. Und bei Rosi und Bärbel haben wir das noch gemacht mitte Kommunion, die wollten das auch unbedingt, weil sie denn ja ein schönes Kleid kriegten, so wie bei mir früher, also Rosi hat eins gekriegt, und das haben wir denn aufgehoben, bis Bärbel so weit war, die konnt das denn noch mal anziehen, das hatte sich denn wenigstens gelohnt. Bei Hartmut haben wir uns das gespart, und er wollt ja auch gar nich, er wollt lieber Jugendweihe wie alle andern. Und das war auch besser, er sollt ja auch studiern. Bloß Tierarzt wollt er nu partout nich werden, da war er nich ranzukriegen.

Und ich glaub, dein Peter wollt nu auch kein Bauer werden, aber was Bessres is er deshalb auch nich geworden. Und Theo wollt ja mit euch am liebsten ganz weg aus Bresekow, nach Demmin oder Neubrandenburg oder was weiß ich. Weil da ja nu alles kaputt war, und da, dacht er, könnten sie ihn vielleicht gut gebrauchen, dass er da vielleicht gut Geld verdienen könnt. Du wolltst das nich, das hab ich gleich gemerkt, dass du nich von hier wegwolltst. Und da wusstest du nu wohl nich, wie du ihm das ausreden sollst. Anna, wie du mir das so erzähltest, da hab ich nich zum ersten Mal gedacht, dass das nich das Wahre is mit euch beiden, dass ihr vielleicht nich so gut zusammenpasst. Aber gesagt hab ich das nich. Vielleicht gibt sich das mitte Zeit, hab ich gedacht.

Aber denn is er nich wiedergekommen aus Berlin. Und du hast nix gesagt. Vielleicht hast du das erst selber nich geglaubt. Sonst wärst du vielleicht auch nich zur Polizei gegangen, wie er eine Woche später immer noch nich wieder da war. Später hast du gesagt, dass dir gleich was geschwant hat, dass du aber erst gedacht hast, na, vielleicht musst er länger bleiben diesmal, und denn hast du dir auch Sorgen gemacht, weil die Zeit ja grad diese Krawalle waren oder Demonstrationen, wo sie auf die Straße gegangen sind inne Großstädte, bei uns hat man das ja gar nich so mitgekriegt, aber da in Berlin war ganz schön was los. Und da hattest du nu Angst, dass er da irgendwie drin verwickelt wurd, und deshalb wolltst du auch erst nich zur Polizei, aber das war denn ja auch nich mehr auszuhalten, diese Ungewissheit, wo er nu abgeblieben war. »Besser eine schlimme Nachricht als gar keine«, hast du gesagt. Auffer Polizei haben sie dich denn erst mal ausgelacht, wie du sagtest, du möchtst deinen Mann vermisst melden und er wär zuletzt in Berlin gewesen.

»Tja, Frau März, da kommen so einige abhanden heutzutage«, hätten sie gesagt.

»Aber mein Mann doch nich, so is er doch nich«, hättst du gesagt. Da hätten sie bloß mitte Schultern gezuckt. Wenn sie das immer vorher wüssten, wie einer is, denn könnten sie ja was dagegen unternehmen.

Von den Demonstrationen hätten sie gar nix gesagt, bis du denn danach gefragt hättest, und denn wären sie gleich ganz komisch geworden: »Ach so ist das, warum haben Sie das nich gleich gesagt, dass Ihr Mann einer von denen ist?«

Da hättst du gesagt, weil er keiner von denen wär und du nur wissen wolltst, ob er dabei irgendwie zu Schaden gekommen wär. Wodrauf sie denn gesagt hätten, dass sie sich nich um jeden kümmern könnten, der sich unvorsichtig verhält, aber wenn er dabei gewesen wär, denn brauchtest du dir keine Sorgen machen: »Denn haben wir uns schon um ihn gekümmert!« Sie würden dir dann Bescheid geben.

Bloß, dass erst gar kein Bescheid kam, und wie denn was kam, stand da bloß drin, dass sie ihn nich gefunden hätten. Dass man daher annehmen müsst, na, ich weiß nich mehr, wie sie das genau geschrieben hatten. Dass er in Westberlin wär. Irgendwas von »unerlaubt« stand da. Aber helfen könnten sie dir da nu auch nich. Das war ja nu erst mal n Schlag für dich. »Na, wenigstens kein Knast und kein Krankenhaus«, hast du gesagt, aber da warst du auch dem Heulen näher als alles andre. Und ich möcht nich wissen, wie du da in Schlaf gekommen bist, immer mit diesen Gedanken im Kopp, dass du nu ganz allein dastandst mit die beiden Kinder. Das hättst du selber nich für möglich gehalten, und ich glaub, das hat dich am meisten fertiggemacht, dass das so aus heiterm Himmel gekommen war, dass du da nich vorher was gemerkt hattest. Dass du ihn nich richtig gekannt hast, deinen Mann. Aber man steckt da ja nich drin, nich? Das hab ich auch zu Simon gesagt, der war auch ganz vonne Socken, wie er das hörte. Und wie sich das nu erst rumgesprochen hatte, na, da ging das Schlattern los, das war ja nich mehr feierlich. Da kamen sie auf einmal alle bei mir an und wollten mich nu ausfragen. Aber ich wusst ja auch nix. Da wurd sich nu mächtig drüber aufgeregt: Wie das denn sein könnt, das würd ja auf keine Kuhhaut gehn, so viel Frechheit, erst den Russenkuli spielen und wien Dunkelroter tun, und denn beier erstbesten Gelegenheit in Westen abhaun, nee, son falscher Fuffziger! So ging das die ganze Zeit, und du hast das ja mitgekriegt, auch wenn du nu so tun wolltst, als würd dich das alles nix angehn. Na, die feine englische Art war das ja auch nich gerade. Auch, wie das denn auf einmal hieß, er hätt da ne andre gehabt, in Berlin. Und dass er mit der nach drüben wär. Oder vielleicht auch gleich eine von da aufgegabelt hätt. Da hätt ihm das denn hier nich mehr genügt. Und sowieso hätt er ja wohl von dir die Nase voll gehabt, so wenig, wie er zu Haus gewesen wär, und wenn, denn hätt er nix Bessres zu tun gehabt als mitte Russen zu saufen. Na, das wär ja auch kein Wunder gewesen, so wie du ihn reingelegt hättst, erst hättst du ihm ein fremdes Kind aus Hinterpommern vorgesetzt, das er nu mit dir mitheiraten musst, und denn hättst du inne Zwischenzeit schon still und heimlich das Erbe von dein Vater aufgebraucht, und dabei hätt doch jeder gewusst, dass ihr ordentlich was auffer hohen Kante hattet, schlecht wär euch das nie gegangen, »ümmer in Saus un Braus lääwt, ümmer nieje Schauh för den Bengel, anstatt dat se em ierst mool dat Stottern afwööhnt hett«, sagte Martha denn, und wie er denn gestorben wär, dein Vater, da wär da gar nix mehr übrig gewesen. Und dadrauf hätt er ja bloß spekuliert gehabt, dein »Luftikus«, dass er da was abstauben könnt, sonst hätt er dich doch nie nich geheiratet, und nu, Pustekuchen, ja denn mal nix wie weg. »Dat hemm wie joo glieks seggt, dat dei nix döcht!« Da bräuchtest du nu gar nich rumjammern. Als ob du gejammert hättst, na, da kannten sie dich aber schlecht! Den Gefallen hättst du ihnen nich getan, und wenn da sonstwas passiert wär. Da hattst du ja deinen Stolz.

Für die Kinder war das nu zum Glück nich so schlimm, auch wenn das nich gut war, dass da nu kein Vater mehr im Haus war, aber Ingrid war noch zu lütt, um das mitzukriegen, die war ja noch kein Jahr alt, und Peter, na, ich sag mal, besonders traurig war er da wohl nich drum. Dass sein sogenannter Vater jetzt weg war, zu dem er ja nie ›Vater‹ oder ›Papa‹ gesagt hatt, auch wenn Theo ihm das gern angewöhnen wollt. Aber der hat doch genau gemerkt, dass da nix dahinter war. Dass das kein Vater für ihn war. Dass der bloß so angeredet werden wollt, obwohl er ja gar nich richtig sein Vater sein wollt. So einer war das nämlich auch, dein Theo, son kleiner Scheinheiliger, da hatten die Leute schon nich ganz unrecht mit, weil, ich glaub, wenn Peter nu wirklich ›Papa‹ zu ihm gesagt hätt, wär ihm das in Wirklichkeit, ich mein, so insgeheim, so nur für sich – auch wieder nich recht gewesen.

Und der Jung hätt einen richtigen Vater gebraucht, wo er nich bloß so Bummel hintenan gewesen wär. Denn wär das mit sein Stottern vielleicht auch besser geworden, er war ja gar nich zu verstehn manchmal, dein Stotter-Peter. Vielleicht warst du da auch bisschen enttäuscht von dein Theo. Vielleicht hast du denn gedacht, du müsstst das nu irgendwie wiedergutmachen. Und Peter hatte das ja gut bei dir. Ich will ja nu nix sagen, aber manchmal dacht ich, dass du mehr an ihm hängst als an dein eignes.

Von Theo hast du nix mehr gehört. Das stand auch in diesem Bescheid drin, dass, wenn du was von ihm hören würdst, dass du das sofort melden solltst. Das hast du natürlich nich gemacht. Nich, dass du was von ihm gehört hättst. Aber gemacht hättst du das sowieso nich. Ich bin denn erst wieder paar Wochen später zu dir hin und wollt dir was aus unsern Garten mitbringen, zuerst hatt ich mich ja gar nich getraut, wie das noch ganz frisch war, ich wusst ja gar nich, in was für ein Zustand ich dich antreffen würd, und Simon hatte auch gesagt, ich soll nich gleich wieder hingehn. Und denn komm ich zu dir und sag denn so: »Mensch, Anna, was willst du denn jetz machen?« Aber ich glaub, das hast du mir irgendwie krummgenommen.

»Tja, was willst du denn jetzt hören, Maria?«, hast du gesagt. »Dass ich mich nu umbring? Oder dass das Leben ja weitergehn muss?« Da könnt ich mir nu was aussuchen.

Ich sag: »Ich mein, was soll denn nu mit das Haus werden?« Denn wie wolltst du das nu machen, das war ja wieder wie im Krieg, wie du ganz alleine warst, deine Flüchtlinge hatten sie schon lange umquartiert, die hatten nu auch alle ihr eignes.

»Na, was soll damit schon werden, mit dem Haus? Das steht ja noch!«, sagst du da so, und da musst ich schon fast wieder lachen. Ja, so warst du. Das Land und das Vieh, hast du gesagt, dass würdest du nu doch alles der LPG »in Rachen werfen«. Dafür würdst du denn aber auch was haben wollen. Da dacht ich erst, na, das schlag dir ma aussem Kopp, hat doch keiner was für gekriegt, im Gegenteil. Aber so blauäugig warst du ja nich.

»Die brauchen eine im Büro«, hast du gesagt. »Hier, aufm MTS-Hof. Und wer soll das denn sonst machen?«

Das stimmte. Da hatt ich gar nich mehr dran gedacht, dass du so was gelernt hattest. Wie ich geheiratet hab, da hattst du grade damit angefangen. »Kann ja nich schaden«, hattst du damals gesagt. Du warst die Einzigste aus unsre Klasse gewesen.

Denn hast du dich bedankt für das Gemüse, du hast dich wirklich gefreut. »Na, das bisschen ...«, hab ich bloß gesagt, und du aber: »Trotzdem, Maria!«

Und ich hab dich denn auch nix weiter gefragt, und wie ich denn schon fast wieder am Gehen war, fingst du auf einmal an: Du hättst seine Mutter in Anklam auffe Straße getroffen. Und sie hätt dich erst gar nich erkannt, sie wär nu wohl endgültig wirr im Kopp, aber du hättst sie am Arm festgehalten und gefragt: »Was is mit Theo, Frau März, wo is Theo?« Und sie hätt dich erst gar nich angeguckt, aber du hättst sie einfach festgehalten.

»Und die Leute haben schon komisch geguckt, aber das war mir doch egal«, hast du gesagt. »Ich musst doch was aus ihr rauskriegen, sie musst mir doch was sagen! Aber denn hat sie bloß zu heulen angefangen, und da hab ich sie losgelassen, und sie hat mich beiseitegeschoben und bloß gesagt: ›Weg, weg!‹, und ich wusst nich, wie ich das nu verstehen sollt.«

Und du hast mich angeguckt, als würdst du nu gar nix mehr verstehn. »Aber is auch egal, is doch schnurzpiepegal, was, Maria? Weg is weg.«

Ja, da hattst du wohl recht mit.

DIE GEMEINDE

Füührt Peter denn nu noch ümmer hen nach em
Dat se den blot nich miehr rutlooten
Wo wolln se ihn denn

Na wo süllt hei denn bliewen
Wenn er
Wenn hei mool
Nu wo Anna nich mehr is
Dat wär ja sowieso nich mehr gegangen
Mit son gemeingefährlichen
Son Schwien
Un wat mookt siene Mudder füührt nich eis
Nee-e
Die war doch froh als se ihn
Dei süll em blot mitnäähm nach ehr Irland
Dat Luder
Nach ehr Irrnland wat dat hüürt sich doch all so an wie för
Die hat doch noch nich mal n schlechtes Gewissen hat die doch nich sonst
Wer sowat fertigkricht
Öwwer dat traut se sich nu nich nu het se Schiss inne Büxen
Dat mööt ehr ma eis einer upn Kopp tauseggn
Einer müsst ihr dat mal aber ick kenn
Die kennt ja nu gar kein mehr
Kiekt goor kein nich an

HENRY

Als sie gesagt haben, »Henry, du hast Besuch«, hat er zuerst wieder gedacht, aber nur ganz kurz, dass sie das bestimmt ist, dass sie nun doch endlich gekommen ist. Einmal hat er gefragt: »Ist sie jetzt hergekommen zu mir?«, und sie haben gesagt, ja, dass sie da ist, und da musste er immerzu seine Hände an der Hose abwischen, und da hat er gefragt, wie sie denn aussieht, weil er sie sonst vielleicht gar nicht erkennen würde, das wäre ja ein schöner Schlamassel, ha ha, wenn er vor ihr sitzen würde und sie gar nicht erkennen würde, ein schöner Schlamassel, ja. Aber sie haben bloß gesagt, »na, wie immer«. Wie immer? Da hat er sich gewundert, wo sie das nun wieder herwussten. Und da hat er gesagt: »Nein!« Und als er in den Besuchsraum kam, da war das bloß wieder Oma, die da saß, mit Onkel Peter. Heute ist Onkel Peter alleine dagewesen.

»Hallo, Henry«, hat Onkel Peter gesagt und: »Na?«

Er hat gar nichts gesagt, und dann hat er gefragt: »Wo is denn Oma?«

Da hat Onkel Peter ihn angeguckt, wie Oma ihn früher angeguckt hat, wenn sie gesagt hat, »jetzt bin ich aber enttäuscht von dir, Henry«. Manchmal hat sie auch gar nichts gesagt, bloß geguckt.

»Ach, Henry, das weißt du doch«, hat Onkel Peter gesagt, »du weißt doch Bescheid.«

Ja, das wusste er. Bescheid wusste er, Bescheid. Wie Frau Liebig die blöde Liebig in der MAKARENKO immer gesagt hat, wenn er was gemacht hatte oder wenn er was nicht machen sollte oder was machen sollte, was er nicht machen wollte, da hat die immer gesagt: »Du weißt Bescheid!« Nämlich, dass er sonst wieder in die Abstellkammer muss, wo das so dunkel war und nach Chlor gerochen hat wie in der Schwimmhalle, wo sie ihn ins Wasser geworfen hatten, und er konnte doch gar nicht schwimmen, konnte er doch nicht, oder dass er ohne Abendbrot und viel eher als die andern ins Bett muss oder so was, was ihr dann eingefallen war. »Ich lass mir schon was einfallen für dich, Henry Hanske«, hat sie gesagt. Einmal durfte er am Wochenende nicht nach Hause, aber da ist Oma gekommen und hat ihn trotzdem geholt, hä hä. Aber Montag musste er wieder zurück in die MAKARENKO.

»Henry!«, hat Onkel Peter gesagt und er war richtig zusammengezuckt. Wieso musste Onkel Peter ihn denn so erschrecken? »Was ist denn los?«

»Weiß ich doch nich«, hat er gesagt. Das war doof, dass Onkel Peter heute alleine da war, doof, doof, doof, mit Oma war das nicht so. Wenn Oma da war, musste er nicht so viel mit Onkel Peter sprechen, bloß mitkommen musste der immer, weil er das Auto fahren musste, das konnte Oma ja nicht. Oma konnte ja nicht mal Moped fahren. Ha ha, Oma aufm Moped! Aber jetzt musste er alleine kommen, weil Oma nun weg war, das hat er ja gleich gewusst. Und Onkel Peter hat sich das schon gedacht, dass er das gewusst hat, das hat er ja gesagt. Bloß, weil er das nicht sagen wollte. Dass Oma jetzt mit seiner Mutter weg ist.

»Hat sie Oma denn nu mitgenomm oder was mitm Auto oder was«, hat er gefragt.

Onkel Peter hat: »Was?« gefragt, und er hat gesagt: »Na hast du doch gesagt.«

Dann hat Onkel Peter gefragt, was sie ihm gegeben haben.

»Na, Tabletten«, hat er gesagt, »drei Stück.«

»Tabletten, ja«, hat Onkel Peter gesagt und mit dem Kopf geschüttelt.

»Ja-a«, hat er da gesagt. Als wenn Onkel Peter ihm das nicht glauben wollte.

»Warst du wieder laut, Henry?«, hat er gefragt.

»Gar nich.«

»Henry, hör mir jetzt mal bitte zu, dass du das nicht wieder vergisst. Ich bin ja auch traurig, ne. Aber Oma ist doch tot.« Onkel Peter hat ihm richtig in die Augen geguckt, richtig doll in die Augen, aber er wollte das nicht. Dass Onkel Peter so guckt.

»Gar nich«, hat er gesagt.

Da hat Onkel Peter geschnauft. »Hast du das wirklich vergessen, Henry?«

»Gar nich.«

Und dann hat er ganz lange mit dem Kopf hin und her geschüttelt, damit Onkel Peter ihn nicht mehr so angucken kann. So wie früher, wenn er immer mit dem Kopf geschüttelt hat und »garnichgarnichgarnichgarnichgarnich« gesagt hat, so oft hinternander, wie er konnte, auch wenn Oma dann gesagt hat, »hör auf, Henry, du schüttelst dir noch den Verstand raus!«.

»Gar nich«, hat er gesagt und gelacht, »stimmt ja gar nich«, aber vorgestellt hat er sich das doch, wie dann sein Verstand aus den Ohren rausfliegen würde in so kleinen Klacksen wie Hühnerkacke. Wie dann die ganze Hühnerkacke um ihn rum aufn Boden klatschen würde, bis sein Kopf ganz leer wär, ganz leer wie ausgemistet, und Oma würde meckern über den ganzen Dreck, mach doch mal deinen Dreck weg, würde sie sagen. Wie wenn er sein Zimmer umgemölt hatte, wenn da alles rumlag, Hosen und Socken und Apfelsinenpellen, oder wenn er eine Katze mit hochgenommen hatte, und er wollt sie doch bloß streicheln, bloß auf seinen Schoß nehmen und streicheln, und dann ist sie wie wild durch sein Zimmer, das Biest, und hat alles umgerissen, das Biest, und hat da hingeschissen, und einmal hat er eine gleich aus dem Fenster geschmissen, weil sie so wild wurde, und dann hat er geguckt, ob sie tot ist, aber sie war weg einfach weg.

Oder wenn er immer Kartoffeln schälen sollte. Und die ganzen Schalen flogen aufn Fußboden, und die Kartoffeln flutschten ihm aus der Hand und kullerten umher, und paarmal hat er sich auch geschnitten, und dann ist ihm vor Schreck sowieso die Kartoffel runtergefallen. Und Oma hat dann immer gesagt: »Sag mal, sollen wir nu die Schalen essen oder die Kartoffeln«, weil er immer so viel drangelassen hat von den Kartoffeln an der Schale, dass das so richtig dicke Schalen wurden.

»Ich hab kein Schwein mehr, Henry«, hat sie gesagt, und er hat gesagt, »doch«, und dann so gegrunzt wie ein Schwein, bis er sich halbtot lachen musste dadrüber, und Oma hat auch gelacht manchmal, aber manchmal war sie auch böse.

Wenn sie ihn erwischt hat dabei, war sie böse. Wenn er wieder »Sowas« gemacht hat. So hat sie gesagt dazu, als sie ihn das erste Mal erwischt hat dabei, in der Truhe. Als er unbedingt in die Truhe rein musste. Weil er grad vom Boden gekommen war, weil er auf dem Boden war und rumgeschnökert hatte in dem alten Zeug, was er auch nicht sollte, alte Klamotten und altes Spielzeug von Onkel Peter, womit er als Kind auch gespielt hatte, aber da konnte er sich nicht mehr so dran erinnern, und dann hatte er Lust, noch mal damit zu spielen, aber er wollte nicht, dass Oma das mitkriegt, weil er ja schon zu groß dafür war, aber manchmal hat er, ganz leise, damit gespielt, mit dem kleinen Holztrecker, wo er auf den Anhänger so eine kleine Puppe gesetzt hat, und er konnte sich gar nicht vorstellen, dass Onkel Peter auch mit der Puppe gespielt hatte. Die hatte ein Kleid an, was man ausziehen konnte, und er hat so gerne die klitzekleinen Druckknöpfe auf- und zugemacht, er hat sie aufgemacht und ihr das Kleid ausgezogen und die Druckknöpfe wieder einen nach dem andern zugeknipst, und dann hat er die Puppe eine Runde mit dem Trecker rumgefahren, und dann hat er das Kleid geholt und die Druckknöpfe wieder ganz langsam mit dem Fingernagel auseinandergemacht und ihr das Kleid wieder angezogen und die Knöpfe gegen ihren Rücken gedrückt, und das schnippste so schön auf dem Plasterücken, viermal, und manchmal hat er sie dann noch mal aufgemacht, hat er sie aufgerissen mit einem Ratsch, dass plötzlich wieder der rosane Plasterücken rausblitzte, und dann hat er versucht, alle gleichzeitig zuzudrücken mit den Daumen, und noch mal, bis es klappte.

Und dann ist er in die Truhe rein. Die Truhe stand unter der Treppe zum Boden, und Oma hat das erst gar nicht gemerkt, wenn er da immer rein ist und da drin gelegen hat, und er hat gedacht, wenn er mal mit den andern Versteck spielen würde, wenn sie ihn mal mitspielen lassen würden, dann würde er sich in der Truhe verstecken, und sie würden ihn überhaupt nicht finden, oder wenn sie wieder hinterm Zaun stehen und ihn ärgern würden und »Psycho« zu ihm sagen würden oder »Stinker«, dann würde er sagen, na und, dafür hab ich ein viel bessres Versteck als ihr, das ist hunderttausendmal besser. Aber Oma hat immer alles rausgekriegt, das hat immer gar keinen Spaß mit ihr gemacht, Oma hat ihn gefunden in der Truhe. Wo er grade »Sowas« gemacht hat. Wo er da gelegen hat zwischen den ganzen Handtüchern und Bettzeug und so was und wo er wieder gedacht hat, dass er jetzt vielleicht für immer da drin bleiben muss, wenn er den Deckel nicht mehr aufkriegt, der ging schwer, von innen ging der ganz schwer, und er konnte ja nicht Oma rufen, weil sie das doch nicht wissen sollte, weil sie dann doch meckern würde, weil er das doch bestimmt nicht durfte, da in der Truhe liegen, zwischen den ganzen Bettlaken und dem ganzen Zeug, was da alles so ordentlich drinlag, und er hat ja kaum da reingepasst, so eng war das, und er konnte nur auf der Seite liegen mit hochgezogenen Beinen, und beim ersten Mal war sein Ding ganz eingequetscht zwischen seinen Beinen, und das tat ein bisschen weh, und das war auch ein bisschen schön, und dann hat er seine Hand unter den Gummibund von seiner Trainingshose geschoben und in seinen Schlüpfer reingewurschtelt und hat sein Ding zwischen seinen Beinen rausgeholt, und das war ganz dunkel, und er konnte gar nichts sehen, stockdunkel war das, auch wenn er die Augen ganz weit aufgemacht hat, konnte er kein bisschen von sich sehen, und er hat ganz schwitzige Hände gekriegt, und sein Ding konnte er nicht sehen, als wenn er gar nicht da wär, bloß mit der Hand hat er gemerkt, dass er da war, mit der Hand, wo er sein Ding mit festgehalten hat, und das ist wieder ganz hart geworden, und dann hat er immer so hin und her gemacht mit der Hand, und die Spucke kam ihm aus dem Mund, und aus seinem Ding ist dann auch was rausgekommen, und das war schön, das war so schön wie wenn, wie wenn – ihm ist gar nicht eingefallen wie was.

Und einmal war das dann auf einmal hell. Und er konnte wieder alles sehen, aber erst nicht. Und da hat er Omas Gesicht gesehen. Und sie hat ihn ganz erschrocken angeguckt. Und er war auch ganz erschrocken und hat sie angeguckt. Und sie hat gesagt: »Henry!« Und er hat sein Ding losgelassen, und da war noch gar nichts rausgekommen aus seinem Ding. Und dann war das, als wenn er gleich heulen muss. Aber dann hat er ganz schnell seinen Schlüpfer wieder hochgezogen und die Hose hochgezogen und ist aus der Truhe raus. Und Oma hat gesagt: »Henry, so was macht man nich, Sowas, was du da gemacht hast eben!« Und dann ist er in sein Zimmer gerannt, weil Oma böse war auf ihn, aber sie ist nicht hinterhergekommen.

Und dann war sie den ganzen Tag komisch. Und beim Abendbrot hat sie gesagt, dass er das nicht noch mal machen soll und dass er in der Truhe erstickt, wenn er den Deckel nicht mehr aufkriegt. Und er hat gedacht, dass Oma ihm bloß wieder Angst einjagen will. Weil, er hatte das ja schon öfter gemacht und war gar nicht erstickt, und dann hat er das auch wieder gemacht, aber nur wenn Oma nicht da war oder im Garten war, und er hat das ganz schnell gemacht, bevor er ersticken konnte.

Aber nachher war die Truhe dann leer, da war da gar nichts mehr drin. Da hätte er gut reingepasst, aber dann ist er da nicht mehr rein, als Oma alles aus der Truhe rausgeräumt hatte. Einmal, als er morgens aufgestanden war und aus seinem Zimmer gekommen ist, hat sie dadrin rumgewühlt und alles rausgeholt, alle Handtücher und alles Bettzeug, und das lag dann alles ganz unordentlich um sie rum.

»Was machst du denn da?«, hat er sie gefragt, und sie hat gesagt: »Siehst du doch.«

Und da hat er gesehen, dass da überall so was drauf war, so komische blaue Kringel an einer Ecke, so wie Buchstaben oder was, aber er hat nicht genau gesehen, was für welche, und er hat sich auch nicht getraut zu fragen, und dann hat er auch die Flecken gesehen, auf manchen Sachen waren so Flecken drauf, so wie wenn er früher eingepullert hatte und dann so gelbe Flecken auf seinem Schlafanzug und auf seinem Laken gewesen waren, aber die waren nicht gelb, und Oma hat ihn angeguckt. Sie hat gesagt: »Henry, dein Kakao wird kalt« oder so was, was sie immer gesagt hat, wenn er geträumt hat. Wenn er Löcher in die Luft gestarrt hat. Löcher in die Luft. Wie soll das denn aussehen. Ha.

Vielleicht wie bei Erna die Löcher in ihren Strumpfhosen, wo die Löcher die Beine hochliefen, einmal konnte er richtig zugucken, wie eins läuft, bis unter ihren Rock, und noch höher, aber das konnte er nicht sehen, erst zum Schluss. Bloß, dass die

Löcher gar nicht richtig zu sehen waren, nur wenn man dichter dran war und ganz genau hingeguckt hat, weil in dem Loch gar nicht das Bein von Erna zu sehen war, gar nicht die Haut, sondern das dahinter war genauso grau wie das, wo das Loch drin war, und das konnte doch gar nicht sein. Das war doch Quatsch. Aber das war so. Und er hat da immer hingeguckt, ganz genau hingeguckt, immer, wenn er bei Erna war, hat er da hingeguckt, aber er konnte das nicht rauskriegen. Wieso das ein Loch war, was kein Loch war. Erst zum Schluss.

»Wat kiekst denn ümmertau up mine Beene?«, hat Erna gesagt. Und ein andermal hat sie gesagt: »Du kiekst na de Loopmaschn, wat?« Und er hat genickt.

»Na, ick künn mi nich egalewech nieje Strümp köpen. Ick mööt de annern noch n bäätn schon'n.«

Er hat sie angeguckt. Aber das war nicht zu sehen in ihrem Gesicht, wie sie das meint.

»Verstoohst mi nich?«, hat Erna gefragt, und er hat mit dem Kopf geschüttelt und genickt und geschüttelt, und Erna hat noch mal gesagt, bloß anders: »Verstehst du mir denn nich?«, und er hat sie angeguckt, und sie hat »ach« gemacht und so mit der Hand.

Aber sie war nicht böse. Erna war nie böse, außer manchmal. Wenn er die Katzen mit reingenommen hat, wenn er sie unter seinen Pullover gesteckt hat, damit Erna das nicht gleich merkt, und sie dann mit reingenommen hat in Ernas Haus und dann so die Arme um seinen Bauch hatte, weil er doch die Katze festhalten musste, so ganz fest, weil die Katze die doofe nicht stillgehalten hat unter seinem Pullover, weil sie rauswollte, aber er konnte sie doch nicht rauslassen, weil, dann hätte Erna das doch sofort gemerkt. Und dann hat sie ihn gekratzt, so richtig doll am Bauch gekratzt, und er hat »aua« und »Scheiße« gesagt, und dann musste er sie rauslassen, das Biest, und dann hat Erna gemeckert und war böse.

Oder als er das mit den Streichhölzern probiert hat. Das

Schnipsen, wie man das so wegschnipst, das Streichholz, und sich das dabei anzündet und dann mit dem Feuer durch die Luft fliegt. Wie man das so halten muss, die Streichholzschachtel und dadrauf das Streichholz so schräg mit dem Zeigefinger, so draufdrücken muss man das auf die Seite von der Streichholzschachtel, und wie man das dann so mit der andern Hand wegschnipst, dass das dann anfängt zu brennen, wie er das bei Stefan gesehn hatte.

»Na, kannst dat uch, Haha, kannste nich, wa?«, hat Stefan gesagt und so ein Streichholz zu ihm rübergeschnipst, dass ihm das fast ins Gesicht geflogen ist, das brennende Streichholz. Und dann hat Stefan ihm die Schachtel hingehalten, und er hat das auch probiert, aber er konnte das nicht, und das Streichholz ist einfach runtergefallen und hat gar nicht gebrannt. Und Stefan hat gelacht, und die andern.

»Zeig mal noch mal, Stefan«, hat er gesagt, und Stefan hat gesagt, gib her, und das noch mal gezeigt, wie das geht, und dann hat er das noch mal versucht. Aber das ging irgendwie nicht. Und dann noch mal, und da ist das Streichholz kaputtgebrochen, und alle haben sich totgelacht, ha ha ha ha ha.

»Noch mal, Stefan«, hat er gesagt. Stefan hat gesagt: »Wie heißt dat?«, und er wusste erst nicht, was Stefan meint. Und die andern oder irgendeiner hat gesagt: »Eh, Hanske, kannste nich ma ›bitte‹ sagen oder wat, müssen wir dir dat uch erst beibringen?« Und da hat er gesagt: »Bitte, Stefan, zeig mal noch mal, bitte«, und Stefan hat die Schachtel genommen und gesagt: »Kapierste ja doch nich. Mit deine Klofinger!«

»Pulste doch bloß in dein Arsch mit rum«, hat denn noch Mirko oder einer gesagt. »Stinker.«

»Gar nich«, hat er gesagt. »Selber Stinker.«

»Ey, pass bloß uff, sag ick dir! Hühnerficker!«

»Katzenficker!«

»Schwanzlutscher! Ey, der lutscht den Schwanz von Steegers Köter!«

»Welchen denn, hihi?«

»Na, welchen wohl!«

»Gar nich wahr«, hat er gesagt.

»Macht Spaß, Hanske? Is geil, wa? Is geil inner Kuhmuschi, wa? Pass uff, dat er dir nich verlorn geht da drin, dein lütter Pimmel!«

Und alle haben gelacht, bloß er hat geheult und ist dann gleich nach Hause gerannt. Aber als er das nächste Mal bei Erna war und die Streichholzschachtel da liegen sah auf dem Herd, da hat er das noch mal heimlich probiert, und immer wieder, bis die ganze Küche von Erna voll war mit Streichhölzern, bis Erna reinkam und gesagt hat: »Henry! Wat mookst du denn fürn Mess mit de ganzen Rietstickn? Sülln wi noch afbrennen hier?« Aber hatte ja gar keins gebrannt.

Oder mit dem Geld, das mit dem Geld, als sie das mitgekriegt hat. Da war sie gleich böse, ganz böse war sie da. Als sie reingekommen ist. Als sie vom Friedhof gekommen ist, und er dachte doch, dass sie noch auf dem Friedhof ist, noch länger, sonst hätte er das doch gar nicht gemacht. Wenn er das gewusst hätte. Dass sie nun gleich reinkommt. Und er war noch gar nicht fertig. Er stand da noch an ihrem Schrank, wo das Geld drin war, ganz hinten, hinter ihren Pullovern, das konnte man gar nicht sehen, aber er wusste ja, dass das da war. Und bloß er wusste das, und er hat das auch keinem erzählt, Stefan nicht und den andern nicht und gar keinem, sonst wären die vielleicht noch gekommen und hätten Erna das weggenommen. Vielleicht noch. Und Erna wusste gar nicht, dass er das weiß. Wo sie ihr Versteck hat, hinter den Pullovern. Das war doch babyleicht. Wenn sie ihm manchmal eine Mark oder zwei Mark gegeben hat, dann hat sie das immer aus ihrem Schrank geholt. Sie hat immer gesagt: »Teuw eis«, und da hat sie mit gemeint, dass er warten soll, in der Küche oder draußen, und dass sie ihm gleich Geld gibt, und dann hat er die Schranktür knarren gehört von dem Schrank in der Stube, und einmal ist er ihr hinterher, so ganz leise, ist er ihr hinterhergeschlichen, und da hat er das gesehn durch die Türritze, wo sie das herholt, und sie hat das gar nicht gemerkt. Und einmal, als sie weg war, ist er hin zum Schrank und hat den ganz leise aufgemacht, auch wenn gar keiner da war, aber trotzdem, und da war dann das Portemonnaie hinter den Pullovern. Und sie hat das gar nicht gemerkt. Sie hat ihm immer Geld gegeben, immer weiter, wenn sie »teuw eis« gesagt hat, gab das immer Geld, und als der olle Lehmann das mal gerufen hat nach ihm, »Teuw eis, ick waar di, teuw eis!«, als er bei dem im Garten einfach Himbeeren abgepflückt hat, hat er wirklich gewartet, bis der zu ihm hingehumpelt war, weil er dachte, es gibt nun Geld, aber dann gabs nur was mit dem ollen Lehmann seine Krücke, und er hat »aua« gesagt und ist ruckizucki weg aus dem Lehmann sein Garten. Aber bei Erna gab es immer Geld, und da hat er sich dann im Konsum was für gekauft, Brausetabletten mit Multivitamin, die haben immer so was Schönes auf der Zunge gemacht, fast so schön wie »Sowas«.

Hier kriegt er nie Brausetabletten, bloß andre, und die machen gar nichts auf der Zunge. Da hat er mal zu Oma gesagt, sie soll ihm welche mitbringen, Brausetabletten mit Multivitamin, und Oma hat ihm beim nächsten Mal welche mitgebracht, aber die haben sie ihm gleich weggenommen, und dann hat er geschrien, und dann haben sie ihm eine gegeben, aber mit Wasser, die Blödmänner, die ist da im Wasser dringeschwommen und hat das Schöne im Wasser gemacht und ist immer kleiner geworden und als er sie rausfischen wollte und sich in den Mund stecken, ist sie kaputtgegangen, die Blödmänner.

Erna hat auch immer Tabletten genommen, die waren in dem andern Schrank. Und dann ist immer eine Schwester gekommen und hat gesagt, »na, wie geht't, Frau Mehling«, und hat die Tabletten rausgedrückt und in so eine Schachtel gelegt, in verschiedene Fächer, und eins war für morgens und eins für abends und eins für mittags und noch so eins, das stand da drauf, und das war so ein durchsichtiger Schiebedeckel. Da hat er immer bei zugeguckt, wenn er da war, und manchmal, wenn die eine da war, die er so gerne mochte, dann hat er gefragt, ob er die Tabletten rausdrücken darf, weil er das so gerne gemacht hat, und sie hat ihm dann gesagt, welche, und sie hat die dann in die Schachtel gelegt, und sie hatte immer so glitzerige Fingernägel. Die andre nicht, die war doof.

»Immer schön Oma Erna dadran erinnern«, hat die Nette gesagt.

»Ist gar nich meine Oma«, hat er gesagt.

»Trotzdem«, hat sie gesagt und ihm mit ihren Fingern mit den Glitzerfingernägeln in den Haaren rumgewuschelt.

Aber er hat Oma Erna gar nicht immer dadran erinnert. Manchmal hat er das vergessen. Manchmal einfach so nicht. Oma Erna hat das öfter vergessen, und dann gabs immer Mecker von der Doofen. »Frau Mehling, nee, soll Ihnen dat nu erst wieder schlecht gehen? Ick kann nix dafür, wenn Ihnen dat wieder schlecht geht!«

Erna hat gar nichts gesagt, bloß genickt. Bloß »ja ja« hat sie gesagt.

Einmal ist er morgens zu ihr gekommen und hat gesehn, dass sie gar keine Tabletten genommen hatte. Und da hat er die Schachtel aufgemacht und selber alle genommen, erst die für morgens, und dann für mittags und dann das dazwischen und dann abends, bevor das wieder Mecker gibt. Außerdem wollte er mal wissen, wie die schmecken, besonders die rosanen, ob die auch so was auf der Zunge machen. Aber die haben gar nicht geschmeckt, und die andern auch nicht, die weißen waren ganz bitter. So wie die hier. Als dann die Schwester kam, ging das Erna schlecht, sie konnte gar nicht hochkommen aus ihrem Sessel und hat immer so mit der Hand auf ihrer Brust hin- und hergemacht.

»Menschenskind, Frau Mehling«, hat die Schwester gesagt, die doofe, »warum nehmen Sie denn auch Ihre Tabletten nich, hab ich Ihnen das nich gesagt, das nutzt doch alles nix, Sie müssen die doch nehmen, die helfen nämlich nich, wenn die bloß so da rumliegen auf Ihrem Küchentisch, ist denn das die Möglichkeit, horre nee!«

Und Erna hat bloß gesagt: »Ach, Schwester, ick vergäät dat joo ümmer.«

Und dann ist die Schwester in die Küche gekommen, wo er gesessen hat, und hat gesagt: »Wat willst du denn schon wieder?«, und hat auf die leere Schachtel geguckt, und ihm ging das auch schlecht, aber er hat sich nichts anmerken lassen, sonst hätte die doch wieder losgemeckert.

»Die hat die ja doch genommen!«, hat sie gesagt und mit dem Kopf geschüttelt. »Verkalkt uch langsam aber sicher.«

Gar nich, hätte er am liebsten gesagt, gar nich wahr, Erna verkalkt gar nich, aber dann hätte sie das ja gemerkt. Als sie aus der Küche raus war, ist er nach Hause gerannt, aber er konnte nicht, er konnte gar nicht schnell rennen, und dann ist er auf der Treppe gestolpert, und dann hat er da gelegen und alles vollgekotzt. Und Oma hat ihn ins Bett gebracht. Und am Montag brauchte er nicht in die Werkstatt, nicht in die Werkstatt zu den Bekloppten.

An dem Tag, als das passiert ist, als er – na, als er das mit dem Geld – das mit dem Geld gemacht hat, hatte Erna auch nicht ihre Tabletten genommen. Und er hat gesagt, »Erna, deine Tabletten«.

»Ja ja«, hat sie gesagt. Und dass sie jetzt zum Friedhof geht. Und ob er nicht mitkommen will.

»Nö«, hat er gesagt, »hast du Pudding?«

»In Isschrank, weitst joo.«

Ja, wusste er. Der Pudding war im Kühlschrank, das Geld war im Pulloverschrank. Aber wenn das nun weg war. Vielleicht war das gar nicht mehr da, vielleicht war das jetzt in einem neuen Versteck, vielleicht war das weg, weggeklaut, die doofe Schwester, die hatte das vielleicht weggeklaut. Er konnte gar nicht den Pudding aufessen. Er musste gleich nachgucken, gleich nachgucken, er wollte ja bloß mal nachgucken wollte er doch bloß. Und Erna hat gleich gedacht, er will das klauen, als sie reinkam und »Henry!« gesagt hat und er das ganze Geld in der Hand hatte, das ganze. Das war gar nicht im Portemonnaie gewesen. Als er den Schrank aufgemacht hat, hat er gewusst, jetzt ist es weg. Aber als er dann mit seiner Hand durch die Pullover gewühlt war, da hat er auf einmal irgendsowas aus Papier gemerkt und hat das rausgezogen, und das war so ein Briefumschlag. Und da war das ganze Geld drin, viel mehr als im Portemonnaie, bestimmt tausend Mark oder eine Million, bestimmt so viel, wie Stefans Vater für Stefans Moped bezahlt hat, oder bestimmt noch mehr. Und Erna wollte sich doch gar kein Moped kaufen oder so was, Erna hat sich doch nie so was gekauft. Und Oma würde ihm nie so viel Geld geben, nie in ihrem ganzen Leben und in seinem.

Aber dann hat Erna »Henry!« gesagt und hat ihn erschreckt, richtig erschreckt hat sie ihn, die Olle. Weil sie gedacht hat, er will ihr das Geld klauen, die olle Erna.

»Wat hest du denn an min Schap tau seukn, segg eis! Büst du nich miehr ganz orntlich? Wat fummelst du da mit min Geld rüm? Giww eis dat Geld her!«

Aber er hat ihr das nicht gegeben, das Geld, und dann ist sie zu ihm hin und wollte ihm das wegnehmen, das Geld, wollte ihm das wieder wegnehmen.

»Ich wollt doch bloß …«, hat er gesagt, aber da hat sie ihm schon eine gescheuert gehabt und »So, dat hest nu davun!« gesagt und: »Nu giwwst du mi glieks dat Geld!«

Aber hat er nicht, er hat bloß seine Arme vor sein Gesicht gehalten, weil sie noch mal hauen wollte, und dann hat sie noch mal gehauen und immer bloß »Henry! Henry!«, und dann war ihm das über, und dann hat er sie weggeschubst, so mit dem Arm. Er wollte das ja nicht. Dass sie gleich hinfliegt und so. Und das hat ganz schön gerumst, als sie mit dem Kopf an den Tisch geknallt ist und da gleich die Vase umgekippt ist und das ganze Blumenwasser raus. Und er hatte Angst, dass das einer vielleicht gehört hat, vielleicht noch. Und dann lag sie da so auf dem Teppich. Und er ist runter zu ihr und hat gesagt: »Erna!« Und er dachte, dass sie jetzt vielleicht tot ist.

»Erna!«, hat er gesagt und sie geschüttelt, »wach mal auf, Erna!«

Und dann ist Erna aufgewacht und hat ihn angeguckt und geschrien, gleich losgeschrien hat sie. »Hülfe! Helpt mi doch! De Bengel späält verrückt! Helpt mi doch!«

»Hör auf!«, hat er gesagt. »Hör auf jetz, Erna!«

Aber sie hat bloß geschrien und wollte hoch, aber er hat sie nicht gelassen, sonst wäre sie doch weggerannt. Und hätte das überall erzählt. Dann hätten das doch alle gemerkt. Und er hat sie festgehalten, und sie hat geschrien, die olle Erna, die blöde Fotze, die olle Hexe, die!

»Olle Fotze!«, hat er auf einmal gesagt, ganz laut. Und dann hat er ihr eine gescheuert, damit sie aufhört.

»Hüür up, Henry, hüür up!«, hat sie immerzu geschrien. »Gooh wech, mook, dat du wechkümmst!«

Aber er durfte sie nicht loslassen, aber sie musste mit dem Schreien aufhören. Er hätte sie gerne noch mal gegen den Tisch gerumst, damit sie aufhört. Aber ging nicht.

»Halt die Schnauze!«, hat er gesagt.

Und dann hat er die Blumenvase genommen, die schöne Kristallvase, die immer so schön glitzerte, und ganz bunt, wenn da die Sonne draufschien, so alle Farben auf einmal, und dann hat er ihr mit der Blumenvase eins übergehauen. Bloß damit sie aufhört.

Aber sie hat nicht aufgehört. Und dann hat er noch mal auf ihren Kopf draufgehauen, und noch mal, immer auf ihren Kopf drauf, immer auf sie drauf, und noch mal, bis das Blut rausgekommen ist. Und dann noch mal. Damit sie nicht wieder anfängt.

Und dann war das ganz ruhig auf einmal.

»Erna?«, hat er gesagt.

Aber Erna hat nichts gesagt. Sie hat bloß da so gelegen auf dem Teppich. Dann war gut. Nein. Nein.

Nein. Garnichtgarnichgarnicht. Gar nicht wahr. Sie hat doch

was gesagt. Hat sie doch. Sie hat doch gesagt, oder nicht, hat sie doch gesagt. Ist nicht so schlimm, Henry. Macht doch nix. So wie Oma.

Er wollte nach Hause rennen. Wurde schon fast ein bisschen dunkel draußen. Aber Erna, aber er musste doch nach Hause, wenn das dunkel wurde. Aber Erna, aber er konnte sie doch nicht wieder aufwecken. Erna hatte die Augen gar nicht richtig zu. Aber sie sollte doch richtig schlafen. Bis die Schwester morgen kommt, bis die Schwester sieht, was los ist, dass Erna das wieder schlecht geht, weil sie ihre Tabletten wieder nicht genommen hat. Er hat ein bisschen an Ernas Wimpern gezogen, damit die Augen richtig zugehen, bloß so ein bisschen, hat sie gar nicht gemerkt.

Hat sie auch gar nicht gemerkt, als er ihren Rock ein bisschen hochgezogen hat, weil da doch wieder so eine Laufmasche war, so eine graue, und er wollte bloß mal sehen, wo sie hinläuft. Immer höher. Bis wo die Strumpfhose zu Ende war, wo sie über Ernas Hemd rübergewurschtelt war.

Bloß mal sehen wollte er das, wieso das kein Loch war, was das für ein Loch war. Und jetzt, wo Erna schläft, kann er sich das doch mal angucken, mal in Ruhe angucken, hat er gedacht. Er zieht sie ihr dann auch gleich wieder an, die Strumpfhose.

Und dann hat er das gesehn. Was das war. Dass das so übernander war, zwei übernander. Und er hat die auseinandergezogen, und das hat so geknistert, so richtig, und dann hatte die eine Löcher und die andre nicht. Alles Beschiss. Und das wurde schon dunkel, und das sah aus wie Staubflocken, Staubmäuse, wie Oma dazu gesagt hat, wie das da lag, auf dem Teppich, die Strumpfhosen. Früher hatte er immer gedacht, das wären echte Mäuse, die Staubmäuse, ha ha. Dass die richtig lebendig wären.

Aber Ernas Schlüpper war nicht doppelt, und da war auch kein Loch drin, wo man durchgucken konnte, wo man sehen konnte, was dadrunter war. Er wollte doch aber mal gucken. Wie bei Steffi, bei Steffi wollte er auch mal gucken, und sie hat immer gesagt, »hau ab, Hanske«, aber einmal hat sie ihn gucken lassen, auf der Elpe, als keiner da war, ganz kurz. Aber das war so dunkel da, und er hat gar nichts gesehen richtig. Und dann hat sie gesagt: »Na, merkste wat inner Hose?«

»Gar nich«, hat er gesagt, und dann ist er weggerannt.

So wie jetzt, bei Erna. Aber jetzt ist er nicht weggerannt. Jetzt hat er Erna ihren Schlüpper ausgezogen. Und dann hat er das gesehn. Aber da war gar nicht richtig was zu sehen. Und das war auch schon dunkel. Aber sein Ding. Wie in der Truhe. Das war wie in der Truhe, bloß anders, und dann hat er das rausgeholt und hat sich auf Erna draufgelegt, wie im Fernseher, wie bei Mirko im Fernseher, wo er das mal gesehn hat, wo Mirko gesagt hat: »Na, Haha, wat machen die da?«

Und er hat gesagt: »Weiß nich.« Er wollte das ja nicht sagen. Dass das vielleicht so was Ähnliches war wie bei den Kühen, wie er das bei den Kühen öfter gesehn hat, wenn der Bulle auf die Kuh raufgesprungen ist, und früher hatte er da immer drüber gelacht, weil das so komisch aussah.

Und Mirko hat gelacht. »Ficken, Mann!«, hat er gesagt.

Und dabei musste man immer so hin und her machen, so wie die im Fernseher, und das hat er so gemacht auf Erna, so auf Erna draufgelegt, und Erna hat gar nichts gemacht, und das ging nur ganz kurz, nicht so lange wie in der Truhe. Und dann kam das schon raus, und er hat gedacht, dass er das jetzt immerzu machen will, mit Steffi. Auf der Elpe, wenn keiner da ist, oder ist auch egal. Können auch alle zugucken, wenn er das mit Steffi macht.

Und dann hat er einen Schreck gekriegt. Weil das bestimmt schon ganz spät war. Und er musste nach Hause. War schon dunkel. Und er hat Erna den Schlüpper wieder hochgezogen, aber war alles nass, auf ihrem Bauch, war alles in ihren Bauchnabel rein und zwischen ihr Fett. Aber er hatte keine Zeit mehr.

Und am nächsten Tag ist die Polizei gekommen. Und bloß, weil er das vergessen hatte. Das hat er ganz genau gewusst, da hatte er die ganze Nacht dran gedacht und gar nicht geschlafen. Bloß weil er vergessen hatte, ihr die blöden Strumpfhosen wieder anzuziehen. Erst die heile, und dadrüber die mit den Löchern. Damit das wieder ausgesehen hätte wie kein Loch.

ECKI

Na guck ma einer an, nu kommt der doch noch hier angeschissen. Ick dacht ja schon, der haut einfach so wieder ab. Bloß ma kurz bei seine Alten ringeguckt, noch n Scheinchen von Omma abgeholt, und denn nix wie weg wieder hier, vonne Dorftölpels, da kann er sich ja nu nich mehr mit abgeben. Na, ick bin uch bald weg.

»Hi, Stefan!«

»Ecki, altes Sackgesicht! Hängst ja uch immer noch hier rum!«

»Na, muss ick ja …«

»Wat, biste immer noch uffe Penne, bist hängengeblieben, wat?«

»Nee, is mein letztet Jahr.«

»Na, denn sieh zu!«

Sieh zu! Wat willn der Spinner? Als wenn der nich uch brav nacher Zehnten sein Abschluss gemacht hätt und denn brav seine Schlosserlehre angefangen hätt und immer noch bei seine Alten die Bude vollgefurzt hätt, die ganzen drei Jahre. Na ja, da fand ick ihn ja noch ganz gut. Da hab ick doch gedacht, so mach ick dat uch, so wie Stefan, streng mir n bisschen an inne Schule, jeenfalls mehr als die andern Hoschis, denn krieg ick uch sone Lehrstelle, gleich hier umme Ecke irgendwo, vielleicht sogar bei Stefan sein Chef, brauch ick uch nich wegziehn, inne eigne Bude und so, bleib ick bei mein Vadder und kann dat ganze Geld für mich behalten. So wie Stefan, der hat dat ja schlau gemacht im Prinzip. Scheiß uff die Alten, Mann, die hältste die Zeit denn uch noch aus, inner Woche biste kaum da, am Wochenende pennste.

»Und, haste schon wat danach?«

»Wie jetz, Lehre oder wat? Nee.«

»Na, mich hat der ja damals gleich genommen, gleich nache Schule, der kannte ja uch mein Vadder, der wusste ja, dat er da n Orntlichen kriegt und nich son Schluschek.«

Ja ja, Wodrich, dat wissen wir nu ja, dat du hier der Superman bist, ne! Geh die Weiber bumsen, Mann, die haben doch alle gleich feuchte Schlüpper gekriegt, wie se dich uffn Radar hatten, aber laber mich hier nich voll!

»Na, ma unter uns, Ecki, guck dich doch ma um hier, wat siehstn da? Dat sind doch alles Loser, alles Loser sind dat doch, weißte, wat n Loser is? Gibt uch n richtiges deutsches Wort für: Versager! Echt, Mann. Guck doch bloß ma den da an, Mann, das's doch einer vonne Börner-Sippe, oder? Seh ick doch gleich.«

»Jo, das's Börner. Sandro. Der is eh nich ganz dicht.« Isser ja uch nich. Trotzdem, brauch Wodrich jetz trotzdem nich uff den rumhacken. Kommt der hier an und fängt an, über uns abzulästern, oder wat?

»Na, is doch kein Wunder! Is doch alles Inzest bei die. Da vögelt doch jeder jeden. Frag den doch ma, der hat bestimmt uch schon mit seine Schwester, und nich bloß dat. Der hat bestimmt schon bei Oma im Bett gelegen. Ähh! Alles Abschaum is dat, richtig Abschaum, sag ick dir! Arbeitsscheues Pack! Früher hätt't sowat nich gegeben, wenn du weißt, wat ick mein, weißte? Aber Mann, du Ecki, du hast dat doch nich nötig, mit die hier rumzulungern. Du musst ma zusehn, dat du wegkommst hier. Oder is dat wegen de Weiber?«

»Quatsch!«

»Könnt ick ja verstehn, sind ja n paar bei. Aber Weiber gibt't überall. Ick hab ja früher uch nix anbrennen lassen, weißte ja. Mann, wenn ick dadran denk, wo mein Schwanz schon überall dringesteckt hat! Steffi, kennste die noch, die war geil. Die hatte wat druff, sag ick dir. Na, nu hab ick ja meine Süße, Susi, aus Eggesin. Weißt wat, ick war uch ihr Erster! Schon ma eine geknackt? Geil, Mann! Wie heißtn die da mitte dicken – Ohren?«

»Die? Das's Jacqueline.«

»Ey, haste schon ma mit der?«

Mann, der geht mir vielleicht uffn Sack! Klar, klar hab ick schon mit Jacqueline. Denken die doch alle.

»Nee.«

»Na denn wird't aber Zeit! Guck dir die doch ma an, ey! Und in drei Jahrn is die mit lang, da wird die fett, siehste jetz schon, musste jetz ernten! Und die andre da, die Lütte?«

»Wat jetz?«

Wat will der jetz mit Sabrina?

»Na die da, wie heißt die?«

»Eh, Stefan, die kriegste sowieso nich.«

»Wieso nich, lässt keinen ran, wa, noch Jungfrau, wa, wetten?«

»Weiß nich.«

Weiß ick wirklich nich. Aber wenn. Is mir uch egal. Sabrina, eh. Guckt mich nich mehr mitm Arsch an neuerdings. Dabei hab ick ihr neulich ne halbe Schachtel Konfekt geschenkt, im Ernst. Hatt ick bei meine Oma mitgehn lassen. Na, ick wusst erst nich genau, hab ick denn tagelang mit mir rumgeschleppt, waren ja uch immer die andern dabei. Aber einma is se mir abends alleine übern Weg gelaufen, ick hab se schon von Weiten erkannt, obwohl dat schon dunkel war, ick wusst sofort, dat dat Sabrina is, und da hab ick gedacht, jetz oder nie.

»Hi, Sabrina«, hab ick gesagt, und sie, so ganz piepsig: »Hi, Ecki«, bloß so im Vorbeigehn, die is nich stehngeblieben. Und ick dachte so, Scheiße, traust dir ja doch nich, Ecki, aber denn hab ick uff einma doch gesagt: »Ey, Sabrina, wart ma!«

Und denn hat se sich so umgedreht, und ick hab ihr die Schachtel hingehalten, »hier, is für dich«, hab ick gesagt. Da hat se erst ma komisch geguckt, und ick hab gesagt: »Kannste ruhig nehmen, is nich giftig!« Obwohl, ick wusst ja uch nich, wie lange dat nu schon bei meine Oma rumgelegen hatte.

Und denn hat se dat uch genommen, und hat gesagt: »Danke.«

Und wie sie schon weiterwollte, sag ick denn noch: »Übrigens, du kannst uch ruhig ›Christian‹ zu mir sagen.«

Aber da hat se denn nix mehr gesagt und is weitergegangen, und ick sag noch: »Hast gehört?«, aber da war se denn schon n Ende weiter.

Weiber, ey! Muss man denn immer irgendwat Abgefahrnes anstellen, dat die sich ma für einen intressiern? Kann man doch uch nich die ganze Zeit. Und ick hab ja nu schon einiges gemacht, einiges »uffen Kerbholz«, wie mein Vadder sagt, muss der grade sagen! Man müsst ma wieder irgendwat richtig – Geiles machen, irgendwat. Bloß blöd rumkokeln und ma ne Hundehütte abfackeln, so wie Gniedeck, dat is ja Pipikram.

»Und sag ma, Ecki, haste da nu schon ma drüber nachgedacht?«

»Wat?« Wat will'n der jetz schon wieder, Wodrich? Könnt sich ma langsam vom Acker machen hier. Schleicht hier rum wie n oller Uffpasser.

»Na wat ick dir letztens ma gesagt hab. Is schon n bisschen her, ick weiß. Na, weißt doch, ob de nich zu uns kommen willst.«

»Achso, dat.«

Mann, fängt der nu wieder damit an! Will er mir nu wieder uffn Sack gehn mit seine scheiß Kameradschaft, oder wat? Ecki, so einen wie dich können wir da gut gebrauchen! Na und! Soll ick mich nu uch noch geehrt fühln oder wat?

»Ja, und? Haste dich entschieden?«

»Wieso?«

»Wieso, wieso! Mann, Ecki, du musst doch wissen, ob de für oder gegen uns bist! Wen würdste denn wählen? Wenn jetz Wahl wär, mein ick. Ick denk doch ma, so wie wir alle, dat, wat wir alle wählen, oder? Dat dat ma wieder wat wird mit Deutschland, ne!«

»Ja, na logisch.«

»Na siehste. Und? Denn biste doch für uns. Wat andres würd ick dir uch nich raten, ha. Also kommste zu uns. Und so einen wie dich können wir da immer gebrauchen. Einen, der n bisschen mehr will als hier nur rumkokeln. Wat is'n dat überhaupt fürn Assi?«

»Ach, das's bloß Gniedeck. Dat macht der immer. Dat kriegste dem nich abgewöhnt.«

»Na, den müsst ihr euch bloß ma orntlich vornehmen! Wat seid'n ihr für Saftsäcke hier? Der fackelt euch doch die Bude hier ab!«

»Na sag ick ja uch!« Siehste! Stefan sagt dat uch! Brauchen die sich gar nich uffregen, wenn ick ma wat sag!

»Nee, aber ma im Ernst, Ecki. Ick mein, dat wär doch wat! Wenn de sowieso noch nich weißt, watte nache Schule machst. Kommste erst ma zu uns. Wir geben dir denn schon Uffgaben! Da kannst dich druff verlassen!«

Wat grinst'n der jetz so dämlich? Der kann mich ma mit seim Scheiß. Ick bin doch nich blöd! Dat fehlte ja grade noch! Ick mein, ick bin ja uch dafür, für Ordnung und so, und dat die Ausländer wegkommen. Aber deswegen lass ick mich doch noch lange nich von Wodrich oder irgendsoeim die ganze Zeit rumkommandiern! Reicht schon, wenn der sich hier ab und zu ma uffspielt.

»Na, sag mir denn Bescheid, Ecki. Ick muss jetz ma los.«

Wird uch Zeit.

»Ey, Stefan, wart ma!«

Börner! Wat will der'n jetz noch?

»Wat is?«

»Na, weißt, Stefan, wegen de Kameradschaft.«

Mann, Börner, halt die Klappe!

»Wat is damit?«

»Na, weißt doch, ick hab doch letztes Ma gesagt, na weißt doch, dat ick da gerne, na, ob ick da nich mitmachen kann, Stefan.«

Wat? Ick glaub, ick werd nich wieder! Dem ham se doch echt int Gehirn geschissen, Börner!

»Kann ick mich gar nich dran erinnern.«

»Na, du hast doch gesagt, ihr könnt jeden gebrauchen.«

Na, bis uff Börner.

»Na, und, wat hab ick außerdem gesagt?«

»Aber ick hab doch jetz ne orntliche Jacke, hab ick mir extra gekauft, und meine Fingernägel sind uch kurz, hier, kannst gucken!«

Oh, Mann! Ick krieg die Krise!

»Na ja, lohnt bloß alles nix, wenn de dir weiterhin die Hosen vollscheißt! Oder wat stinkt hier so?«

Ha, dat is Wodrich! Nu haben se wieder alle wat zu lachen! So war der früher schon. Deswegen fand ick ihn ja uch gut. War ja mein Vorbild, sozusagen. Na ja. Wer kommt'n da angeschissen?

»Wer is'n dat da?« Wodrich hat den uch gleich gesehn. Das's dieser Vogel aus Irland. Wat will'n der hier?

»Das der Enkel oder so von die olle Hanske, weißte, die jetz tot is. Die sind extra von Irland hergekommen.«

»Von Irland?«

»Ja. Sind bald wieder weg.«

»Na, würd ick denen uch empfehlen! Also, tschüß denn. Ey, Jacqueline, haste heut abend schon wat vor?«

Jacqueline! Mann, der hat dat echt druff. Aber wat kommt'n jetz dieser Typ direkt uff mir zu?

ROMY

Da hatten sie ja erst mal was zu gucken. Und zu tuscheln, im Ernst, das ging sofort los, überhaupt nicht auffällig. Für Katharina und Katharina muss das der Schock schlechthin gewesen sein, die kriegten sich die ganze Stunde nicht wieder ein. Normalerweise dreht sich mir der Magen schon bei der Vorstellung um, Thema solcherart Konversation zu sein, aber diesmal war ich das genaue Gegenteil von not amused, und was da mein

Herz so in Flatterei versetzte, war nur das mühsam unterdrückte Lachen, der Triumph war einfach zu groß, um sich noch irgendeinen Kopp zu machen. Na ja, konnte ich wenigstens mal was zur kollektiven Unterhaltung beitragen. Was von mir ja auch nicht direkt erwartet wird. Aber das war eindeutig zu viel: dass ausgerechnet unser hoher, und, nebenbei bemerkt, zum allgemeinen Anschmachten auserkorener Besuch aus Irland, Paul Ishley, ausgerechnet neben der in schulischen Belangen zwar ge-, ansonsten aber nicht weiter beachteten und zudem im Verdacht der Streberei stehenden Schülerin Romy Plötz Platz zu nehmen beliebte! Selbige war ja selber ganz verdattert für einen Moment. Bin ich ehrlich gesagt immer noch. Dabei war das schon gestern, in Kunst. Viola kam nicht, anscheinend krank, und ich freue mich schon, die Bank ganz für mich zu haben und nicht Violas Kontrollblicken auf meine stümperhaften Zeichenversuche ausgeliefert zu sein – wirklich, das ist wie bei diesen unerträglichen Leuten, die anderen ständig auf den Teller und jeden Bissen in den Mund gucken und dabei selbst das Essen vergessen, und schon plumpst einem die Kartoffel von der Gabel, und Viola kriegt auch nie was auf ihr Blatt in der Stunde, und wenn sie mal einen Strich zieht, radiert sie ihn sofort wieder weg, vielleicht aus Angst, jemand könnte ihn bemerken, ich schwanke in der Benennung ihres Stiles noch zwischen ›magersüchtig‹, ›bulimisch‹ oder schlichtweg ›geizig‹ – jedenfalls, da sitzt er plötzlich neben mir, Paul. Wir haben nur Kunst und Geo zusammen, weil sie ihn, in schicksalsimitatorischer Manier einem Zu-schön-um-wahr-zu-Sein vorbeugend, selbstverständlich nicht in meine Klasse gesteckt haben, und in Geo sitzt er so weit vor mir, dass ich nur seinen Hinterkopf angucken kann, wie damals im Bus. Damals? Es ist grade mal anderthalb Wochen her. Für die Zeit, die er hier weilt, wurde er in die a einsortiert, natürlich, die blöde a kriegt wieder alles in den Rachen gestopft, und mit der a ist das ja so: Entweder man ist in der a oder man schüttet tiefste Verachtung über sie aus. Schon in der Unterstufe war a-oder-b eine mindestens ebenso existenzielle Frage wie die, ob man Spinatesser oder Grützwurstesser ist – ich habe Studien darüber angestellt und bin zu dem von mir ohnehin vermuteten Ergebnis gekommen, wer Spinat mag, isst keine Grützwurst und umgekehrt, obwohl beides ja ungefähr die gleiche Konsistenz aufweist, weshalb ich überhaupt darauf verfiel; ich selber kann mir nichts Verabscheuungswürdigeres als Grützwurst vorstellen. Ich würde Paul ja gern fragen. Ja nur, um einen Verbündeten gegen die Grützwurst und einen weiteren Beweis für meine Theorie zu finden. Inzwischen glaube ich sogar, es den Leuten ansehen zu können, und Paul sieht mir ganz nach einem Spinatliebhaber aus. Aber er würde wohl nicht so recht die strengen Bedingungen meiner Studie erfüllen, die ja voraussetzt, dass beide Gerichte dem Probanden bekannt sind, und ich könnte Paul wohl nur dazu beglückwünschen, dass ihm der Anblick – ach, wenns nur das wäre – von Grützwurst bisher erspart geblieben sei, und es würde ja unweigerlich zu einer Verfälschung der Ergebnisse führen, wenn ich eine Entscheidung aufgrund meiner Beschreibung von Grützwurst von ihm verlangte, denn wer würde sich dabei nicht, schon halb von einem Brechanfall dritten Grades geschüttelt, sofort und für immer dagegen entscheiden? Oder, sei ehrlich, Romy, ist es nur, um nicht letztlich doch noch etwas gegen den desiderierten Liebhaber – des Spinats – in der Minusspalte auflisten zu müssen? Als ob das noch viel nützte. Vielleicht nützte es.

Er hat einfach gesagt: »Dieser Platz ist frei heute, oder?«, und mich angegrinst, und ich hätte am liebsten gesagt: Dieser Platz ist immer frei. Aber die Wahrheit klingt manchmal einfach zu sehr nach NDR-1-Schnulze.

Die Stunde war natürlich gelaufen. Die anderen waren, bis auf ein paar, die das auch nicht mehr als der Unterricht kratzte, noch zu sehr mit dem Wunder beschäftigt, und ich – wohl auch. Bloß Pauls Aufmerksamkeit für Frau Kümmel schien nicht getrübt, obschon nicht ersichtlich war, ob sie die wirklich durch ihren näselnden Vortrag absorbierte oder nicht vielmehr durch ihren Pullover mit dem extra tiefen Ausschnitt. In der Abizeitung vom letzten Jahr wurde sie als »Miss Nabelschau« tituliert, und das trifft es, nicht nur, weil das in Deutsch eine ihrer aufgeschnappten Lieblingsschmähvokabeln für Literatur ist. Meine Plus/Minus-Liste blinkte wieder kurz auf, allerdings zu kurz, um irgendetwas eintragen zu können.

Wir redeten nicht viel, mir fiel auch gar nichts ein. Jedenfalls nichts, was für ein abgehacktes Flüstergespräch getaugt hätte. Paul war bloß im T-Shirt, während ich fröstelte, und sein Arm hing so dicht neben meinem, dass ich förmlich seine Wärme absaugte, von seinem Wohlgeruch ganz zu schweigen. Das haut mich sowieso jedesmal um. Es war komisch, aber ich hatte auf einmal fast so was wie ein schlechtes Gewissen. Als würde ich irgendwas Verbotenes, zumindest nicht ganz Koscheres tun. Ich meine, ich sitze da neben einem, der sich arg- und ahnungslos in meine Nähe begeben hat, und hege Gedanken über ihn und wärme mich an ihm und rieche ihn. Gerne. Ich ekelte mich fast ein bisschen vor mir. Als hätte ich mich in so eine altjüngferliche Schlüssellochguckerin verwandelt, einen alten Knacker, der sich im Gedränge an jungen Mädchen reibt.

Ich fragte mich plötzlich, ob ich auch rieche. Und wie. Für ihn.

Zeichnen ging dann auch nicht mehr. Wir sollten zwar noch die letzte Viertelstunde damit ausfüllen, aber von einem Füllen des Blattes konnte bei mir keine Rede sein. Im Prinzip war es wie mit Viola. Nur, dass ich auch gleichzeitig Viola war. Ich fühlte mich wieder mal beobachtet und brachte aus Angst vor totaler Unfähigkeit keinen Strich zustande, obwohl Paul mich ja gar nicht beobachtete, sondern ich ihn, ich musste immer wieder hinsehen, zusehen, was da unter seinen Händen entstand. Und es war seine eigene Hand, die er zeichnete, unverkennbar. Er kann das unglaublich gut, so wie Ella. Er hat neulich ihre Zeichnungen bemerkt, und Ella war erst ein bisschen embarrassed, hat sich dann aber doch eine halbe Stunde oder so mit ihm darüber unterhalten, während ich dagesessen und sinnlos Schokorosinen in mich reingestopft habe.

Ich habe mich in Chemie neben sie gesetzt. Frau Pufesiel hat zwar erst ein bisschen geguckt, aber nichts dagegen gesagt, wahrscheinlich hofft sie, dass Ella sich mit meiner Hilfe doch noch auf eine Drei hieven kann und meine Anwesenheit sie von allzu ungestörtem Dösen abhalten wird. Ich lasse sie die Experimente machen, was einerseits ganz schön uneigennützig von mir ist, denn das ist der Teil, den eigentlich ich gerne übernommen hätte, dieses Rumpanschen mit den ganzen bunten, stinkenden Sachen. Andererseits ist es auch zu meinem Vorteil, denn ich könnte unmöglich Ella die Berechnungen und die Schreibarbeit überlassen, ohne zu riskieren, dass für uns beide innerhalb kürzester Zeit acht Punkte auf dem Zeugnis zu einem hoffnungslosen Unterfangen würden. Es juckt sie einfach nicht. Aber ich glaube, sie strengt sich jetzt ein bisschen an. Mir zuliebe. Und ich komme nicht mehr dazu, meine Blattränder mit Krakelgebilden, schiefen Sternen und Songzeilen zu verunzieren. Und bin auch nicht mehr Psycho-Svens Blickpfeilen ausgeliefert, mit denen er jetzt höchstens noch meinen Rücken harpunieren kann. Die ich aber abfange, weil ich mich ab und zu, unberechenbar und torpedoschnell, zu *ihm* umdrehe. Womit ich ihn schon zweimal zum Rotwerden brachte. Und Ella sagte zu mir: »Der gafft einen immer an, ne!«

»Dich auch?«

Da mussten wir beide lachen, was einen ersten strengen Blick von Frau Pufesiel provozierte. Seitdem ist sie misstrauisch: Sollten wir uns etwa doch aus Gründen der Sympathie und nicht nur aus solchen der solidarischen Hilfeleistung zusammengesetzt haben? Na, da kann sie ganz beruhigt sein: Wir helfen uns äußerst solidarisch, nämlich über ihren Unterricht hinweg. Als Ella neulich so von unten zu Frau Pufesiel auf ihrem Podest hochäugte und ihre übliche überdimensionale rote Haarschleife fixierte, um dann folgenden Kommentar loszulassen: »Also, wie mein Vater sagen würde: ›von hinten Lyzeum, von vorne Museum‹«, versetzte uns das derartig in Heiterkeit, dass Frau Pufesiel sich gezwungen sah, ihr nicht gerade leicht zu ignorierendes Hinterteil herumzumanövrieren und Ella des Unterrichts zu verweisen, womit sie natürlich in jeder Hinsicht die Falsche traf. Nicht nur, dass ich viel lauter gelacht hatte als Ella, auch die Strafe, war ich mir sicher, würde sie eher als Belohnung auffassen. Und ich musste sofort an good old Edgar Wibeau denken: KEIN AAS VON LEHRER TRAUTE SICH DOCH, MIR EINE FÜNF ODER WAS ZU GEBEN. Das kenne ich. Nicht mal Frau Pufesiel würde mich jemals rauswerfen. Wenn der Mensch ein Gewohnheitstier ist, dann ist der Lehrer eine etwas primitive Maschine, störanfällig, nicht umprogrammierbar, aber leicht zu manipulieren.

Ich bin froh, solche Dinge nicht über Mama oder Papa sagen zu müssen, wie Ella, die, als ich ihr meine Überlegung kundtat, sofort nickte: »Wie meine Eltern.« Ich wollte schon sagen, kein Wunder. Ich meine, die *sind* ja auch Lehrer. Aber ich glaub, ich hab auch so ganz schön Glück gehabt, also, objektiv betrachtet und das ständige Angenervtsein, was wiederum sie annervt, was wiederum mich annervt, außer Acht lassend. Das scheint ja normal zu sein. Angeblich befinde ich mich ja immer noch in der Pubertät. Täterät. Schon das Wort klingt nach ausgedrückten Pickeln und sexuellen Nöten. Eins von beiden habe ich nicht.

Mama vorhin wieder: »Lad die beiden doch mal zu dir ein«! Ich überlegte, ob ich jetzt eine Ausrede erfinden müsse oder mich einfach weigere. Bei Ersterem kommt die Anstrengung davor, bei Letzterem danach. Ich entschied mich für einen etwas schwachen Kompromiss: »Wir sind jetzt aber schon bei Ella verabredet.«

Mama wusste offenbar auch nicht recht, ob das jetzt Fisch oder Fleisch war, und brachte nur ein »Aber« hervor, aber da war ich schon halb aus der Tür. Hin zu Ella und ihrem Blümchenkaffee, dem roten Sessel.

Und jetzt: sitze ich zur Rechten Pauls des Unfassbaren, und es kommt mir heute vor, als sei das schon immer so gewesen, als hätte es nie etwas anderes gegeben, beziehungsweise anders:

nicht, als wäre seit einer kurzen Weile etwas Besonderes, sondern endlich sozusagen der Normalfall wieder eingetreten, der Soll-Zustand, nach einer unnütz langwierigen Unterbrechung. Wie bei Weihnachten: Wenn es endlich so weit ist, man das ganze Weihnachts-, Lichter- und Liederzeug wieder hervorkramen darf, nachdem man schon im September einen ersten Sehnsuchtsanfall danach hatte, mag man gar nicht mehr an das Vorher denken, jeder Gedanke an den Sommer zum Beispiel lässt einen schaudern. An das Nachher erst recht nicht. Ein Nachher ist schlichtweg nicht denkbar. Zumindest gings mir früher so. Weihnachten war das Eigentliche, das Absolute, die wahre Zeit, die endlich nächtliches Aufstehen, Sportunterricht und die ganze Ungerechtigkeit und Öde der Welt überwindet. Aber seit ein paar Jahren verblasst auch diese letzte Absolutheit der Kindheit immer mehr, und schon am Dreiundzwanzigsten schleicht sich der Gedanke ein, dass es alles sehr bald vorbei sein wird, dass es sich auch hierbei um etwas Vorübergehendes handelt, dass es einen Januar gibt, einen nächsten ätzenden Sommer.

Ich frage Paul: »Wie kommt dein Vater voran?«

Er hatte neulich erzählt, dass sein Vater tatsächlich versucht, die Leute hier auszuquetschen, nach irgendwelchen verschollenen plattdeutschen Wörtern und für seine Uwe-Johnson-Arbeit. Ich habe ihn auch selbst schon die Dorfstraße langschlendern sehen, wirklich schlendern, womit er wahrscheinlich sofort neun von zehn Sympathiepunkten verspielt hat, »dei het woohl nix to daun!«, und der letzte dürfte ihm spätestens dann abhandengekommen sein, als er anfing, den ersten »uttauhörchen«.

»Überhaupt nicht«, sagt Paul.

Und dann sagt er: »Aber Ingrid, also, meine Mutter.«

Von zwei Dingen auf einmal verwirrt zu werden, macht es einem auch nicht gerade leichter, unbefangen zu reagieren. Meine Entscheidung ist instinktiv: »Du sprichst deine Mutter mit Vornamen an?«

Paul zögert, er hat anscheinend die andere Frage erwartet.

»Nein, also, nicht immer. Eigentlich, ich soll ›Mum‹ sagen, aber manchmal ich sag Ingrid, und wenn ich denke über sie, also, du verstehst? Ich finde, ›Mum‹ passt nicht zu ihr.«

»Einer will das Haus kaufen?«, fragt Ella.

THAT'S THE QUESTION.

»Ja«, sagt Paul. »Sie hat jemand gefunden, vielleicht.«

Vielleicht. Der Abend des sechsundzwanzigsten Dezember.

»Also fahrt ihr bald?«

Ella! Musste das sein? Wie soll ich denn jetzt noch …

Paul sitzt da, vornübergebeugt, die Arme auf den Knien, die Hände wie in einer Bittgeste aneinandergelegt, ernst und schön, es steht ihm sehr gut. Er nickt, langsam und schön wie sein Lachen, und Ella seltsamerweise auch, sie fällt, so scheint es, fast zufrieden in dieses Nicken ein.

Okay. Okay, okay, okay. Cool bleiben jetzt. Jetzt ist jetzt. Wie war das? ALLES HAT SEINE ZEIT, genau. Die Bibel. Die Puhdys. STEINE SAMMELN, STEINE ZERSTREUN. Cool bleiben, Romy. Heut ist heut, und morgen ist morgen. Und um den morgigen Tag braucht man sich keine Sorgen machen, weil man ja schon am heutigen genug davon hat. Genau. ALS ICH AUFSTAND, IST SIE GEGA-ANGEN. Aber jetzt ist – scheiße. Scheiße, scheiße, scheiße.

Und ich höre es erst beim zweiten Mal, als Ella ihn schon entsetzt anstarrt. Paul sagt, es klingt ein wenig müde: »Ich war bei die Elpe.«

Ich höre das und kapiers nicht. Offenbar hab ich irgendwas verpasst. Einmal zurückspulen, bitte. Oder warum ist mir auf einmal wie an einem dieser verkorksten Tage, an denen man morgens eine Viertelstunde verschläft und das den ganzen Tag über nicht mehr aufholt?

Ich merke, dass ich genauso starre wie Ella, und versuche, mich zusammenzureißen. »Was soll das heißen?«

Paul guckt mich etwas bange an, dann lächelt er. »Well, ich war einfach da, you see. Ich habe geredet mit ihnen.«

»Mit wem hast du geredet?« Ellas Stimme poltert noch eine

Kellerstufe tiefer als sonst, vielleicht ist das ihre Form von Hysterie, und irgendetwas daran macht mich nervös, es würde mich nicht wundern, wenn sie plötzlich aufspränge und ihren mongolischen Krummsäbel zückte, um einen unverzeihlichen Verrat zu rächen. Dann ist sie ganz stumm und scheint irgendwie in sich zusammenzusacken, ihr Gesicht zeigt eine milde Enttäuschung, oder enttäuschte Milde. Als hätte sie ein Kind mit irgendwas überfordert und wüsste nun nicht, wem sie die Schuld am Misslingen geben soll, sich oder dem Kind. Und in meinem Bauch gären hundert unreife Äpfel.

»Wieso bist du da hingegangen? Was wolltest du da?«

Paul im Kreuzverhör scheint immer mehr zu ermüden, ich rechne jeden Augenblick mit einem Gähnen. Ist mir schon klar, wie wir jetzt wieder dastehen. Vor ihm. Pastorentöchter. Wir knien vor Sankt Paul und langweilen ihn mit unseren irdischen Sorgen. Schließlich lässt er sich doch noch herab, uns eine Antwort zuteil werden zu lassen: »Ich war neugierig.«

»Auf dieses Gesocks?«

Er schenkt mir ein heiliges Stirnrunzeln, und ich zittere, es möge nur das Wort sein, das sich seinem Verständnis entzieht.

»Ich wollte es sehen mit meine eigene Augen, you know! – Was ist schlimm dabei?«

Das ist doch nicht das richtige Wort. Schlimm. Es stand einfach für alle Zeiten außer Frage. Ich merke, dass es mich nicht so sehr erschreckt, dass Paul seinen von lauter Anbetung vermutlich schon ganz blankgeküssten Fuß dort hingesetzt hat. Ich finde es nicht schlimm. Es erschreckt mich, dass er überhaupt auf die Idee kam. Für Ellas an weiten Ebenen, nicht an einzelnen Grashalmen geschulten Hunnenblick macht das wohl keinen Unterschied. Sie guckt, als hätte sie es förmlich herangaloppieren hören, dann schon, als noch kein schwarzer Punkt am Horizont zu erkennen war.

Nur eins interessiert sie noch, sie fragt mit geradezu inquisitorischer Strenge: »Und? Willst du das noch mal machen?«

Der arme Sünder Paul, der Ketzer McCartney kneift die Lippen zusammen. Um dann ein kurzes »Ja!« hervorplatzen zu lassen. »Ja. Noch einmal. Mit euch.«

Für einen Moment bin ich wirklich sprachlos, und fast überraschter darüber, dass es diesen Zustand tatsächlich gibt, als über dessen Ursache. Was vielleicht auch wieder nicht stimmt. Irgendwas stimmt doch hier schon die ganze Zeit nicht. Dann lache ich plötzlich. Okay, alles klar, uns so zu verarschen! Ich gucke Paul an und warte darauf, dass er mitlacht, von mir aus, dass er uns auslacht, ich blicke zu Ella, die drauf und dran war, Paul einen Vogel zu zeigen, und jetzt nur etwas unschlüssig sagt: »Du spinnst«, und zu grinsen versucht. Das letzte Grinsen, bevor man sich in die Hosen scheißt.

Paul mustert Ellas Teppich, bis ich frage, auch auf die Gefahr der Komplettblamage hin: »Das ist doch nicht dein Ernst, oder?«

Sein Aufblicken lässt mich erst mal wieder innerlich nach hintenüberfallen. Ich vergesse manchmal, dass er diese Augen hat. Zumindest versuche ich es, ha.

»Of course, it is!«

Klingt wie: Na, was denkt ihr denn? Dass ich bullshit rede? – Ja, in gewisser Weise denken wir das wohl.

»Sie haben gesagt, ich soll wiederkommen. Sie sind nicht schlimm. Sie waren nett. Aber ich hatte Schwierigkeiten zu verstehen alles.«

»Dat kann'k mir vorstelln, ey!« Ella lacht kurz auf.

»Yeah, exactly! Ihr sprecht auch so, ich mein, wenn ihr nicht mit mir seid?«

»Nee!« Wir gucken uns an, Ella und ich, und wir lachen. Wir lachen es einfach weg, okay?

Paul sagt: »Ihr könnt euch etwas wünschen jetzt.«

»Etwas wünschen?« Noch mal das Gleiche, wir kriegen uns gar nicht mehr ein. Fast kommt es mir vor, als lachten wir Paul aus. Er lacht mit.

»Ja«, sagt er, »weil ihr habt das Gleiche, also, zur gleichen Zeit, I mean, wenn man sagt zusammen das Gleiche, dann kann man sich etwas wünschen und muss so machen mit die Finger«, und er nimmt unsere Hände und legt jeweils unseren Zeigefinger und Daumen zu einem Ring zusammen und beide Ringe ineinander. »Und jetzt wünschen! Aber nicht sagen!«

Ich spüre den Abdruck von Pauls Fingern auf meinen und weiß nicht, was ich mir wünschen soll. Ich kann mich nicht entscheiden.

»Fertig?«, sagt Ella.

Ich möchte wissen, was sie sich gewünscht hat. Wahrscheinlich etwas, das nicht völlig im Bereich des Unerfüllbaren liegt. Beziehungsweise von dem sie das nicht glaubt. Vielleicht ist das das Gleiche.

Paul sagt: »Wirklich, sie sind okay.« Weg. Einfach. Es. Lachen. Wir. »Ich glaub, sie sind einfach langwei-, no, eh ...«

»Langweilig? Ja, das glaub ich auch.« Langweilig ist gut.

»Nein, das andere. Sie haben Langweile, sagt man so?«

»Ja, das auch. Langeweile, die: eine gefährliche, ansteckende und nicht selten tödliche Krankheit, siehe ›todlangweilig‹, die, nicht behandelt, im Endstadium oft mit dem Gebrauch von Kraftausdrücken und Anfällen von Zerstörungswut einhergeht. Von Kontakt mit Betroffenen wird dringend abgeraten.«

Paul lacht, Ella guckt mich an, als hätte ich auch irgendeine Krankheit, dann grinst sie ein bisschen. Ich habe Paul zum Lachen gebracht.

Er fragt: »Was ist das, ›Kraftausdrücken‹?«

»Scheiße«, sagt Ella. »Mist, Kacke, verdammte Scheiße, verfluchte Scheiße, Scheißdreck, Fuck, fick dich, verpiss dich, du Arsch, Arschloch, Drecksau, schwule Sau, Missgeburt, leck mich, Wichser. Stinktier. Fotze. Halt die Fresse!«

»Wow!«, sagt Paul.

Ella rollt mit den Augen. »Ist eben *mein* Lexikon.«

»Klingt, als wärst du heimlicher Stammgast auf der Elpe«, sage ich. Sie guckt mich an, fast erschrocken, als würde ich das ernst meinen. Ich lache.

»Jedenfalls, wir können hingehen«, sagt Paul. »Ich soll ›die Mädchen‹ mitbringen. Das ist, was sie sagten.«

»Was?« ›Die Mädchen‹ mitbringen! Das haben sie sich so gedacht! Wie doof sind die eigentlich? Und Paul fällt dadrauf rein. Sorry, Sweetie, aber da muss ich jetzt leider einen eindeutigen Minuspunkt notieren. Hätte ihn gar nicht für so naiv gehalten. Fast zufrieden sehe ich ihn an. Er lächelt. Er versteht es falsch.

»Ja«, sagt er. »Und ich denke das auch.«

»Was denkst du auch?«

»Dass es gut ist, würde sein, wenn ihr – also, wenn ihr mitkommt.«

»Wieso?«, brummt Ella. »Traust dich wohl nich mehr alleine.«

Und Paul: »Nein, es ist, weil: ihr traut euch nicht alleine.«

Er lächelt, lächelt den Teppich an. Es ist zum Aus-der-Haut-Fahren. Weil er recht hat. Weil er nicht recht hat.

»Ich will da gar nicht hin!«, stoße ich bloß hervor.

Paul legt lächelnd den Kopf schief, sieht tief unter seinen Mädchenwimpern zu mir auf: »Du kannst es nicht wissen, bevor du nicht warst dort.«

Und bevor ich noch irgendeinen Widerspruch einlegen kann, denn, oh ja, *solche* Situationen werden mich nicht wehrlos finden, ich rieche alle Arten von Besserwisserei, Belehrung, Wir-wollen-doch-nur-dein-Bestes drei Lichtjahre gegen den Sonnenwind, also – noch bevor ich überhaupt die sich wie böse Schlangen windenden Lippen auseinanderkriege, gelingt es Paul, dem Schlangenbeschwörer, die unsichtbaren Fäden zuerst meines, dann Ellas Blicks mit einem Ruck an sich zu ziehen und uns einzuflöten: »Ich möchte, dass ihr mit mir zu die Elpe geht, heute abend. Ich bitte euch.«

Er sagt es wie auswendig gelernt. Vielleicht ist es gerade das. Ich merke, dass auch er nervös ist. Auf Ella macht das keinen Eindruck, und ich sollte sie dafür bewundern.

»Nein! – Ich geh da nich hin!« Und ihre Stimme vibriert wie die tiefste Seite von Paul McCartneys Bass, ein Instrument, das nicht klagt, nicht aufheult. Sie geht raus, ich lausche auf das Knarzen jeder einzelnen Stufe, dann eine Stille wie der zunehmende Druck bei einem Tauchgang. Ich bin noch nie getaucht.

Paul sieht mich erwartungsvoll an. Als er endlich blinzelt, sage ich leise: »Warum.« Und dann: »Okay.«

Es ist mir egal plötzlich. Ich kann nichts mehr denken. Bloß noch: Das wird die Hölle. Aber es wird eine Hölle mit Paul, mit Paul.

Wir gehen schweigend die Treppe runter, das Knarren hilft, es klingt wie immer. Unten finden wir Ella im Dunkeln, sie starrt aus dem schwarzen Fenster.

»Hört ihr das?«, fragt sie, wir hören nichts, wurschteln uns im Dunkeln schnell unsere Schuhe an, ertasten unsere Jacken. Als wollten wir niemanden stören, auch nicht uns selbst. Paul öffnet die Tür, ich drehe mich noch mal zu Ella um, sie guckt kurz in meine Richtung und dann wieder aus dem Fenster. Das Fenster sieht absolut undurchsichtig aus und Ella mehr wie eine Besucherin in einer Ausstellung für moderne Kunst, die ratlos, aber verbissen eine einfarbige, vielmehr nichtfarbige Fläche mustert. Sie versucht gar nicht hindurchzusehen.

»Bis morgen«, sage ich und ziehe die Tür hinter mir zu. Eine von diesen Türen, die laut ins Schloss fallen und die man deshalb so langsam zumacht, dass man zwischendurch die Geduld verliert und denkt, man kriegt sie niemals zu.

Schritte wie auf Eiern, auf Paul zu. Ich kann nicht erkennen, ob er lächelt. Ich würde es nicht mal sehen, wenn er mir die Zunge rausstreckte. Die Hände in den Hosentaschen, stapfen wir los. Ich stelle mir vor, Paul hätte mir seinen Arm angeboten, die feine englische Art sozusagen, ich hätte mich überhaupt nicht gewundert, ich hätte es irgendwie sogar angemessen gefunden. Aber meine Güte, wir gehen zur Elpe, nicht zum Opernball. Den ersten Walzer meines Lebens werde ich auf dem Abiball tanzen, in einem dreiviertel Jahr, mit Papa, und wir werden uns gegenseitig auf die Füße treten.

Ich kann sie hören, die ganze Zeit schon, und je näher wir der Elpe kommen, desto mehr habe ich den Eindruck, ich könnte sie auch riechen, das kann nur Einbildung sein.

»Riechst du das?«, fragt Paul, wir sind fast da, und er meint den Geruch von Gras oder Haschisch, den ich jetzt auch in der Nase habe. Ich hatte mehr an kalten Qualm und ungewaschene Körper gedacht. Von ungehemmten Rülpsern geschwängerte Bierluft.

»Not too pretty, this shit they got«, sagt Paul und grinst mich an. »Pretty shitty, I'd say, but never mind.«

»What?«, frage ich, und wieso sind wir jetzt plötzlich englisch unterwegs. Ich meine, nicht dass ich was dagegen hätte, aber es macht mich nervös. Als bräuchten wir mit Überschreiten dieser Grenze einen neuen Code, der uns zu Fremden macht. Ein Tarnspiel. Aber was, wenn ich das verwechsle: wenn es nicht gerade anfängt, sondern gerade aufhört?

»Bestimmt wir können rauchen mit ihnen.«

Sein Deutsch ist schlechter als sonst, aber ich bin erleichtert, ich denke an Herpes und sage: »Na muss auch nicht sein.«

Jeden Schritt von mir macht jemand anderes. Die Abenteurerin. Die Coole. Die Vorurteilsfreie. Die Feldforscherin. Die Treue schlechthin. Die vor Liebe Erblindete, pah. Keine Ahnung, wo die alle herkommen, aber ohne sie käme ich keinen Meter vorwärts. Ein Tappen im Dunkeln ist das hier sowieso, kein Weg, kein Licht, hier muss man sich auskennen. Mein Fuß bleibt in irgendwas hängen, Stacheldraht, verdammt, wer hat den da hingelegt? Niemand, natürlich.

Paul steht schon am Eingang zur alten Traktorenhalle und wartet auf mich. Ich bin mitten im Stacheldrahtgestrüpp stehen geblieben, gefangen wie ein dummes Tierchen. »Paul«, sage ich.

Und er: »Komm.« Er läuft die paar Meter zu mir zurück, er hält mir seine Hand hin und sagt noch einmal: »Komm.«

Und ich wünschte, dies wäre ein altmodischer Film, in dem ich einfach in Ohnmacht fallen könnte. Dabei habe ich das nie geglaubt, ich meine, dass das überhaupt geht, wegen eigentlich nichts in Ohnmacht zu fallen, und geradezu absichtlich. Und diese Einfaltspinsel, die sich von so viel Vorsätzlichkeit übertölpeln lassen oder auch nur wohlerzogen so tun, als ob, wenn sie die Dame auffangen und besorgt sind. Aber in diesem Augenblick wünschte ich, ich würde diese Praktik ebenfalls beherrschen, und Paul würde mitspielen. Ich nehme seine Hand.

Er zieht die klapprige Tür der Halle auf, und wir gehen hinein. Es ist kein bisschen wärmer als draußen, und im ersten Moment kann ich wenig erkennen. Ein paar Jugendliche hocken im Halbkreis, die Beleuchtung liefern Kerzen, was einen merkwürdigen Gegensatz bildet zu dem Gegröle und Gegackere, das uns entgegenschlägt. Obwohl es so laut ist, werden wir sofort bemerkt, worauf ein paar Jungs in freudiges Johlen ausbrechen.

»Kommt rin«, ruft einer uns entgegen, ich glaube, er wird Ecki genannt, wie sein Säufer-Vater, Knast-Ecki, wie sie sagen, von Eckhart, und wahrscheinlich weiß auch bei seinem Sohn keiner, wie der mit Vornamen heißt. Paul geht auf ihn zu und sagt hallo, ich bleibe einen halben Schritt hinter ihm, fast hinter seinem Rücken, der zu schmal ist, um ein Versteck zu bieten, einen Schild. Das passiert nicht wirklich, das passiert doch nicht wirklich, die Mädchen beäugen mich misstrauisch und kichern. Ecki grinst an Paul vorbei mich an und zieht dabei die Augenbrauen hoch, ein Clownsgesicht, denke ich. Ich hasse Clowns. »Klon« haben wir früher gesagt, und daran musste ich denken, als das Wort in Bio zum ersten Mal auftauchte und sich die Unheimlichkeit der einen mit der der anderen Existenzform zu vermischen begann. Zunächst färbte der ›Clown‹ auf den ›Klon‹ ab, den ich mir fortan als böse lachenden, hohlen Doppelgänger dachte. Dann gewann der ›Klon‹ die Oberhand und ließ mir alle Clowns der Welt als Produkte einer ungeheuren Vervielfältigung erscheinen, denn sind sie nicht wirklich alle gleich mit ihrer Schminke, hinter der sich wer weiß was verbirgt, mit ihrem mechanischen Lachen und den dürftigen Späßchen, die sich allesamt wie eine Tarnung, eine Ablenkung von etwas dahinter Lauerndem ausnehmen? Vielleicht ist Ecki ein Klon. Nicht nur der nicht weit vom Stamm gefallene Apfel. Sondern mit Stumpf und Stiel eine verjüngte Kopie des schon verrottenden Ausgangsapfels. Vielleicht sind sie das alle hier. Vielleicht ist es das. Was gerade nur einen unförmigen Gedanken durch meinen Kopf jagt: Ich muss hier weg. Scheiße, es ist alles genau so, wie ich dachte, aber ich kann doch einfach gehen, oder nicht, warum gehe ich nicht. Wegen Paul? Romy, du hast ne Macke.

Paul setzt sich auf eine alte Decke neben Ecki, neben den Häuptling, denke ich und muss kurz schmunzeln. Mir wird ebenfalls Platz gemacht, »eh, rutsch ma«, sagt das Mädchen neben Paul zu ihrer stämmigen Nachbarin und stößt sie dabei mit dem Ellenbogen in die Rippen; die sagt »au!« und schielt zu mir hoch, bevor sie ihren Hintern ein winziges Stück zur Seite schiebt. Die andere versucht es mit mehreren dumpfen Hopsern, womit es ihr gelingt, die Dicke noch ein wenig weiter zu drängen und endlich eine Lücke frei wird, in die ich hineinpasse, geradeso. Die Hopserin guckt mich kurz an, »geht't?«, fragt sie zu laut, ich nicke. Mit den angezogenen Armen auf den angezogenen Beinen »geht't«. Sie heißt Sabrina Rütz, so viel weiß ich, hin und wieder läuft sie mir über den Weg, manchmal grüßt sie, ein kurzes Piepsen, manchmal nicht. Sie ist so zugeschminkt wie die anderen und dreht schon die ganze Zeit an einer Haarsträhne, auf deren Ende sie gedankenlos rumkaut.

»Eh, Rützer, haste Hunger, oder wat?«, ruft ein verpickelter Typ ihr zu und lacht, die Meute stimmt ein.

»Halt die Klappe, Hoschi!«, sagt Sabrina und lässt die Strähne los.

Ein Joint wird rumgereicht, ich gucke zu, wie er zwischen den dreckigen Fingernägeln jedes Einzelnen aufglimmt.

»Reicht jetzt, Börner, wolln auch noch andre wat von«, grunzt einer seinen vor sich hinstierenden Nebenmann an und wirft einen Blick zu Paul und mir rüber. »Oder?«

Paul lächelt, ich traue mich nicht, mit dem Kopf zu schütteln, um keine Grundsatzdiskussion über Haschischkonsum heraufzubeschwören. Beziehungsweise darüber, warum ich überhaupt nichts dagegen habe, aber überhaupt nicht will. Das kommt selbst mir im Moment ein bisschen zu komplex vor. Ich hoffe, dass das Ding aufgeraucht ist, bevor ich dran bin. Der, der Börner genannt wurde, zieht noch einmal schnell und trennt sich dann von dem Jointrest, ohne seinen Kopf auch nur einen Zentimeter aus der einmal einjustierten Stierrichtung zu bewegen, nur sein Unterarm schwenkt kurz zur Seite. Plötzlich geht mir ein Licht auf. Burner. Nennen sie ihn deshalb so? Weil er mehr als alle anderen von dem Zeug verbrennt? Das ist ja geradezu – originell. Dann fällt mir wieder ein, dass er wirklich so heißt. Dass er zu »die Börners« gehört. Romy, was ist denn bloß los?

Mir fällt auf, dass keiner von denen versucht, beim Rauchen irgendwie cool auszusehen, wie die meisten bei uns in der Pause auf der Raucherinsel. Hat man erst mal mit Eintritt in die Elfte das Privileg erworben, sich dort hinbegeben zu dürfen und nicht mehr heimlich auf dem Klo rauchen zu müssen, wo es ja kaum einer sieht, würde man sich natürlich lieber selbst entleiben, als zuzugeben, dass die Coolness eigentlich nicht besonders gut schmeckt, oder gar zu husten oder irgendwas hinterherzutrinken, weils vielleicht erst die fünfte Zigarette ist, die man sich in seinem jungen Leben zuführt. Was bei denen hier sicher nicht der Fall ist, trotzdem verziehen einige das Gesicht nach jedem Zug wie in Schmerz oder Verachtung, kippen eilig Bier hinterher oder spucken aus. Husten ohne Hand davor ist auch ziemlich angesagt. Außer bei Ecki. Das seh ich ja sofort. Schon, wie er Paul eine Zigarette angeboten hat – mir übrigens nicht, wahrscheinlich sieht man es mir an, alles – und bei Pauls Kopfschütteln die Augenbrauen hochgezogen und sich selbst eine in den Mundwinkel gesteckt hat, und zwar so, als würde er das schon mindestens seit dem Kindergarten machen. Nur, dass es eben genau deshalb nicht so aussieht. Sondern wie bei unseren schmalbrüstigen Jungs.

Wer wirklich was auf sich hält, dreht natürlich selber, hantiert umständlich mit Tabak, Papers und Filtern rum und tut somit ganz nebenbei der Allgemeinheit kund, dass er durchaus in der Lage ist, eine ordentliche Tüte zu bauen, und dies, na logisch, auch regelmäßig zur Ausführung bringt. Der Einzige, der nicht so ein Gewese drum machte, war Tobias. Er rauchte schon, wenn alle anderen noch rumfummelten, was mir unbewusst wohl immer als eine Metapher erschien für sein ganzes Tobias-Sein, ein Symbol, in jeglicher Hinsicht. Es machte mich noch schüchterner, als ich ohnehin bin. Ich glaube, es ist wirklich so rum: dass ich mich genau deshalb in ihn verliebte. Er war, auf eine alternative Art, einfach mal der tollste Typ an dieser Schule. Was nun auch wiederum nicht *so* schwer war. Ich erwog sogar, seinetwegen mit dem Rauchen anzufangen, ich probierte heimlich mit Papas Zigaretten, ich kaufte mir Tabak samt Zubehör, was in Anklam schon ein ziemliches Unterfangen ist, beobachtete Tobias tagelang beim Drehen und brach mir selbst fast die Finger. Diese Gurken waren kaum anzuzünden. Ich unterdrückte das Husten und spürte den Schwindel, den Geschmack trachtete ich so schnell wie möglich wieder loszuwerden. Mir gefiel nur die Geste, die Pose. Ich beschloss, dass mir die Pose genügen würde. Es gibt Situationen, in denen muss man eine rauchen. Zum Beispiel jetzt. Also lege ich den Kopf ein bisschen zurück und schalte auf Innenmodus, betrachte mich selbst, wie ich den Rauch einer GITANE ohne Filter ausstoße, direkt in Eckis aufdringliche Augen.

Von der Zehnten zur Elften steigt der Raucheranteil besonders unter den Mädchen sprunghaft an. Schon allein, um ihren Angebeteten aus der Zwölften nun endlich durch Einheit von Zeit, Ort und Handlung ein Stückchen näher zu kommen. Drehst du mir eine, Christian, Andy, Matze, Tobias? Ja, klar. Sogar die Nichtraucher stehen auf der Raucherinsel. Ich auch. Der Herdentrieb und so weiter, Tobias. Seit einiger Zeit gelingt es mir nicht mehr, mir sein Gesicht vorzustellen, das hat mich zuerst ganz verrückt gemacht. Jetzt flackert bei jedem Versuch ein anderes dazwischen, von dem ich mich ablenken lasse. Die Raucherinsel war nach den Sommerferien ohne ihn wie eine leere Zigarettenhülse, ich sog die Luft ein, besser als gar nichts. Und schließlich kann man nicht ewig und abgesondert im tiefen Schatten des Schulgebäudes seine Stulle mümmeln, umgeben von Neuntklässlern. Wie froh man damals war, endlich neunte Klasse zu sein und in dieses Gebäude wechseln zu können und nicht mehr das Geschrei der Fünftklässler in den Ohren zu haben, auch wenn man dadurch plötzlich wieder von den Ältesten zu den Jüngsten wurde. Jetzt wieder die Ältesten. Und dann? Das hört ja nie auf.

Im Moment, in dieser Runde, komme ich mir viel älter vor, beinahe tantenhaft, ein Klon meiner Mutter. Und gleichzeitig viel jünger, entsetzlich jung und unerfahren, wie ich hier so zusammengefaltet hocke und keinen Piep sage. So muss ich auf sie wirken, oder, sowohl als auch. Wahrscheinlich sagt deshalb keiner was zu mir, flitzen ihre Blicke immer ganz schnell weg. Sie wissen ja, dass ich zwei, drei, vier Jahre älter bin als sie. Aber das scheint in ihren Augen kein Vorteil zu sein. Eine Achtzehnjährige hätte hier nichts, was eine Vierzehnjährige nicht auch hat, inklusive wechselnder Geschlechtspartner mit Auto. Nur dass die Achtzehnjährige ihre eigene Sozialkohle abfassen oder sich die Woche über in irgendeiner Hotelfachfrau-Lehre verdingen kann, bestenfalls. Aber das interessiert doch keinen, nicht mal die Achtzehnjährige.

»Willst du?« Paul hält mir den letzten Stummel des Joints vor die Nase.

Ich starre auf seine weißen Finger und frage mich, wie lange er ihn wohl so halten könnte, ohne sie sich zu verbrennen. Oder wie er ihn mir übergeben, ich ihn annehmen sollte, wo doch gar kein Ende zum Annehmen mehr da ist. Ich schüttele den Kopf, und Paul drückt ihn schnell aus, die blöden Weiber kichern schon wieder. Eine sitzt mir gegenüber, ich nehme sie ins Visier, sie guckt weg, ich nicht, ich gucke sie einfach an, bis sie wieder hochguckt und sagt: »Is wat?«

»Nö«, sage ich. »Oder is was?«

Der Kleine neben ihr lacht meckernd auf, worauf auch die anderen in Heiterkeit ausbrechen. »Toffi, eh!«

Ich glaube, Paul grinst auch, aber ihn kann ich nicht ansehen, ich konnte die ganze Zeit noch nicht seinen Blick suchen, sein Gesicht, seine Augen, da klafft eine Lücke, ich starre auf den sandigen Betonboden vor mir und bin wie blind. Ich sage mir, ich kann ihn nicht ansehen, weil er direkt neben mir sitzt. Ich weiß nicht, was ich damit meine. Ich kann ihn nicht ansehen, weil er neben mir sitzt und sich ein Bier mit Ecki teilt.

»Habt ihr noch n Bier?«, frage ich.

Ecki schnalzt mit der Zunge. »Eh, Gniedeck, ham wir noch n Bier?«

Gniedeck, der bisher nicht wesentlich zur Unterhaltung sowie auch nicht zur Luftverbesserung beigetragen hat, weil er die ganze Zeit in das Malträtieren einer Kerze vertieft war, indem er verschiedene Gegenstände, unter anderem seine Stiefelkappe, in ihre Flamme hielt und ihren Wachskörper mit zahllosen Einstichen und Ritzungen versah, aus denen tröpfelnd ihr Lebenssaft abfloss, lässt jetzt wie aufgeschreckt von seinem Lustobjekt ab, langt hinter sich und kramt eine Büchse STIER-BIER hervor.

»Dat Letzte«, sagt er. Ich muss grinsen. Weil er nicht merkt, dass das keine rein quantitative Angabe war. Er reicht es Ecki rüber und Ecki mir.

»War eigentlich meint, ne«, sagt Börner und schielt zu Ecki hoch. Ecki feixt.

»Könnt't euch ja teilen«, kichert die Dicke neben Sabrina.

»Danke, nich nötig«, sage ich.

Ecki klopft sich auf die Schenkel. »Ha!«

Toffi glotzt mich an wie ein Auto. Börner nimmt wieder seine stoische Haltung ein. Der Name ›Stier-Bier‹ wird bei ihm auf eine ganz neue Bedeutungsebene gehoben.

Als ich den Verschluss in die plötzliche Stille hinein knacken lasse, kommt es mir vor, als hätte ich ein Geräusch in der Preisklasse von Rülpsen produziert. Keiner sagt mehr was, alle gucken sie ihre Schnürsenkel an und sehen aus, als würden sie irgendwas Entscheidendes erwarten. Von mir? Von Paul? Von Zeremonienmeister Ecki?

Die beiden reden auch nicht miteinander, und ich dachte, wunder wie sie sich schon angefreundet hätten. Sie grinsen sich nur ab und zu an, und einmal hat Paul mit den Schultern gezuckt und Ecki ihm kurz draufgeklopft.

»Also, ick geh jetz«, sagt ein Mädchen und steht wie in Zeitlupe auf, so, als müsste sie erst ihre langen Gliedmaßen sortieren. Als sie sich vollständig aufgerichtet hat, wirkt sie geradezu imposant, zumal aus der Froschperspektive. Eine Störchin, die noch unentschlossen scheint, welchen der Frösche unter ihr sie aufpicken soll oder ob sie ihr nicht doch alle zu unappetitlich sind. Einen Moment steht sie noch so rum, keiner verabschiedet sie, keine von den anderen sagt, wart ma, ick komm mit. Dabei dachte ich, jetzt geht das große mädchenhafte Domino-Aufbrechen los. Erst als sie sich zum Gehen wendet, ruft der Picklige ihr nach: »Ey, musste in die Heia oder wat, Jacqueline?«

»Nee«, sagt Jacqueline, »oder heiß ick etwa Sandro Möller?«

Sie bleibt stehen und dreht sich um. »Na los, Möller, husch, husch nach Hause, sonst gibt't wieder Mecker von Mutti! Aber denk nich, da'ck mit dir zusammen geh, du Spanner! Denn bleib ick ja lieber noch hier und langweil mich zu Tode!«

Sandro Möller sagt: »Fotze!« Eher verhalten. Und dann, lauter, als hätte es ihn erst einige Überlegung gekostet: »Du hast mir gar nix zu sagen, Jacqueline Bölschow, damit dat klar is, ja? Und wenn dir dat hier zu langweilig is, denn brauchst ja uch nich mehr herkomm'!«

Na, das ist ja mal ein Wort. Kann ich mich also auch in Zukunft davon suspendieren.

»Denn hättste ja keinen mehr, dem de uffe Titten glotzen kannst«, lässt Jacqueline noch verlautbaren, bevor sie die Tür hinter sich zuknallt.

»Pissnelke!«, sagt Ecki.

»Pissnelke!«, wiehert Toffi, »Wo haste denn dat her, Ecki? Pissnelke, eh!«

Sabrina neben mir versucht, ein Kichern zu unterdrücken. Ecki guckt zu ihr rüber und sagt: »Von meim Vadder. Hat der immer über die Tussi inner Kneipe gesagt, wie dat hier noch die Kneipe gab, drüben in dat Kulturhaus, wo er immer mit mir hin is, wo ick noch lütt war. Dat weiß ick noch, wie er dat immer zu die gesagt hat, wenn se ihm kein Bier mehr geben wollt, oder kein Schnaps. ›Pissnelke‹ hat er denn immer zu die gesagt, und so laut, dat uch alle dat hörn konnten! Manchma uch zu meine Mudder, wie se noch da war. Nu hat er ja keinen mehr, zu dem er dat sagen kann.«

»Außer dir, wa?«, platzt die Dicke zwischen zwei Kaugummiblasen hervor.

Die Jungs grölen. Ecki sagt: »Dat merk ick mir, Erna«, er grinst sie an, »dat merk ick mir!« Ein böser Clown.

»Ick heiß nich Erna«, mault die Dicke.

»Klar, Erna«, sagt Ecki. »Oder, Sabrina, die heißt doch so, oder? Oder wie heißt die, deine Freundin?«

Sabrina guckt nicht mal hoch.

»Na los, sag doch! Die hier wolln dat vielleicht uch ma wissen, hh?«

Ich will gar nichts wissen.

»Anne«, sagt Sabrina. »Dat weißt du ganz genau.«

»Anne!«, johlt Ecki, »Anne, die dicke Wanne!«

Alles lacht.

»Is doch nu egal, Anne oder Erna! Beides beschissen!«

Ich trinke mein Bier, das irgendwie auch nicht weniger wird. Überlege, ob diese kalte Plürre es besser oder schlimmer macht.

Der gute Sandro muss noch was loswerden: »Die geht doch jetz bloß mit ihrm Köter ficken, wa, Börner?«

Schlimmer.

»Bist nu langsam ma fertig, Möller?«, sagt Ecki.

Dann wieder allgemeines Geschweige, geradezu andächtig. Vielleicht verstehe ich einfach das Muster nicht. Nach dem hier – ja was? …

»Wieso kommste eintlich nich öfter ma her?«

Was? Die Frage erscheint mir komplett unsinnig, unsinniger als jede Verlegenheitsbemerkung. Aber Ecki nimmt mich lauernd aufs Korn; ich weiß, er wird nicht wegsehen, bevor ich nicht geantwortet habe. Das Leben ist ein einziges Tribunal. Ich denke, nur deshalb bin ich so gerne alleine. Es ist schon anstrengend genug, sich ständig vor sich selbst zu rechtfertigen.

»Na ja – ich glaub, ich hab den gleichen Grund wie Jacqueline.«

»Wat? Wat soll dat denn jetz heißen?«

Ich habs geahnt.

»Gehste etwa uch mit dein Köter …«

»Schnauze, Mann!« Sandro Möller verabreicht Börner einen Katzenkopp und schmalzt mich dann auf eine unwahrscheinliche Weise an. »Musste nich druff hörn, wat der Arsch sagt!« Seine Blicke heften sich an eine Stelle knapp unterhalb meines Kopfes, als sei er sich noch nicht so ganz sicher, ob er jetzt dahin starren soll, wo bei Jacqueline ihre nicht unerheblichen Brüste angebracht sind. Oder ob es sich lohnt. Es lohnt sich nicht, schon allein, weil meine Knie einen langsam versteinernden Schutzwall bilden. Trotzdem kommt mir meine Jacke und jede Schicht darunter plötzlich durchsichtig vor.

»Achso«, sagt Ecki, »du findst dat wohl uch langweilig hier?«

Es klingt wie eine dieser Fragen, die man besser nicht mit ja beantwortet.

»Ja.« Was soll ich sonst sagen. Allerdings. Mein ›ja‹ war nicht gerade ein ›allerdings‹.

»Wieso?«, bohrt Ecki. »Wat machstn du so in deine Freizeit?«

Etwas Unsagbares. Etwas hier absolut Unsagbares.

»Lesen.« Ich merke, wie mir die Hitze ins Gesicht steigt, als hätte ich gerade ein äußerst abartiges Hobby zugegeben, ein Laster. Abartig ist aber auch relativ.

»Lesen?« Ecki scheint sich langsam zu fragen, ob es eine seiner besseren Ideen war, mich herzubestellen.

»Haste n Freund?«, fragt Sandro Möller. »Nee, wa?«

Durchsichtig ist gar kein Ausdruck. »Nee.«

»Wusst ick!«

»Vleicht will se dat uch bloß nich sagen«, Ecki grinst, »wegen dem da.« Ein Kopfzucken in Pauls Richtung. Mir wird allmählich klar, warum Ecki hier der Anführer ist. Er hat mehr Phantasie als die anderen. Paul sieht mich an, sieht mich nach einem halben Jahrhundert wieder an, es ist wie ein Schock, als würde jemand, den man längst verschollen glaubte, plötzlich vor einem stehen, Kriegsheimkehrer oder so, und nur deshalb werde ich rot. Ich sage mir, dass er wohl nicht alles verstanden hat.

Ich schüttele mit dem Kopf, mehr für ihn.

»Willste ihn als Freund haben«, Sandro Möller fixiert mich, »na, ick mein, würdste mit ihm ... also, na ... weißt schon ...«

Gekicher. Ich gucke Sandro Möller an, direkt auf seine Eiterpickel.

»Na ... weißt schon«, nuschelt er.

»Mann, nu lasst ihr doch ma in Ruhe!« So wie Möller vorhin schwingt sich auf einmal Ecki zu meinem Beschützer auf. Ich wünschte, ich hätte einen anderen. Nein. Ich wünschte, ich könnte mein eigener Beschützer sein.

»Hängste denn nie mit andern Leuten rum?«, fragt Ecki, beinahe verständnisvoll.

»Doch«, sage ich. »Manchmal.«

»Ja? Mit wen denn so?«

Ich zucke mit den Schultern. »Kennt ihr nich.«

»Nee? Biste nich öfter bei die komische Wachlowski, ick hab euch doch da ma gesehn neulich.«

»Ja, na und?«

»Na, ick mein, wat willstn da, ick mein, die hat doch ganz schön ein' anner Waffel, oder?«

»Wieso?«

»Weiß ick doch nich, wieso, aber sagen die doch alle. Ick seh die noch, wie die da damals mit Stucker, na, ick sag nix ...«

»Eh, wat denn, Ecki?«

»Sag doch ma!«

»Nee.«

»Wollt die nich heut Abend eintlich mitkommen?«, fragt Toffi.

»Mann, Toffi, biste scharf uff die?«

»Nein, wollte sie nich«, sage ich in das Gelächter hinein. Was war das eben? Mir ist komisch auf einmal. Was als Verteidigung einer Freundin gedacht war, wird zur Verteidigung einer Fremden.

»Na, jeenfalls, wollt ick bloß ma sagen«, Ecki nimmt plötzlich den Blick von mir weg, »jeenfalls, kannst ja uch öfter ma hierherkomm.«

»Keine Zeit«, sage ich prompt.

Wie auf ein Stichwort hin wacht Gniedeck plötzlich auf: »Wieso?«

Ja, wieso? Ich kann doch jetzt nicht noch mit irgendwelchen – nicht existenten – Pflichten im Haushalt oder gar Hausaufgaben kommen.

»Ach, na ja, da red ich eigentlich nich drüber.«

Ich hätte nie gedacht, dass es so leicht ist, von einem Augenblick auf den anderen zur interessantesten Person in einer Gruppe von Leuten zu werden, die sich so recht für nichts interessieren.

»Wieso?«, sagt Gniedeck noch einmal. Vielleicht ist es das einzige Wort, das er nach der Kerzenschlachtung noch zwischen seinen Wortschatzstümpfen aufstöbern konnte. Im Moment ist es für alle das einzige Wort.

»Na los, sag doch!«

»Kannste ruhig sagen, wir erzähln dat uch nich weiter!«

»Is dat wat mit Drogen?«, fragt Börner.

Ich lächle.

»Nein«, sage ich, »mit Hasen. Es is wegen den Hasen.«

»Hasen? Wat denn für Hasen?«

»Züchteste Karnickel, oder wat? Wie mein Opa?«

Sabrina kriegt einen Lachanfall.

»Karnickel!«, sage ich verächtlich. »Wenn ich Hasen sage, dann mein ich auch Hasen, noch nie n Hasen gesehn?«

»In echt?«, fragt Toffi.

Und Ecki: »Nee, im Fernsehn, Mann!«

Alle gackern nur kurz auf, aus Angst, irgendwas Erhellendes zu verpassen.

»Und wat is nu mitte Hasen?«

»Was soll damit schon sein? Fell ab und ab in den Kochtopf. Meine Mutter macht den besten Hasenbraten weit und breit. Schon mal Hasen gegessen?«

»Wie jetz? Wo haste die denn her?«

»Wo ich die herhab? Na, wie stellt ihr euch das denn vor? Dass die mir zugelaufen kommen? Nee, da muss man schon selber was für tun, und da braucht man eben Zeit für. Jede Menge Geduld, ich weiß nich, ob ihr Geduld dafür hättet, kann ich mir eigentlich nich vorstellen. Man muss da auch alleine gehen, sonst is ja gleich der ganze Wald in Alarm. Ich bin oft da draußen, hier quer übers Feld, ich kenn die Stellen. Wo man gut Hasen aufstöbern kann. Meist unter Baumstümpfen.«

»Du gehst uff Hasenjacht?«

»Ja. Sprech ich irgendwie undeutlich?«

»Na, nee, aber …«

Dem guten Ecki dämmerts langsam, dass man noch geilere Sachen machen kann, als an die Blumentapete von nem ausgeweideten LPG-Büro zu pinkeln.

»Mitm Gewehr?«

»Nee-e«, sag ich. »Mitm Messer.«

»Echt?«, fragt Toffi.

Ecki guckt mich nur noch ungläubig und irgendwie auch leicht säuerlich an.

»Na, ich nehm doch kein Gewehr in die Hand. Auch viel zu auffällig. Nee. Man muss sich nur einfach vors Loch setzen und lange genug warten. Irgendwann kommt schon einer raus. Aber man darf da nich dösen. Da muss man nämlich schnell sein, ganz schnell zupacken, und in der andern Hand muss man schon das Messer bereit haben, und dann zack, die Kehle durch. Ein Schnitt, keine Pfuscherei.«

Das Mädchen neben Toffi, höchstens dreizehn, reißt die Augen auf. »Du machst die tot?«

Ich bin kurz irritiert, weil die Betonung auf ›tot‹, nicht auf ›du‹ liegt.

»Na, denkst du, ich führ die an der Leine spazieren?«

Nervöses Lachen. »Und wie viele haste da schon so gefangen?«

»Na, so – vielleicht ungefähr zwanzig.«

»Zwanzig?«

»Na ja, man kriegt ja auch nich immer einen. Paar sind mir auch durch die Lappen gegangen, muss ich ja zugeben. Manchmal fängt man lange keinen. Dann muss eben was andres her, das staut sich sonst so an. Wisst ihr, wie bei Katzen, wenn die lange keine Maus fangen und einem dann in die Hacken krallen.«

»Und wat fängste denn?«

»Na ja, sollt ich vielleicht nich sagen, aber, na ja … wir sind ja hier unter uns. Hunde.«

»Wat?! Du killst Köter?!« Eckis Stimme hat Mühe, nicht im Überschlag hängen zu bleiben.

»Na ja, so würd ich das nich nennen. Is ja auch leichter mit denen, die sind ja zutraulicher. Is euch noch nich aufgefallen, dass es n paar weniger geworden sind im Dorf? Die meisten denken dann ja sowieso, dass ihr Wauwi eben abgehauen is.«

»Mann, spinnst du? Ick könnt dich anzeigen deswegen!«

»Ach, Ecki, tu dir keinen Zwang an. Übrigens hab ich mir Jacquelines Westi schon ausgeguckt, dürfte euch doch recht sein. Aber ich wart noch n bisschen, bis sie ihn richtig dickgefüttert hat.«

Es ist schwierig, nicht als Erste zu lachen. Aber es dauert ein paar Sekunden, und dann macht die dicke Anne auf einmal ganz schnell hintereinander: »Höhöhö!«

Paul grinst vor sich hin. Und ich versuche, nicht zu sehr loszuprusten, das ist auch so eine Anomalie bei mir. Dass ich am meisten immer über die Dinger lachen muss, die ich selber von mir gebe. Börner zeigt mir einen Vogel. Toffi braucht ein bisschen und guckt erst von einem zum anderen, bevor er in die Laute miteinstimmt, die eher wie Reaktionen auf den comic relief in einem Horrorfilm klingen als nach echtem Amüsement. Außer bei Toffi, der sich gar nicht wieder einkriegt. »Köter!«, stößt er immer wieder hervor, »Köter!« Ich mache mir Sorgen, ob er mitbekommen hat, dass der Hasen-Teil dazugehörte.

Ecki grunzt ein bisschen. »Mann, du hast echt ne Macke!« Er guckt vor sich hin, als hätte er irgendwas zu seinen Füßen entdeckt, das seine Gemütsverfassung arg aus dem Gleichgewicht bringt. Dann scheint ihm plötzlich etwas einzufallen, und er grinst.

»Na, jetz weiß ick jeenfalls, warum de mit diese Wachlowski rumhängst. Gleich und gleich gesellt sich gerne, oder wie dat heißt.«

»Ecki! Wo haste dat denn gelesen?«

Sie lachen, lachen wie immer. Ecki, der Anführer, hat die Ordnung wiederhergestellt.

Ich versuche, mein schales Bier in einem Zug auszutrinken. Ich schaffe es nicht ganz, ein Rest bleibt drin. Ein Rest bleibt immer, denke ich. Wieso? Ich grüble, ob mir ein Beispiel einfällt. Es fällt mir keins ein. Im Moment.

Als ich schon Anstalten machen will aufzustehen, denn ich gehe jetzt, jawohl, mit oder ohne Paul, knufft mich auf einmal

Sabrina in die Seite. Meine Hand wird kurz gegen die von Paul gedrückt, er reagiert nicht.

»Eh«, sagt Sabrina, ich sehe sie erschrocken an. »Eh, sag ma, du bist doch uch uffm Gymnasium.«

Ich weiß nicht so recht, ob das eine Frage sein soll, vorsichtig nicke ich.

»Wie isset'n da so?«

»Wieso?« Was Besseres fällt mir auch nicht mehr ein. Wie solls da schon sein. Normal eben, irgendwas zwischen Stress und Langeweile. Ein Jahr noch, denke ich schon wieder, und dann?

»War ja nur ne Frage«, sagt Sabrina eingeschnappt, und zu Anne: »Und du halt gefälligst dein Maul!«

Anne kichert unbeeindruckt weiter und vertraut mir dann an: »Sabrina will nämlich uch ufft Güm-na-si-um!«, worauf sie sich halbtot lacht.

Es geht so schnell, dass ich nur noch ein Klatschen höre und dann sehe, wie die eine sich halb heulend die Wange reibt, die andere ihre Hand.

»Haste nu davon«, sagt Sabrina und wendet sich wieder mir zu. Sie spricht so leise, als wolle sie mir ein Geheimnis offenbaren.

»Meine Klassenlehrerin sagt nämlich, ick soll zum Gymnasium, ick hätte dat Zeug dazu, ick hab uch ziemlich gute Zensurn …«

»Streberin!«, nuschelt Börner.

»Siehste«, sagt Sabrina. »Ick hätt ja schon dieset Jahr hinsollen, aber wie die Schule letzten Monat wieder losging, bin ick erst ma, als wenn nix wär, wieder nach Schmalditz. Da ham die mich denn ganz groß angeguckt. Ick hab so getan, als wüsst ick von nix. Durft ick denn uch erst ma paar Tage bleiben, bis die vom Gymnasium bei meine Alten angerufen haben, wo ick denn bleiben würd und so …«

Ecki lacht vor sich hin, viel zu laut, und blickt sich um, ein paar machen mit. Sabrina wirft ihm nur einen kurzen desinteressierten Blick zu.

»Na, und denn bin ick erst ma krank geworden.«

Ich schaue sie verblüfft an. Sie kann das also. In Ohnmacht fallen.

»Aber nu muss ick mich bis nächste Woche entscheiden. Scheiße, Mann!«

Ich stelle die blöde Frage nun trotzdem: »Und warum willst du nich? Ich mein, aufs Gymnasium? – Es is ganz okay da.« Das klingt so was von gelogen.

»Na ja, weil ... ick kenn doch da keinen.« Sie druckst ein bisschen herum. Dann sagt sie sehr schnell: »Na und weil die dat hier nich wolln, die denken denn ja, ick ... ick will wat Bessres sein.« Sie heult ganz unvermittelt los, damit habe ich nicht gerechnet.

»Denn geh doch, Heulsuse!«, ruft Ecki.

»Mann, lass sie in Ruhe, du Arsch!«, sagt Anne auf einmal. »Bist ja bloß neidisch!«

Und Ecki sagt nichts.

Ich weiß nicht, was *ich* noch sagen soll. Ich merke, dass ich sie nicht trösten kann, weiß auch gar nicht, ob das nötig ist. Schließlich fördere ich einen Satz zutage, der mir selbst nicht besonders hilfreich vorkommt: »Du kannst nicht wissen, wie es ist, bevor du nicht da warst.«

Sabrina sieht mich an. So schnell, wie sie zu weinen anfing, hat sie auch wieder aufgehört. Wie macht sie das? Sie sieht mich nur an, nichts weiter.

Plötzlich merke ich, dass Paul neben mir steht. »Ich denke, ich muss gehen jetzt«, sagt er. In die Runde. Zu mir nichts. Ich warte, aber es kommt nichts. Sowieso, denke ich, sowieso läuft das hier alles doch schon wieder völlig falsch. *Ich* wollte längst aufgestanden sein. *Ich* wollte sagen, ich gehe. Und bloß wegen Sabrina Rütz. Ist mir doch egal, ob sie in ihrer Dorfschule versauert. Aber *ich* muss jetzt wieder folgsames Herdentier spielen und sagen, warte, ich komm mit. Aber da habe ich doch auf einmal so einen ganz schlechten Geschmack auf der Zunge, der direkt aus der Kehle kommt und kein einziges Wort passieren lässt. Ich stehe auf. Die Angst, dass er sich einfach umdreht und geht. Dumme Angst. Ich will ihm nicht hinterherlaufen. Ich will nicht, dass sie es sehen.

»Also, tschüß denn«, sage ich, und Paul: »See you.«

»Jo – tschüß denn«, ruft Ecki, ein bisschen überrumpelt. Vielleicht auch nicht. Vielleicht ist alles ganz normal, wie immer, und wenn ich mich jetzt umdrehte, sähe es vielleicht so aus, als wären wir nie dagewesen.

Als wir draußen sind, bleibt Paul plötzlich stehen und legt mir von hinten seine Hand auf die Schulter: »Romy?«

Ich könnte auf der Stelle losheulen. Aber ich wende das optimierte Sabrina-Prinzip an. Ich höre auf, bevor ich überhaupt angefangen habe.

»Was ist?« Meine Stimme klingt so dünn wie das Seil, auf dem sie balanciert.

»Nimmst du mich mit – ich mein, wenn du wieder gehst Hasen jagen?«

Ich lache, es bricht nur so aus mir raus, es spült den schlechten Geschmack einfach weg, Paul und ich lachen, ich lache und lache, um nicht zu heulen, aber ich heule, aber es ist dunkel.

Paul fragt: »Und? Hast du noch Angst?«

»Angst?«, frage ich. Welche Angst. *Welche* Angst? »Wovor?«

»Vor sie.«

Ich weiß, dass er lächelt.

»Vor *ihnen*«, sage ich ärgerlich.

Wir warten. Aufeinander. Schließlich fragt Paul: »Soll ich dich nach Hause bringen?«

Ich unterdrücke jeden euphorischen Aufruhr an meinen Synapsen, denke: Deutsch-Konversationskurs für Anfänger, und sage: »Danke, nicht nötig.« Ein Rest bleibt immer.

»Sicher?«

»Ich habe keine Angst«, rufe ich über die Schulter.

Muss ich jetzt hingehen? Ich hab Paul gefragt, ob er mal hingeht, ich hab mich nicht getraut zu fragen, ob wir zusammen gehen wollen. Er hat gesagt, ja, mal sehen, hörte sich nicht so an, als wenn er unbedingt will. Aber er muss doch wissen, was los ist, ich mein, das kann doch nur wegen gestern Abend sein. Aber er hat nix gesagt. Ich hab auch nicht gefragt. Als Romy heut Morgen nicht zum Bus kam, hat er bloß mit den Schultern gezuckt und gesagt: »Vielleicht sie ist krank.«

Sie ist krank? Glaub ich nicht. So auf einmal? Weiß ich nicht, ob sie das kann. Ich konnt das eins a früher, einen auf krank machen. »Markieren«, wie Vati immer gesagt hat. »Nu markier ma hier nich rum.« Aber Schiss hat er doch gehabt, wenn das Fieberthermometer auf neununddreißig acht stand. Konnt er ja nicht ahnen, dass ich den Trick von Thorsten hatte. Das mit dem Reiben an der Wollsocke, das hat funktioniert. Da wär ich von alleine nie draufgekommen. Auch, als sie uns das in Physik später mit der Reibung und der ganzen Energie erklärt haben, wär ich da nicht draufgekommen. Das war mein Glück. Manchmal ist das nämlich gar nicht so verkehrt, bisschen schwer von Kapee zu sein. Weil, Vati hätt doch nie im Leben vermutet, dass seine doofe Tochter sich so was ausdenkt. Der hat doch immer gedacht, er kann mir ins Gehirn gucken, »ich weiß, was da drin vorgeht, nich dat du denkst«, hat er gesagt und mir dabei an den Schädel gekloppt, und: »nich grade viel nämlich«. Aber so doof war ich nun auch wieder nicht. Das hab ich nie geglaubt. Gab ja genug Gegenbeweise. Seit ner Weile hab ich eher das Gefühl, ich könnte bei ihm reingucken. Zum Beispiel kann ich da ganz genau sehen, dass er bis heute keinen blassen Schimmer von der Sache mit dem Thermometer hat. Ich frag mich, wie er auf die Art Lehrer sein kann. Thorsten hat das übrigens nie gemacht. Der hat sich bloß immer eins gegrinst, wenns bei mir mal wieder so weit war. Wenn ich morgens aufgewacht bin und gewusst hab:

heut kann ich auf keinen Fall zur Schule. War ja eigentlich auch ne Art Krankheit.

Irgendwann hab ich denn aber aufgehört damit, war mir dann zu affig. Vielleicht hatte das auch was damit zu tun, dass sie uns damals diesen Film gezeigt hatten, gleich in der Sechsten. Son Aufklärungsfilm, ich glaub, der war noch gar nicht für uns, aber wahrscheinlich haben sie gedacht, sicher ist sicher, und das war ja auch kurz nach der Wende, und da dachten die vielleicht, das muss jetzt so sein, jetzt machen wir das wie im Westen. Keine Ahnung, ob sie das im Westen so machen. Jedenfalls, man wusste nicht so richtig, ob man sich nun ekeln oder totlachen soll, irgendwie beides. Die meisten hatten bestimmt Alpträume danach. Ich hatte welche. Ich mein, unsere Eltern wären aus allen Wolken gefallen, wenn man denen gesagt hätte, sie müssten uns jetzt langsam mal paar reale Sachen erklären. Man wusste zwar son bisschen was, aber nicht *so* genau. Ich hatte ja auch Thorsten manchmal nackig gesehen. Aber nicht *so*. Und zu der Zeit sowieso nicht mehr, da hat er immer die Badtür hinter sich abgeschlossen, was besonders Mutti nicht in Kopp wollte. Ausgerechnet wenn er im Bad war, musste sie da auch unbedingt rein, und wieso er sich denn so hat. Furchtbar peinlich. Ich hab dann auch immer abgeschlossen, obwohl ich das eigentlich noch nicht brauchte.

Das mit dem Film ist übrigens auch nie rausgekommen. Weil wahrscheinlich keiner wusste, wie er das zu Hause erzählen soll. Was dann wieder den Nachteil hatte, dass wohl jeder früher oder später noch mal sone private Aufklärung über sich ergehen lassen musste. Unter vier Augen. »Ella, kommst du mal?« Als wenn es jetzt gleich Gemecker und irgendeine Strafe geben würd, und das war auch wie ne Strafe, bloß wofür. Wahrscheinlich auch schon mal vorbeugend, für alle »Dummheiten«, die damit zu tun haben. »Mach keine Dummheiten«, das wurd ja bei jeder Gelegenheit gesagt. Aber anders als früher wusst ich danach genau, was Mutti damit meinte, schon wie sie guckte, wenn das zum Beispiel auf Klassenfahrt ging. Vielleicht hab ich das alles bloß deshalb gemacht. Aus Rache. Dafür, wie sie mich bei ihrem Aufklärungsunterricht zwischendurch angegrinst hat, immer wenn sie dachte, dass sie mir nun grade was besonders Schockierendes erzählt hat. Das hat ihr nämlich Spaß gemacht. Und ich musste mir das alles von Anfang bis Ende anhören und konnte nicht sagen, ich weiß, weil, denn wär das Grinsen aber sofort weg gewesen, und immer noch besser das, als gefragt zu kriegen: woher? Das mit dem Film hätte sie mir gar nicht geglaubt, und wenn doch, dann hättes Strafe dafür gegeben, dass ich das nicht eher gesagt hab. Das war alles viel schlimmer als der Film, sogar schlimmer als diese Szene, wo einer sich einen runterholt, also ›masturbiert‹, und wo sie seinen Schwanz ganz groß im Bild zeigen, und weswegen ich das dann vielleicht nicht mehr mit dem Fieberthermometer gemacht hab. Das war dieselbe Bewegung. Das Wort schoss mir wochenlang im Kopf rum, ›Masturbation‹, bei den blödesten Gelegenheiten, als wenn dir einer plötzlich ganz kurz in die Magenkuhle haut. Ich glaub, das war mein erstes Fremdwort. Ich hab mich gefragt, ob es bei Mädchen so was auch gibt, aber *wie* denn? *Das* haben sie nicht gezeigt. Das musste man erst selber rauskriegen.

Komisch, aber Paul ist der Erste, bei dem ich nicht sofort an seinen Schwanz gedacht hab. Ich kann nix dagegen machen. Immer wenn mir einer n bisschen länger vor die Linse kommt oder ich mit ihm reden muss, hab ich plötzlich seinen Schwanz im Kopp, und das wars. Scheißegal, was er macht oder was er so von sich gibt, ich kann dann nicht mehr zuhören, ich ekel mich nur noch. Vielleicht nicht ekeln, aber irgendsowas, wovon einem alles vergeht. Sogar wenn er nett ist. So wie letztes Jahr mal dieser Tobias Schneider, der kannte mich ja auch nicht. Der hat das echt geschafft, mir eine von seinen Schülerzeitungen anzudrehen, bloß weil er irgendwas gesagt hat, wodrüber ich lachen musste. Aber wie ich ihm dann das Geld gegeben hab und meine Finger kurz an seine gekommen sind, hab ich gedacht, dass er vielleicht grad vorher aufm Klo war. Die Zeitung hab ich im Essenraum liegen lassen.

Bei Paul kann ich nicht mal ›Schwanz‹ *denken*. Erst gings nicht, weil er so anders war, so fremd, das hat mich wohl irgendwie abgelenkt. Und jetzt auch nicht mehr. Vielleicht ist das dann weg, wenn man sich kennenlernt. Anfreundet. Sind wir jetzt eigentlich Freunde? Ich mein, alle? Oder ist das immer was anderes, zwischen Paul und mir, und mir und Romy und Romy und Paul? Ob er irgendwas mit Romy gemacht hat? Er war heut den ganzen Tag so komisch. Nicht direkt zu mir, was ich ja noch verstehen könnt. Mehr so allgemein. In Bio, als Frau Waller ihn was gefragt hat, hat er bloß gesagt: »Ich weiß nicht.« Und das hab sogar ich gewusst. Die Waller hat ganz enttäuscht geguckt, weil sie nämlich scharf auf ihn ist, merkt doch jeder. Und denn nimmt die auch glatt mich ran, weil, da war sie sich sicher, dass ich bestimmt keine Ahnung hab und ihr toller Paul also nicht doof da steht. Was sollt ich machen? »Keine Ahnung«, hab ich gesagt.

Nachher, im Bus, hat er nicht gefragt, ob wir uns heute treffen. Als wenn das ohne Romy sowieso nicht gehen würde. Ist ja auch so. Ich hätte Schiss, dass mir gar nix einfällt, mit Paul alleine. Dass wir dann beide bloß dasitzen und auf Romy warten.

Manchmal möcht ich ihn anfassen, einfach so. Weil er aussieht, als ob man ihn gar nicht anfassen kann.

Vielleicht will er noch mal zur Elpe. Das kapier ich echt nicht. Kann sein, es ist anders für ihn. Trotzdem. Ich dachte, er wär anders.

»Wasn das?«

Mann! Immer wenns grad gar nicht geht, kommt Vati angelatscht. Dabei wollt ich gleich wieder weg sein aus der Küche, hab mir nur schnell n Glas Tomatensaft eingekippt.

»Hey, Fräulein, ich red mit dir! Was trinkst'n da?«

Ach, leck mich doch. »Blut.«

Ich bin schon halb an der Tür, als Vati mich am Arm festhält.

Der Saft plempert über. Ist gar nicht zu sehen auf dem schwarzen Pullover. Ich würd am liebsten aua sagen, sag ich aber nicht.

»Nu spiel dich ma hier nich auf. In letzter Zeit hältste dich ja wohl für wer weiß was, na, anscheinend fürn Vampir. Kannste dich nich einmal wie n normaler Mensch benehmen?«

»Nein.«

»Und wieso nich?«

»Na weil ich nich normal *bin*! Oder haste da neuerdings ne andre Meinung zu?«

»Wieso sollst du nich normal sein? Du bist auch nix andres als wir! Du bist auch bloß meine Tochter!«

Ich gucke ihm direkt in die Augen. Genügt eigentlich schon. Als er blinzelt, tut er mir fast leid. Er lässt los. »Ach ja?«, sage ich.

Er sagt: »Ja, Ella«, aber da hab ich die Tür schon zu.

Das ist doch gelogen! Eine Scheiß-Lüge ist das doch!

Oben kipp ich den Tomatensaft auf die Palme, die Mutti mir ins Zimmer gestellt hat. In meinem Schreibtischfach ist keine einzige Zigarette mehr. Sind alle gestern Abend draufgegangen. Also Treppe wieder runter und raus, erst mal raus. Ist mir egal, ob mich einer sieht. Ist mir scheißegal, ob mich einer in diesen Winterbotten sieht, ich hab jetzt keinen Nerv für Schnürsenkel.

Es ist ganz schön hell draußen. Ich weiß auch nicht, wieso, aber ich komm mir auf einmal wie rausgeschmissen vor. Als wär ich hier die ganze Zeit bloß als Gast oder so gewesen, als würd ich jetzt auf ner völlig fremden Straße in ner völlig fremden Gegend rumstehen. Ich mein, auf den ersten Blick sieht natürlich alles wie immer aus, so, dass man schon gar nicht mehr hinguckt. Aber jetzt guck ich hin. Und das hat alles irgendwie überhaupt nix mit mir zu tun.

Dass das Ding nicht mehr funktioniert, seh ich eigentlich schon von weitem. Ich geh trotzdem hin. Mit dreizehn hab ich meine erste Schachtel Kippen aus diesem Automaten geholt. Ich weiß noch, welche Marke, natürlich die falsche, die aber alle rauchen. Hat ein halbes Jahr gedauert, bis die alle war. Nachher bin ich auch noch paarmal hin, aber bloß im Dunkeln, mit Kapuze über, dass nicht einer noch was meinen Eltern zu erzählen hat, oder einer von denen mich erkennt. Ist aber alles ewig her. Heute würd ich mich das gar nicht mehr trauen, komischerweise. Hätt ich auch nicht gedacht, dass das jetzt schon losgeht. Dass man sich manche Sachen jetzt nicht mehr traut, wo man früher gar nicht drüber nachgedacht hat. Muss am Nachdenken liegen. Bloß, wo kommt *das* her? Bei uns in der Familie hat doch nie einer nachgedacht, höchstens mal Thorsten, und das war mir immer zu anstrengend.

Die Markenschildchen sind ausgeblichen und haben ganz komische Farben angenommen, wie manchmal bei Gaststätten, wo sie die Gerichte fotografieren und draußen hinhängen und man nicht weiß, ob sie einen damit anlocken oder abschrecken wollen, grüne Pommes, blaue Soße. Sieht alles aus wie ne missglückte Fälschung von nem Zigarettenautomaten, wie ne polnische Raubkopie oder so. Ich trete einmal dagegen, als hätt ich Geld reingesteckt und es würd nix rauskommen, Reflex von früher, wir haben auch gegengetreten, wenn was rauskam, und kam ja immer was raus, also hatten wir eigentlich keinen Grund. Ich fass sogar ins Ausgabefach rein, liegt alles Mögliche drin. Elpe-Dreck. Irgendwas klebt. Für einen Moment hab ich mich gar nicht geekelt. So wie früher, als Kind, als man mit sonstwas rumgemanscht hat. Und wie früher wisch ich mir die Hand an der Hose ab.

Der Automat ist jedenfalls so tot wie das olle Kulturhaus. Bloß deshalb hatten sie den ja da hingestellt, später, als da denn die Kneipe drin war. Das Schild hängt immer noch: USCHIS DORFKRUG. Leuchtet bloß abends nicht mehr. Saufen die jetzt eigentlich alle zu Hause, ich mein, nur noch?

Kann man sich gar nicht mehr vorstellen, dass da die Obermacker von Bresekow drin gewohnt haben, und dass dieser verkommene lütte Park hintendran mit dem Modderloch von Tümpel drin, dass das mal n richtiger Garten war, wo die Gutsbesitzergören drin gespielt haben und wo keiner rein durfte. Erzählt Oma immer von. Bloß ihr Schwiegervater durfte rein, weil er Tierarzt war und nach den Pferden gucken musste. War anscheinend ne Ehre, na ja. Und dass da mal n Flugzeug reingestürzt sein soll, in den Tümpel. Im Zweiten Weltkrieg. Das hab ich ihr irgendwie nie geglaubt. Das konnt ich mir gar nicht vorstellen, wie das da reingepasst haben sollte. Na ja, ist ja vielleicht nicht direkt versunken, wie das mir nu wieder vorschwebte. Irgendwie passiert doch nie was richtig.

Und jetzt? Ich kann doch jetzt nicht zurück in meine Karnickelbuchte da oben, ich dreh durch. Aber ich kann auch schlecht wie Eckensteher Nante hier mitten auf der Plaza kleben bleiben. Die hängen bestimmt schon alle hinter ihren Gardinen. Wahrscheinlich wissen die gar nicht, wer ich bin. Segg eis, weckern is dat denn? Is dat nich de Dochter von … Ist sie nicht, ätsch. Wieso muss man immer irgendwas *von* irgendwem sein? Die Tochter, die Schwester, die Freundin von – und zu.

Seit fünf Minuten versuch ich, irgendeine Richtung einzuschlagen, irgendeine. Aber immer, wenn ich losmarschieren will, denk ich, nein, da lang nicht. Schlussendlich ist es vielleicht ganz egal, weil die hier alle ganz plötzlich ausgestorben sind und ich die letzte Bewohnerin von Bresekow bin, und das ist das letzte ›von‹, und alle Wege gehören mir. So sieht das jedenfalls aus.

Als ich mich umdreh, muss ich blinzeln, voll gegen die Sonne. Eine scheiß Demse ist das heute. Irgendeiner hat anscheinend doch noch überlebt und kommt da jetzt angeschlichen. Also andre Richtung, wieder nach Hause.

»Eh, Ella, wart mal!«

Ich bin so erleichtert, dass ich sofort ne Kehrtwendung mache. Das ist Romy!

»Was machst du denn hier?«

»Na ja – ich wohne hier, oder?« Sie grinst, als würd sie das selbst nicht ganz glauben. »Ich wollte grade zu dir.«

»Wieso? Wo warst du denn heute?« Krank sieht sie jedenfalls nicht aus, so blass ist sie ja immer.

»Zu Hause auf der Couch.«

»Hast du echt geschwänzt?«

Sie lacht. »Wenn ich mich das mal trauen würd! Aber damit hätt ich wohl früher anfangen müssen. – Nee, ich war sozusagen unpässlich.«

»Was?«

»Na ja, ich bin umgekippt, heute morgen. Lang auf den Wohnzimmerteppich. Ich dachte ja immer, das geht gar nicht, ich mein, bist du schon mal in Ohnmacht gefallen?«

In Ohnmacht gefallen! Wie soll das denn gehen? So was bringt auch bloß Romy. Ich schüttle den Kopf.

»Meine Mutter kriegte natürlich nen halben Herzinfarkt, ich bin ihr ja genau vor die Füße hingesunken. War aber bloß, weil ich über Nacht meine Tage gekriegt hatte, und dann ist mir immer morgens so schwummrig. Mir wird da manchmal richtig krisselig vor Augen und kotzübel. Aber dass einen das so umhauen kann! Ich war ja gleich wieder da, und dann kribbelte alles, und mir war total kalt, aber ne halbe Stunde später war ich wieder ganz normal und hätte eigentlich noch zur Schule können. Aber nu lag ich eingewickelt auf der Couch und sollte da gefälligst auch bleiben. Hatte ich wenigstens mal Zeit zum Lesen.«

»Ich werd nie krank! Bei mir reichts noch nich mal für ne Sportbefreiung, und das wär echt mal ne Befreiung! Ich wollt mir sogar mal extra den Arm brechen, aber ich wusste nich wie!«

Ich muss über mich selber lachen.

»Du bist echt verrückt, Ella!«, sagt Romy. »Find ich toll. Sag mal, ist dir kalt?«

Sie zeigt auf meine Winterstiefel. Meine Füße sind am Zerfließen. Ich guck auf ihre Klapperlatschen. »Nö«, sag ich. Dann gackern wir wieder, die letzten Gänse von Bresekow, Romy und Ella.

»Zu mir oder zu dir?«, fragt Romy.

»Zu dir.« Romys Zimmer kommt mir wie der einzige Ort weit und breit vor, dens noch wirklich gibt. Ich hab Durst.

Ich frage: »Sag mal, denkst du manchmal, dass dein Vater gar nicht dein Vater ist?«

Romy guckt mich an. »Wieso? Ihr seht euch doch total ähnlich!«

Mann! »Das hab ich doch gar nich gefragt.«

Sie grinst bloß. »Kann man sich eben nicht aussuchen.«

»Hast übrigens nix verpasst in der Schule«, sag ich.

»Hätt mich auch gewundert.« Als sie die Tür aufschließt, sagt sie: »Du hast übrigens auch nix verpasst.«

Ich sag gar nix. Interessiert mich doch gar nicht. Was die gestern Abend da abgezogen haben oder nicht. Damit muss sie nun selber klarkommen. Jeder muss mit sich selber klarkommen. Sie sagt aber nix.

In der Küche trinkt sie aus der Flasche. Ich trau mich gar nicht, die Stiefel auszuziehen, weil ich Angst hab, dass meine quaddrigen Füße lauter Abdrücke auf den schönen Dielen machen. Manchmal ist Teppich doch besser. Wieso sagt man eigentlich ›unter den Teppich kehren‹? Ich glaub, das meiste liegt oben drauf. Kann man bloß nicht sehen.

»Hast du auch Durst?«, fragt Romy und hält mir die Flasche hin. Ich trinke, ohne sie abzuwischen. Einen kleinen Schluck lass ich drin. Einen ganz kleinen, den keiner trinkt.

Wir wandern rüber in ihr Zimmer, wo ich mich sofort auf das Sofa hau. Romy klappt die Abdeckung vom Plattenspieler hoch. »Was willst du hören?«

»Frag mich lieber, was ich nich hören will.«

»Schon klar«, sagt Romy. Sie blättert in den Platten rum. »Ach, ich weiß auch nich.« Sie seufzt. »Irgendwie hat man immer das Gefühl, dass einem das, was genau richtig wär, fehlt.«

»Und was wär genau richtig?« Ich hab nur so gefragt, aber kaum ist die Frage raus, interessiert mich die Antwort brennend.

»Tja, das ist es ja grade: Wenn mans wüsste, hätte mans ja.«

»Oder auch nich«, sag ich, nur so wieder. Aber Romy starrt mich an, als hätt ich ihr sonstwas an den Kopf geworfen. Sie zieht eine Platte aus der Hülle und legt sie auf, sie setzt sich mir gegenüber.

»Wasn das?«, frag ich. Kommt mir nicht ganz wie das Richtige vor.

»Das vierte Klavierkonzert von Beethoven.«

Mann, jetzt klingt sie wie Stiehl! Wie die alle.

»Das mag ich am liebsten.«

Am liebsten wovon, liegt mir auf der Zunge.

»Magst du Beethoven?« Romy schiebt mir eine Schale mit Süßigkeiten hin.

»Hast du vielleicht ne Zigarette?«, frag ich.

»Ella!«, sagt Romy. Wie die alle. »Nee. Na ja – nee. Ich könnt dir zwar eine von meinem Papa geben, aber dann riecht das hier ja nachher so verraucht, und meine Mutter ...«

»Wieso, *du* rauchst doch nich. Oder glaubt sie dir das nich? Oder petzt sie das dann meinen Eltern?«

»Ach Quatsch. Aber was sie dann wieder für Bedenken schiebt, auf so was kommt unsereins gar nicht. So ungefähr, dass ich mir das auch angewöhnen könnte, bloß weil du das machst oder so, obwohl das ja wohl eher ein Grund wär, es nicht zu machen!«

»Wie meinst'n das?«

»Achso, na ja, nicht wegen dir ... Ich mein bloß ... Na, weil Nachmachen doch bescheuert ist. Dieser ganze Gruppenzwang!«

»Aber rauchen doch alle. Da kann man doch gar nich mehr sagen nachher, wer angefangen hat.«

»Ach, Ella. – Ich wusste gar nicht, dass du rauchst.«

»Weiß keiner.«

Romy nimmt sich ein Stück Schokolade und zerkaut es. Dann noch eins. Sie futtert das weg wie Brot. Und dabei macht sie auch ein Gesicht, als müsst sie auf trocken Brot rumkauen. Ich muss an Oma denken, wie die, als ich klein war, immer sagte: »Du möötst dat lutschen, ganz langsam, dat dat up dine Tung zergeiht – denn hest miehr davun.« Hat sie natürlich bloß gesagt, weil sie sich nicht vorstellen konnt, dass man nu mehr als einmal im Jahr Schokolade kriegt. Aber ich hab das so gemacht. Bloß dass ich da, doof, wie ich nun mal war, gleich drei Stücke auf einmal in'n Mund gesteckt hab, und denn wurd das son Klumpen, und immer mehr, dass ich meine Zunge gar nicht mehr bewegen konnte, dass ich richtig Muskelkater in der Zunge davon kriegte, und ich wollt immer was sagen, aber das ging nicht, ich hab bloß Schokoblasen gespuckt. Danach konnten sie mich mal mit Schokolade, das zog bei mir überhaupt nicht mehr. Ich stell mir vor, wie das bei Romy aussieht, im Mund drinnen, wie sie die Schokolade zu ganz kleinen Stücken zerkaut und die überhaupt nicht schmelzen, weil sie gar nicht dazu kommen. Wie Sägespäne. Das gefällt mir irgendwie.

»Du hast gerne Geheimnisse, oder?«

Wie kommt sie jetzt dadrauf? Sie lächelt, sie kaut. Das geht nicht zusammen. Sie sagt: »Ich dachte nämlich, dass du entweder gar keine hast oder ganz viele. Ich hab dadrüber nachgedacht.«

Sie hat über mich nachgedacht. Was soll das denn? Ich denk doch auch nicht über sie nach. Ich mein, sie kann ja über mich nachdenken. Kann ich ihr ja nicht verbieten. Aber das dann auch noch zu sagen!

»Du sagst ja gar nix.«

»Na was denn?«

»Na ja, ob ich recht hab.«

»Ob du recht hast?«

»Ja.«

»Nein.«

»Doch.«

»Gar nich.«

Sie lacht. »Ach, egal. Tut mir leid, Ella. Vergiss es.«

»Nein.«

»Nein?«

»Du willst doch bloß, dass ich dir irgendein scheiß Geheimnis erzähl, Romy Plötz!«

»Nein, Ella.«

»Doch! Bloß dass du dich nich traust, mich richtig zu fragen!«

»Das stimmt doch gar nich!«

»Denkst du, ich bin doof? – Ich erzähl dir jetzt ein scheiß Geheimnis, so ein richtiges Scheiß-Geheimnis, und da kannst du dann drüber *nachdenken*!«

»Nein!«

Es geht sie auch überhaupt nix an. Es kommt mir nur so komisch auf einmal vor, so was als Geheimnis zu haben. Als wenn man einen Klumpen Hühnermist in nem Safe aufbewahrt, bloß damit keiner weiß, dass da ein Klumpen Hühnermist drin liegt. Oder so. Bloß wieso hat mans denn erst da reingelegt? Also.

»Also – ich war mal ne Zeitlang öfter auf der Elpe, bei der Elpe. Als ich noch rausgegangen bin. Als ich noch dachte, dass das mein Dorf ist, ich mein, dass das mir genauso gehört wie allen andern, als ich das noch nich kapiert hatte. Ich bin da einfach so rumgelaufen. Na ja, vielleicht doch nich einfach so, ich wollte nich, dass sie mich sehen, jedenfalls nich immer. – Ich weiß nich, aber ich kann irgendwie keine Katzen mehr sehen, keine jungen Katzen, wenn die zum ersten Mal rollig sind, wir hatten ja früher immer welche. Ich mochte das schon damals nich, ich hatte irgendwie Angst davor. Dass die dann auf einmal so wild sind, wie verrückt, ich weiß nich, ob du das kennst. Dann haben sie von mir immer was mit nem Handtuch übergekriegt, oder mitm Besen. Selber schuld, hab ich gedacht, ich hatte überhaupt kein Mitleid. – Ich bin da rumgelaufen wie sone junge Katze.«

Ich merke, dass Romy nickt. Ich weiß nicht, wieso.

»Jedenfalls, ich hatte Schiss, immer son bisschen. Aber nie genug, um nich doch hinzugehn. Es war ja bloß – ich wollt den ja bloß sehen, Tommy. Stucker, kennst du nich. Kannst du froh sein. Der gehörte zu dieser Wodrich-Clique, die hatten hier total das Sagen, da hatten die ganzen Typen, die sich jetzt hier aufspielen, noch gar nix zu melden. Die sind dann irgendwann auch fast alle gleichzeitig weg hier. Bloß Wodrich kommt noch ab und zu her. Wenn ich sein Auto stehen seh, da bei uns schräg gegenüber, dann geh ich nich vor die Tür. Dann geh ich nich mal den Müll rausbringen, und wenn Mutti sich aufn Kopp stellt. Komisch, früher war ich gar nich zu Hause zu halten. Da wollt ich immer bloß raus, und immer bloß, um diesen verdammten Stucker zu sehen. Mann, war man doof, oder, ich mein, ich weiß nich, ich könnt mich ohrfeigen, jeden Tag.

Na ja, manchmal haben sie mich dann gesehen, manchmal nich, manchmal hat Tommy mich angeguckt, mit diesem Blick, diesem Stucker-Blick, den haben die doch alle, die ganze verfluchte Sippe, aber das is mir erst hinterher aufgefallen. Einmal hat er mich angegrinst. Ich dacht, das isses. Nächstes Mal bin ich bis zur großen Halle gegangen. Wo sie jetz abends sitzen, wo du gestern warst. So doof, eh. Mannomann.«

Romy guckt mich fragend an. Ich weiß nicht, ob ich das richtig erzähle. Ob sie das kapiert. Ob man das überhaupt richtig erzählen kann. Wie soll sie das denn kapieren?

»Das war genau zwei Tage nach meinem vierzehnten Geburtstag. Vielleicht war das bei dir ja anders. Aber ich dachte, nu kann eigentlich mal was Richtiges passieren. Ich weiß noch, dass ich Zahnschmerzen hatte an dem Tag. Aber das hat mich gar nich gejuckt. Ich bin zur Halle hin. Da hat er mich dann auch gefunden, na klar, die finden einen immer, der muss mich förmlich gerochen haben. Ich dacht gar nich dadran wegzulaufen. Ich stand da bloß wie angewurzelt an der Bretterwand und hab den angelächelt. Er hat auch gelächelt, oder mehr so gegrinst, und dann war er auf einmal direkt vor mir. ›Na‹, hat er gesagt, sein Mund war ganz dicht an meinem Gesicht, er war ja nich grade groß, ich konnt riechen, was der zum Mittag gegessen hatte, nämlich irgendwas mit Zwiebeln. ›Na, haste dich endlich ma hergetraut.‹ Ich hab genickt, und denn hab ich die Augen zugemacht, ich dacht, jetzt küsst er mich! Ich hab mich bloß bisschen geärgert wegen den Zwiebeln, aber egal, war ja schließlich Tommy. Aber dann war überhaupt nich sein Mund auf meinem, sondern seine stinkige Hand, der hat mir mit seiner Pfote den

Mund zugehalten. Und ich hab mich noch gewundert, weil ich wollt doch gar nich schreien oder so was, bis ich denn plötzlich das Messer in seiner andern Hand gesehen hab, und denn war er mit dem Messer auch schon an meinem Hals. ›Wehe, du gibst einen Mucks von dir!‹ Ich konnt das gar nich glauben, wie er mich da in die Halle bugsiert hat, ich mein, das war doch Tommy, den ich die ganze Zeit wie verblödet angehimmelt hatte. Er hat mich runtergedrückt, auf die Knie, der hatte ganz schön Kraft, und das hätt ich auch nich gedacht, weil er doch so klein war. Ich wusste wirklich nich, was er von mir wollte, ich hab bloß geheult. Gar nich mal so richtig aus Angst, glaub ich, mehr aus – na ja, Enttäuschung oder so. Er wurd dann wütend, als er gemerkt hat, dass er mir nu auch noch erklären muss, was laufen soll. ›Mann, du dumme Sau, du blöde Fotze‹, der kriegte sich gar nich mehr ein und hat mit dem Messer rumgefuchtelt und so abgehackte Anweisungen abgelassen. Er hat mich an den Haaren festgehalten und ganz dicht zu sich rangezogen, meine Nase schon an seinem Hosenstall, ich hab ›aua!‹ geschrien und bin zurückgezuckt, und dabei hat mir das Messer in den Hals gepiekt, und das hat er gemerkt und es noch mal fester rangedrückt, und ich dachte, das blutet jetzt bestimmt, und ich wollt nich, dass das noch mehr blutet, weil Mutti oder Vati das sonst nachher gemerkt hätt, und das hätt Ärger gegeben. Bloß deswegen! Also hab ich seine Hose aufgemacht und seinen dreckigen Schlüpper runtergezogen, und sein steifer Schwanz ist mir entgegengeklatscht, voll ins Gesicht. Er hat total abartig gestöhnt und geflucht, ›nu mach schon!‹. Seine Hand war richtig in meine Haare gekrallt, wie ne überdimensionale Klette, die nie wieder rausgeht, und die Klinge vom Messer wurd ganz warm an meinem Hals, und da hab ich mich drüber gewundert. Ich hab mich die ganze Zeit dadrüber gewundert. Und ich hab bloß geheult und gerotzt und geheult, ich hab ihn in den Mund genommen. Er hat so widerlich nach Pisse geschmeckt, und er hat ihn mir so tief reingeschoben, dass ich fast kotzen musste, ich dacht, ich muss ersticken, und ich hätt auch gern gekotzt, seinen Schwanz und seine ganze Hose vollgekotzt, aber ging nich, und ersticken konnt ich auch nich. Und auch nich in Ohnmacht fallen. Das war ja das Einzige, was ich wollt in dem Augenblick: einfach nich mehr da sein. Weil ich überhaupt nich glauben konnt, dass ich das grade bin.

Und dann passierte was, wo ich bis heut nich weiß, ob das nu gut war oder nich. Auf einmal sind Ecki und die anderen reingekommen, die ganzen Jüngeren, und die haben sofort losgegrölt. ›Iih, Stucker bumst die Wachlowski! Iih, wat willste denn mit der Polenschlampe, Mandy lässt dich wohl nich ran, wa!‹

Er war erschrockner als ich, hat mich sofort weggeschubst und losgebrüllt und die alle zusammengestaucht. Ich hab bloß zugesehn, dass ich wegkomm, nur gradeaus durch die Büsche, echt, wie sone junge Katze. Auf halbem Weg bin ich hingefallen, hab mir die Knie aufgeschlagen. Ich bin nach Hause gerannt, zu Mutti und Vati, und hab mich im Bad eingeschlossen und kein Wort gesagt. Nie. Niemals, hab ich gedacht. Und die ganze Zeit hat das keiner gewusst, außer die Drecksärsche vonner Elpe.«

Romy springt auf und geht raus. Ich gucke aus dem Fenster, die Sonne scheint immer noch, immer noch keine Wolke, als wär noch mal Sommer. Irgendwas macht Geräusche, wie ein Rhythmus. Als Romy wieder reinkommt, hält sie was in der Hand. Eine Zigarette. Sie sagt nichts, legt sie mir bloß hin. Dann geht sie rüber zum Plattenspieler und nimmt die Nadel runter. Die Geräusche hören auf. Sie dreht Beethoven nicht um. Ich fummel das Feuerzeug aus meiner Hosentasche und zünde die Zigarette an. Die richtige Marke. Ich will das nicht denken, aber ein bisschen denk ichs doch: wie eine Belohnung.

»Der Schnitt am Hals war nich so schlimm. Ich hab trotzdem einen Rolli angezogen, mitten im Sommer. Meine Eltern haben mich da sowieso schon fürn bisschen neben der Spur gehalten, gab zwar Kommentare, aber egal. Als Mutti meine Hose in der Wäsche entdeckt hat, wollt sie wissen, woher das Blut kommt. Hab ich ihr also meine Knie gezeigt, nix gesagt. Da hat sie gesagt: ›Mensch, Ella, benimm dich doch endlich mal wien Mädchen!‹

Ich wollt mir die Haare abschneiden, selber, mit der Küchenschere, ganz kurz. Dass mich da keiner mehr dran festhalten kann. Ich hatt schon die ersten Strähnen runter, als ich auf einmal überlegt hab. Das war das erste Mal. Dass ich mal nich sofort einfach so was gemacht hab, sondern erst mal überlegt. Und da hab ich mir überlegt, dass das nich gut wär. Erstens natürlich wegen Mutti und Vati, das hätt Terror gegeben. Aber vor allem auch wegen denen. Ich dacht, wenn die mich erst mit kurzen Haaren sehen, isses ganz aus. Denn wissen die sofort Bescheid, so was riechen die. Und den Gefallen wollt ich denen nich tun. Ich wollt einfach so tun, als wär überhaupt nix passiert. Die Haare hab ich so gekämmt, dass das Abgeschnittene gar nicht auffiel, und ich hab in'n Spiegel geguckt und sah genauso aus wie vorher. Bloß Oma hat das einmal mitgekriegt, als ich mich so bei ihr rübergebeugt hab und die Haare zur Seite gerutscht sind. ›Weckern hett di denn so schimpfiert? Wierst dat selber?‹ – Ach, Oma, hab ich gesagt, und das war das einzige Mal, wo ich fast geheult hätt. ›Dat trägt man heut so.‹

Ich hab mir nix anmerken lassen, nich mal bei Thorsten. Aber ich hab gedacht, wenn der das nu auch mit seiner Freundin macht, also freiwillig, vielleicht macht die das freiwillig. Ich hab das gar nich ausm Kopp gekriegt. Aber ich hab mir nix anmerken lassen. Aber ich bin nich mehr rausgegangen. Ich lass einfach die Zeit vergehen. Ich bin immer noch die dumme Sau, verdammte Scheiße!«

Ich kann nix machen. Ich drück die Zigarette in dem großen Blumenpott vorm Fenster aus, tief rein in die Erde, ich guck mir genau dabei zu. Aber als ich mich wieder umdreh, sieht Romy trotzdem, dass ich am Heulen bin. Ich sag noch mal: »Verdammte Scheiße.« Ich sag: »Warum hab ich das Arschloch nich einfach weggeschubst, er war doch nich viel mehr als ich, warum hab ich ihm nich einfach seinen verfickten Schwanz abgebissen!«

Ich muss lachen, heulen und lachen, und Romy: lacht ja auch. Ich glaub, ich mag sie zum ersten Mal richtig. Sie sagt: »Ella, ich wollte das nich.«

»Aber ich«, sag ich.

Sie sagt – nein, sie sagt doch nix. Sie nickt.

»Kommst du morgen wieder zur Schule?«, frag ich.

»Ja. Ja klar. – Sag mal, warst du eigentlich mal in Polen?«

»Nee. Was soll ich'n da?«

Sie runzelt wirklich die Stirn. Ich dacht, so was kommt bloß in Büchern vor. »Ich dacht bloß. Weil du doch polnische Vorfahren hast, oder?«

»Vorfahren!« Weil der Polenschlampe zu mir gesagt hat. »Na ja, mein oller Opa. Den seine Eltern. Die sind irgendwann von Polen gekommen. Aber ich weiß nich, wieso. War hier vielleicht besser. Zu Vati haben sie ja immer ›der Pole‹ gesagt, hat er sich drüber geärgert. Ich sprech aber kein Polnisch oder so.«

Sie grinst. »Macht ja nix. Hast du nächsten Sommer schon was vor?«

»Nee, wieso?«

»Weil wir dann nach Polen fahren.«

»Wir? Wie soll das denn gehen?«

»Wie eine Reise eben geht. Du bist erwachsen, oder?«

»Keine Ahnung. Ich bin achtzehn.«

»Dir hat keiner mehr was zu sagen. Im Gegensatz zu mir.« Sie geht zum Fenster, macht es auf, nimmt die Kippe aus dem Topf und schnipst sie raus.

»Ella, ich hab nicht so ein Geheimnis. Ich weiß nicht, wie das ist. Bloß – zu Hause hocken kann man immer noch.«

Ich nicke.

JOHN & PAUL

Amsel die mitten in der Nacht singt
nimm diese gebrochenen Flügel und lerne zu fliegen
dein ganzes Leben lang
hast du nur auf diesen Moment gewartet

Amsel die mitten in der Nacht singt
nimm diese hohlen Augen und lerne zu sehen
dein ganzes Leben lang
hast du nur auf diesen Moment gewartet um frei
zu sein

Amsel flieg Amsel flieg
in das Licht der tiefschwarzen Nacht

SONJA

Da hab ich mich innerlich richtig gefreut. Aber ich sag nix, ich weiß ja, dass sie das nicht hören will. Aber wie ich da heut Abend vom Grewenthiner Club komm, kaputt und wie immer viel zu spät, und wie ich da Ella aus unserer Haustür kommen seh, da dacht ich, na, nun haben sich zwei gefunden. Ich hab ja immer Angst, dass Romy andre eher abschreckt, allein, wie sie so ist, nicht mit Absicht. Oder vielleicht doch. Aber Ella sieht eigentlich nicht so aus, als wenn sie sich einfach abschrecken lässt. Das ist gut. Ach, man braucht ne Freundin. Rosi hat mich angerufen. Einfach so. Sie wollte mal hören, wies mir geht. Na ja, wie gehts mir schon: Ich hab ihr von den Clubs erzählt, von den Jugendlichen, keine Ahnung, ob sie das versteht, ob sie das überhaupt interessiert, sie hat mir aber zugehört und nicht gleich wieder »nen guten Tipp« parat gehabt. Ich hatte ne ganze Weile lang überhaupt keine Lust, sie zu sehen. Aber wie sie hörte, dass ich jetzt paar Tage Urlaub hab, immer noch Überstunden von den Sommerfesten, da war sie richtig aus dem Häuschen, weil sie nämlich auch grad Urlaub hätt und ob ich da nicht mal vorbeikommen wollte, sie wär ja sonst auch ganz alleine in dem großen Haus. Ich sag, wieso, ich dacht schon, da wär irgendwas passiert. Aber ihr Mann ist zur Weiterbildung, und die jüngere Tochter hat jetzt auch ne Lehre angefangen. »Das is richtig komisch«, hat sie gesagt. Da tat sie mir irgendwie leid. Ich dachte, wie soll das erst werden, wenn Romy aus dem Haus ist. Na jedenfalls: ich hab zugesagt. Mit Übernachtung! Das muss zwanzig Jahre her sein, dass ich das letzte Mal bei Rosi übernachtet hab. Fahr ich am Donnerstag also nach Ueckermünde, Freitag muss ich ja schon wieder da sein, wegen den Vorbereitungen für das Dorffest. Eigentlich könnt ich gar nicht weg. Aber ach, mal muss man doch auch raus. War mir auch egal, was Friedhelm dazu sagen würd. Erst hat ern Gesicht gezogen, dann hat er »ja ja« gesagt. Die eine Nacht wird er schon überstehen ohne mich. Und Romy ist ja auch noch da. Aber ich weiß nicht, ich glaub, die reden gar nicht miteinander, wenn die alleine sind.

Als ich vorhin die Wohnungstür aufgemacht hab, war drinnen alles dunkel. Totenstill. Friedhelm nicht da, kein Abendbrot auf dem Tisch, von Romy kein Mucks. »Hallo«, hab ich gerufen, aber keine Antwort. Vielleicht war das falsch. Aber ich musste sofort zu Romys Zimmer hin und nachgucken. Ich musste doch gucken, ob sie nicht wieder umgekippt war. Da saß sie, im Dunkeln.

»Romy«, hab ich gesagt. »Ich bin wieder da.«

Sie hat sich nur halb umgedreht, mich gar nicht richtig angeguckt. »Ja.«

»Alles okay?«

»Ja, wieso?«

Den Qualm hab ich genau gerochen. Nicht, dass sie denkt. Ich wollt auch erst was sagen, hab mir aber im letzten Moment auf die Zunge gebissen. Lass sie, hab ich mir gesagt, lass sie endlich mal. Sie ist jung. Sie muss doch auch mal … ja, was? Sie muss überhaupt nicht.

»Mach dir doch Licht.«

»Jaa. Gleich.«

Irgendwas hatte sie doch. Aber ich wollt nicht neugierig sein, vielleicht hatten sie sich gestritten. Ella sah auch so ernst aus. Vielleicht – vielleicht war es wegen Paul. Ich seh doch, was los ist. Dass mein Kind sich grade unglücklich macht. Und Ella? Zu dritt ist manchmal schlimmer als alleine. Kenn ich. Aber da müssen sie nun selber durch. Du kannst nicht immer helfen, Sonja Plötz, kapier das mal.

Aber ich konnte sie doch nicht so da sitzen lassen.

»Ich mach jetzt Abendbrot. Kommst du dann?«

»Ich hab keinen Hunger.«

»Aber du musst doch was essen«, hab ich gesagt, »denk an deinen Kreislauf!«

Und sie, gereizt: »Mama, ich bin siebzehn, nicht siebzig! Und ich muss überhaupt nix! Wenn ich keinen Hunger hab, dann muss ich auch nix essen! Essen, immer nur essen …«

»Du bist schon so dünn!«

»Na und! Kann ja nicht jeder fett sein. Sowieso: Alle reden immer davon, dass die Dicken diskriminiert werden. Aber über die Dünnen darf man herziehen, oder was? Genauso mit diesem ewigen ›Du-siehst-ja-so-blass-aus‹, ›Du-bist-ja-so-weiß-geh-ma-in-die-Sonne!‹ Wenn das kein Rassismus ist!«

»Romy!«

»Was?«

»Du könntest mir wenigstens Gesellschaft leisten.«

Aber denkste. Ich musste mir meine Stulle schön alleine hinterkauen. Das ist doch wohl das Mindeste. Dass man zusammen isst. Aber Friedhelm auch nicht da. Eben hab ich ihn übern Hof laufen sehen, zusammen mit Werner. Da hab ich das Licht ausgemacht. Sie sind zu Jethke Schuppen hin. Mal wieder. Das kenn ich ja schon, aber dass das jetzt jeden zweiten Abend so geht –

dass die da jetzt schon mehrmals die Woche sich einen hinterkippen –, das geht doch nicht. Ich sag ihm das auch, jedes Mal. Wenn er reinkommt und ich schon auf drei Meter Entfernung den muffigen Geruch von Jethkes Schuppen riech und seine Fahne. Er setzt sich dann zu mir auf die Couch, als wenn nix wär. Ich wedel mit der Hand vor meinem Gesicht rum: »Puh! Muss das sein?« Oder ich geh gleich zu ihm und sag: »Hauch mich ma an!« Macht er ja auch noch brav. Und dann mecker ich, und er guckt mich an, als würd er aus allen Wolken fallen, jedes Mal, und sagt: »Mann, wat wist du denn? Darf man denn nich ma mehr n Bierchen trinken?«

N Bierchen! Ich weiß echt nicht, ob er mich für doof hält oder das selber nicht wahrhaben will. Dass er nicht bloß *ein* Bierchen trinkt, sondern drei, und auch nicht nein sagt, wenn ihm Werner die Pulle hinhält. Dass er das einfach nicht schafft, da mal nein zu sagen! Aber da nuckeln die denn alle drei an derselben Flasche. Ich find das eklig, ich mag ihn gar nicht mehr küssen. Na ja, das vermisst er sowieso nicht, wenn ich denn mal ankomm, heißt es bloß immer: »Du sabbelst!« Und von meinem Löffel essen oder so kommt nun schon gar nicht in Frage. Oder was essen, was ein anderer mit den Fingern zubereitet hat. Da schüttelt er sich. Aber mit den beiden Suffköppen aus derselben Flasche den Klaren in sich reinkippen, das geht.

Ich versteh meinen Mann nicht. Er hat das doch gar nicht nötig, sich mit denen da hinzustellen. Er sagt zu mir: »Mann, mit Jethke kannste dich uch kein vernünftiges Wort unterhalten, und Werner quatscht nur von seim Garten: ›Du, Friedhelm, du, ick sag dir ma wat, Kartoffeln musst du reinmachen, Kartoffeln und paar Feuerbohnen, Feuerbohnen sind gut, ick geb dir welche, kannst welche von mir haben …‹ Der hat doch n Schuss weg!«

Ja, ich weiß, er hat ja sonst keinen hier. Und er genießt das ja auch, mal vor die Tür zu kommen, im Gegensatz zu Anklam, wo man gleich auf der Straße stand, wenn man zur Haustür raus ist.

Jetzt rauchen sie. Man kann sie fast gar nicht sehen, nur die drei Glimmstengel, wie Glühwürmchen. Ich weiß aber trotzdem, welches Glühwürmchen Friedhelm ist. Die Art, wie er raucht, das hat mir gleich gefallen damals. Das sah so männlich aus. Damals haben alle geraucht, da hat gar keiner drüber nachgedacht, ob das schädlich sein könnte. Ich hab das nur mal probiert, aber das war so ähnlich wie mit der Mopedfahrerlaubnis, so richtig wollt ich das dann doch nicht. Bin ich lieber bei Rosi mitgefahren, und einmal sind wir im Straßengraben gelandet, sie war ganz schön voll, glaub ich. Nein, das stimmt vielleicht nicht, dass ich Friedhelm nicht verstehe. Ich vermiss das ja auch manchmal, diese Zeiten. Als man jung war. Ich möcht heutzutage nicht jung sein, das wär mir viel zu kompliziert. Aber dass das eben alles schon so lange vorbei ist, das will man wohl manchmal nicht wahrhaben. Dass das nicht wiederkommt. Na ja, ich komm damit eigentlich ganz gut klar, ich denk da eigentlich gar nicht dran. Bloß dass das nun bei Friedhelm noch mal so hochkommt, da hätt ich ehrlich gesagt nicht mit gerechnet. Denn was andres ist das doch nicht. Das erinnert ihn einfach an seine Jugend, mit paar Kumpels rumstehen und Bier trinken. Abends lange draußen bleiben und an nix weiter denken müssen, schon gar nicht, dass da eine Frau auf ihn wartet. Dabei könnte der niemals nicht als Junggeselle leben. Manchmal, wenns grad wieder gar nicht auszuhalten war, hab ich gedacht, ich hau ab. Pack meinen Koffer und bin einfach weg, und dann kann er mal zusehen. Wies ihm dann geht. Ich bin dann wirklich wild entschlossen dazu. So lange, bis ich mir vorstell, *wie*s ihm dann geht, und da muss ich dann noch mal heulen, aus Mitleid. Vielleicht würde *ich* ja noch damit fertigwerden. Ich denk öfter, ich brauch gar keinen Mann. Aber *er* doch nicht. Der würde sich doch spätestens nach drei Wochen aufbammeln oder sich so zusaufen, dass er nur noch vor sich hinvegetiert. Richtig versumpfen würd er doch. Und das kann ich nicht verantworten. Man hat doch eine Verantwortung füreinander, oder nicht?

Vielleicht hat Romy recht, wenn sie sagt, ich soll aufhören, Friedhelm wie ein Kind zu behandeln. Aber er *ist* ja auch wien großes Kind manchmal. »Wo is mein blauer Pullover?« »Wo hast du meine Latschen schon wieder versteckt?« Ich weiß dann nicht, ob ich lachen oder weinen soll. Tja, man hat eben immer alles gemacht. Wie meine Mutter, wie meine Oma, so ist man erzogen worden. Dabei hab ich gar nicht so einen Mann. Friedhelm ist ja nun alles andre als ein Pascha. Er hilft mir im Haushalt und macht eigentlich alles, worum ich ihn bitte, wenn auch mit Murren und frühestens nach der dritten Aufforderung. Im Prinzip hab ich ihn mir schon so hingebogen, wie ich ihn haben will. Aber dass er mal von alleine was macht, einfach aus Liebe zu mir (das will er ja gar nicht hören), das ist selten. Ich muss ihm alles sagen. Er hat sich da so dran gewöhnt. Wenn er irgendwohin muss, zum Arzt oder zum Amt, dann sagt er vorher oft, »ich weiß gar nich, was ich sagen soll«, oder: »Was soll ich denn sagen?« Und dann sag ich, wie selbstverständlich und auch, wenn er gar nicht gefragt hat: »Na, pass auf, du sagst …« Mit Romy mach ich das genauso, bloß dass die sich ab einem gewissen Alter dagegen gewehrt hat, und da ist mir das erst aufgefallen.

Vielleicht braucht er das ja deshalb, diese Abende. Um sich selbst noch mal was zu beweisen? Dass er noch nicht völlig zum Pantoffelhelden geworden ist? Unterdrück ich ihn denn? Ich will ihn doch bloß bei mir haben, abends. Ich hab doch nix dagegen, wenn er sein Ding macht. Wenn er dazu stehen würd. Wenn er sagen würd, Sonja, mach, was du willst, ich geh jetzt einen trinken. Oder so. Und nicht immer diese Heimlichtuerei, dieses Anschwindeln. Das macht mich ganz krank. Ich *bin* krank, ich weiß. Wie soll man auch anders sein, wenn man aus so einer Familie kommt. Wo der Vadder säuft, die Mudder säuft, wo irgendwann zwei Brüder anfangen zu saufen, und jetzt vielleicht auch noch Marlies. Neulich treff ich unsere ehemalige Nachbarin, die jetzt mit Marlies im selben Haus wohnt. Die ist auch nicht ohne. Aber da sagt die zu mir glattweg: »Sag ma, trinkt deine Schwester? Ick hab neulich n Schreck gekriegt, wie ick se gesehn hab, wie so richtig son bisschen uffgequolln sah die aus!«

Und man kann nur zugucken und kann gar nix machen, gar nix, man kommt gar nicht an die ran. Sobald man einen Schritt auf sie zu macht, helfen will, weichen sie aus. Man kriegt die gar nicht zu fassen, man streckt die Hand aus und greift immer ins Leere. Wie Seife, die einem immerzu wegflutscht. Sie lachen einen aus. Ich hab Angst, dass mein Mann mir wegflutscht.

Ich wunder mich gar nicht, nein. Ich fall nicht aus allen Wolken. Ich hatte nie einen anderen Mann. Friedhelm hat nie gesoffen wien Loch, aber immer gerne einen getrunken. Es gab auch so Phasen. Als ich ihn kennenlernte, da war er ja furchtbar spack. Und dann hat er auch noch immer so enge Selastik-Hemden angehabt, nee! Aber das war auch die Zeit, wo er, wie er selber sagt, sich »vorwiegend flüssig ernährt« hat. Ich hab dann wohl ein bisschen, na – zivilisierend auf ihn eingewirkt. In Berlin, aufm Bau, da dacht ich erst, wunder wie wüst das da zugehen müsst. Aber da wurd gar nicht so gesoffen, sagt Friedhelm, Bier, na ja, aber da musste richtig rangeklotzt werden und sie waren wohl froh, wenn sie sich abends noch n Kotelett braten und dann im Bett verschwinden konnten, da draußen in Marzahn. Einmal hat er seinen ganzen Lohn verloren, oder der ist ihm geklaut worden. Als er nachts mit der S-Bahn in seine Unterkunft ist. Er sagte, er hatte den Umschlag so hinten in der Arschtasche stecken, und wie er den dann rausholen wollte, tja, da war er nicht mehr da. Das waren über tausend Mark. Und wir wussten gar nicht, wie wir jetzt über den Monat kommen sollten, mit meinen vierhundert. Aber ich hab nicht gemeckert, kann mich nicht erinnern. Ich weiß nicht, aber irgendwie war man da noch anders. Da hat man sich gar nicht son Kopp gemacht. Was sollte denn auch passieren. Du hast jeden Monat dein Gehalt gekriegt. Es ging uns gut damals. Ich mein, nicht unbedingt finanziell, wir waren im Prinzip immer arme Schlucker, bis heute, wir sind nie richtig da rausgekommen. Wir kannten ja gar nix andres. Aber so, so ging uns das gut.

Später, als Friedhelm dann bei der ZBO in Anklam war, hab ich mir öfter Sorgen gemacht. Da ging das doch nie ohne ne Buddel Schluck ab, im Prinzip war das bei uns in der Provinz schlimmer als in der Großstadt. Der ganze Betrieb war ja verrufen als Auffangstelle für solche, die sonst nix taugen. WER NIX WILL UND WER NIX KANN, DER GEHT ZUM BAU ODER ZUR BAHN. Ich hab mich immer geärgert dadrüber: als ob das nicht eine hochverantwortungsvolle Aufgabe wär, ein Haus zu bauen. Ich hab Friedhelm bewundert dafür, dass er das kann, und immer ordentliche Arbeit, kein Pfusch, das würd ihm total gegen den Strich gehen. Wenn er was macht, dann macht er das auch richtig. Auch zu ZBO-Zeiten, er hat keine schiefe Wand gemauert. Aber ich hatte Angst, dass er da auf die schiefe Bahn gerät. Die meisten da waren doch schon mittags mit lang. Und Friedhelm hatte auch so manches Mal ne Fahne, wenn ich von der Arbeit kam. Aber das war doch gang und gäbe damals, doch nicht bloß aufm Bau, da hat auch so manche Verkäuferin ihren Flachmann in der Tasche gehabt. Sehen wollt das nie einer, getuschelt wurd immer. Bis das dann irgendwann nicht mehr zu übersehen war, und dann hat man sie zur HO-Leitung zitiert, und da wurd dann »ein ernstes Wörtchen« mit ihr geredet, oder sie wurd in ne andre Verkaufsstelle versetzt, FLEISCH- UND WURSTWAREN, woandershin abgeschoben, wo den lieben Kolleginnen dann eingeschärft wurde, auf sie aufzupassen, was man den lieben Kolleginnen natürlich nicht zweimal sagen brauchte, oder sie musste gleich als Klofrau gehen, das war so der letzte Notnagel. Rausschmeißen ging ja nicht. Bei uns musste niemand auf der Straße sitzen. Durfte er ja auch gar nicht. Romy hat mich mal gefragt, wann denn eigentlich die ganzen Leute einkaufen sollten, wenn alle von morgens bis abends gearbeitet haben.

»Haben sie ja nicht.«

»Ja, aber offiziell«, hat Romy gesagt.

Keine Ahnung. Friseurbesuch während der Arbeitszeit war nicht offiziell, aber normal. Es ging doch immer bloß darum, sich nicht erwischen zu lassen, und nicht darum, irgendwas geheim zu halten. Wussten ja doch alle Bescheid. Mit dem Saufen genauso.

Und ich glaub, das war auch gar nicht sone Angst um Friedhelm, die ich da hatte, sondern mehr wegen den Leuten. Das konnt ich nicht vertragen, dass er angetrunken im Kindergarten aufkreuzt, um Romy abzuholen. Ich wollt nicht, dass die so was über meinen Mann sagen. Die Maurer, ja ja. Reichte schon, wenn die so über meine Eltern redeten, und das stimmte ja. Die *haben* gesoffen. Bloß wieso, da hat nie einer nach gefragt. Ich auch nicht. Ich hab das nicht kapiert, meine Mutter, dass die so schwach war. Dass die sich von dem Ollen verkloppen lässt und sich dann auch noch das Saufen von dem angewöhnen. Dass sie nicht mal versucht hat, ihm das abzugewöhnen.

Das wird ja mit dem Alter schlimmer, sagt man. So weit wollt ich das gar nicht erst kommen lassen. Was hab ich auf ihn eingeredet! Ich hab gedacht, das hilft, wirklich! Oder die andere Masche: Funkstille. Bock und Auszug ausm Schlafzimmer. Hilft alles nix. Er kommt dann an und lässt die Ohren hängen und entschuldigt sich und: »Ick weiß gar nich, wat du hast«, und: »Sonja, nu muss uch ma wieder gut sein«, ja, und dann ist eben auch wieder gut, bis zum nächsten Mal.

Und dann kam die Zeit, wo ich dachte, nun wird wirklich alles gut. Das war, als Friedhelm zum Glauben kam. Und das war eigentlich eine schlimme Zeit, für ihn. Als er das erste Mal diese Depression hatte. Wie aus heiterem Himmel, wusste doch keiner, wo das herkam, am wenigsten er selber. Komisch, ich dachte, das müsste irgendeine ganz klare Ursache haben. Ich wusste gar nicht Bescheid. Nur, dass das was Seelisches sein musste. Dass da vielleicht ein Seelsorger helfen könnte. Aber ich dachte, wenn ich damit ankomm, dann zeigt er mir n Vogel, zu der Zeit. Wann war das? Romy muss so neun oder zehn gewesen sein. Ich hatte sie einfach zur Christenlehre geschickt, obwohl Friedhelm dagegen war. Oder es war ihm egal. Er hatte mit Kirche und so nix am Hut. Obwohl er das von zu Hause aus auch kannte, aber er sagt, er hat das gehasst, zum »Paster« zu müssen, zum Konfirmandenunterricht, und da noch was zu lernen. Schule war ja schon schlimm genug. Und dann gibt es aber so ein schönes Bild von ihm, zum Schießen, wie er da ganz brav in seinem Konfirmandenanzug schief im Tulpenbeet steht, er nach links, die Tulpen nach rechts. Oder umgekehrt, von ihm aus gesehen.

Wir haben kirchlich geheiratet, weil ich das so wollte, obwohl wir da erst noch zum Eheunterricht mussten. Und Friedhelm ist brav mit mir da hingegangen, alles mir zuliebe. Weil das für mich erst die richtige Hochzeit war. Obwohl sich schon alle aufm Standesamt die Augen ausgeheult hatten. Das fand ich unmöglich. Das war da sowieso noch so ein Zirkus, weil wir unsere Ausweise vergessen hatten und unsere Eltern dann ihre vorzeigen mussten, und ich weiß noch, wie mein Vadder sagte: »Dat is mine Dochter.« Aber wie wir dann gleich hinterher in die Marienkirche sind und der Hochzeitsmarsch gespielt wurde und wir dann vorm Altar auf diesen schön geschmückten Hochzeitsstühlen saßen – da kamen *mir* bald die Tränen, da wusst ich auf einmal, das ist jetzt für immer und ewig. Sonst braucht man ja nicht heiraten, oder.

Wir haben Romy dann als Baby auch gleich taufen lassen, das heißt, nicht gleich, sondern erst über ein halbes Jahr später, weil Friedhelm das partout nicht wollte und gefragt hat, »wozu dat denn noch«. Und meine Oma auf der andern Seite, die hat ja die ganze Zeit schon gedrängelt, dass das Kind nun endlich mal »flöopt warn mööt«, die hat das gar nicht verstanden, dass wir da erst noch groß drüber nachdachten. Hätt ich auch gar nicht, wenn Friedhelm nicht auf einmal so stur gewesen wär. Da hab ich mich denn erst mal gefragt, wieso ich das eigentlich unbedingt will. Und ich konnt das gar nicht so genau sagen. Bloß, dass mir nicht wohl dabei gewesen wär, Romy nicht taufen zu lassen. Man will doch nur das Beste für sein Kind. Vielleicht war das so was wie sicher ist sicher. So klar wie heute war mir das noch lange nicht. Ich fand das eben einfach richtig. Und dann haben wir das auch gemacht, weil ich das so wollte. Und Friedhelm musste mit und versprechen, sein Kind im christlichen Glauben zu erziehen. Heute denk ich, das war auch gemein von mir, ihm immer alles so überzustülpen.

Und ich war das ja auch, die dann bei Arndt angerufen hat und gefragt hat, ob mein Mann nicht kommen kann, dem gehts schlecht. Und der hat sofort ja gesagt, ohne groß zu fragen, dafür bin ich ihm heut noch dankbar. Und Friedhelm, der hat auch ja gesagt. Und daran konnt ich schon sehen, wie weit es mit ihm war. Dass er wirklich Hilfe wollte, egal, woher. Mit meinem Vadder war das genauso. Als der im Sterben lag. Als ich diese Angst in seinem Gesicht gesehen hab, seine hohlen Augen, die mich immerzu angeguckt haben, als wenn er mir was sagen wollte, aber er konnte ja nicht mehr. Ich weiß nicht, manchmal kam er mir auch ganz weit weg vor, wie schon nicht mehr ganz hier, aber eine Angst war das in diesen Augen, ich weiß ja nicht, aber als wenn er sonstwas gesehen hat. Und dann hat er bloß genickt, als ich ihn gefragt hab, ob ich für ihn beten soll. Er hat bloß meine Hand gedrückt und ganz doll genickt.

Aber das war später. Das mit Friedhelm, das muss in dem Jahr gewesen sein, als meine Mudder starb. Schon Monate vorher hat sie ganz gelb ausgesehen, ganz schlecht, sie hat ja fast nur noch im Bett gelegen. Meistens zugedröhnt. Ich war nicht mehr oft da. Ich hatte irgendwie überhaupt keine Kraft mehr. Meine Oma war oft bei uns, sie kam immer freitags mit dem Einser-Bus, und dann hat sie manchmal geweint, wenns grad wieder schlimm war mit Traudel. Mit ihrer Tochter. Sie konnt damit nicht fertig werden. »Nee, mit Traudel, nee, ick verstoh dat nich, dat dei nich uphüürn künn.« Und sie hat mit dem Kopf geschüttelt und auf den Ollen, auf Manni, geschimpft. Ich glaub, sie hatte wohl wirklich das Gefühl, dass er ihr ihre Traudel weggenommen hat. Sie war auch gegen die Hochzeit gewesen. Aber wo nun schon das erste Kind unterwegs war. Dabei war sie selber damals schon mit dem zweiten schwanger gewesen, als sie endlich ihren Ernst geheiratet hatte. Dafür hatte sie noch den Arsch von ihrem Vater vollgekriegt. Sie hatte fünf Kinder. Und sie hat die alle überlebt. Zwei sind ja gleich als Baby gestorben. Die Leute haben immer irgendwas von Krämpfen gesagt. Epileptische Anfälle? Wer weiß, wer wusste das schon. Der eine Sohn, der, der aus dem Krieg mit Typhus zurückgekommen ist und dadran dann auch gestorben, der soll das auch gehabt haben. Der andere, der war grad mal achtzehn, als er Ende vierundvierzig gefallen ist. Der war Kanonier. Ich hab immer dieses Foto angeguckt, wo er in Uniform drauf ist, wo sie hinten drauf die Todesanzeige geklebt hat. Da steht auch, dass ihr Mann z. Zt. im Felde wär und der andere Sohn vermisst. Schon da gabs eigentlich bloß noch Traudel und sie. Und ich hab immer dieses runde Jungsgesicht auf dem Foto angeguckt, und die Mütze sah viel zu groß aus, und ich konnt mir gar nicht vorstellen, dass das mein Onkel sein sollt.

Und nun lag Traudel im Krankenhaus, und das war alles abzusehen. Und ich war trotzdem erschrocken, als mein Vadder eines Morgens bei uns vor der Tür stand. Ich hatte sie am Tag vorher noch besucht. Meine Mutter. Sie hat kaum die Augen aufgekriegt, die hatten ihr wohl irgendwas gegeben. »Sonja«, hat sie gesagt, mehr eigentlich nicht. Das war gar nicht mehr meine Mudder. Aber wie mein Vadder vor der Tür stand, war mir kotzübel. Ich wusst auf einmal, dass meine Mutter gestorben ist, ich mein, nicht bloß, dass sie gestorben ist. Sondern dass das meine Mutter war, als hätt ich plötzlich wieder eine Mutter gehabt, gehabt, ja.

Meine Oma war grad bei uns, und wie sie Manni sah, hat sie gleich angefangen zu weinen. Ich konnt das gar nicht. Ich hab meine Oma angeguckt, wie sie nix gesagt hat und bloß geweint, und ich musst daran denken, was sie mir erzählt hatte. Als vierundvierzig der Postbote kam mit dem blauen Brief. Und er kam zu ihr, in ihr Haus. Wie sie da geschrien hat, nur geschrien, die ganze Zeit.

Das war zwei Tage vor meinem Geburtstag, als meine Mudder

starb. Und das war heiß, und sie mussten sie fast sofort unter die Erde bringen. Aber ich hätte sie noch mal sehen können. Ich hab nein gesagt.

Sie hat immer bloß gelacht und abgewunken, wenn ich gesagt hab: Mutti, soll ich mit dir zu Arndt gehen? Sie hat das überhaupt nicht ernst genommen, oder heruntergespielt, als ob wir alle gar nicht wüssten, was los ist, als ob wir alle spinnen würden. Oder, ich weiß nicht. Ich konnt das nie rauskriegen, ob sie das ernst genommen hat. Ob sie sich ernst genommen hat. Ob sie wusste, was mit ihr los ist. Weiß man was, was man nicht wissen will?

Ich kannte Arndt hier in Bresekow als Seelsorger, aber ich bin zu ihm, weil er damals schon die Suchtgefährdetenhilfe geleitet hat. Sie haben ihn und seine Familie damals ins Pfarrhaus geholt, nachdem Maltzahn weggezogen war. Einen neuen Pastor kriegten sie nicht. Aber Arndt war schon der richtige Mann für die Leute hier, der hat was gemacht. Ich hatte gehört, dass er schon so manch einen aus der Gosse geholt hat, dass er das schafft, die Leute trocken zu kriegen. Dass das was mit Glauben zu tun hatte, das war mir da noch gar nicht so wichtig. Ich wollte, dass er meinen Eltern hilft. Er hat mir zugehört. Und das hat erst mal mir geholfen. Er war der Erste, bei dem ich mich nicht geschämt hab für meine »Alten«. Aber er hat mir ganz klar gesagt: »Die müssen selber herkommen.« Und dann hat er mit mir gebetet, und das kam mir erst mal komisch vor. Er hat gesagt: »*Ich* mach das nich. Die Leute denken immer, ich mach das, und sind mir denn sonstwie dankbar und wolln mir den Hintern küssen und kommen hierher, als wär ich der liebe Gott. Ich sag immer, *dem* da müsst ihr danken, vor *dem* da müsst ihr uffe Knie falln«, wobei er so mit dem Finger nach oben gezeigt hat. Er hat so eine Art zu reden. Und da kam ich mir denn auf einmal ganz schön doof vor. Weil ich das ja wohl auch gedacht hatte.

Aber davon hab ich erst mal gar nix gesagt. Ich hab meiner Mudder bloß immer in den Ohren gelegen, dass ich mit ihr zu

Arndt gehen würde. Da hat sie bloß gelacht. Oder dass er auch herkommen würde. »Sonja, nu hüür eis up!« Ja ja, was sollten denn da die Leute denken, nicht wahr. Da könnten die ja nun glatt noch denken, man wär Alkoholiker. Aber das war auch noch was andres. Das wär ja wie – wie ein Zugeben wär das gewesen. Meinem Vadder braucht ich erst gar nicht damit kommen. Der hatte einen Stolz, das war schon bald sprichwörtlich. Der hat nie nachgegeben. Nie »klein beigegeben«, Manni Stöwsand. So kannte ihn jeder. Er war nicht unbeliebt, ganz im Gegenteil. Und deswegen war er immer obenauf. Und das mit dem Trinken, na ja. Da hat man drüber geredet, und denn hat man ihn wieder eingeladen, oder sich einladen lassen. Großzügig war er. Und sein Wort galt was. Das wusst er. Gelitten haben sie alle unter ihm, meine Oma, meine Mudder, meine Geschwister, ich. Aber gesagt hat keiner was. Wir waren uns ja auch überhaupt nicht einig gegen ihn oder so. Er hatte ja auch seine guten Seiten. Aber einer hatte immer zu leiden, und der hat dann alleine vor sich hingelitten, und die andern waren bloß froh, dass sie nix abgekriegt hatten. Er hatte auch so ein Talent, uns gegeneinander aufzuhetzen. Ganz grün waren wir uns sowieso nicht, wir waren gar nicht wie Geschwister. Bloß die beiden Lütten, Elke und Marlies, die haben zusammengehangen. Und Herbert und Siegbert, die beiden Ältesten, die waren wie Zwillinge. Und selbst die hat er gegeneinander ausgespielt, einmal hat er sie wie zwei Hähne buchstäblich aufeinandergehetzt, dass die sich richtig gekloppt haben, bis aufs Blut, draußen vor der Waschküche, und er hat sich auf die Treppenstufe gesetzt und sich das angeguckt und den einen und den anderen angefeuert, und die haben gar nicht gemerkt, wie er sich einen feixt. Und mir hat erst recht keiner geholfen, als er mich um den Tisch gejagt hat und mich zu fassen kriegte und mich an den langen Haaren gepackt hat und gegen die Küchentür gedonnert, richtig mit dem Kopf dagegen. Weil ich mal was gesagt hatte. Und meine Mudder hat »Manni!« geschrien und ist rausgerannt. Und er hat gar nix gesagt, er war jähzornig, aber er hat nie rumgetobt. Das ging ganz schnell bei ihm, plötzlich hatte er einen, ohne Vorwarnung. Das war eine ganz kalte Wut bei ihm, eine Wut, mit der man Menschen umbringt. Da war ich schon fast erwachsen, fast achtzehn.

Ich wollte nur weg. Und Friedhelm auch. Der hielt das auch nicht mehr aus zu Hause, mit den vielen Geschwistern, dieser ganzen Unruhe. Für ihn hatte auch nie einer Zeit, so was kannte er gar nicht. Ich glaub, seine ganze Nervosität, das kommt alles daher. Als er das damals hatte, diese Depression hatte, und das kam ja wieder –, da hat er eigentlich zum ersten Mal über seine Familie geredet. Nicht, dass er mir vorher nix erzählt hätte, im Gegenteil, die dollsten Schoten, und was sie als Gören alles angestellt hätten, und wie er seiner Schwester mit dem Feuerhaken eins übergezogen hat und Küken in der Wäscheschleuder und alles solche Sachen. Aber wie ihm das ging dabei, ob sich da mal einer um ihn gekümmert, seine Mutter ihn mal in'n Arm genommen hat oder so, da hat er nie was drüber gesagt. Ich hab auch nicht gefragt. Wenn er so erzählte, stand mir das Bild vonner wilden Horde vor Augen, die Plötzen-Bande, furchtbar zwar, aber immer noch besser als bei uns. Weil ich da so einen Zusammenhalt merkte. Egal, wie Mutter Plötz sonst so war, und ich kam ja nicht so klar mit ihr, aber ihre Kinder waren ihr Ein und Alles, da hat sie nix drauf kommen lassen. Das war manchmal auch nicht mit anzuhören: wie sie auf die Partner ihrer Kinder geschimpft hat, auf die Leute sowieso, Schuld waren immer bloß die anderen. Und das hat sich so festgesetzt in denen. So ist Friedhelm auch. Er verdrängt alles bis zum Gehtnichtmehr.

Ich hatte ihn noch nie so gesehn, so fremd, wie an dem Tag. Als er zu Arndt ist. Und ich weiß nicht, was genau da abgegangen ist, ich weiß das bis heute nicht, das war dann schon wieder sein Geheimnis. Das war schon dunkel, als er endlich wiederkam, regelrecht reingeschossen kam er, und ich kriegte fast Angst, wie er sofort anfing, alle Schränke aufzureißen und die Schnapsflaschen rauszuholen. Vor allem, wie viele das waren! Ich wusste, dass er solche Verstecke hat, ich hatte ab und zu mal zufällig eins entdeckt, und das war dann immer wie ein Stich, das zuckte so richtig durch mich durch, wie ein Stromschlag. Wenn da hinter dem Wäschestapel auf einmal die Buddel GOLDKRONE stand, halb leer. Ich mocht die gar nicht anfassen. Aber ich hab sie dann rausgenommen und ins Schnapsfach gestellt, das hieß schon bei Stöwsands so, dieses Fach, was man so aufklappen konnte, die Bar, wo die ganzen Gläser drinstehen. Wo das hingehört. Und wenn er von der Arbeit kam, hab ich gesagt: »Sag ma, weißt du, was ich heut im Wäscheschrank gefunden hab?«, und dann war der Abend gelaufen. Zuerst hat er sich nämlich immer doof gestellt, wovon ich denn reden würd und so, dann: »achso, dat«, und gleich hinterher aber seine Standardantwort: »Na du meckerst doch sonst bloß wieder!« Und deshalb hätte er sie versteckt, damit ich das gar nicht erst mitkriege und also keinen Grund zum Meckern hab. Das stimmt ja auch. Aber *warum* mecker ich denn? Weil mir das Spaß macht? Oder weil ich mir Sorgen um meinen Mann mach? Ich hab mir oft Sorgen gemacht. Das ist auch nicht besser geworden.

Er hat sich nicht mal geschämt. Das hat mich ja so auf die Palme gebracht. Dass er so tut, als wär er voll im Recht. Vielleicht wollt ich bloß das. Dass er mal zugibt, dass was scheiße ist, dass er Mist gemacht hat.

Manchmal hab ich auch gar nix gesagt. Hab die Flasche bloß ins Fach gestellt und gedacht, er muss das doch merken. Vielleicht wirkt das mehr. Aber am nächsten Tag war der Schnaps wieder weg, total verschwunden, als wär nie was gewesen. Als würd ich unter Hallus leiden, wie meine Jugendlichen sagen.

Dann wieder Methode Holzhammer. Hab ich Abendbrot gemacht, und wenn er dann kam, stand die Pulle auf seinem Platz. Ohne Kommentar. Er hat sie beiseite gestellt und mit dem Kopf geschüttelt und angefangen, sich ne Stulle zu schmieren. »Hast du nix dazu zu sagen?«, frag ich. Und er: »Wat soll'ck denn dazu sagen – wenn du dich ma wieder kindisch benimmst?« Ich?

Einmal hab ich sie einfach stehen lassen, da, in seinem Versteck. Hab den Schrank wieder zugeklappt. Ich hatte überhaupt keine Lust mehr. Dann muss er eben trinken. Wenn er meint. Ich bin doch nicht sein Kindermädchen. Er ist ein erwachsener Mann.

Nur, dass ers eben nicht ist. Nur da, als er von Arndt kam und den ganzen Alkohol in'n Ausguss gekippt hat, da hab ich so was gemerkt. So was wie einen eigenen Willen. Aber dazu musste ihm ja wohl auch erst einer die Leviten lesen. Immer muss erst einer von außen kommen, muss erst was im Fernsehen gesagt werden – man soll mehr Kohl essen oder so –, damit ers glaubt. Ich zähl ja nicht mehr.

»Bring ma Rosenkohl mit!«, sagt er dann, und zwar in einem Ton, der irgendwie genauso klingt wie damals, als er eine Flasche nach der andern aufgemacht und weggekippt hat, sogar das Bier, und, wie ich ihn aufhalten wollte, schließlich hatte das alles Geld gekostet, wie er da gesagt hat: »Damit muss Schluss sein, Sonja!«

Wenn er was macht, dann richtig. Aber auch so überrichtig. Ich war ja total überrascht, aber auch froh, dass Friedhelm Arndt so gut fand. »Der is in Ordnung«, hat er gesagt. »Der redet ma Klartext.« Und er ist danach, auch als es ihm besser ging, als eigentlich wieder alles normal war, mit mir zu den Lobpreisgottesdiensten nach Bresekow gekommen. Alle vierzehn Tage dienstags abends. Wir hatten da grade unser erstes Auto, den blauen KADETT, ne olle Schüssel eigentlich, aber ich war so stolz dadrauf. Auch auf Friedhelm, dass er das mit der Fahrerlaubnis einfach so gepackt hatte. Ich hab mich erst später getraut, bin auch beim ersten Mal durchgefallen. Da hab ich schon wieder an mir gezweifelt, an der ganzen Aktion, ob das überhaupt notwendig ist, aber plötzlich war das notwendig. Zu DDR-Zeiten hat da keiner von uns beiden dran gedacht, da war gar nicht dran zu denken. Wir hätten sowieso nie nen Trabi zusammengespart gekriegt, auch in zwanzig Jahren nicht. Ich weiß gar nicht mehr, wie wir früher eingekauft haben. Da wären wir abends gar nicht nach Bresekow gekommen, da hätt es das alles sowieso überhaupt nicht gegeben. Dass da einer frei in der Kirche spricht, kein Blatt vorn Mund nimmt. Da wären wir vielleicht gar nicht zum Glauben gekommen. Wenn man sich das mal so vorstellt.

Ich hab ihn kaum wiedererkannt, Friedhelm. Wie er plötzlich so Feuer und Flamme war. Dass es Gott gibt, und dass man nur durch Jesus zu Gott kommen kann und all das, das stand für ihn auf einmal alles fest. Er hatte da auch kaum Fragen, nicht so wie ich, am Anfang, als ich vieles gar nicht verstehen konnte oder wollte. Das war mir manchmal unheimlich. Ich war mir nicht so sicher, ob er das nun wirklich glaubt oder – na ja, denkt, dass er das nun glauben muss. Damit ihm das nicht wieder schlechtgeht. Aber ich dachte, lass ihn. Du kannst ihm das jetzt nicht wieder wegnehmen.

Er gerät da manchmal ganz schön mit Romy aneinander. Wenn er so – fast fanatisch ist. Er lässt ja nix gelten, was nicht mit dem, was Arndt predigt oder was wir so zu lesen bekommen, überein geht. Besonders mit Israel. Und Romy widerspricht dann ja, schon aus Prinzip, die kann das überhaupt nicht ab, wenn sie irgendwie bemusst wird. Nachrichten gucken ist immer schwierig mit den beiden. Meistens sagt gar keiner was. Aber ich seh genau, wie Friedhelm mit dem Kopf schüttelt und schnell zu Romy guckt, ob sie das auch mitgekriegt hat. Und wie Romy starr geradeaus in den Fernseher guckt. Ich geh dann meistens raus. Ich weiß so wenig dadrüber. Aber bloß nicht noch was fragen. Dann halten sie mich beide wieder für total blöd.

Wir haben ja auch eine Zeitlang versucht, Romy dienstags mitzunehmen. Sie ist auch mal mitgekommen, ein-, zweimal, als sie jünger war. Aber bloß unseretwegen, damit wir Ruhe geben, und danach hat sie sich dann absolut dagegen gesträubt, gab auch Streit deswegen. »Wieso denn nich?«, hab ich gefragt. »Du glaubst doch auch an Gott, oder?«

Die Antwort war wieder typisch Romy: »Na und? Müssen alle, die an Gott glauben, da jetzt hinrennen?«

Ich wusst erst gar nicht, was sie so furchtbar dadran findet, vielleicht wusste sie das selber nicht, jedenfalls hat sie nix Genaues gesagt. Im Prinzip haben wir da alle immer nur drumrumgedruckst, als müssten wir uns für irgendwas schämen. Romy wollt da gar nicht mit mir drüber reden. Sie hat mir bloß gerne lauter schwierige Fragen gestellt, auf die ich auch keine Antwort wusste. Solche Sachen wie: Wenn Gott das alles vorhersehen konnte, wie das alles werden würde mit den Menschen und so, dass er sich ständig über sie ärgert, wieso hat er sie dann geschaffen? Was war vor Gott da? Was hat er die ganze Zeit gemacht vor uns? Was ist mit den anderen Religionen? Die können doch nix dafür, die anderen Menschen, dass sie woanders geboren sind, wieso sollen bloß wir das Glück haben, zufällig an das Richtige zu glauben? Und so weiter.

Und da brauch ich überhaupt nicht kommen mit Sätzen wie: Das musst du eben einfach glauben. Ich weiß, da könnte sie ausflippen, wenn ich so was sage. »Annehmen«. Das ist das totale Reizwort für sie. »Das musst du einfach annehmen.«

Vielleicht wars das. Dass sie das deshalb so abstößt, diese Veranstaltungen. Weil da keiner solche Fragen stellt, alle bloß dasitzen und auf Arndt gucken. Und dann natürlich wieder dieses Gruppending. Das hat mich früher oft traurig gemacht. Dass mein Kind so menschenscheu ist. Dass sie nirgendwo dazugehört. Aber sie will ja gar nicht. Das hab ich erst viel später gesehen, eigentlich jetzt erst: dass das nix mit Schüchternheit oder so zu tun hat, jedenfalls nicht nur. Das ist einfach nix für sie.

Und wir? Für uns ist das alles Gewohnheit. Ich weiß, dass Friedhelm oft keine Lust hat hinzugehen. »Warum gehst du dann?«, frag ich. »Arndt zuliebe? Gott weiß sowieso Bescheid.« Ich auch. Das hat nämlich wieder ganz schön zugenommen. Was er so an Bier trinkt, und ja nicht nur Bier. Er hatte das eine Weile wirklich ganz ohne durchgehalten. Bis zum nächsten Verwandtengeburtstag. Immer bis zum nächsten Geburtstag. Da wird dann unweigerlich eingeschenkt. Und Friedhelm trinkt. Sollen ja nicht denken, dass er unter Sonjas Fuchtel steht. Dass sie ihn nun bekehrt hat und zu Arndt schleift.

Er trinkt auch, um schlafen zu können. Wenn er merkt, dass das kommt, die Depression. Ich merk das immer daran, wenn er spät noch ein Bier aufmacht. Noch mal rausgeht. Wenn er nix sagt. Er sagt überhaupt nix mehr. Ich finde bloß wieder die Flaschen, hinterm Waschpulver, in der Garage.

Aber saufen tun immer bloß die andern. Über Siegbert, über Jürgen, da können wir uns aufregen, bei jeder Feier aufs Neue. Das ist schon immer vorprogrammiert. »Mann, die ham aber uch wieder gekippt!«, sagt Friedhelm, wenn wir nach Hause fahren. Wenn ich fahre und er mit drei-acht im Turm neben mir sitzt. Ich will das nicht mehr. Diese ständigen Feiern. Wieso fährt man da hin? Ist doch immer das gleiche Blabla. Siegbert macht mich blöd von der Seite an, stänkert rum, ich bin sowieso ein rotes Tuch für ihn, und meine liebe Schwägerin setzt ihr übliches Grinsen auf, zieht die Augenbrauen hoch, wenn er mal wieder über die Stränge schlägt, und sagt: »Ach, Siggi«, und kichert. Herbert sitzt feixend in der Ecke. »Und, wie geht dir dat?«, fragt Elke. Und gackert dann den ganzen Abend mit Marlies rum, wie zwei Teenager, die sind auch noch nicht weitergekommen als meine Jugendlichen. Marlies ist jetzt Mitte dreißig, ich hab neulich mal zu ihr gesagt: »Du gehst auch schon auf vierzig zu«, da war sie eingeschnappt. Hungert sich runter auf achtundvierzig Kilo und blondiert sich die Haare. Seit Jahren diese Pudelfrisur. Das blonde Gift. Da lacht sie, wenn wir das sagen. Ein Kerl nach dem andern. Ich weiß nicht, wo sie die alle herholt. Dass die alle anbeißen, sie sieht doch schlimm aus. Elke hat früher mal so ein Buch bei ihr gefunden. Mit Datum und Namen und allem, Kommentaren. Sie hat Buch geführt über die Macker.

Und dann sitzen wir da überm Kartoffelsalat. Und haben uns überhaupt nix zu sagen. Wie kommt das? Dass ich mit denen verwandt bin, dass das meine Geschwister sind? Ganz abstreiten lässt sich das ja nun auch nicht. Die Augen, der Mund. Ich kann das manchmal gar nicht glauben: dass ich kein Einzelkind bin. Ich bin eins. Ich hab gar keine Familie, das ist doch keine Familie. Nur meine eigene kleine, nur wir drei, wenigstens wir. Hab ich zumindest immer gedacht.

Ich mache mir Sorgen um Romy, pah! *Wer* vereinsamt denn hier? Sie ist jung, sie hat doch noch alles vor sich, alles Schöne. Da würd sie jetzt lachen. Mama! Sie wird das nicht so machen wie ich: immer da sein, nie nein sagen, sich überall einbringen, nützlich machen. Und was hab ich davon? Ich weiß, so soll man nicht denken. Schon gar nicht als Christ. Ich Möchtegern-Christ! Und wo sind meine Freunde? All meine lieben Christen-Freunde? Wo sind sie denn? Ich seh keinen. Aber ist man nicht selber schuld? Wir haben uns so abgekapselt, Friedhelm und ich. Wir machen nie was. Mit wem auch.

Und mein toller Bibelgesprächskreis, mittwochs, alle zwei Wochen? Ja, das war vielleicht mal gut, am Anfang. Aber die guten Leute sind alle weg. Die haben das da wohl auch nicht ausgehalten, Maritas ewiges »Ick-sag-euch-da-hat-er-mich-wieder-zuhalten-gehabt«, der Teufel nämlich. Ob die das wirklich glaubt? Ich glaub, ja. Die hat sich sone richtige Dämonenwelt gebastelt. Oder die haarsträubenden Dinger, die Helga immer loslässt, wenn wir was zu einem Bibeltext sagen sollen, das ist nicht mitanzuhören. Neulich, das war die Krönung, da wusste ich echt nicht, ob ich einfach nur lachen oder laut Scheiße schreien soll: Die schwor Stein und Bein, dass wir Christen an einem besonderen Merkmal zu erkennen seien, nämlich – oh nein, es ist wirklich zu bescheuert – nämlich an einer Wölbung auf dem Kopf, Gott hätte uns mit so einer Wölbung versehen! Und wie die sich dann alle gleich an ihren Kopf fassten! Na ja, also echt, da kann man sich ja auch bloß an den Kopf fassen, aber die haben alle ihren Kopf abgetastet, und dann fingen ein paar an zu lachen, ich auch, noch nicht mal am lautesten, aber Helga funkelte mich ganz böse an, und hinterher kam sie zu mir und grollte, dass sie das nicht vergessen wird, wie ich sie so bloßstellen konnte! Wir können uns nicht besonders leiden, das steht mal fest. Mir reichte schon, wie sie erzählte, dass sie mit ihrer alten Mutter, seit die bei ihr wohnt, jetzt immer morgens eine Andacht macht, obwohl die gar nicht will, »da war se bockig, aber ick setz dat durch!«. Und alle nicken brav, und nur ich muss mal wieder der Quertreiber sein und den Friede-Freude-Eierkuchen – na, Frieden stören. Sabine guckt mich denn an, als wär ich irgendwie außerirdisch, meistens sagt sie dann, so, als hätt ich sie grade aus dem Schlummer geweckt, so gaaanz laaangsam: »Sooon-jaa! Wie maainst du denn daas?« Und noch bevor ich antworten kann, springt Renate ein und legt mir Worte in den Mund, auf die ich im Traum nicht kommen würd, und dann greift sie fix zur Gitarre, und wir singen erst mal einen, schrumm-schrumm. Vielleicht hätte nicht grade Arndts Frau den Kreis machen sollen. Ich mein, ja, sie ist Katechetin. Aber all die Jahre Christenlehre, die sind nicht spurlos an ihr vorbeigegangen, bloß dass sie zu ihren drei Akkorden nix dazugelernt hat. Und in einem Tempo immer, man kommt kaum zum Luftholen. Ich weiß gar nicht, wie Sabine das macht. Vielleicht singt sie nur jedes zweite Wort. Aber ich kann doch jetzt nicht auch noch wegbleiben. Was soll ich denen denn sagen? Ihr seid mir zu doof? »Mama, du musst dich doch nicht ständig rechtfertigen!« Muss ich aber in Wirklichkeit doch. Oder wegziehen.

Wietmann, der Neue, auf den hatt ich ja insgeheim sofort alle meine Hoffnungen gesetzt. Das hat mir gut gefallen, wie er zu Ostern hier seinen Antrittsgottesdienst hielt. Da waren sie alle erst mal baff. Wie er von der Auferstehung sprach und uns meinte. Wie gleich das Erste in seinem Gebet war, dass Gott uns aus der Gewohnheit rausreißen möge, aus der »Glaubenslangeweile«, genauso hat er das gesagt. Dass wir nicht glauben sollen, wir hätten nun ein für alle Mal die Weisheit mit Löffeln gefressen. Das hat er anders gesagt, anders als Arndt. Der war übrigens gar nicht da, Renate auch nicht. Als ob sie nun Angst um ihr Haus haben. Manchmal versteh ich die nicht. Versteht mich einer?

Versteht einer Wietmann? Ich glaub, der ist denen hier viel zu – viel zu kompliziert, oder so. Wieso, wieso, man kann doch nicht immer egaleweg im gleichen Trott weitermachen. Er hat recht. Aber die können das.

Kann sein, ich hab einfach mal wieder zu hohe Ansprüche. Vielleicht sollte ich das machen wie Dieter. Aber Dieter macht mich verrückt. Dieter *ist* verrückt, hab ich öfter den Eindruck. Ich denk manchmal, wenn da einer von außen draufgucken würd, der würd doch denken, wir sind total beknattert. Wir Christen. Ich hab ja nix dagegen, dass er mir öfter Hannah herbringt und das offenbar auch irgendwie als selbstverständlich betrachtet, dass ich auf sie aufpasse, mich mit ihr beschäftige. Wenn sich schon die eigene Mutter dazu nicht in der Lage sieht und Ruhe braucht, immer nur Ruhe. Friedhelm und Romy geht das ziemlich auf die Nerven, und sie werfen mir das auch vor: dass ich mehr für andere da bin, es immer andern mehr recht machen will als meiner eigenen Familie. Aber was kann das Kind dafür. Aber das ist das eine. Das andere ist, dass Dieter sich hier immer mehr wie der Oberpriester aufführt. Gereicht hat mir das eigentlich schon, als er mich einmal fragte, ob ich nicht bei diesen Gebeten mitmachen will. Wo rund um die Uhr in ganz Deutschland gebetet wird, für bestimmte Themen, und jeder bekommt eine feste Uhrzeit zugeteilt, und sie könnten noch einen gebrauchen für drei Uhr nachts. Logisch. Aber da hab ich endlich mal meinen Mut zusammengenommen. Das wär ja alles gut und schön, aber dass ich glaub, hab ich gesagt, ich kann das nicht. Ich wär froh, wenn ich nachts um drei mal schlafen könnte. Und ich würd mich nicht für was verpflichten wollen, was ich dann nicht richtig einhalten kann. So ungefähr. In Wirklichkeit ging mir das auch total gegen den Strich. Nicht das Beten, noch nicht mal das Aufstehen nachts, aber dieser ewige »freiwillige« Zwang. Wie im Sozialismus. Und da sagt der doch glatt zu mir, Dieter: »Na gut, Sonja. Aber du musst ja wissen, wie viel dir Gott wert is.« Mir blieb die Spucke weg. Ich wär ihm am liebsten aufn Fuß getreten, ich hatte grade die richtigen Schuhe dafür an. Aber wir sind ja erwachsene Menschen, ach ja.

Ich weiß auch nicht, mit Dieter, der hat ja früher auch gesoffen, »oh, ich war n Schlimmer«, hat er mal gesagt und gegrinst. Wir sind ja zusammen zur Schule gegangen, aber er war in der a. Ich fand ihn immer so hässlich, mit seinen Glubschaugen, ich weiß, ich darf so nicht denken. Er hat auch spät geheiratet, aber die schöne Christine. Da ist er stolz drauf. Bloß, die sind wie zwei alte Pötter, und sie noch wesentlich jünger als ich. Sie schläft nur, ihr ist alles egal. Ihre Schlüpper, ihre Strumpfhosen, das kauft alles Dieter. Und was für Dinger. Omas Steinschlöpen waren gar nix dagegen. Als ich die das erste Mal auf der Leine gesehen hab, hab ich gedacht, die gehören der alten Frau Niedergesäß, die heißt wirklich so, Romy will sich immer totlachen. Und ich denk, was fummelt denn Dieter an die ihre Schlüpper rum. Er macht ja auch die Wäsche. Er ist nicht schlecht. Aber was die eigentlich mit dem Kind wollten, weiß ich nicht. Die sind total überfordert. Nur für seine religiösen Videos und seine Kassetten, so Aufnahmen von irgendwelchen Christentreffen und Predigten und Lieder, hat er immer Zeit. Er schleppt uns auch massenweise all dieses Zeug an, auch Rundbriefe und diese kleinen Heftchen. Ich weiß schon nicht mehr wohin mit dem ganzen Kram, ich stopf das überall zwischen und krieg zweimal im Monat einen Anfall deswegen. Und dann immer seine Kontrollfragen: »Hast du das schon gelesen?«

Er kommt aber auch ständig mit irgendwas. Öfter, wenn ich vormittags zu Hause bin, lass ich die Rollos runter, damit er mich hier nicht rumlaufen sieht. Ich schließ inzwischen auch die Tür ab. Einmal stand er schon im Wohnzimmer, hab ich n Schreck gekriegt!

Und wir sind inzwischen einiges gewohnt. Ich dachte eigentlich, mich kann in der Hinsicht nix mehr schocken. Aber vor paar Wochen, das war echt die Krönung. Seitdem ist ja Funkstille. Klopft das doch eines Morgens bei uns an der Tür, um halb acht! Ich noch im Morgenmantel. Ich hab erst überlegt, ob ich aufmachen soll. Aber er hatte mich ja sicher schon gehört. Stand nämlich Dieter vor der Tür. Ich sag erschrocken: »Was is denn?«

Er streckt mir die Hand hin und sagt: »Nimm meine Hand!«

Ich nehm seine Hand, da sagt er: »Du bist ein Königskind! Benimm dich auch so!«

Ich glaub, ich hab ihn nur angestarrt.

»Du musst das jetzt auch zu mir sagen!«, fährt er mich an, als hätt ich da schon längst von alleine draufkommen müssen.

»Du bist ein Königskind. – Verhalt dich auch so«, hab ich vor mich hingestottert.

»Benimm dich auch so«, sagt er.

»Was?«

»Na, so heißt das.«

Da hatt ich mich denn langsam n bisschen berappelt. »Wo hast du das denn –« wieder aufgeschnappt, wollt ich sagen. »Wo hast'n du das her?«

Er druckste aber bloß rum und nuschelte wieder irgendwas.

»Wie bitte?«

»Ach – das hat mir neulich ma einer gesagt. Das is gut.«

Mehr war aus ihm nicht rauszukriegen. Ich musste auch aufs Klo. Blöderweise war das auch mein erster Gedanke gewesen, als er das gesagt hat, »Königskind«. Mir kamen sofort die kleinen Königstiger in Kopp, wie das jetzt so der Spruch ist: Ich muss mal für kleine Königstiger. Bei meinen Jugendlichen hab ich das gehört. Da stand ich auch erst n bisschen aufm Schlauch, ich dachte, hä, was ist das jetzt wieder. Und was war das jetzt wieder bei Dieter? Da sag noch einer, das wär langweilig hier. Aber das war beileibe noch nicht das Ende der Fahnenstange. Hätt ich das geahnt. Ich hätt ihm gleich den Marsch blasen sollen.

Als ich den Nachmittag mit Romy vom Einkaufen komm, stürzt uns Dieter entgegen. Man kann das nicht anders nennen. Romy rollte auch wie immer gleich mit den Augen. Ich hätte sie vorwarnen müssen. Aber anscheinend hatt ich das sofort wieder verdrängt. Ich konnt bloß noch sagen, oh nee, und: »Sei freundlich.« Romy guckt mich an, aber da war er auch schon bei ihr. Mich hat er gar nicht beachtet. Er hat ihr die Hand entgegengestreckt, genau wie bei mir, aber Romy hatte an jedem Arm ne Einkaufstüte hängen und machte gar keine Anstalten, die abzusetzen. Da hat er seine Hand dann wieder fallen lassen und bloß gesagt: »Du bist ein Königskind, benimm dich auch so!«

Ich hatte schon Angst, dass sie lacht. Aber sie war wohl genauso verdattert wie ich, oder, nein, anders. Zwar hat sie ihn auch bloß angeguckt, aber sie ist ja nun ein Stück größer als ich. Zwar auch nicht größer als er, aber trotzdem, ich hätt schwören können, dass das für einen Moment so aussah, als wenn sie auf ihn runterguckt. Vielleicht kam ihm das auch so vor. Jedenfalls sagte er erst nix, und ich war schon drauf und dran, zu Romy zu sagen: Du musst das jetzt auch sagen.

Aber dann fing er sich, Dieter: »Du musst das jetzt auch zu mir sagen«, und griente Romy an.

Sie verzog keine Miene. Sie sagte: »Muss ich?« Und hat ihn einfach da stehen lassen. Sie ist einfach an ihm vorbeigegangen, und weil er nicht beiseitetrat, ist noch die eine Einkaufstüte gegen sein Knie geschlenkert, da waren die Wasserflaschen drin.

»Tach, Dieter«, sag ich bloß. Obwohl wir uns ja schon gesehen hatten, morgens.

Ich wollt ihr nun keine Vorwürfe machen, Romy. Aber ich dachte, Friedhelm muss ich das vorher sagen, das endet sonst in einem Fiasko, das gibt den totalen Knatsch. Gabs dann sowieso. Aber da dacht ich noch, wenn Friedhelm das nun kurz und schmerzlos hinter sich bringt und er uns dann alle durchhat, dann gibt er Ruhe. Als Friedhelm abends kam, hab ich ihn schnell reingewinkt. »Du, ich muss dir was sagen …«

Und prompt, beim Abendbrot, klopft es. »Geh hin«, sag ich zu Friedhelm. War auch Dieter. Ich hab meine Lauscher aufgesperrt. Dieter wollte wohl erst gar keine Missverständnisse mehr aufkommen lassen.

»Pass auf, Friedhelm, ich sag dir jetzt was, und du musst mir das denn wiedersagen.«

»Na gut«, sagt Friedhelm. Ich hab ihn kaum gehört.

»Ja, aber du musst mir das denn auch wirklich sagen, ne!«

Ich glaub, er *wollte* nett sein, Friedhelm. Aber da hat ihm dass denn schon wieder gereicht.

»Nu schieß los!«

»Ja – ja. Du bist ein Königskind, benimm dich auch so.«

Und Friedhelm, wieder ganz leise: »Du bist ein Königskind benimm dich auch so.«

»Na, also denn.«

Tür zu.

»Musstest du auch seine Hand nehmen?«, frag ich Friedhelm.

»Wie? – Na, ganz zum Schluss, da hat er mir die Hand gegeben, als er ging.«

Nächsten Nachmittag war ich im Garten. Mit Hannah, die mir immerzu zwischen den Beeten rumsprang und mir unbedingt »helfen« wollte. Ich versuch, ihr kleine Aufgaben zu geben, aber so komm ich natürlich auch nicht voran. Dann hat Dieter sich endlich blicken lassen, und ich denk, na, nu kann Papa sich kümmern. Ich geb ihm die Hand und sag: »Na, Dieter«, und guck so auf Hannah, »hast du aber ne fleißige Tochter!« Reagiert der gar nicht drauf. Lässt aber auch meine Hand nicht los. Ich guck ihn fragend an.

»Du bist ein Königskind benimm dich auch so!«, sagt er.

»Dieter«, sag ich, »das hast du mir ja gestern schon gesagt. Aber wir wissen doch, dass wir Gottes Kinder sind.«

Und als hätt er da nur drauf gewartet: »Ja, genau – aber das kann man doch ma sagen, das is doch nix, wo man sich – ich sag ma – nix, wo man drüber schweigen muss, ne!«

Ich hatt schon das Wort ›zerreden‹ auf der Zunge, aber ich wollt keine Diskussion anfangen, jetzt, wo Hannah dabei war und große Ohren machte. Sie ist schon altklug genug manchmal, ich glaub, sie schnappt so einiges auf. Ich wollt sie auch nicht in so einen Konflikt bringen, sie hängt total an mir und logischerweise auch an ihrem Papa, aber nachdem sie neulich mal, als sie bei mir in der Küche saß und ihren Griespudding gelöffelt hat, plötzlich wie aus heiterm Himmel posaunte: »Papa is so doof!«, und mit einem Nachdruck, also, da wusst ich, das ist jetzt der Anfang. Der wird sich noch umgucken. Da kann er ihr noch so viele biblische Geschichten einblasen, und wirklich, sie kann die alle auswendig, sie weiß besser Bescheid als ich –, auf der sicheren Seite ist er damit noch lange nicht.

»Guck ma, Tante Sonja«, rief Hannah, sie wollte mir zeigen, wie schön sie mit ihrer Kinderharke den Weg geharkt hatte. Aber Dieter war noch nicht fertig: »Und deshalb kannst du das jetzt auch ruhig zu mir sagen!«

»Ja, kann ich, aber …« Ich wollt noch was sagen, aber diese ganze Chose war mir auf einmal so was von egal. Also hab ichs gesagt, »Du bist ein Königskind, benimm dich auch so«, wie irrsinnig, dacht ich noch, und dann hab ich die Gerätschaften weggeräumt, mich von Hannah verabschiedet, die sich wieder gar nicht von mir trennen wollte, und bin ins Haus gegangen.

Als ich paar Tage später den Müll rausbring, seh ich, wie Fischbach aus seinem Fenster hängt und guckt, ob nicht einer guckt, ob er nicht einen zu sich ranangeln kann, und er macht den Hals lang, den »Gurkenhals«, wie Friedhelm sagt. »Fischbach und Plötz, dat passt, hihi, dat passt, wat?«, meckert er immer, Fischbach. Er saß zweimal im Knast, weil er in Konsum eingebrochen ist. Wegen Schnaps. Dann kam er zu Arndt. Wie er mich sieht, fängt er gleich an, mit den Armen zu fuchteln und mich zu sich ranzuwinken, »Sonja! Sonja! Komm ma her!«

Ich halt den Müllbeutel in die Höhe, geh aber auf dem Rückweg von der Tonne bei ihm ran. Er überschlägt sich fast mit seiner Fistelstimme: »Sag ma sag ma, war Dieter schon bei dir? Hat er dir auch seinen seinen komischen Spruch gesagt bei dir?«

Ich nicke.

»Sag ma dat geht doch dat geht doch nu zu weit oder sag ma?«

Ich sag: »Na ja, ich glaub, er meint das gut ...«

»Wat?«, piepst Fischbach. »Dat müsst ihm ma einer sagen einer muss ihm dat doch ma sagen, dat dat zu weit geht dat dat nich geht!«

Und einer muss natürlich wieder ich sein, oder was?

Jedenfalls war ich vorbereitet, hatte mir auch ordentlich was zurechtgelegt, man muss ja nicht gleich ausfällig werden. Ich brauchte auch gar nicht lange warten, noch am selben Tag, als ich grad zum Club loswollte, kam er anmarschiert. Auch immer so im Stechschritt auf einen zu, als müsst man nun gleich nen Befehl von ihm entgegennehmen.

»Du, Sonja«, sagt er.

»Ja?«, sag ich. Wohl n bisschen schnippisch, denn er guckt mich an. Ich guck ihn auch an, ich denk, nun sag schon.

»Du, könntest du Hannah vielleicht morgen Vormittag wieder nehmen? Sie kann morgen nich in'n Kindergarten, sie hat Husten ...«

Schon wieder?, denk ich. Da steckt doch wieder was anderes dahinter. Wahrscheinlich machen die morgen im Kindergarten was, was irgendwie wieder gegen sein Weltbild geht. Er lässt sie doch ständig zu Hause, das Kind darf nicht mal mit ins Theater. Dann fiel mir wieder ein, dass er doch eigentlich das andere sagen wollte, oder, oder ich wollte doch was anderes ...

»... is zwar zu Hause, aber sie fühlt sich auch gar nich wohl, sie muss morgen ma bisschen schlafen, das Gefahre auch immer zur Arbeit ...«

»Du, Dieter«, sag ich, »ich hab eigentlich gar keine Zeit, ich muss ...«

»Ja, aber Sonja, wart ma, eins muss ich dir doch noch sagen«, und er grinst mich an, »du bist ein Königskind ...«

»... dann benimm dich gefälligst auch so!«, polter ich ihm dazwischen. Er hält sofort den Mund. Damit hab ich nicht gerechnet, ich mein, auch, dass ich so ...

»Ich mein – das hat auch nix mit Manieren zu tun, wie du uns hier … was du so machst.«

Er ist dann einfach auf dem Hacken umgedreht. Ohne ein Wort.

Hannah hat er am nächsten Tag nicht zu mir gebracht. Musste sie den lieben langen Tag mit ihrer tranigen Mutter in der Wohnung zubringen. Da hab ich das schon fast wieder bereut. Wer weiß, ob sie überhaupt noch mal zu mir kommen darf. Wahrscheinlich bin ich jetzt auch gegen sein Weltbild. Macht man denn immer alles falsch?

»Hahh!«

Ich fahr zusammen. »Romy!«

»Mama! Musst du mich so erschrecken? Was sitzt du denn hier im Dunkeln rum?«

Sie kramt in der Schublade hinter mir, die, die nur noch ein kleines Stück aufgeht, aber sie kriegt noch was rausgeangelt. Mit dem Feuerzeug zündet sie eine Kerze an. Ich stell die Kerze weiter weg. Sie muss mich nicht so sehen.

»Mama«, sagt sie. »Hast du was?«

»Ach, nix«, quietsch ich. In meiner Hosentasche ist noch ein Taschentuch, da schnaub ich erst mal kräftig rein. Ist ja schon besser.

»Willst du auch ein Glas?« Ich halt ihr die Weinflasche hin. Ein Glas wirds vielleicht noch.

»Her damit«, sagt sie.

PASTOR WIETMANN

Liebe Elena, werden wir wohl gar sehr schuldig aneinander, und wird es uns eines Tages, so von Tagen dann noch wird die Rede sein können – denn ES WIRD NICHT TAG UND NACHT SEIN, UND AUCH UM DEN ABEND WIRD ES LICHT SEIN –, wohl übel zugerechnet werden, dass wir diese mögliche Schuld getilgt glauben allein durch den Umstand, dass keines sich schlecht befinde, und wohler als viele allzumal, bei diesen Umständen? Diese Umstände aber, die, die das erste, und die, die das fortan stets erneuerte Zusammenlaufen unserer Wege begleiteten und jeden Sonntag noch begleiten, die liebe ich, und als ich dir in einer ehrlichen Sonntagsstunde einst sagte, mehr als dich, so nahmst du es nicht gekränkt und widerwortig auf, gekränkt höchstens ein weniges, dass dieser Mann, von dem du allsonntäglich nichts erwartest als das Einbiegen seines harmlosen Automobils auf den Parkplatz vor deiner Blockwabe, dass dieser Mann außerhalb seiner Arbeit das Wort ›Liebe‹ in den Mund nahm, statt nur wie sonstens die Schmiegsamkeit deiner Lippen, deiner Gazellenglieder. MEIN FREUND KOMME IN SEINEN GARTEN UND ESSE VON SEINEN EDLEN FRÜCHTEN.

Diese Früchte aber, Elena, sind mitnichten die meinigen, sie sind es jetzt nicht mehr als zu den ersten seekranken Zeiten, als mein Schiff unter der Flagge des blassen Herzens noch beständig hin- und hergeworfen ward zwischen deines Namens Luv und dem Lee Kathrin. Niemals auch werden sie es sein, die meinigen nicht und nicht die der Anderen, zu deren Existenz kein Hinweis mir erging aus den Wochenberichten von deinem Greifswaldischen Sein, aus der Bestückung deines Badezimmers, aus dem immergleichen Beerengeruch deiner Betttücher nicht. Aus keinem einzigen Molekül deines ehrlichen Schweißes. Weil es die deinigen sind, Elena, deine Früchte, ganz und gar, weil du eine seltene wahre Königin bist über das, was zu dir gehört, und nur das. Bei uns, mir und den Anderen, kann von Gehörigkeit zu dir nicht die Rede sein, so wenig wie die umwandernden Monde in des Planeten Eigentlichkeit zu ihm gehören. Und so übe ich mich zu folgen den Worten eines Weisen, der kein anderer als mein Onkel, dazumal Professor der Kunsthistorie zu Greifswald, war und zuweilen riet, man lerne doch sich zu erfreuen an den Farben, die dem eigenen Farbkasten nicht zuzählbar seien.

Warst du, Kathrin, mir zuzählbar, ich dir? Ich war dir abzählbar, dies musstest du dir vom Staate, den du doch gelernt hattest nicht zu befragen, bestätigen lassen, und noch kurz bevor er selber schuldig geschieden ward von der Geschichte, wie ich von dir. Und er machte keine Umstände und zögerte nicht, als er sah, dass es seine verlorene Tochter endlich verlangte heimzukehren. Und das nahmst du in Kauf und nicht länger mich, und um diesen Mut sollen dich alle beneiden und sich dabei ihre Lästerzungen abbeißen.

Und sieh, deshalb war es mir wie eine Züchtigung, als du gingst, eine gerechte: Nicht länger konnte meine Ungenügsamkeit sich deiner Genügsamkeit als eines Anlasses zu Zorn und Vorwurf bedienen und war zurückgeworfen auf sich selbst in ihrer ganzen Unförmigkeit, ihrer Kopflastigkeit, ihrem öden Dasein, nein, man muss sagen, lediglichen Funktion, ganz wie ein Virus nur Funktion ist, als Marterinstrument ihrer selbst. Perpetuum mobile.

Denn wohl war es genügsam gewesen und demütig, Kathrin, sich zu schicken in einen Bund, in dessen Grenzen das Wort SEID FRUCHTBAR UND MEHRET EUCH immer mehr wie ein Hohn zu klingen begann und auch nach zehn Jahren von Mehrung noch nicht und nicht mehr die Rede sein konnte. Und das Ausbleiben dieses Segens fühlte ich begründet in mir, denn unvorstellbar und monströs war mir seit je der Gedanke gewesen, dass etwas von mir ausgehen solle oder wolle, etwas sich herauslösen aus mir, um sodann mir als ein Gegenüber vor das Angesicht zu treten, mit einem Angesichte, das es als sein eigenes behauptet und das ich dennoch als ein Wasserzeichen des meinigen erkennen müsste. Und du, Kathrin, die du keinen Begriff hattest von solcherart monadischem Unbehagen, musstest doch miteinbegriffen sein in seine Folgen, seine Folgenlosigkeit, und diese Leere rumorte gar sehr in dir, aber du wolltest das Nichthaben nicht übertönen lassen das Haben.

Was aber hattest du, was hattest du an mir? Einen Ungenügsamen, der sich, alldieweil seine Geschicke sich besser und besser ausnahmen, um des Misstrauens willen gegen die Zufriedenheit sich nicht bescheiden wollte mit ebendieser. Und wiederum ließ er sich foppen von seinem Schatten, dem Zweifel, und wähnte sich wohl gar als ein möglicher Nachfahr Peter Schlemihls und wollte es schlauer anfangen als dieser und um keinen Preis diesen Schatten sich abschwatzen lassen, sondern um jeden Preis ihn behalten.

Kathrin, hättest du lauter gesprochen. Lauter als mein Onkel, doch das war schwer. Man lerne doch, sich zu erfreuen an den Farben des eigenen Spektrums. Denn was man hat, das hat man eine kurze Frist nur.

Und hast du nichts, bist du nichts, bist du kein Pfarrer, wie er im Buche steht. Kriegst du keinen Pfarrgarten mit Pfarrhaus dran. Kriegst du eine Pfarrstelle mit Balkon dran. Strafe muss sein. Was aber, falls er aufmucken tut und Hebel in Bewegung setzt, die Insassen des Pfarrgehäuses hinauszuhebeln? Nee, nee, zu solcherart Kohlhaasigkeiten darf man ihm gar nicht erst den krummen Rücken stärken und ihm noch gar mehr Respekt erweisen als den übrigen in diesem vielfenstrigen Hause Eingekästelten. Und soll man es denn, wo er doch nun nicht anders behaust ist als Karl Gniedeck und Eugen-der-Beutedeutsche? Soll man nicht. Und muss man nun haben ein unsanftes Ruhekissen derhalben? Muss man nicht. Warum aber tut man umgehen den Pfarrer mit verkniffenen Augen, als hätte man schlecht geschlafen? Und ist vergnatzt, als hätten Pastor und Gewissensbiss in Personalunion einen um den Schlaf der Gerechten gebracht? Warum huscht man flink in seinen Bau, Herr Arndt, und kömmt nur herfür forthnightly dienstags als Fuchs im Kaninchenpelz, und warum führt man gelegentlich dieses Auftauchens aber so wenig Blut in der Leber und nennt nicht beim christlichen Namen die Futterkonkurrenten, während man Galle ausspeit über Anklamer und Umgebungspastoren, Vertreter und Verwalter eines religiösen Schlendrians sondergleichen, Saftsäcke,

Teufelsleugner? Denn keinen Namen sollen sie haben, keinen wie Arndt, nicht gedacht soll ihrer werden, denn Arndt allein wird berechnen wieder, wie viel Kamele durch das Nadelöhr gehen und welche. Wozu unabdingbar ist eine Verschlankung, sonderlich der geschwollenen Leber und des Denkorgans, von welchem zu amputieren sind alle Wucherungen seit der Aufklärung. Man werde ganz Ohr. Audire sape.

Ich wollte nicht hören. Als die Zigeunerin in ihrem buntdunklen Verschlag hinter dem Riesenrad auf der Fleischerwiese mir Fünfzehnjährigem in die feuchte Hand und geradewegs ins Milchgesicht sah mit ihren wassergrünen Augen. Ich hielt sie für keine echte und gab ihren Worten keinerlei Glauben bei. Vorbei aber war es sogleich mit meiner astrologischen Phase, nicht länger interessierten mich Konstellationen, die Geburtsstunden meiner Freunde, die stets nur nach die Grenzen der Freundschaft fast überdehnendem Drängen und Versprechen, nämlich auf nach genauesten Berechnungen erfolgender Prognose für die künftigen Geschicke, zum Beispiel mit Barbara oder Evi, herausgebracht werden konnten. Denn herausgebracht werden mussten sie ja zunächst aus den Gebärerinnen, und dass es sich dabei um die eigenen Mütter handelte, war auch den offenherzigsten Bescheidwissern Anlass zu spontaner Verweigerung aufgrund schamhaftigkeitsbedingter Unpässlichkeit. Ich riet zu raschem Nachschlagen im Stammbuch, dessen Verwalterinnen man notfalls durch Vortäuschung eines Anfalls von Familiensinn für das Unterfangen einnehmen musste. Keiner indes war wohl so überzeugend wie der gedächtnisschwache Heiner, der, als er nächtens mit der Taschenlampe über den Blutseintragungen hockend aufgeschreckt wurde, seelenruhig behauptete, ihm sei, er wisse auch nicht wie, sein dritter Vorname entfallen, und dieser nagende Verlust brächte ihn gewiss um allen weiteren Nachtschlaf, sollte er nicht sofort die Reconquista seines Eigentums antreten dürfen. »Viertel vier«, verkündete er mir am folgenden Tage.

»Und wie heißt du nun vollständig?«

Er sah mich nachdenklich an. »Keine Ahnung. Heiner reicht doch, oder?«

Aszendenten. Kümmerten mich nicht mehr, weniger noch, als ich erfuhr des Wortes eigentliche Bedeutung, spät dank der sich im selben versteckten Unrateimer wie Gottes- und Sternenkunde wiederfindenden Humanistischen Bildung und nur accidentaliter bei gefallsüchtiger Aneignung einiger Vokabeln aus meines Vaters Fremdwörterbuche, denn auch ich hatte in jenen Zeiten ein Geschick mit einer Evi, nur hieß sie Margot und war die Tochter des Staatsanwaltes, welche ich gedachte mit bürgerlicher Eloquenz zu mir hin- und von der Marschparole ihres Vaters abzuziehen, allein, Margot war eine dumme Trine. Margot, mein Gott. Aszendenten! Verzeichnet als mein Vater und mein Großvater in unserem Stammbuche. Ausgegangen bin ich aus einer Dynastie von Notaren, denen es gar wohlgefällig und ascending gewesen wäre, hätte ich mich bequemt zu erfüllen das von der wassergrünen Zigeunerin in meine Hand gelesene Schicksal, nämlich zu werden ein Absolvent der Jurisprudenz, ein Richter gar. Grüne Nixe, Wasserfrau, hinabziehen wollte sie mich in ihr nasses Reich vorzeitigen Todes, eintauchen glaubte sie zu können in mich und hervorzerren lange Algen, die mir einwuchsen seit zartester Jugend. Immer gedachte ich mit ihnen einzufangen die Bösewichte, immer zu peitschen die Tunichtgute und Sportlehrer, immer zog ich am linken Ärmel, wenn der rechte länger war, stieß mir den rechten Fuß, wenn der linke schmerzte. Alles konnte ich ertragen, nur die Ungleichheit nicht, und damit nichts. Denn war nicht alles ungleich, ungerecht, aus den Verfugungen wie die blauweißen Fliesen im Bad seit dem letzten Kriege, ein Makel, den zu bemerken mit einer Bemerkung als blasphemisch gegolten hätte, denn allein zu preisen galt es den Fortschritt eines Badezimmers überhaupt samt seiner Fliesen, wo doch ringsum nur Rückschritt und Waschküchen herrschten. Und war ich nun gekommen, sie einzurichten, diese keramische Welt? War ich nicht. Nichts lag mir entfernter, Zuständigkeit war etwas, das man nicht begehren konnte im Staate D.

Auch hatte ich zuerst wohl noch bei mir gedacht, es sei um der sportlichen Betätigung willen und zur Abschüttelung der Studierstubensteifheit von den adoleszenten Gliedern, als ich annahm den Posten des Schiedsrichters in der universitären Fußballerei. Kein bisschen verdächtig erschien es mir, parteilos und trillernd in den Grenzen des grünen Gevierts mich zu bewegen, zu bewegen und nur zu bewegen. Wie eines Märchens nur gedachte ich noch hin und wieder der falschen Zigeunerin, wie eines Dornröschenfluches, den es enttäuschend wenig Mühe gemacht hatte abzuwenden. Hatte man sich nicht bloß zuwenden müssen der Theologie und überwinden den notariellen Willen des Vaters und nichtbeglaubigten des Großvaters selig, der gerade ob seiner Nichtanwesenheit, sondern Übergeordnetheit – so viel Glauben immerhin war ihnen gegeben – als ein argumentum auctoritatis herhalten musste?

Eines Nachmittags aber, kurz vor dem finalen Pfiffe in einer ereignisfreien Partie, wetterleuchtete es gleich wie von einem heiligen Blitze in meiner Gehirnkammer. Ich konnte kaum sagen, ob es Schrecken oder Erleichterung war, was mich der Tranigkeit dieses Spiels und meiner eigenen nicht eher als zur sechsundneunzigsten Minute ein Ende machen ließ. Tor! Potzblitz! Ein zigeunerverschlagener Schuss von der Mittellinie, und der Ball zappelte und zappelte im Netz meiner Nervenbahnen. Ich konnte mich eines Lächelns nicht erwehren. Dies also hatte das Weib gemeint? So sollte es ihr gegönnt sein. Ich könnte wohl ohne Schaden zu nehmen ein solcher sportlicher Richter sein bis ans Ende meiner Tage. Auch könnte ich unbehelligt jederzeit fahren lassen diese Tätigkeit. Diese befriedigenste aller vergangenen, gegenwärtigen und zukünftigen Tätigkeiten. Nein, nicht *war* ich Schiedsrichter, noch *werde* ich es sein, ich *bin* es. Ja, ich liebe sie, die gelben Kärtchen, die roten, die Effektivität meiner Pfeife, das Sortieren der Spieler in immer ausgefeiltere Kategorien. Für die Flüchtigkeit des Moments nach dem Abpfiff, wenn alles in eine kurze Erstarrung, eine winzige, unbeobachtbare, zu verfallen scheint, bevor der Wechsel in die Gelöstheit, auch Aufgelöstheit und die Zivilbewegung der Gliedmaßen erfolgt, erwog ich ein Aufhören mit dieser Beschäftigung, wohl um die Prophezeiung endgültig den Sphären der Gegenstandslosigkeit zuzuführen, und recht so, als hätte es sich dabei wirklich um einen Gegenstand gehandelt, ein Schüsselchen, Schlüsselchen, das ich wegwerfen konnte nach Belieben. Selbigen Augenblickes aber wurde mir offenbar, dass es vorerst besonnener sei, im Amte des Schiedsrichters zu verbleiben, allein aus plötzlicher Furcht, mit Ablegen dieses harmlosen endlich doch noch ein anderes Amt heraufzubeschwören. Tor, ich! Nicht nur, dass ich mich in feiger Verkennung meiner selbst geübt hatte, ich besaß nicht einmal die Courage, diese Feigheit auch bis zu ihrer notwendigen Konsequenz zu führen und den Beruf eines Gemischtwarenhändlers zu ergreifen etwa oder eines Maurers, nein, nicht auf Koexistenz und Aufbau richtete sich mein Streben, sondern auf Scheidung und Zerlegung, weshalb ich durch das Hintertürchen der Theologischen Fakultät mich, großzügig wegschauend von mir selbst, wieder in mein innerstes Naturell einschlich und das Feigste unter der Sonne wurde, ein mit begrenzten Befugnissen ausgestatteter Gerichtsdiener. Trompeter des Obersten Richters, verstopfe ich mir den Mund mit dem tönenden Instrumente und bin ein stolzes und stummes Fähnchen auf den Zinnen der Kanzel im richterlichen Sturmwinde. Und wenn die Unverständigen kommen und angehen mich um ein Urteil in säkularen und sakralen Fragen, so kann ich mit einem Stoß meiner Drommete hinstoßen auf den Passus im Großen Gesetzbuch wie auch auf meine Unbefugtheit; richten und mich selber glauben machen, nicht zu richten. Nur ein Hilfshirte sei ich. Und sortiere doch noch immer die Spieler in diesem Schäferspiel, sondere mit meinem Stabe die Schafe in solche und solche.

Frische Kategorien wachsen täglich von selbst mir zu, immer

neue, treiben Blüten, allein mit der Fruktifikation will es nichts Rechtes werden. Denn schön und belehrend anzuschauen sind wohl die gesammelten, gepressten und beschrifteten Hauchgebilde all der vergangenen Sommer, manch eines verblasst. Aber nähren sie mich, diese fast substanzlosen, papierenen Wunderwerke? Wo nehm ich, wenn es Winter ist in Bresekow und keine Seele auf der Straße, sondern nur Hartmut Wachlowskis Eheweib, wie es eifrigen Sinnes seine Schritte gen Kirchhof lenkt, sich in meinem Blickfelde mehr und mehr vergrößernd auf diesem Wege ohne Ab- und Auswege, wo nehm ich dann die Wegzehrung für mein Rückgrat, das Gleichmaß meiner Schritte und Atemzüge, wenn das erste und leuchtendste, vielleicht sogar einzige echte Beispiel einer vor langer Zeit erfolgten Klassifizierung, nicht verblasst, rosarot wie an jenem fernen Tage, mir arglos entgegenkommt? Und ich bemüht sein muss um alles andere als eine Rosaröte, wie damals, als meine Gesichtshaut dem Stoff ihrer Bluse geglichen haben muss, wenn schon nicht in Dederonseidigkeit, so doch in puncto Couleur. Dieser Bluse, flammend und schief geknöpft, mit der sie aus meines Onkels Arbeitszimmer trat als »das Fräulein Britta«. Und bis heute bleibt mir verborgen, warum denn sie nicht verborgen bleiben konnte – denn nie hätte ich gewagt, eigenmächtig in des Onkels Arbeitsräume vorzudringen, sondern, obschon frisch examinierter Theolog, wie stets artig gewartet im Wohnzimmer, bis er das gewünschte Buch mir gebracht haben würde – warum sie denn hervorkam mit einer nicht zu ignorierenden Bluse und den darunter befindlichen ebenso wenig zu ignorierenden, da nicht durch irgendeine Unterkleidung gemilderten Tatsachen holder Weiblichkeit, um mich anzusehen mit unschamhaften Augen, welche mich veranlasst hatten zur Eröffnung dieser neuen Kategorie. Mein Onkel, nie habe ich ihn contenanceloser gesehen, seine blasse Haut nie gesprenkelter, sagte: »Das ist das Fräulein Britta.«

Ich, in einer merkwürdig mit dem Zustande meines Onkels kongruierenden Verfassung, unternahm den Versuch der Rückführung, vielleicht gar in der irren Hoffnung des Ungeschehenmachenkönnens, der Rückführung jedenfalls dieser Situation auf die breiten Straßen des sozialistischen Realismus, heraus aus den dunklen Laubengängen realer Bürgerlichkeit ausgerechnet mit der mir am unverfänglichsten erscheinenden Frage, welche doch, oh Hirnverbranntheit, die verfänglichste sein musste: »Studieren Sie Kunstgeschichte?«

Fräulein Britta lachte auf, dass ihr Herz, oder was darüber war, hüpfte: »Gott bewahre!«

»Das Fräulein Britta wird Lehrerin«, ließ sich, sich räuspernd, mein Onkel vernehmen.

»Zeichnen und Deutsch. Falls ich die Prüfungen nächste Woche übersteh«, zwitscherte das Fräulein, und ich kann nicht umhin, als in diesem meinem Erinnerungskintopp die auch in Schwarzweiß rotbebluste angehende Pädagogin meinem Onkel bei diesem Satze ein Lächeln zuwerfen zu sehen, das sich als entschieden mehr Deutungen offenstehend ausnahm als ein Lächeln studentischer Respekterweisung. Worauf sie sich empfahl. »Herr Professor.«

Auch meines Bleibens war es nicht länger, denn nicht mehr mit Sicherheit ausmachen konnte ich plötzlich, ob diese Gemächer in der Tat die meines verehrten Onkels waren und mein Onkel überhaupt noch selbiger. Er wiederum mochte mich nicht zum Verweilen bewegen, wie er sonstens zu tun pflegte. Und erwähnte auch fürderhin mit keiner Silbe dieses Nachmittages, der also versank im Flusse Lethe. Doch nur mein Onkel blieb bewahrt vor einem Wiederauftauchen, wenn vielleicht auch nur durch eigenes Abtauchen, keine Dekade später saß er in Charons Boot.

Und Frau Wachlowski, gedenkt sie ihrer roten Bluse? Dankbar muss ich das Knie beugen, sollte diese Bluse in ihrem Rot überstrahlen alles Nebensächliche dieses Vorkommnisses und also auch mich, und fast sicher darf ich mich wähnen, dass sie es tut, denn kein Fünklein blitzte auf in Britta Wachlowskis Aug, als sie in Bresekow erstmalig mir in den Weg trat. Fast gestolpert wäre ich über diese Person, die als Fremde zu sehen mir vom ersten Augenblicke nicht gelang. Sondern die sofort das Türchen ihrer, nur ihrer Kategorie auftat und die zugehörige Begebenheit. Ich aber hatte keine Wohnung genommen in ihrem Oberstübchen und woanders erst recht nicht, solches gewahrte ich gleich. Und nichts läge mir ferner, als nachträglich mit der zweifelhaften Referenz dieser gemeinsamen fünf Minuten an einem Sommernachmittage des Jahres siebenundsiebzig bei ihr einzuziehen. Gott bewahre!

Und Gott bewahrte auch Fräulein Britta, ließ sie die Prüfungen, auch die von meinem in Prüfungsfragen gefürchteten Onkel, überstehen, ließ sie eine Lehrperson werden für Zeichnen und Deutsch, gab ihr einen Ehemann und Vater für ihre Kinderlein. Und nicht weiter hätte ich nachgehangen dieser mich damals etliche Nächte mit Träumen auch unzüchtiger Art quälenden ich weiß nicht wievielten Szene eines Aktes, in der ich lediglich den bei jeder weiteren Aufführung gewiss streichenswerten fool vorstellte, wenn ich nicht eines Bresekower Sommertages, kaum einen Monat seit heut, gewahrt hätte Mutter Wachlowski samt Sohnemann, beide mich grüßend. Denn wer könnte anders es gewesen sein, dieser helle Jüngling, als ihr, wie ichs rasch überschlug, nunmehr einundzwanzigjähriges erstes Kind, wo er doch deutlich, ach, überdeutlich trug den ernst-verschmitzten Blick meines kunstgeschichtlichen Onkels selig, sein blondblankes Haar gar und die Goyanase, wie er selbst sie genannt?

DIE GEMEINDE

Sag ma Hartmut den
Den siehst überhaupt nich mehr
Dei verkröcht sich dei hett doch
Hett hei denn wat to daun
Womit

Dei wier doch n bääten
Segg eis
Der Pole
Nee
Joo-o
Doo hett Maria jo ümmer Schiss hatt dat hei
Dat ehr Hartmut doo wier sei jo
Aber dat glaub ick nich
Hat doch jeder gewusst haben se sich doch schon drüber
Der Schisser bloß wenn er mit
Mit den Bürgermeister sein
Weckern wier
War da nich noch wat mit die Putzier
Aus Schmalditz
Un nu is dat Hartmut seine wer hätt dat
Komisch is dat manchma
Un nu kiek den eis an den Bengel
Is dat Hartmut

HARTMUT

Weiß sie wenigstens Bescheid jetzt. Mit was für einem sie sich da abgibt. Hatse mich angeschult, als wollt ich sie verschaukeln, wie als Kind früher, die wollt ihrem Vati ja nie was glauben, die war misstrauisch bis sonstwohin, aber gesagt hat sie nix, früher nicht und jetzt auch nicht. Ich wusst nie, was die denkt. Ganz anders bei Thorsten. Der hätt, genauso wie ich, erst mal gefragt, wieso und warum, wenn ihm einer erzählt hätt, sein Kumpel wär der Bruder von nem Psycho-, von, na ja, nem Psychopath oder so, heißt doch so, oder? Kann man auch so sagen: von nem Mörder. Heißt ja nun nicht gleich, dass der auch so wird, dieser Paul, ist ja Quatsch, aber trotzdem. Ich wär vorsichtig. Auch wenn er nen andern Vater hat, nen richtigen, scheint ja n ganz Anständiger zu sein, son halber Professor. Aber das würd ja nu bedeuten, dass Roli, dass das an Roli gelegen hätt. Na ja, war scheiße, war echt scheiße, wie das gelaufen ist, aber sonst war er ja okay, Roli. Auch wenn er öfter paar Dinger gedreht hat, paar Extratouren, aber eigentlich bloß wegen den Weibern. Der konnt jede haben. Bloß Ingrid nicht. Ingrid konnt keiner haben. Und das kann ich mir vorstellen, wie ihn das gekratzt hat. Trotzdem, das ging zu weit. Aber warum hat sie denn bloß nix gesagt, hinterher? Die hätt ihn ordentlich festnageln können, auch damals schon, auch wenn sein Vater n Bonze war. Aber ich hätt doch nu auch nix sagen können, und wem denn – solange sie nicht den Mund aufmacht. Wie hätt denn das ausgesehen, besonders, als er dann tot war, Roli, das hätt ja am Ende so ausgesehen, als wenn ich – als wenn ich das am Ende – als wenn ich das nu einem andern in die Schuhe schieben wollt, einem, der sich nicht mehr wehren kann, und die wussten doch alle, dass ich – dass ich auf Ingrid, na ja, dass ich bisschen auf sie scharf war. Punkt. Weißt, wie die sind, die Leute. Na ja, die hätten nu wohl nicht grade gedacht, dass der kleine »Pole« die große Ingrid – aber wenn, dann hätt ich gleich was sagen müssen. Aber sollt ich nu Roli in die Pfanne hauen, wegen sonem Ausrutscher? Konnt doch keiner ahnen, dass dann … Die hätten mich doch fertiggemacht. Wegen Ingrid Hanske, Mann! Das hätt doch keiner kapiert. Und später, als Roli, als er dann nicht mehr war, na, da wär ich doch am Ende glatt in'n Kahn gegangen, wegen Mitwisserschaft oder so, weil ich nix gesagt hatte, eher.

Und hätt ich das nu etwa alles Ella erzählen sollen? Kann ich doch nicht. Kann sie doch aber auch nicht mit dem Sohn von Ingrid rumlaufen lassen und denken lassen, alles wär in Ordnung. Die kann doch jetzt nicht so tun, als wär alles in Ordnung, Ingrid. Als hätt sie nu ihre schöne kleine Familie und als wär da nie was gewesen und als könnt sie ihr Leben lang weiter sich ausschweigen und nie was sagen. Sie tat mir eigentlich gar nicht leid damals, ich war bloß wütend. Auf sie, ja. Weil ich dachte, Roli, der macht so was nicht einfach so. Und dann, weil sie nix gesagt hat. Und jetzt, denkt sie, kann sie einfach ihren Bengel zu uns schicken oder was, dass der sich an Ella ranmacht, dass der am Ende … Vielleicht weiß sie das doch. Dass ich das weiß.

»Sag ma, weißt du eigentlich, was das für einer is?«, sag ich zu Ella. »Du kennst den doch gar nich.«

»Aber du, oder was?«

In einem Tonfall wieder mal! Aber damit hat sie nicht gerechnet. »Allerdings! Poussierst hier mit einem rum, der nen Bruder inner Klapse hat! Na, wenns ma bloß das wär.«

Sie glotzt mich an. »Was mach ich?«

»Ja-a«, sag ich, »jetzt tu nich so. Du weißt schon, was ich mein. Klapsmühle, Irrenanstalt, Ueckermünde, na, klingelts? Da ham se ihn eingebuchtet, den guten alten Henry, und jetzt sag mir nich, dass du den nich mehr kennst, den kleinen Schmierlappen, Henry Hanske, vor dem hattste ordentlich Schiss als Kind, weißt noch? Tja, hilft ja alles nix, das is nu mal der Bruder von deinem Paul.«

»Das ist doch nich der Bruder von Paul!«

»Poohl«! Wenn ich das schon hör! Son richtiger Schnöselname. Kann er zehnmal aus Irland sein, der Sohn von Ingrid Hanske aus Bresekow bleibt er doch. Und sie kam sich ja anscheinend auch immer was Bessres vor. Tja, wenn bloß das mit Roli nicht passiert wär. Wär sie dann eigentlich hiergeblieben? Kann ich mir auch nicht vorstellen. Kann ich mir alles nicht vorstellen. Wie sie damals weg ist. Wie sie nach Irland gekommen ist, wie dieser irische Kerl sie gekriegt hat, wie sie da jetzt wohnt, einfach so. Wie sie dieses vermaledeite Balg gekriegt hat, dass das ihr Kind ist, Henry das Kind von Ingrid Hanske, das kann ich mir nicht vorstellen. Wie er da jetzt hockt, keine dreißig Kilometer von hier, in seiner Zelle, und keine Ahnung hat, Henry. Scheiße.

»Und ob! Denkst du, ich denk mir das aus? Den hat sie noch hier gekriegt, Ingrid, Pauls Mutter, und den hat sie schön hiergelassen, den wollt sie nicht mitnehmen, klaro.«

Da hat sie geguckt, ja. Aber mehr nicht, bloß so gradeaus mich angeguckt, als würd sie das nicht kapieren. Als wär sie auch nicht ganz richtig im Kopp, ich könnt da jedes Mal nen Koller kriegen, wenn die mich so anguckt. Ich wusst nicht, was sie denkt, ob das überhaupt geht bei ihr, denken. Oder sich was merken. Kopp wien Sieb. Aber das musste sie doch noch wissen, was da los war, mit Henry, dass der die olle Mehling, na, zumindest dass er die kaltgemacht hat. Hab ich sie gefragt, ob sie das nicht mehr weiß. Aber glaubste, da kommt was? Null.

Kann ja sein, sie ist von mir. Wahrscheinlich schon. Aber wie sie so ist, das ist nicht von mir. Das hat alles Thorsten gekriegt. Thorsten den Charakter, Ella die Haare und die Augen, vielleicht. Da braucht ja nu keiner zu fragen, was mir lieber ist.

Hansi war nicht da. Ich musst erst mal raus, aufn Bierchen, aber Hansi war gar nicht da, bloß seine Alte. Ich hab bloß so aufn Hof geguckt, geklingelt hätt ich sowieso nicht, bloß geguckt, ob er da irgendwo rumkraucht, aber da hat sich auch schon seine Alte ausm Fenster gehängt und zu mir rübergeblaart, Hansi wär aber gar nicht da, der wär bei »Mutti«, Äppel hinbringen. Hat er Order gekriegt. Musst er zum Schwiegerdrachen. Hat er letztes Jahr auch schon gemacht, drei Körbe voll Äppel in seinen Elefantenschuh geladen, passt er selber kaum rein. Ich sag, »wo willst du denn mit den ganzen Äppeln hin«, und er, »zu Schwiegermutter«, die würd dadraus Appelmus kochen, das würden sie dann wiederkriegen. Ich frag ihn, warum seine Madam das nicht selber macht, da zuckt er bloß mit den Schultern. »Macht die doch nich.« Logisch. Das Weib ist die Faulheit in Person. Haut sich mit ihren Schwimmreifen den lieben langen Tag aufs Kanapee und gibt Anweisungen. Na, das sollt mir mal passieren! Wie sie jetzt so im Fenster lag, hingen ihre Titten so richtig übern Rahmen, die hat auch paar Euter, Mannomann! Ich konnt nicht anders, ich musst da hingucken. Jeder Kerl muss da hingucken. Hab ich mir vorgestellt, wie die das machen, Hansi und seine Alte, ich hatt das plötzlich im Kopp, son Bild. Wie er überhaupt in sie, ich mein, die beiden Fettwänste, wenn da die Bäuche aufeinanderprallen, wie er das eigentlich macht. Stand ich nun so da, und da fragt sie: »Willst du reinkommen, Hartmut?«, und in was für einem Ton, da war mein Ausbilder bei der Armee n Scheißdreck gegen!

»Nee«, sag ich. »Grüß ma Hansi.«

Aber ich mocht noch nicht nach Hause. Heut Abend, dacht ich, heut Abend muss ich mal wieder mit Britta. Müssen wir mal wieder n bisschen die Sau rauslassen. Hätt ich sofort machen können, ich war richtig n bisschen juckig. Aber war ja noch zu früh. Erst mal n Bier. Aber wo? Kein Schwein weit und breit. Da seh ich auf einmal Friedhelm Plötz, wie er grad seine Garage abschließt, ne NETTO-Tüte an der Hand mit was drin. Und was? Bingo.

»Tach, Friedhelm«, sag ich.

Er dreht sich erschrocken um. »Tach, Hartmut. Wat machstn du hier?«

Ich schiel so auf seinen Beutel und grinse. »Bist du alleine?«

»Ja«, sagt er. »Sonja is in Ueckermünde.«

»In Ueckermünde?«

»Na bei ihre Freundin, Rosi, weiß nich, ob du die kennst. Wist n Bier?«

»Klaro.«

»Komm, wir gehn rin. Sieht nach Regen aus.«

Bin ich ihm also hinterher. Ich war noch nie bei Plötz drin, ich kenn ihn eigentlich auch erst, seit er hier wohnt. Ich mein, früher, ja, hab ich ihn schon öfter mal gesehn. Aber die lütten Pimpfe waren einem doch wurscht. Plötz, das war mir nur n Begriff, weils davon ja paar mehr gab, eine von seinen Schwestern war ja bei mir in der Klasse. Gar nicht so übel, aber glaubst, ich weiß noch, wie die hieß? Sonne Blonde, ich dacht ne Zeitlang, wenn ich Ingrid nicht krieg, dann vielleicht die, Mensch, wie hieß die noch? Na, egal. Die war aber auch größer als ich. Und an die war denn sowieso kein Rankommen mehr, die hatte denn ja Bernd.

Könnt Friedhelm mal fragen, was die jetzt macht und so. Beim Klassentreffen letztes Jahr war die nicht. Waren so einige nicht.

Aber bisschen was weiß ich doch über ihn, Friedhelm. Friedhelm Plötz, der den PANZERKREUZER AURORA zerdeppert hat. Wonach ja die Schule benannt war, und die hatten son Modell davon im Treppenhaus stehen, der ganze Stolz, Mann. Und der Plötz rutscht das Treppengeländer runter, wofür sie einen an sich schon am liebsten eingeknastet hätten – na ja, ich lass denen das heut auch nicht durchgehen, wo kommen wir denn da hin –, und kriegt also die Kurve nicht, Plötz, oder kann nicht rechtzeitig bremsen, jedenfalls, holt das Ding mit vollem Karacho vom Sockel. Keine Ahnung, was er dafür gekriegt hat, muss aber dicht an der Todesstrafe vorbeigeschrammt sein.

»Setz dich«, sagt Friedhelm, aber ich sitz schon. Schöne Küche. Nicht so groß wie unsere, aber reicht im Prinzip. Friedhelm macht das Bier auf. »Flasche oder Glas?«, fragt er.

»Flasche.«

»Is mir auch lieber«, sagt er.

Ist mir eigentlich gar nicht lieber, war bloß son Reflex. Zu Hause geht das ja nur mit Glas, »kultiviert«, wie Britta sagt. Hab ich nix dagegen, bloß, dass sie das extra sagt, immer noch. Am Anfang hab ich gesagt, »Mann, ich bin doch hier zu Hause«, weil, Glas, da wär doch früher nie einer von uns draufgekommen, das haben sie einem nur in der Kneipe hingestellt. Wär da einer bei sich zu Hause, im Garten, beim Zelten oder so, mit Gläsern rausgerückt, na, den hätten wir doch nicht mehr für voll genommen, das wär uns doch n bisschen, na, ich will nicht sagen schwul vorgekommen, aber so würden die das heute nennen, hör ich ständig.

»Prost!«

»Prost!«

Und nu? Muss ich jetzt was sagen? Er sagt ja auch nix. Was hab ich mir denn da eingebrockt. Hock ich hier mit nem stummen Fisch, dafür sind sie berüchtigt, die Plötzens. Dass die den

Mund nicht aufkriegen. Fällt mir ja sonst nicht schwer, einfach loszuquaddeln. Aber so gut kennen wir uns nu auch nicht. Eigentlich gar nicht, wenn man sich das recht überlegt. Könnt ich höchsten von Fußball anfangen, er geht ja sonnabends auch immer hin. Aber das letzte Gurkenspiel, Mann, da gibts an für sich nix zu zu sagen, Traktor Bresekow hat mal wieder vor sich hin gestottert …

»Na, wat macht die Schule?«

Die Schule? Wieso fragt er ausgerechnet danach, ist ja nu das Letzte, wodrüber ich beim Feierabendbier reden will. Kommt mir vor wie früher, als lütter Bengel, wenn Opa, mein Polen-Opa, wenn Schorschki mich das gefragt hat, genau das gleiche. Bloß dass der wirklich ne Antwort haben wollte, und zwar ne ausführliche, der hat sich da immer sehr für interessiert. Ob sein Enkel nu auch das Zeug zum Viehdoktor hat, heidiwitzka! Ich hatt vielleicht Schiss vor dem.

»Muss ja«, sag ich.

»Sag ma, der Workuta, der is doch uch bei dir inner Klasse, oder, René Workuta, der da hinten beim Sportplatz wohnt, neben dem Hanske-Haus?«

»Ja, wieso?«

»Nur so. Ick nehm den öfter zum Angeln mit, der kommt immer und fragt, wann ick denn ma wieder angeln fahr. Der is aber in Ordnung.«

»Ja, das's n ruhiger Vertreter.«

Angeln! Das fehlte nu noch. Das soll er mal nicht denken, dass er mich dafür begeistern kann, da dreh ich mich aber lieber noch mal rum im Bett.

»Übrigens, weißt dat schon, dat se dat Haus nu verkaufen, dat dat nu einer kaufen will, mein ick?«

Wovon in aller Welt redet der? War wohl nicht son Geistesblitz, ausgerechnet mit Friedhelm Plötz Bier zu trinken. Obwohl, mit Hansi …

»Dat Hanske-Haus! Dat kauft nu einer aus Berlin, glaub ick,

dat soll schon alles in Papier und Tüten sein, denn die wollen ja wieder zurück, oder, die Tochter …«

Die Tochter! Also wenn ich über was nicht reden will, dann da, drüber. Aber irgendwie interessiert mich das jetzt mal: »Sag ma, kennst du die eigentlich, Ingrid, von früher?«

Dauert n bisschen, bis der Groschen fällt. Er wusste anscheinend nicht mal, dass sie so heißt. Er weiß anscheinend gar nix, oder bloß das, was jeder weiß.

»Achso«, sagt er. »Nee, kaum. Die war ja uch n Ende älter, oder, war die nich so alt wie du?«

»Die is so alt wie ich, ja. War in meiner Klasse.«

»Und weißt du denn wat dadrüber?«

»Wodrüber?« Mann, hätt ich bloß nicht damit angefangen. Ich weiß nix, gar nix.

»Na, wie die in Westen abgehauen is, die is doch denn in Westen, oder? Ick mein, einfach so, oder hatte die n Ausreiseantrag oder so wat zu laufen?«

»In Westen, achso. Nee, ihr Vadder war doch da. Der is doch damals auch rüber, noch vor der Mauer, als das noch ging, und der is denn gestorben, und da haben sie sie hinfahren lassen, zur Beerdigung. Kannst ma sehen, dass die auch ganz schön mitm Klammerbeutel gepudert waren, auf alle Hühneraugen blind, Mann. Das sah doch n Blinder mit Krückstock, dass die nicht zurückkommt! Wie ich das hörte, Ingrid is im Westen, da wusst ich, dass ich die, dass wir die nich mehr wiedersehn. Das wars.«

Friedhelm zuckt mit den Schultern. Der weiß nix, Mann! »Na ja, die hatte wohl nix zu verliern, wat, ick mein, in dem Alter, da kann man so wat noch machen. Da hat doch so manch einer drüber nachgedacht, oder? Ick mein, da hat man doch nu nich groß an seine Alten gedacht.«

»Na, das nich. Aber, ich mein … Die hatte doch n Kind!«

»Die hatte n Kind? Aber wieso, der Bengel kann doch nich viel älter sein als Romy, oder wat? Sag ma, wie alt isn der?«

»Der doch nich, Mann! Henry! Der Verrückte!«

»Wat?« Nu fällt er aus allen Wolken. »Doch nich der, der die alte Frau, wie hieß die denn noch ...«

»Mehling! Der hat die Mehling umgebracht, und was er vorher mit ihr gemacht hat, brauch ich dir ja wohl nich zu erzähln, die Sau! Der war schon als Kind nich ganz dicht war der doch nich, der hätt doch da schon weggeschlossen gehört! Aber die alte Hanske, die hatte auch n Schuss, die war doch völlig überfordert mit dem. Und Ingrid ...«

»Die is einfach abgehaun?«

»Sag ich doch. – Übrigens, lass ma dein Bier nich schal werden.«

Er guckt mich an, ganz abwesend. »Jaja«, sagt er und trinkt schnell n Schluck. »Aber da muss der doch noch ganz lütt gewesen sein. Da kann die dat doch noch gar nich, ick mein, na, gewusst haben, wat mit ihm los is, dat mit ihm wat nich stimmt!«

»Wieso, denkst das merkt man nich sofort, so als Mutter? Außerdem, da war der auch schon drei oder so, dreiundsiebzig war das, da hat sie wohl schon die Schnauze voll gehabt. Von allem, denk ich ma. Die musste ja inne Landwirtschaft ... Sag ma, Friedhelm, haste vielleicht ma n Schnaps?«

»N Schnaps? Na, höchstens Braunen. Ja?«

Er springt sofort hoch und geht nach nebenan. Hat er wohl bloß drauf gewartet. Ich kann mir jetzt aber keinen ansaufen mit ihm. Er stellt die Gläser hin und kippt ein. Na, nu wirds gemütlich. »Prost!«

»Aber, wann seidn ihr da ausser Schule gekommen, hat die den noch zu Schulzeiten gekriegt? Da hat Elisabeth, glaub ick, damals gar nix von erzählt.«

Elisabeth! Genau! So hieß die, seine Schwester. Elisabeth, komisch, genau wie Ella. Dass man das so vergisst.

»Sag ma, was macht die jetzt eigentlich?«

»Hm, wer? Achso. Na die wohnt jetzt bei Bremen, Elisabeth. Die sind damals alle gleich nach Oberwiesenthal, in die Spinnereien, dat lief ja ganz gut zu DDR-Zeiten, da haben die uch lange gewohnt, die haben nachher uch schon so gequatscht, so wie die Schluchtenjodler. Da war die schon mit Bernd zusammen, dat musst du ja noch mitgekriegt haben, den hat die denn uch geheiratet. – Und die, Ingrid, hatte die uch einen von euch, oder wer war da der Vadder?«

»Wusste doch keiner! Mensch, Friedhelm, du kannst dir gar nich vorstelln, was da los war! Das hat doch noch keiner geahnt, zuerst, bei den Prüfungen hat man ihr ja noch gar nix angemerkt, und denn haben sich erst mal alle verkrümelt, und Ingrid haste sowieso nie gesehn. Aber wie sich das dann rumsprach, so im Herbst, Ingrid rennt mitm dicken Bauch, na, da haben aber n paar ganz fix gerechnet, da wurd sich denn erst ma ne Zeitlang schief angeguckt auffer Disco, aber mehr so aus Jux. ›Gib ma ruhig zu, dat du da dran warst!‹ und solche Sachen, aber richtig geglaubt hat das keiner, das war einfach n Unding, Mann, dass Ingrid mit einem von uns, na, aber du kennst die nich. Das wär wie das achte Weltwunder gewesen, wars ja auch. Hätt das einer zugegeben, ich mein, einer von uns: keine Ahnung, was dann passiert wär. Nie hätt das einer zugegeben! Der wär sofort unten durch gewesen. War eben so. Obwohl mir auch keiner erzählen brauch, dass er nich bisschen scharf auf die war, gut sah die ja aus, so auf ihre Art, aber die war ja son totales Rühr-mich-nich-an. Deswegen, hätt auch genauso passieren können, man hätt dem auffe Schulter gekloppt, aber eher nich, und schon gar nich mit schwanger hinterher. Nee, da wusst keiner was. Und die hat nix gesagt, keinen Piep! Keine Ahnung, wieso. Und da war denn natürlich die Gerüchteküche am Brodeln, da konnt das ja nur was total Perverses sein. Wie, dass das ihr Bruder war, Peter, na, ist ja nich ihr richtiger Bruder, aber trotzdem, das reichte schon. War mir auch egal. Wusste eh keiner was.«

»Vielleicht wusst die das selber nich.« Er lacht.

Ich sag: »Doch. Das wusste die.«

»Na, weißt nich, stille Wasser, manchma …«

»Hör uff, Mann! Die war nich so eine, Ingrid nich. Die hätt

nich ma Roli, dem die alle hinterhergehechelt sind, die Weiber, nee, nich ma Roli, weißt, Roland, der Schöne Roland, wie sie immer gesagt haben, Möllrich, der Sohn vom Bürgermeister. – Aber Roli, Mann! Und keiner wusst was! Friedhelm! Hast nich noch n Schnaps?«

»Ja, klar.«

Das Glas gießt er randvoll und stellt mir die Flasche vor die Nase. Ich guck auf seins. »Haste da nich was vergessen?«

Er schüttelt mitm Kopp. »Nee, ick nich.«

»Nu mach keine Spirenzchen, Friedhelm! Du kannst mich doch jetzt nich alleine, na, nu komm!«

Er schüttelt mitm Kopp. Na, nu reichts. Steh ich ja wien Säufer da. Ich nehm die Flasche und kipp ihm einen ein.

»Hartmut!«, sagt er. »Pass ma uff: Entweder du willst, dat ick mich zusauf – oder, dat ick dir zuhör!«

»Mann, Friedhelm! Du hast doch keine Ahnung! Das kann man gar nich ohne Saufen ertragen!«

Er guckt mich an. »Ick schon.«

Auf ex. Teufelszeug. Treibt einem bald die Tränen inne Augen. Aber wenn man nu schon so beschissen dran ist wie unsereiner. »Mann, Friedhelm! Du weißt gar nich, wie gut du das hast!«

»Wieso?«

»Keiner hat das gewusst, Mann! Kein Schwein! – Außer ich.«

»Was: außer du?«

»Na, keiner! Bloß – ich! Ich! Verstehste?«

»*Du*?«

»Na, nee, also, nich, was du denkst.«

»Achso? Wat denk ick denn?«

»Friedhelm, Mensch, das denkst du doch nu nich, oder? Dass ich – dass ich der Vater von Henry bin, das denkst du doch nich etwa?«

»Hab ick doch gar nich gesagt.«

»Na, denn is ja gut. – Sag ma, du glaubst mir das doch, oder? Du musst mir das wirklich glauben, Friedhelm!«

»Ja doch! Ick weiß gar nich, wat du hier fürn Uffriss machst! Du musst mir uch gar nix erzähln, ick zwing dich doch nich. Außerdem kann mir dat doch egal sein, ob du da nu der Vadder zu bist oder nich. Ick erzähl dat doch uch nich weiter. Wat hastn du für ne Schiss?«

Der denkt das. Der denkt das jetzt wirklich. »Friedhelm! Ich kann das beweisen! Dass ich das nich war. Ich weiß doch Bescheid! Aber das weiß doch sonst keiner, Mann! Das hätt mir doch keiner geglaubt. Der hätt das nich zugegeben. Und Ingrid auch nich. Ich weiß nich, wieso, aber ich weiß das, ich weiß das einfach. Ich *konnt* nix sagen, verstehste?«

»Nee, nu versteh ick gar nix mehr. Kannst dich nich ma n bisschen sortiern, Hartmut?«

»Ja – nee. Wie er da morgens in die Schule kam und mich angrinste, ich seh das noch vor mir, ich wusst erst gar nich, wieso, aber er hat ja öfter so gegrinst, ganz besonders, wenn er was gemacht hatte. Und als die Tetzlaff fragte, ob einer weiß, wieso Ingrid nich da is, haben wir alle bloß mitte Schultern gezuckt, das kam öfter ma vor, dass die nich da war, besonders so in der letzten Zeit. Ich glaub, die hat sich auch nie n Kopp um Entschuldigungszettel gemacht oder so, die hat einfach gar nix gesagt und lieber n Tadel kassiert. So war die eben. Jedenfalls, das kam keinem komisch vor, dass sie nich da war. Und das hab ich dadran nie kapiert: wieso der da nich einfach sein Maul halten konnte. Das wär doch nie rausgekommen, solange Ingrid nix sagt, und dann hätt er das immer noch abstreiten können. Musste er dann ja gar nich, und das hab ich auch nich kapiert. Wieso die *nix* gesagt hat. Weißt du eigentlich, wie beschissen das is? Wenn du so ganz alleine dastehst. Ich mein, so wie ich dann dagestanden hab? Als der zu mir gesagt hat, er weiß das? Und gegrinst? Er weiß, wieso Ingrid nich da is? Ich hab mir erst gar nix dabei gedacht. Ich dacht, jetzt kommt wieder irgendwas Versautes, wie der das so rausgehauen hat. Aber er hat bloß gesagt, ›erzähl ich dir nachher‹. Und denn hat er mir das erzählt, in der kleinen Pause.«

»Wer? Der Schöne Roland?«

Ich glotz ihn an. »Woher weißt du das?«

»Na ja …«

»Hast du das etwa gewusst?«

»Quatsch. Hast du doch selber gesagt. Mensch, Hartmut!«

Sein Schnaps steht immer noch da. Trink ich den eben. Knall ich eben das Glas aufn Tisch, na und? »Noch einen!«

»Sag ma, musst du nich morgen in deiner Schule antreten?«

»Schule? Geh ich nich mehr hin! So eine Scheiße! So eine Sauerei, Mann! Der hat die vergewaltigt! Nu guck nich so! Ja, ich bin ja schon leise. Mann, einfach so, nachm Dorffest. War doch erster Mai gewesen. Erst Tanz in den Mai, nächsten Abend noch mal. Die is doch zu so was nich hingegangen, Ingrid, normalerweise. Aber wie wir hinkamen, stand sie schon an der Bar. Und hat einen Schnaps nachm andern gekippt. Und ich wunder mich noch, aber dann war sie auf einma weg. Wir sind noch ne ganze Weile geblieben. An Ingrid hab ich gar nich mehr gedacht, hatte ja eh keinen Zweck. Aber als Roli nach Hause is, muss er sie irgendwo erwischt haben, er sagte, sie stand da einfach rum, im Park. Ich kann mir das nich vorstelln. Ich mein, dass die das freiwillig gemacht hätt. Hat Roli auch nich gesagt. Ich weiß nich mehr genau, was er gesagt hat. Bloß noch: ›Jetzt weiß sie ma, wie das is!‹ – Ich war wie vorn Kopp gestoßen. Und dabei dacht ich doch, dass der auf Britta scharf wär, und das war ja nachher auch das Traumpaar, der Schöne Roland und die Flotte Britta. Mann! Und dann hatte er den Unfall. – Eine Scheiße! Was sollte denn das bloß mit Ingrid? Ausgerechnet. Er – er konnte doch jede – haben, sogar – Brit-ta!«

Ich heul nicht, ich heul doch gar nicht, was kloppt er mir jetzt auf die Schulter, Friedhelm? Ist doch bloß der Schnaps, ist doch bloß dieses Teufelszeug …

»Is gut, Hartmut«, sagt er. »Dat musste ma raus.«

»Ick *konnt* nix sagen! Das war doch Roli! Und dann war er tot!« Da hab ich auch geheult, da brach für mich ne Welt zusammen.

Als das hieß, Roli ist tot, da dacht ich, das geht doch gar nicht. Ich hab drei Tage nur in meinem Zimmer gesessen und geheult. Ich wollt gar keinen sehen, ich wollt auch nicht, dass das einer sieht. Als ob man nicht mal heulen kann, wenn einer stirbt. Wenn auf einmal alles vorbei ist. Wenn man weiß, man sieht den nie wieder.

»Wie isn dat eigentlich passiert damals? Ick weiß bloß, dat dat mitm Moped war, oder? Wann warn dat noch ma?«

»Siebzig. April siebzig. Er wollt doch bloß n Trecker überholen, da kurz hinter Schmalditz, wo der Weg nach Melzin reingeht. Er is grad von Britta gekommen, sie hat das später ma gesagt. Jedenfalls, er is schon am Überholen, als der Trecker links abbiegt, in den Melziner Weg rein, der wollt da aufn Acker. Und ob der nu geblinkt hat und Roli das nich gesehn hat, oder ob der wirklich nich geblinkt hat – der hat natürlich hinterher gesagt, er hat geblinkt, was sollt der auch andres sagen, konnt ja keiner mehr beweisen. Roli war tot. Der ist voll über ihn rüber, das große Treckerrad. Über seinen Hals, haben sie gesagt. Keine Chance.«

Friedhelm verzieht das Gesicht. Ja. Das mocht sich keiner vorstellen. »Der arme Roland«, hieß das dann immer.

»Und Ingrid? Hat die nie wat gesagt?«

»Nee. Vielleicht hätt sie ja noch. Aber nu – hat die sich vielleicht auch gedacht, dass sie nem Toten nix nachreden will.«

»Wieso nachreden? Na, ick glaub, ick versteh dat schon. Wieso die nix gesagt hat. – Aber eins versteh ick nich, Hartmut: Ick mein, dat du nu nix gesagt hast – vielleicht war dat am Ende sogar besser so. Aber dat du zu ihr nix gesagt hast, dat du nich zu ihr hin bist … Wieso hast du denn mit ihr nich geredet, wo du als Einzigster Bescheid wusstest. Wieso – Mann, Hartmut, wieso hast du sie denn so im Stich gelassen?«

»*Ich*?«

»Nu reg dich nich uff! Aber ick mein ma, du hättst doch wenigstens mit ihr reden können.«

»Mit ihr reden? Friedhelm, du verstehst das nich! Das ging nich!«

Hätt ich mir doch lieber sonstwas abgebissen damals. Ich mocht sie doch nicht mal mehr angucken. Mit ihrem Bauch. Irgendwie war sie auch tot für mich. Ingrid. Die arme Ingrid. Nee, das hab ich nie gedacht.

»Wieso denn nich?«

»Ich weiß auch nich – sie war so anders …«

Jetzt kippt er sich doch noch einen ein. Und mir nicht. Die Haustür klappt. Friedhelm zuckt mit dem Kopp zur Tür. Schiebt mir schnell das volle Glas rüber, plempert über. Trink ich aus. Die Tür geht auf, und seine Tochter kommt rein. Guckt mich an. Was guckt die mich so an?

»Na, dann werd ich ma«, sag ich und steh auf. Muss mich ma kurz abstützen.

»Geht't?«, fragt Friedhelm.

»N'Abend«, sagt seine Tochter jetzt. Romy. Heißt die doch, oder?

»Is – Ella – schon im Bett?«, frag ich.

»Weiß ich nicht«, sagt sie.

Ich geh raus. »Is – doch schon spät.«

Draußen muss ich erst ma kurz stehenbleiben. Bloß ma kurz. Mann, muss ich pissen, und dann noch der Regen. Muss ich ma fix um die Ecke ma fix. Wie ich am Fenster vorbeikomm, ist ja nu ma offen, das Fenster, wie ich vorbeikomm, hör ich: »Papa. Bist du besoffen?« Nee, der nicht. Der Papa.

ROMY

Soll ich jetzt einen Rock anziehen oder nicht? Was heißt ›einen‹: *den*, den einzig akzeptablen, den ich besitze, mit Taschen. Ella zieht garantiert keinen an; so ein Kleidungsstück käme ihr nicht nur nicht in den Schrank geschweige denn an den Leib, es käme ihr wahrscheinlich nicht mal über die Lippen, genauso wenig wie

›Bluse‹ oder ›Strumpfhose‹, zumindest nicht ohne Empörung und Notwehr. Dabei verhält es sich nicht so, dass da ein unmögliches Bild entsteht, wenn man sich Ella darin vorstellt. Im Gegenteil. Das ist es vielleicht gerade. Ich glaub, sie will auf keinen Fall so werden wie ihre Mutter, und sei es um den Preis, das genaue Gegenteil zu werden. Niemand will werden wie seine Mutter. Da kommt es, verbreiteter mütterlicher Irrglaube, gar nicht auf die Mutter an. Vielleicht, weil man insgeheim spürt, dass man als Mutter schon von vornherein verloren hat, und zwar gegen die eigenen Kinder, und alle schmähenswerten Eigenschaften nur aus dieser abgeschriebenen Position resultieren beziehungsweise überhaupt erst zu dieser geführt haben, Eigenschaften, deren Keime man hin und wieder schon in sich selber zu wachsen beginnen fühlt, und die Angst: Am Ende kriegen sie einen. Am Ende wird man noch selber Mutter. Oh beklemmendstes aller Zukunftsbilder.

So weit meine ergebnislosen Betrachtungen im Vorfeld des sogenannten Dorffestes, womit ich keineswegs vom ursprünglichen Problem abgekommen war, denn auch wenn man kein Anhänger der Theorie ist, dass alles mit allem zusammenhängt, ist doch klar ersichtlich, wie die Rockfrage mit zukünftiger Mutterschaft zusammenhängt und also lautet: Soll ich jetzt wirklich einen Rock anziehen – das Wort bekommt geradezu eine metaphorische, die von Ella vielleicht intuitiv erfasste Bedeutung – und mich damit einreihen in die Horde, oder Heere, herrenloser Weibchen, die sich alle im gleichen abgegrabbelten Signalbaukasten *Paarungsbereitschaft & Fruchtbarkeit* bedienen, soll ich »ganz normal« werden und schließlich doch den »ganz natürlichen« Wunsch entwickeln, zum Fortbestand der Menschheit beizutragen? Aber wir leben in modernen Zeiten, und ein Mann ist nicht mehr gleichbedeutend mit einem Kind, außer in Personalunion, und überhaupt, was für ein Mann denn? Davon kann ja hier wohl kaum die Rede sein.

Außerdem bezweifle ich, dass irgendein männliches oder anderes Wesen an meinen grün gemusterten Strumpfhosen Gefallen findet, ich dafür umso mehr. Denn eigentlich ging es ja gar nicht um den Rock. Ich habe Strumpfhosen schon als Kind geliebt, nur dass man da noch nichts dadrüber anziehen brauchte, sie hielten, was sie versprachen, nämlich Strumpf und Hose in einem zu sein. Und noch lebten wir in seliger Unkenntnis der Leggins, die uns nur wenige Jahre später zusammen mit ihren degenerierten Artgenossen Radler- und Steghose heimsuchen sollte. Ich schwärmte nur deshalb für den Prinzen in den Märchenfilmen, weil er bestrumpfhost war, ein Bein grün, ein Bein rot. Bei der Prinzessin konnte man das ja leider nicht sehen, und als ich Mama mal fragte, was die denn unter ihren langen Röcken anhätten, sagte sie glatt: »Nix.« Das war ihr wohl so rausgerutscht, denn als sie mein empörtes Gesicht sah, fing sie an, schnell was von Unterröcken und Unterhosen zu erzählen, aber ich glaubte ihr kein Wort. Die Prinzessin trug keine Strumpfhose, soviel stand fest, und also auch, dass ich keine Prinzessin mehr sein wollte. Insofern ist die Strumpfhose, jedenfalls in ihrer Urform, nicht in der linoleumfarbenen Abart von Nylon, Perlon, Dederon oder Loch-an-Loch-und-hält-doch, ein durchaus subversives, die Signalwirkung des Rockes geschickt brechendes Utensil, das sich zudem weder den Vorwurf des Ent- noch des Verhüllens gefallen lassen muss, geradezu ein Schutzanzug, was man vom Rock nicht behaupten kann, mit dem sich doch wohl noch immer allgemein und instinktiv die Vorstellung verbindet: nix drunter.

Ich weiß nicht, was für eine Vorstellung sich mir bei diesen Anziehüberlegungen mit einer so nichtswürdigen Veranstaltung wie dem Dorffest auf einmal verbunden hatte, aber sie versickerte sehr schnell in den Niederungen der Modder, durch die ich mit den beiden hierher gelatscht bin. Es regnet seit Tagen, »Katzen und Hunden«, wie Paul sagte, aber auch: »Ich bin nicht aus Zucker«, als ich ihm den Regenschirm anbot. Ich musste grinsen. Wie kann er so lügen? Ella kam mit mir unter den

Schirm, hakte sich bei mir ein, und wie wir da so im Slalom über die ausgestorbene Elpe und die Dorfstraße stapften und wenigstens den größten Pfützen auszuweichen versuchten, Zucker-Paul voran, hatte ich beinah Angst, der Regen könnte ihn tatsächlich wegwaschen, auflösen, und wie konnte ich mir sicher sein, dass das überhaupt noch Paul war, der da als unkenntliche Kapuzengestalt in immer weiterem Abstand vor uns ging, in den Regen und die Dunkelheit hinein?

Durch meine wie üblich undichten Schuhe – es wird mir ewig ein Rätsel bleiben, wie Leute zu angeblich wasserdichten Schuhen kommen – schien mit zunehmender Weglänge nicht nur die Nässe förmlich in mich einzusickern, sondern mit ihr auch ein heilloses Gefühl von – na ja, Verzweiflung klingt völlig übertrieben, Vergeblichkeit erst recht, aber etwas in der Art, und etwas Wohlbekanntes, wie ein Rückenschmerz, den man langsam und unabwendbar heraufkriechen spürt, ein alter Feind, der durch jahrelange Bekanntschaft fast zum Freund geworden ist und auf einen irreparablen Haltungsschaden hindeutet. Für einen Augenblick fühlte ich das fast unwiderstehliche Verlangen in mir, mich lang in die Modder zu schmeißen. Aber: Haltung. Contenance. Seit Jahren bin ich mit mir selber uneins, ob ich genau das zum Prinzip meines Verhaltens machen sollte: sich rein gar nichts anmerken lassen, oder das genaue Gegenteil: hemmungsloses Rauslassen, noch bevor es zu irgendwelchen Anmerkungen kommt. Das Ziel beider Wege ist das gleiche, nämlich Unangreifbarkeit. Zum Beispiel träume ich seit mindestens genauso langer Zeit ja auch schon von der unangreifbaren Frisur, aber das ist ein anderes Thema. Mein ganzes Problem liegt in der absoluten Entscheidungsunfähigkeit, in diesem wie auch in jedem anderen Fall, also in der vermeintlichen Vermeidung angreifbarer, weil exponierter Positionen, weshalb es ständig zu halbherzigen Mischformen der allerangreifbarsten Art kommt. Man nehme ja nur mal diesen Rock, diesen verschossenen orangen Cordrock, weder kurz noch lang, weder weit noch eng, weder Rock noch sonst irgendwas, wie er verklemmt an der Strumpfhose klebt und sich wie zur Strafe bei jedem Schritt unförmig nach oben schiebt und ausbeult. Was in aller Welt wollte ich damit bezwecken? Na wenigstens muss ich mir nicht vorwerfen, mich des neuesten Modeauswuchses der Sorte Weder-Fisch-noch-Fleisch schuldig gemacht zu haben, dieses abartigen Rock-über-Hose-Tragens. Wenn ich auch schon so manches Mal das Gefühl hatte, unter den Blicken Katharinas, Nadines und auch Susannes, mit meinen Klamotten den Gipfel der Lächerlichkeit erklommen zu haben, so muss ich doch neuerdings befriedigt feststellen, dass mich Katharina, Nadine und Susanne auch darin überholt haben. Ich meine, was wollen sie *damit* bezwecken, außer wie das letzte Hippierelikt auf der Flucht auszusehen? Das Ganze läuft doch letztlich auf Folgendes hinaus: Ich will einen Rock anziehen, aber trau mich nicht, meine Beine zu zeigen, schon gar nicht meine nackten Beine im Sommer, also zwänge ich den luftigen Sommerrock über die dicke Winterjeans, im Winter. Wie erbärmlich! Nur mildert das auch nicht den Blick, mit dem ich selbst meinem Kleiderschrank neuerdings gegenübertrete, nämlich seit ich festgestellt habe, dass sein Inhalt dringend der Generalüberholung bedarf, und der Zeitpunkt dieser Feststellung fällt zufällig ungefähr mit Pauls Erscheinen hier zusammen. Sein Erscheinungsbild wiederum versetzt mich jedes Mal derartig in Entzücken, dass es mich fast beschämt, gerade weil daran gar nichts Besonderes oder Gewolltes ist, es ist auch nicht diese aufgesetzte Schlampigkeit. Es ist einfach – Paul. Man könnte es glatt zu einem Adjektiv machen, very paul, eins, das nur auf ihn zutrifft. Seine zwei Hosen, die eine schwarz, die andere braun, keine Jeans, haben beide diverse Löcher am umgeschlagenen Saum, die braune sogar eins am sehr oberen Oberschenkel, das aussieht wie ein Brandloch und ab und zu die Farbe seiner Unterhose erkennen lässt. Als ich das zum ersten Mal sah, wäre ich fast so hirnverbrannt gewesen, ihn darauf hinzuweisen, ich meine, dass er ein Loch in der Hose hat. Das Wort ›Unterhose‹, zumal es sich dabei nicht um irgendeine, sondern um seine handelt, käme mir bei ihm vermutlich gar nicht über die Lippen. Oder vielleicht doch, vielleicht leichter als bei jedem anderen. Da ist eine Offenheit bei ihm, geradezu um ihn ... Die nicht unwesentlich zu meinem Taumel beiträgt. Wie auch seine bis knapp über die Ellenbogen gekrempelten Hemden, seine ganz einfachen und einfach perfekt sitzenden T-Shirts, die ihren Schnitt direkt aus den Sechzigern herübergerettet zu haben scheinen, und über seine Frisur muss man ja ohnehin kein Wort verlieren: very paulmccartney. Kurzum: all das ist mir hier noch nie untergekommen, nicht mal in Ansätzen, nicht mal bei Tobias, und das ist so was von zum Alle-Hoffnung-fahren-Lassen, dass man auf der Stelle konvertieren und den Karmeliterinnen beitreten möchte, was einen zumindest des Kleidungsproblems auf ewig enthöbe. Ich weiß, dass ich mich da nicht so reinsteigern darf. Nicht in etwas, das keine Woche mehr währt. Aber habe ich vielleicht was Besseres zu tun?

Spätestens als wir eben das Zelt betraten, das sie mitten auf der Wiese neben dem Sportplatz aufgebaut haben und das uns schon von weitem wie eine etwas zweifelhafte Oase weiß aus der dunklen Regenwüstenei entgegengeleuchtet hatte, kam ich mir völlig overdressed vor, was umso seltsamer war, als meine Schuhe und auch das untere Drittel meiner grünen Strumpfhosen sich eine Dorfmatschtarnung zugelegt hatten, ein Spritzer, kein Spritzer. Die offensichtlich bereits angesäuselten Anwesenden starrten denn auch gleich auf meine Beine, und ich weiß nicht, welchen Abschnitt davon sie am unzumutbarsten fanden. Aber so demütigend wie auf unserem ersten Herbstball ist es nun auch wieder nicht, als wir, endlich in der neunten Klasse angekommen und teilnahmeberechtigt, uns aufgeregt fragten, was man bloß zu diesem Ereignis anziehen sollte, immerhin war es ein ›Ball‹, und irgendwer uns einredete, was heißt irgendwer, Tamara mit ihrer Vornehmheitsmacke, wir sollten dafür unsere Konfirmationsklamotten noch mal reaktivieren. Und so standen wir dann da, in die Ecke gedrückt, in unseren elend langen Röcken und Jabotblusen und glotzten auf die Jeansbeine, die zu den Takten von Wolfgang Petry und Metallica rumhüpften. Doch irgendwann war es uns egal, und wir hüpften mit. Irgendwann ist einem alles egal, und ich gäbe viel dafür, wenn sich diese Schwelle bei mir endlich mal stark absenken ließe.

Trotzdem bin ich froh, hier zu sein, mit Ella, mit Paul. Was schon als mittelgroßer Triumph zu verbuchen ist, denn ich hätte nicht gedacht, dass Ella ja sagt, als ich sie fragte, ob wir mit Paul zum Dorffest gehen wollen. Zum Dorffest! Noch vor einem Monat wäre mir das nicht im Traume eingefallen. Nun ja, die Dinge ändern sich. Paul hatte mich gestern nach der großen Pause, als es schon geklingelt hatte und wir gen Eingang schlurften, gefragt: »Wir gehen zum Fest morgen?«, es klang mehr wie die Wiederholung einer bekannten Tatsache, und ich bloß: »Welches Fest?« Mir wäre auch nie eingefallen, das Dorffest als ›Fest‹ zu bezeichnen, die Betonung liegt auf ›Dorf‹. Die Betonung liegt auf GOLDKRONE. Aber ich wusste, es wäre sinnlos gewesen, Paul das ausreden zu wollen, er wäre auf jeden Fall hingegangen, so weit kenne ich ihn immerhin schon. Mir blieb wieder nur, mich zu wundern, woher er eigentlich diese Unerschrockenheit, diese Nichtabschreckbarkeit nimmt. Sie hat eindeutig was mit der Offenheit zu tun. Als wäre er nicht ganz von dieser Welt. Aber zum Grübeln würde ich hinterher, im großen grauen Danach, noch genug Zeit haben, und weil das in naher Zukunft ist, sagte ich ohne Überlegen na gut. Nach der Elpe war ohnehin kein Platz mehr für Zimperlichkeit. Und vielleicht hat Ella was ganz Ähnliches gedacht, vielleicht wollte sie nicht noch einen Abend allein zu Hause am Fenster stehen. Vielleicht machte es ihr mehr aus, als ich dachte. Und Paul: hatte rundheraus abgelehnt, als Beate und die anderen ihn in derselben großen Pause, und zwar noch vor meiner Zusage, gefragt hatten, ob er heute Abend mit zur Disco nach Schmalditz käme. Allein das war mir schon Genugtuung sondergleichen, zumal sie es natürlich gar nicht erst für angebracht gehalten hatten, etwa auch mich zu fragen. Und dann, wie er es tat! Das euphorisierte mich dermaßen, dass ich dachte, es würde für die nächsten drei Jahre reichen oder mich zumindest den Rest der Schulzeit in einer goldenen Gemütsruhe und lächelnden Bedürfnislosigkeit überstehen lassen. Dass dem nicht so ist, merke ich Wankelmütige zwar schon einen Tag später, aber dieser Moment wird mir bleiben: wie er einfach nein sagte. Nur: »Nein«, nichts weiter. Und sein »Ja«, als sie ihn daraufhin fragten, ob er schon was Besseres vorhabe. Das muss auch sie derart beeindruckt, fast eingeschüchtert haben, dass sie nicht mal wissen wollten, was. Keine Ahnung, was er dann gesagt hätte. Aber keine Minute später wusste ich, dass er lieber mit mir zum Dorffest geht, und ich konnte mich nur nicht entscheiden, ob nun die Konkurrenz damit seine tiefste Missachtung oder ich seine höchste Gunst geerntet hatte. Und wie immer, wenn ich mich nicht entscheiden kann, nehme ich beides.

Ich winke Mama und Papa zu, die sich haben breitschlagen lassen, die Fressalien zu verkaufen, das heißt, Mama hat sich wie üblich verpflichten lassen, um nicht zu sagen selbstverpflichtet, und dann Papa so lange zugesetzt, bis er sich bereitfand, den Grill zu übernehmen.

»Wollt ihr ne Wurst?«, ruft er uns zu, ich glaub, er freut sich sehr, uns zu sehen, was mir irgendwie überhaupt nicht passt. Dass er seit geraumer Zeit auch die Meinung vertritt, ich müsste mehr unter Leute, von der er auch noch glaubt, es sei seine eigene. Ich schüttle den Kopf und muss an neulich denken, als Ellas Vater bei uns in der Küche saß und mit Papa gesoffen hat, so sah das jedenfalls aus. Ich wusste nicht, was ich seltsamer fand: ausgerechnet den bei uns sitzen zu sehen, mit dem Papa sonst gar nichts zu tun hat, oder festzustellen, dass zwar der, aber nicht Papa besoffen war. Irgendwas stimmte doch da nicht. Dass Papa mir dann auch noch was anbot, »Wist n Schnaps?«, nahm ich geradezu als Beweis. Trotzdem war auch plötzlich in dem Moment alles so richtig zwischen uns wie schon lange nicht mehr. Für ein paar Sekunden hatte ich den Eindruck, dass wir uns zum ersten

Mal als zwei selbständige Menschen betrachten, die sich zufällig recht ähnlich sind.

Paul hat sich eine Wurst geholt, das Geld dafür hat Papa entschieden zurückgewiesen. Keine Ahnung, was er von ihm hält, aber anscheinend mehr als Ellas Vater, der wohl schon ein paar blöde Bemerkungen über Paul losgelassen hat. Als ich sie fragte, was denn, da ich mir gar nicht vorstellen kann, was es da Negatives zu bemerken gibt, hat sie bloß abgewunken. Wirklich, es ist mir unbegreiflich, wie jemand Paul nicht gutfinden kann, was auch fast wieder ein Problem darstellt, denn wie gut Mama ihn findet, muss ich mir ja täglich nicht nur ansehen, sondern auch anhören. Sie würde ihn umstandslos als Schwiegersohn akzeptieren, und wie bitte sollte ich diesen Umstand akzeptieren?

Wir nehmen an einem der Tische Platz, die nicht mal zur Hälfte besetzt sind, wer auf sich hält, steht an der Bar. Mit einigem Erstaunen gucke ich auf Ellas Kartoffelsalat. Die scheinen sich ja beide recht wohl hier zu fühlen, sie und Paul, während ich mir wie die weiße Massai vorkomme. Ich dachte vorher, na gut, gehen wir hin, das ist die Gelegenheit, es mal zu sehen, auch wenns da nichts zu sehen gibt, aber dann weiß man wenigstens, worüber man spricht, abfällig, wir setzen uns ja nichts aus, wir tun einfach so, als machten wir es für Paul, eine Art touristische Führung. Oder wie man zusammen in so ein bierernstes Museum spaziert, einzig mit dem Zweck, sich mutwillig über die Exponate lustig zu machen. Und dann lacht man unversehens alleine und kommt sich plötzlich sehr dumm vor und hofft, dass es sich umgekehrt verhält. Dass Paul das hier alles nicht sehr merkwürdig zu finden scheint, wundert mich zwar, aber dass Ella sich wie in die Normalität schlechthin hineinhockt, stimmt mich beinahe misstrauisch.

Auf einmal entdecke ich Pauls Vater und in ihm schlagartig einen Verbündeten, denn für sein Hiersein, das mir wie ein Zeichen der Errettung vorkommt, wie ein bestimmtes Element im Traum, das einen plötzlich wissen lässt, dass man träumt und also nicht wirklich zu dieser seltsamen Gesetzen gehorchenden Welt gehört, dafür also kann ich mir keinen anderen Grund denken als eben einen, der meinem nah verwandt sein muss. Ich stupse Paul an: »Dein Vater ist da«, ich sage es ganz unwillkürlich so, als müsste das auch ihn erlösen. Er guckt aber nicht mal hoch, ich sehe bloß, wie er mit den Augen rollt, als er sagt: »Ich weiß – field research, you know«, woraufhin er ein großes Stück von seiner Wurst abbeißt. Er macht »ha-ah« und wedelt mit der Hand, sagt »heiß« und »gut« und wirkt insgesamt sehr beschäftigt. Dann hält er sie mir hin, die Wurst: »Möchtest du probieren?« Er lächelt. Ich starre auf dieses rosabraune, fettig glänzende, längliche Etwas, das sich Bockwurst nennt und in seiner ganzen Art schamlos auf seinen kreatürlichen Ursprung verweist, ja, fast selber noch Kreatur oder, schlimmer, eins ihrer abgetrennten Glieder zu sein scheint, ein pralles Körperteil. Ich neige mich vor und nehme die Wurst vorsichtig zwischen meine Zähne, ich versuche, sie nicht mit den Lippen zu berühren, und komme mir doch, ich weiß auch nicht, wieso – obwohl ich natürlich weiß, wieso –, ungeheuer obszön dabei vor. Dann knackt es,und ich habe ein Stück davon zwischen Zunge und Gaumen. Bock-Wurst. Stier-Bier.

Gleich darauf schwenkt Paul die Wurst zu Ella, aber sie will nicht. Sie guckt ihren Kartoffelsalat an, dann zeigt sie, den Mund voll, mit der Gabel drauf und blickt hoch zu Paul, fragend. Er nickt, langt rüber, und ich sehe zu, wie Ellas Gabel in Pauls Mund verschwindet. Und wieder zurückwandert in Ellas Hand. Ellas Mund. Ella schiebt mir den Teller hin. Ich schüttle den Kopf, »na los«, sagt Ella, und ich nehme schnell einen Haps. Er schmeckt erstaunlich gut. Er schmeckt wie – das ist unser Rezept! Ohne Eier, mit Gurken, und »DDR-Mayonnaise«, wie Mama das nennt, als hätte sie gleich neben der Garage einen Bunker mit Restbeständen. Ich gehe zu ihr.

»Einmal unsern Kartoffelsalat. Bitte.«

Sie grinst mich an. »Nimm doch auch ne Wurst.«

Wobei sie den Satz so intoniert, als wolle sie mich nicht in erster Linie zu einer Wurst, sondern zu einem ›Auch‹ überreden, einer ganz speziellen Ware, die es nur unterm Ladentisch gibt. Womit mir klar ist, dass sie das eben alles live und in Farbe mitbekommen hat.

»Ich will keine Wurst«, sage ich, und es klingt so bockig, wie nur Lügen klingen können. Ich bin hergekommen, um zu beobachten. Nicht, um auch unter Beobachtung zu stehen. Betonung auch auf ›auch‹.

Aus dem Augenwinkel sehe ich Ecki und Konsorten das Zelt entern. Das fehlt ja grade noch. Oh Scheiße. Mama merkt auch sofort wieder alles und sagt: »Die tun dir doch nix!«

Nein, die tun mir nix, oh Mann! Als ob es darum ginge! Aber wieso denk ich da erst jetzt dran? Wie doof bist du denn eigentlich, Romy? Regel Nummer zweihundertsiebenunddreißig: Wenn deine Mutter Jugendclubleiterin ist, kannst du nicht auf die Elpe gehen. Warum nicht? Darum nicht. Dass diese Regelverletzung bisher noch nicht geahndet wurde und mir deshalb noch gar nicht richtig zu Bewusstsein gekommen ist, liegt ja bloß daran, dass bisher noch nicht wieder Club war, weil Mama Urlaub hatte. Das war schon anstrengend genug. Aber jetzt auch noch täglich zu zittern, dass Mama mich, ausführlich in Kenntnis gesetzt von IM Gartenzwerg alias Ecki und seinen Helfershelfern, über meinen außerplanmäßigen Elpebesuch zur Rede stellt, ach was, auch nur anspricht, geht über meine ohnehin angegriffenen Seelenkräfte. Dass sie erfährt, dass ich da war, ist das eine und vielleicht gar nicht so Uninteressante, denn ich wäre gespannt, ob sie dann immer noch die Ansicht verträte, ich solle mehr unter die Leute, oder ob sie dann anfinge, bestimmten Individuen den ›Leute‹-Status abzuerkennen. Grenzen zu setzen, was ja mal etwas direkt Erfrischendes hätte. Das andere, den reinen Umstand unangenehm Überlagernde wäre natürlich das Gesprächsprotokoll. Die Hasen und so weiter. Selbst Mamas gelassenste Reaktion darauf stellte immer noch eine schwere Heimsuchung dar, wenn nicht gar die schwerste: Sie würde vielleicht darüber lachen, es höchst amüsant und ein wenig schockierend finden, was die einfallsreiche Tochter sich da wieder ausgedacht hatte, und: sie würde beifällig nicken, »stolz« auf mich sein, mir förmlich auf die Schulter klopfen. Dafür, dass ich mir »von den Jungs nix gefallen« lasse, dass ich endlich »Selbstbewusstsein« bewiesen hätte, und alles mit dem Untertext: Siehste! Oh, wie sie alle, allen voran unser Geschichtslehrer Herr Jürg, immer um mein »Selbstbewusstsein« besorgt sind, es stets und ständig stärken wollen, zum Beispiel, indem sie mir schon jetzt andeuten, ich solle doch die traditionell vor Ostern fällige Judika-Rede halten. Herr Jürg zwinkerte mir zu. Herr Würg. Mir wurde wirklich übel, als er noch hinzufügte: »Sollst mal sehen, wie gut das für dein Selbstbewusstsein ist! Du kannst das doch!« Ich frage mich, ob ich mir eine derartige unausgesetzte Beleidigung eigentlich bieten lassen muss, und versuche mich mit dem Gedanken zu beruhigen, dass Leute, die keine Ahnung haben, einen eigentlich auch nicht beleidigen können. Ich meine, weiß Jürg irgendetwas über mich, außer dass ich seit der Neunten Geschichte bei ihm hatte und zwischenzeitlich auch mal Deutsch? Die Antwort ist ein uneingeschränktes Nein. Da weiß ich ja noch mehr über ihn, logischerweise, weil einfach mehr dabei herauskommt, wenn hundert einen beobachten als umgekehrt. Zum Beispiel, dass er sich seine Schnotterbremse färbt. Lächerlich! – Natürlich *kann* ich es; ich weiß nicht, was sie alle dazu treibt, mich zu Sachen ermutigen meinen zu müssen, die mich schlichtweg nicht interessieren! Woher kommt bloß dieser unerschütterliche Glaube, dass das, was man kann, auch das ist, was man will? Beziehungsweise umgekehrt: dass gewisse Defizite, die man auf einem Gebiet aufzuweisen scheint – zum Beispiel auf dem der Busenfreundschaft samt Bussi links und rechts mit Hinz und Kunz –, zwangsläufig auf Unvermögen zurückzuführen seien. Und nicht auf Unwillen.

Ecki hat mich jetzt entdeckt und grinst. Er kommt gemächlich auf uns zugeschlendert, ich starre wie das Kaninchen auf die

Schlange. Hasen, Romy, Hasen. Blitzschnell schlage ich einen Haken und fasse Mama scharf ins Auge. »Hör zu: Egal, was sie dir erzählen – glaub es. Wenn du willst. Aber glaub nicht, dass ich irgendwelche Fragen dazu – oder zu interessanten verwandten Themen – beantworten werde. Es geht mir gut und es gibt keinen Anlass zur Sorge, und wenn du denen glauben kannst, dann kannst du auch mir glauben. Ende der Durchsage.«

Zwar hege ich noch die leise Hoffnung, die Erinnerung an diesen Elpe-Abend könnte sich bei Ecki und Konsorten inzwischen verflüssigt haben, in Rauch aufgegangen sein oder zumindest in den Normalfall, nämlich meine Neigung, solchen Angelegenheiten stets eine viel gravierendere Bedeutung zuzumessen als alle anderen – ich weiß auch nicht, warum mir alles so unverhältnismäßig an die Nieren geht. Aber so was behalten die, so was geht in die magere Elpe-Geschichte ein. Im Grunde warten die auch bloß darauf, dass was passiert.

Ich sage: »Hi, Ecki«, als ich mich an ihm vorbeidrücke, und stelle befriedigt fest, dass er kurz irritiert ist, auch, weil er nun seine perfiden Absichten zwischen mir und Mama aufteilen muss. Während ich noch darüber nachdenke, ob das wirklich so clever war, ihn mit Mama allein zu lassen, denn wer weiß, ob er sich überhaupt getraut hätte, was zu sagen, wenn ich dabeigestanden hätte, aber vielleicht ist das auch bloß wieder meine skrupulöse Denkart, stoße ich kurz vor unserem Tisch beinahe mit einem Tanzpaar zusammen. Tatsächlich, es wird übers Rasenparkett geschwoft, ich nehme erst jetzt richtig wahr, dass es so was wie Musik gibt, nun ja, Störgeräusche, Hirnsubstanz vertilgende Ohrwürmer. Ich beneide Paul, der das meiste davon zum ersten und wohl auch letzten Mal hört und wenigstens die Texte ignorieren kann, wie wir bei den englischen Sachen. ER SCHENKTE MIR DEN EIFFELTURM BEIM ERSTEN RENDEZVOUS. Es zieht einem wirklich die Schuhe aus. Man kann nicht mal mehr flüchten. Ich rolle mit den Augen, Paul lacht. Ella scheint das alles sowieso jenseits jeglicher Kommentarbedürftigkeit zu finden. Wahrscheinlich macht das für sie keinen Unterschied, das oder die Beatles. Die Beatles! Das sind doch … nein, sind sie nicht. Sind sie doch! »Was ist das?«, fragt Paul.

KOMM, GIB MIR DEI-NE HAA--A-A--A-A-A-AND, KOMM GIB MIR DEI-NE HAND.

Oh no! »Das ist – die deutsche Version«, sage ich und habe das Gefühl, persönlich dafür verantwortlich zu sein. Etwas schließlich doch zugeben zu müssen. Paul lacht. Er steht auf. »KOMM, GIB MIR DEINE HAND«, sagt er. Er hält auch Ella einen Arm hin, diesmal rollt sie mit den Augen. Ich nehme Pauls Hand, es kommt mir wieder wie etwas geradezu Verbotenes vor. Er dreht sich noch mal zu Ella um, »SAVE THE LAST DANCE FOR ME«, ruft er ihr zu, sie lächelt wenigstens. Kaum stehe ich, wirbelt er mich schon herum. Wir tanzen, ja, wir tanzen! Eigentlich hopsen wir bloß herum, wir tanzen nicht richtig zusammen, aber doch miteinander, eindeutig. Ist mir egal, ob wir die Einzigen sind und ihnen allen gleich die Augen aus den Höhlen treten oder es kein Schwein juckt, dass ich mit Paul McCartney tanze, ist mir alles egal, sogar, ob es Ella egal ist, sogar, ob Paul. Das stimmt vielleicht nicht. »Deine Hände sind kalt«, hat er gesagt, als ich vom Tisch aufgestanden bin. Aber ich merke, es ist nicht so sehr seine Berührung, der sichere Griff, wenn er mich zu sich heranzieht, der Druck seiner Fingerkuppen auf meinen, wenn ich mich drehe. Das kenne ich jetzt schon. Was ich noch nicht kenne, ist diese Ausgelassenheit, die sich nicht mehr in ›meine‹ und ›seine‹ aufspalten lässt. Das Enzym ›wir‹. Synthese und Ekstase, Reaktionszeit zwei Minuten, und dann? Verbeugt sich Paul, zackig und tief, einen Arm vorm Bauch, den andern abgewinkelt, als hielte er etwas darin, eine Gitarre. Und zwar eine für Linkshänder. Ich lache verblüfft auf, aber er sieht mich an, als wüsste er von nichts, und lächelt nur, wie einfach so. Aber er weiß es doch auch nicht. Weiß man denn so was? Oder hat Ella es ihm gesagt? Ich werfe einen Blick zu ihr rüber, aber sie guckt gar nicht her, sie hat offenbar andere Probleme. Ecki. Ich hab gerade noch mitgekriegt, wie er den Schnaps vor sie hingestellt hat, braunen Schnaps, und schon sitzt er ihr gegenüber. Sie guckt nicht hoch. Paul will hingehen, vielleicht wittert er was, vielleicht meine Angst. Trotzdem halte ich ihn plötzlich fest, »wart mal«. Wir stehen nur ein paar Meter entfernt, aber mir ist, als ob ich Ella überhaupt nicht helfen kann. Oder sollte. Oder will. Nur Beobachtung, das scheint mir wichtig zu sein. Dann fällt mir das richtige Wort ein: ›brauche‹. Ich brauche ihr nicht zu helfen. Sie guckt sich nicht nach uns um. Nur stur auf die Tischplatte, das speckige rot-weiß gewürfelte Wachstuch. Auf einmal hebt sie den Kopf, den Kopf mit den glänzenden schwarzen Haaren, langsam, und sieht Ecki an. Sie sitzt, auf ihre verschränkten Arme gestützt, vornübergebeugt da und sieht ihn direkt an, voll in die Glubscher, wette ich, mit ihren knallblauen Augen in seine verklebten, roten Schweinsäuglein. Er grinst, er kapiert überhaupt nichts. Er hält ihr sein Glas zum Anstoßen hin, er hat das feixende Prost, Ella! schon auf den Lippen, ich würde mir am liebsten die Ohren zuhalten. Ella nimmt ihr Glas – und mit einem Ruck, einem Schluck und ohne Ecki auch nur einen Moment aus ihrem Blick zu entlassen, ist der Schnaps in ihrer Kehle verschwunden. Das leere Glas auf dem Tisch hält sie immer noch fest. Sie hat es nicht aufgeknallt, sondern fast wie in Zeitlupe heruntergleiten lassen. Und sie sieht ihn immer noch an. Erst jetzt trinkt er sein Glas aus, verzieht dabei das Gesicht wie beim Rauchen, als hätte Ella ihn gezwungen. »Von danke sagen hältste wohl nix!« Er lallt fast.

Ella zieht die Augenbrauen hoch. »Oh, ich dacht, das Wort kennst du nich.« Sie grinst ihn an, ganz kurz, und lässt die Mundwinkel sofort wieder fallen. Die einzige Geste, an der ich ihre Nervosität ablesen kann. Daran, und wie sie das Glas festgehalten hat, danach. Vielleicht.

»Ts«, macht Ecki.

Wir gehen hin, als kämen wir gerade vom Klo, und doch wie Regisseur und Dramaturgin, hochzufrieden mit dieser Szene. Ich setze mich neben Ella. Paul bleibt stehen, fragt, ob wir was trinken wollen. Ecki winkt ab, als hätte er schon einen halben Kasten geleert. Mir ist sehr nach Bier. Aber ich fürchte, ich kann meinem armen Mütterlein nicht noch mehr Bedenken ins Herz pflanzen, sie wuchern darin wie verrückt, mehrmals täglich versorgt mit dem Spezialdünger Mutterliebe. »Ne Cola.« Ella nickt.

»Hi, Romy«, sagt Ecki. Vielleicht hat er vergessen, dass ich ihm vorhin schon über den Weg gelaufen bin. Vielleicht hat er alles vergessen. Ich sage nichts. Ich sitze nur da, mit Ella. Er lauert. Er zappelt mit den Knien rum. »Mann, seid ihr maulfaul!«

Wir sagen nichts. Wir sehen uns nicht an, und ihn auch nicht. »Ts«, macht er. »Letztens warste gesprächiger, Romy Plötz.« Dann steht er auf, plumpst noch mal zurück, steht wieder auf. »Na ja! Geh ick ma.«

Als Paul die Gläser abstellt, stößt Ecki mit seinem Hintern noch mal gegen den Tisch, die Cola schwappt über. »Sorry«, sagt er und grinst. Erst als er weg ist, im sicheren Hafen seiner Kumpane eingetrudelt, rühren wir uns wieder, aber wir sehen uns immer noch nicht an. Ella nippt an ihrer Cola, ich trinke nach und nach das ganze Glas leer, ich merke es kaum und bin verwundert über den letzten Tropfen. Einer muss jetzt was sagen, und einer bin natürlich ich, ich muss jetzt was sagen, bloß was? Das Wetter: oh, es hat aufgehört zu regnen; die Musik: Mann, wie bescheuert; der Abend: ach, na ja. Lasst uns gehen.

»Paul.«

Sein Name brennt in meinem Bauch wie die Kohlensäure. Obwohl ich ihn gar nicht ausgesprochen habe. Weil ich – weil nicht ich ihn ausgesprochen habe. Sondern? Ich habe ihn genau gehört, wenn auch leise. Jemand muss ihn ausgesprochen haben. Mit Ellas Stimme. Paul guckt sie an, sollte mich nicht wundern, wenn er auch einen Sinn dafür hat. Ich merke das meistens genau, wenn jemand ein Wort zum ersten Mal ausspricht. Vor allem bei mir selbst. Ich weiß nie, was ich davon halten soll. Schon gar nicht jetzt.

»Ich muss dir was sagen«, sagt Ella. Zu Paul.

»Was?«, fragt er.

Sie wirft mir einen Blick zu, den ich normalerweise als Aufforderung zu schleunigster Entfernung gedeutet hätte. Aber das glaub ich einfach nicht. Sie ist doch nicht etwa drauf und dran, aus welch desperater Übergeschnapptheit auch immer, ihm etwas zu sagen, das mich nichts angeht. Und ob mich das was angeht! Trotzdem frage ich, so kalt wie noch möglich: »Soll ich gehen?«

»Nein«, Ella sieht mich verwundert an, »du weißt das doch auch noch nicht, oder?«

»Was?«, frage ich gereizt. Wie soll ich wissen, ob ich etwas weiß, von dem ich nicht weiß, was es ist? Ich verspüre eine gemeine Lust in mir, Ella die Grenzen ihrer Logik auseinanderzusetzen. Aber sie hat sich, meines gespannten Zuhörens offenbar sicher, längst wieder Paul zugewandt. Sie sagt mit ihrer tiefsten Stimme: »Du hast einen Halbbruder.«

Fast hätte ich aufgelacht. Es klang wie in einem schlechten Ganovenfilm. Er hat einen Halbbruder, Gamaschen-Joe! Einen was? Es klingt auch nicht wie etwas, das vollkommen den Tatsachen entspricht. Eher wie – eine Prophezeiung. Andererseits viel zu konkret dafür und gerade deshalb so unglaubhaft. Bestenfalls noch wie eine Diagnose von etwas zwar nicht Erfreulichem, aber im Grunde Harmlosem: Sie haben Senk- und Spreizfüße.

»Was?«, fragt Paul.

Ella kneift die Lippen zusammen. »Na ja – wie dein Bruder. Nur halb. Also – er hat einen anderen Vater, logisch.«

Logisch?

»Und – wer, ich mein, wer ist der Vater?«

Das erscheint mir vollkommen unlogisch. Dass er gerade diese Frage stellt. Offenbar geht das sogar über Ellas Logikverständnis.

»Wieso – also, keine Ahnung. Aber deine Mutter – mein Vater hat das bloß gesagt, ich mein, er kannte sie doch – also, dass sie schon ein Kind hatte, als sie wegging – von hier. Einen Sohn.«

Ich bin kurz irritiert, als sie »von hier« sagt. Als wäre es das ›Hier‹ gewesen, es hörte sich komischerweise so an, als hätte sie das Kind ›von Hier‹ bekommen, als wäre ›Hier‹ der Vater. Wie ein Vexierbild, oder so, wie mich früher immer Gesichter aus den Tapetenmustern ansprangen, die ich ewig anstarrte, so wie wir ihr beide jetzt auf den Mund starren, als könnte uns eine seiner Bewegungen verraten, worum es hier eigentlich geht. Um den Halbbruder, ja klar. Um den Außerirdischen.

»Denkt ihr, er hat mich angelogen?« Ihre Augenbrauen schieben sich wie schwere Wolken zusammen.

Äh – ja.

»No«, sagt Paul.

»Du wusstest das?« Ich bin nicht sonderlich erstaunt.

»Nein. Nicht genau. Ich wusste nicht das. Aber ich dachte immer, you know – sie ist – sie hat – wie ein Geheimnis, also – sie sagt nicht alles.«

Er sieht mich an. Ich nicke. Ich kenne sie gar nicht, seine Mutter. Ingrid.

»Und wo ist er, mein – Halb-Bruder?«

Ja, genau, wo ist er denn, der Mister Half-Brother? Semi-? Hört sich beides nicht richtig an, es hört sich einfach nicht richtig an. Paul und ein Halbbruder! Kann ja jeder kommen und verkünden, er sei der Neffcousin von Paul McCartney.

Ella seufzt, als frage sie sich, was sie sich da nun bloß eingebrockt hat. Tja.

»Na ja, also – das ist ein bisschen ...«

Aha.

»... also – er heißt Henry, Henry Hanske, und ...«

Nein!

»... er ist nicht ganz, also –« Sie macht eine Drehbewegung mit dem Zeigefinger in Höhe ihrer Schläfe und presst die Lippen aufeinander. »Also –«

»Disturbed?«, fragt Paul. »Mad? Lunatic? Idiotic? Or just a bit crazy?«

Ella scheint einen Moment zu überlegen, dann nickt sie. »Crazy. Ja.«

Paul klatscht in die Hände, schüttelt den Kopf. Er murmelt etwas, »I knew it«, oder so.

»Nein«, sage ich. »Ill. Really ill.« Und zu Ella, geflüstert: »Er war das doch, oder?«

Sie runzelt die Stirn.

»Die alte Frau«, zische ich.

»Achso«, flüstert sie zurück. »Ja.«

Sie sieht aus, als hätte man sie bei einem Fehler ertappt. Sie tut mir leid. Pauls Blicke pendeln zwischen uns hin und her, er runzelt die Stirn.

»Wollen wir vielleicht woanders hingehen?«, fragt Ella leise. Gute Idee, wirklich, die beste Idee an diesem Abend.

»Hi.« Auf einmal steht Pauls Vater neben uns. Paul sieht ihn an, als müsste er sich erst erinnern, wer das ist. »Dad!«, sagt er. »Please, go home. Stop your fucking second hand life!«

Sein Vater verliert sein Lächeln, ganz plötzlich, als wäre es ihm vom Gesicht gefallen. Aber überrascht wirkt er nicht. Jedenfalls nicht so überrascht wie wir. »Hey«, sagt er bloß. »Don't you tell me what I gotta do!«

Paul drängt sich an ihm vorbei. »Research! You don't know anything!«

»And you? Do you know somethin'?« Er springt kein bisschen aus dem Anzug. Paul bleibt nicht stehen, ruft ihm bloß zu, ohne sich umzudrehen: »At least I know somethin' about 'er.« Wobei er merkwürdigerweise das ›I‹ betont. Solche Sachen fallen mir immer auf.

Wir rauschen förmlich an Ecki und Co. vorbei, Paul voran, Ella und ich hinterher.

»Mannomann, die hamt aber eilig! Flotter Dreier, wa?«, ruft Ecki uns nach. Oder irgendeiner. Irgendein Idiot.

Du wolltest da nicht hingehen, es wäre dir nie in den Sinn gekommen, genauso wenig wie heute, es war genauso unmöglich. Es hat sich nichts geändert. Das beruhigt dich, denn darin kennst du dich aus, in Unmöglichkeiten. Schließlich lebst du in einer. Aber du warst genauso alleine wie heute abend, und deine einzige Furcht war, jemand könnte kommen und es dir wegnehmen, dein Alleinsein. Endgültig, denn den Verdacht hegtest du seit Längerem. Dass da etwas eingerissen war. Dass du etwas hattest einreißen lassen, mehr als ein Häutchen, und durch den Spalt zwängten sich Gesichter, die dir fremd vorkamen, weil du sie nie hattest sehen wollen, so widerwärtig genau. Du hattest doch diese Fähigkeit gehabt: jemanden zu erkennen, von Weitem, ohne in sein Gesicht sehen zu müssen. Sobald du ihn erkannt hattest, sahst du weg. Ihn. Das wolltest du dir lange zugute halten: dass du ihm nie in die Augen geguckt hast, oder fast nie. Dass du dir nie in die Augen gucken ließest, in die Karten, nicht wahr. Nur Luschen, anyway. Deine Mutter wusste Bescheid, auch so. Auch sie glaubte nicht mehr an ein passables Blatt. Aber offenbar an die Möglichkeit eines Bluffs. Sie kannte deinen Partner nicht. Und doch hättest du mit keinem anderen spielen können. Es gibt so ein Wort, du kanntest es nicht: satisfaktionsfähig. Das war keiner, du sowieso nicht. Er auch nicht. Aber er war wenigstens größer als du. Es war gar kein Spiel. Es war ein Duell. Am Ende war einer tot. Zuerst dachtest du, du wärst es. Auch später noch verließ dich der Argwohn nie ganz. Es gab keine Zeugen. Keine Sekundanten. Sogar er war ohne alle seine angetreten. Fast fühltest du dich bestätigt in deiner Wahl. Fast glaubtest du, es hätte eine gegeben.

Deine Mutter versuchte, dir in die Augen zu sehen, obschon das Licht längst aus war, wenn du das Haus betratest, wenn du aus der Dunkelheit in die Dunkelheit kamst, an die deine Augen ebenso gewöhnt waren wie ihre. Sie saß in der Küche und tat so, als hätte sie nicht auf dich gewartet. Sie wusste, du würdest sie nicht fragen. Einmal tatest du es: »Was sitzt du denn hier?«

»Ach«, sagte sie, als schnappe sie nach Luft, »ich wollt noch nich ins Bett.«

»Ich auch nicht«, sagtest du.

Du glaubtest nicht, dass sie sich Sorgen machte, dass sie befürchtete, dir könnte »etwas passieren« im nächtlichen Dorfe Bresekow. An dir ging doch alles nur vorbei. Obwohl sie unruhiger schien als sonst, regelrecht aufgekratzt manchmal. Als wittere sie etwas, als nehme sie etwas anderes an dir wahr. Etwas, das sie in Aufregung versetzte wie ein junges Mädchen, das sich allen möglichen bunten Hoffnungen hingibt. Das schlaflos und sinnend im Dunkeln sitzt und nicht merkt, wie viel Zeit schon vergangen ist.

Sie erschreckte dich jedesmal. Du wusstest, sie würde dort sitzen, immer auf dem gleichen Platz, die Arme auf dem runden Tisch. Trotzdem. Es war jedesmal, als risse der Spalt noch ein bisschen weiter ein, du zucktest zusammen. Als versuchte auch sie noch, ihren Kopf hindurchzuzwängen, und gewaltsamer als er. Er hatte den Spalt nur zufällig entdeckt und sah ohne Neugier hindurch, sah gar nicht dich, sondern etwas, was ihm gefiel, für das er die Ursache zu sein glaubte. Furcht. Du fühltest den kalten Boden an deinem Rücken, versuchtest, ihn mit so wenigen Stellen wie möglich zu berühren, Ringer fielen dir ein, das Wort ›Schultersieg‹. Sie baumelten über dir, diese beiden Gesichter im Spalt, wie zwei Luftballons kurz vor dem Platzen. Sie guckten sich an und konnten sich nicht mehr halten vor Lachen. Ihre Lache fiel wie Konfetti auf dich. Du würdest für Jahre erkennbar sein als ein Gast dieser geschmacklosen Feier, für die du erst gar nicht die Einladung ausschlagen konntest, weil es keine gab. Du hattest nicht mal eine Sicherheitsnadel parat. Aber glaubtest du, du könntest platzen lassen, was sich da über dir aufgeblasen hatte, ohne dass es einen Knall gäbe, glaubtest du das wirklich, an jenem Abend? Glaubtest du, du könntest einen Riss wieder zusammenflicken durch deinen bloßen Willen? Glaubst du das immer noch?

Du bist froh, dass Michael und Paul nicht da sind, noch nicht zurückkommen und das Licht anmachen, immer noch wegbleiben, von dir. Und wo könnten sie weiter weg sein als auf diesem – Dorffest, nicht wahr.

Wo hätte er weiter weg sein können als dort, an diesem Abend, nachdem die Demonstrationen überstanden waren, eine Art Faschingsumzug durch Schmalditz, so kam es dir stets vor, ein verordnetes Verkleiden. Monströs, keineswegs eine Demonstration: wofür denn oder wogegen. Ja, du warst für den Weltfrieden, wenn es das war, was sie hören wollten, ja, du warst gegen die Ausbeutung des Menschen durch den Menschen, wer nicht. Und, hat es etwas genutzt? Es stellte noch nicht mal eine Demonstration *von* etwas dar. Wovon denn, es gab doch nichts. Nichts außer dem Vergehen von Tagen, dem Warten auf das Ende der Woche, das Ende der Schulzeit, das Ende des Lebens, nach dem nichts mehr kam. Dafür musste man nicht auf die Straße gehen. Aber man musste.

Und musste man denn auch in den Dorfkrug gehen und gesellig sein und sich Schnäpse genannt »Schlüpferstürmer« ausgeben lassen und sich übers Parkett schieben lassen und sich anfassen lassen unter der blauen Bluse, draußen, im Dunkeln? Nein, das musste man nicht. Aber du wolltest das sehen. Dass man das nicht musste, und aber auch, dass man dafür nicht zu Hause bleiben musste, dass man sich sein Alleinsein nicht wegnehmen lassen musste, indem man es umschmieden musste in Einheitlichkeit oder Einsamkeit. Du wolltest es sehen: dein Alleinsein, ganz und ohne Risse, ohne auch nur eine fadenscheinige Stelle. Du zogst es an und gingst hin. Deine Mutter saß in der Küche und versuchte wieder, in deine Augen zu sehen, aber sie sagte nichts, als du auch nichts sagtest, nur weggingst. Als du wiederkamst, saß sie nicht mehr da. Daran kannst du dich nicht erinnern.

Es war voll, voller als auf jeder Versammlung, diese schwänzte keiner. Das ließ sich keiner entgehen. Dich anzusehen. Du brachtest schon wieder etwas durcheinander. Es war doch kein Plan gewesen. Keiner, von dem einer was gewusst hätte. Also eine Überraschung. Du erkanntest nicht sofort alle, du tratest vom Dunkeln ins Helle, du sahst sofort weg. Ihn konntest du nicht erkennen, also war er nicht da. Es machte dir nichts aus. Aber es brachte dich auf einen Gedanken, den du erst beiseite schobst, in den ersten Schnaps tunktest wie in Vergessen, der dir aber gleich wieder einfiel, als er später doch noch auftrat. Applaus. Wie hätte er fehlen dürfen, der Sohn des Bürgermeisters. Du warst dir sicher, du wärst nie auf diesen Gedanken gekommen, wäre er von Anfang an dagewesen. Hätte er dich von Anfang an nicht angeguckt. Es war kein Plan, gewesen.

»Einen Schnaps, bitte«, sagtest du zum Kneiper, als du dich an die Bar setztest. Zu Eddi, dem Älteren der beiden Storcks, er war dir lieber.

»Frollein Ingrid!«, sagte Eddi Storck. »Na, dat is ja mal ne Überraschung!« Er blinzelte dich an, als könne er dich durch den Qualm nicht richtig sehen, kaum ausmachen, ob du es warst. »Also …« Du hattest den Eindruck, er mochte dich. Trotzdem brauchtest du dir von ihm nichts gefallen lassen.

»Einen Schnaps, bitte, hab ich gesagt.«

»Ja – ja ja.« Seine Hände flatterten hin und her wie seine Augen. Du wolltest nicht das achte Weltwunder sein. Du wolltest allein sein. Sichtbar für alle.

»Nen Pfeffi, Frollein Ingrid?« Eddi Storck ging dir auf die Nerven. Er wollte bloß nett sein. Du wolltest etwas anderes.

»Einen Klaren. Doppelt.« So musstest du nicht gleich wieder seine hellbraunen Augen bemerken, die aufgescheucht in ihrem engen Gehege umherflitzten wie Wachtelküken.

Der Schnaps war scharf und gut. Du trankst sonst keinen Alkohol, wann denn. Du spürtest ihn in der Kehle, im Magen, das war gut. Es war so, wie du es wolltest. Wie es auch mit ihm gewesen war, am Anfang. Nichts, was sich erklären ließe.

Du knalltest das Glas auf die Bar, es knallte von alleine, du wolltest das nicht, nicht wie in einem billigen Western. Dir war, als übertöne das Knallen alle Geräusche im Saal, alle Gespräche, über dich. Was bildetest du dir ein.

»Noch einen«, sagtest du leise. Eddi sah dich erschrocken an. Beim Einschenken ging ihm die Hälfte daneben. Der machts hier auch nicht mehr lange, dachtest du. Das ›auch‹ fiel dir nicht weiter auf.

Er schob sich plötzlich in deinen Augenwinkel, zusammen mit ein paar anderen, die ihn weiter und weiter in dein Blickfeld drängten, aber du ließest es nicht zu, du drehtest den Kopf Stück für Stück in die andere Richtung, justiertest ihn genau so, dass gerade er, geradeso noch darin blieb, und verschwommen blieb. Ein Verschwommener. Der Hecht im Karpfenteich, verirrt. Hechte sind Kannibalen, das wusstest du von Peter. Aber du warst nicht von seiner Sorte, er erkannte dich nicht. Du warst wie ein Kind, das denkt, wenn es die anderen nicht sieht, können es auch die anderen nicht sehen. Wenn er bei dir lag, kniffst du die Augen zusammen, hängtest ihm einen Wimpernschleier um, so mochtest du ihn am liebsten. Wenn er aufbrach, nervös, hastig, drehtest du dich ebenso hastig um. Du warst nicht nervös, du wusstest nicht, was das bedeuten soll.

Als du dich umdrehtest, kniffst du die Augen zusammen, vielleicht war es eine Angewohnheit. Du sahst in den Saal wie in die Sonne. Jeder musste denken, dass du gerade ihn fixiertest. Gerade ihn fixiertest du nicht, aber auch sonst niemanden, du zeigtest dich. Aber niemandem. Du warst für niemanden da. Du musstest das nicht verstehen. Du warst da.

Es war Neumond. Zuerst sahst du nichts als das Flackern der Laterne, ein Wackelkontakt, vielleicht nicht mal das. Das Wort ›nervös‹ fiel dir wieder ein. Nein. Du hattest in Ruhe deinen letzten Klaren getrunken, er brannte kaum noch, alles lässt nach, hattest du gedacht, dann warst du vom Hocker geglitten, deine Beine waren lang genug, dass du nicht albern hattest herunterhopsen müssen, dann warst du über das Parkett und nach draußen gegangen. Du versuchtest dich zu erinnern, welche Musik sie gespielt hatten. Es musste welche gegeben haben, du probiertest verschiedene Schlager in deinem Kopf, keiner passte. Es machte dich wütend. Du warst nicht betrunken, so viel stand fest. Das machte dich auch wütend. Du stiefeltest dreimal um das Kulturhaus, stolpertest dir einen Weg zurecht über Grasbüschel und durch Vorjahreslaub, du wolltest noch nicht ins Bett.

Der kleine Teich zog dich an, du tapptest bis zu seinem Rand, bis die Nässe deine Schuhspitzen durchdrang, und beugtest dich darüber, du konntest absolut nichts erkennen. Kein Entenflott, kein Spiegelbild, nichts. Du fragtest dich, ob es um diese Zeit denn schon Entenflott gab. Irgendetwas an der Frage erschien dir merkwürdig, vielleicht, weil du noch nie darüber nachgedacht hattest. Du hättest fast gelacht. Dir kam das Flugzeug in den Sinn, das in den Teich gestürzt war, es musste ein Ereignis gewesen sein, alle wussten davon, einschließlich dir, oh ja. Du stelltest es dir vor, du empfandest so was wie Mitleid. Mit dem Teich. Fast hättest du geweint. Niemals warst du Schlittschuh gelaufen auf diesem Teich, so wie jetzt die jüngeren Mädchen, du konntest sie sehen aus deinem Zimmerfenster, durch die kahlen Büsche hindurch, sie blieben bis zum Dunkelwerden. Du dachtest, du könntest es vielleicht Heiligabend probieren, gegen fünf, wenn es dämmerte und alle bei der Bescherung hockten. Dir wurde auf einmal ganz wunderlich zumute. Du warst es nicht gewohnt, Pläne für die Zukunft zu machen.

Mitten auf der Dorfstraße gingst du dem Park zu. Er musste da lang, als Einziger, sein Haus lag auf der anderen Seite der Landstraße als eines von vieren, etwas abseits, das letzte Haus vor den Wiesen. In den Wiesen hattest du auf ihn gewartet, abends. Ein einziges Mal hattest du sein Zimmer betreten, nachmittags. Sein Bett mochte nicht viel schmaler als ein Doppelbett gewesen sein. Aber das konntest du gar nicht einschätzen. Du musstest den Umweg über Kossin nehmen, hin und auch zurück, an den

Kühen vorbei, die dich anglotzten und muhten. Manchmal sah dich einer, aber grüßte nicht. Zurück brachte er dich ein Stück, du wusstest nicht, wieso. Manchmal sagte er, »bleib mal stehen«, und dann hat er dich noch mal angefasst, und du konntest dich immer nicht entscheiden, ob du das Fahrrad fallen lassen solltest, um beide Hände frei zu haben, oder nicht. Kann sein, er mochte es gerade so. Ansonsten habt ihr wenig geredet. Er brachte dich bis kurz vor Kossin. »Mach kein Licht an«, sagte er. Es fuhren kaum Autos.

Du setztest dich auf einen Baumstumpf im Park, mit den Fingern bröckeltest du rechts und links von dir die morsche Rinde ab. Wenn er alleine kam, wolltest du es ihm sagen, ins Gesicht, in sein Roland-Möllrich-Gesicht. Wenn nicht, erst recht. Du wolltest ihn mit reinziehen. Er würde dir nie verzeihen. Das wäre ja noch schöner.

Der Schöne Roland. Du erklärtest dich selbst für verrückt, du sahst plötzlich alle Gründe ein, aus denen die anderen einen Bogen um dich machten, du sahst, dass es welche gab, du hättest gern selbst einen Bogen um dich gemacht, einen weiteren als sonst. Mitunter schobst du alles auf Peter. Er war nicht mehr da, er kam nicht mehr wie in seiner Lehrzeit jedes Wochenende nach Hause, schon lange nicht mehr, aber es schien dir erst jetzt aufzufallen. Er war Feinmechaniker, er war mit einem Mädchen zusammen, er war in Neubrandenburg. Es gab keine gute Zugverbindung, die Busse brauchten ewig. Er wollte heiraten, im nächsten Frühjahr. Du hattest ihn gefragt, achtjährig, warum er denn nicht im Zeitungskiosk in Anklam arbeiten wolle. Du liebtest dieses Wort, du hattest lange geübt, um es in einem Rutsch aussprechen zu können, überzeugt, dass kein anderer aus deiner Klasse dieses Kunststück beherrschte. Du hast ihm in den Ohren gelegen. Er hätte dir die ganzen bunten Hefte mitbringen können, die sonst immer schon weg waren, und die runden Kaugummis. Du hättest mit dem Fahrrad hinfahren können, na Peter, hättest du gesagt, und die anderen Kinder, auch die älteren, hätten sich nicht vordrängeln können. Weil er doch dein Bruder war. Und dein Bruder hätte dich durch die schmale Tür an der Rückseite gelassen, komm rein, hätte er gesagt, und es wäre sehr eng und wunderbar im Kiosk gewesen, in dem Zeitungskiosk am Breitscheidplatz, wo deine Mutter einmal im Monat den GUTEN RAT FÜR HEUTE UND MORGEN kaufte, wofür man ganz früh aufstehen musste und mit dem ersten Bus in die Stadt fahren, aber du wolltest mit. Auf der Hinfahrt hast du das Wort geübt und hast immer wieder »Breitscheidplatz« geflüstert, schnell hintereinander, wie ein Zungenbrecher, das konntest du schon gut, und es entstand eine lange Kette, so lang wie die Busfahrt, die hast du dir vielfach umgelegt, und wenn ihr fast da wart, wenn du ihn schon sehen konntest, den Breitscheidplatz, den Zeitungskiosk, konntest du kaum noch atmen. Und wenn es noch BUMMI oder FRÖSI gab, dann hast du eins gekriegt. Und jedes Mal hast du deinen Hals gereckt und versucht, in dieses vollgestopfte Häuschen hineinzuspähen, dein dringlichster Wunsch blieb es, einmal hineinzukommen, aber die Verkäuferin dadrin war nicht nett. Deshalb musste es doch Peter übernehmen. Er hätte dich reingelassen, später hättest du als Erste ein NEUES LEBEN gekriegt oder er hätte es dir zurückgelegt, was hättest du mehr gewollt damals, du hättest ihm helfen können, in den Ferien, wenn du nicht wusstest, wohin mit dir.

Peter hätte dir nicht helfen können. Du hättest ihm nichts erzählt. Dir war wenig peinlich, Gelegenheiten, sich zu blamieren, hat man nur vor Publikum, das hattest du selten. In der Schule machtest du einfach, was von dir verlangt wurde, oder du machtest es nicht, aber beides so ambitionslos, dass es kein Interesse weckte. Du wusstest, dass über dich getuschelt wurde, es wunderte dich ein bisschen, denn du hattest kein Geheimnis. Geheimnisse wurden erfunden, Geschichten, auch über dich und Peter. Für die Jungs existiertest du gar nicht. Das ist nicht richtig. Sie nahmen dich wahr als eine Tatsache, eine Tatsache am anderen Ende der Welt, mit der sie sich nicht beschäftigen mussten, als eine Feststellung, der nichts hinzuzufügen war. Dem kleinen

Hartmut hattest du etwas angemerkt, eine Beschäftigung. Aber anfangen konntest du nichts mit ihm. Er sah dich an, und das war hilfreich, denn so wusstest du, wie du seinen Leitstern nicht ansehen durftest.

Dein Körper war dir nicht peinlich, die sich ausmodellierenden Formen, er war nun mal dein Körper, einen anderen gabs nicht, und du konntest nichts Schlechtes an ihm finden. Als du dich ohne Bedenken in der Umkleidekabine vor den anderen Mädchen auszogst, hieß es, du stelltest dich zur Schau. Du trugst keine Miniröcke, erst spät einen BH, du wolltest keine Taschentücher und Socken als Ballast. Du warst vollständig.

Peter fehlte dir, die schläfrigen Gespräche mit ihm, schläfrig auch und besonders am Nachmittag, wenn ihr im Weizen lagt oder in der dumpfen Hitze des Dachbodens, du hörtest ihm zu und musstest nicht viel erzählen, das wenige, was es gab, reichte aus, auch durch eure langen Nächte hindurch. Die Peinlichkeiten konntest du für dich behalten, sie in dir verteilen wie Dinge ohne feste Form. Du kriegst sie nicht mehr zusammen, findest nicht einmal Silben. Das scheint dir ein Beweis für die Richtigkeit deiner Methode zu sein. Der Erinnerung vorzubeugen. Es gibt nur diese eine Ausnahme. Vielleicht, weil du die Versuchung schon wie die Wärme eines anderen Körpers nahe deiner Haut spürtest, versucht warst, doch Worte für Peter zusammenzusetzen, ein paar kurze, böse Sätze, um sie Peters Sprache hinzuzufügen. Vielleicht, weil es sich gar nicht um eine Peinlichkeit handelte, vielleicht, weil du das auch Peter weismachen wolltest. Vielleicht, weil du hofftest, er würde es dir weismachen. Und heilfroh konntest du sein, dass er während dieser ganzen unaussprechlichen Zeit nur ein einziges Mal nach Hause kam, und nur um zu verkünden, es werde zu einer Heirat kommen im Frühjahr, und diese Nachricht das ganze Wochenende und auch die Nachtstunden ausfüllte.

R. M. Sie sprangen dich überall an, in die Bank geritzt, mit einem gemopsten Fitzelchen Kreide an eine Wand geschmiert, in den grauen Sand auf dem Schulhof gezogen, diese Initialen, ein Menetekel. Oft auch ausgeschrieben, dieser Name, an den du dich nie gewöhnen konntest. Roland. Er klang auch nach einem Ort, nach einem Ort nicht halb so interessant wie »Jenseits«. Nichts zog dich dorthin. Er kam dir unbehaust vor, baumlos, eine Mondlandschaft, und beinahe hätte dich gerade das gereizt, hättest du nicht in jeder Faser den Verdacht gehabt, dass der Ort Roland sehr wohl bewohnt sei, von einem einzigen Bewohner, der alles, jedes Staubkorn in diesem Land durchsetzte, der Eindringlinge niemals dulden würde. Ein solcher Ort aber erschien dir nicht neu. Und vermutlich war es das, vermutlich, nicht wahr. Er war größer als du. Von Anfang an wart ihr stumme Verhandler. Ihr habt euch nie betreten. Auch zum Schluss nicht, auch wenn Roland Möllrich kurzzeitig dieser Illusion aufgesessen sein musste. Der Anfang war das Klarste gewesen, weshalb du auch die ganze Zeit über nicht als verwirrt zu bezeichnen gewesen wärest. Beschämt ist etwas anderes.

In den Winterferien war er hinter dir im Wäldchen, dann vor dir. Du warst beim Reisigsammeln für eure gefräßigen Öfen, du hattest Peters Aufgaben geerbt, du kamst ihnen nicht ungern nach. Immerhin etwas. Als Roland Möllrich auf einmal vor dir stand, sich in seinem Schwarz und Braun kaum abhob von den nassen Erlenstämmen, der Dämmerung im Wäldchen, und dir eine Handvoll Zweige hinhielt, hattest du nicht das Gefühl, plötzlich nicht mehr alleine zu sein. Du hattest es stärker als je zuvor. Vage meintest du ein Mopedgeräusch von einigen Minuten oder Stunden vorher im Ohr zu haben. Er lächelte dich nicht an. Sein Land ließ keine Fanfare ertönen. Er hielt dir das Reisig entgegen, lässig, wie etwas, das du verloren hattest. Du nahmst es ihm nicht ab. Du versuchtest, den Spott in seinen Augen ausfindig zu machen, so standet ihr. Bis du die sehr brauchbaren Zweige zu Boden fallen sahst, gegen einen Baum gedrückt wurdest und etwas Unbrauchbares auf deinem Mund spürtest, das deinem eigenen nicht ganz unähnlich zu sein schien, auch in seinen

Begierden. Du wehrtest dich nicht, du versuchtest mitzuhalten. Als er fertig war, als die Wärme und die Feuchtigkeit auf deinen Lippen sich in klamme Kälte zu verwandeln begannen, du wie abgerissen zurückfielst in den Februarnachmittag, schlugst du ihn ins Gesicht. Du hattest keine Handschuhe an, das machte dir Mut, auch die Tatsache der Linkshändigkeit, der Schlag kam von unerwarteter Seite auf ihn zu, traf ihn voll. Aber es war ein Reflex, untrennbar verbunden mit dem Vorangegangenen, der dritte Akt einer Tragödie oder Komödie, du wusstest nicht genau, wahrscheinlich hattest du wieder nicht aufgepasst. Dann schlug er dich zurück, mit der Rechten, wie ein durch ungutes Eigenleben verzögertes Spiegelbild, auch ins Gesicht, und du wundertest dich, warum er auf dem Moped keine Handschuhe trug. Kein Klaps, er hatte dich geohrfeigt, wie man eine Frau ohrfeigt, bestraft. Du heultest nicht, du sahst ihn nur an, ihm in die Augen, dieses eine Mal. Kein anderer hätte zurückgeschlagen, dessen warst du dir sicher, jedenfalls nicht aus demselben Grund. Du warst zufrieden. Er hatte dich bestraft für diese Dummheit, für die Dummheit all der anderen dummen Gänse, deren Geschnatter und Flügelschlagen nur dem einzigen Zweck diente, Roland den Fuchs anzulocken. Roland der Fuchs schnappte sie sich aus Überdruss. Und du schämtest dich. Nicht für Brigitte, nicht für Christa oder Bärbel, so etwas war dir unbekannt. Du warst keine Gans. Es war schlimmer. Du träumtest Artfremdes, Beschämendes, Zähne, die sich in deinen Hals bohrten, dein Bett eine Sickergrube für Rinnsale aus warmem Blut, ein dunkles, ein großes Tier über dir. Tagsüber gelang es dir, deine Beschämung in Ärger zu verwandeln, das konnte doch nicht wahr sein. Es war dir peinlich vor dir selbst, dass dir dies nachts nicht glückte, du dir immer weniger Mühe gabst. Es dämmerte, als Roland Möllrich vor dir stand, du konntest ihn kaum noch erkennen.

Dabei blieb es. Er drehte sich um, verschwand aus dem Wäldchen, du hörtest sein Moped anspringen. Du hobst die Zweige zu deinen Füßen auf, warfst sie zu den anderen in den Korb und gingst nach Hause. Nach den Ferien sah er dich nicht an. Du wusstest, es würde nicht dabei bleiben. Ein paar Tage später fandest du den ersten Zettel in deiner Mappe. Eine hastig hingeschmierte Bengelhandschrift. Die Botschaft schien gar nicht dich zu meinen, wie alle weiteren auch, es beruhigte dich irgendwie. HEUTE ABEND AN DER KUHKOPPEL. Darunter, größer, das Menetekel. R.M. Es gefiel dir nicht. Es verdiente dein Misstrauen, du glaubtest nicht, dass eine Fremdbezeichnung eine Eigenbezeichnung werden könne, das wäre dir nie eingefallen. Aber ein paar Stunden später warst du da, und er war auch da, und du staunst höchstens darüber, dass es eine Zeit gab, in der du genau wusstest, was ›heute Abend‹ bedeutet.

Natürlich war er dein Erster. Wer sonst. Das hatte nichts mit Romantik zu tun. Natürlich wusste er das. Ersteres. Es tat weh, unverhofft und anhaltend. Du hättest fast gejubelt, wäre Jubeln etwas gewesen, was dir leichtfiel. Nicht darüber, dass du ihn in dir hattest. Du. Ihn. Sondern ihn, den Schmerz, den körperlichen, den fremden Schmerz, wie das plötzliche Wissen um die Existenz eines anderen, echteren Bruders, die du bis dahin nicht für möglich gehalten hättest. Die du nicht selber erschaffen hast. Ein Bruder, der aus dem Nichts kam. Der dich mitnehmen würde dorthin.

Du ließest es geschehen, du warst wie eine Folge konzentrischer Wellen, die fortwährend durch einen Impuls in ihrer Mitte erzeugt wurden. Etwas schuf dich. Bei jedem Mal, auch als mit der Zeit deine Wellen höher schlugen, bald nahezu chaotischen Mustern folgten, ihn zu überspülen drohten, obwohl er mit aller Kraft dagegen anschwamm. Du wurdest es nie ganz los. Er überließ sich dir nie. In der Schule gab es euch nicht. Höchstens ihn. Die Zettel wechselten nie die Richtung, ein Sender ist kein Empfänger, du hättest schreiben können, was du wolltest, eine erkennbare Reaktion darauf wäre ausgeblieben, du warst froh, dass du erst gar keinen Versuch unternehmen brauchtest. Ihr traft selten Absprachen für ein nächstes Treffen, jeder knappe

Abschied war vorläufig für immer. Dass alles ohne ein Sterbenswörtchen bleiben musste, das sahst du sofort ein, du hättest es am liebsten selber angeordnet, aber dann wäre sehr wahrscheinlich das Gegenteil eingetreten. Ihr wart keine Freunde. Wahrscheinlich das Gegenteil. Er machte dir keine Versprechungen, vertröstete dich nicht auf eine Zukunft, eine baldige, nach der Schule, wart nur, du dachtest gar nicht daran. In gewisser Weise wart ihr füreinander geschaffen. Ihr lebtet, als gäbe es keine Liebe. Eine Vokabel, wie ›Sühne‹, ›Erlösung‹, irgendwo im verwilderten Pfarrgarten eures passiven Wortschatzes.

Du konntest nicht mehr nach Hause gehen am Abend des Ersten Mai im Jahr neunundsechzig. Du hattest zwei Stunden auf einem Baumstumpf gehockt, er besaß nicht mal ein paar frische Triebe, die du abbrechen konntest. Wie ein Pfropf, unfähig, einen eigenen Lebenswillen zu entwickeln, der kräftig genug gewesen wäre, dich von deiner Unterlage abzulösen und zu gehen und alles zu vergessen. Stattdessen musstest du auf den warten, der dich dort hinverpflanzt hatte, ein Wesen geschaffen hatte aus nicht zusammengehörigen Teilen. Du wartetest auf deine Abtrennung, Auflösung.

Aus Richtung des Kulturhauses drangen in Schüben Lärm- und Musikfetzen zu dir herüber, immer dann, wenn es sein Türmaul öffnete und wieder Alkoholisches ausspuckte, Bruchstücke vom harten Kern. Kotzbrocken, dachtest du. So viel Witz hattest du dir gar nicht zugetraut. Als du Roland darunter ausmachtest, seine Stimme, wenn auch keine Worte herausfiltern konntest, stelltest du dich hin. Du wolltest nicht so viel kleiner sein als er. Am liebsten wärst du auf den Baumstumpf gestiegen. Er kam allein, du erwartetest, dass er betrunken sein würde wie alle anderen, doch anders als alle anderen schien er noch einen stabilen, zielgerichteten Schritt zu haben, dir war fast, als käme er direkt auf dich zu. Aber du sahst ihn, lange bevor er dich bemerkte, dann stoppte er abrupt, und nach kurzem Zögern sagte er exakt den Satz, den du seit zwei Stunden vorausgesehen hattest, ohne bis dahin eine Antwort darauf gefunden zu haben. Was machst du denn hier? Mit diesem Satz stolpertet ihr auf die Bühne, es galt, das Stück ohne Aussetzer zu Ende zu bringen.

Er trat noch einen Schritt auf dich zu, fasste dich am Arm und schob dich ein Stück tiefer in das Dunkel des Parks. Du machtest dich los. Du sagtest deinen einzigen Satz, den einzigen in dieser Zeit, in dem dir das Personalpronomen nicht wie ein Platzhalter, eine Figur vorkam.

»Hör zu, ich will das nicht mehr!«

»Schrei nicht so!«, sagte Roland, dabei hattest du nicht geschrien, du schriest nie. Vielleicht hatte er nur zum ersten Mal deine Stimme gehört. »Was willst du?«

»Nichts«, sagtest du, und das war die reine Wahrheit. »Gar nichts! Ich hab nie irgendwas gewollt, schon gar nicht dich!«

Aber Roland war nicht dumm. »Wer sagt denn, dass du mich gekriegt hast?« Er lachte auf.

Es hatte keinen Sinn. Es ist dir unbegreiflich, wie du diese absolute Sinnlosigkeit damals übersehen konntest. Warum wolltest du eine Erklärung, Rechtfertigung, Abrechnung, Beschimpfung, warum erwartetest du das: von dir? Du warst ihm nichts dergleichen schuldig. Du hättest auf ihn hören sollen, als er sagte: »Geh nach Hause! Fräulein Hanske. Schlaf deinen Rausch aus!«

Diesen jämmerlichen Zustand als Rausch zu bezeichnen, stellte nur die übliche und dir schon vertraute Verkennung von Tatsachen dar. Aber anzunehmen, du könntest etwa schlafen, könntest etwa überhaupt noch schlafen in diesen Wochen, kam einer Verleumdung gleich. Es schien dir allzu schwer, etwas zu unternehmen dagegen, das Gegenteil von etwas zu beweisen, was es gar nicht gab. Aber genau das musstest du jetzt tun. Du musstest etwas beenden, das niemals angefangen hatte.

»Es ist vorbei. Schluss, aus, finito!« Mehr fiel dir nicht ein.

»Was ist vorbei? – Der Erste Mai?« Sein Lachen war ein Applaus, jedes Mal. Er wusste, dass er witzig sein konnte. »Na son Schiet!«

Als hättest du doch deinen Text vergessen. So standest du da. Erst jetzt kommt dir der Gedanke, es könnte eine Regung des Mitleids gewesen sein, die ihn dazu veranlasste, seine Hand fest um deinen Nacken zu legen und sie, als er dich zu sich herangezogen hatte, hinabgleiten und nach deinen Brüsten fassen zu lassen. Um dich Stümperin von der Bühne zu nehmen. »Na komm schon her.«

Du wünschtest, alle deine Formen würden augenblicklich erstarren, kalt und feindlich werden wie Eis und nicht weiterhin so einladend an dir haften, so missverständlich pulsierend. Du wünschtest, seine Hand würde bei der Berührung ebenso erstarren, diese Kältestarre würde sie ganz von allein von dir abfallen lassen, seinen rechten Arm heraufkriechen und sein Herz, das du dir bei ihm stets nur rechts sitzend und trotz seiner Statur nicht größer als eine vorjährige Walnuss denken konntest, einfach aussetzen lassen. Stattdessen sahst du dich gezwungen, diese Hand wegzudrücken, deinen Mund zu öffen, unwillig wie beim Zahnarzt, und etwas dir Abgepresstes, Dümmliches zu sagen. »Verdammt, ich will nicht mehr mit dir – ich will nicht mehr mit dir ins Bett, und auch sonst nix, kapiert?«

»Und auch sonst nix!« Seine Stimme wurde rauer. Wenigstens etwas. »Was denn? Denkste, ich wollt dich heiraten, oder was? Und außerdem, welches Bett denn, ha!«

Das stimmte. Eine Wiese war kein Bett. Eine Haut war keine Decke. Ein Roland Möllrich war kein Umgang. Du stießt ihn mit aller Kraft weg, wie man ein Tor aufstößt, du wolltest durch, an ihm vorbei, aber das Tor erwies sich als viel leichter als gedacht, ein bloßes Hofgatter, das zurückfederte. Ein Roland Möllrich ließ sich nichts gefallen. Er schubste dich einfach um, du warst verwundert, wie einfach das ging, wie einfach das immer noch ging, wie früher Klaus Börner, der aber ein feiger Hund gewesen war, und es deines Wissens immer noch war, und der sich nur von hinten an dich herangetraut hatte. Dein Hacken stieß an einen Graswulst, und schon kipptest du, schon landetest du mit dem Steiß auf einer Wurzel, schon blieb dir die Luft weg, und schon war es über dir, das Tier, und sagte: »Na das wolln wir doch mal sehn!«

Er riss deine Hose auf, die mit der unsichtbaren Druckknopfleiste, auf die du stolz warst. Du sahst ein, dass man immer auf die falschen Dinge stolz ist, für einen Reißverschluss hätte er vielleicht beide Hände gebraucht, und dann hättest du mit beiden Armen auf ihn einschlagen können. Zwar warst du froh, wenigstens keinen Rock anzuhaben, aber auch überrascht, dass das überhaupt keinen Unterschied machte. Fast bewundertest du seine Geschicklichkeit, du fragtest dich, ob er Übung darin hätte. Es schien dir schon da unfassbar, wie er dich so leicht hatte überwältigen können, wie er dich, durch pure Willenskraft, in einer unabänderlichen Lage halten konnte. Was war mit deiner Willenskraft? Vielleicht warst du einfach nicht die Unschuld in Person. Vielleicht dachtest du, in fünf Minuten ist alles vorbei. Er zwängte sich zwischen deine Beine, er zwängte ihn dir rein, du wärest gern ein Schraubstock gewesen. Mit der einen Hand drückte er dich runter, mit der anderen hielt er dir den Mund zu, als hättest du erst jetzt einen Grund zum Schreien. Dir war auch jetzt nicht nach Schreien, oft dachtest du, das Schicksal einer Stummen wäre für dich kein schweres gewesen.

Es tat weh, alles tat dir weh, von Betäubung konnte keine Rede sein, du standest nicht unter Schock. Du fasstest klare Gedanken, zum Beispiel: Dein Bruder aus dem Nichts verriet dich. Du sahst nach oben, in die schwarzen Kronen der Bäume, die einfach nicht aufhörten, die unablösbar mit dem schwarzen Himmel verbunden wirkten, an Sterne kannst du dich nicht erinnern. Natürlich. Du wusstest, dass der Mond da war. Er hatte nur die Augen zugekniffen, ganz zu. Der Mond, dachtest du.

Nach fünf Minuten war das vorbei. Roland hielt sich nicht länger auf. Als nötig. Er stand sofort wieder, ein Stehaufmännchen, ein rechter Winkel zwischen dir und seinem Hosenschlitz, den er eilfertig und präzise schloss, der letzte Handgriff einer notwendigen und doch auch zufriedenstellenden Arbeit. Die nasse Kälte des Bodens vermischte sich mit dem kalten Schweiß deines Rückens, du sahst gar keine Veranlassung mehr, die beiden voneinander zu trennen, stemmtest nur deine Schultern hoch, stütztest dich auf die Ellbogen, als gehörte sich das so, als hättest du gerade, kraftlos und verklebt wie du dalagst, ein ungewolltes Kind geboren.

Im Gehen rief er dir etwas zu, und du brauchtest einen Moment, um aus den Tierlauten – oder vielleicht war es auch umgekehrt, vielleicht waren es menschliche Töne, die da überlaut an das Ohr einer Maus drangen – etwas zusammenzusetzen, das ungefähr so geklungen haben mag: »Deine Muschi is auch schon ganz schön ausgeleiert, du lässt dich doch von der halben LPG vögeln!« Bis du das in deine Sprache übersetzt hattest, war der Park längst wieder leer, mucksmäuschenstill, du fielst gar nicht auf, und nur diese Drohung zitterte noch kurz in der Luft. Du hattest es sofort so verstanden. Das wäre nicht nötig gewesen. Du hattest nicht vor, irgendwem irgendetwas zu erzählen, du warst ihm genug zu Gefallen gewesen.

Als du endlich aufstandest, verwirrte es dich am meisten, deinen Schlüpfer noch an dir vorzufinden. Als wäre gar nichts gewesen. Du empfandest verschiedene Dinge auf einmal. Eines davon war Dankbarkeit. Gegenüber dem Schlüpfer, der dich genau wie vorher baumwollen und weiß bedeckte und höchstens hinten etwas angeschmutzt sein konnte. Für einen irren Augenblick zogst du sogar in Erwägung, er hätte ihn dir wieder angezogen, aus dieser merkwürdigen Sorgfalt heraus, die er stets hatte walten lassen, wenn er dir auf dem Nachhauseweg, auf dem Weg nach Kossin, noch mal unter das Shirt, das Nicki gefahren war und es danach sofort wieder heruntergezogen, zurechtgezupft hatte, als hätte er stets alles ungeschehen machen wollen. Ein Verhalten, das dir nur potenziert erschien in diesem Gar-nicht-erst-Ausziehen des Schlüpfers. Aber das erst später. Ach ja. Ein ausgeleiertes Gummiband.

Du konntest nicht mehr nach Hause gehen an diesem Abend. Denn es war eine Morgendämmerung, in der du schließlich euer Haus wie nach langer Abwesenheit und, wie es dir vorkam, nicht ganz pünktlich erreichtest. Niemand wartete auf dein Eintreffen. Anders als Phileas Fogg hattest du es nicht geschafft, hattest du die Wette verloren, hattest zwar in einer Nacht die bekannte Welt umrundet, aber nichts gewonnen, du warst doch nur wieder in Bresekow vor eurem Haus angekommen, und zur Strafe würdest du für den Rest deines Lebens immer um diese wer weiß wie lange Spanne zu spät sein. Warum dir ausgerechnet dieses Buch jetzt einfiel, hättest du nicht sagen können. Du hattest es vor ein paar Jahren von Peter zum Geburtstag bekommen, da war schon Neubrandenburg zu seinem Ort, deinem Unort geworden, und du hattest es als erstes Zeichen eurer Entfremdung genommen, wenn nicht Schlimmeres. Die REISE UM DIE ERDE IN ACHTZIG TAGEN hattest du nur ihm zuliebe verfolgt, in der genau falschen Annahme, damit die Entfernung zwischen euch wieder schrumpfen lassen, euch wieder zum Ausgangspunkt zurückführen zu können. Es handelte sich um einen großformatigen Doppelband mit seltsam wässrigen Illustrationen, die zweite Geschichte hattest du nie geschafft, ihr Titel es offenbar nicht mal bis in dein Bewusstsein, denn du konntest ihn auf dem Umschlag, der dir in aller Deutlichkeit vor Augen stand, beim besten Willen nicht entziffern. Aus irgendeinem Grunde schien es dir aber unabdingbar, dieser Sehschwäche sofort abzuhelfen, als ginge es darum, ein entscheidendes Detail, das du bisher stets übergangen hattest, einer Ermittlung einzufügen. In deinem Zimmer fandest du das Buch zwischen wenigen anderen, nur durch seine Größe etwas auffällig. Du nahmst es heraus und starrtest verständnislos auf die weißen Buchstaben. VON DER ERDE ZUM MOND. Kann sein, du hattest dich geirrt.

Du zogst die orangen Gardinen zu. Deine Mutter weckte dich nicht. Hätte jemand in deinen Traum hereingeflüstert, dass es in Schmalditz eine Schule gab, hättest du laut lachen müssen.

Du bist dann aber doch wieder hingegangen, mit einem Entschuldigungszettel deiner Mutter, und das will dir heute am absonderlichsten erscheinen. Dass du dieser Dinge noch immer bedurftest, dass du es offenbar selber glaubtest: dass du erst sechzehn warst. Du denkst an Paul und fragst dich, wie er dieses Alter einfach und spurlos hinter sich lassen konnte, ohne dass du es selber merktest, ohne dass du das Gefühl loswurdest, ihn noch auf Jahre beschützen zu müssen. Er kommt dir immer noch viel zu jung für alles vor. Du kamst dir nie zu jung vor, und anscheinend auch sonst niemandem. Seit damals bist du dir vielmehr oft um ein weniges zu alt vorgekommen. Schon vor den Prüfungen, bis zu denen du unbehelligt bliebst von Zetteln und Blicken jeder Art, was du für ein Zeichen von unbemerkt wiedereingerenkter Normalität nahmst, schautest du auf dich selbst wie auf eine eigentlich lange schon abgegangene und nur durch eine bürokratische Fehlleistung wieder zurückbeorderte Schülerin der Polytechnischen Oberschule Schmalditz. Du nahmst das mittelmäßige Zeugnis entgegen wie eine Stellvertreterin. Auf dem Abschlussfest vertratest du dich natürlich nicht, obwohl du neugierig gewesen wärst, ob einer mit dir getanzt hätte. Hartmut zum Beispiel. Auf dem Abschlussfest konnte man so was schon mal machen. Wenn man nicht zu viel wusste.

Diese Frage hat dich nie ernsthaft beschäftigt. Ob einer was wusste, immer noch weiß. Es hätte gar nichts geändert. Angenommen Hartmut. Wie hättest du das erfahren sollen, wo es doch dazu einer eigenmächtigen Entwindung seinerseits aus Roland Möllrichs Schlepptau bedurft hätte, und wenn nicht mal du ganz in der Lage dazu warst, wie dann erst der kleine Hartmut Wachlowski? Angenommen, doch. Heimlich, hinter Rolands breitem Rücken. Dort hätte er aber nicht lange ausharren können, wolltest du nicht nur einen lästigen, sondern auch nützlichen Mitwisser in ihm haben. Nur genützt hätte es gar nichts, dir nichts und ihm nichts. Zu einer solchen Dankbarkeit ihm gegenüber wärst du nicht fähig gewesen, die einen Verrat an Roli samt Folgen aufgewogen hätte. Und du wärst allemal nur diejenige gewesen, die den Schönen, den Armen Roland angezeigt, vor ein Gericht gezerrt und womöglich hinter Gitter gebracht hat. Nicht diejenige, die Roland Möllrich vergewaltigt hat. Doch, genau: die, die *ihn* vergewaltigt hat.

Solche Überlegungen, auch andere, stelltest du damals gar nicht an. Erst im Nachhinein, im Jenseits, erschien dir manches unglaubhaft, und so fragwürdig, wie nur Selbstverständlichkeiten bei näherer oder auch fernerer Betrachtung auszusehen pflegen.

Den Sommer über merktest du fast nichts. Dir wurde nicht unwohl, höchstens in den Minuten, wenn deine Mutter dich abpasste und fragte, wie weit du schon in deinem Nachdenken über eine mögliche Lehre gekommen seist, eine Empfehlung für die EOS hattest du ja zu deiner Erleichterung nicht erhalten. Deiner Mutter war es egal, zumindest hatte sie dich nicht überreden wollen zu zwei weiteren Schuljahren, sie sah deutlich genug, dass davon auch nichts besser würde. Und wo nun schon Peter, und ganz grundlos, die höhere Bildung verschmäht hatte, dachtest du insgeheim, brauchtest wohl nicht ausgerechnet du damit jetzt ankommen. Sie hegte auch nicht die Ansicht, dass man etwas werden müsse, sondern nur die, dass man etwas machen müsse, und ein Herumlungern über den Sommer hinaus hätte sie nicht geduldet. Dir war langweilig, sonst nichts, und du bezweifeltest, dass eine Lehre diese Langeweile grundsätzlich beheben könnte. Vor deinem inneren Auge schriebst du das Wort mit doppeltem e.

Dass du deine Regel nicht alle vier Wochen bekamst, war eher die Regel. Du vermisstest dieses unnatürliche Kranksein nicht, wahrscheinlich hofftest du in diesen Monaten, es würde dich für immer in Ruhe lassen. Es muss tiefer Juli gewesen sein, als dir langsam zu Bewusstsein kam, was diese Ruhe bedeuten konnte. Es war nicht so, dass du nicht Bescheid wusstest; als dich dieses Übel mit dreizehn zum ersten Mal heimgesucht hatte, hatte dir keiner den Schrecken über etwas Unbekanntes mit einem noch größeren Schrecken über etwas Unausweichliches nehmen brauchen, wie gesagt, Anna Hanske neigte nicht zum Verheimlichen. Doch du hattest es aufgenommen als etwas, das auch nur die anderen, deine angetuschten Mitschülerinnen betraf. Für dich war es lediglich eine überflüssige Funktion deines Körpers. Und dieses Desinteresse oder wie man es nennen soll, hattest du auch ein paar Jahre später nicht abgelegt. Es war dir undenkbar gewesen, dass du, du, überhaupt in so einen Zustand hättest geraten können, den du jetzt – nun ja, befürchtetest ist schon ein zu straffes Wort, dafür war die ganze Vorstellung kaum real genug. Warst du mit Roland zusammen gewesen, in jenen kurzen Stunden, kurz und klein, hattest du nie auch nur einen Gedanken daran verschwendet, in der gleichen Manier, wie du keinen Gedanken an die Zukunft verschwendetest. Es traf doch gar nicht auf dich zu.

Deine Mutter fing an, mit dir in Betriebe zu gehen, zur HO, zu Konsum, ihr fuhrt bis nach Pasewalk. Du warst zu spät dran, das hörtest du immer wieder. Du hättest es einfach sagen können, und dieses Unterfangen wäre fürs Erste gestorben gewesen. Aber du konntest nicht. Normalerweise sahst du keine Notwendigkeit, deine Apathie zu unterfüttern mit Beweggründen, diesmal versuchtest du, dir dennoch damit zu kommen. Du warst dir nicht sicher. Deine Mutter hätte dich umgehend zum Arzt geschickt, am Ende wäre dabei herausgekommen, dass es noch nicht zu spät sei. Aber du kanntest dich längst zu gut: nämlich nicht als Typ für eine Rettung in letzter Sekunde. Jedes Sofort überforderte dich seit jeher, lähmte dich derart, dass du es regelmäßig hinbekamst, alles zu vermasseln. Was daran nun noch zu vermasseln wäre, überlegtest du dir gar nicht erst, auch wogst du deiner Gewohnheit folgend eine Überforderung nicht gegen eine andere ab, nicht die deutlich sichtbare, aber vorübergehende gegen die andere, der du kein weiteres Attribut zuzuordnen wusstest. Hatte man dich nicht gelehrt, Unsichtbarkeiten gleichzusetzen mit Unmöglichkeiten?

Es war zweifellos auch so: Sollte sich die Zukunft leider doch wieder als zu wenig unsichtbar erweisen – du musst es schon als Kind aufgegeben haben, über das Unmittelbare hinauszudenken, geradezu eine Unfähigkeit, die du da entwickelt hattest, eben weil alles doch immer so gekommen war, wie du es befürchtet hattest – so würde wenigstens ein Teil davon als Provisorium ausfallen, aufhebbar sein. Die Lehre, deren Eintreten dir im Grunde kaum wahrscheinlicher schien. Dein fortschreitender Zustand würde dich verlässlich suspendieren, vielleicht für immer, ›aufgeschoben‹ franste bei dir stets aus in ›aufgehoben‹. Es konnte allerhand passieren, nicht wahr.

Du nahmst es daher ohne sonderliche Gemütsregung auf, als sich herausstellte, dass lediglich die LANDWIRTSCHAFTLICHE PRODUKTIONSGENOSSENSCHAFT willens war, dich in ihre Reihen aufzunehmen und zu einem Agrochemiker heranzubilden. Wärst du früher überredbar gewesen dazu, quasi freiwillig in den sozialistischen Gang mit der »Landwirtschaft unserem wichtigsten Standbein« verfallen, wärst du öffentlich belobigt worden vor der Klasse, so wie Christa Pohley, die Wirtschaftskaufmann wurde und einziger Lehrling im LPG-Büro deiner Mutter, wo hinter jedem der fünf Fenster eine Dauerwelle blühte. Du konntest immer noch in der Gärtnerei anfangen, nächstes Jahr. Als du die Knöpfe an deinen Hosen versetzen musstest, begannst du zu ahnen, womit du dir diese Gelassenheit erkauftest. Nächstes Jahr! Wie kamst du dazu, ausgerechnet jetzt so zu tun, als glaubtest du an so einen Unfug wie das Vergehen der Zeit. Nächstes Jahr gab es dich doch gar nicht. Es würde ein Kind geben, eventuell, von Roland Möllrich. Von Roland, mit dem du in den Wiesen gewesen warst, und im Park, eins von beiden musste man als Ursache annehmen, was, war letztlich gleichgültig. Es war deine Dummheit und deine Schuld, und beides fraß schon jetzt so sehr, dass du die berechtigte Hoffnung hegtest, es würde dich am Ende gänzlich zerlegen. Es würde Roland Möllrichs Kind geben. Wie konnte es da dich geben. Wo ein Körper ist, kann kein anderer sein, auf die Dauer. Du träumtest nicht von Schlupfwespen und

Ähnlichem. Sie schwirrten dir am hellichten Tag durch den Kopf. Du erinnertest zwei Dinge über sie, einerseits das, andererseits: Sie waren nützlich. Ein Wort, das man nie ganz von der Zunge bekam. Es reimte sich prima auf Möllrich, auf Bürgermeistersöhne, die man in der ERWEITERTEN OBERSCHULE trotz erweiterter Bildung nicht lange würde bereden müssen, ein Papier zu unterschreiben. Welches auch immer. Es fand sich für jeden etwas, Nützliches. So viel Bissigkeit hattest du dir gar nicht zugetraut. Du besaßt sie auch nicht. Noch nicht einmal Wut. Alles blieb stumpf.

Du fandest dich in einem Acht-Bett-Zimmer des Lehrlingswohnheims in Kießow wieder. Alle anderen Betten waren schon belegt gewesen, dir war das untere neben der Tür geblieben, ein Kissen, eine ausgemusterte NVA-Decke. Es war September, man musste noch nichts sehen, wenn man nicht wollte. Die Hosen kriegtest du nicht mehr ganz zu, die Druckknöpfe sprangen auf, sobald du dich hinsetztest, aber du hattest einen Gürtel und einen weiten Pullover. Im Waschraum beugtest du dich tief über das Becken, nahmst die hinterste Dusche und drehtest dich zur Wand. Keiner zeigte ein gesteigertes Interesse an dir. Wie immer sprachst du wenig, man reagierte fast erschrocken, wenn du einmal den Mund aufmachtest. Sie waren das nicht gewohnt, diese lauten Mädchen. Manche sprachen sich mit Nachnamen an. Du warst überzeugt, dass keine deinen kannte, du verwechseltest ihre. Nur bei Kathi warst du dir sicher, dass sie so hieß, Kathi Breitsprecher, die über dir schlief und alle ihre Anreden mit »Du, Ingrid« begann. Du hattest sie zuerst für jünger gehalten als dich, wie ein paar andere, die nach der achten Klasse genug gehabt hatten von der Schule oder umgekehrt, tatsächlich aber war sie ein Jahr älter als du, einmal sitzengeblieben. Das war dir in diesem Jahr unvorstellbar, dass jemand älter sein konnte als du. Du wusstest, du würdest es ihr als Erste sagen, denn sagen musstest du es ja doch, besser als jemand anders. Gleichzeitig befielen dich bei ihr die größten Bedenken, du fühltest eine reale

Angst, sie könnte anfangen zu weinen. Sie weinte oft, mitten in ihre Sätze. Wenn du Kathi ansahst, wusstest du, dass man sie nur verletzen konnte, ihre Haut schien dir beinahe durchsichtig. Keine Schale wie deine. Sie war viel kleiner als du, auch runder, alles an ihr, ihre braunen Haare legten sich nach jedem Waschen von allein in großzügige Locken, ihr Mund formte beständig an einem kleinen o. Sie sprach auf ihre Umwelt ausschließlich mit Lachen oder Weinen an, aber mit was von beidem, blieb schwer vorherzusagen. Ihr konntet euch nicht entscheiden, was hassenswerter war: die leeren Stunden in dem nach Grützwurst und Sägespänen riechenden Flachbau in Kießow oder die Landluft der Praxiswochen, auf den Rübenfeldern, in den Kuhställen des Kreises Anklam. Ihr träumtet von Eutern. Den Augen der Treckerfahrer. Beide meintet ihr, das könne nicht ewig so gehen. Das verband euch. Aber Kathi war zuversichtlich.

Du hättest noch vor Ende des ersten Monats dort deinen Kopf mit Kathis sämtlichen familiären Verhältnissen und Angelegenheiten ausstopfen können, so sicher versorgte sie dich täglich mit immer neuem oder vielleicht auch immer gleichem Füllmaterial, du hörtest selten zu. Das Loch in deinem Kopf wurde größer, du vergaßt die einfachsten Dinge. Du gingst immer früher zu Bett. Einmal, als du dich auszogst, flog die Tür auf und die anderen, die sonst erst hereinpolterten, wenn du schon so tatest, als ob du schliefst, standen plötzlich um dich herum, und Elfi oder Barbara oder Liebmann sagte: »Eh, sag ma, biste schwanger oder wat?«, und piekte mit dem Zeigefinger in deinen Bauch, fast hättest du mitgelacht. Du hattest es vergessen. Zu sagen. Aber das klang wie eine von den Ausreden, die wohl nur du geduldet hättest. Du konntest dich nicht erinnern, wann jemand für dich eine erfunden hätte. »Ja«, sagtest du. Sie empörten sich, sie übertrieben, sie lachten noch ein bisschen in deine Ecke, aber es war nicht richtig lustig und nur zwei oder drei Sprüche ließen sich anbringen. Du merktest ihre Enttäuschung. Kathi sagte: »Du, Ingrid, wirklich?«, und fing an zu weinen.

»Hör auf«, sagtest du. »So schlimm ist das nun auch nicht.«

»Aber Ingrid – ich freu mich doch so für dich!«

Du hattest Kathi unterschätzt. Du begannst, alles zu überdenken. Weinen für Lachen zu nehmen, und umgekehrt. Dir war jetzt manches Mal nach Lachen zumute.

Als deine Mutter dich am Wochenende lange mit einem Gesicht ansah, das sie ansonsten nur zu den Nachrichten von Planerfüllung und -übererfüllung aus dem Radio aufsetzte, und dann sagte: »Ich hab mir das gedacht«, musstest du lachen. Sie sagte dir nicht, wie es weitergehen solle. Das verstand sich wohl von selbst. Das andere zu deiner Verwunderung nicht. »Und mit wem –«, sie räusperte sich, du erkanntest es als keine ihrer Gesten wieder, »ich mein, und wer ist da nu außer dir für verantwortlich?«

»Keiner«, sagtest du sofort und fast heiter, weil du nicht zu überlegen brauchtest.

»Ingrid, hör auf. So dumm bin ich auch wieder nicht, und du erst recht nicht.« Sie versuchte, wie eine Mutter zu klingen. »Du sagst mir jetzt, wer der Vater dazu ist.«

Du wolltest sagen, du wüsstest es nicht. Du hättest es vergessen. Tja. Einer aus Anklam, ach was, aus Berlin, aus dem Westen. Aus dem Jenseits, ha. Aber keine dieser Barrikaden erschien dir unüberwindbar genug. Es war besser, von Anfang an bei einer Version zu bleiben, der am leichtesten wiederholbaren, denn wer weiß, dieser Kopf.

»Nein«, sagtest du.

»Ingrid Hanske!«, sagte deine Mutter. Sie zuckte mit den Schultern, hielt sich an der Stuhllehne fest und sah angestrengt die Ritze zwischen Herd und Dielen an, als hoffte sie, doch noch weiter hineinspähen zu können. »Wie willst du denn das alleine … Du denkst wohl, du brauchst überhaupt keinen, was? Du …« Sie hörte plötzlich auf, drehte sich um und ging raus. So könnte es gewesen sein. Vielleicht, dass sie nicht mehr genau wusste, über wen sie sprach, Anna Hanske.

Kurz bevor du zum Bus musstest, drückte sie dir ein Geschenk in die Hand. Ratlos, wohin damit, stecktest du es in die Tasche zu deiner Wäsche. Im Wohnheim schliefst du sofort ein. Am Montag hattest du Geburtstag. Am Montag musstest du ins Lehrerzimmer. Du gingst gleich in den Sachen, in denen du aufgewacht warst. »Fräulein Hanske. Sie sind uns eine Erklärung schuldig.«

»Nein«, sagtest du und freutest dich, weil dir die Version schon in Fleisch und Blut übergegangen war. Fleisch und Blut. Du dachtest einen Augenblick darüber nach. Die Lehrer bemühten sich, einander ausreden zu lassen, so viel bekamst du mit. Es gelang ihnen nicht. Während der eine noch blitzte, donnerte der andere schon hinein, und heraus kam das Wortgewitter namens »Konsequenzen«. Wenn du dich weiterhin ausschwiegest, würde es Konsequenzen geben. Du wusstest nicht, was du sagen solltest. Zu so viel Naivität. Wenn du dich nicht ausschwiegst, würde es trotzdem Konsequenzen geben. Das konnten sie doch sehen.

Nach dem Unterricht war dein Kopf wieder leer. Du sahst die Tasche neben deinem Bett und du sahst sie nicht. Es erschien dir völlig sinnlos, Wäsche in ein Fach in einem Schrank zu legen. Wozu bloß? Wäsche zu wechseln. Waschen. Anziehen, ausziehen, anziehen. Du hattest das Gefühl, die anderen zu imitieren. Wenn du hinter ihnen her in den Waschraum trottetest, dich wie sie nicht mehr verstecktest. Wenn du den BH-Verschluss löstest, mit dem Waschlappen über die eine, die andere Hälfte des Körpers fuhrst, schien es sich um Bewegungen zu handeln, die du erst von ihnen gelernt hattest. Du sagtest »gut Nacht«, wenn sie »gut Nacht« sagten.

Ein paar Tage später fiel dir das kleine Päckchen wieder ein, mitten in Staatsbürgerkunde. Du stürztest sofort aus dem Raum, vielleicht würde auch das Konsequenzen haben, aber inzwischen besaßt du ein Gegengift: Privilegien. Die anderen traktierten dich nicht mehr mit Blicken oder dem Gegenteil, sie flüsterten nicht mehr in deiner Gegenwart. Draußen nahmen dir die Jungs das meiste ab, ein paar waren freundlich. Du hattest lange nicht in den Spiegel gesehen, als du es einmal tatest, erkanntest du dich kaum wieder: Das war nicht die, die du täglich mit dir herumtrugst. Deine Haare leuchteten immer noch blond, deine Augen klarer als die Jauchepfützen unterm Sommerhimmel. Ach, hör doch auf. Die hattest du da noch gar nicht gesehen. Deinen Zimmergenossinnen wurdest du eine Art Maskottchen.

Du fandest das Geschenk in deiner Tasche. Niemand beklaute dich. Beim Auswickeln kam ein Paar blauer Lederhandschuhe zum Vorschein, hundertmarkscheinblau. Du weintest in die muffige Decke, drei Tage lang, oder bis du wieder aufs Klo musstest.

Du kamst den Aufforderungen deiner Mutter nach, fast allen. Der Arzt aber sagte dir auch nichts Neues. Du bekamst einen Ausweis, auf dem stand MUTTERPASS, du stecktest ihn zu deinem Personalausweis und dem FDJ-Ausweis, in allen fandest du deinen Name und dir Zugeordnetes mit Schreibmaschinentypen gehämmert, du fragtest dich oft, wer diese Person wohl sei, die sie dort so festzunageln versucht hatten, deren Dokumente du aus einem unerfindlichen Grund mit dir herumtragen musstest, ob es sie wohl wirklich gab, irgendwo. Manchmal hattest du Lust, sie kennenzulernen, nur um ihr endlich diese Ausweise aushändigen zu können. Es nahm langsam überhand. Aber am Ende war es eine Art Spielgeld, und du wolltest dich nicht blamieren. Du musstest jetzt regelmäßig nach Anklam, du konntest dafür halbe Vormittage herausschlagen. Manchmal gingst du danach in die BROILERBAR, morgens um zehn, und gönntest dir von deinem Lehrlingsgeld ein halbes Hähnchen. Die eingebildeten Kellnerinnen kannten dich schon, aber du gabst viel Trinkgeld und sie dir einen Platz am Fenster. Wahrscheinlich hielten sie dich für eine Sitzengelassene, du sahst genauso aus. Komisch daran war nur, dass es dir wie eine irrige Annahme vorkam, über die man halb beleidigt, halb amüsiert sein konnte. Amused. Sagt man das so.

Wenn du zurückkehrtest von diesen Untersuchungen, empfing Kathi dich stets mit der Frage: »Du Ingrid, alles in Ordnung?« Du sahst sie wohl immer verständnislos an. Dir fiel die Geschichte von Jona im Bauch des Fisches ein. Als ob ihm jemand die gleiche Frage gestellt hätte.

Sie fing an, deinen Bauch zu befühlen. Ihre Hände waren schön warm, sie lachte. »Merkst du schon was?« Du wolltest darauf nicht antworten, und Kathi streichelte mitfühlend deine Schulter. »Das kommt noch.« Du wolltest nicht wissen, was. Sie hatte einen Freund, der sie jeden Freitag abholte und in jeder Hinsicht ein Magnet war. Er klebte an Kathi wie sie an ihm, die übrigen Weiber an seinen Hacken. Er war einen halben Meter größer als sie, er gefiel dir. Aber er lächelte die ganze Zeit. Sie hatte dich ihm gleich bei seinem ersten Besuch vorgestellt: »Das ist meine Freundin Ingrid.« Du hattest wieder das Gefühl, diese andere Ingrid sei gemeint. Sie führte dich ihm jedesmal vor wie etwas, auf das sie Grund hatte stolz zu sein. Jedesmal war dein Bauch gewachsen wie ein Verdienst. Du warst nett zu ihm. Als Kathi eines freitagnachmittags fragte: »Darf Helmut auch mal anfassen?«, sagtest du: »Ja, aber nicht mich.« Kathi brach fast sofort in Tränen aus und entschuldigte sich drei Tage lang, oder. Vielleicht zog nur Helmut seine Hand weg, das Lächeln nicht.

Du fuhrst nur noch jedes zweite Wochenende nach Hause. So brauchtest du nur halb so oft den Mund aufmachen, um »nein« zu sagen. Du sahst nicht ein, was so wichtig an dieser Information sein könnte, es ging ihr doch nicht ums Geld. Auch bei genauerer Betrachtung entdecktest du keinen Grund für ihre Hartnäckigkeit. Für deine dachtest du dir einen aus: Ihr wart somit doch quitt, du und sie. Enthieltet ihr euch nicht beide einen Vater vor? Genau. Schon das Wort ›Vater‹ erschien dir übertrieben, du kanntest niemanden, auf den es passte. Den anderen schien es ähnlich zu gehen, du fandest dich in einem unerwarteten Einverständnis mit ihnen darüber, dass Ursachen ungeklärt bleiben können. »So was passiert.«

Peter sahst du überhaupt nicht mehr. Vielleicht kam er an den anderen Wochenenden, vielleicht solltest du ihm nicht unter die Augen kommen, so. Er hatte dich besorgt angesehen, als du ihn einmal in der Stube vorgefunden hattest, wie er den Ofen mit neun, zehn, elf Kohlen bestückte, allzu kalt war es noch nicht gewesen, er hatte leise mitgezählt und dabei zu dir hochgeblickt. Diesen Ausdruck kanntest du gut an ihm, er beunruhigte dich nicht, eher im Gegenteil. Aber etwas in seinen Augen war geborgt. Von deiner, von seiner Mutter womöglich, der es allzu unbehaglich geworden sein musste, etwas mehrere Wochen lang nur mit dir zu teilen. Und auf dich war kein Verlass. Zumindest hatte er von dir nicht wissen wollen, wer. Er wollte es nicht wissen.

Im Dezember fingen die anderen an, zueinander ins Bett zu kriechen. Auch Kathi machte dir dieses Angebot. Deine Eisbeine wurden nie warm. Hätte sie nicht so gebettelt, wärst du hochgestiegen zu ihr. Von den anderen hörtest du: »Na, du bist ja schon zu zweit«, oder auch: »nich ganz alleine«, dann kicherten einige. Nein, du warst beileibe nicht verrückt. Du konntest dir das nicht vorstellen, das. Nachts wachtest du oft auf, oder du konntest gleich nicht schlafen. Du hörtest den Zinkeimer voll werden. Irene, so hieß sie doch, hatte »schneidend Wasser«. Sie hatten ihr den Eimer erlaubt. Mit der Zeit benutzten ihn alle, außer Kathi und du. Ihr begleitetet euch gegenseitig den langen, frostdurchwehten Gang zum Klo. Aber lieber war dir, wenn du ihn alleine gehen konntest, wenn da nur deine eigenen Schritte tappten, wenn da niemand war außer dir.

Niemand außer dir war im Dorf. Sie hatten dich eine ganze Woche vor Weihnachten nach Hause geschickt mit dem Hinweis, du hättest dich auch im neuen Jahr nicht zurück nach Kießow zu begeben, sondern in deinem eigenen Dorf zu bleiben und dich zu schonen und vorzubereiten. Sie sagten auch, worauf, aber da hörtest du schon wieder nicht hin. Die Bücher durftest du mitnehmen, Kathi versprach, dir alles Verpasste vorbeizubringen. Du wartetest nicht auf sie. Du bewachtest das Thermometer. Als es fünf Tage lang beständig unter null geblieben war, stündlich strenger alle in ihre Häuser pferchte, gingst du ohne vorherige

Prüfung los. Du hattest es nicht vergessen. Es wurde dunkel, wie du es gewollt hattest, die Kirche war lange aus, du hattest die Glocke gehört und dann nichts mehr. Peters Schlittschuhe hattest du auf dem Boden gefunden, du stelltest fest, dass du die Schrauben etwas lockern musstest, deine Füße waren inzwischen größer als seine vierzehn-, fünfzehnjährigen. Du setztest dich auf das Schneepolster der wackligen Bank am Teich, wie die jungen Mädchen. Erst dachtest du, es würde nicht gehen, du konntest dich nicht weit genug hinunterbeugen, um die Schrauben festzuziehen, deine Finger wurden klamm, obwohl du schwitztest. Du hievtest die Füße quer auf die Knie, irgendwie schafftest du es. Es kam dir vor wie in der Schule, wenn im Sportunterricht das Ausführen einer an sich leichten Übung überflüssigerweise erschwert wurde, durch einen Medizinball zum Beispiel, wie eine Behinderung. Vorsichtig stakstest du auf den unscharfen Teichrand zu, du hattest sofort Gleichgewichtsprobleme, ein großer, unbeholfener Schritt hätte fast alles beendet. Als Kind hattest du immer gedacht, es müsse ›ungeholfen‹ heißen, eine Art Partizip, und du hattest Peter nicht geglaubt, wenn er es dir vorgesagt hatte, geargwöhnt, er spreche es absichtlich falsch aus. Der Eisteich trug dich mühelos, es knackte nicht einmal, als wärst du gar nicht da oder sehr leicht. In Schwung gebracht, schwankte dein Körper kaum noch, du setztest einen Fuß vor den anderen und musstest nur aufpassen, nicht zu schnell zu werden, um die Kurven zu kriegen, das sogenannte Übersetzen hattest du nie gelernt. Das Eis war neu und unsichtbar, und morgen, wenn man die Kinder zusammen mit dem Festdunst wieder aus den Stuben lüften würde, fänden sie sich verdutzt darüber, wer ihnen ihr Eigentum, die Unberührtheit des Schnees weggenommen hatte. Ein plumper Vogel, von dem als Einziges bekannt war, dass er nicht fliegen konnte.

Es kam das Jahr neunzehnhundertsiebzig. Es begann im Februar. Dann kam das Jahr neunzehnhunderteinundsiebzig, und darauf muss das Jahr neunzehnhundertzweiundsiebzig gefolgt sein, aber du weißt nicht, wann sie anfingen. Vom Jahr neunzehnhundertdreiundsiebzig weißt du zumindest, wann es endete. Es war recht kurz und schon an einem Februartag vorbei. Wahrscheinlich war das alles eine einzige Zeit, ohne Monate, Jahreszeiten und Übergänge, eine Anomalie. Man versuchte, dir etwas anderes weiszumachen, man maß ein Kind in Zentimetern und Gramm und meinte, dir damit das Vergehen der Zeit bewiesen zu haben, gerade so, als verginge sie für jeden gleich, gerade so, als hätte man dich vermessen. Blödsinn.

Seit einem Tag Anfang Februar war etwas da, das beständig größer wurde, das von Anfang an viel zu groß gewesen war für dich und dir unbekannte Schmerzen verursachte, ein Wackerstein, der rumpelte und pumpelte, scheuerte und scheuerte. Du warst so wund die ganze Zeit, du merktest es schon gar nicht mehr. Manchmal hieltest du dich deshalb für schmerzfrei, aber es hatte doch nicht aufgehört, es hörte nicht auf, du musstest davon ausgehen, dass es nicht mehr aufhören würde. Du musstest ihm einen Namen geben, irgendeinen. Henry. Vielleicht hattest du ihn irgendwo gelesen. Im Krankenhaus hatten sie auch wieder gefragt. Aber es kam wohl öfter vor. Sie legten dir einen Säugling an die Brust. Woher solltest du wissen, dass er zu dir gehörte. Er biss dich, du hättest nicht geglaubt, dass man ohne Zähne so beißen konnte. Aber vieles war möglich. Bis zum Schluss hattest du nicht geglaubt, dass du ein Kind zur Welt bringen würdest, dein Kind oder das von Roland Möllrich. Etwas kam aus dir heraus, und auch das nicht einfach so, sie mussten es herausziehen, es konnte alles Mögliche sein. Es tat weh, wie nur etwas Fremdes weh tun kann, dein eigener Körper hätte dir niemals solche Schmerzen verursacht. Du wolltest gar nicht wissen, was es war. Dein ›natürliches‹ Kind. Du wusstest, was das bedeutet. Du verlegtest dich aufs Unnatürliche. Dein Körper war dein Verbündeter. Nach zwei Wochen ließ er sich nicht länger beißen. In deinen Brüsten pochte es heiß und hart, du ließt nichts mehr heran, nichts heraus. Du bekamst Penicillin, aber dein Körper stellte sich schlau an, viel schlauer als du. Der Arzt beschimpfte dich. Du hättest eine Allergie angeben müssen. Du warst dir sicher, dass dein Körper sie in der Hinderhand behalten hatte, um sie genau jetzt auszuspielen. »Grinsen Sie nicht so dämlich!«, sagte der Arzt. Falls er ›Sie‹ zu dir sagte. Deine Mutter rührte MILASAN an, während dein Magen das Berlocombin schlecht vertrug. Dir war, als lägen Vorwürfe in ihren Blicken. Dein Körper hielt alles auf Abstand.

Du zerrupftest den alten Korb-Kinderwagen, du passtest schließlich nicht mehr hinein, und jemand anderes erst recht nicht. Du konntest unmöglich rausgehen. Deine Mutter brachte aus Anklam einen neuen an, er war gelb wie eine Strafe. Etwas anderes hätte es nicht gegeben. Natürlich nicht. Es gab überhaupt nichts anderes mehr. Du schobst ihn aus dem Dorf raus, am Wäldchen vorbei und zurück, immer den gleichen Weg, so konntest du ihn bald mit geschlossenen Augen gehen, mit Augen, in denen der enteignete Schlaf brannte, der Unschlaf, eine Enteignung jedenfalls, unscharf. Du sahst sie nicht, und sie sahen dich nicht. Sogar das Schreien ließ für eine Weile nach. Du hörtest nichts, nicht mal ein entferntes Moped.

Nach vier Monaten bekamst du einen Krippenplatz. Sie sagten dir, du hättest sonst länger warten müssen. Es klang nicht wie ein Privileg. Es klang, als wärst du schuld. Bruni Deetz' Baby war gestorben, einfach so, wie es hieß, »einfach so«, sagte die Schrödersche in der Krippe und zog die Brauen hoch dabei. Bruni Deetz hatte noch fünf oder sechs andere Kinder und tat dir nicht sonderlich leid. »Das sieht ja aus wie bei Deetzens«, sagten die Leute, wenn sich ein Haushaltsgefüge nicht mit ihrem Gestaltungssinn von der Größe eines Scheuerlappens, eines Tischläufers deckte. Du fragtest dich, ob du jetzt auch dazu gehörtest, und schobst das Wort ›Assi‹ wie eine exotische, scharfe Speise auf deiner Zunge herum. Einfach so, dachtest du. Für einen Moment, der so klein war, dass du nicht weißt, wie dein Gedächtnis ihn im Gerümpel all der Jahre nicht verlieren konnte, spürtest du etwas wie Neid. So was passiert. Roland Möllrich war auch tot. Deine Mutter hatte es dir berichtet, du hattest verständig genickt, beinahe wie eine Bestätigung. Einer Sache, die dir lange bekannt war, oder ihr. Es veränderte nichts. Außer, dass du jetzt endgültig hättest herumlaufen und alles Mögliche erzählen können. Niemand wäre so dumm gewesen, dir zu glauben.

Du gingst zurück. So weit du eben konntest, dieses kleine Stück. Dein Bett im Kießower Wohnheim war nicht belegt worden. Deine Mutter hatte nichts dazu gesagt, sie konnte schlecht sagen, sie sei froh, nicht wahr. Sie konnte schlecht sagen, ein kleines Kind sei ihr zuviel, wo ihr doch Peter nicht zuviel gewesen war und selbst du nicht. Sie konnte das: unbekannte Kinder aufziehen. Du warst an den Wochenenden da, allen. Es kam dir nie so vor, als seist du vermisst worden. Es kam dir nicht so vor, als vermisstest du etwas. Du wünschtest es dir aber manchmal. Wenn das Kind dich anlachte, lachtest du zurück. Es gelang dir nicht, auch zurückzuweinen. Kathi arbeitete alles mit dir nach. Du ludst sie nie ein, sie dich oft. Du fuhrst nie hin, auch nicht im Urlaub, den ihr im Sommer nehmen musstet. Wohin mit dir. Im Bus half dir selten jemand, wenn du nach Anklam fuhrst. Manchmal war kein Platz mehr für einen weiteren Kinderwagen, dann drehtest du um und gingst wieder nach Hause. Es machte keinen Unterschied. In Anklam liehst du dir Bücher aus, von denen du zu wissen glaubtest, dass Peter sie mal gelesen hatte. Du erwogst desöfteren, dich zwischen den Regalen zu verstecken, dich einschließen zu lassen, wenigstens eine Nacht an einem fremden Ort zu verbringen. Aber der gelbe Kinderwagen vor der Tür hätte dich immer verraten. Du wusstest das. Trotzdem warst du jedesmal überrascht, falls man das so sagen kann, ihn beim Verlassen der Bibliothek dort vorzufinden. Ein paarmal wärst du fast dran vorbeigelaufen.

Wie dumm, daraus eine Geschichte zu machen. Fast bist du so dumm, sie auch noch zu glauben. Peter, Paul and Michael. Sollen sie erzählen. Dir ist nichts passiert. Drei oder vier Jahre lang, was macht das schon aus. Wenn du Glück hast, ein Zwanzigstel. Niemand kann sich ein Zwanzigstel vorstellen. So schmal, es passt beinahe gar nichts hinein, keine Gärtnerei und keine Hochzeit eines Bruders, keine Aussichten und keine drei Worte, kein normales Kind. Nur ein bisschen Geld, du quetschtest es aus dieser engen Spalte deines Lebens heraus, drücktest sie dabei so gut es ging zusammen, denn auch sie wollte beständig größer werden. Es gab nur ein Mittel. Du spanntest dich in sie wie in einen Bogen ein, du überlistetest sie, denn sie dehnte sich von selbst, bis zu einem Punkt, an dem keiner ihre Spannung mehr hätte halten können, dich, es genügte eine kleine Irritation, und schon trug dich der Februarwind an einen Ort, von dem noch niemand zurückkehrte.

(Wenn das Kind versucht hatte, zu dir zu sprechen, hattest du versucht zurückzusprechen.)

HENRY

Er hat fast schon wieder vergessen, wie der hieß, immerzu vergisst er das fast, aber dann fällt ihm das wieder ein. Er darf heute Nacht gar nicht schlafen, er muss bloß so tun, als ob er schläft, mit Schnarchen und so, aber nicht richtig schlafen, sonst vergisst er das. Und sie sagen ihm das dann vielleicht nicht mehr und auch nicht, dass der da war, wenn er das auch mitvergisst. Er muss sich das merken. Wo der herkam. Aus Amerika oder was, aber nicht Amerika, aber so was Ähnliches. Was da auch gleich bei Amerika ist, wo der her ist, der hat gesagt, er würd ihn da mal hinholen, wenn das geht, nachher. Das hat er gleich erzählt, nachher, aber die haben bloß wieder gelacht. »Du und Amerika! Das dauert aber noch paar Jährchen, Henry.« »Musste aber erst noch Englisch lernen, du ju schpiek Inglisch?« Inglisch. So hieß der. Nein. Jetzt weiß er das wieder, dass der so ähnlich hieß, mit

Nachnamen. Weil der nicht richtig verwandt ist, oder er, bloß so ein bisschen, so mittel. Nein. Halb, halbverwandt, so hat der das gesagt.

»Du hast Besuch, Henry«, haben sie gesagt, aber er hat gesagt, »leck mich am Arsch«. »Freundchen«, haben sie gesagt. Dann haben sie ihm erklärt, wer das ist, aber er hat die ganze Zeit gedacht, dass das bloß wieder Onkel Peter ist, der war schon vor drei Tagen dagewesen oder zwei Tagen, er wollte das nicht, dass schon wieder Onkel Peter kommt und ihn besucht, doch nicht schon wieder. »Leck mich am Arsch«, hat er gesagt zu Onkel Peter letztes Mal, ha ha. Aber Onkel Peter hat ihm gar keine gescheuert, bloß wieder eine Frage gestellt, doofe Frage. »Was ist denn mit dir los«, hat Onkel Peter gefragt, er hat mit den Schultern gezuckt. »Hast du mir nix mitgebracht«, hat er gefragt, und Onkel Peter hat gesagt, doch. Aber er hat ihm das nicht gegeben, der Blödmann, der blöde Sack Onkel Peter. Weil er sich nicht entschuldigt hat. Erst ganz zum Schluss, als Onkel Peter sich schon umgedreht hatte, da hat er sich noch mal zurückumgedreht, und dann hat er das gekriegt, Schokolade und so was, Kinderschokolade und so ein Überraschungsei, aber da war wieder keiner drin von die, von den Heppihippos, bloß wieder so Zusammenbauungsscheiße. Weil er dann Entschuldigung gesagt hat. Als Onkel Peter aufgestanden ist und sich umgedreht hat, »Entschuldigungentschuldigung«.

Aber das hat er gleich gesehen, dass das nicht Onkel Peter war, und vielleicht war das auch gar keiner von der Polizei und auch keiner von die aus Bresekow. »Den kenn ich doch gar nich«, hat er gesagt, »nu geh erst mal hin«, haben sie gesagt. Er hat sich umgedreht. »Den kenn ich nich.«

»Henry.«

»Ich kenn den nich.« Er musste fast heulen musste er fast. »Was ist denn mit dir los?«

Dann fiel ihm das ein auf einmal. Dass der vielleicht von seiner Mutter war, von seiner Mutter hergekommen, dass die ihn hergeschickt hatte. Weil sie vielleicht nicht selber herkommen konnte. Weil sie herkommen wollte. Aber weil sie nicht konnte, vielleicht.

»Hallo«, hat der gesagt, als er hingegangen ist. Da hat er gleich einen Schreck gekriegt, weil der gleich aufgestanden ist und ihm die Hand hingehalten hat. Und dann hat er gesagt, wie er heißt, aber das hat sich so komisch angehört, aber er hat ihm seine Hand gegeben. Wie im Fernseher, wenn sich da zwei Leute die Hand geben und dann der eine dem andern sagt, wie er heißt, und der andere sagt dem andern das auch und dann angenehm. »Angenehm«, hat er gesagt, und er hat sich gefreut, weil er das schon immer mal sagen wollte, angenehm, einmal hat er zu dem einen hier gesagt, dass er ihm die Hand geben und dann seinen Namen sagen soll, damit er das sagen kann, aber der hat bloß gesagt, »spinnst du, du weißt doch, wie ich heiß«.

»Du bist Henry«, hat der gesagt, und er wusste nicht, ob er ja sagen soll, weil das sich nicht so wie eine Frage angehört hat.

»Hast du mir was mitgebracht?«, hat er sofort gefragt, damit er das nicht vergisst. Aber er wusste, dass das falsch war, gleich danach hat er das gewusst und hat sich mit der Hand auf den Mund gehauen, weil das so rausgerutscht war aus seinem Mund. Aber der hat bloß »oh« gesagt, und bloß: »Nein, Henry. Tut mir leid.«

»Macht nix«, hat er gesagt. Als der gegrinst hat, hat er auch gegrinst.

»Weißt du, wer ich bin?«

Er hat genickt, weil sie ihm das ja gesagt hatten, aber er wusste das schon wieder nicht mehr, er hat mit dem Kopf geschüttelt. Und dann hat der ihm das gesagt, dass er so wie so was wie sein Bruder ist, bloß nicht ganz richtig, nur so halb. »Ich wollte gern dich kennenlernen«, hat er gesagt. Er hätte den gerne gefragt, warum er so komisch spricht, aber er hat sich nicht getraut. Vielleicht kann der auch nicht orntlich sprechen, vielleicht sagen sie zu dem auch immer, sprich doch ma orntlich. Siehste. Er ist gar nicht der Einzigste.

»Bist du hergekommen von ihr jetzt oder was richtig von ihr?«, hat er gefragt.

»Wie bitte?«, hat der gefragt, wie Oma. Aber er meinte gar nicht Oma.

»Na, von ihr meine Mutter hat sie dich hergeschickt?«

Da hat der mit dem Kopf geschüttelt. »Nein. Sie ist …«

»Kommt sie denn selber her, ja, kommt sie hat sie gesagt dass sie herkommt dass sie mich besuchen kommt?«

»Nein.« Der hat ihn angeguckt, so richtig in die Augen rein. Dann hat er noch mal nein gesagt. »Ich glaub … sie kann nicht. Sie kann nicht kommen.« Und der hat auf einmal ausgesehen, als wenn er auch traurig ist, dass seine Mutter nicht herkommen kann. Aber er war gar nicht richtig traurig, weil er sich das ja schon gedacht hat, vorher. Dass sie immer nicht kann. »Macht ja nix«, hat er gesagt.

Und dann hat der sich so hingebeugt, so ein bisschen zu ihm, und hat gesagt, dass sie das gar nicht weiß.

Und er hat genickt, weil er sich das auch schon gedacht hat. Dass sie das gar nicht weiß, dass er hier ist. Und der hat das auch gesagt. Nein. So ähnlich. Der hat gesagt: »Also, sie weiß nicht, dass ich bin hier.«

»Bist du ganz heimlich hier, und sie weiß das nich?«

»Ja.«

»Achso.« Achsoachso. Aber wenn der ganz heimlich hier war, dann durfte er das auch keinem erzählen, dann war das ein Geheimnis. Er wollte das aber gerne erzählen. Aber nicht Onkel Peter, Onkel Peter soll das gar nicht wissen, und wenn Onkel Peter ihn fragt, war der hier, dann sagt er, nö. Ha ha.

»Henry, wie lange musst du noch bleiben hier?«, hat der gefragt.

Er hat mit den Schultern gezuckt. »Drei Jahre.«

»Das ist nicht mehr so lange, du weißt.«

»Oder zwei Jahre.«

»Ist es sehr langweilig hier?«

»Ja, ja ja, sehr langweilig, ganz langweilig ist das hier, alle sind langweilig.«

Da hat der gelacht, ein bisschen, und er hat auch gelacht, ha ha, auch wenn da gar nichts zum Lachen war.

Der hat gesagt, wenn er hier rauskommt, dann holt er ihn mal dahin. Wo er herkommt. Wo er wohnt, und dass das ganz dicht am Meer ist, dass man das Meer da immer hören kann, jeden Tag und jede Nacht, besonders in der Nacht. Er wollte erst sagen, dass er in der Nacht das aber gar nicht hören kann, weil er da schläft, weil er das nicht mag, wenn das schon dunkel ist draußen. Aber vielleicht kann man das da ja immer hören, das Meer. Auch wenn man schläft. Er hat gefragt: »Ist das so ähnlich wie die Ostsee, das Meer?« Die Ostsee ist langweilig, immer wenn sie mit der MAKARENKO an die Ostsee gefahren sind, dann hat er sich das schon immer gedacht. Dass das wieder langweilig ist. Dass sie denn wieder meckern, wenn er bloß mal ins Wasser will, bloß mal auf die Holzdinger rauf und da langlaufen drauf und die Möwen mit seiner Stulle füttern. An der Ostsee darf man gar nichts.

Aber der hat gesagt, dass das Meer anders ist als die blöde Ostsee. Dass da viel mehr Wellen sind. »So groß wie ich, solche Wellen?«, hat er gefragt.

»Noch viel größere manchmal«, hat der gesagt. Und dann hat der noch mehr erzählt, von dem Haus, wo der wohnt, und wie das da alles aussieht, aber er hat das nicht alles verstanden. Und er hat auch was erzählt, dass er in dem Haus bei Oma gewohnt hat und dass die jetzt auch weg ist, dass sie das gesagt haben. Und wie das da aussieht, und dass er paar Katzen hatte. Und dass er immer aufräumen musste, aber das war nicht so schlimm wie hier. Und dass die Werkstatt auch nicht so schlimm war, bei die Bekloppten. »Ich wollt das doch nich«, hat er gesagt, und dann musste er richtig heulen musste er richtig, aber nur ganz kurz. Weil der dann seinen Arm angefasst hat und dann gesagt hat, dass er das weiß. »Ich weiß«, hat der gesagt.

»Du weißt das? Woher weißt du denn das?«

Der hat mit den Schultern gezuckt. »Na ja, ich kann mir das nicht vorstellen. Dass du das … wie sagt man …«

»Doch«, hat er gesagt, »doch, das stimmt. Ich hab das gemacht. Aber nich mit Absicht!«

»Ja«, hat der gesagt, »das ist, was ich sagen wollte: nicht mit Absicht. Ich weiß das.«

Der weiß das! Siehste. Und die Polizei wusste das nicht, die hat gedacht, er hat das mit Absicht gemacht, die blöde Kackpolizei. Und Onkel Peter denkt das auch, und alle denken das, die alle in Bresekow, Stefan und die, und keiner kommt und holt ihn hier raus, und Oma auch nicht. Sie kann doch nicht. Sie kann doch nicht herkommen.

Und den Zettel hat er immer noch in seiner Hosentasche, den hat er schon ganz zusammengerollt, ganz klitzeklein, damit den keiner findet. Wo den seine Adresse draufsteht. Bloß er kann das nicht richtig lesen kann er doch nicht. Aber er hat das nicht gesagt. Damit der ihm doch einen Brief schreibt, »einen ganz langen«, hat er gesagt, dass er so einen will, »hundert Seiten«. Und der hat gelacht, aber der hat das versprochen. Versprochen ist versprochen. Und der hat gesagt, dass er ihr das sagt. Dass er hier war, zwar nicht gleich, aber nachher, irgendwann denn, dass er hier war. »Oma?«, hat er gefragt.

»Nein«, hat der gesagt und ihn ganz komisch angeguckt. »Ingrid.«

Und dann ist er ganz dicht an ihn rangekommen und hat ihn gedrückt, so wie Oma manchmal. Aber Oma ist das doch nicht. Ingrid. Oma heißt Anna mit Vornamen, das weiß er, das weiß er ganz genau. Zufälligerweise, ja.

Er darf jetzt nie mehr schlafen. Weil doch hier kein Meer ist, er vergisst das sonst.

JOHN & PAUL

Wir hätten es gemütlich bei Sturm
In unserem kleinen Versteck unter den Wellen
Wo wir unseren Kopf auf die Seekissen legen
In einem Tintenfischgarten nahe einer Höhle
Wir würden singen und herumtanzen
Weil wir wissen, wir können nicht gefunden werden

Wir wären so glücklich du und ich
Keiner da der uns sagt was wir machen sollen

Ich wäre gerne unter dem Meer
In einem Tintenfischgarten mit dir

MARIA

Dass das alles immer ganz anders kommt, wie man denkt. Das hatt ich ja schon beizeiten gemerkt. Aber dass das nu immer auch nich stimmt. Manchmal dacht ich, das muss doch nu noch mal anders kommen. Manchmal hatt ich mir bei eine Sache das Schlimmste vorgestellt, was passieren könnt, und ich hatt denn auch tüchtig Schiss dabei, weil vorstellen konnt ich mir immer alles gut, bis ich heulen musst manchmal, aber gemacht hab ich das bloß, damit das denn nich passiert. Ich dacht, das passiert denn nich. Das hatt ich schon immer, das war schon immer so meine Methode. Schon als ganz lüttes Kind, wenn ich wieder was nich aufessen wollt, wenn ich das nich runterkriegte, und meine Mutter mir das auch nich reingestoppt kriegte, ich hab das denn wieder ausgespuckt. Und wenn sie denn sagte, meine Mutter, dass sie das mein Vater sagen wollt, wenn er abends kommt. Da hab ich mir das denn vorgestellt, den ganzen langen

Nachmittag lang, wie er kommt und wie sie ihm das sagt und wie er denn ruft: Maria! und wie ich denn zu ihm muss und wie ich meine Schuhe ausziehen muss und mich vor ihn hinstellen, wie er da so sitzt auf dem Küchenstuhl und wie er mir denn mit seine schweren Stiefel auf die Füße tritt und meine Füße einquetscht, dass ich nicht weglaufen kann. Und wie er denn ausholt und mir Backpfeifen gibt, links eine und rechts eine, immer links und rechts, aber nich mehr, und wie ich denn fast umfall, aber ich kann ja nich. Und wie er denn mein Kinn mit seiner schwieligen Hand zusammendrückt und hochzieht und sagt, »kiek mi an, kiekst du mi woohl an«, und wie ich ihn angucken muss, auch wenn ich gar nix mehr sehen kann vor Tränen. »Dat mi dat nich noch eis vörkümmt!« Und ich musst mir das immer wieder vorstellen, und manchmal is das denn gar nich passiert. Aber manchmal doch.

Na, mit dem Runterkriegen war das denn später nich mehr so ein Problem, wo das denn erst mal wieder genug zu essen gab, und das hat ja noch lange gedauert, bis das mit die Marken vorbei war, aber wo man denn wieder einigermaßen was kaufen konnt, da war mir denn manchmal, als könnt ich gar nich mehr richtig satt werden. Uns ging das ja gut denn. Und Simon sagte immer, »Mann, was du essen kannst!«. Und das war ja nich bloß abends. Das hat man gar nich so gemerkt, was man da tagsüber in der LPG-Küche schon so weggefuttert hat. Die waren ja alle nich ohne da. Aber die Männer mochten das, Simon auch. Wenn da n bisschen was dran war. Das war nich so wie heute, diese Bohnenstangen. Die is doch nicht ganz richtig, Britta. Zählt nu schon ihrem eignen Kind die Happen in Mund, und früher warn wir froh, wenn wir unsern Kindern was geben konnten. Aber das hab ich ihr schon gesagt, Ella, dass sie sich da nich drauf einlassen soll, auf diesen Schlankheitsfimmel. Sie würd schon sehen, wer da nachher die Nase vorn hat. »Wobei?«, fragt sie doch glatt. Da hatt ich mich wohl bisschen vergaloppiert, weil ich nu erst merkte, dass sie da vielleicht noch n bisschen jung für is, weil sie da wohl noch gar nich dran denkt, an so was. Ich weiß nich, was Britta immer mit ihr hat, die hat doch gar keinen Grund, ich sag bloß, andre sind da ganz anders in dem Alter. Wink ich sie also son bisschen zu mir ran und sag ihr denn ins Ohr: »Na, beim Heiraten«, und nick ihr so zu. Da guckt sie mich ganz entgeistert an. »Oma! Ich heirat doch nich!« Siehst. Na, ich wollt auch erst nich. Das heißt, erst schon, bloß wie das denn so weit war, da wollt ich nich mehr. Aber da gewöhnt man sich auch dran. Bloß der Richtige muss das sein. Das muss nich der Schönste sein. Ich hab das ja bei dir gesehn, Anna. Gut sah er aus, dein Theo, das schon. Und gewundert hat mich das manchmal, das muss ich sagen, dass er dich genommen hat, wie er zurückkam. Wo du bloß noch ein Strich inne Landschaft warst, aber er war ja auch nich mehr. Bloß dass er sich ruckzuck erholt hat, kochen konntst du ja, bloß dass du auch selber was davon gegessen hättst, das hat man nich gesehn. Auch später nich, so richtig wurdst du nie mehr, du hattst ja gar nix zuzusetzen, und ich dacht immer, wenn dir nu mal was ankommt, was dann. Da hattst du Glück, Anna, dass du nie krank wurdst, jedenfalls kann ich mich nich erinnern, dass du mal was hattst, schon als Kind nich, und wenn, denn hat man dir das kaum angemerkt, so warst du. Ich hab trotzdem immer einen Schreck gekriegt, später, wenn ich dich mal gesehn hab. Vielleicht bloß dadrüber, dass ich dich gesehn hab. Anna, ich versteh das selber nich, weil ich jetzt so oft an dich denken muss. Aber zu der Zeit, da war das, als wenn ich dich manchmal ganz vergessen hatt. Und denn standst du auf einmal vor mir im Konsum. Oder ich hab dich von weitem gesehn, mit dein Fahrrad auffer Landstraße, wie du nach Anklam oder irgendwohin gefahren bist, ich wusst ja gar nich mehr, was du so machst, ob du einen hast, den du besuchen kannst. Wirklich, auffer Elternversammlung, da war ich jedesmal ganz verdattert, dich da zu treffen, da fiel mir das erst wieder ein, dass unsre Kinder in die gleiche Klasse gehn. Manchmal wollt ich denn Hartmut bisschen aushorchen, über deine Ingrid. Ich weiß auch nich, wieso. Ob sie so is wie du früher vielleicht. Aber Hartmut musst man auch alles ausser Nase ziehn, besonders später, da hat er wohl gedacht, ich will ihn bloß aushorchen, ob er sich verguckt hat in sie. Na, das auch. Aber eigentlich war das wegen dir, Anna. Ich kann mich bloß an einmal erinnern, aber da war er noch lütt, vielleicht grad man zweite Klasse, wie er da nach Hause kam und sagte, »Ingrid is doof«. Aber da war er selber schuld. Er hatt sie nämlich wohl bisschen gepiesackt, mit Christa Pohley zusammen, das weiß ich noch, das war so seine kleine Freundin damals. Und dann hat sie ihn wohl gehauen, Ingrid, und Christa hat auch ihren Teil abgekriegt. Zuerst war ich da ja son bisschen fünsch wegen, weil ich dacht, das geht doch nu nich, dass ein Mädchen solche Ruppigkeit an Tag legt, ich wollt schon zu dir gehn deswegen, Anna. Aber erstens hätt ich mich gar nich getraut. Ich konnt mir schon ungefähr denken, was du davon halten würdst. Und siehst du, eben deshalb hab ich mich denn auch gar nich so auf Hartmuts Seite geschlagen. Weil mich das an dich erinnert hat, weil du dir auch nix hast gefallen lassen.

Und nu saßt du da jeden Tag ganz adrett in dein LPG-Büro und ich stand bloß hundert Meter weiter in meine LPG-Küche und musste in die großen Pötte rührn, und mir lief das Wasser nur so runter, und du brauchtest bloß auf deine Maschine tippen, und ich bin fett davon geworden und du nich. Anna, das Leben is doch komisch, nich. Manchmal kam mir das so in Kopp. Wie sich das von außen vielleicht anguckte. Von außen guckte sich das ja so an, wie jeder das erwartet hätt, ich auch, die feine Anna als Bürodame und Maria, die braune Maria, als Kööksch. Tja. Bloß dass das keiner so gesehn hat. Wenn das wohin ging, vonner LPG aus, über Land, oder tanzen oder zu eine Hochzeit: denn war Maria Wachlowski mit dabei, denn musst Maria mit, mit ihrem Simon. Und Anna, dich hat keiner gefragt. Und das war nich bloß, weil du keinen Mann hattst zum Mitbringen. Du wolltst wohl auch nich. Und das haben sie dir angemerkt, ich hab das auch gemerkt. Da braucht man gar nich erst fragen. Das wär nix gewesen, mit dir und den andern Weibsen. Ich hatt zu der Zeit oft so das Gefühl, dass mein Leben, na, dass das nu richtig in Ordnung kommt. Dass ich mich für nix mehr schämen brauch. Und je mehr das so kam, desto mehr kam das bei dir andersrum. Bei dir kam ja alles in Unordnung, das muss man wohl so sagen, alles. Komisch war bloß eins dadran, und da rätsel ich nu schon mein Lebtag drüber. Weißt du, Anna, einmal hab ich doch von dir geträumt, wie wir beide im Gebirge warn, im Erzgebirge, vonner Volkssolidarität aus. Ich war ja wirklich dagewesen, mit den andern, aber nu träumt ich, dass du mitwärst, jedenfalls bist du mir irgendwie entgegengekommen und hast mich nur angelächelt, und da wurd mir so warm ums Herz, so ein Lächeln war das, so kann in Wirklichkeit gar keiner lächeln, und bisschen sahst du auch aus wie deine Mutter. Denn bin ich aufgewacht, aber ich wurd das den ganzen Tag nich los, das ging mir noch lange nach. Und auf einmal hatt ich wie so ein Bild im Kopp: wir beide auf einem Berg, bloß dass ich hochgeh und du runter, so kam mir das damals vor. Bloß dass ich dabei ganz schön schnaufen muss, weil das ja anstrengend ist, so bergan. Und du kannst lächeln, weil du gar nix machen musst, das geht ja fast von alleine, das Runtergehn. Und soll ich dir was sagen: Genau so war das mit uns. Mir ging das immer besser. Aber was hab ich nich alles dafür machen müssen. Dass ich die Frau vom Tierarzt Wachlowski war, das war das eine. Das andre war, dass ich mir dabei ja nix erlauben durft, keinen Patzer. Das wär sonst alles auf Simon zurückgefallen, und das wollt ich nich. Und eine andere Freundin als dich hatt ich nich, und denn musst ich aber nu auf einmal die Freundin von alle sein, wenn ich bei die was zu bestelln haben wollt. Ich konnt nich einfach mal zu Hause bleiben. Und denn noch die Mädchen und Hartmut, aus die sollt ja nu auch alle was Gescheites werden. Ich hatt keine ruhige Minute, das ging immer so weiter. Ja, das war auch schön. Aber manchmal hab ich mir das insgeheim gewünscht, dass ich das auch mal könnt. So wie du sonntags einfach ausm Dorf rausspaziern zum

Wäldchen, in deine schönen Kleider. Da hast du dir gar nix bei gedacht. Das war dir schietegal, wenn die sich dadrüber mokiert haben, wie du nu wieder rumläufst. Nee, Anna, manchmal fand ich das auch unmöglich. In dem Alter noch so »buntet Tüch«, wie das immer hieß, das musst nu vielleicht auch nich sein. Da hatt ich auch immer Angst vor, dass das einer über mich sagen würd, dass ich rumlauf wie ein Pfingstochse, ich hatt immer das Gleiche an, das war am besten. Simon hat zwar manches Mal gesagt, »nu kauf dir auch mal was Schönes in Anklam«, im BAUERNKAUFHAUS, aber ich hab das lieber gespart, das Geld, da war mir wohler bei. Aber manch einem is ja bloß wohl, wenn er sich dreimal am Tag inne andre Robe werfen kann. Dass Hartmut das so mitmacht. Jedenfalls, Anna, da wurd ich denn immer gar nich wieder, wenn ich dich so gesehn hab. Wo das bei dir doch nur bergab ging, und du konntst noch Lapaloma pfeifen dabei. Aber bergab ist doch anstrengender, hab ich mal gehört, dass das so auf die Gelenke geht.

Ich hab das erst gar nich so eng gesehn, Anna, das mit uns. Nich, dass ich das nich gemerkt hätt. Aber ich hatt nu auch andre Sachen zu tun. Ich hätt das auch nich gedacht. Ich mein, wo wir nu im selben Dorf wohnten, und groß is das ja nu nich. Ich musst da manchmal dran denken. Wie ich immer die drei Kilometer von Putlitz nach Bresekow, nach dir hin gelaufen bin, und abends wieder zurück. Und das war mir nich zu viel, ich hatt auch gar keine Angst, wenn das denn schon schummrig wurd und wo ich doch sonst so schittrig war. Aber sowie ich bei dir war, oder ich braucht bloß an dich denken – schon war das weg. Angst hatt ich bloß vor eins: dass das auf einmal alles vorbei sein könnt, von ein Tag aufn andern, dass du morgens inner Schule zu mir sagst, so, Maria, nu will ich nich mehr deine Freundin sein. Ich weiß nich mehr, ob ich wirklich dacht, dass das passieren könnt. Das war vielleicht wie mit dem lieben Gott. Wenn sie mir immer gesagt haben, der sieht alles, alles, was du machst, Maria, und wenn du was Schlimmes machst, denn wird er dich dafür bestrafen, wirst schon sehen. Und Hochmut kam vor dem Fall. Richtig geglaubt hab ich das immer nich, glaub ich. Aber vorstellen konnt ich mir das. Wie das sein würd, wenn Gott mich bestraft, und dass mir denn alle Haare ausfallen würden oder meine Mutter stirbt oder der Pfarrer mich in einen Turm einsperrt wie die Heilige Barbara, die mocht ich am liebsten. Wenn das gewitterte oder irgendwo brannte, denn hat meine Mutter mich immer gerufen, »kümm, Maria, wi wulln eis bääden«, und denn haben wir zur Heiligen Barbara gebetet, dass der Blitz nich in unser Haus einschlägt. Und wie mocht ich das gern mit den Kirschzweigen, wenn wir die am vierten Dezember ins Haus geholt haben, da war immer mein Vater für zuständig, der musst die abschneiden, die Barbarazweige, und denn bin ich jeden Morgen als erstes in unsre Stube mit nackte Füßen, um nachzugucken, ob die schon aufgeblüht sind. Da hab ich dran geglaubt, an die Heilige Barbara, ich wusst genau, wie die aussieht, die hatte auch so schöne blonde Haare wie du.

Und deshalb hab ich mir das vorgestellt, wie das wär, wenn du mich nu überhättst, wenn ich wieder alleine sein müsst. Wie ich denn sterben würd, einfach so, dass das denn noch das Beste wär, das hab ich mir vorgestellt. Damit das nich passiert. Dass wir keine Freundinnen mehr sind. Und siehst du, denn is das doch so gekommen, bloß dadran stirbt sich das nu nich.

Anna, das is vielleicht kindisch, aber siehst du, manchmal könnt ich heulen dadrum, dass ich gar nix von dir hab, gar kein Andenken, ich weiß nich, wo das alles geblieben is mit der Zeit, was du mir geschenkt hast immer mal, so kleinen Krimskrams, gepresste Blumen und eine Schachtel dazu und eine Kette aus Holzperlen. Und die Bücher. Wo is das alles geblieben? Das muss alles beim Umbau weggekommen sein, oder Britta hat das alles mal in Müll geschmissen. Ich weiß auch nich, wieso ich bloß das eine Foto von dir hab, eins von die, die damals inner Schule gemacht wurden, von mir gab das auch so eins, aber das hab ich auch nich mehr. Und da siehst du so ernst drauf aus, so wie du sonst gar nich ausgesehn hast. Das liegt so lose in dem einen Fotoalbum, wo das eigentlich gar nich reingehört, das war alles später da drin. Aber meistens hol ich das bloß raus, um dich anzugucken auf diesem lütten Bild, das is schon ganz abgegrabbelt unten am Rand.

Das Einzigste, was ich noch von dir hab, das is, wie du geredet hast. Das Hochdeutsch. Das hab ich mir nich wieder abgewöhnt. Auch wenn ich das mit kaum einem geredet hab, außer mit Simon zu Hause. Das mocht ich gleich an ihm. Das war so meine Zu-Hause-Sprache.

Irgendwas is doch da drüben los. »Ella!« Das hört sie wieder nich. »Ella, ich glaub, das brennt!« Da is sie doch, was is sie denn da draußen, das brennt doch da drüben, das brennt, Anna!

ELLA

Na, wenn das mal nicht der erhebendste Anblick seit Jahren ist! Ich weiß, die Feuerwehr wird gleich da sein aus Anklam, unser altersschwaches Ding schafft das ja anscheinend nicht, und dann werden sie es löschen, eine Ruine löschen! Als wär das ein Denkmal. Werden immer mehr Leute, und alles gafft, ich auch, ist ja sonst nix los, ja ja. Aber ich steh einfach da, mit verschränkten Armen, und guck mir das an wien – wien Bild, wien Feuerwerk. Das *ist* ein Feuerwerk, und was für eins! Damit geht hier eindeutig was zu Ende, und was Neues gibts nicht, genauso wenig, wie es ein Neues Jahr oder so was gibt, aber alle denken das, alle denken, dass hier noch was zu retten wär, und machen sich wichtig. Soll mich nicht wundern, wenn wir alle gleich so ne Kette bilden müssen, wo die Wassereimer von einem zum andern weitergereicht werden schwapp schwapp, und Oberlehrer Wachlowski kommandiert marsch marsch. Am Arsch! Würd mir einer sonen Eimer in die Hand drücken, würd er ihn aber sofort zurückkriegen: ins Gesicht. Kleine Dusche, dass er mal zu Verstand kommt. Die Elpe löschen, wie hirnverbrannt kann man eigentlich sein! Dabei würd das das Feuer viel gründlicher machen: Es würd sie auslöschen.

Wie schön das aussieht, so gegen den dunkelblauen Himmel. Wenn man das wirklich malen könnte. Aber vielleicht ist das auch nur deshalb so schön. Weil man das nicht kann. Kann man sagen, was man will, Feuer auf Bildern taugt nie was. Wasser kriegen sie hin, manch einer sogar Hände, aber Feuer nie. Das brennt einfach nicht, ich kann das nicht sehen. Hat auch was mit Hören zu tun und dieser andren Wärme auf der Haut, nichts macht so eine Wärme wie offenes Feuer, das zieht einen förmlich an, immer näher. Als Kind konnte ich das gar nicht erwarten, dass endlich wieder geheizt wurde. Als wir noch die Öfen hatten. Ich durfte das nicht, aber das hat mich gar nicht interessiert. Ich hab trotzdem die Klappe aufgezogen und mich davorgehockt und mir das in Ruhe angeguckt: wie die Flammen das Holz fressen, und ich dachte wohl wirklich, sie fressen das, weil das Knacken für mich wie ein Zerbeißen war, und wie sie an den Kohlen lecken und nach und nach überall reinkriechen, wie Fieber, das man quasi beobachten kann, so hab ich mir das immer vorgestellt, wenn ich Fieber hatte, dass ich von innen auch so bin, so glutrot, und dass man das eigentlich sehen müsste, durch die Haut. Ich mochte das. Das Beste war, als einmal unser Weihnachtsbaum brannte. Wie schnell das ging. Als Vati mit dem Wasser kam, war er schon halb hinüber. Aber dann dieses Geräusch, als er es auf das Feuer kippte, und der Baum, der unten noch ganz grün war und oben verkohlt, und auf dem Fußboden alles nass, und alles dunkel – da war ich auf einmal so traurig, dass ich heulen musste. Und Mutti dachte natürlich, vor Schreck oder so. Aber ich glaub eher, vor Wut. Weil Vati wieder alles kaputt gemacht hatte, weil er mir nichts gönnte, nicht mal n Feuer. Im nächsten Jahr gabs sowieso ne elektrische Lichterkette, obwohl Oma dagegen war, ich auch.

Manchmal denk ich, ich hab bloß deshalb angefangen zu rauchen: um einen Grund für ein Feuerzeug zu haben, oder Streichhölzer. Ich halt sie immer so lange fest, wie es geht. Alles andere wäre Verschwendung. Verschwendung von Schönheit. Ich hab schon immer gerne Sachen verbrannt, besonders Papier, es gibt sehr verschiedenes. Es gibt welches, das verbrennt, ohne gleich zerstört zu werden, zumindest ohne dass man es ihm ansehen würd. Als würd das Feuer es nur ausmalen mit einem ganz gleichmäßigen Braun, oder als wär das Braun schon immer unter dem Weiß gewesen, als würd das Feuer es abziehen wie eine falsche Haut. Das könnt ich mir immer wieder angucken, ich weiß nicht, es macht mich irgendwie – zufrieden oder so, es ist perfekt. Auch, dass man es dann nicht mehr anfassen darf, dass es nur noch zum Angucken da ist, und auch das nur kurz. Und dann ist es einfach weg. Ich zeichne fast nur noch auf solchem Papier.

Als ich letztes Jahr endlich den Computer gekriegt hab, war das zumindest ein ganz praktischer Ersatz. Natürlich kann nichts echtes Feuer ersetzen, auf die Dauer. Aber eine Löschtaste ist auch nicht schlecht, komisch eigentlich, dass Löschen und Verbrennen ungefähr das Gleiche sein kann, und ich muss mir nicht ständig n Kopp machen, wie und wo ich jetzt wieder die ganzen Blätter verbrenne, ohne dass das einer mitkriegt. Ich schreib sowieso nicht gern mit der Hand, das haben sie sich nämlich so gedacht: dass sie einen einfach auf rechts umerziehen können, und dann würde man schön ordentlich schreiben wie jeder andere, als wenn nix wär. Das Ergebnis ist, dass ich weder mit links noch mit rechts richtig schreiben kann, SCHRIFT war jedenfalls immer 4. Als man dann in der Neunten diesen Schreibmaschinenkurs in der Volkshochschule machen konnte, hab ich mich dafür gleich mal angemeldet. Und dann zu Hause auf Opas oller Schreibmaschine rumgehackt. Das gab sofort wieder einen Pluspunkt bei Oma. Manchmal tut sie mir leid. Sie denkt, dass ich wirklich so bin. Wie ihre Enkelin Ella, von der sie allen erzählt. Mutti natürlich wieder: »Willst du nu etwa Sekretärin werden, mit Abitur?« Aber Oma: »Wieso, wat hast nu wieder mit ihr? Dat is doch ein guter Beruf! Bild du dir man bloß nix ein auf deine Faulenzerei!«

Manchmal stell ich mir vor, alle diese Wörter und Sätze müssten wieder von denjenigen, die sie ausgespuckt haben, Stück für Stück aufgegessen werden, wie der Cursor auf dem Bildschirm die Schrift frisst, es müsste so was an Menschen geben: eine Delete-Taste. Nicht zum Rückgängigmachen oder so, so einfach geht das nicht. So kommt mir das auch nicht vor, wenn ich da draufdrücke. Es ist mehr wie der letzte Schritt einer Arbeit; wenn ich was geschrieben habe, kommt mir das am Ende nie fertig vor. Ich könnte das nicht, so wie Romy, ein Tagebuch nach dem andern füllen und die irgendwo horten. Diesen ganzen Haufen von Wörtern dann am Hals haben. Ich denk, man schreibt es auf, um es loszuwerden. Aber das kommt mir eher wie eine Verdopplung vor, da hast du den ganzen Scheiß dann noch mal – schwarz auf weiß. Wenn ich was aufschreibe, dann will ich es richtig loswerden. Ich schreibe es auf, aus mir heraus, und dann kommt es weg. Das gehört doch dazu. Das ist ein gutes Gefühl: ein weißes Blatt. Etwas ganz und gar geschafft zu haben, fertiggebracht.

Die wollen natürlich, dass ich hier weggeh, aber ich hab den besten Platz neben dem alten LPG-Tor, ich weiß, dass keiner außer mir ein Recht dadrauf hat, da können sie noch so viel mit den Armen fuchteln, das seh ich doch gar nicht. Die sollen doch nicht so tun, als würd ihnen das nu plötzlich auf mich ankommen, die wollen sich doch nur wieder wichtig machen, sogar Ecki und seine Speichellecker, die ja wohl nun gar nix mehr zu melden haben, ich mein, wer hätt das Ding denn sonst anfackeln sollen, kommt doch keiner weiter in Frage, oder. Ich kann stehen, wo ich will. Ich mach doch nix, und die sind doch bloß neidisch. Zwar wissen sie gar nicht wodrauf, aber ich: weil ich die Einzige bin, für die der Tag heute gut zu Ende geht. Blendend sozusagen. Oh Mann. Wenn das hier schon blendend ist – was ist dann eigentlich beschissen. Als ob ich das nicht weiß.

Einer versucht, mich wegzuzerren. »Eh, Frollein, muss erst wat passiern?« Die Sorte kenn ich. Ich reiß mich los und schubs ihn weg. Außerdem lass ich mich nicht mit »Frollein« anquatschen. »Ja«, sag ich.

»Vorsicht!«, sagt er. Vorsicht! Ich bin doch die Vorsicht in Person, ich bin so vorsichtig, dass ich gar nicht da bin, kommt mir direkt komisch vor, dass der mich überhaupt sehen kann. Ich seh jedenfalls jetzt erst, dass das der Bürgermeister ist. Ist er doch, oder? Ist mir wurscht. Ich mein, wurde der echt *gewählt* oder was? Da wär Vati ja noch besser gewesen.

Ich kann sie jetzt hören, die Feuerwehr aus Anklam. Früher hatte ich fast Angst davor, vor dem Moment, wo sie an einem vorbeifahren und das Tatütata auf einmal ganz falsch klingt, so ein Schreck, als hätte sich die ganze Welt verdreht. Und wer sagt eigentlich, dass das nicht passiert. Es geht ganz schnell. Nur ein Moment, eigentlich gar nichts dazwischen. Ich geh nach Hause. Vielleicht bloß, damit sie nicht an mir vorbeifahren.

Von hier aus kann man nur die eine Ecke von unserm Haus sehen, es sieht aus, als ob es sich bewegt. Beinah, als ob es auch glüht, wie ein dunkeloranges Tier, das gerade aufwacht oder gerade noch träumt, dieses Flackern, das von der Halle rüberscheint, wie Zuckungen. Als ich näherkomm, entdeck ich plötzlich Oma hinter der Scheibe, ihr Gesicht! Sie guckt einfach in die Dunkelheit raus, in meine Richtung, als wär das Absicht, mich so zu erschrecken. Wie gruselig das aussieht, bloß ihr weißes Gesicht, um sie rum alles duster. Hat sie nichts Bessres zu tun, als da hinterm Fenster zu hocken und mich zu beobachten? Ich werf ihr einen Blick zu, aber sie rührt sich nicht mal. Sie sieht aus wie tot. Ist sie tot, sieht man so aus, wenn man tot ist? Ich weiß, ich sollte jetzt rennen, schnell ins Haus rennen, die Tür zu ihrem Zimmer aufreißen, die Tür, die nie ganz zu ist, damit sie auch alles mitbekommt, damit keiner an ihrer Tür einfach so vorbeigehen kann, was bin ich schon vorbeigeschlichen an ihrer Tür, und wenn sie das mitkriegte, hat sie mich zwar nicht gerufen, aber wieder was zum Übelnehmen gehabt, dann hat sie sich gar nicht mehr blicken lassen, und man musste doch wieder zu ihr und fragen, »Oma, alles in Ordnung?«. Aber ich kann jetzt nicht, irgendwie kann ich nicht mehr, ich krieg meine Füße kaum noch hoch, das reinste Blei, oder als wenn der Weg klebt. Wenn sie tot ist, ist sie sowieso tot. Und keiner hat das mitgekriegt. Vor morgen Mittag oder so würde das keiner merken, und die ganze Zeit würde das so aussehen, als ob sie aus dem Fenster guckt. Vielleicht war das umgekehrt gedacht, komisch, dass mir das nie eingefallen ist. Vielleicht wollte sie durch den Türspalt gar nichts von uns mitkriegen, sondern, dass wir was von ihr mitkriegen. Bloß was? Sie hat doch nichts gemacht, nichts Interessantes, mein ich. Manchmal Selbstgespräche, das wollt ich nie hören. Ihre Geschichten auch nicht, sie kannte auch bloß drei oder so. Die von den Königsberger Klopsen, und eine von diesem Lehrer Pittelkow, die wohl lustig sein sollte, ich hab auch immer ein bisschen gelacht, ich kannte dann die Stelle ja schon, wo ich lachen muss. Und dann noch eine von Vati, als er klein war, das konnt ich mir sowieso nie vorstellen. Vati hat auch nie was gemacht. Ich bin schon auf der Treppe, da klopft sie auf einmal gegen die Scheibe. Ich zuck zusammen. Mann! Hat sie nicht mehr alle? Eine Tote, die gegen die Scheibe klopft. Eine Untote, oder was. Alles Absicht. Was denkt sie sich denn? Dass ich sie sonst nicht bemerke, na ja, so gut ist die Tarnung auch wieder nicht. Da hätt sie nicht hinter die Gardine kriechen dürfen, die Nase am Glas. Was erwartet sie? Dass ich ihr zuwink, sie anstrahle, ach, hallo Oma. Ich wink ihr zu. Ihr Gesicht ist ganz ernst.

Vielleicht hab ich das nur geträumt. Was.

ECKI

Warn heut Mittag ma gleich die Bullen da, von wegen Brandstiftung und so. Ick lach mich tot. Weiß doch jeder, dat dat Gniedeck war, jeder von uns zumindest, aber doch bloß aus Versehn, ick mein – bloß aus Doofheit. Wollt doch keiner die Elpe abfackeln, kann ick mir jeenfalls nich vorstelln, hat doch keiner wat von. Dumm gelaufen, Mann. Aber hat uch wat Gutes, können sich nu wenigstens hier nich die Spinner breitmachen, die dat ja wohl kaufen wollten und ausbauen, irgend sone Zecken-Öko-Scheiße oder wat oder *Kunst* noch am Ende! Wie mein Vadder sagt: Gehörn alle in Steinbruch! Hier rumgammeln uff unsre Kosten, wa? Und wo solln *wir* denn rumgammeln, ha! Kein Schwein zu sehn heut, ham sich alle gleich verpisst, als hättense Schiss. Ick hab nix gesagt. Ick war gar nich da. Stimmt sogar, war mit mein Vadder im Getränkecenter in Anklam, Nachschub holn. Na, Gniedeck is jeenfalls am Arsch, musste ja ma so kommen. Neulich, eh! Kommt der mit ner halben Buddel Stroh-Rum an und wir freuen uns schon. Hatt er seim Alten entwendet. »Reich ma rüber«, sag ick. Aber glaubst, der macht dat? Wie son olles Tittengör, eh, »nee, das's meine, kriegt ihr gar nix von, das's doch viel zu schade zum Wegsaufen« – zu schade, eh! Ick wurd nich mehr! Der hat doch ne Vollmeise hat der doch! Kippt er dat Zeug lieber int Feuer! Bloß wegen sone scheiß Stichflamme, bloß weil er dat ma sehn wollt, wie dat brennt, Alk. Und denn blieb er uch noch so dicht bei stehn, Mann, und beugt sich da total behindert drüber … Wenn Doofheit weh tun würd. Sagt man ja immer so. Na, manchma tut se wohl uch weh, hat ganz schön wat abgekriegt, der gute Gniedeck, voll abgesengte Augenbrauen nachher, Mann, Haare hat er ja schon vorher keine mehr gehabt. Wie dat nu wohl für die Polente ausgesehn hat, klar wie Kloßbrühe, würd ick ma sagen. Dabei hätt ick gedacht, er wär nu erst ma kuriert. Tja. Doof bleibt doof.

Hat mich erst gar nich so gejuckt, ick mein, wie dat da so

brannte gestern, na scheiß uff die olle Halle hab ick gedacht, war sowieso allet nich mehr so wie früher wie dat da gewesen war. Als Wodrich und die noch da warn, wo wir noch viel mehr Leute warn, dat ging ab, Mann, irgendeiner hat immer wat gemacht, und wenn ick dat war. Bloß richtig geil fand ick dat uch nich gestern, obwohl nu endlich wieder ma wat los war, und dat brannte ja echt wie Sau, aber irgendwat war scheiße dadran, dat kam mir gleich in Kopp, ick wusst bloß erst nich wieso. Ick hab mich geärgert und wusst nich wieso, ick dacht, nu isset so weit! Nu fang ick uch bald an wie mein Vadder, der uff ein Schlag manchma losflennt, im Suff, wenn er ma wieder sein Moralischen hat, aber frag den ma, wieso, da brauchst uch gar nich erst fragen, dat weiß der selber nich. Ick verpiss mich jeenfalls immer, wenn ick merk, nu kriegt der gleich wieder ein zuviel. Aber das's erst seit paar Monaten so, früher wusst der doch gar nich, wat dat is, heulen. Ick durft früher nich heulen, meine Mudder uch nich, da is der jedesma ausgerastet, und umso mehr hat se ja geheult, dat die uch nie damit uffhörn konnt! »Hör uff«, hab ick gesagt, aber die hat sich lieber paar einschenken lassen, »hör uff«, hab ick denn zu mein Vadder gesagt, aber dat hat uch nix genützt. Ick stand bloß rum und konnt nix machen. Und siehste, so war dat gestern abend uch. Dat ging mir irgendwie uff die Eier, dat man bloß so rumstehn konnt und uch bloß gaffen wie die andern, wie die Zombies hinter ihre Gardinen. Aber am meisten hat mir dat eigntlich angekotzt, dat dat n *Zufall* war, ick mein, dat dat einfach so passiert is, ohne dat dat einer gemacht hat, ick mein, ohne dat dat einer wollte. Klar, is scheiße, dat die Halle jetz weg is, dat wir da nich mehr hingehn können, wo solln wir denn jetz hin, etwa zum Bussi? Ick mein, ick hätt doch uch nie die Halle abgefackelt. Aber wenigstens wär dat besser gewesen: wenn ick dat gemacht hätt. Wenn dat alle gewusst hätten, und keiner hätt wat gesagt. Vielleicht sogar, wenn dat keiner gewusst hätt. Nich ma Sabrina. Die kommt nich mehr, ick weiß dat, die geht weg. Ick geh uch weg. Aber nich nach Anklam, und uch nich nach Neubrandenburg. Richtig, mein ick. Wird mein Vadder erst ma Kopp stehn. Ick hör dat schon: Wat wist du denn woanders, du Vadderlandsverräter, wenn dat nu jeder machen würd … Na und! Wenn dat jeder machen würd, wär dat hier bald ganz schön tote Hose, ick mein, noch mehr wie jetz. Denn wär dat hier total leer, stell dir dat ma vor, denn haust hier vielleicht bloß noch ein oller Opa in seine Hütte, und denn kratzt der am Ende uch ab, wat nich ma einer mitkriegt, weil keiner mehr da is, denn is keiner mehr da, kein Schwein, denn wird dat hier wieder Urwald oder so, wuchert die ganze Scheiße wieder zu, wie auffer Elpe. Geil.

DIE GEMEINDE

Nee nee nee
Dat musst ja so weit
Ick heww dat koomen seihn
All de Johr
All de Johr hemms
Un keene Füerwiehr dat olle Vihekel dat
Wi hemm noch nie nich ne richtje
Öwer früher
Aber früher
Weitst noch wie dat da brannt het mancheis
Einma
Der große Brand Mensch wie lang is dat her dat muss
Wie der Bullenstall brannte
As de Stall un dotau noch de Scheun
Nich de Schaul dei nich
Do wiern wi jo noch ganz lütte
Siebzig rum muss dat gewesen sein
Achtundsechzig als ick ausse
Apropro dat gibt jetz son Buch mit sämtliche Leute

Nur so Fotos von neunundsechzig bis heute
Nee
Jeenfalls sind se alle drin na du nich
Öwer die Müllersche inne Molkerei wie se da steiht
Und Sonja
Jaa Sonja in ihrm Laden da war die ja noch
Aber dat hab ick sofort
Dat war doch noch schön da bin'ck gerne hin
Un nu
Mit diese vermaledeiten
Kann se doch froh sein manch einer
Verdient doch nix da
Die hat doch wat Bessres
Verdient wa
Dat segg ihr ma

SONJA

Heut hatt ich den Club für mich alleine. Dabei dacht ich, es würd rappelvoll werden, jetzt, wo sie nicht mehr auf die Elpe können, erst mal, wurd ja alles abgesperrt, die Polizei war da. Als ich heute nachmittag dadran vorbeifuhr, kam mir das vor wie – wie das Ende der Welt, so gries und keine Menschenseele. Romy würd nu lachen und sagen, Mama, das *ist* ja auch das Ende der Welt hier. Aber ich mein das noch anders. Als wär nu endgültig alles vorbei, oder als würden wir das jetzt erst merken. Das ist mitten im Dorf, dieses ganze Gelände, da muss jeder dran vorbei, wenn er von einem Ende zum andern will – obwohl das ja auch kaum noch einer macht: durchs Dorf gehen, wozu auch. Höchstens noch mal zum Friedhof, notgedrungen. Die meisten pflanzen jetzt Erika und Efeu, muss man sich kaum drum kümmern. Aber was ich sagen will: Die Alten wie die paar Jungen, die leben alle nur noch in ihrem Haus, die bauen das aus noch und nöcher, aber mehr nicht, lauter einzelne Häuser. Das ist kein Dorf mehr. In der Mitte ist nichts. Das kann man sehen, aber man muss nicht. Man kann sich in sein Auto setzen und wegfahren, nach Anklam, nach Greifswald, zum Baumarkt, die Gutscheine vom letzten Geburtstag einlösen. Und wenn man zurückkommt, ist es dunkel.

Wie ich da heut so geschlagene fünf Stunden im Club saß, da herrschte eine Totenstille. Als um vier noch keiner da war, wollt ich eigentlich abschließen und losgehen. Gar nicht mal unbedingt nach Hause, obwohl ich auch nicht wusste, wohin sonst, bisschen rumflöckern in Anklam vielleicht, was ja auch Quatsch ist, trifft man auch bloß Leute, die einen kennen, und wer kennt mich da nicht. Na, Frau Plötz, heute frei? Außerdem, es gibt ja auch nix mehr, wie viele Geschäfte gibts denn noch, die kann man an einer Hand abzählen, sogar das KUNSTGEWERBE hat zugemacht, das war noch so die letzte Bastion. Leisten konnt ich mir das eigentlich nie richtig, aber ich war da gerne. Drei Etagen voll Schnickschnack, da hatt ich ja schon immer n Faible für, manchmal bin ich da bloß lang, um das Schaufenster anzugucken, besonders in der Weihnachtszeit, das hatten sie immer so schön gemacht. Neulich hab ich alte Fotos sortiert, mit Romy zusammen. Alle schwarzweiß, aber Romy hat bei fast jedem Bild auf die Gegenstände gezeigt und gesagt: »Ich weiß noch genau, wie das aussah, welche Farbe das hatte.« Keine Ahnung, wo das alles geblieben ist. Ich weiß nicht, wir lebten ja eigentlich viel primitiver als heute, mit Klo auf halber Treppe und Ofen und so, trotzdem war man zufriedener, oder, man konnt sich auch ständig irgendwas kaufen, und wenns bloß Borte zur Verschönerung des Küchenregals war, da musst ich drüber schmunzeln, wie ich das noch mal so gesehen hab auf den Fotos, ich hab schon immer gerne meine Wohnung fotografiert.

Apropos: Letzte Woche war ich in der Buchhandlung. Nur so, ich wollt mir mal wieder ein gutes Buch kaufen, ich will eigentlich wieder mehr lesen. Aber glaubst du, du findest was?

Schon gleich, wenn man reinkommt, springen einen ja diese ganzen Herz-Schmerz-Schinken an. Ich hab ja mal versucht, so was zu lesen, dieses eine, wo die alle so hell begeistert waren, sogar meine Chefin, und auch die Dölz in der Buchhandlung hat mir das wärmstens empfohlen, na. Nach zehn Seiten hatt ich die Nase voll. Hab ich beim nächsten Ausmisten gleich zum An- und Verkauf gebracht, ich wollt das gar nicht zu Hause rumstehn haben. Und dabei hatt ich die Dölz doch für ne intelligente Frau gehalten. Jetzt hab ich die gar nicht erst gefragt, obwohl die mich gleich in die Schmalz-Ecke lenken wollte. Ich hab so getan, als interessier ich mich für die Kalender, aber nicht mal ein gescheiter Kalender! Weiter rumgucken braucht ich gar nicht, da kommen ja bloß noch die Schulbücher, die Gartenbücher und Kochbücher und Sprüche fürs Poesiealbum. Ich war schon am Gehen, da seh ich das Buch gleich neben dem Ladentisch, ANKLAMS GESICHTER. FOTOS VON 1968 BIS 1991. Zuerst hab ich mich über die krummen Zahlen gewundert, und über den Namen: Ralf Holle. Ist das der Sohn, dacht ich. Denn mein Herr Holle, der ist ja schon tot, und der hieß auch Edgar mit Vornamen, das weiß ich, Edgar Holle. Aber von ihm sind die Fotos. Die hat sein Sohn – siehst du, ich wusst gar nicht, dass der einen Sohn hat – der hat die alle aufgehoben und sortiert nach dem Tod von seinem Vater, und der hat buchstäblich bis fast zu seinem letzten Tag fotografiert, der konnt nicht ohne Kamera, das schreibt auch sein Sohn im Nachwort, als wenn die Welt erst dann richtig wirklich für ihn wurde, und als Kind hätte er das wohl gar nicht gut gefunden, dass sein Vater ihn ständig geknipst hat, er war ja auch allein mit ihm. Einundneunzig ist er gestorben, hat er auch nicht mehr viel von der Wende gehabt, komischerweise, als das dann damals so kam, hab ich wirklich an ihn gedacht, ich dachte, jetzt kann er das endlich, wie er immer gesagt hat, immer so halb im Flüsterton, er möcht mal ganz woanders hin, mal ein ganz andres Licht sehen, ich wusste immer gar nicht, was er eigentlich meint damit. An Anklam hat er nie n gutes Haar gelassen, aber als seine Frau tot war, wollt er weg aus Prenzlau, »ich konnt da nicht bleiben«, hat er gesagt. Und in Anklam hatten sie eine Stelle für ihn, da ist er hergekommen achtundsechzig. Und hat immer wieder Anklam fotografiert, die Leute, meistens bei der Arbeit, war ja jeder auf irgendeiner Arbeit tagsüber. Ich musste das kaufen, das Buch. Ich glaub, ich bin sogar n bisschen rot geworden dabei, weil ich ja auch gleich das Foto von mir entdeckt hab. Komisch, das ist keins aus der Zeit bei ihm, da steh ich zwar auch hinterm Ladentisch, aber schon im KURZWAREN. Die Dölz hat mich angegrinst beim Kassieren. »Sie sind da auch drin, ham Se schon gesehn?« »Nö«, hab ich gesagt, aber ich konnt noch nie gut lügen. Das war mir auch irgendwie komisch, plötzlich in einem Buch zu sein. Und auf seinen eigenen Fotos sieht man das irgendwie nie so: dass man auch schon zu einer ganz andern Zeit gelebt hat, dass man ja dabei war, und dass das total verschwunden ist. Erst zu Hause hab ich gemerkt, dass mein Name nicht stimmt, dass da unter dem Bild steht: MARINA STÖWSAND, HO-VERKAUFSSTELLE ›KURZWAREN‹. Marina, das war ja meine Freundin, die hat auch mit mir zusammen gelernt, aber die war dann in der SPOWA. Ich weiß nicht, wieso der das verwechselt hat, oder ob das schon falsch beschriftet war von seinem Vater, kann ich mir aber nicht vorstellen. Und das war auch später, da war ich schon verheiratet. Ich seh schlecht aus, ganz dünn, nicht mehr das Mondgesicht wie auf dem Foto, das er damals mit der reklamierten Kamera von mir gemacht hatte, das ich selbst entwickeln durfte. Das hier, das muss kurz nach dem Krankenhaus gewesen sein.

Das Komische war, dass ich nachmittags noch Riesenappetit auf Sahnetorte hatte, das hätt mir vielleicht schon zu denken geben müssen, ich mach mir da sonst gar nix draus, aber ich hab Friedhelm losgeschickt, der musst mir ein Stück holen. Da hatte ich schon hohes Fieber, und dann die Schmerzen im Leib, das strahlte bis in den Rücken. Der Arzt, der den Hausbesuch machte, dachte denn ja auch, das wären die Nieren, und verschrieb mir dann son Medikament, ich weiß nicht mehr, was das war, aber so wie das gewirkt hat, muss das die reinste Pferdekur gewesen sein. Sowie ich die runterhatte, die Tablette, bekam ich son ganz ekliges Gefühl am ganzen Körper, das war, als wär ich gelähmt, als würd nur noch mein Hals irgendwo rausgucken, da hatt ich zum ersten Mal wirklich Todesangst. Friedhelm ist dann noch mal zur Telefonzelle und hat nen Krankenwagen gerufen, und ich weiß noch, als sie mich dann holten, ist Romy wach geworden und hat geschrien, nach Mama geschrien, und Mama musst nun los. Hätt ich da schon geahnt, wie dick das alles noch kommt … Das Stück Torte hab ich übrigens gleich wieder ausgespuckt. Mit Wahnsinnsbauchschmerzen dann zum Krankenhaus. Die haben mich gleich dabehalten. Ich dacht, ich bin übermorgen wieder zu Hause. Nach einer Woche dacht ich das nicht mehr. Nach einem Monat dacht ich, dass ich nicht mehr nach Hause komm. Da lag ich da immer noch mit aufgequollenem Bauch, ich weiß noch, das war ein Sonntag, und ich hab geschrien vor Schmerzen, ich konnt nicht mehr, ich hab einfach geschrien, bis sie gekommen sind und mir was gespritzt haben, ich glaub, das war Morphium. Jedenfalls hörten die Schmerzen auf. Aber ich war in einem Zustand, wo ich nicht wusste, ob ich tot oder lebendig bin, ich *sah* mich da liegen. Sie hatten mir ja gleich einen Schlauch in die Scheide geschoben, durch den egaleweg Eiter abfloss, ich weiß nicht, was die nun dachten, was das ist. Sie haben mich mit Penicillin vollgepumpt und mit Schlafmitteln für die Nacht und mich um halb sechs geweckt und gewaschen, mir tat alles weh, der Waschlappen auf der Haut. Visite. Sie haben nix gesagt. Doktor Krafczyk, der Chefarzt der Gyn, hat gesagt, »na, Frau Plötz«. Er hat nie gelächelt. Doktor Wehnig hat gelächelt, aber immer so schief. Die Schwestern haben keine Stelle mehr zum Blutabnehmen gefunden. Der schwarze Assistenzarzt aus Mosambik hat mir über die Stirn gestrichen und gesagt, »arme Frau Ploß«, er hat das tz immer wie ß gesprochen, ich musste immer weinen. Ich wollte nicht weinen, wenn Friedhelm kam, und vor meinen Geschwistern, meinen Eltern schon gar nicht. Friedhelm hat mir von Romy erzählt, die andern haben von Romy erzählt, dass sie sie kugelrund füttern, mein Vadder sagte stolz, sie isst fetten Speck, dass sie schon laufen kann, dass sie keine Angst hat vorm Hund. Später haben sie mir Bilder gezeigt, Romy dick eingepackt auf einem Schlitten im Schnee. Ich hab mein eigenes Kind kaum erkannt. Wenn sie raus waren, hab ich geheult. Ich war ja froh, dass sie sich alle so kümmern in Bresekow, das haben sie gemacht, ja, die waren rein verrückt nach Romy, meine Oma sowieso, sogar meine halbwüchsigen Schwestern. Trotzdem war mir das wie ein Alptraum. Das war mir jedesmal komisch, die zu sehen da in meinem Krankenhauszimmer, wie sie mit hängenden Köpfen um mein Bett rumstanden wie auf ner Beerdigung und versuchten, mit mir zu sprechen. Denn wie ich da so lag alle Tage, da dacht ich überhaupt nicht an früher, an meine Kindheit oder so, das war alles weg, und da war ich eigentlich froh drüber. Ich dacht eigentlich nur an die Zukunft, dass ich ein Kind hab, für das ich da sein will, ich musste doch für mein Kind da sein. Ich weiß nicht, ob die auch gedacht haben, ich komm nicht mehr wieder. Ich wollte das nicht denken, ich dachte, das darfst du nicht denken, reiß dich zusammen, iss was. Ich konnte nicht. Ich konnte nix mehr essen, gar nix mehr bei mir behalten. Verdacht auf Magen-Darm. Ich musste einen Schlauch schlucken. Die Schwester ließ mich mit dem Schlauch im Mund da liegen. Ich konnte keinen Schlauch schlucken, ohne kotzen zu müssen, ich musste kotzen, aber ich lag auf dem Rücken und kam nicht rum, ich kam nicht rum. Mit mir im Zimmer lag eine Bäuerin, die haben sie erst gequält, was die aushalten musste, aber die hat immer noch plattdeutsche Witze erzählt, und ich konnt doch gar nicht lachen mit dem Bauch. Wie die das mitkriegte, ist sie aus ihrem Bett raus und zu mir hin und hat mir einfach den Schlauch rausgerissen und dann erst geklingelt. Und da hat sie noch Mecker für gekriegt. Dass sie mir das Leben gerettet hat. Aber seltsamerweise dacht ich auch nie, dass ich jetzt wirklich sterben müsste, ich war ja noch so jung, ich konnt mir das nicht vorstellen, auch wenn mir das manchmal am liebsten gewesen wär, Schluss mit der Quälerei. Verdacht auf Darmkrebs. Sie haben nix gemacht. Meine Eltern und Friedhelm wollten eine Verlegung nach Greifswald in die Uniklinik, ich glaub, die hatten mehr Angst als ich. Die Ärzte wollten nicht, wer weiß weshalb. Ich wog noch sechsunddreißig Kilo. Sie haben diskutiert. Ich weiß nicht, ob das Absicht war, aber die Tür zu meinem Krankenzimmer stand auf, im Zimmer gegenüber saßen sie. Ich hab deutlich ihre Stimmen über den Flur gehört, die Stimme von Doktor Krafczyk, ich hab gehört, wie er gesagt hat, »ich mach sie auf«. Anscheinend waren nicht alle dafür. Keiner hat gerne nen Toten aufm OP-Tisch am Ende. Doktor Krafczyk sagte, »wir operieren, Frau Plötz«. Alle Ärzte würden dabei sein. Er hat mich noch mal untersucht, ich kam kaum noch auf den Stuhl. Als er fragte: »Wie viele Kinder haben Sie?«, wars aus. Ich kriegte nen Weinkrampf. Das war genau an Romys erstem Geburtstag.

Meine Mudder musste unterschreiben, Friedhelm, glaub ich, auch. Sie haben mir ein OP-Hemd angezogen, hinten offen, man kommt sich damit nackter vor, als wär man wirklich nackt. Das letzte Hemd, wie man immer so sagt, das fällt mir erst jetzt auf, das hab ich da nicht gedacht. Nur immer wieder: Du kannst nix machen. Sie haben mich dann auf den schmalen OP-Tisch gehoben, ich war ja leicht. So legen sie dich auch mal in den Sarg, das Gefühl hatte ich. Wenn man gar nix mehr machen kann. Die Narkose war einfach nur entsetzlich. Ich spürte genau den Tubus in meinem Hals, ich wusste, dass irgendwas nicht stimmt, ich hatte furchtbare Angst, sie würden anfangen, mich zu operieren, ohne dass ich betäubt wär, ich wollt schreien, aber ich konnt ja nicht. Dann gab es richtig so was wien Schlag, ne Erschütterung durch meinen ganzen Körper, mir war, als würden mir Arme und Beine ausgerissen. Ein Arzt, dem ich später mal davon erzählt hab, hat mich ganz starr angeguckt und dann den Kopf geschüttelt: »Frau Plötz, das hätten Sie nie erleben dürfen.« Mir kam das auch teilweise nicht so vor: dass ich das bin, dass mir das alles passiert.

Als ich aufgewacht bin, wusst ich nicht, was los ist. Ich musste sofort kotzen. Dann merkte ich meinen Bauch, den großen Schnitt, einmal quer rüber. Ich traute mich nicht hinzugucken. Doktor Krafczyk wirkte erleichtert. Er sagte, sie hätten erst gar nichts gesehen, vor lauter Eiter. Alles verklebt. Dann hätten sie endlich die Ursache gefunden. Normalerweise wär ich tot gewesen, mit einem geplatzten Blinddarm. Aber irgendwas hatte sich abgekapselt, der Eiter war nicht in die Blutbahn gelangt, hatte mich nicht vergiftet. Ich hab das nie genau kapiert, es war mir auch egal, zu dem Zeitpunkt war mir alles so egal, ich lag da mit meinem zugenähten Bauch voller Schmerzen und wollt keinen sehen, nicht mal Friedhelm, ich wollt nicht, dass er mich so sehen muss. Ich wollte Romy sehen, mein Kind, und das ging nicht. Es ging überhaupt nix. Ich konnt nicht gehen, ich kam überhaupt nicht hoch, ich durfte auch nicht. Ich konnt nicht essen, aber ich musste. Mein Körper vertrug die künstlichen Fäden nicht, es heilte nicht, ich kriegte Fieber. Sie haben die Fäden wieder rausgezogen. Ich lag da mit einem offenen Bauch. Sie haben mir Mull, Drainagestreifen in die Wunde gestopft. Jeden Morgen neue. Jeden Morgen mussten sie die alten rausziehen, und die klebten. Ich konnte mir ein Leben ohne Schmerzen gar nicht mehr vorstellen, ein normales Leben wie vorher, das kam mir wie das Paradies vor. Ich dachte, das ist für immer vorbei. Nach diesen drei Monaten wusst ich ja kaum noch, dass es so was wie draußen, die Welt da draußen, Jahreszeiten und so, dass es das alles gibt, für mich gabs das nicht mehr. Ich war nur noch ein Strich, ich hatte nie gute Werte, ich hatte ganz verknorpelte Venen, am Ende haben sie mich in den Fuß gestochen. Ich dacht, sie entlassen mich nie. Aber mitten im Winter kam ich raus. Die Sonne schien, und es lag ein ganz klein wenig Schnee. Die paar Schritte zum Taxi ging ich wie auf Eiern, auf Friedhelm gestützt. Zu Hause konnt ich mein Kind nicht auf den Arm nehmen. Ich durfte auch nicht. »Sie dürfen nicht schwer heben«, haben sie gesagt, »auch später nie«. Ich konnte keine Kinder mehr bekommen. Alles verklebt. Mein Kind erkannte mich nicht. Sie hatte Angst vor mir. Ich hatte Angst, dass das so bleibt, dass ich gar kein Kind mehr hab. Ich hab ihr ALLE MEINE ENTCHEN vorgesungen, da hat sie meine Stimme erkannt, oder ich weiß nicht, irgendwas an mir muss sie doch an ihre Mama erinnert haben.

Dann ging der Schnitt wieder auf. Ich merkte, wie es plötzlich warm und nass wurde, ich weiß noch, Romy stand vor mir und guckte mich an, und ich zog vorsichtig mein Hemd hoch. Ich wollte nicht heulen. Sie wollten mich wieder dabehalten. Aber ich hab mich geweigert, ich hab gesagt: »Nein.« Einfach nein. Ich glaub, ich bin eigentlich gar kein Typ, der was aushält, ich hatte einfach Angst. Sie haben mir erlaubt, jeden Tag zu kommen, um die Wunde versorgen zu lassen. Irgendwie heilte es dann.

Ich hab wieder gearbeitet, ziemlich schnell, aus der Zeit muss das Foto sein. Zu Romys zweitem Geburtstag haben wir die ersten Farbfotos gemacht. Meine spitzen Knochen gucken durch meinen Pullover. Später kam mal eine der Schwestern in den Laden, sie freute sich, mich gesund zu sehen. »Frau Plötz«, sagte sie, »jetzt kann ichs Ihnen ja sagen, also, wir haben da alle nicht mehr an Sie geglaubt.« – Komisch, das ist so lange her, aber das ist fast immer noch das gleiche Gefühl, wenn ich da heute dran denk. Das war wien Schock, ich musst erst mal nach hinten und mich ausheulen. Da hab ich das erste Mal wirklich wieder an Gott gedacht, dass es den wohl doch geben muss.

Ich wollt alles anders machen. Ich wollt mich nie mehr mit Friedhelm streiten. Ich wollt mein Kind ganz anders erziehen, sowieso. Ich wollt nie wieder jammern. Aber solche Sachen halten drei Wochen, drei Monate, wenns hoch kommt, dann ist man wieder drin im alten Trott. Der Mensch ist komisch. Man macht nie das, was man will. Sondern immer nur das, was man kennt. In- und auswendig. Bloß sich selbst kennt man nicht. Und den andern eigentlich auch nicht. Kennt mich einer?

Außerdem mach ich morgen was Verrücktes. Ich geh nicht zum Bibelgesprächskreis. Überhaupt nicht mehr. Ich fahr zum Chor nach Schmalditz, das wollt ich schon lange. Die haben da jetzt echt gute Leute, das kriegt richtig Qualität, ich hab die schon paar Mal gehört, und Brigitte hat auch zu mir gesagt, »Mensch, komm doch zu uns, mit deiner Stimme!«. Dabei kann ich nicht mal Noten lesen. »Kann doch keiner«, hat sie gesagt. Ich wollt ja sofort, aber blöderweise fällt die Probe genau auf den Bibel-Abend, tja. Tja.

ROMY

Das wars also, denk ich die ganze Zeit, mein Kopf ist mit diesem Satz gefüllt wie mit Watte, verstopft mit einer weichen, betäubenden Knirschigkeit, das wars. Jetzt hocken wir hier wie in Wodka getunkte späte Fliegen, zu Schmetterlingen hats denn wohl doch nicht gereicht. Ich denke an vorgestern, als wir fast ebenso wortlos aus Ueckermünde zurückkamen, Paul sich nur immer wieder bedankte, dass wir mitgekommen seien, dass Ella es ihm gesagt habe. Wir sind natürlich nicht mit rein, sondern mit kaum zu gebrauchenden Gefühlen, kaum zu fassenden Gedanken durch die Stadt geschlichen, erst am Haff wurde uns etwas besser. »War das jetzt richtig?«, hat Ella gefragt, und ich konnte nur mit den Schultern zucken, weil ich gar nicht mehr wusste, was das bedeuten soll: richtig. Richtig vorstellbar war mir das ohnehin nicht, ein Halbbruder, *dieser* Halbbruder, und wie Paul ihm jetzt gegenübersaß, was redet man mit einem, der einem fremder nicht sein könnte und gleichzeitig auf so fatale Weise verbunden ist?

Wir warteten ein paar Meter vom Ausgang auf ihn, ich sah ihn schon von weitem, noch hinter der Glastür, sein rotes Gesicht. Wir winkten ihm zu, nicht wie jemandem, der auf uns zukommt, eher im Gegenteil. Ella zündete sich die nächste Zigarette an, Paul fischte sie ihr aus den Fingern. Nach zwei, drei Zügen hielt er sie mir hin, ich nahm sie ohne Zögern, inhalierte tief und gab sie benommen an Ella zurück.

Den Wodka übrigens hab ich heute nach der Schule mit ihr zusammen gekauft, sie war auch gleich dafür, als ich es vorschlug, was mich komischerweise überraschte. Wahrscheinlich bin ich es einfach nicht gewohnt, gute Vorschläge zu machen, das heißt, nicht mehr. Früher war es mir selbstverständlich, die beste Idee zu haben, und meine Freundinnen tanzten nach meiner Pfeife. Wir bauen eine Höhle. Wir spielen Friseur, du bist die Kundin. Wir schütten deinem Bruder Waschpulver ins Badewasser. Keine Ahnung, wo sie alle geblieben sind, die Freundinnen, die Ideen, die ganze sogenannte Kinderzeit. An der Kasse mussten wir nicht mal unsere Ausweise vorzeigen, was ja eigentlich als Triumph zu verbuchen ist. Ich schreibe es aber Ellas Anwesenheit zu, und fast erleichtert mich das. Übrigens sahen wir Tobias, also ich. Ich hatte gar nicht daran gedacht, hatte zum ersten Mal mein ausgefuchstes Observationssystem vernachlässigt, dem ich in letzter Zeit sowieso nur noch routinemäßig gefolgt war. Freitags in der ersten Pause vor Raum 5, dienstags auf dem Weg zum Chemieraum, wo ich sowieso kaum noch einen Gruß für ihn habe, weil ich meistens mit Ella schwatze, mittwochs nach der Schule bei PENNY. Ich warf noch Chips und Schokolade mit aufs Band, wir teilten uns den Preis, aber jetzt bin ich die Einzige, die davon nascht, um nicht zu sagen, Unmengen davon in sich reinstopft. Ich weiß verdammt noch mal, dass das eine Übersprungshandlung ist, ich habe eine Eins in Bio. Aber warum sagt denn bloß keiner was! Das ist der letzte Abend. Und der geht einfach so vorbei, vorbei wie jeder andere, und ich wundere mich irrsinnigerweise wieder mal über diese Taubblindheit der Zeit, die aber auch gar nichts merkt, kein bisschen langsamer, besonderer vergeht. Unsere Unfähigkeit. Als ob uns wirklich nichts bleibt, außer uns sinnlos zu betrinken, zu sein wie alle anderen. Ach

Paul, warum musstest du herkommen, in dieses Kacknest, ein Bernstein im Hinterland, unmöglich, wo man schon am Strand keine findet. Mama wusste wohl gar nicht, was sie sagte, als ich ihr in einem früheren Einsamkeitsanfall mal mein Leid klagte – und da ahnte ich ja noch nicht mal, wie schlimm es werden kann, denn es ist ein gewaltiger Unterschied, ob man noch oder wieder einsam ist – und sie dann echt den Spruch mit dem Huhn brachte. Ich war natürlich beleidigt. AUCH EIN BLINDER TRINKER FINDET MAL EINEN KORN. Ich muss grinsen, obwohl mir zum Heulen ist. Ach, Paul. Nur damit ich dich sehen kann? POETRY IN MOTION, ha? Nur damit ich gezeigt kriege, was ich niemals haben kann? Danke, war nicht nötig. Haben. Sein. Alles Blödsinn. Abschied nehmen. Das ist geradezu absurd. Man weiß, derjenige wird morgen um die Zeit nicht mehr da sein, ich meine, man weiß schon ganz, wie es sein wird, man hat die Traurigkeit schon in sich, wie eine Krankheit, die unerwartet früh ausgebrochen ist, man könnte fast sagen, die Inkubationszeit ist abgelaufen, bevor der eigentliche Erreger eindringen konnte, oder wie bei Pilzvergiftungen, wo schon die Vorstellung genügt, einen Giftpilz verzehrt zu haben, um echte Symptome auszulösen. Hinkt wahrscheinlich alles. Aber überhaupt, Pilze: Von wegen, man härtet ab mit der Zeit. Es gibt Pilze, die kann man eine ganze Weile lang essen. Und dann kommt das Mal, das Mahl, ja, zu viel, die endgültige Vergiftung. Ich glaube, morgen ist es so weit. Jedenfalls, soviel Schizophrenie muss man erst mal aufbringen, an einem Abschiedsabend normal zu wirken. Der, der schon weg ist, sagt: »Was denkt ihr: Wer war es?«

Ella schielt über den Rand ihres Glases, wir trinken Wodka aus Whiskeygläsern, echt Bleikristall, jetzt zweite Garnitur aus dem Küchenschrank, ihre Mutter trinkt stilles Wasser draus, Ella nimmt noch einen Schluck vom Wässerchen, dann sagt sie langsam: »Wer war was?«

»Die Elpe!«, sagt Paul. »Das Feuer. Denkt ihr, es war …«

Die LP! Ich werde es nie wieder anders denken können.

»Der doch nicht!«

»Wer?« Ich gucke Ella erstaunt an, sie wirkt plötzlich wieder munter.

»Ecki!«, stößt sie verächtlich hervor. Dabei scheint Ecki doch der Einzige zu sein, dem so was ernsthaft zuzutrauen wäre. Andererseits auch wieder nicht, Ellas Entschiedenheit leuchtet mir plötzlich ein. Das ist nicht die Tat eines Maulhelden. Eher schon eines Sven mit Iltisblick.

»Keine Ahnung«, sag ich. »Wahrscheinlich das, wonach es aussieht: die kleine Kokelei ist ein bisschen außer Kontrolle geraten. Also dieser Gniedeck. Oder Börner. Oder die bewährte Kollektivschuld.«

Paul lacht, obwohl ich bezweifle, dass er das verstanden hat. Aber er sagt: »Burner? They call'im Burner?«

Wir lachen mit. Ella winkt ab. »Ist doch egal. Weg ist weg.«

Weg ist weg, denke ich. Ob ihr das wirklich so leichtfallen wird? Ich kann nicht glauben, dass dieser Satz nicht auch für sie ein scharfer, oder schlimmer: ein stumpfer Schnitt ins Fleisch sein sollte, ins eigene am Ende. Sie gehört zu den Menschen, die sich selbst am besten verletzen können. Für einen Moment überlege ich, ob es Ella gewesen sein könnte. Ob sie die Elpe angezündet hat. Hoffentlich nicht, denke ich sofort, aber in dieses Vernunftpapier ist die andere Hoffnung eingewickelt, nämlich dass es sich ganz genau so verhält. Ich wünsche es mir. Ihr. Und vielleicht nur, um einen handfesten Grund für meine heimliche Bewunderung zu haben. Aber ich muss aufhören, sie zu verdächtigen.

Paul schenkt nach, bei jedem anderen würde ich denken, er beabsichtige, uns besoffen und willenlos zu machen, vor allem bei jedem, der dazu so aufreizend vor sich hinpfeift. Ich *bin* willenlos, mein Gott. Ich *kenne* die Melodie. Paul grinst, ohne mich anzusehen, als hätte er es bemerkt. Er kriegt gleichzeitig ein Pfeifen-perfectly-in-tune und ein Widerstand-ist-zwecklos-Grinsen hin, was mich nochmals in meiner Ansicht bestätigt, es bei ihm mit einem Wesen von einem anderen Stern zu tun zu haben. Und alle Vorsicht in den vorpommerschen Wind geschlagen, tja. Als er mich schließlich anblickt, ist das wie das Zeichen zum Einsatz, ich fange an zu singen, synchron mit ihm.

HEY JUDE, DON'T MAKE IT BAD, TAKE A SAD SONG AND MAKE IT BETTER, REMEMBER TO LET HER INTO YOUR HEART, THEN YOU CAN START TO MAKE IT BETTER.

Ich weiß nicht, was mich treibt, warum ich jetzt plötzlich lauter singen muss als die beiden zusammen, denn Ella, sie singt ja auch mit, Tatsache, leise und sicher, und ich schmettere hier los, als müsste ich singen für zwei, für die fehlenden Flusskrebse womöglich. Wir singen das Ding runter bis zum Ende, alle Strophen wie in der Kirche, wenn der Klingelbeutel rumgereicht wird und das Lied dann doch immer länger ist als – ja, als was? Mir fällt nichts mehr ein, außer das, was ich gerade auf der Zunge habe, also nur noch NANANANA, also: muss der Wodka sein, endlich. Wir lächeln uns zu wie die Engelein. Muss der Wodka sein.

Da fragt Paul: »Ihr wisst, was John Lennon am Ende von STRAWBERRY FIELDS sagt, I mean: angeblich?«

»Angeblich« ist neu. Manchmal habe ich den Verdacht, er verstellt sich, er spricht in Wirklichkeit besseres Deutsch als wir. »Ja«, sage ich bloß, und Ella: »Wieso?«

»Na ja, es gibt diese – rumours …«, er sieht mich fragend an, »Gerüchte«, sage ich, und komme mir vor wie eine aus reiner Gutmütigkeit angestellte Souffleuse, der die Schauspieler ab und zu das Gefühl geben müssen, sie werde wirklich gebraucht.

»… Gerüchte, ja, dass Paul tot ist, also, Paul McCartney«, er lächelt, oh, ich weiß, er weiß alles. »Und dass sie ihn ersetzt haben mit ein Double.«

Ella lacht. Das Gefühl, dass sie mich auslacht. »Du wusstest das?«

»Es gibt ziemlich viele Hinweise«, sage ich, als müsste ich die Internationale Union der Spinner und Fabulanten verteidigen, »angeblich.« Ich sehe Paul an, er nickt. Als hätte ich etwas richtig gemacht. Ich räuspere mich. »Zum Beispiel, dass er barfuß geht auf dem ABBEY-ROAD-Cover, das ist ein Mafia-Symbol dafür, dass jemand tot ist. Vor ihm John, ganz in Weiß, er könnte den Priester darstellen, George in Jeans, was ja mal Arbeitskleidung war, den Totengräber. Und Ringo geht in Schwarz hinterher. Alles klar? Ach ja, und dann noch das Auto im Hintergrund, der Käfer …«

»Yeah, 28 IF, that means – achtundzwanzig falls, oder wenn, wie sagt ihr? Also, er wäre achtundzwanzig gewesen das Jahr«, er flüstert jetzt fast, schelmisch, »aber nur, wenn er noch lebendig gewesen wäre.«

»Oder das Zeichen, das John über seinem Kopf macht auf YELLOW SUBMARINE, oder dass er auf einem Booklet-Foto von MAGICAL MYSTERY TOUR nicht wie die anderen eine rote, sondern eine schwarze Nelke hat, und es wurden auch lauter Zeilen aus Songtexten so interpretiert, WEDNESDAY MORNING FIVE O'CLOCK, der Zeitpunkt des Autounfalls …« Ich merke, wie aufgedreht ich bin. Aber Paul lächelt nur. »Well – solche Sachen.«

»Wow«, sagt Ella schmunzelnd. »Und jetzt hält Romy dich anscheinend für so eine – na, äh – Reinkarnation oder so was …«

»Ach, spinn nich rum!«, fall ich ihr ins Wort. Was denkt sie sich eigentlich! »Paul ist Paul.«

Sie grinst. »Welcher?«

Dann sind wir auf einmal wieder stumm wie die Fische und glubschen auf unsere Gläser. Ich kipp mir den Rest schnell hinter – was Mama jetzt wieder zu diesem laschen Witzchen mit »hinter die Binde« reizen würde, dieser frivolen Verschämtheit, von wegen, so was könne man als Frau ja nicht sagen. Als Frau! Oh Mann. Ich gönne mir noch einen. »Noch jemand?«, frage ich, die Flasche schwenkend. Sie winken beide ab, Spielverderber. Dann eben nicht. »Prost!«, rufe ich und trinke, trinke auf Pauls McCartney-Schönheit, auf Ellas Mut, auf alles, was mir jetzt nicht einfällt, und den Pickel an meinem Kinn und Bresekow, was weiß ich. Wenn alles literaturfähig ist, dann ist erst recht alles trinkfähig, oder? Ist das logisch? Wahrscheinlich ist nicht alles logikfähig, wahrscheinlich gar nichts. Immer alles oder nichts, ja ja. Früher war das Schlimmste, bei MENSCH-ÄRGER-DICH-NICHT knapp zu verlieren, knapp zu gewinnen das Beste. Ich mochte das nicht, wenn ich alle vier im Haus hatte und der andere erst einen, es befleckte meinen Sieg irgendwie, mit Mitleid. Andererseits, wenn ich merkte, dass ich am Verlieren war, gab ich mir gar keine Mühe mehr, ich hab nie wirklich gekämpft, im Gegenteil, extra schlecht gespielt, und die Kunst war, es den andern nicht merken zu lassen; die Resignation war mir immer näher, die vollkommene Niederlage, das Selbstmitleid. Ich weiß, ich muss irgendwann aufhören damit. Wenn ich erwachsen sein will. Oder falls. Ich hab auch nie gerne mit reparierten Sachen gespielt, das heißt zuerst, wenn sie frisch geflickt, wiederhergestellt waren, der Kopf wieder auf dem Puppenhals; ich wusste, da war ein irreparabler Makel, es würde nie mehr so wie vorher sein, und ich heulte vor Widerwillen, und heulte ja über nichts anderes als das Vergehen der Zeit, die unweigerliche Abnutzung. Dann aber, wenn Mama sie mir wegnehmen wollte, genauso empfand ich das nämlich, um sie »anderen Kindern« zukommen zu lassen, weckte das eine Panik und Wut in mir, die dazu führte, dass ich die alten Puppen, die lädierten Plüschtiere um keinen Preis mehr hergeben wollte und sie nur umso fester ins Herz schloss und das Versprechen auf neue als völlig inakzeptabel ablehnte. Vor allem, welche anderen Kinder denn! Es gab doch nur mich. Ich kann nicht sagen, dass diese Gefühle inzwischen nachgelassen hätten. Ich kann sie inzwischen nur benennen. Ich *weiß*, dass man nicht ewig und drei Tage an was hängen kann. Aber ich weiß auch, dass man nicht an nichts hängen kann, und außerdem glaube ich grundsätzlich nicht an Ersatz, schon das Wort! Schöne Scheiße. Muss mal mit Ella darüber reden, vielleicht …

Mitten in meine erbärmlichen, aber in Anbetracht meines Zustandes – oder nur betrachtet in meinem Zustand? – doch recht schlüssigen Überlegungen sägt die Stimme von Ellas Mutter: »Kommt ma bitte zum Schluss!«

Zum Schluss? Das Wort gehört abgeschafft. »Abgeschafft!«, sage ich laut. Paul sagt: »Komm, ich bring dich nach Hause.«

Was soll das? Woher dieses Einverständnis, diese geschmacksneutrale Einsicht in die Notwendigkeit, als ob wir jetzt wirklich zu Bett gehen könnten und schlafen. Und morgen früh aufwachen und sich wie gehirngewaschen nicht an den Traum erinnern. Und warum bin ich es jetzt wieder, die das sagen, die den Knoten ins Taschentuch machen muss? »Was ist mit den Adressen?«

»Achso«, sagt Ella und guckt unschlüssig von mir zu Paul und zurück, bevor sie sich hochbequemt und Papier und Stift holt. Wie ich Ella so mit links schreiben sehe und dann Paul mit rechts, kommt mir das wie eine infame Vertauschung vor, eine Verschwörung fast. Er reißt einen breiten Streifen ab und den noch mal in der Mitte durch, die eine Hälfte gibt er mir, die andere Ella. *Natürlich* steht auf ihrem Zettel das Gleiche wie auf meinem, aber für einen blöden Moment habe ich die Idee, Paul könnte einer von uns eine falsche Adresse gegeben haben. Two OF US SENDING POSTCARDS, WRITING LETTERS. Oder beiden. Sowie ich ihm meinen Schnipsel reiche, bin ich sicher, dass ich mich verschrieben habe, meine alte Anklamer Adresse hingeschludert oder irgendwas. Aber ich bin stark, ich überlasse es dem Schicksal, zur Not Ella.

Als Paul sie jetzt umarmt, zwei Minuten bestimmt, will ich ihr wieder gar nichts überlassen, bis mir einfällt, dass das für mich ja erst noch kommt, und sofort bin ich bereit, sie zu bedauern, wie früher kurz vor meinem Geburtstag meine Freundinnen, die schon Geburtstag gehabt hatten. Ich sehnte ihn ja immer herbei, aber kurz vorher fing eine Gegenkraft in mir an zu walten, eine angstgeborene Verzögerungslust, er sollte kommen, dieser Tag, und sollte nicht kommen, denn gekommen war so gut wie vorbei, und am Abend dieses Tages, wenn alle weg waren und ich schließlich doch ins Bett musste, passierte es nicht selten, dass ich weinte.

»Bis zum Bus«, sage ich zu Ella an der Tür, fast hätte ich sie auch umarmt.

»Fünf Stunden«, sagt sie leise und halb in den Wind, als sollte nur einer von uns es hören. Oder keiner.

Paul kommt mir viel zu nüchtern vor. Ich habe mich wie selbstverständlich bei ihm eingehakt, und immerzu denke ich nur, das ist das letzte Mal, das letzte, kapierst dus nicht, du musst doch was sagen, bloß was, doch nicht das, gibts denn nichts anderes, Wind und Wetter, kennst du den schon? Alles weg, jetzt schon. Ich gehe, tapse vor mich hin in diese mondlose Nacht, als gäbe es immer nur den Fleck, auf den wir gerade unsere Füße setzen, jeder Schritt ein ungeheurer Vertrauensvorschuss auf die Materialisierung des nächsten Flecks, wie es mich erschöpft. Das elende Hoffen *und* das langweilige Erscheinen, es geht einfach immer weiter. Ich will das nicht. Das Hinwegkommen über jeden Fleck. »Bleib doch hier«, sage ich müde und mache die Augen zu. Ich lasse mich von Paul führen bis vor meine Haustür. Jemanden führen ist eben was anderes als jemanden entführen, sagt mein Schnapskopf. Was anderes.

Dann stehen wir uns gegenüber in dem dünnen Türlicht, der Wind bläht meine Jacke auf, als wolle er den Abstand zwischen uns verringern, sollte ich doch noch einen Verbündeten haben in dieser Nacht, er zerbläst Paul die dunklen Strähnen, dass ich seine weiße Stirn sehen kann, EBONY AND IVORY, ich weiß plötzlich, dass es dieses Bild ist, das wieder und wieder in mir aufsteigen wird. Ich will ihn schon umarmen, als er sagt: »Ein Moment«, und mit zwei Fingern etwas aus seiner Innentasche hervorzieht, »voilà!«.

Wie könnte ich kein Spiegelbild dieses Lächelns sein. »Oh, ich glaub, ich hab genug für heute Abend«, murmele ich.

»Aber ich nicht«, sagt Paul, gibt mir den Joint, fördert tatsächlich Streichhölzer zutage und zündet eins an, es geht aus, auch das zweite, der Wind ist mein Verzögerungskomplize, bei dem Wort bricht plötzlich etwas in mir auf, dieses seltsame Lied, ein Schlager, oder, verdammt, wie war das noch, DU BIST MEIN, nein, ICH BIN DEIN, nein, nicht das mit dem SLÜZZELÎN, aber ein Schlüssel zu meiner Kindheit, oh Mann, wie mir immer dabei wurde, ein dunkles Zimmer, ich kann mich nur an ein dunkles Zimmer erinnern, nur ein schwaches Licht nebenan von der Küche und die erleuchtete UKW-Skala des Radios, ich verstand nichts und verstand alles, wie habe ich dieses verschlüsselte Lied geliebt, wie sonst nichts vor und nach den Beatles, wie konnte ich es so lange vergessen und nicht vermissen, scheiße, wie ging das noch, irgendwas mit, ja: WIR SIND BEIDE BEREIT. Wahrscheinlich totaler Schnulzenschwachsinn, aber die Melodie, ich hab sie jetzt. Nanana nana nana na, nana nana nana na, nananaana nana. SO NAH AM FEUER? Mir wird erst jetzt bewusst, dass Paul mir schon die ganze Zeit das ich weiß nicht wievielte Streichholz vor die Nase hält, geschützt von seiner hohlen Hand, die Flamme hat fast seine Finger erreicht, aber er bläst sie nicht aus. Ich stecke mir schnell die Tüte in den Mund, neige meinen Kopf. Er sagt nichts, es ist wie ein Ritual, aber wie eins, das man zum ersten Mal ausführt, wenn alles gerade erst anfängt. Eine Vorzeit, die noch nicht dunkel ist. Hah! Ich habs! ICH BIN DEIN DUNKLER CHERUBIM, DU DIE SPHINX IM SCHWARZEN KLEID. Ich lache den Rauch aus. Paul guckt mich neugierig an. Ich kann ihm nichts erklären. YOU AND ME BURNING MATCHES, LIFTING LATCHES.

Wir setzen uns auf die Steintreppe, ich gebe ihm die verderbliche Marihuanazigarette, wenn meine Eltern das jetzt sehen, denke ich kurz, sie schlafen keine zehn Meter entfernt. Würden sie wahrscheinlich gar nichts merken, würden sie nur sagen, du holst dir noch Hämorrhoiden davon! Ich muss wieder lachen, Paul auch, ich winke ab, aber wir kichern noch ein bisschen vor uns hin. Nach Lachen kommt Weinen, klar. Aber morgen. Morgen wein ich, heute rauch ich, übermorgen hol ich mir eine letale Lungenentzündung, und von mir aus auch Hämorrhoiden gleich dazu, kommt dann ja nicht mehr drauf an. Shit happens.

Mein Magen rebelliert, und mir ist ein bisschen schwindlig, es tut gut. Am liebsten würde ich mich hinlegen, gleich hier auf die kalten Steine, zwischen die wirbelnden Blätter, die ganze Nacht, wäre sicher förderlich. Pauls linke Seite wärmt schon die ganze Zeit meine rechte, er ist sogar noch ein Stück herangerückt. Er drückt den Jointstummel aus, gründlich, guckt Richtung Acker. Ich traue mich zum ersten Mal, ihn ruhig zu betrachten, sein Profil. Die Nase ist anders. Aber er *hat* diese Wimpern. Er dreht sich zu mir, rückt ein Stück von mir ab, meine Seite kühlt sofort aus. Er sagt: »Weißt du, ich wollte dir das noch sagen.«

Ich sehe ihm direkt in die Augen, sehe sogar bei dieser dürftigen Beleuchtung das Grün, ich denke: oh mein Gott, und: oh mein Gott, mein Herz sitzt auf einmal weit oben im Hals, ich halts nicht aus, jetzt ist es so weit, jetzt ist alles zu spät, jetzt, wo alles zu spät ist, ach was, bloß jetzt sags schon, oh Paul.

»Es war eine Wette«, sagt er.

Ich starre ihn an, so starr wie meine Krebse. »Was?«, frage ich und weiß es längst.

»Die Elpe«, sagt er. »Ich habe gewettet, mit Ecki. Dass ich es schaffe, also, euch mitbringen.«

Ich muss ihn jetzt ohrfeigen, nein. Mich. Ich stehe auf. An der Tür drehe ich mich noch mal um, das hohe Herz ist zu einem Kloß mutiert, aber auch auf die Gefahr hin, vorzeitig heulen zu müssen, frage ich: »Und? Hast du jetzt gewonnen?«

Er steht auch auf und kommt auf mich zu, ich versuche, ihn wütend anzusehen, aber ich merke schon, dass dabei ein Ausdruck herauskommt, der sich von geistiger Zerrüttung kaum unterscheiden lässt.

»Nein«, sagt er. »Aber du.«

Und auf einmal ist mir das Seegrün so nahe, dass ich anfange zu schwimmen, und dann ist da bloß noch der kurze weiche Widerstand meiner Lippen und seiner und die unerwartete Feuchtigkeit und unsere Zungen zwei kleine sich suchende Tiere. Schmetterlinge, eventually. –

Wir küssen die Nacht? –

Meine Hand gleitet langsam aus seinem Haar, meine Wange

vermisst sofort seine. Eine Weile stehen wir so, platt wie die Flundern. Schließlich entwirre ich unsere Finger, sage: »Warte.« Fummele zittrig den Schlüssel hervor, flitze ins Haus, in mein Zimmer, zum Regal und wieder zurück. Ich nehme Pauls linke Hand. Und hinein lege ich John, den hellen Flusskrebs. Paul sieht ihn verwundert an. »Sing ihm ab und zu was vor«, sage ich.

Er steckt ihn vorsichtig in seine Innentasche. »Ich habe nichts, was ich dir geben kann«, sagt er.

»Paul!«, sage ich.

Er seufzt. »Oh my God.« Dann umarmt er mich, ich weiß, dass es nicht zwei Minuten sind, ich bin stocknüchtern auf einmal. Paul sieht mich an. Er versucht, nicht zu blinzeln, dem, was er in den Augen hat, nicht nachzugeben. Ich bin mit demselben Versuch beschäftigt, derselben Versuchung. Paul nimmt meine Hand und küsst sie, die feine englische Art, ich lächle, indem ich die Lippen zusammenpresse, Paul sagt: »Ich muss noch mal zu Ella. Ich hab meine Tasche vergessen.«

TWO OF US RIDING NOWHERE.

Er küsst mich auf die Wange, die Stirn, er ist mit drei Schritten auf dem Pflaster, die Dorfstraße verschluckt ihn hinter der einzigen Laterne, hastig, windig, in ihrer Dorfdunkelheit.

»SAVE THE LAST DANCE FOR ME«, flüstere ich. Du kannst mich mal, Paul McCartney, ich schlage heulend die Tür hinter mir zu, so laut es geht. –

Ich muss irgendwie, obschon blind, in mein Zimmer gefunden haben. Ich muss aufs Klo gegangen sein, denn meinem Magen gehts besser. Ich muss mich ausgezogen haben, mich hingelegt, denn ich liege in meinem eigenen, bekannten, nach mir, wem sonst, riechenden Bett. Es muss wie eine Rückkehr gewesen sein, ich muss meine leicht durchscheinende Hülle dort liegen gesehen haben und aus Mitleid wieder hineingeschlüpft sein, wie sonst ist es zu erklären.

Bloß schlafen, das will noch nicht wieder klappen. Einiges verlernt man doch. Ich kann das nicht mehr. Schlafen, wie geht das denn. Schlafen. Ich kann mir gar nichts darunter vorstellen. Ich kann nicht. Schlafen. Ich kann nicht schlafen, nein, schlafen kann ich nicht. Ich überlege, welche Art von Defekt es sein könnte, verbreitet, selten, harmlos, nicht so harmlos, bedenklich, bedrohlich. In welcher Hinsicht. Ich überlege, ob man daran sterben kann. Das wäre ja einfach. Also wahrscheinlich wieder nicht. Ich kann nicht schlafen. Worauf wartest du, auf ein Wunder? Du kannst ja nicht mal davon träumen. Schlaftabletten. Taugen doch heute nichts mehr. Ich kann nicht schlafen, wenn das mal nicht langweilig ist. Wie soll man auch schlafen, wenn man sich alle paar Sekunden Rotz und Wasser abwischen muss.

Als es allmählich grau wird in meinem Fenster, stehe ich auf.

Auf der flachen linken Hand, wie auf einem Teller, trage ich Paul in den Garten. Mit der rechten grabe ich ein Loch in die feuchtweiche Erde hinter den Erdbeeren. Ich begrabe Paul hinter den Erdbeeren, und ich gebe ihm den kleinen Zettel bei mit der ungelenken Jungshandschrift.

Das kannst du doch nicht machen. Aber was dann? Fortan abwechselnd YESTERDAY und TREAT ME LIKE YOU DID THE NIGHT BEFORE singen? Für wen? Einen übriggebliebenen, alten, vertrockneten, einäugigen Krebs? I AM HE AS YOU ARE HE AS YOU ARE ME … I'M CRYING.

Ich schreibe R. I. P. in die Erde, sie drängt sich dick und schwarz unter meine Nägel. Ich glotze auf die Buchstaben, ohne etwas zu sehen. Nach zwei Minuten oder so fällt mir auf, dass es fast unsere Initialen sind. Ich will schon die drei Striche an das I anfügen, da denke ich: Vielleicht ist es was anderes. Seine Mutter heißt doch Ingrid. Aber das R, das bin dann nicht ich. Ich lasse es so, wie auch immer.

I buried Paul.

Sie steht schon da, als ich angeschlurft komme. Sie guckt nicht hoch, aber ich sehs ja doch. »Ich hab Schnupfen«, sagt sie, und ich: »Ich weiß. Ich auch.« Wir kriegen kaum ein Grinsen zustande. Sie gibt mir eine Zigarette.

Das ist doch Sabrina, oder? Sie sieht uns jetzt und lächelt ein bisschen. Sie raucht auch. Wir lächeln zurück, wie von sonstwoher.

»Denkst du, sie packts?«, flüster ich.

»Ich glaub, sie hats schon gepackt«, sagt sie.

Sind wir also wieder zu dritt. Hat sich doch kaum was verändert.

Ab in den Bus, Sabrina geht ganz nach hinten, ein bisschen Coolness muss noch gewahrt werden, schon klar. Wir auf dem alten Viererplatz, sie setzt sich immer noch neben mich, gegenüber haben unsere Rucksäcke jetzt je einen Platz für sich.

Beiß dir auf die Zunge, Mann, beiß dir auf die Zunge, die ist schon ganz wund, verdammt, jetzt wird nicht mehr geheult. Guck einfach aus dem Fenster.

Die Scheibe ist beschlagen, ich wische zweimal mit dem Ärmel drüber, in den Schlieren taucht tropfnass das Stoppelfeld auf, die krüppligen Apfelbäume, alles noch im Nebel. Alles bekannt. Früher dachte ich, dass man an den Ackerfurchen sehen kann, wie sich die Erde bewegt, wenn man so dran vorbeifährt und sie sich wegdrehen, wegdrehen. Mir ist, als hätte ich das jetzt eine ganze Weile nicht gesehen, als hätte es erst grade eben wieder angefangen.

Es gibt gar keinen Beweis.

»Sag mal: War er wirklich da?«

Sie streicht sich mit der Hand über die Stirn. »Keine Ahnung. Würden wir sonst hier sitzen?«

»Keine Ahnung.«

Der Bus bremst ab, wir sind schon in Anklam, als ich endlich doch frag, ich weiß nicht wie, meine Lippen sind schwer wie Blei: »Hat er dich geküsst?«

»Nein«, sagt sie, es klingt gut. Es klingt genau so, wie ichs hören wollte. Ich schäme mich richtig vor blöder Erleichterung. Sie guckt mich an. »Dich?«

»Nein«, sag ich.

Let me take you down
cos I'm going to
Strawberry Fields
nothing is real
and nothing to get hung about